本书系 2020 年度国家社会科学基金"中国文学"重点项目（项目编号：20AZW002），项目名称：文学与哲学关系之宏观研究

想象与思辨的互渗

文学与哲学关系之阐释

颜翔林 著

人民出版社

目　　录

导　论

　　文学与哲学之关联既是西方传统形而上学的一个根本性论题,也是古今中外美学、文艺理论探究的基本论题之一。一方面,在本体论意义上,此论题在表层上看似陈旧的逻辑外壳之下却隐匿着深层的思维常新的精神张力,激发美学家、文艺理论家进行不断思考与创新的理论热情,推动美学家、文艺理论家历史地与逻辑地思考文学与哲学的双向影响或交互性关系;另一方面,在实践论意义上,此论题可以促使美学家、文艺理论家趋向于现实性地关切与运思当下哲学思潮和文学创作及其批评的逻辑关系,使理论思考密切关联于文艺实践;再一方面,在创作论意义上,它有助于文艺家更娴熟地和创新性地运用哲学之思丰富与深化自我的艺术文本,使之蕴藏思的向度和美之灵动,令诗与思达到和谐交融的审美境界。在当今思想文化语境,文学与哲学前所未有地渗透互动,两者关系由以往的不平衡关系逐渐走向平衡、对等和彼此吸引与借鉴的和谐关系,两者共同对思想文化的创造起到积极的作用。

　　学术界对文学与哲学之逻辑关系这一论题的关切与探究由来已久,取得一定之成果,对这一论题关注的理论资源之一是西方传统形而上学的"诗与哲学之争"。与此相关,一方面,此论题研究的重点集中于阐释西方的文学与哲学之争和描述文学与哲学的一般关系;另一方面,此论题涉及比较文学的影响研究和平行研究,描述西方哲学思潮对中国近现代文学的影响以及中西文学与哲学的一般性关系;再一方面,此论题立足于中国本土文学遗产和创作实践,对中国历史语境的文学与哲学的关系展开探究。迄今为止,国内有关文学与哲学的关系之研究,立足于西方历史文化语境,理论资源和文本对象依赖于西方文学与哲学的传统,总体上看依然缺乏逻辑的系统性和理论的深入性。尽管国内有关"文学与哲学之关系"这一问题的探究,取得一些值得肯定的成果,依然存在诸多欠缺。首先,国内以往有关文学与哲学的关系研究,就其系统性和理论深度而言相对不足,局限于部分文本和某些作者、个别历史时期,对宏观和整体的把握显得不够,一定程度上妨碍了理论探索的系统性和思想深度。其次,以往研究单向度地强调哲学观念和方法对文学的影响,而对文学与哲学之间的互动关系和"间性"(intersexuality)关系缺乏描述与阐释。再次,以往研究对文学与哲学的"交叉文本"缺少辩证认识和多向度的论述。最后,以往的有关文学与哲学的关系研究注重于历史性的经验描述和纯粹理论的阐述,忽略了两者关系的当下意义和对具体的文学创作与批评的潜在影响。遵循历史与逻辑相统一的方法论原则,我们尝试对文学与哲学的关系进行相对系统与全面、辩证与深入地探究和阐释。其一,我们从意识形态的共同属性方面论述文学与哲学的本质性关联,阐述文学主要呈现主体和生活世界的审美关系、哲学主要呈现主体和现实世界的理论关系;其二,我们一方面从语言本质方面论述文学与哲学的同一性和差异性,另一方面从两者的外在特性和表现方式方面论述文学与哲学的疏离性和相似性;其三,立足于历史与现实的演变过程,描述文学与哲学之关系的多样性特点,即分别从中西方历史文化的发展过程,描述文学与哲学从联结与渗透到独立与分离、再到互动和交融的嬗变图谱;其四,关切文学与哲学之关系的当下性,描述和分析当代文学创作和哲学思潮的潜在关联,对两者关系的积极意义和未来走向进行预测与适度引导。

本著述力求在以下几个方面作出理论探究。

第一,在研究目标方面。首先,密切联系中西文本、立足于文学史与哲学史的客观存在,分析文学与哲学依赖于"语言"这一物质存在的文化形式,探究两者历史性的共同符号本源,阐释两者的社会意识形态的共同属性,为论述两者的历史与逻辑的辩证关系确立一个历史起点和理论基石。其次,从两者的差异性方面,阐释文学主要体现主体与世界的审美关系、哲学主要体现主体与世界的理论关系。再次,论述文学与哲学的潜在性和必然性的关联,揭示两者历史与逻辑的辩证联结和双向关系,描述两者从不平衡关系到平等的对话关系和间性关系的历史过程。最后,关联当下的文化语境,论述与推断文学与哲学的可能性联系和未来走向。

　　第二,在研究深度方面。首先,遵循历史与逻辑相统一的方法论原则,从历史的源头疏理"哲学"(philosophy)和"文学"(literature)的原初意义及其时代嬗变,并从逻辑形态上辨析概念的内涵和外延及其适用范围,由此确立这一论题的逻辑起点和寻找到理论基石。其次,宏观描述和阐释中西历史上文学与哲学的交互关系,既厘清哲学对文学的多向度影响,也论述文学对哲学的广泛性影响。再次,一方面,提出显现文学与哲学之关系鲜明特性的三个密切相关的概念:"典型文本"(classic text)、"交叉文本"(overlapping text)、"混合文本"(mix text),期许对两者关系作出规范性阐释和学理性论证;另一方面,建构"文学文本的哲学性、哲学文本的文学性"这一对互相依存的美学范畴,在理论上进一步丰富和深化这一研究的意义与价值。最后,既从哲学的本质特性出发,诸如从本体论、存在论、认识论、实践论、价值论、审美论、方法论等视角论述文学与哲学的深刻的逻辑关联,也从哲学的存在类别出发,诸如从纯粹哲学(或"第一哲学")、自然哲学、历史哲学、人生哲学、伦理哲学、宗教哲学、政治哲学、艺术哲学等方面阐释和论证文学与哲学之间丰富而复杂的辩证关联。既从西方哲学方面选择几个和文学紧密关联的哲学流派,诸如英国经验主义、大陆理性主义、启蒙主义、马克思主义、存在主义、精神分析主义、生命哲学等,论述它们和文学创作的密切关联,也从中国哲学方面选择儒家哲学(包括宋明理学)、道家哲学(包括老庄哲学、魏晋玄学)、佛家哲学(包括禅宗),论述它们和文学创作的逻辑关系。

　　第三,在研究对象方面。拓展以往文学与哲学之关系研究的逻辑范围,建立研究的整体历史感,使研究对象具有相对完整的时间线索和历史链条。一方面,在研究对象的历史感方面,超越以往这一研究的历史片断性和时间碎片式写作,勾画出中西方的文学与哲学之关系的宏观历史图景;另一方面,建构一个系统性、完整性与特殊性相连贯的各个历史时期文学与哲学相互关联的整体谱系,并揭示各个时期两者联系的不同特点。超越以往研究的相对狭隘的逻辑界限,着重显明"文学文本的哲学性、哲学文本的文学性"的问题意识,以此作为理论基石和逻辑范畴。所谓"文学文本的哲学性",其概念规定性在于:文学作品隐匿哲学性或哲学意识。具体含义在于:其一,文学文本虽然以叙事与抒情、象征与隐喻等形象思维的审美表现方式,它要求作品必须具有"逻各斯"(logos)性质,包含诸如"提问"与"解答""质疑"与"否定""反思"与"批判""守望"与"超越"等哲学要素。其二,文学文本包含基本的哲学命题,诸如"生与死""痛苦与幸福""现实与理想""存在与虚无""希望与绝望""惊喜与恐惧"等。其三,文本隐匿哲学的逻辑范畴并对此予以思考与回答,诸如时间与空间、有限与无限、原因与结果、偶然与必然、现象与本质、现实与可能、内容与形式等。其四,文本蕴藏哲学的超越性意义和生命智慧,要具备面向未来的智慧情怀和"可能性高于现实性"的哲学意识。"哲学文本的文学性",其概念规定性在于:哲学文本包含文学性要素。具体含义在于,尽管哲学文本具有概念、判断、推理等逻辑思辨和抽象演绎的特性,但是只有达到如下方面即视为具有文学性:其一,哲学文本体现审美要素和审美功能,给接受者以美感或审美趣味。其二,哲学文本达到韦勒克、沃伦所主张的"文学性"(literariness)标准,在话语表达和形式结构等方面具有文学的某些特性,一定程度上呈现意象、隐喻、象征、寓言等修辞表现的功能。其三,哲学文本隐匿一定的艺术趣味或艺术意境。其四,如果说"文学是语言的艺术",那么,具有文学性的哲学文本,在其语言表现方面则理所当然地呈现语言艺术的修辞技巧和修辞艺术。

以"典型文本"(文学性与哲学性高度交融的文本)、"交叉文本"(半哲学半文学的文本)、"混合文本"(以文学为主体而渗透哲学观念的文本或以哲学为主体渗透文学性的文本)这三个核心概念,建立研究对象的逻辑范围和理论维度。这三个核心概念贯穿于这一课题研究的始终,换言之,只有符合这三个概念和达到"文学文本的哲学性"和"哲学文本的文学性"的作品才构成本著的研究对象。

第四,从"写作身份"这一概念入手,以"双身份写作"(double identity writing)、"单身份写作"(single identity writing)和"偏身份写作"(partial identity writing)这三个概念厘清研究对象的逻辑区分,使此项研究进一步深入和相对完善。本论题分析"双身份写作"(既是文学家又是哲学家的写作),阐释"单身份写作"(纯粹的文学家或哲学家的写作),概述"偏身份写作"(以文学家或哲学家某一身份为主偏及另外身份的写作),以此建立对研究对象的历史与逻辑相统一的整体把握。

第五,在研究的思维方式和具体的研究方法方面。以多种交叉的方法对文学与哲学的关系进行综合性研究。研究方法主要分为三个层面:其一,一般方法论。遵循历史与逻辑相统一的方法论原则,对文学与哲学的逻辑关系进行历史主义的客观描述,揭示文学与哲学的交互作用。在此基础上,对文学与哲学的关系进行逻辑分析,进入到理论抽象和概念界定,从历史和现实、现象和理论的关联上揭示文学和哲学的逻辑关系的具体特性、基本内涵。其二,具体方法论。采取中西互证、古今参照、关切当下的具体方法论,采用现象学、阐释学、存在论、怀疑论等西方哲学的观念与方法,适度借鉴中国传统文化的儒、道、释等思想内涵与认识方法,综合中西方多种理论形态及其相关观念与方法,对文学与哲学的辩证关系展开理论思辨,对其既进行宏观的理论综合也对每一个具体的问题进行逻辑分析,从而使文学与哲学的关系获得多向度的诠释。其三,具体方法。以分析与综合、解构与诠释、义理与考证等具体方法对文学与哲学的密切联系及其相关文本和现象进行深入解读与论述。在此基础上,进一步揭示文学与哲学的密切关联和在现实生活中所应有的精神价值和美学意义,使文学与哲学的关系探究获得理论创新的可能。

第六,文学与哲学之关系这一论题研究的应有价值。其一,有助于推进后现代语境的审美主体对文学与哲学的潜在联系获得进一步丰富而深入的理解,在一定程度上让我们领悟到哲学思维在文学领域乃至各种文化场景所具有的广泛而深刻的审美意义,也令我们理解到文学思维对哲学乃至人类所有的精神活动所具有的积极价值和推动功能。其二,这一研究有助于激发艺术生产者和文化创造者的心理张力,丰富现实世界的存在者们的精神生活与审美趣味。其三,这一研究有助于进一步丰富和深化文学创作和推进对文学的鉴赏与批评活动,促使文学创作主体全方位地和深入思考哲学观念对写作活动的启迪与借鉴功能,以哲学之思丰富和开拓自己的文学活动。

第一章　人类文化的基石

　　语言是人类文化的基石,在语言的诞生、发展和成熟之后,即合乎逻辑地产生各种意识形态的存在形式。而文学和哲学则作为意识形态的主要结构担当着人类文化创造和繁荣的历史责任。与此相关,文学与哲学的发展与成熟也相应地导致两者的独立和差异。然而,由于两者的语言属性和意识形态的共同性本质,它们必然性地存在着关联和互渗。这一本质性的逻辑关系决定了两者共时性的彼此携手和共生共荣。

第一节　语言符号与意识形态

　　语言是承载文化的重要工具,语言之诞生既是主体思维获得独立性和反思性的标志,也意味着精神存在获得了传递意义和表达感情的手段与方式。语言诞生的文化意义与价值无论对其做任何评价都不会太过分。

　　索绪尔(Ferdinand de Saussure,1857—1913)从一般意义的语言学指出:"语言是一种表达观念的符号系统,因此,可以比之于文字,聋哑人的字母、象征仪式、礼节形式、军用信号等等。"①索绪尔阐明了语言的符号本质,这也是语言学产生的一个重要观念。美国语言学家萨丕尔说:"语言的普遍性和多

――――――――――

　　①　[瑞]索绪尔:《普通语言学教程》,高名凯译,商务印书馆1980年版,第37页。

样性引出一个很有意思的推论。我们不得不相信语言是人类极古老的遗产，不管一切语言形式在历史上是否都是从一个单一的根本形式萌芽的。人类的其他文化遗产，即便是钻木取火或打制石器的技艺，是不是比语言更古老些，值得怀疑。我倒是相信，语言甚至比物质文化的最低级发展还早：在语言这种表达意义的工具现成之前，那些文化发展事实上不见得是一定可能的。"①萨丕尔的猜想是否被证实无关紧要，从逻辑上我们可以认同语言起源的精神意义和心理价值显然要高于物质文化的诞生。甚至可以推断，语言诞生的时间要早于人类物质文化的起源。法国语言学家房德里耶斯说："语言是随着人脑的发达和社会的建立而逐渐创造的。我们说不出人类开始说的话是什么样，但是可以试图理解使人们能够说话的条件：这些条件是心理的，同时又是社会的。"②显然，语言的诞生必须满足这样两个条件：一是主体心理的成熟和理智的萌发，二是社会结构的初步形成和公共领域的交流需要。马克思、恩格斯在《德意志意识形态》中指出："思想、观念、意识的生产最初是直接与人们的物质活动，与人们的物质交往，与现实生活的语言交织在一起的。人们的想象、思维、精神交往在这里还是人们物质行动的直接产物。表现在某一民族的政治、法律、道德、宗教、形而上学等的语言中的精神生产也是这样。"③马克思、恩格斯为精神生产寻找到了物质活动这一客观基础，但是，他们强调了所有精神产生都与现实生活的语言交织在一起，显然，马克思主义有关意识形态的生产理论在确立经济基础的同时，还强调了语言这一重要的媒介作用和工具功能。

在语言哲学的理论意义上，语言的诞生才使主体成为可能，才令主体感觉的丰富性与复杂性得以传递，也令理性的反思与能力得以确立，因此使存在者获得自我意义的存在感。与之相反，语言的缺席则是存在者和自我意义的双重缺席，语言是主体存在的轴心和精神获得巨大延展的重要工具之一。海德格尔(Martin Heidegger,1889—1976)说："只有在有语言的地方才有

---

① ［美］萨丕尔：《语言论》，陆卓元译，陆志韦校，商务印书馆1985年版，第20页。
② ［法］房德里耶斯：《语言》，岑麒祥、叶蜚声译，商务印书馆2012年版，第10页。
③ 《马克思恩格斯文集》第1卷，人民出版社2009年版，第524页。

人的世界。"①"语言属于人之存在最亲密的邻居。我们处处遇到语言。所以，我们将不会惊奇，一旦人思考地环顾存在，他便马上触到了语言，以语言规范性的一面去规定由之显露的东西。"②"语言使人之'在世'得以可能。这样，语言的基地就不是旧传统所认为的那样在人，而是在存在，语言是人之为人的根据，语言使真理（'去蔽'）得以发生，使存在者'去蔽'而向人开放。是语言说人，而不是人说语言，人只是'应和'、'聆听'存在之语言才能言说。简言之，语言使人与存在相契合，使人与世界合一。"③显然，在海德格尔的哲学意义上，语言不再充当传统形而上学的工具论角色，而具有了本体论和存在论相统一的根本性意义，语言成为现象学的核心命题之一。语言也相应地上升为存在者的客观基础和逻辑依据，换言之，语言的存在才标识出主体的存在与意义。

在功能上，一方面语言对外在的世界命名和区分，令主体得以逻辑化地感知和认识外在事物的存在与意义、价值与功能；另一方面语言也对精神世界进行命名和区分，使存在者可以认识自我和反思自我；再一方面，语言的表达意义和交流情感的功能令人类的社会性结构趋于成型和逐步完善，也使人类记录历史和外部现象、陈述内心感觉和阐释自我观念成为可能。

语言发展的高级形态则是文字的诞生。因此，文字是更凝练、更高级和更抽象的语言形式。换言之，文字符号是人类文化的逻各斯中心，也是文明最重要的基石之一。法国语言学家房德里耶斯说："在人类创造的工具中，有些会因为使用中的需要或启发而不断获得各种改善，文字就是这类工具的一个很好的例子。从最初刻在石块上的符号起，直到我们今天印在纸上的活字，其间有一个巨大的进步，而且不仅仅是物质上的进步。"④文字的诞生令人类对文

---

① ［德］海德格尔：《海德格尔诗学文集》，成穷等译，华中师范大学出版社 1992 年版，第214 页。
② ［德］海德格尔：《诗·语言·思》，彭富春译，文化艺术出版社 1991 年版，第 165 页。
③ 张世英：《走向澄明之境》，商务印书馆 1999 年版，第 83 页。
④ ［法］房德里耶斯：《语言》，岑麒祥、叶蜚声译，商务印书馆 2012 年版，第 401 页。

化与文明、历史与社会、现象与精神等活动纪录得以可能,于是主体才获得了对世界和自我的纪录者资格。主体具有了书写与记载的能力,这既是主体的一次飞跃,也是精神结构发展的一个最重要的逻辑基础。文字为文化和文明的飞速发展提供了最重要的符号工具和视觉方法,同时将主体的"视"与"思"的两种机能高度地统一起来。

文字既是人类语言能力的抽象上升,也是主体借以保留形象思维的具体呈现。换言之,文字在守护着语言的意象性符号的同时,也提升了自己的抽象性品位。确切地说,在语音基础上发展起来的文字将意象与抽象、象形与表意、符号与隐喻等特性和谐地综合一体。文字的意义和价值呈现在两个方面:一方面是文字内在的表达意义和传递情感的功能,另一方面是文字外在形式的感性意象和审美价值。尤其是中国汉字衍生出的书法艺术,它以内容和形式的和谐统一、书象和意象的高度融合的美感获得历史延续的艺术价值和美学魅力,书法成为一种独特的民族艺术样式,具有了其他艺术不可替代的独立品质和符号形象。中国古代甚至形成了对文字的崇拜意识:一方面人们将传说发明文字的仓颉供奉为神明,另一方面将崇拜文字演变为读书人的日常生活的行为和仪式。在汉字符号上面,依附着中华民族的文化精神和价值导向,同时也依附着民族共同体的审美趣味和诗性想象力。

随着语法、修辞、逻辑等表达性结构的逐步丰富和完善,语言文字则发展为文学、戏剧、历史、哲学、经济、法律、道德等人文领域的不同样式,促进了文化与文明的发展,也给主体世界带来了极其丰富的知识积累、道德提升和审美体验等精神财富。萨丕尔感叹道:

> 语言不只是思想交流的系统而已。它是一件看不见的外衣,披挂在我们的精神上,预先决定了精神的一切符号表达的形式。当这种表达非常有意思的时候,我们就管它叫文学。艺术的表达是非常有个性的,所以我们不愿意感觉到它受制于任何预先确定的形式。个人表达的可能性是无限的,语言尤其是最容易流动的媒介。然而这种自由一定有所限制,媒

介一定会给它些阻力。伟大的艺术给人以绝对自由的幻觉。①

语言文字的发明标志着主体思维能力一个巨大的历史性进步,也使文学、艺术、历史、哲学等人文学科的诞生具有了物质条件。文字借助于语言结构的不断丰富和复杂,令主体的思维不断地提升和演进。显然,文字在形成之后,保持了自身符号的基本稳定性,而语言结构的不断丰富和演变则促使文字表达方式的进步、复杂和相对完善,也催生了修辞手法和诗意表达的实现。于是,合乎逻辑的结果就是:文字与文字之间、词与词之间、词组与词组之间、简单句与简单句之间的组合结构的演变和复杂化,它们相应地带来了语言和思想的巨大张力,也导致语句意义的不断深化和包含了诗性意味与审美势能,这就是文学、历史和哲学等人文学科诞生的缘由之一。

"语言是文学的媒介,正像大理石、青铜、黏土是雕塑家的材料。每一种语言都有它鲜明的特点,所以一种文学的内在的形式限制——和可能性——从来不会和另一种文学完全一样。用一种语言的形式和质料形成的文学,总带着它的模子的色彩和线条。文学艺术家可能从不感觉到这个模子怎样障碍了他,帮助了他,或是用别的方式引导了他。可是一把他的作品翻译成别的语言,原来的模子的性质就立刻显现出来了。文学家的一切表达效果都是通过他自己的语言的形式'天赋'筹划过的,或是直觉地体会到的;不能不受损失地或不加修改地搬过来。所以,克罗齐是完全正确的,他说文学作品从来不能翻译。"②萨丕尔论述了语言与文学的逻辑关联,两者是彼此不分的统一体。语言符号是文学得以产生的基础和媒介,也是主体存在的象征品和标志物。我们在如此逻辑的前提下进行类比推理,和文学一样,历史和哲学等其他人文学科都是借助于语言文字符号才获得自身的确定与发展。

卡西尔从文化哲学的意义上,将人定义为"符号的动物"(animal symbolicum)③,显然这是一个富有创见性的理论见解。而符号的核心组成是语言文

① 〔美〕萨丕尔:《语言论》,陆卓元译,陆志韦校,商务印书馆1985年版,第198页。
② 〔美〕萨丕尔:《语言论》,陆卓元译,陆志韦校,商务印书馆1985年版,第199页。
③ 〔德〕卡西尔:《人论》,甘阳译,上海译文出版社1985年版,第34页。

字,正是语言文字的诞生和发展,才使主体的意义和价值得以确立并在历史过程中延续永久。确切地说,人是文字符号的动物,文字的诞生才使人类的文明和文化获得稳固的现实性,也使文学与哲学的萌芽成为可能和变为现实。

一、语言文字的二重性

语言符号尤其是文字包含着内在的二重性,它将意象性与抽象性、共时性与历时性交织于一体。

首先,语言从单纯的语音符号演进到文字符号,这是一个历史性的巨大进步,也使文字记载历史事件和精神活动的作用得以施展。由于文字所具有的感觉直观的意象性,语言符号的审美功能得以呈现和丰富。其次,文字所具有的抽象概念的表达意义的功能使主体思维得以进步和逐渐完善,同时也促进了概念与判断、语法与修辞等能力的拓展。再次,书面文字由字母过渡到单词、由单词过渡到词组、再由词组过渡到简单句,最后由简单句过渡到复合句,从而使文字符号延展了主体从概念至判断再到推理的逻辑功能,使主体表达意义的能力和抽象思辨力获得更广阔的活动空间,这就为文学、历史、哲学等人文学科的诞生奠基了工具性基础。换言之,文字的创造和发展,为人类的精神文化确立了一个逻各斯中心。最后,语言文字由最初时期流变的历时性(diachronical)特征,逐渐确立稳定的共时性(synchronical)结构。文字的共时性稳定结构为人文学科的繁荣提供了物质性条件。索绪尔认为"文字的威望"是"文字凌驾于口语形式原因"[1]。他又说:"语言和文字是两种不同的符号系统,后者唯一的存在理由是在于表现前者。"[2]显然,语言与文字两者的关系是密切关联和辩证一体的,它们就如同一张纸的两面。

语言文字的二重性还在于:一方面,文字是语言从具象化走向抽象化的符号,也是思维走向逐步成熟的精神果实;另一方面,文字符号始终保留着感性

---

[1]　[瑞]索绪尔:《普通语言学教程》,高名凯译,商务印书馆1980年版,第47页。
[2]　[瑞]索绪尔:《普通语言学教程》,高名凯译,商务印书馆1980年版,第47页。

意象的存在,隐喻性和象征性是其不可舍弃的潜在构成。诚如卡西尔所言:

> 人类文化初期,语言的诗和隐喻特征确乎压倒过其逻辑特征和推理特征。但是,如果从发生学的观点来看,我们就必定把人类言语的想象和直觉倾向视为最基本的和最原初的特点之一。另外,我们发现在语言的进一步发展中,这一倾向逐渐减弱。语言变得越抽象,它就越扩大和演变其本来的能力。语言从日常生活和社会交际的必要工具的言语形式,发展为新的形式。为了构想世界,为了把自己的经验统一和系统化,人类不得不从日常语言进入科学语言,进入逻辑语言、数学语言、自然科学语言。①

语言的演变流程同样也是文字的演变过程。美索不达米亚的苏美人创造的楔形文字、古埃及的象形文字、中国古代的甲骨文、金文、小篆,这些文字皆具有图形文字的同一性本质与特点。在文字发展的最后阶段,文字都是从具象走向抽象、从象征到达表意的结果。值得关注的是,汉文字演化出了纯粹的书法艺术,它具有了纯粹的艺术价值和审美价值。

德里达在《论文字学》中指出:"在原始的非'相对主义'的意义上,逻各斯中心主义是人种中心主义的形而上学。它与西方历史相关联。当莱布尼兹为传授普遍文字论而谈到逻各斯中心主义时,中文模式反而明显地打破了逻各斯中心主义。这种模式不仅是归化的(domestique)的表现,而且,我们只有在用它表示一种欠缺并解释必要的更正时才会赞扬它的优点。莱布尼兹渴望从汉字中借用其随意性从而借用其对历史的独立性。这种随意性与非表音性质有着本质联系,莱布尼兹相信汉字具有非表音性质。汉字似乎是'聋子创造的'(《人类理智新论》):'言语是通过发音提供思想符号。文字是通过纸上的永久笔画提供思想符号。后者不必与发音相联系。从汉字中可以明显看到这一点。'"②德里达借用莱布尼兹(Gottfried Wilhelm Leibniz,1646—1716)的

---

① [德]卡西尔:《语言与神话》,于晓等译,生活·读书·新知三联书店1988年版,第134页。

② [法]德里达:《论文字学》,汪堂家译,上海译文出版社1999年版,第115页。

观点佐证了自己的看法,他提出的"文字学"(grammatologie)理论,力图解构以语音为中心的逻各斯主义,也就是言语中心主义(phonocentrisme),反对言语与存在绝对贴近、言语与存在的意义绝对贴近、言语与意义的理想性绝对贴近这样的观念与主张。文字只有脱离语音而获得自身的独立性,才具有更多的自由空间和更丰富的表达意义的手段。德里达坚持为文字寻找一个新颖的理论尊严和独立的价值所在,他进一步阐释了文字所依附的精神意义和思想价值。

语言和文字的二重性还在于它们自身隐藏的矛盾。一方面,"语言就其本性和本质而言,是隐喻式的;它不能直接描述事物,而是求助于间接的描述方式,求助于含混而多歧义的词语"①;另一方面,语言和文字又竭力追求确定地表达自己的意义的目标。由此形成这样两种可能:一是语言与文字不可能准确和完整地表达主体的意义和思想。二是语言和文字是直接的思想现实,它们应该和主体的思想和要表达的意义具有确定的对应性。这两种可能性也相应地形成了有关对语言与文字进行阐释的对立性意见。中国魏晋时代的思想界就形成了"言意之辩"的理论分歧。王弼认为"言不尽意",他在《周易略例·明象》篇中,探究了言、意、象三者的辩证关联,他认为:"夫象者,出意者也。言者,明象者也。尽意莫若象,尽象莫若言。言生象,故可寻言以观象;象生于意,故可寻象以观意。意以象尽,象以言著。故言者所以明象,得象而忘言;象者所以存意,得意而忘象。""然则忘象者,乃得意者也;忘言者,乃得象者也。得意在忘象,得象在忘言。"②王弼认为,"言"只是得"象"的手段与工具,"象"又是得"意"的手段与工具,最终主体必须抛弃手段和工具而获得最终的意义或义理,后者才是目的之所在。而欧阳建则持有和王弼对立的意见,他在《言尽意论》中反对玄学家们的"言不尽意"论。欧阳建认为:"原其所由,本其所由,非物有自然之名,理有必定之称也。""诚以理得于心,非言不畅。

---

① [德]卡西尔:《人论》,甘阳译,上海译文出版社 1985 年版,第 140 页。
② 王弼撰、楼宇烈校:《周易注校释》,中华书局 2012 年版,第 284—285 页。

物定于彼,非名不辩。言不畅志,则无以相接。名不辩物,则鉴识不显。鉴识显而名品殊,言称接而情志畅。"①由于主体对于"名""称"的正确规定和区分,从而借助于对语言文字的辨析,得以交流思想和认知客观的事物,因此语言文字是人们必不可少的交流手段,也是必须借助的得力而且可靠的工具。所以,语言可以达到传达思想和表述意义的客观作用,简言之,"言可尽意"。

现代语言学家进一步深入分析了语言的本质和特性。索绪尔归纳了语言的几方面特性:其一,语言是言语活动事实的混杂的总体中一个十分确定的对象。我们可以把它定位在循环中听觉形象和概念相联结的那确定的部分。其二,语言和言语不同,它是人们能够分出来加以研究的对象。其三,言语活动是异质的,而这样规定下来的语言却是同质的:它是一种符号系统,在这个系统里,只有意义和音响形象的结合是主要的,符号的两个部分都是心理的。其四,语言这个对象在具体性上比之言语毫无逊色,这对于研究特别有利。语言符号虽然主要是心理的,但并不是抽象的概念;由于集体的同意而得到认可,其全体即构成语言的那种种联结,都是实实在在的东西,它们的所在地就在我们脑子里。② 作为文学和哲学的物质基础和符号形式,语言的本质和特征也相应地规定了文学与哲学的某些本质和特征。显然,文学与哲学既是语言活动,也是言语活动。如果说语言是集体性和共时性的精神活动,而言语则是个体性和历时性的创造活动。首先,文学和哲学的文字写作更多地呈现个体性的言语或话语的特征,文学家和哲学家倾向于借助自己的独特性言语或话语进行情感表达和观念阐述的活动。所以,文学和哲学的创造性活动,更多使用言语和独特性的话语形式得以开展。其次,所有的语言、言语、话语都是符号化的运作,它们都是一整套的象征符号的排列组合,在组合的过程中传达意义、阐释意义和生成意义。文学与哲学借助于文字这一系列象征符号的运作,实现书写者抒发情感、表达意义和阐释现象的主观目的。最后,语言文字的书

---

① 北京大学哲学系中国哲学史教研室编写:《中国哲学史》上册,中华书局 1980 年版,第271 页。

② 参见[瑞]索绪尔:《普通语言学教程》,高名凯译,商务印书馆 1980 年版,第 36—37 页。

写最终都可以归结是一种个体的心理现象和精神事实。一方面它们都是个体心理的运作,其目的在于表达主体的情感和意义,无论是抒情还是说理或者阐释,都本着主体的个人意见和目的;另一方面,个体写作的所有语言文字,都必须和必然地获得集体的接受和认同,因为它们借用了集体的约定俗成的语言结构,于是主体借助于语言文字这一桥梁,在个体与个体之间、个体与集体之间建立了传达与理解、描述与接受的互动关系;再一方面,由于语言文字的传播和翻译,在相同的文化境域和不同的文化地域、不同的文化共同体之间也可以建立文化对话和文化交流的主体间性,使文学、历史、哲学等人文学科的对话与交流成为可能。

二、直觉思维和逻辑思维

文学与哲学皆是人类早期历史的思想果实,也是文化创造的轴心时代的最主要的精神花冠。由于文学与哲学的萌芽,人类的文明才取得巨大进步的一个显著的标志性象征。毋庸置疑,文学与哲学的诞生与发展一方面是由于物质生产的历史进步的客观结果,另一方面更是奠基于主体的理性进化和思维完善的主观条件。文学与哲学的萌芽显然受惠于主体在文明发展的早期时代的直觉思维或诗性思维。

意大利的维柯在其著名的《新科学》中,提出"诗性思维"和"诗性逻辑"的概念,他认为人类的早期思维就是诗性思维,也就是直觉思维。他说:"在世界的童年时期,人们按本性就是些崇高的诗人。""推理力愈薄弱,想象力也就成比例地愈旺盛。"①其实,在人类文明的前期,主体的推理力和想象力尽管未必形成反比例关系,主体的想象力和直觉思维显然要高于自身的推理能力和逻辑思维水准。

法国人类学家列维-斯特劳斯将直觉思维或诗性思维命名之"野性思维"或"神话思想"。他在《野性的思维》中指出:"神话思想的特征是,它借助一套

---

① [意]维柯:《新科学》,朱光潜译,人民文学出版社1986年版,第98页。

参差不齐的元素表列来表达自己,这套元素表列即使包罗广泛也是有限的;然而不管面对着什么任务,它都必须使用这套元素(或成分),因为它没有任何其他可供支配的东西。所以我们可以说,神话思想就是一种理智的'修补术'——它说明了人们可以在两个平面之间观察到的那种关系。"①列维-斯特劳斯阐释了神话思维的特性,并且将之规定为"理智的修补术"。显然,神话思维和理智思维相关联,是作为逻辑的必要补充。卡西尔也认为,在人类文明前期,语言、神话、诗歌是三位一体的存在方式,直觉思维和神话思维是主体的占有主导性的思维方式。而另一位法国人类学家列维-布留尔将这种直觉思维或诗性思维界定为"原始思维",它们的特性是"集体表象"之间相互渗透的"原逻辑思维"。然而,他把这种思维方式限定在原始民族的范围之内。"集体表象在原始人的知觉中占有非常重要的地位,这种情况使他们的知觉带上了神秘的性质。"②所以,布留尔又将这种思维命名为"神秘思维"。然而,令人遗憾的是,布留尔囿于文化与种族的偏见,将这种思维方式仅仅归属于某些未开化民族的身上,他没有意识到在人类文明的前期,这一思维方式是各个民族所共同拥有的并且一直延续和保留迄今,它们还将继续影响和作用于人类的文化进程。其实,无论是语言能指的直觉思维、诗性思维、神话思维等都是具有同一性的思维方式和心理特性,它们都对人类的文明进步和文化发展起到极其重要的作用,并且依然保留在主体的精神结构中,同样会对当下和未来的文化繁荣产生影响和作用。

维柯在《新科学》中指出:"希腊世界中最初的哲人们都是些神学诗人。"③锡德尼在《为诗辩护》中陈述了这样一个事实:

> 这事实是如此明显,以致希腊哲学家在很长时间的时期内不敢不在诗人的面貌下出现。所以泰勒斯、恩培多克勒、巴门尼德都用诗句来歌唱他们的自然哲学,毕达哥拉斯和福基利德斯也这样处理他们的伦理箴言;

---

① [法]列维-斯特劳斯:《野性的思维》,李幼蒸译,商务印书馆 1987 年版,第 22—23 页。
② [法]列维-布留尔:《原始思维》,丁由译,商务印书馆 1981 年版,第 36 页。
③ [意]维柯:《新科学》,朱光潜译,人民文学出版社 1986 年版,第 101 页。

提尔泰奥斯在军事方面也是如此,梭伦在政策方面亦然;说得更恰当一点,由于他们是诗人,所以他们会发挥他们那怡悦性情的特长来开发从前举世无所知晓的最高学术的各个方面。因为有智慧的梭伦是个诗人,这是很明白的,因为他曾经用诗来写过大西洋中的大西洋岛的故事,这故事后来柏拉图又续写的。事实上,就是柏拉图本人,任何好好研究他的人都会发现,虽然他作品的内容和力量是哲学的,它们的外表和美丽却是最为依靠诗的。因为全部都是依靠对话,而在对话中他虚构了许多雅典的善良市民,来谈那种他们上了大刑也不肯吐露的事情;此外,他那富有诗意的会谈细节的描写,如一个宴会的周到安排,一次散步的高情逸致等等,中间还穿插着纯粹的故事,如古革斯的指环等,不知道这些东西是诗的花朵的人是从未走进过阿波罗的花园的了。①

显然,无论是文学还是哲学,在它们萌芽时期,都较多依赖于主体的直觉思维或诗性思维。或者说,早期的人文主义者,他们的身份都不同程度地涂抹着诗人的色彩。尽管是哲学家,他们也借助诗歌的形式或者诗性思维进行哲学运思和采取诗歌体裁进行文本写作。所以,从历史文化的早期情况考察,文学与哲学处于一种文化与文体的混沌状态,两者只有模糊的文体区分和相对的逻辑界线,它们彼此融合和相互借鉴。当然,两者无论是作为学科性质还是秉持的文体表现,都具有主调上相差异的思维形式。诚如有学者指出:"哲学和艺术相互补充并相互丰富,表现为从精神上把握现实的形式,其中一种形式主要是认识本质、揭示周围世界的规律,另一种形式则是描绘现象,表现具体的规律过程。艺术创作在哲学中吸取观念定向标。哲学在艺术中吸取现实的表现,现实是通过它的活生生的直接流向而被把握的。重要的是还要估计到另一点:正像在哲学本身有一定的内在'艺术'因素一样,艺术本身也具有哲学的内容。"②

---

① [英]锡德尼:《为诗辩护》,钱学熙译,人民文学出版社 1998 年版,第 5—6 页。
② [苏]齐斯:《哲学思维和艺术创作》,冯申、林牧生、齐云山译,社会科学文献出版社 1992 年版,第 9 页。

所以,文学与哲学是将直觉思维和逻辑思维交互运用,只不过两者有所侧重,换言之,文学与哲学将两种思维方式和谐使用,而非单一性地使用某一种思维方式,只是以某一种思维方式为主导。如果说,在直觉思维或诗性思维的主导下,文学作者以唯美主义的话语修饰方式,凭借作家、诗人、戏剧家的个性化表现方式及其叙事手段和抒情策略,再以象征、隐喻等模糊含蓄的表达技巧,并结合多种修辞手法的交叉运用,从而达到华丽的辞藻和诗意的表达策略的完美统一,这就呈现为所谓的"文学性",从而使文学文本得以实现;那么,与此相对应,哲学文本依据哲学家的概念界定、范畴演绎、逻辑推导等思辨过程,借助论点、论据和论证等一系列的逻辑环节,从而构架一个客观逻辑和主观逻辑相互符合、现象和思想彼此印证而具有整体统一性的理论体系,并且呈现提问与回答、存疑与否定、批判与反思、解构与建构等精神意义,因此达到文本的哲学性和思想价值。然而,文学及其文本形式也必须适度地运用逻辑思维方式,对社会与人生、生活与实践、历史与现实、现象与意识等进行反思与批判,从而使自身蕴涵一定的哲学意义。相应地,哲学及其文本形式也借用直觉思维、形象思维和诗性思维等方法,适度借用符号象征、寓言隐喻、修辞表现等文学手法,表达某些隐晦玄奥、复杂深刻的精神意义。因此,从思维方式来考察,文学与哲学尽管以某种思维方式为主调,但也适度地借鉴多种思维方式以丰富自己的思想内涵和表现技巧,从而获得接受的价值认同并生成阅读者的愉悦感与美感。

三、意识形态

法国哲学家托拉西早先将"意识形态"作为一个概念予以确立,法国哲学界后来形成了"意识形态"这一学说及其以托拉西为代表的学术团体。随着历史文化的发展,马克思创立了"Ideologie"这个德语词汇,它最早出现在《德意志意识形态》这部著作中。俞吾金在《意识形态论》中对马克思的"意识形态"这一概念进行深入和精湛的阐释:

　　从马克思对意识形态所作的论述中,我们大致上可以把握这一概念的基本的涵义。第一,意识形态在马克思那里是一个总体性的概念,它包括许多具体的意识形态,如政治思想、法律思想、道德、哲学、宗教等等;第二,意识形态是生活过程在人脑中的反映。马克思说"我们的出发点是从事实际生活的人,而且从他们的现实生活过程中我们还可以描绘出这一生活过程在意识形态上的反射和反响的发展。"①马克思甚至强调,即使人们头脑中模糊的东西归根到底也是他们的可以通过经验来确定的与物质前提相联系的物质生活过程的必然升华物;第三,意识形态的载体是语言。马克思说:"'精神'从一开始就很倒霉,注定要受物质的'纠缠',物质在这里表现为振动着的空气层、声音,简言之,即语言。语言和意识具有同样长久的历史;语言是一种实践的、既为别人存在因而也为我自己存在的、现实的意识。"②在马克思看来,政治思想、法律思想、道德、哲学、宗教等具体的意识形态虽然是在意识发展到一定阶段时产生出来的,但它们同样是和语言交织在一起的。意识形态和语言的关系还有另一方面,即一定的意识形态总是借用一定的语言和术语来表达自己的。③

恩格斯将文学、艺术、历史、哲学、法律、道德等人文学科称之为"更高地悬浮于空中的意识形态的领域"④。显然,这些人文学科都是凭借语言文字而建构的精神世界。换言之,文学与哲学都隶属于"意识形态"的范畴。

"对哲学家们说来,从思想世界降到现实世界是最困难的任务之一。语言是思想的直接现实。正像哲学家们把思维变成一种独立的力量那样,他们也一定要把语言变成某种独立的特殊的王国。这就是哲学语言的秘密,在哲学语言里,思想通过词的形式具有自己本身的内容。从思想世界降到现实世界的问题,变成了从语言降到生活中的问题。"⑤所以,在这样的理论前提下,我们就在文学与哲学、语言与意识形态之间建立稳定而紧密的逻辑关联。因

① 《马克思恩格斯文集》第1卷,人民出版社2009年版,第525页。
② 《马克思恩格斯文集》第1卷,人民出版社2009年版,第533页。
③ 俞吾金:《意识形态论》,上海人民出版社1993年版,第64—65页。
④ 《马克思恩格斯文集》第10卷,人民出版社2009年版,第598页。
⑤ 《马克思恩格斯全集》第3卷,人民出版社1960年版,第525页。

此也可以推断,意识形态的秘密从形式与物质的视角看,也就是语言的秘密。或者说,语言的张力决定了意识形态的张力和意义。所以,一方面,意识形态的物质基础和表现工具是语言;另一方面,语言也是意识形态的本质存在和内在机体。由此可见,意识形态和语言这两者是密切关联的统一体。

如果我们对文学与哲学这两者作出进一步的逻辑区分的话,文学在本质特性呈现为"审美的和诗性的意识形态",而哲学在本质特性上表现为思辨的和逻辑的意识形态。它们的共同本质特性都是凭借语言符号表达主体的精神活动,或者说,文学与哲学的功能都是描述主体对现象界的感知与理解、传达写作者的内在意义和思想情感,都是主体对现象界和自我存在、对历史演变和社会发展的阐释活动。

从意识形态的这一视野考察,文学与哲学的同一性和差异性还在于以下几个方面。

首先,文学与哲学都富有历史感,因为它们来源于历史的实践行动。一方面,文学与哲学都建立在人类的物质需要和基本欲望的客观基础之上,物质资料的生产与消费构成了文学与哲学等意识形态的生成和发展的主要理由与逻辑;另一方面,文学与哲学的历史感包含着两者对历史的描述与拷问。如果说,文学必然地置身于客观的历史场景,以感性的笔法或诗意的技巧去叙述和表现历史、历史事件和历史人物的发展变化及其多种矛盾冲突,从而部分地扮演历史"书记官"的角色,在一定程度上对历史作出自己的直觉感受和审美沉思。而哲学同样受制于历史语境的客观因素,它必然性地要对历史作出自己的反思和批判、质疑和否定,寻求历史之谜的解答,勾勒出历史的演变轨迹和探究其客观规律,从而发现黑格尔(Georg Wilhelm Friedrich Hegel, 1770—1831)称之为"历史理性"的存在。和文学不同,哲学对历史的阐释活动全然地借助理性力量和逻辑策略得以施展,相对而言,它比文学对历史的剖析和认识显得更为深刻、辩证和全面。

其次,文学与哲学均关切于现实生活,阐释和回答现实的提问,担负对现实的批判使命。别林斯基说:"一个民族的诗歌是一面镜子,在这面镜子里,反映出它的生活,连同全部富有特征的细微差别和类的特征。"①文学肩负着历史与现实这两个时间境域赋予的责任,它除了描绘历史事件和历史人物,对历史作出艺术表现和审美沉思之外,它还担当对现实生活进行描写和表现的重要责任,甚至后者的责任和任务要远远超越前者。因此,文学对现实生活和政治动向的关切程度要胜于哲学。当然,文学、哲学这二者和政治与权力的关联程度和相对距离体现出它们的类似性质和品格。然而,部分门类的哲学和哲学家,例如逻辑学和逻辑学家、纯粹认识论的哲学和哲学家、语言哲学和语言哲学家等,和政治与权力的关联相对疏远。而政治哲学和政治哲学家们,则和政治与权力保持密切的联系。特别是一部分怀揣着充当"帝王师"的政治抱负的哲学家,他们有的自诩为"哲学王",往往有强烈的政治抱负,包括柏拉图在内的一部分哲学家都希冀进入政治与权力的角逐场,然而他们绝大多数的结果和最初的目标往往背道而驰。

再次,作为意识形态,文学和哲学都寄托理想主义的信念和闪烁着期许未来的乌托邦色彩,它们都共同沉思人类的未来命运和关切建立一个完美的理想王国。古希腊的柏拉图(Plato,前 427—前 347 年)以主体的理念营造自己的"理想国",而先秦时期的屈原则提出自己的"美政"理想,以"以民为本""举贤授能""修明法度"作为自我的政治目标,北宋张载在《语录》中提出"为天地立心,为生民立命,为往圣继绝学,为万世开太平"②的宏大口号,冯友兰将之归纳为"横渠四句"。近代的托马斯·莫尔构想自己的"乌托邦",近现代的康有为描述了一个"大同世界"。可见哲学家和文学家总是期许自我有"兼济天下""修齐治平"的治国良策,幻想能够被君王所倚重。然而,他们的目标和结果往往截然不同。但这一现象并非否定文学与哲学对政治所具有的积极意义和客观价值。罗森言:"哲学可以发挥革命性作用,通常被认为是现代时

① 中国社会科学院外国文学研究所外国文学研究资料丛刊辑委员会:《外国理论家、作家论形象思维》,中国社会科学出版社 1979 年版,第 55 页。

② 《张载集》,中华书局 1978 年版,第 320 页。

期的特征。"①其实,无论在哪一个历史时期,哲学和文学都发挥着自己的革命
性作用。

最后,作为意识形态的同一性存在,文学与哲学呈现出鲜明的情感与理智
的分野。显然,一方面文学侧重于表达情感,诚如苏珊·朗格所言,艺术是人
类情感的符号化表现方式②;另一方面文学擅长于表现审美意象,沉醉于美的
现象和典型,给阅读者以丰富和怡悦的审美享受。而哲学家一方面以理智安
身立命,以思辨和逻辑见长;再一方面哲学文本以论辩和说理作为主要手段,
它以追求知识论和真理论相互符合为主要目标。文学与哲学作为意识形态的
另一个共同点在于,文学和哲学都以求真为己任,它们共同关注人类的道德、
伦理的善,反对一切的恶,无论是本性的恶、观念的恶还是行为的恶。他们和
所有的意识形态一样,都竭力地为人类文明的历史和现实,确立一系列普遍的
价值准则和伦理标准及其道德观念,这是两者一致的核心价值观和精神目标。

第二节　文学、哲学的历史渊源

哲学的英文"Philosophy"、希腊文"Φιλοσοφία"。"哲学"这一称谓最早
由日本近代著名的思想家西周在《百一新论》中用汉字翻译而来,后来经由康
有为等人介绍和引进,遂通行于中国。在中国古代,文学与哲学没有严格的逻
辑界限,直至近代受西学影响才始有区分。在文明的轴心时代,古希腊柏拉图
提出诗与哲学之争的命题,初步界定了两者的界限。在本体论意义上,文学与
哲学是同源性的符号化存在,都是以语言文字为载体的意识形态,或者说两者
都呈现"互文性"(intertextuality)和具有"能指"(signifier)与"所指"(signified)
之间的语言游戏特征,两者有一个共在特性是,均蕴含一定的悲剧意识和幽默
感,并且能够将人生的知识与智慧、理性与情感等实行融合。有学者认为:

---

① 　[美]罗森:《诗与哲学之争》,张辉译,华夏出版社 2004 年版,第 35 页。
② 　参见[美]苏珊·朗格:《情感与形式》,刘大基等译,中国社会科学出版社 1986 年版,第
62 页。

"哲学语言的终点往往就是诗的起点。每一篇哲学论文按其本质都应该是一首散文哲理诗,每一本哲学著作都应该是一部哲理诗集。"①显然强调了文学与哲学的交互性,在存在本质的同一性上阐释两者的精神价值和美学意义。美国学者罗森(Stanley Rosen)认为:"哲学与诗的争纷,是哲学与诗的根本统一派生的结果。当我们企图确认或者描述统一的原则本身时,冲突就产生了;这一企图总是导致诗的获胜。发生在派生层面的胜利,被视为根本性的了;用稍稍不同的概念来表达,哲学与诗的争纷,是技术或方法论层面的;当技艺在哲学中试图占主导地位,或者哲学将自身转化为诗的时候,这个冲突就产生。所以,这个争纷是似是而非的,而不仅仅是派生性的,因为没有真正的争纷已经是明显的事实。争纷本身就是诗的胜利。"②显然作者对文学存在着价值偏袒。

文学与哲学相互补充和相互丰富,它们表现为主体从精神世界掌握现实世界的两种不同形式。哲学表现为人类对现象界的理智或概念性的认识活动,力求揭示外在世界的存在方式与特性;文学始终以形象和感性的符号化方式,以象征性或隐喻性的手法表现生活世界。换言之,两者都是主体对现象界和对自我存在的理解活动或阐释活动。意大利作家卡尔维诺以文学创作者的丰富经验和艺术敏感,描述文学与哲学之间的复杂关系:

> 哲学与文学之间的关系是一种斗争。哲学家的目光穿越昏暗的世界,去除它肌肉般的厚度,将存在的多样性简化为由普遍性概念之间关系构成的一张蜘蛛网,并且确定了规则,而根据这些规则,有限数量的棋子在一张棋盘上移动,穷尽了或许无限数量的组合。然后,来了一些作家,针对那些抽象的棋子,他们用具有名称、确定的形状,以及一系列王室和马匹的真实属性,取代了抽象的国王、王后、马匹和塔楼等词汇,用尘土飞扬的战场或者暴风骤雨下的大海来取代棋盘。于是,就出现了这些被搅

---

① 赵鑫珊:《哲学与当代世界》,人民出版社1986年版,第127页。
② [美]罗森:《诗与哲学之争》,张辉译,华夏出版社2004年版,第33—34页。

乱的游戏规则,这是另外一种秩序,与哲学家一点点发现的秩序有所不同。也就是说:发现了这些新的游戏规则的人,还是那些哲学家,他们重新开始反击,而且表明作家们完成的行动可以被认为是他们的行动之一,那些确定的塔楼和旗手,只不过是经过乔装改扮的普遍性概念。①

卡尔维诺继而说:"文学一方面从哲学和科学中汲取营养,另一方面又与之保持距离,并一口气轻轻吹散抽象的理论和现实表明的具体。"②显然,卡尔维诺力图客观真实地描述文学与哲学的这种密切纠缠的关系。韦勒克、沃伦在《文学理论》中认为:"文学可以看作思想史和哲学史的一种记录,因为文学史与人类的理智史是平行的,并反映了理智史。不论是清晰的陈述,还是间接的隐喻,都往往表明一个诗人忠于某种哲学,或者表明他对某种著名哲学有直接的认识,至少说明他了解该哲学的一般观点。"③这一观点在赞赏和肯定哲学对文学的决定性影响的同时,也一定程度上忽视了文学对哲学的影响。显然这是单向度的哲学决定论观念和哲学对文学的统领性思维。我们传统的美学观亦如此:"哲学是一切学问的根本,也是诗学的根本,彼此休戚相关,兴衰与共。哲学的进步,会带来诗学的提高。哲学的贫困,难免带来诗学衰微。"④这些类似的流行看法的局限性在于,将文学附庸于哲学的思想羽翼下而忽视了文学之于哲学的想象力和方法论的启迪。当然也有学者认为:"以为文学家都受到哲学家单一的影响,甚至以反映了时代哲学的光辉为大作家的标准,就可能陷入谬误。文学家的心灵以其感觉的敏锐性、生动性和丰富性而著称,这一点是哲学家所不能比的。"⑤尤其是文学家的卓绝奇异的想象力和虚构才能更为哲学家望尘莫及,而这些则给予某些哲学家以思维的启迪与方法的创新。

罗森认为:"诗人和哲人以他们通常的身份进行为什么是美好生活的争

① [意]卡尔维诺:《文学机器》,魏怡译,译林出版社 2018 年版,第 235 页。
② [意]卡尔维诺:《文学机器》,魏怡译,译林出版社 2018 年版,第 242 页。
③ [美]韦勒克、沃伦:《文学理论》,刘象愚等译,江苏教育出版社 2005 年版,第 123 页。
④ 刘长龄:《诗歌文学的艺术与哲学》,中国文化出版社 2010 年版,第 78 页。
⑤ 高旭东:《中西文学与哲学宗教》,北京大学出版社 2004 年版,第 6 页。

辩,但他们争论的不是永恒的问题,而是可以使永恒得以接近的人造物。诗与哲学一样,如果两者分离,就有用部分代替全体的危险,或者说有用影像代替原本的危险。柏拉图的对话暗示,争纷没有、也不可能解决。相反,如果用黑格尔的概念,争纷消失在创造的话语中,结果诗不像诗、哲学不像哲学,而是哲学的诗。哲学没有诗,正像诗没有哲学一样,是不适宜的,或无法衡量的。在最终的分析中,哲学与诗并没有争纷。但最终的分析不是最初的分析。"①他强调了两者的逻辑关联和复杂性以及对裁定这一问题所采取的悬置与存疑的态度。当然,这些疑虑不妨碍我们区分两者的差异性:文学呈现主体与客观存在之间的审美关系;哲学呈现主体与现实世界之间的理论关系。

冯友兰对哲学的阐释是:"哲学是人类精神的反思。所谓反思就是人类精神反过来以自己为对象而思之。人类的精神生活的主要部分是认识,所以也可以说,哲学是对于认识的认识。对于认识的认识,就是认识反过来以自己为对象而认识之,这就是认识的反思。"②冯友兰对哲学的这一阐述甚为精辟。卡西尔认为:

> 认识自我乃是哲学探究的最高目标——这看来是众所公认的。在各种不同哲学流派之间的一切争论中,这个目标始终未被改变和动摇过:它已被证明是阿基米德点,是一切思潮的牢固而不可动摇的中心。即使连最极端的怀疑论思想家也从不否认认识自我的可能性和必要性。他们怀疑一切关于事物本性的普遍原理,但是这种怀疑仅仅意味着去开启一种新的和更可靠的研究方式。在哲学史上,怀疑论往往只是一种坚定的人本主义的副本而已。借着否认和摧毁外部世界的客观确实性,怀疑论者希望把人的一切思想都投回到人本身的存在上来。怀疑论者宣称,认识自我乃是实现自我的第一条件。为了欢享真正的自由,我们就必须努力打破把我们与外部世界联结起来的锁链。蒙田写道:"世界上最重要的

---

① [美]罗森:《诗与哲学之争》,张辉译,华夏出版社 2004 年版,第 33—34 页。
② 冯友兰:《中国哲学史新编》第 1 册,人民出版社 1982 年版,第 9 页。

事情就是认识自我"。①

显然这些看法有着异曲同工的精湛之见。承接着上述哲人之思，我们也尝试提出对"哲学"的一点己见：哲学乃是求证自我之学，亦是向"存在"（精神存在、物质存在、社会存在）的提问之学。哲学的功能在于：为世界立法、为人心立论、代万物立言、替诸象立意。所以，在传统的本质论意义上，文学与哲学均是"人学"，两者都以"人"为目的与为轴心、为对象与为结果。

在西方思想史上，自古希腊起，有关文学与哲学关系的论争就一直没有停息过，这一论争成为理论界一个传统的话题。爱德蒙森在《文学对抗哲学》中写道：

文学批评在西方诞生之时就希望文学消失。柏拉图对荷马的最大不满就是荷马的存在。在柏拉图看来，诗歌是欺骗：它提供模仿和模仿，而生活的目的是寻找永恒的真理；诗歌煽动起难以驾驭的情感，向理性原则挑战，使男人像个女人；它诱使我们为取得某种效果而操纵语言，而非追求精确。诗人发送出许多精美的言辞，可是，如果你问他们到底在说些什么，他们只会给你一个幼稚的回答：不知道。尽管柏拉图对文学艺术的吸引力不乏雄辩之词，然而，在他看来，诗歌对创造健全的灵魂或合理的国度没有丝毫用武之地。在设计乌托邦蓝图时，柏拉图把诗人逐出墙外。②

柏拉图从维护哲学与哲学家的思想尊严和崇高地位的自私目的出发，竭力推崇哲学与哲学家的至尊地位，所谓的"哲学王"的虚荣心和自豪感令他在抬高哲学地位的同时，不忘记贬低文学、诗歌或诗人存在着道德和理性的缺陷，不忘记在"理想国"中要驱逐诗人。因为在柏拉图的贵族思想家的自诩意识中，诗人不仅在道德上存在缺陷，而诗歌也因为说谎和真理之间存在着本质的距离，诗歌是对理式世界的"模仿之模仿"，因此它无法言说真理。因此可见，在柏拉图建构的"理想国"中，驱逐文学和诗人就是一个合理的和符合逻

① ［德］恩斯特·卡西尔：《人论》，甘阳译，上海译文出版社1985年版，第3页。
② ［美］爱德蒙森：《文学对抗哲学——从柏拉图到德里达》，王柏华、马晓冬译，中央编译出版社2000年版，第1页。

辑的必然选择。

　　然而,柏拉图的这一理论支配下的对待诗歌与诗人偏激情绪没有影响后世对文学的推崇,启蒙时代的哲学家谢林(Friedrich Wilhelm Joseph von Schelling,1775—1854)甚至持有和柏拉图迥然不同的观点。谢林从哲学的本体论意义上提出"神话"的概念,认为神话对于文明或文化的诞生与发展起到决定性作用。因此,神话是诗性生成的逻辑前提和精神文化创造的源泉。谢林对神话的概念分析推导出这样的逻辑结论:哲学起源神话,也即起源于文学。谢林指出:

> 　　神话既然是初象世界本身、宇宙的始初普遍直观,也就是哲学的基础,而且不难说明:即使希腊哲学的整个方向,亦为希腊神话所确定。最古老的希腊自然哲学,便是最先从中产生者;当阿那克萨哥拉("诺斯")尚未赋之以,以及继其后的苏格拉底尚未以尤为完满的形态赋之以理性主义因素之时,它依然是纯属现实主义的。而神话又是哲学伦理部分的初源。伦理关系的始初观念(Ansichten),而首先是为一切希腊人所共有者(迄至以索福克勒斯为代表的文化高峰),以及深深地铭刻于他们所有作品中的、世人依附于神的情感、同样见诸伦理问题的节制和适度、对飞扬跋扈和恣意妄为的厌恶,如此等等,——索福克勒斯的著作中的这些美德懿行,仍然来源于神话。①

　　这位对神话强烈偏爱的思想家,表现出哲学视野上的"神话至上论"。他把人类的文化起源确立一个唯一性动因——"神话",它被规定为人类精神的图腾与偶像,甚至被抽象成了宇宙的本质或本源,构成为世界的终极意义和精神存在的最高价值,它已经和柏拉图的理式、黑格尔的理念和绝对精神成为同一性质的存在,被提升为形而上的具有普遍哲学意义与伦理价值的"逻各斯"。而谢林的"神话"这一理论话语,不过就是早期"文学"的代名词而已。显然,在谢林的心中,哲学起源于神话,也即是起源于文学。如果我们理性和

---

　　①　[德]谢林:《艺术哲学》上册,魏庆征译,中国社会出版社1996年版,第76页。

客观地对待谢林的这一观点,的确可以发现它的合理性和存在着的客观事实。由此,我们进行进一步的理论思考。

一、诗先于哲学并优于哲学

在人类文化的轴心时代,从文体形式来看,文学或诗歌的确是先于哲学这一形式的,而且诗歌和诗人比哲学、哲学家也处于优势的地位。大约出生在公元前9世纪或公元前8世纪的古希腊盲诗人荷马(Homer,约公元前9世纪—公元前8世纪),传说他创作的史诗《伊利亚特》和《奥德赛》,叙述了公元前12世纪至公元前11世纪的特洛伊战争和海上游历及其冒险的曲折故事。这2部史诗尽管是由荷马根据民间传说改编和加工而来,但因为荷马的创作,最终形成了系统和完善的文学文本。两千多年来,荷马史诗在西方世界被赞誉为最古老的文学杰作,它成为西方文学一个经典偶像并被欧洲广泛视为艺术巅峰的象征品。荷马史诗深刻地影响了西方的宗教、文化以及价值观和审美观,也奠定了诗歌和诗人在西方文化史上的辉煌和崇高的地位。而这一殊荣和地位是当时的哲学和哲学家所望尘莫及的。马克思在《政治经济学批判》导言中说荷马史诗"困难不在于理解希腊艺术和史诗同一定社会发展形式结合在一起。困难的是,它们何以仍然能够给我们以艺术享受,而且就某些方面说还是一种规范和高不可及的范本"[1]。荷马是一个历史性的文化坐标,在他的时代没有任何一位哲学家能够与他媲美,也没有任何一个哲学文本能够获得和他的《伊利亚特》和《奥德赛》相与颉颃。显然,荷马是一个"鹤立鸡群"的诗人和文化偶像。那个时代,诗人和文学辉煌淹没了哲学家和哲学的存在。

柏拉图也借苏格拉底(Socrates,公元前469—公元前399年)之口对荷马推崇备至:"荷马是一位最伟大,最神圣的诗人,你不但要熟读他的辞句,而且还要彻底了解他的思想,这真值得羡慕!因为诵诗人要把诗人的意思说出来,让听众了解,要让人家了解,自己就得先了解;所以一个人若是不了解诗人的

---

[1] 《马克思恩格斯文集》第8卷,人民出版社2009年版,第35页。

意思,就不能做一个诵诗人。这了解和解说的本领都是很值得羡慕的。"①"荷马揭示了诗的神奇力量:缪斯。生活被看作是为他而举行的节日庆典场面。神圣而温柔的爱以光芒四射的先兆改变了人及其本性。神奇的想象幻化成各种不同的面相把灵与肉融为一体。人就是在这种'神圣的语言唤起的形象'中找到与自己可见的宇宙的和谐与统一的。"②一方面,荷马编写和创造了灿烂的神话史诗,而他自己本身也升格成为西方文化中第一个文学的神话,被尊奉为一个神话式的诗人偶像;另一方面,荷马的史诗中还蕴藏着丰富而深刻的哲学理念,换言之,荷马扮演着诗人和哲学代言人的双重角色。

荷马是苏格拉底前的宇宙神学在诗歌领域里的对应者。他的史诗揭示了客观世界壮丽的全景画面,在这个世界里,人类主体只是其中的一个有机、必要的成员。这种成员资格同时也是人类的悲惨命运,阿波罗明亮但发散的太阳闪烁其上。善与恶是自然的事实,自然的事件,它们以追寻理性的公正智慧显现出来。当人们犯错误时,那是因为他们不知道还有更好的。激情和同情都是构成人类生活的材料。当作品描绘他们时,他们似乎成了动物,天真而美丽。一代代人像数不清的树叶从树上飘落一样一闪而过。这就是源于希腊文化的荷马——苏格拉底前古希腊哲学中的自然主义。③

荷马不仅是一位古典偶像般的诗人和文学家,而且也是一位思想深刻的哲学家。荷马史诗寄寓着丰富的哲学内涵,既有自然主义的深邃思想,又有历史主义的普遍理念,更有人本主义的绚丽色彩。荷马在西方文化中的神圣地位是毋庸置疑的,在他那个时代,还没有任何一位哲学家能够享受如此的殊荣。

和古希腊时代的文化状况类似,中国文化的滥觞也是诗歌。诗歌成为人

---

① [古希腊]柏拉图:《文艺对话集》,朱光潜译,人民文学出版社1963年版,第2页。

② [美]缪勒:《文学的哲学》,孙宜学、郭洪涛译,广西师范大学出版社2001年版,第1页。

③ [美]缪勒:《文学的哲学》,孙宜学、郭洪涛译,广西师范大学出版社2001年版,第16—17页。

类精神文化的第一缕曙光,也是整个意识形态的"报春花"。作为"六经"之首的《诗经》,是中国最古老的诗歌总集,它汇集了西周初始至春秋中叶在民间流传并由文人艺术制作而成的 300 余首诗歌。《诗经》在内容上分为"风、雅、颂"3 个方面。《风》为周代各个地域的歌谣。《雅》则为周人的正声雅乐,它又为《小雅》和《大雅》;《颂》是周王庭和贵族们宗庙祭祀所使用的乐歌,有《周颂》《鲁颂》《商颂》这 3 类。《诗经》生动传神地勾画了大约 500 年的历史风貌和社会风尚,它的艺术写作手法被概括为"赋、比、兴"等方面。据说尹吉甫采集、孔子重新修饰、编定了《诗经》,从而使之臻于完善。与荷马史诗不同的是,《诗经》是由集体创作,属于大众诗歌和民间文学。《诗经》后来被奉于儒家经典,也上升为整个中华民族的文化经典,它获得了至尊的文化地位和最高的审美价值。显然,《诗经》的存在领先于哲学,那些无名诗人的荣耀也远远地高于哲学家。自《诗经》之后,才有"百家争鸣"的"诸子"这些思想家和哲学家出现。

进一步考察轴心时代的文化样式和意识形态的存在方式,我们可以发现这样一个有趣的现象:最初的哲学往往是依附或借助于文学形式而存在的。如果说文学起源于语言文字,同源于神话;那么,我们可以推论:最初的哲学寄生于文学的文体形式之中,随着历史文化的演变和进步,哲学方才逐渐获得自身的独立性,在古希腊文明的后期,哲学曾一度凌驾于文学之上,并获得了至尊的荣耀。

我们先从古希腊最早哲学家之一的米利都的泰勒斯(Thales,约公元前624—公元前 546 年)情况考察,泰勒斯是希腊的著名七哲之一,"七哲中每个人都特别以一句格言而闻名;传说他的格言是:'书是最好的'"①。泰勒斯的著作主要借助于诗歌体裁得以表达,其文本包含着明显的诗意思维的特点。

　　阿各斯人罗朋说他的著作一共有二百行诗,并且说的他雕像下面刻着:米利都的泰利士长眠在这块养育过推断土地里,他是一位贤者,又是

---

① 　[英]罗素:《西方哲学史》上卷,何兆武、李约瑟译,商务印书馆 1963 年版,第 51 页。

第一个天文学家。下面是他的一首诗：

> 多说话并不表示有才智。
>
> 去找出一件唯一智慧的东西吧，
>
> 去选择一件美好的东西吧，
>
> 这样你就会箝住许多嚼舌汉的嘴。……①

显然，作为古希腊七哲之首、米利都学派最著名的代表人物，泰勒斯的著作皆是以诗歌体裁呈现的，也就是说，最初哲学家的文本写作是借用文学形式。早期的哲学尚且没有自己专用的文体形式。这在一定意义上，折射出当时哲学尚未获得完全独立性的这一历史事实。相应地，哲学家的社会地位和影响力也逊色于文学家。另一位著名的古希腊哲学家巴门尼德（Parmenides of Elea，约公元前515年—公元前5世纪中叶以后）也运用诗歌进行写作，他的思想保存于《论自然》的诗歌里。而后的哲学家恩培多克勒同样也是一位擅长以诗歌阐述哲思的人物。"恩培多克勒像巴门尼德一样，也是用诗来写作的。受了他的影响的卢克莱修，对于作为诗人的他曾给予极高的称赞。但是在这个问题上，意见是分歧的。因为他的著作保存下来的只是些片断，所以他的诗才如何也就只好存疑了。"②我们暂且不论哲学家的诗才如何，至少他们借助诗歌形式的写作得以传达了自己思想的这一点是明确的。后来古罗马时期的卢克莱修（Titus Lucretius Carus，约公元前99—公元前55年）的《物性论》，更是将哲学性的诗歌写作提升到一个崭新的高度。

> 能驱散这个恐怖、这心灵的黑暗的，
>
> 不是初升太阳炫目的光芒，
>
> 也不是早晨闪亮的箭头，
>
> 而是自然的面貌及其定律——
>
> 这个教导我们的定律开始于：

---

① 北京大学哲学系编译：《古希腊罗马哲学》，生活·读书·新知三联书店1957年版，第3页。

② ［英］罗素：《西方哲学史》上卷，何兆武、李约瑟译，商务印书馆1963年版，第84页。

未有任何事物从无中生出。

恐惧所以能统治亿万众生，

只是因为人们看见大地寰宇

有无数他们不懂其原因的事象，

因此以为有神灵操纵其间。

而当一朝我们知道

无中不能生有，我们就会

更清楚地猜到我们所寻求的：

万物由之造成的那些元素，

以及万物之造成如何未借神助。

假定一切都可从不论什么而来，

则任何东西就能够从任何东西发生，

而不需要一定的种子。

……①

卢克莱修以诗歌阐述了他的自然哲学的第一个规律：无物能够从无中生成。这也奠定了他关于世界之物质决定论的基本原理。由于诗歌文体的早熟，显然诗歌要优胜于哲学。而相应地，诗人或文学家的社会地位及其声誉和影响力，也优胜于哲学家。就如同古希腊时期的《荷马史诗》要优胜于哲学文本，因为在那个时期还没有出现成熟的哲学文本，只有少数哲学家的只言片语和零星文本，而相对成熟的哲学文本往往借助于诗歌写作。

古罗马时期的哲学家延续和继承了以诗歌形式表现哲学思想的这一文本写作的传统，从而使哲学借用文学的文体而得以延展自己的生命活力。古罗马时期的波爱修斯，被赞誉"最后一个罗马哲学家"和第一位"经院哲学家"，也被称为"奥古斯都之后最伟大的拉丁教父"。他在神学、哲学、逻辑学、数

---

① 北京大学哲学系编译：《古希腊罗马哲学》，生活·读书·新知三联书店1957年版，第379—380页。

学、音乐等方面都有显赫的建树。他在监狱中写作《哲学的慰藉》一书,模仿柏拉图式的"对话体",借助于哲学女王和自己的"苏格拉底式"的对话,表达了引导那些漂泊和流浪的、无家可归的灵魂回归精神之家园这样的一个哲学母题。通览整个文本,皆是借用散文和诗歌体裁书写哲学之思,将柏拉图的对话挪移成为更加文学化和审美化的哲学著作。著作的开卷就是诗歌:

> 我往昔的诗草,意气风发,
>
> 如今的我,唉,落笔生悲,黯然且神伤,
>
> 看那些悲怆的缪斯,何以助我成章。
>
> 哀哉悲哉,真挚的泪水打湿了我的脸庞,
>
> 恐怕她们至少会与我结伴而行。
>
> 伙伴们一往如昔
>
> 不堪沉寂啊;她们曾经是
>
> 我青春少年时期的荣耀;现今在我风烛残年之时
>
> 她们又来安抚我。
>
> 因为衰年悄然而至,病痛催人老啊,
>
> 还有这忧戚,也绝不饶人;
>
> 我满头白发,容颜衰颓,
>
> 再看我这不支的身子骨;油尽灯枯。①

　　哲学女王和波爱修斯的对话过程中经常性地插入诗歌,以丰富与深化理论沉思的灵活度和自由感,并且能够引发灵感和想象力,调动对话者的情绪和激发阅读者的美感。《哲学的慰藉》借助于自己和哲学女王的对话,讨论了思想史上一个十分重要的理论命题:善。哲学女王认为,善是人内心幸福的首要保证,也是人之存在的阿基米德点,一个人的德性即"善"才是他真正和永恒拥有的人生的价值与意义,而财富、名望、地位等则属于过眼云烟。波爱修斯和哲学女王讨论了人性、道德、伦理、公平、正义、命运和自由等问题,作出自己

---

① 〔古罗马〕波爱修斯:《哲学的慰藉》,范思哲译,新世界出版社2011年版,第3页。

的解答和阐释。《哲学的慰藉》可谓是一本人生哲学的对话录和沉思录,思想深邃而视野广阔,语言优雅蕴藉,尤其著作中穿插的诗歌,格调高尚而音律和谐,受到但丁、薄伽丘、乔叟等后世大诗人的推崇和赞誉。显然,这是一个融合诗歌、散文和哲学于一体的经典文本,也佐证了在诗歌或文学一度优于哲学而占据显赫地位的这样一种文化现象。

二、哲学的反抗与僭越

诗歌与哲学的"蜜月"在古希腊文化的后期终于宣告结束,而结束的标志性人物就是古希腊的伟大哲学家柏拉图,他借老师苏格拉底之口开始了一个伟大的哲学时代。柏拉图以"对话录"这样一个文本写作的方式,宣告了哲学黄金时代的开始,同时这也意味着哲学家戴上王者的冠冕登上了思想文化的舞台,一度获得了超越文学和文学家的话语权。

如果我们分析古希腊时期的伟大哲学家柏拉图,也许能更清楚和深入地理解哲学与文学的密切关联。柏拉图借用苏格拉底之口的对话录写作,采取的是文学的"戏剧化手法"。柏拉图几乎所有的对话体写作都是借用他的老师苏格拉底之口,换言之,柏拉图所有写作几乎都是对话体模式。而这种对话体模式,潜藏着文学的戏剧化手法和写作技巧。以苏格拉底为标志,哲学家的地位开始上升,诚如西方学者所论,柏拉图《理想国》表达出这样的状况:

> 除了取笑诗人,柏拉图也为哲学家应当是什么样子作了不言自明的描绘。在随之而来的几乎任何方面,真正的哲学家与诗人都分处天平的两端,双方相互界定。哲学家是精英中的一员,而诗人是一个民主分子,众人中的一人。哲学家可以辅佐统治者治国(这是柏拉图最高的希望之一),相反,诗人对国家领袖毫无用处。哲学家门徒济济(苏格拉底和柏拉图都成功地做到了),人们热爱他们,弘扬他们的教诲;而荷马,到年老之时,朋友们就把他遗忘了。诗人耽于情感,一心指望观众的孩子气和女人气,也许他们本人就幼稚无知,女人气十足。哲学家弃绝悲伤,他们克制、理智、有男子气概。而最要紧的是,哲学家与真理共处,至少借助雄辩

靠近真理。诗人与现实隔了两层,迷失在虚幻之中。①

柏拉图这位古希腊伟大哲学家,他继承了老师苏格拉底的精神贵族的衣钵,宣告了"哲学王"时代的来临。其实,柏拉图在《理想国》中还是表达了对诗人和艺术家的辩证态度,并非单向度地一味排斥,他借苏格拉底之口对格劳孔说:

> 那么,问题只是诗人身上了?我们要不要监督他们,强逼他们在诗篇里培植良好品格的形象,否则我们宁可不要有什么诗篇?我们要不要同样监督其他的艺人,阻止他们不论在绘画或雕刻作品里,还是建筑或任何艺术作品里描绘邪恶、放荡、卑鄙、龌龊的坏精神?哪个艺人不肯服从,就不让他在我们中间存在下去,否则我们的护卫者从小就接触罪恶的形象,耳濡目染,有如牛羊卧毒草中嘴嚼反刍,近墨者黑,不知不觉间心灵上便铸成大错了。因此我们必须寻找一些艺人巨匠,用其大才美德,开辟一条道路,使我们的年轻人由此而进,如入健康之乡;眼睛所看到的,耳朵所听到的,艺术作品,随处都是;使他们如坐春风如沾化雨,潜移默化,不知不觉间受到熏陶,从童年时就和优美、理智融合为一。②

柏拉图一方面对诗人和艺术家进行批评:希望在他们的诗篇或文艺作品中培植良好品格的形象,反对他们的文艺作品包含着邪恶、卑鄙、龌龊的负面因素,否则就从不允许他们在我们中间存在;另一方面,柏拉图对包括诗人在内的文艺家皆提出了严格的道德要求,希望"用其大才美德,开辟一条道路",用他们的文艺作品对青年人进行潜移默化的道德教育,让他们从童年时就和优美、理智融为一体。然而,在总体上,柏拉图以哲学家的身份还对诗人抱怨不止,他"发现荷马和悲剧诗人们把神和英雄们描写得和平常人一样满身是毛病,互相争吵,欺骗,陷害;贪图酒食享乐,既爱财,又怕死,遇到灾祸就哀哭,甚至奸淫掳掠,无所不为。在柏拉图看,这样的榜样决不能使青年人学会真

---

① [美]爱德蒙森:《文学对抗哲学——从柏拉图到德里达》,王柏华、马晓东译,中央编译出版社2000年版,第6—7页。

② [古希腊]柏拉图:《理想国》,郭斌和、张竹明译,商务印书馆1986年版,第107页。

诚,勇敢,镇静,有节制,决不能培养成理想国的'保卫者'"①。因此,柏拉图认为:"除掉颂神的和赞美好人的诗歌以外,不准一切诗歌闯入国境。"他接着说:"我们既然又回到诗的问题,我们就可以辩护我们为什么要把诗驱逐出理想国了;因为诗的本质既如我们所说的,理性使我们不得不驱逐她。如果诗要怪我们粗暴无礼,我们也可以告诉她说,哲学和诗的官司已打得很久了。象'恶犬吠主','蠢人队伍里昂首称霸','一批把自己抬得比宙斯还高的圣贤','思想刁巧的人们毕竟是些穷乞丐',以及许多类似的谩骂都可以证明这场老官司的存在,话虽如此说,我们还可以告诉逢迎快感的模仿为业的诗,如果她能找到理由,证明她在一个政治修明的国家里有合法的地位,我们还是很乐意欢迎她回来,因为我们也很感觉到她的魔力。但是,违背真理是在所不许的。"②柏拉图对诗与诗人的偏见的根本性原因是来源于他对于诗歌的认识价值的贬低,他认为诗歌和绘画一样,都存在着对现实对象的片面反映和肤浅表现。"在柏拉图看来,说得通俗点儿,诗人必须说谎,因为他生活在幻觉中,与现实隔了三层。在高高的某处,存在一张床的理式,工匠模仿它,制造了一张床的外形,虽然不完美。接下来是到画家或诗人,他们的作品只是工匠的模仿的模仿。它为什么不是对床的理式的模仿呢?柏拉图对这个问题处理得很精巧。工匠制作的床可以从各个不同的角度去看。我们从侧面看,从上面看,然后钻到下面,看看它的条板活儿做得怎么样,可以借此对什么是床知道得更多些。可画家让你看到的床只有一个角度(就像诗人从一个视点,比如他的视点,来描绘它一样);那么,你从诗人的模仿中所获知的东西自然要少于你从工匠的制作中所获知的。"③

柏拉图对诗歌与诗人尽管不乏指责和批评,但是他对诗歌与诗人也保持着有限的好感和敬意,他承认诗有着艺术魅力和审美功能,欢迎那些道德纯

---

①　朱光潜:《西方美学史》上卷,人民文学出版社 1979 年版,第 53 页。

②　[古希腊]柏拉图:《文艺对话集》,朱光潜译,人民文学出版社 1963 年版,第 87—88 页。

③　[美]爱德蒙森:《文学对抗哲学——从柏拉图到德里达》,王柏华、马晓东译,中央编译出版社 2000 年版,第 5 页。

净、符合真理、法律、政治等尺度要求的诗歌与诗人保留在理想国里。

柏拉图对待诗歌与诗人的态度,这既呈现了一种历史性的哲学对诗歌的反抗姿态,也表明了一个文化思潮和价值导向的转变,就是哲学家的地位在崛起,哲学的尊严和理性的力量被强调,文学与哲学的关系已经悄然地发生了历时性的演变。显然,在柏拉图的时代,哲学已经僭越了诗歌与文学,甚至具有了压倒对方的势能。正如朱光潜所言:"柏拉图处在希腊文化由文艺高峰转到哲学高峰的时代。"①历史语境的改变和哲学家社会地位的提升,为哲学僭越文学提供了客观的条件,而以柏拉图为代表的哲学家对诗人与文学的重新认识标志着哲学家对诗人的情感态度的改变。

三、为诗辩护

文学与哲学关系的变化随着历史时间的发展不断发生变化。柏拉图之后,诗歌的地位又在悄然上升,作为柏拉图的学生亚里士多德(Aristotle,公元前384—公元前322),他写作的《诗学》为诗人和诗歌辩护,维护了文学的美学尊严和诗人的崇高地位。亚里士多德奉行了"吾爱吾师,吾更爱真理"的自我格言,在《诗学》中逐一辩驳了老师柏拉图的观点。

首先从本质论的角度,柏拉图认为文学是对现实世界的模仿。"理式"属于纯粹的精神世界,它是世界的本源和现实世界的逻辑依据,它代表了真理和象征着合理性的存在。而现实世界只是对理式世界的模仿,因此现实世界和真理隔了一层,这也意味着现实世界低于理式世界。而诗歌和文学又是对现实世界的模仿,属于"模仿之模仿",因此文学和真理隔了两层。诚如朱光潜所论:"柏拉图心目中有三种世界:理式世界,感性的现实世界和艺术世界。艺术世界是由模仿现实世界而来,现实世界又是模仿理式世界来的,这后两种世界同是感性的,都不能有独立的存在,只有理式世界才有独立的存在,永住不变,为两种较低级的世界所自出。换句话说,艺术世界依次依存于现实世

---

① 朱光潜:《西方美学史》上卷,人民文学出版社1979年版,第42页。

界,现实世界依存于理式世界,而理式世界却不依存于那两种较低级的世界。这也就是说,感性世界依存于理性世界,而理性世界却不依存于感性世界,理性世界是第一性的,感性世界是第二性的,艺术世界是第三性的。柏拉图形而上学地使理性世界脱离感性世界而孤立化、绝对化了。"①与此相关,柏拉图从认识论的角度,认为诗人存在着认识的局限,诗人无法认识理式,因此也无法把握真理的存在,所以文学不能准确地反映真理和揭示真理,它和真理隔着两层。其次,从心理层面,柏拉图认为诗人情感过剩,迎合了一部分接受者的不健康的欲望和情绪,诗人的作品有败坏风俗、违背道德的因素。柏拉图对诗人进行了如此的指责:

> 我们现在理应抓住诗人,把他和画家摆在一个队伍里,因为他有两点类似画家,头一点是他的作品对于真理没有多大价值;其次,他逢迎人性中低劣的部分。这就是第一个理由,我们要拒绝他进到一个政治修明的国家里来,因为他培养发育人性中低劣的部分,摧残理性的部分。一个国家的权柄落到一批坏人手里,好人就被残害。模仿诗人对于人心也是如此,他种下恶因,逢迎人心的无理性的部分(这是不能判断大小,以为同一事物时而大,时而小的那一部分),并且制造出一些和真理相隔甚远的影像。②

针对自己老师柏拉图对诗人和诗歌的责难,亚里士多德进行了理论上的清理和反驳,为诗与诗人进行了辩护。首先,亚里士多德从文学的本质论角度进行分析,他认为诗起源于主体的模仿天性:"一般来说,诗的起源仿佛有两个原因,都是出于人的天性。人从孩提的时候就有模仿的本能(人和禽兽的分别之一,就在于人最善于模仿,他们最初的知识就是从模仿得来的),人对于模仿的作品总是感到快感。"③诗歌的本质是模仿,这种模仿能够给予欣赏者以快感,由此亚里士多德确立了诗歌模仿的意义和价值,这也在逻辑上否定

---

① 朱光潜:《西方美学史》上卷,人民文学出版社1979年版,第44—45页。
② [古希腊]柏拉图:《文艺对话集》,朱光潜译,人民文学出版社1963年版,第84—85页。
③ [古希腊]亚里士多德:《诗学》,罗念生译,人民文学出版社1982年版,第11页。

了柏拉图对于文艺模仿低于现实存在的片面论断。其次,亚里士多德从认识论的视角为诗歌的模仿寻找了合理性的依据:

> 诗人的职责不在于描述已发生的事,而在于描述可能发生的事,即按照可然律或必然律可以发生的事。历史学家与诗人的差别不在于一用散文,一用"韵文";希罗多德的著作可以改写为"韵文",但仍是一种历史,有没有韵律都是一样;两者的差别在于一叙述已发生的事,一描述可能发生的事。①

这就意味着,诗歌依照可然律和必然律进行"模仿",这样的模仿显然具有了某些主观"创造"的成分,然而这种模仿或创造是依据可然律和必然律的逻辑进行,因此具有了现实性基础和认识论价值。因此,亚里士多德认为诗歌可以认识真理,具有和哲学同等的普遍意义:"写诗这种活动比写历史更富于哲学意味,更被严肃地对待;因为诗所描述的事带有普遍性,历史则叙述个别的事。所谓'有普遍性的事',指某一种人,按照可然律或必然律,会说的话,会行的事,诗要首先追求这目的。"②再次,亚里士多德进一步丰富了"模仿"这一美学概念,他认为模仿应该呈现完整的行动,必须具有有机整体性,包含着合理的结构和紧密的组织。"一件作品只模仿一个对象;情节既然是行动的模仿,它所模仿的就只限于一个完整的行动,里面的事件要有紧密的组织,任何部分一经挪动或删削,就会使整体松动脱节。要是某一部分可有可无,并不引起显著的差异,那就不是整体中的有机部分。"③亚里士多德为诗和诗人作了较为全面的理论辩护。最后,针对柏拉图对诗歌的两个指责:远离真理和伤风败俗,尤其是后一项指责,亚里士多德也作了有力的辩驳。亚里士多德提出"净化"(katharsis)的概念,认为诗歌非但没有伤风败俗的过失,而且具有净化主体心灵和道德陶冶的社会功能。"悲剧是对一个严肃、完整、有一定长度的行动的模仿,它的媒介是经过'装饰'的语言,以不同的形式分别被用于剧

---

① [古希腊]亚里士多德:《诗学》,罗念生译,人民文学出版社1982年版,第28—29页。
② [古希腊]亚里士多德:《诗学》,罗念生译,人民文学出版社1982年版,第29页。
③ [古希腊]亚里士多德:《诗学》,罗念生译,人民文学出版社1982年版,第28页。

的不同部分,它的模仿方式是借助人物的行动,而不是叙述,通过引发怜悯和恐惧使这些情感得到疏泄。"①显然,亚里士多德认为诗歌具有净化精神、陶冶情操的心理功用,接受者完全可以从诗歌中获得道德感化和审美提升的正面教益。诚如朱光潜所论:"亚里士多德替诗人申辩说:诗对情绪起净化作用,有益于听众的心理健康,也就有益于社会,净化所产生的快感是'无害'的。"②

步亚里士多德的思想后尘,诸多诗人和理论家为诗歌作了辩护。但丁(Dante Alighieri,1265—1321)说:"诗不是别的,而是写得合乎韵律、讲究修辞的虚构故事。"③但丁以自我的创作实践重新阐释了诗歌的本质,摒弃了传统理论的"模仿说",而主张"虚构说",更着重强调了诗歌形式的审美特征,"合乎韵律和讲究修辞"成为验证和评价诗歌的艺术价值的重要尺度之一。薄伽丘(Giovanni Boccaccio,1313—1375)也对传统意识指责诗歌"说谎",作出自己的辩护,他主要论述诗歌虚构的合法性与合理性,认为诗歌的虚构不是为了"说谎"的目的,而是为了寻求真理的一种手段。锡得尼撰写了一本《为诗辩护》的小册子,对诗歌展开了较为深入和精辟的辩解:

> 因为诗是一切人类学问中的最古老、最原始的;因为从它,别的学问曾经获得它们的开端;因为它是如此普遍,以致没有一个有学问的民族鄙弃它,也没有一个野蛮民族没有它;因为罗马人和希腊人都给它神圣的名称,一个是预言,另一个是创造,而"创造"这一名词是对它很切合的;因为当别的技艺保持在自己的研究对象的范围内,而似乎以之获得自身的存在,诗人却带来他自己的东西,他不是从事情取得他的构思,而是虚构出事情来表达他的构思;因为他的描写和描写的意图都不含有任何邪恶,他们的描写的事情也不能是邪恶的;因为他的效果是如此良好,以致它能教人为善,而又怡悦从它学习的人;因为在这方面——指在道德教育方

---

① [古希腊]亚里士多德:《诗学》,陈中梅译,商务印书馆2011年版,第63页。
② 朱光潜:《西方美学史》上卷,人民文学出版社1979年版,第89页。
③ 伍蠡甫主编:《西方文论选》上卷,上海译文出版社1979年版,第173页。

面,一切知识的主要项目方面——他不但远远超过历史学家,而且就在教诲方面也几乎可以和哲学家相比,而在感动方面则把他抛在后面。①

首先,锡德尼的辩护词将文学的地位抬高到了至尊,视文学为所有学问、文化的起点,也是人类最古老的精神创造品。或者说,文学被他界定为所有学问的重要渊源。如此而言,在锡德尼的视野里,文学显然是高于其他任何学问而具有普遍性意义与价值的人类精神文化样式。同时,文学是每一个文明或野蛮民族所共同拥有的宝贵财富,也是每一个民族所热爱和崇拜的文化形式。其次,文学具有"预言"和"创造"的双重作用与功能,它依靠虚构预见未来和指导人类的生活,以可能性开辟自己的道路从而为人类指明将来生活的方向。再次,文学具有道德教益的功能,它能够担负审美教育和道德净化的责任,并且给接受者以愉悦和快乐的感受。最后,文学的教诲价值超越了历史与哲学,并且文学在打动读者心灵和启迪情感方面也远远胜于哲学。

显然,锡德尼对于文学的辩护尽管不乏有点溢美和夸张,然而在理论上和实践上都可以成立,包含着一定的逻辑力量和情感色彩,具有令人信服的因素,他的这些论点有力地回应了自柏拉图以来的部分理论家对文学怀抱的某些误解和偏见。

第三节　成熟、差异与互渗

西方文学和哲学分离自古希腊后期,中国文学与哲学的分离自先秦后期,两者分离的共同界线是东西方文化发展到了一个成熟和兴盛的时期,这既是各个学科独立和成熟的结果,也是不同文体独立和成熟的表现。

一、萌芽与成熟

西方的文学与哲学的分离有一个明显的界线,这个界线就以古希腊的哲

---

① [英]锡德尼:《为诗辩护》,钱学熙译,人民文学出版社1998年版,第37—38页。

学家柏拉图为标志。或者说,柏拉图作为哲学告别文学而走向独立和成熟的一个鲜明象征。朱光潜指出:

> 我们还须记起柏拉图处在希腊文化由文艺高峰转到哲学高峰的时代。在此前几百年中统治着希腊精神文化的是古老的神话,荷马的史诗,较晚起的悲剧喜剧以及与诗歌密切联系的音乐。这些是希腊教育的主要教材,在希腊人中发生过深广的影响,享受过无上的尊敬。诗人是公认的"教育家","第一批哲人","智慧的祖宗和创造者"。照希腊文艺的光辉成就来看,这本是不足为奇的。但是到了公元前五世纪,希腊文艺的鼎盛时代已逐渐过去。随着民主势力的开展,自由思想和自由辩论的风气日渐兴盛起来,古老的传统和权威也就成为辩论批判的对象。①

柏拉图创造了对话式文体的哲学,它表征着西方哲学的成熟。柏拉图借用他的老师苏格拉底之口传达他们共同的话语与意义。然而,柏拉图的对话隐藏着文学的戏剧性,或者说是戏剧化的哲学。"幸运的是,作为戏剧,而不是直陈观点的论文,柏拉图对话也的确为我们留下了许多不该忽视的细节、暗示、特定场景乃至神话传说等等重要的故事线索,这也许可以视为柏拉图对话录戏剧特征的另一个重要侧面。……柏拉图对话是戏剧,散文体戏剧。那么,它们就必须被以戏剧的方式去阅读。"②显然,在哲学相对成熟的历史时期,哲学文本还镌刻着文学的痕迹。文学与哲学的潜在而微妙的关系也略见一斑。

相比较而言,中国古代文学与哲学也有一个分离和独立的界限,这个分离的标志就是老子《道德经》的出现,同时这一文本也象征着中国古典哲学的成熟和达到一个历史的新高度。当然,我们还必须关注在老子之前的中国哲学的起源之一的《易经》和《尚书·洪范》,它们呈现为中国古典哲学的萌芽。

《易经》显然不属于成熟的哲学文本,只能称之为哲学思想的萌芽。《史记·周本纪》云:"西伯盖即位五十年,其囚羑里,盖益《易》之八卦为六十四

---

① 朱光潜:《西方美学史》上卷,人民文学出版社 1979 年版,第 42 页。
② 张辉:《文学与思想史论稿》,复旦大学出版社 2013 年版,第 6 页。

卦。"①西伯（周文王）被帝纣囚禁于"羑里"，文王在被囚禁期间将八卦演进至六十四卦。司马迁又强调说明："昔西伯拘羑里，演《周易》。"②《史记·日者列传》云"自伏羲作八卦，周文王演三百八十四爻而天下治。越王勾践放文王八卦以破敌国，霸天下。"③杨雄《法言·问神篇》云："《易》始八卦，而文王六十四，其益可知也。"④王充《论衡·对作篇》云："《易》言伏羲作八卦，前是未有八卦，伏羲造之，故曰作也。文王图八，自演为六十四，故曰衍。"⑤《易经》尽管在目的论上和效用上是一本占卜著述，但是它包含着一些自然哲学的意识和认识论与方法论相统一的思想内涵，蕴藏着一定的哲学思维和逻辑原则，是一个具有理论启迪意义的著述。"从《易经》所涉及的内容来看，其中有关于古代原始战争、祭祀、婚姻、生产的某些情况和甲骨文的卜辞有许多相似之处。从《周易》的卦辞、爻辞中引用的一些例子看来，也可以说明它是殷周之际的产物。"⑥《周易》的目的与内容、功能与作用也许是多方面的，留下诸多未解的文化之谜。

从哲学视角考察，《周易》既包含着中国古代的自然哲学的思想胚芽，也是象数哲学和符号哲学的重要渊源之一，同时也体现出一种朴素的辩证法和数理逻辑。因此，我们可以确认《易经》是中国哲学之源头和萌芽，它包含着汉民族最初的哲学思考和理论抽象，蕴藏着朴素的辩证法和初始的逻辑感。黑格尔在《哲学史讲演录》中说：

> 中国人也曾注意到抽象的思想和纯粹的范畴。古代的《易经》（论原则的书）是这类思想的基础。《易经》包含着中国人的智慧，（是有绝对权威的）。《易经》的起源据说是出自伏羲。关于伏羲的传说完全是神话的、虚构的、无意义的。这个传说的要点是说伏羲发现了一个有一些符号

---

① 司马迁：《史记·周本纪》第 1 册，中华书局 1982 年版，第 119 页。
② 司马迁：《史记·太史公自序》第 10 册，中华书局 1982 年版，第 3300 页。
③ 司马迁：《史记·日者列传》第 10 册，中华书局 1982 年版，第 3218 页。
④ 汪荣宝：《法言义疏》上册，中华书局 1987 年版，第 144 页。
⑤ 黄晖：《论衡校释》第 4 册，中华书局 1990 年版，第 1181 页。
⑥ 任继愈主编：《中国哲学史》第 1 册，人民出版社 1979 年版，第 16 页。

和图形的图表（河图），这是他在一只从河中跃起的龙马背上所看到的。……这个图表包含着一些上下排列的平行直线，这些直线是一种符号，具有一定的意义。中国人说那些直线是他们文字的基础，也是他们哲学的基础。那些图形的意义是极抽象的范畴，是最纯粹的理智规定。①

黑格尔在《历史哲学》又评论道："《易经》多是图像，一向被看作是中国文字的根据和中国思想的基本。这书是从一元和二元种种抽象观念开始，然后讨论到附属于这些抽象的思想形式的实质的存在。"②黑格尔尽管对中国文化抱有深刻的偏见，但他对于《易经》的描述和评价还是比较客观中肯的，将之视为一部哲学性的上古典籍。

剔除附会于《易经》的神话和迷信的因素，我们可以确认这是一部包含丰富哲学思想的著述。一方面，《易经》呈现抽象思维的特征。它从自然界中提取了具有代表性和象征性的 8 个要素提升为整个世界的存在根源。天（乾☰）、地（坤☷）、雷（震☳）、火（离☲）、风（巽☴）、泽（兑☱）、水（坎☵）、山（艮☶）这 8 种元素构成了大千世界的物质基础和逻辑依据，其中天地构成阴阳两极，两者作为万象存在的总根源。而阴（--）阳（—）这一隐含辩证法的概念和范畴，依据于《易系辞》"近取诸身，远取诸物"的思维逻辑，成为中国古典哲学最基本的理论抽象和思想规定性，演变了逻辑推导的公理和归纳万象的根本性依据。另一方面，《易经》依据八卦，两个一组，交织匹配，演化为六十四卦，至三百八十六爻。它蕴藏着对事物变化和发展这一规律的总体性阐释，显示出人类对世界的辩证运动和客观演变、不断进化等现象与本质的认识和理解。冯友兰指出："《周易》的辩证法思想也可以从六十四卦排列的次序上看出来。在《周易》里面，相反的卦，总是排列在一起，例如乾卦和坤卦，泰卦和否卦，剥卦和复卦。这些卦都是相反，可都是排列在一起。……这些例子，说明《周易》里可能有'物极必反'的辩证法思想。"③这一论述在逻辑上和学

①　[德]黑格尔：《哲学史讲演录》第 1 卷，贺麟、王太庆译，商务印书馆 1959 年版，第 120 页。
②　[德]黑格尔：《历史哲学》，王造时译，上海书店出版社 1999 年版，第 124 页。
③　冯友兰：《中国哲学史新编》第 1 册，人民出版社 1982 年版，第 74 页。

理上显然皆可以成立。《易经》发现万物交感、彼此影响的现象,既来源于主观的心理直觉,也来源于客观的逻辑分析,从而把握了世界的有机统一性和整体结构性的原则。这是中国古典哲学一个重要和宝贵的思想果实。

和《易经》相似的一个文本就是《尚书·洪范》,它同样包含着中国哲学思想萌芽,也可以看作是中国古代哲学的源头之一,它和《易经》相与并列,作为中国哲学源头的象征。《洪范》是《尚书·周书》之一,据《史记·周本纪》记载,是武王克殷后拜访箕子请教治国之事而留存的文献。《洪范》系统地提出了"阴阳五行"的观念,持久而深入地影响了中国人的思维方式:

> 五行,一曰水,二曰火,三曰木,四曰金,五曰土。水曰润下,火曰炎上,木曰曲直,金曰从革,土爰稼穑。润下作咸,炎上作苦,曲直作酸,从革作辛,稼穑作甘。①

"五行"本意是五路,引申意思是五种类别形态。五行观念是古人对万物存在的一种宏观上的逻辑归类,五行象征着世界现象的五种类型和性质:水代表流动类型与性质,火代表燃烧类型与性质,木代表植物类型与性质,土代表土壤类型与性质,金代表融化类型与性质。这种客观存在的物质类型与性质,规定了现象界存在的种类与特性,是人类在生产与生活等实践行为中必须尊重和顺应的外在事实与内在规律,人们只能顺应它而不能忤逆它。并且阴阳五行还和政治、伦理等社会现象存在着神秘的逻辑关联,如果违背阴阳五行,则可能受到大自然的强大力量或者社会历史的神秘意志的惩罚。

《易经》的阴阳八卦观念、逻辑推演方式和《洪范》的五行观念,它们作为中国古典哲学的重要思维方式,持久而深刻地影响了中国的精神文化和实践意志,也持久而深刻地影响了中国文学创作,在漫长的中国文学史的历程中,都可以窥见它们闪动的身影。

然而,中国古典哲学成熟的标志显然是老子的《道德经》,它也象征着中国古典哲学第一个高峰时代的来临。老子的《道德经》,一方面,它呈现出哲

---

① 阮元校刻:《十三经注疏·尚书正义》第1册,中华书局2009年版,第399页。

学的逻辑能力和思辨精神的极大提升,释放出主体的可贵的理论热情和批判性势能,扩展了中国古典哲学的反思判断力和激发了早期思想家对于传统形而上学命题的探究冲动。黑格尔在《哲学史讲演录》中写道:"老子的著作也是很受中国人尊敬的;但他的书却不很切实际,而孔子却更为实际,在一段时间内曾作过大臣。他的书也叫'经',但却没有上面提到的那些官方经典那样有权威。这书包含有两部分,道经和德经,他通常叫《道德经》,这就是说,关于理性和道德的书。"①尽管黑格尔对中国哲学抱着一定的偏见,但他对老子表现出了有限的尊敬,对《道德经》也作出总体上的客观和切实的阐述。《老子》是中国古典哲学成熟的一个象征性标志,它"不很切实际",是因为关注了传统形而上学的普遍性问题,对自然、历史和精神现象展开了理性之运思,不太注重现实的世俗生活。诚如所论:"关于本根,最早的一个学说是道论,认为究竟本根是道。最初提出道论的是老子。老子是第一个提起本根问题的人。在老子以前,人们都以为万物之父即是天,天是生成一切物的。到老子,乃求天之所由生。老子以为有在天以前而为天之根本的,即是道。道生于天地之先,为一切之母。"②另一方面从文本体例上,《道德经》的诞生也标志着哲学文本的写作方式成熟,《老子》采用韵文的格式写作,娴熟地运用散文和诗的写作模式,呈现出精美的文本格式。行文对仗押韵,工整和谐,句式严谨,堪称古典修辞学的典范。从《道德经》文本考察,一方面它呈现了哲学学科的成熟,确立了中国古典的思辨精神和辩证法观念;另一方面它呈现了哲学与文学的互渗现象,是哲学思想借助了文学表现形式。《道德经》采取了韵文格式,以近似于诗歌、散文相互交叉的文体写作形式,广泛采取了隐喻与象征、对偶与排比、拟人与夸张、互文与回环等多种文学修辞手法,呈现了思想与语言水乳交融的整体美感。因此,它既是一个成熟的经典哲学文本,也是一个成熟的精彩的文学文本,成为文学史上一座不朽的丰碑。

---

① [德]黑格尔:《哲学史讲演录》第1卷,贺麟、王太庆译,商务印书馆1959年版,第126页。

② 张岱年:《中国哲学大纲》,中国社会科学出版社1982年版,第17页。

二、本性和类别　功能与目的

诗与哲学的差异性与相关性的问题是传统美学理论的困惑之一,因为两者既是人类文化的共同源头,又彼此交汇和独立,一些哲学家又对诗歌或文学保持一定程度的偏见和排斥。因此,在人类文化的轴心时代,一方面,文学与哲学开始分道扬镳,各自获得独立性;另一方面,它们在差异性之中又存在着相关性。

我们先从文学与哲学的存在本性和不同类别阐释两者的关系。

首先,文学与哲学两者的关系一方面需要从哲学的存在本性得以阐释,从哲学的本体论、存在论、目的论、认识论、价值论、审美论等视角获得两者关系的澄明。在本体论意义上,我们阐释两者皆是"能指"与"所指"的语言游戏;在存在论意义上,两者皆关切与追问人的存在意义;在目的论意义上,两者均以"人是目的"作为共同命题;在认识论意义上,两者都涉及主体的认识及其可能的问题;在价值论意义上,两者都探究主体的价值存在及其实现的问题;在审美论意义上,两者都思考主体的审美活动及其如何可能。另一方面,从哲学的不同类别,诸如从纯粹哲学、自然哲学、价值哲学、伦理哲学、历史哲学、人生哲学、宗教哲学等方面我们展开对两者关系的说明。从纯粹哲学视角,理解两者均醉心于对主体精神活动的描述,探索认识能力及其如何可能;从自然哲学视角,阐述两者均关注主体与自然的辩证联系,运思与表现人与自然的融合问题;从价值哲学视角,诠释两者均以主体价值为存在核心、眷注生命的多重价值与意义;从伦理哲学视角,辨析两者均寻找人类的共时性伦理原则和确立主体的历时性伦理责任;从人生哲学视角,发现两者均以生命活动为中心,追问人生的意义与价值;从宗教哲学视角,理解两者均关心主体的信仰及其如何守望的问题。

其次,我们进一步运思文学与哲学的互动性与"间性"关系。文学与哲学的关系在以往研究中被描述为单一性关系或单向性影响的问题,两者也是不平等关系,哲学凌驾于文学之上,即主要是哲学观念影响文学的问题。美国学者缪勒在《文学的哲学》著述中力图阐明："文学的哲学应该表明：支配和区分着种族、时代和文化，并使它们可以为人理解的价值观，是如何也指向它们的想象，并在文字艺术里得到体现。"①他通过对西方世界的一些著名哲学家和文学家的文本进行"细读"（close reading），系统而深入地阐释了他们文本中隐匿的哲学思潮或文学观念，从而作出如此的推论：文学史上不断变化的美学风格皆是潜在于一切文学里的哲学变化的结果。换言之，哲学思潮或观念决定与影响着文学的演变轨迹和发展动态。显然，这是历史形成的哲学指导和宰制文学的客观现象。哲学思潮除了影响本国的文学走向，甚至也影响别国的文学创作与评论等活动形式。中国近现代的文学一定程度上受到西方思潮的影响，王韬在《西方思潮与中国近代文学》一书中深入而细致地论述了西方的科学思潮、进化论思潮、启蒙思潮、浪漫主义思潮、现实主义思潮等对中国近代文学的深刻影响②。然而，有学者发现了另一种潮流，它以尼采（Friedrich Wilhelm Nretzsche，1844—1900）作为分界线："尼采之前的哲学家不满足于做诗人所做的事情，那么，尼采之后的哲学家，诸如维特根斯坦和海德格尔……都卷入了柏拉图所发动的哲学与诗的争辩中，而两者最后都试图拟就光荣而体面的条件，让哲学向诗投降。究其原因，乃是因为 20 世纪的重要哲学家纷纷追随浪漫主义诗人，试图与柏拉图决裂……都赞成尼采，认为人类的英雄是强健的诗人、创制者，而不是传统意义上被刻画为发现者的科学家。"③以尼采为标志，哲学凌驾于文学的一统格局被打破。我们在进一步拓展与深入地论述哲学对文学影响的同时，也眷注探究文学对哲学的影响，认为两者的关系是平等的对话关系、互动关系和"间性"关系。尤其在现代和后现代历史语境，文学对哲学的影响逐渐加强与加深，两者关系比以往显得更为复杂与丰富，对精神文化的发展具有积极作用。

---

①　[美]缪勒：《文学的哲学》，孙宜学等译，广西师范大学出版社 2001 年版，"序言"第 1 页。

②　参见王韬：《西方思潮与中国近代文学》，复旦大学出版社 2015 年版，第 21—27 页。

③　张辉：《文学与思想史论稿》，复旦大学出版社 2013 年版，第 294 页。

再次,我们从雅文学、俗文学和不同哲学的关联这一视野出发,进一步阐释文学与哲学的关系。其一,雅文学较多关联于纯粹哲学并能够沉思形而上的问题,可以徜徉于此岸而向往彼岸。雅文学较多关联于理性主义哲学和伦理哲学,追求非功利主义和超越现实的审美境界。其二,俗文学较多关联于感性主义哲学和世俗哲学,沉迷于此岸而缺乏对彼岸的关注,以享乐哲学作为价值准则和审美标准,追求当下世界的本能体验和欲望表现。其三,雅文学与俗文学都关联于人生哲学与宗教哲学,两者的差异在于:雅文学追求人生哲学的价值现实和具有超越性品格,俗文学沉醉于人生哲学的世俗意义与享乐主义,注重当下性而不关切人生的超越性意义;雅文学在表现宗教意义的同时,却能够对宗教进行存疑与反思、批判与超越,而俗文学往往只是接受宗教某些教义与观念,而缺乏对宗教的质疑和反思、批判与超越。

最后,我们从文学与哲学的探究对象阐述两者的差异性。

传统的希腊哲学认为,诗和哲学有着不同的工作范畴和对象。诗描绘一个变化中的、五光十色的、哲学的思辨终将予以扬弃的世界,而哲学揭示的则是一个静止的、永恒不变的、传统诗人笔下的境界无法与之媲美的世界。诗和哲学有着不同的企望和归向。诗与哲学——用柏拉图的话来说——是长期抗争的对手。是沿着荷马的足迹走还是继续苏格拉底的事业,是迷恋于物质的美还是追求理念的(或"形")的美,是轻松地摘取诗坛上的鲜花还是费力地攀登哲学的峰峦,柏拉图选择了后者。这位哲学家是个聪明人,他了解自己的希冀和潜力,意识到自己的责任和使命。①

"在古希腊的传说里,人间最早的诗人是神的儿子。诗人是了不起的,荷马经常用于形容诗人的一个分量不轻的赞词是 theios,即'神一样的'。一般说来,只有王者、先知、祭司和诗人才有幸接受此类赞誉。恩培多克勒认为,先知、诗人、医生和领袖人物是人群中的精英,而他自己则是身兼这四种人的才

---

① [古希腊]亚里士多德:《诗学》,陈中梅译,商务印书馆 2011 年版,"附录"第 258 页。

干的神一样的人物。""在生产力低下、文化落后、民众愚昧的古代,诗人不仅被看作是神的'宠儿'和使者,而且还被当作是一些应该受到尊敬的人。怠慢诗人,以任何形式表示对诗人不敬的做法,至少是不应该受到鼓励的。"①

文学与哲学由于自身功能和目的差异,必然产生逻辑和学科上的分离。换言之,两者的分离主要在于不同功能的规定和学科目的的差异。张岱年指出:"中国古来并无与今所谓哲学意义完全相同的名称。先秦时所谓的'学',其意义可以说与希腊所谓哲学约略相当。韩非子《显学》篇:'世之显学,儒墨也。'其所谓学,可以说即大致相当于今日所谓哲学。先秦时讲思想的书都称为某子,汉代刘歆辑《七略》,将所有的子书归为《诸子略》,于是后来所谓'诸子之学',成为与今所谓哲学意谓大致相当的名词。"②此论中肯且符合当时的思想文化的实际状况。从一般意义上考察,诸子及其相关文本可以视为中国哲学之开端与独立,也即是哲学与文学的学科分离。然而,从文学与哲学的逻辑关联这一具体意义上考察,诸子文本又呈现出哲学与文学的相互渗透。

我们再从功能与目的方面,进一步考察这两个学科的差异性。

从文学的功能及其目的性上看,文学的功能主要呈现在这样几个方面:

其一,宣泄主体情感。《尚书·尧典》云:"诗言志,歌永言,声依永,律和声,八音克谐,无相夺伦,神人以和。"③孔颖达云:"诗者,人志意之所之适也。虽有所适,犹未发口,蕴藏在心,谓之为志。发见于言,乃名为诗。言作诗者,所以舒心志愤懑,而卒成于歌咏。故《虞书》谓之'诗言志'也。包管万虑,其名曰心;感物而动,乃呼为志。志之所适,外物感焉。言悦豫之志则和乐兴而颂声作,忧愁之志则哀伤起而怨刺生。《艺文志》云:'哀乐之情感,歌咏之声发',此之谓也。"④钟嵘《诗品》云:"气之动物,物之感人,故摇荡性情,形诸舞咏。照烛三才,晖丽万有,灵祇待之以致飨,幽微藉之以昭告,动天地,感鬼神,

---

① [古希腊]亚里士多德:《诗学》,陈中梅译,商务印书馆 2011 年版,"附录"第 275 页。
② 张岱年:《中国哲学大纲》,中国社会科学出版社 1982 年版,"绪论"第 1 页。
③ 郭绍虞、王文生主编:《历代文论选》第 1 册,上海古籍出版社 1979 年版,第 1 页。
④ 郭绍虞、王文生主编:《历代文论选》第 1 册,上海古籍出版社 1979 年版,第 5—6 页。

莫近于诗。"①西方文艺理论对文学功能的表现情感说也较普遍和流行,皆倾向认为文学表现主体的情感或理念,如黑格尔提出"美与艺术是理念的感性显现"的观点,克罗齐认为文艺即直觉的成功表现。其实,黑格尔的"理念"和克罗齐的"直觉"都包含着主观情感的要素,苏珊·朗格(Susanne K.Langer,1895—1982)更为明确地主张"文艺是人类情感符号的表现"。显然,文学的表现情感的功能处于首要地位。

其二,叙述故事和表现人生构成文学的另一个重要功能与目的。荷马史诗和希腊神话、希腊悲剧都是叙述性文学,中国文学的起源之一《诗经》代表着抒情文学,但是也包含着叙事要素。古今中外的文学史,都以叙事文本作为主要构成,而抒情文学则处于辅佐和陪衬的地位,或者蕴藏在叙事文学之中。雨果(Victor Hugo,1802—1885)在《海上劳工》序言中写道:"宗教、社会、自然,是人类三大斗争的对象;这三者同时也是人类的三种需要。……人生的神秘的苦难,就来自这三种斗争里。人类进步须克服迷信、偏见和物质的三种形式的阻碍。三种沉重的枷锁套在我们的脖子上,那便是教条、法律和自然的桎梏。在《巴黎圣母院》里,作者控诉了第一种桎梏;在《悲惨世界》里,作者指出了第二种桎梏;在这本书里,作者将阐述第三种桎梏。"②显然,雨果的小说三巨著,就以叙事性文学表现了人生的三种斗争形式。雨果的小说三巨著集中地代表了文学的共同性本质,就是以叙事方式表现人类的社会生活和与命运斗争的几种形式。

其三,审美与愉悦。韦勒克、沃伦在《文学理论》中指出:"当某一文学作品成功地发挥其作用时,快感和有用性这两个'基调'不应该简单地共存没,而应该交汇在一起。文学给人的快感,并非是从一系列可能使人快意的事物中随意选择出来的一种,而是一种'高级的快感',是从一种高级活动,即从无所希求的冥思默想中取得的快感。"③显然,文学给接受者的快感是超越功利、

---

① 钟嵘:《诗品》(陈延杰注),人民文学出版社1961年版,"总论"第1页。
② [法]雨果:《海上劳工》,罗玉君译,四川人民出版社1980年版,"序"第1页。
③ [美]韦勒克、沃伦:《文学理论》,刘象愚等译,江苏教育出版社2005年版,第21页。

欲望等因素的高级愉悦感,这一愉悦感可以上升为美感,或者说,文学给予人愉悦感和美感是其重要的功能之一。

其四,文学具有道德教育和人格净化的功用。古罗马时代的贺拉斯就提出"寓教于乐"的文艺观。"诗人的愿望应该是给人益处和乐趣,他写的东西应该给人以快感,同时对生活有帮助。""寓教于乐,既劝谕读者,又使他喜爱,才能符合众望。"①韦勒克、沃伦也认为:"文学的有用性——严肃性和教育意义——则是令人愉悦的严肃性,而不是那种必须履行职责或必须汲取教训的严肃性;我们也可以把那种给人快感的严肃性称为审美严肃性(aesthetic seriousness),即知觉的严肃性(seriousness of perception)。"②文学的道德教育和人格净化的功能借助于审美快感得以可能,而非单纯的说教和概念灌输。

其五,文学有益于建构诗性主体。孔子云:"不学诗,无以言。"③又云:"兴于诗,立于礼,成于乐。"④他认为诗又有"兴、观、群、怨"⑤的美学功能。依孔子之见,诗歌是人之为人的必要理由和审美依据,也是生命存在的感性工具和人生意义的逻辑前提。显然,诗在孔子的心目中有着神圣的美学地位,可谓是人生的价值皈依之一。德国哲学家海德格尔借助于荷尔德林"人诗意地栖居于世界"的话语,表述了他对诗意人生的审美信念和意义追寻。中西思想家均推崇诗在历史文化中的重要地位和强调诗对生命主体的价值与意义,诗不仅保证了人的审美生活和超越现实的精神追求,也敞开了公共空间社会交往的明亮门窗,诗歌或文学即具有建构诗性主体的作用。

哲学的功能和目的性主要在于:

其一,认识自我。卡西尔说:"认识自我乃是哲学探究的最高目标——这看来是众所公认的。在各种不同哲学流派之间的一切争论中,这个目标始终未被改变和动摇过:它已被证明是阿基米德点,是一切思潮和牢固而不可动摇

① ［古罗马］贺拉斯:《诗艺》,杨周翰译,人民文学出版社1962年版,第155页。
② ［美］韦勒克、沃伦:《文学理论》,刘象愚等译,江苏教育出版社2005年版,第21—22页。
③ 刘宝楠:《论语正义·季氏》,《诸子集成》第1册,中华书局1954年版,第363页。
④ 刘宝楠:《论语正义·泰伯》,《诸子集成》第1册,中华书局1954年版,第160页。
⑤ 刘宝楠:《论语正义·阳货》,《诸子集成》第1册,中华书局1954年版,第374页。

的中心。"①哲学的功能与目的之一即是认识自我,认识自我既有笛卡儿的"我思故我在"的命题含义,也有胡塞尔(Edmund Gustav Albrecht Husserl,1859—1938)对纯粹意识的自我认识的概念内涵。哲学具有世界观、认识论、方法论相统一的思维特性,它首要的问题是认识自我,然后才是认识自然或现象界。除了是认识论意义上的反观自我,还包括道德论意义的反观自我,如孔子所赞赏的"吾日三省吾身"②。后者虽然不是直接地指哲学认识,然而它表明了哲学的功能之一,让主体从道德层面反观自我和认识自我。

其二,哲学的功能和目的是"辩名析理"。这一概念由玄学家郭象提出:"能辩名析理,以宣其气,以系其思,流于后世。"③冯友兰指出:"玄学的方法是'辩名析理',简称'名理'。名就是名词,理就一个名词的内涵。一个名称代表一个概念,一个概念的对象就是一类事物的规定性,那个规定性就是理。"④所谓的辩名析理是对汉代董仲舒的"深察名号"这一唯心论方法的扬弃和发展,它上升为一种客观的逻辑分析方法。辩名析理类似于概念、判断、推理、分析与综合等一系列形式逻辑方法,它们也构成哲学的最基本方法,也是哲学的功能与目的之一。

其三,理解与阐释。哲学是一种主体的理解活动和阐释活动。胡塞尔指出:

> 正如我所说的,将自己理解为理性存在的人理解到,它只是在想要成为理性时才是理性的;它理解,这意味着根据理性而生活和斗争的无限过程,它理解,理性恰好是人作为人从其内心最深处所要争取的东西;只有理性才能使人感到满足,感到"幸福"。……它理解,人的存在是目的论的存在,是应当——存在,这种目的论在自我的所有一切行为与意图中都起支配作用;它理解,它通过对自身的理解,在所有这些行为与意图中能

---

① [德]卡西尔:《人论》,甘阳译,上海译文出版社1985年版,第3页。
② 刘宝楠:《论语正义·学而》第1卷,中华书局1954年版,第5页。
③ 郭象注,成玄英疏:《庄子注疏》,中华书局2011年版,第575页。
④ 冯友兰:《中国哲学史新编》第4册,人民出版社1986年版,第33页。

够认出必真的目的,并理解,这种由最终的对自身的理解而来的认识不可能有别的形态,而只能按照先验原则的对自身的理解,只能是具有哲学形式的对自身的理解。①

胡塞尔鉴于当今理性的缺失重新强调理性在社会生活中的重要性和理性在哲学活动中的首要性,他力图重建哲学的理性主义大厦。胡塞尔认为,哲学活动就是主体依据理性对现象界的理解活动和对自我的理解活动,它保证了哲学的可靠性和精神存在的满足感与幸福感。从这个意义上看,哲学也就是源自主体理性的理解和阐释的活动,哲学在理性支配之下的理解与阐释活动也构成了自身的功能与目的。

其四,反思与批判。冯友兰将哲学理解为:"人类精神的反思。"②所谓的反思,它包含整体地和辩证地思考、怀疑地与否定地思考,以及以自我为对象的思考等内涵。诚如所言:

> 对海德格尔和柏拉图来说,哲学的"工作(work)"就是去思(think)整体;所以,把握"(master)"哲学家自己的工作就是去思那个整体本身,而不仅仅是出现在他人工作中的那部分。而哲学思想的奇异之处又在于,尽管从一定意义上那是整体的一部分,但也正是那部分反映或显示了整体之作为整体(the whole as a whole)。由于哲学思想的这种概括性,通过考察一些部分,可以看到整体的现象。③

这一看法,概括了哲学思考的部分内容。除了反思之外,哲学还兼有批判的功能和目的。罗素(Bertrand Arthur William Russell,1872—1970)说:"哲学和别的学科一样,其目的首先是要获得知识。哲学所追求的是可以提供一套科学统一体系的知识,和由于批判我们的成见、偏见和信仰的基础而得来的知识。"④哲学的主要构成之一就是知识论,或者说探究知识如何可能是哲学的

---

① [德]胡塞尔:《欧洲科学的危机与超越论的现象学》,王炳文译,商务印书馆 2001 年版,第 324 页。
② 冯友兰:《中国哲学史新编》第 1 册,人民出版社 1986 年版,第 9 页。
③ [美]罗森:《诗与哲学之争》,张辉译,华夏出版社 2004 年版,第 133 页。
④ [英]罗素:《哲学问题》,何兆武译,商务印书馆 1999 年版,第 129 页。

要义之一。然而,正如罗素所言,哲学的系统知识之获得需要批判主体的成见、偏见和信仰。换言之,没有了这种批判,哲学意义的系统性知识则无法成为可能。康德(Immanuel Kant,1724—1804)在《纯粹理性批判》第一版"序文"中写道:"现代尤为批判之时代,一切事物皆须受批判。宗教由于其神圣,法律由于其尊严,似能避免批判。但宗教法律亦正以此引致疑难而不能得诚实之尊敬,盖理性惟对于能经受自由及公开之检讨者,始能与以诚实之尊敬。"①在康德心目中,唯有经过哲学批判的对象才可能获得真正意义上的尊敬。他既不满于独断论也不满于怀疑论,期待于自我的批判论为哲学清扫出一条通往知识可能性和认识可能性的精神道路。康德的批判哲学,以批判主体的认识能力为宗旨,探究认识的发生和认识范围以及可能性,试图通过清理出主体认识的起源和界限,清理出感性、知性和理性的起源和界限从而确立对现象界的客观知识的把握形势。应该说,康德移植怀疑论的某些思想胚芽,借以确立"批判哲学"的方法论。或者从另一层意义说,康德将"批判"提升为哲学的方法论,使怀疑论更具有了思辨哲学的性质。正如海涅(Heinrich Heine,1797—1856)对这种"批判"所论:"与其说是通过他的著作的内容,倒不如说是通过在他著作中的那种批判精神,那种现在已经渗入于一切科学之中的批判精神。"②海涅所说的"批判精神"也即可看作是哲学的"批判"方法。

其五,提升境界与慰藉精神。德国诗人诺瓦尼斯(Novalis,1772—1801)对哲学有一个诗意的阐释:哲学就是怀着乡愁的冲动寻找精神的家园。一方面,哲学以强大的理性力量和道德完善的势能提升存在者的生命境界,令少数人达到太史公司马迁所言的"究天人之际,通古今之变,成一家之言"③的精神境界;另一方面,对所有人而言,哲学归根结底的使命与责任是寻求人生的安身立命、解答存在者对现实的提问、为迷惘的心灵指出一个可供安顿的精神家园。罗素认为哲学的价值在于:"只要心灵已经习惯于哲学冥想的自由和公

① ［德］康德:《纯粹理性批判》,蓝公武译,商务印书馆1960年版,第3页。
② ［德］海涅:《论德国宗教和哲学的历史》,海安译,商务印书馆2000年版,第114页。
③ 萧统编、李善注:《文选》第5册,上海古籍出版社1986年版,第1865页。

正,便会在行动和感情的世界中保持某些同样的自由和公正。""冥想中的公正乃是追求真理的一种纯粹欲望,和心灵的性质是相同的,就行为方面来说,它就是公道,就感情方面说,它就是博爱;这种博爱可以施及一切,不只是施及那些被断定为有用的或者可尊敬的人们……尤其在于通过哲学冥想中的宇宙之大,心灵会变得伟大起来,因而就能够和那成其为至善的宇宙结合在一起。"①哲学激发主体以追求真理和公正的理性冲动,提供精神世界以安宁与慰藉,给人们的心理带来幸福感和道德提升,让内心充满博爱和慈悲之情感,从而充实人的生命价值与意义。

最后,如果我们从文体形式和思想内容这两方面简略比较文学与哲学差异还可以看出,在文体的演变与分离上,文学在表现性质上分离为叙事文学、抒情文学、戏剧三大类,从具体形式有小说、散文、诗歌、戏剧四大类。和文学有差异的是,哲学没有文学那样众多文体,尽管某些哲学文本也借用诗歌、寓言、叙事、书信、札记、对话录、散文等体裁。然而,和文学相比,哲学的文本比较单纯和固定,绝大多数采取论文和理论著作的形式。但在思想内容上,哲学的丰富性超越了文学,它有逻辑学、自然哲学、历史哲学、政治哲学、法哲学、艺术哲学、道德哲学、纯粹哲学("第一哲学")、人生哲学、宗教哲学等。哲学追求形而上学的普遍性意义,以思辨性、抽象性、逻辑性等呈现自我的精神特征,以概念、判断、推理等方法展开运思,以尽自己的职责和使命。而文学倾向于审美地模仿与表现现象界,抒发主体的情感,以直觉、体验和想象的方法进行书写,追求华彩和美感。随着历史的发展,文学与哲学均获得各自学科的独立和辉煌,并且存在着时显时隐的密切关联,成为整个意识形态不可分离的有机组成。

以上,我们从本性和类别、功能与目的这两个大的方面阐述了文学与哲学的差异性与相关性。

---

① ［英］罗素:《哲学问题》,何兆武译,商务印书馆1999年版,第134页。

三、两者的互渗

文学与哲学一直存在着相互渗透与交融的现象,它们两者的关系就像亲密的朋友,彼此赞赏、彼此竞争和彼此借鉴与学习,当然两者始终有一个存在方式的距离。卡尔维诺说:"文学一方面从哲学和科学中汲取营养,另一方面又与之保持距离,并一口气轻轻吹散抽象的理论和现实表面的具体。"①罗森的看法更为辩证和中肯:

> 诗与哲学一样,如果两者分离,就有用部分代替全体的危险,或者说有用影像代替原本的危险。柏拉图的对话暗示,争纷没有、也不可能解决。相反,如果用黑格尔的概念,争纷消失在创造的话语中,结果诗不像诗、哲学不像哲学,而是哲学的诗。

> 哲学没有诗,正像诗没有了哲学一样,是不适宜的,或无法衡量的。在最终的分析中,哲学与诗并没有争纷。但最终的分析不是最初的分析。即使在《理想国》卷十中,也不能过于强调说,苏格拉底以争纷开始、以爱欲的神话结束。②

文学与哲学作为意识形态的重要组成部分,它们之间存在着本质的关联,从人文学科的意义上考察,两者是精神文化的有机统一体。它们尽管存在着思维特性、表现方式等方面的差异,两者时常发生着潜在的联系,相互促进了对方的发展和繁荣,呈现出相辅相成的和谐状态。

一方面是哲学借用了文学体裁,古希腊古罗马时代,一部分哲学借用文学体裁进行哲学思想的传达,如泰勒斯、卢克莱修、波爱修斯等,他们的哲学文本除了蕴藏深邃丰富的思想,还闪烁出美感和诗意的光辉。达到传播的广泛性和趣味性,令众多读者容易接受。而随着历史的进展,不少哲学家们借鉴了文学的体裁和方法进行哲学文学的写作,如培根、伏尔泰、狄德罗、孟德斯鸠、卢

---

① [意]卡尔维诺:《文学机器》,魏怡译,译林出版社 2018 年版,第 242 页。
② [美]罗森:《诗与哲学之争》,张辉译,华夏出版社 2004 年版,第 33—34 页。

梭、叔本华、尼采、柏格森、海德格尔、萨特、加缪、罗兰·巴特、波德里亚等,他们的一部分哲学文本渗透着文学的特性和闪耀着审美的色彩。另一方面,众多文学作品隐含着哲学的意味。荷马史诗、古希腊悲剧与喜剧就浸透着丰富与深刻的哲思,马克思称古希腊戏剧家埃斯库罗斯的戏剧人物普罗米修斯是"哲学日历中最高尚的圣者和殉道者"①,恩格斯赞赏埃斯库罗斯是一位"有强烈倾向的诗人"②,都高度肯定他悲剧中所潜藏的哲学意义。被恩格斯称为"中世纪的最后一位诗人,同时又是新时代的最初一位诗人"③的但丁,他的《神曲》也是一部包含着自然哲学、宗教哲学、政治哲学、伦理哲学和艺术哲学等思想内容的文学著作。同样,文艺复兴时期的莎士比亚的戏剧也蕴藏着政治哲学、生命哲学、道德哲学和审美哲学等丰富的思想内涵,他的文学作品被马克思在致斐迪南·拉萨尔的信中赞誉为"莎士比亚化"④的美学特性。法国启蒙时期的思想家、文学家孟德斯鸠的《波斯人信札》小说,借书信中主人公的游历经历,寄寓着斑驳陆离的哲思。同是思想家和文学家的伏尔泰的哲学小说《查第格的命运》和《老实人》等作品,凭借充沛的文学想象力,辅佐以荒诞奇异的虚构,表达对现实世界的强烈的反思和批判意识,包藏着深刻的哲理和丰富的思想,他的一些哲理诗和哲理小说一样,有着异曲同工的思想内涵和美学风格。另一位伟大的哲学家狄德罗以编纂《百科全书》而闻名于世,他的小说代表作《修女》《拉摩的侄儿》《定命论者雅克》,都包含着广泛而深刻的对现实世界的揭露和批判,寄寓着丰富的道德哲学、人生哲学和政治哲学的思想内容。卢梭的小说《新爱洛绮斯》和《爱弥尔》同样具有深刻而丰富的哲学内涵,尤其是《爱弥尔》迄今还有道德启迪和人文教育的意义。德国启蒙运动的文学家席勒(Johann Christoph Friedrich von Schiller,1759—1805),他的文学作品同样具有一定的哲学性质,原因的其中之一,作者本身也是一位杰出的哲

---

① 《马克思恩格斯全集》第 40 卷,人民出版社 1982 年版,第 190 页。
② 《马克思恩格斯文集》第 10 卷,人民出版社 2009 年版,第 545 页。
③ 《马克思恩格斯文集》第 10 卷,人民出版社 2009 年版,第 22 页。
④ 《马克思恩格斯选集》,人民出版社 2009 年版,第 554 页。

学家。而歌德(Johann Wolfgang von Goethe, 1749—1832)的《浮士德》既是一部诗歌的经典巨著,又是一部熔铸广泛而且深邃的哲思文本。其后的法国作家雨果、俄国作家托尔斯泰、陀思妥耶夫斯基等人,他们的小说都渗透着深邃的哲学思想,作品中有些作者直接出场的言论或者借助于人物之口的议论可以媲美于哲学文本的精辟论说,文学的哲学化倾向比较明显。

卡尔维诺指出:"从埃斯库罗斯和陀思妥耶夫斯基开始,文学与宗教的关系是以悲剧这个符号来定义的;文学与哲学之间的关系,则是在阿里斯托芬的喜剧中第一次被提出,然后就不断在喜剧性、讽刺、幽默的屏风后面运动。在18世纪,那些被称作哲学短编集的作品,实际上是通过文学想象进行的对哲学的快乐报复,而这样的情况并非没有理由。"①卡尔维诺从文学与哲学的历史互动中揭示了两者的既差异又协调的状况。如果我们进一步考察的话,还可以发现这样一些情况:

首先,在不同的历史年代,部分写作者具有双重身份,即兼具哲学家和文学家的双重角色。如启蒙时期的狄德罗、卢梭、席勒、歌德等,后来的尼采、萨特、加缪等。中国先秦时期的老子、孔子、庄子、韩非子、孟子等,以及后来的阮籍、嵇康、韩愈、柳宗元、朱熹等。这一类文学家和思想家,他们扮演了双重角色,他们写作的文本也具有两种学科的交互性。换言之,与他们相关的部分文本既是文学的经典也是哲学的经典。其次,随着历史语境的变化,一方面是文学接受和认同哲学的思潮,文学家广泛地受到当时的哲学思潮和文化思潮的影响,或者说当时流行的哲学观念融化在文学文本之中。另一方面,哲学再一次低下高贵的头颅,和文学进行主体间性的平等交往,共同促进了文学与哲学的黄金时代的来临。文艺复兴时代和启蒙时期,文学与哲学领域大家迭出,群星璀璨,涌现了但丁、莎士比亚、伏尔泰、狄德罗、卢梭、孟德斯鸠、歌德、席勒等这样的人物,现代时期,更是涌现了叔本华、尼采、萨特、加缪等哲学与文学的双栖大师。文学与哲学终于聚集在精神文化的殿堂里庆贺自己的辉煌时代。

---

① [意]卡尔维诺:《文学机器》,魏怡译,译林出版社 2018 年版,第 242 页。

双方都确信在自己获得了真理或者至少是在走向真理的路上前进了一步;同时,他们也意识到,自己和对方的思想体系都采用了同样的材料,也就是词语。不过,词语就像水晶一样,也有切面以及具有不同属性的旋转轴,而根据这些水晶般词语不同的朝向,根据水晶棱角的切割和叠加的方法不同,光线的反射也就不同。文学与哲学的矛盾,并不要求我们去解决。相反,只有我们认为这个问题永远存在,而且永远是一个新问题,才能保证语言的硬化病不会像冰块般坚硬的盖子一样,在我们的头顶上关闭,令我们无法得知它们的含义。①

学者们对文学与哲学的认识在丰富和加深。维柯在《新科学》中说:"诗性语句是凭情欲和恩爱的感触来造成的,至于哲学的语句却不同,是凭思索和推理来造成的。哲学语句愈升向共相,就愈接近真理;而诗性语句却愈掌握住殊相(个别具体事物),就愈确凿可凭。"②他又说:"诗人们首先凭凡俗智慧感觉的有多少,后来哲学家们凭玄奥智慧来理解的也就有多少,所以诗人们可以说是人类的感官,而哲学家们就是人类的理智。"③维柯深入区分了诗人和哲学的差异,却忽略了两者在思维方式方面的相互借鉴和渗透。正如罗蒂所言:"到了 20 世纪初,科学家们正像神学家们一样远远离开了大多数知识分子,诗人和小说家取代了牧师和哲学家,成为青年的道德导师。"④最后,随着现代性登场,哲学与文学之间展开间性的平等交往,哲学越界进入文学,以文学作为自己的研究对象和阐释目标。以尼采为转向的标志,哲学从文学获得灵感和材料进行思考与写作,或者说哲学借助于文学的思维和手法进行言说,哲学在文学滋养之下,焕发出奇异美妙的光彩。其后,以海德格尔的现象学诠释学为旗帜、萨特的存在主义、伽达默尔的哲学阐释学都选择文学文本进行阐释活动,获得了丰硕的理论成果。同时,哲学家写作方式的转变也给哲学带来新的

---

① ［意］卡尔维诺:《文学机器》,魏怡译,译林出版社 2018 年版,第 236 页。
② ［意］维柯:《新科学》,朱光潜译,人民文学出版社 1986 年版,第 105 页。
③ ［意］维柯:《新科学》,朱光潜译,人民文学出版社 1986 年版,第 152 页。
④ ［美］罗蒂:《哲学与自然之镜》,李幼蒸译,生活・读书・新知三联书店 1987 年版,第 2 页。

生机和气象。如维特根斯坦(Ludwig Josef Johann Wittgenstein, 1889—1951)断片式写作、叔本华的格言式写作、尼采寓言式写作、萨特的某些散文化写作、加缪的随笔式写作等,丰富了哲学写作的样式。哲学与文学在现代、后现代时期的互渗现象越来越普遍。卡尔维诺指出,在哲学向文学屈尊之后,两者的关系变得比较和睦。

> 自刘易斯·卡罗尔之后,哲学和文学之间建立起了新的关系,也诞生了懂得品味哲学的伟大作家,他们把哲学看作推动想象的力量。格诺、博尔赫斯和亚诺·施密特与各种类型的哲学保持着不同的关系,并从中汲取营养,创造出很多幻想和语言的世界。他们的共同点是把自己手里的牌隐藏起来,仅仅在对伟大作品的影射中,才会流露出哲学思想、玄奥的几何学,还有博学。我们不时会希望宇宙的秘密印记马上透露出来,但这个希望总是化作失望。不过,这样的结果也是理所应当的。①

文学与哲学在新的历史语境中建立了新型的和谐关系,相互渗透、彼此借鉴和促进,赢得了各自的光荣与梦想,为社会意识形态的繁荣和人文科学的兴盛作出伟大而辉煌的贡献。黑格尔在《精神现象学》和《美学》中所作出的包括文学在内的艺术随着理念的高度发展而回归自身、绝对精神获得完满的实现,由此哲学赢得最终的兴盛而终究会取代艺术和文学的预言变得落空。

---

① [意]卡尔维诺:《文学机器》,魏怡译,译林出版社2018年版,第243—244页。

第二章　人是目的："文学与哲学"的本体论与生存论之关联

"人是目的"这一命题，是文学与哲学相关联的一个根本性的逻辑前提。"人是目的"，既是两者共同的人类学基础，也是两者作为意识形态共同体的本体论的依据。在本体论和生存论意义上，文学与哲学均关注、沉思和探究主体的精神结构。换言之，文学和哲学在本质上都是"人学"，它们都具有对社会历史和人类存在的悲剧意识，而人本主义、人道主义构成两者的历史责任和现实关怀。

第一节　本体论和生存论

康德哲学人类学的核心命题之一是"人是目的"。这也构成了文学与哲学之关系的理论基石。康德在《道德形而上学基础》中说：

> 人类，以及一般地说来的每一个理性存在者，都是作为自身即是一目的而存在着，而不是作为由这个或那个意志随意使用的一个手段而存在着。在他所有的行为中，无论这些行为是指向他自身还是其他理性存在者，他都必须总是同时被认为是一个目的。……理性的存在者则被叫着"人"，因为，他们的本性就指出，他们自己本身就是目的，也就是说，是不可能仅仅被当作手段使用的某种东西。因此，这样一个存在者就是尊重

的对象,至此,他也就限制了所有[随意的]选择。这样的存在者,不仅仅是主观目的,那作为我们行为结果的这些目的,其存在对我们有一个价值,而且,也是客观的目的,即是说,是这样的存在者,其存在本身就是一个目的。这样的一个目的,是没有其他目的可以替代的目的,是这些存在者应该只是作为手段来服务于其的目的。①

康德论述了人的存在基于理性的基础,他都有一个"目的"。这个目的不是手段,也不是出于单纯的主观因素,而是客观性地存在。或者说,这一目的作为人的存在本性,成为人的普遍性的客观要求。"人是目的",构成了人之存在的本质与意义,是本体与存在的统一、目标与手段的统一。简言之,"人是目的"构成了康德学说的必然要义之一。

一、"人是目的"

"人是目的"这一命题,是文学与哲学相关联的一个根本性的逻辑前提,既是两者共同的人类学基础,也是两者作为意识形态共同体的本体论依据。"哲学,从远古以来,就不仅是某些学派的问题,或少数学者之间的论争问题。它乃是社会生活的一个重要组成部分。"②在这个视野上,我们也可以说哲学是以探究社会生活为责任的社会学,因此在本质上,它最终可以归结为"人学",是以"人为目的"的学问。现象学的代表人物胡塞尔"把哲学家称作是人类的公仆:他们通过检验我们受到威胁的文明的基础,为重建人性准备基础。胡塞尔按照苏格拉底和柏拉图的精神,以一种非常乐观的心情把哲学的这种使命描绘成是道德上'复兴'的使命。"③从一般意义上说,哲学家担当着人类公仆的责任,他们期许自己能够为文明重建和道德复兴提供有意义的思考与探索出一条光明之路。从具体意义上看,哲学家是以人为中心和以人为目的,

---

① [德]康德:《道德形而上学基础》,孙少伟译,中国社会科学出版社 2009 年版,第58—59 页。

② [英]罗素:《西方哲学史》上册,何兆武、李约瑟译,商务印书馆 1963 年版,"英国版序言"第 9 页。

③ [美]施皮尔伯格:《现象学运动》,王炳文、张金言译,商务印书馆 1995 年版,第 133 页。

探索人类良知、德性和美好人性的复归,或者说寻求一条改良人心的通途。亚里士多德在《尼各马可伦理学》中提出"善作为目的"命题,已经开了康德"人是目的"的人类学命题之先声。他说:"每种技艺与研究,同样地,人的每种实践与选择,都以某种善为目的。所以有人就说,所有事物都以善为目的。"①亚里士多德强调"善是目的"在人的实践性具体活动中客观具体之呈现。亚里士多德进一步认为,政治学也是以善为核心的学问,它的目的同样是为了建立人性的善。他说:"既然政治学使其他科学为自己服务,既然政治学制定着人们该做什么和不该做什么的法律,它的目的就包含着其他学科的目的。所以这种目的必定是属人的善。"②在他看来,哲学和政治学都探究人性的善并且规定和架构"善"的内涵与尺度,它们的共同属性之一也是人学,是以人为目的的学问。和哲学相同,"文学是人学"构成其最基本和最核心的命题。孔子说:"不学诗,无以言。"③他提倡人的审美教育和道德完善在于"兴于诗,立于礼,成于乐"④。他又归纳诗有"兴、观、群、怨"⑤的社会功能,均在强调文学和人之存在、文学和人的社会性存在的逻辑关系,明确地认识到了"文学是人学"的根本性意义。古今中外,诸多的思想家和文学家都清楚地意识到并阐述了文学与人之存在的根本性关联,在他们看来,"人"即是文学之最高目的。

因此,在本体论意义上,哲学与文学密切关联的共同核心就是人的问题,或者说,哲学与文学均关注的是以"善"为目的的人,因此人类学命题首先是一个道德命题,它同样也是一个伦理学(Ethics)的核心,是人学的关键点。所以,文学与哲学对人之存在或生存及其命运的关注与思考构成它们共同的首要意义、根本价值和全部目的。

---

① [古希腊]亚里士多德:《尼各马可伦理学》,廖申白译,商务印书馆2003年版,第3页。
② [古希腊]亚里士多德:《尼各马可伦理学》,廖申白译,商务印书馆2003年版,第6页。
③ 刘宝楠:《论语正义·季氏》,《诸子集成》第1册,中华书局1954年版,第363页。
④ 刘宝楠:《论语正义·泰伯》,《诸子集成》第1册,中华书局1954年版,第160页。
⑤ 刘宝楠:《论语正义·阳货》,《诸子集成》第1册,中华书局1954年版,第374页。

二、人之存在方式

作为人,具有多重存在的方式,或者说,人是多种形式的主体存在。在本体论和存在论的意义上,它包括身体主体、本能主体、感性主体、理性主体、道德主体等结构。在认识论和价值论的意义上,包括认识主体、知识主体、话语主体、实践主体、信仰主体、消费主体等内容。在审美论和艺术论意义上,包括审美主体、想象主体、情感主体、创造主体等形式。当然,还可以依据不同的逻辑标准和功能需求方面,对主体形式进行其他类型的区分和界定。文学和哲学都关注、表现和探究人的这些存在方式,或者说,人的多种主体结构和存在方式都是文学描写与哲学思考的对象。

首先,语言与存在。我们从人的最基本的形式存在和精神特性方面出发,将人首先界定为"语言主体",它也构成了文学与哲学关系的共同前提,语言主体也是人之存在的本体与工具的统一。人之存在的最主要的方式语言,换言之,人依赖语言而存在。"人与世界是如何融为一体的?人与存在的会合点在哪里?在海德格尔看来,这就是语言。""'语言是存在的家'这一著名命题把语言的工具地位提升到了'先在'和'客观'的地位。语言是存在的规定性,存在者(事物)之存在,其意义在于语言,无语言之处,存在者是无意义的,简直可以说,无语言之处无事物。"①海德格尔写道:

> 人言说。我们在清醒时言说,我们在梦乡里言说。我们总是在言说;甚至当我们没有发出一有声的语词,而只是倾听或阅读之时;甚至当我们不是特别地倾听或言说,而只是从事某种工作或沉浸于悠闲中之时。我们总是以这种或那种方式不断地言说。我们言说,因为言说是我们的本性。它并非首先源于某种特别的意志。人说,人是靠本性而拥有语言。这把握了人与动植物的区别,人是能言说的生命存在。这一陈述并非意味着人只是伴随着其他能力而也拥有语言的能力。它是要说,唯有言说

---

① 张世英:《进入澄明之境——哲学的新方向》,商务印书馆1999年版,第82页。

使人成为作为人的生命存在。作为言说者的人是人。①

在海德格尔的哲学意义上,言说构成了人之为人的本质化存在,构成了人存在的理由和意义。作为言说者的人才具备了人存在的可能和资格。所以,语言不仅是人类存在的先决条件和使用工具,也是人之本质的逻辑基石。文学与哲学皆是依赖语言而存在、而运动的精神果实,没有语言就没有人类的存在理由,更没有意识形态或精神文化的创造活动。所以,语言存在构成了主体的主要方式和基本方式。

其次,肉体与存在。梯利在《西方哲学史》中描述斯宾诺莎的哲学观写道:

> 一切事物都是物质的样态或形式,同时也是精神的样态或形式:一切肉体都有生气,而一切灵魂都有肉体。哪里有肉体,哪里就有观念或精神现象;哪里有精神活动变化,哪里就有肉体。因此,斯宾诺莎称人的精神为人的肉体的观念。肉体或运动则是同某一观念相应的、在空间中的对象或活动变化。人的肉体十分复杂,由许多部分组成。人的精神也一样由许多观念组成。一个肉体愈复杂,和它相应的精神所可能有的知识就愈充分。人的精神不仅是肉体的观念,还意识到自己的活动或有自我意识,因此,斯宾诺莎称之为"肉体的观念",或"精神的观念"。但是,只有当精神掌握肉体变化的观念时,它才能认识自己。②

综上所述,这里包含如此几层意义,其一,肉体是主体存在的物质基础,也是精神寄居的家园,肉体和精神处于密切的生命统一体之中。其二,精神和肉体一样,均具有复杂的结构,它们是由众多的观念组成整体。其三,肉体的复杂程度和精神包含的知识程度成正比例关系。其四,主体的精神应该具有反观自我的能力即自我意识,并且当精神掌握肉体变化的观念的时候,它才能使认识自己得以可能。显然,这一哲学理论在规定了主体存在的价值与意义前提下,优先确立了人之肉体的感性存在的先验条件。或者说,肉体之存在成为

① [德]海德格尔:《诗·语言·思》,彭富春译,文化艺术出版社1991年版,第165页。
② [美]梯利:《西方哲学史》(增补本),葛力译,商务印书馆1995年版,第336页。

了精神存在的必然逻辑。与之相关,我们可以做出如此的理论推导,在生存论意义上,文学与哲学关注与描述、阐释和探究的主体,都是先验的物质存在或肉体存在,欲望化的主体构成了所有主体形式与结构之存在的首要前提。从这个理论视角看,文学与哲学共同探索和表现、诠释和理解的人都必须奠定在肉体或本能欲望的基础上。显然,文学与哲学在一点上有着共同性,所存在的差异是,古典哲学侧重关注理性的主体,而现代哲学和后现代哲学转向对非理性的主体或欲望主体(肉体)倾注了更多的关注与阐释。从古今中外的文学文本考察,它们都广泛而深刻、多视角与多层面地描写和揭示了人的肉体欲望,将对肉体的欲望叙事作为自己一个必不可少的内容。就这一点而言,肉体存在或生命的本能存在同样构成了文学与哲学共同关切的人学母题。

再次,感觉与存在。在文学与哲学的生存论意义上,人还是一个感觉主体或感性主体。主体依靠感觉或感性而存在,马克思在《1844 年经济学哲学手稿》,细致而深刻地阐释了人的感觉的重要性。

眼睛对对象的感觉不同于耳朵,眼睛的对象是不同于耳朵的对象的。每一种本质力量的独特性,恰好就是这种本质力量的独特的本质,因而也是它的对象化的独特方式,它的对象性的、现实的、活生生的存在的独特方式。因此,人不仅通过思维,而且以全部感觉在对象世界中肯定自己。

……

只是由于人的本质客观地展开的丰富性,主体的、人的感性的丰富性,如有音乐感的耳朵、能感受形式美的眼睛,总之,那些能成为人的享受的感觉,即确证自己是人的本质力量的感觉,才一部分发展起来,一部分产生出来。因为,不仅五官感觉,而且连所谓精神感觉、实践感觉(意志、爱等等),一句话,人的感觉、感觉的人性,都是由于它的对象的存在,由于人化的自然界,才产生出来的。

五官感觉的形成是迄今为止全部世界历史的产物。[①]

---

① 《马克思恩格斯文集》第 1 卷,人民出版社 2009 年版,第 191 页。

马克思突出主体的本质力量和社会实践对于感觉形成的必要性的构成,强调"五官感觉的形成是以往全部世界历史的产物",当然具有历史和实践的双重合理性。马克思在《巴黎手稿》中突出了主体感觉的丰富性以及对于生命存在的重要价值。因此,从这个理论意义上看,感觉是人之存在的生命机能和精神活动的先驱,没有感觉就没有了人存在的可能与意义。感觉构成了文学与哲学的人学要义之一,感觉同样是"人是目的"的逻辑基础之一。

　　文学与哲学都注重对人的感觉的阐释、探究和表现,其中美感又是主体感觉的重要组成部分,它构成了人的本体论和生存论相统一的关键因素。托马斯·阿奎那在《神学大全》中说:"与美关系最密切的感官是视觉和听觉,都是与认识关系最密切的,为理智服务的感官。"①显然,他垂青视觉和听觉的原因之一,一方面在于两者和美有着密切联系;另一方面在于它们具有潜在的理性认识的功能,或者说和其他感觉相比,它们和理性认识的关系更为紧密。黑格尔认为:"艺术的感性事物只涉及视听两个认识性的感觉,至于嗅觉、味觉和触觉则完全与艺术欣赏无关。因为嗅觉、味觉和触觉只涉及单纯的物质和它的可直接用感官接触的性质,例如嗅觉只涉及空气中飞扬的物质,味觉只涉及溶解的物质,触觉只涉及冷热平滑等性质。因此,这三种感觉与艺术品无关,艺术品应保持它的实际独立存在,不能与主体只发生单纯的感官关系。"②黑格尔从认识的视角肯定视觉和听觉在美感中的作用。帕克认为:"我们控制视觉和听觉的能力比较大,这也是很重要的,对于艺术的美来说尤其如此。只有色彩、线条和声音可以织入复杂而稳定的整体中。"③帕克说:"让我们首先把感觉作为美的一个要素加以研究。感觉是我们进入审美经验的门户;而且,它又是整个结构所依赖的基础。感受不到感觉的可能的价值的人,也可能是富于同情心的和聪明的,但是,他们不可能成为美的爱好者。……然而,尽管

----

① 北京大学哲学系美学教研室编:《西方美学家论美和美感》,商务印书馆1980年版,第67页。

② [德]黑格尔:《美学》第1卷,朱光潜译,商务印书馆1979年版,第48—49页。

③ [美]帕克:《美学原理》,张今译,商务印书馆1965年版,第51页。

感觉在美中是无所不在的,而且是有最高的价值,但并不是一切种类的感觉都同样适于参与经验。柏拉图就只谈到'美的视像和声音'。自他的时代以来,视觉和听觉就一直被认为是具有优越的审美意义的感官。这些感官成为一切艺术的基础——声音成为音乐和诗歌的基础,视觉成为绘画、雕塑和建筑的基础。"①西方哲学、美学自柏拉图开始一直推崇视觉和听觉作为主体在审美活动、文艺创造中最重要的感觉。

综合上述意义,我们可以推论,感觉是主体存在的前提和工具,没有感觉就没有人的存在,更谈不上人的创造活动。哲学对于感觉和感性的思考广泛而精湛,将之视为人的重要存在方式之一。而对文学而言,无论在作为文学创作者还是描写和表现文本中的人物,都推崇感觉的丰富性和复杂性,将感性作为人的生存的必要条件和生命基础。倘若没有感觉和感性的作用,文学将丧失所有灵感和美感以及诗意和激情,也丧失吸引力和打动读者的精神力量。显然,"人是目的"的命题离不开感觉与感性的因素。

最后,实践与存在。在生存论意义上,人还是一个实践主体。一方面,人是依赖生产工具、生产资料和劳动对象进行生产实践的社会化群体,被客观地规定为"劳动主体";另一方面,人还处于政治生活之中,因此人还是从事政治实践的存在主体。亚里士多德在《政治学》提出"人是政治动物"的观点,佐证了人的实践活动的政治属性的构成;再一方面,人除了物质生活和政治生活之外,还要从事精神生产等实践活动,所有这些活动,都需要理性的支配和作用。伽达默尔说:"人是一种有理性的生物,他有语言,同直接的印象保持距离,或者说他可以不受直接印象的控制,人能自由选择善和真理——人甚至能够笑。出于最深刻的理由,可以说,人是一种'理论的生物'。"②这也意味着,人需要理论生活。所有这些人的实践活动都构成了人之为人的存在意义与价值,都是哲学与文学进行探究与思考、描述和表现的对象。所以,从生存论视角看,

---

① [美]帕克:《美学原理》,张今译,商务印书馆1965年版,第50—51页。
② [德]伽达默尔:《赞美理论》,夏镇评译,上海三联书店1988年版,第26页。

文学与哲学都是为"人是目的"这一根本性命题而存在。

三、人之命运

"哲学,就我对这个词的理解来说,乃是某种介乎神学与科学之间的东西。它和神学一样,包含着人类对于那些迄今仍为确切的知识所不能肯定的事物的思考。""但是介乎神学和与科学之间还有一片受到双方攻击的无人之域;这片无人之域就是哲学。"①罗素对哲学的阐释把握了其一个主要的精神特征就是哲学徜徉于神学和科学之间,他担当了思考人之命运的责任与使命,追问人的命运及其历史,思考整个人类的有关过去、现在、未来的经验、教训和理想,求解心灵的安宁与幸福。和哲学一样,文学显然也担当了对人类命运的追问和思考,只是文学的思考方式和哲学不同,它重在表现个人的命运,以个人的命运变化反映整个人类的历史命运。从利害关系上划分,有好的命运与坏的命运,从价值形态上划分,有善的命运和恶的命运,从数量程度上划分,有个人命运、集体命运和整体命运,从逻辑形式上划分,有偶然性命运和必然性命运。哲学与文学对这几种类型的命运形式都予以描述、思考和表现。

儒家的代表人物孔子对于命运予以较多的沉思。子曰:"吾十有五而志于学,三十而立,四十而不惑,五十而知天命,六十而耳顺,七十而从心所欲,不踰矩。"②"伯牛有疾,子问之,自牖执其手,曰:'亡之,命矣夫! 斯人也而有斯疾也! 斯人也而有斯疾也!'"③"司马牛忧曰:'人皆有兄弟,我独亡。'子夏曰:'商闻之矣:死生有命,富贵在天。'"④子曰:"道之将行也与? 命也。道之将废也与? 命也。公伯寮其如命何!"⑤孔子曰:"君子有三畏:畏天命,畏大人,畏圣人之言。"⑥子曰:"不知命,无以为君子也。不知礼,无以立也。不知

---

① [英]罗素:《西方哲学史》上册,何兆武、李约瑟译,商务印书馆 1963 年版,第 11 页。
② 刘宝楠:《论语正义·为政》,《诸子集成》第 1 册,中华书局 1954 年版,第 23 页。
③ 刘宝楠:《论语正义·雍也》,《诸子集成》第 1 册,中华书局 1954 年版,第 120 页。
④ 刘宝楠:《论语正义·颜渊》,《诸子集成》第 1 册,中华书局 1954 年版,第 264 页。
⑤ 刘宝楠:《论语正义·宪问》,《诸子集成》第 1 册,中华书局 1954 年版,第 322 页。
⑥ 刘宝楠:《论语正义·季氏》,《诸子集成》第 1 册,中华书局 1954 年版,第 359 页。

言,无以知人也。"①孔子对命运之运思一方面意识到命运的客观力量,它关乎于自然法则,因为是人的意志所无法左右也是常常违背主体的愿望的;另一方面,孔子主张必须认识命运的强大势能,人必须敬畏命运和尊重命运;再一方面,孔子意识到在人生过程中必须理智地对待命运和顺应命运,历史状态和意识形态的变迁也在于客观自然法则,也就是命运的作用。因此,在生活世界中,人都要保持一种安身立命的态度,以理性和安宁的方式对待命运。

道家思想的奠基人老子也涉及命运的问题。"夫物芸芸,各复归其根。归根曰静,是谓复命,复命曰常。"②"道之尊,德之贵,夫莫之命而常自然。"③老子将命运归结为客观的自然也就是"道"的作用,消解了命运的神秘性和令人畏惧的因素。另一位道家的代表人物庄子对命运的忧虑和思考更为广泛深邃和敏锐睿智,《人间世》云:"仲尼曰:'有大戒二:其一命也,其一义也。'"④"乐不易施乎前,知其不可奈何而安之若命。"⑤《德充符》云:"不可奈何而安之若命,唯有德者能之。"⑥"仲尼曰:'死生存亡,穷达贫富。贤与不肖,毁誉、饥渴、寒暑,是事之变,命之行也。'"⑦《大宗师》云:"死生,命也。⑧""天无私覆,地无私载,天地岂私贫我哉? 求其为之者而不得也! 然而至此极者,命也夫!"⑨老子否定存在着一种神秘的命运,将命运视为无利害的客观要素,它也是自然现象。而庄子的内心存在着对命运的敬畏和恐惧感,他认为命运构成了主观意志之外的神秘而强大的客观势能,不是人主宰命运,而是命运对人生形成宰制性势能。人只能以恬淡安然的态度接受命运的安排。尽管儒家和道

---

① 刘宝楠:《论语正义·尧曰》,《诸子集成》第1册,中华书局1954年版,第419页。
② 王弼:《老子注·第十六章》,《诸子集成》第3册,中华书局1954年版,第9页。
③ 王弼:《老子注·第五十一章》,《诸子集成》第3册,中华书局1954年版,第31页。
④ 王先谦:《庄子集解·人间世》,《诸子集成》第3册,中华书局1954年版,第25页。
⑤ 王先谦:《庄子集解·人间世》,《诸子集成》第3册,中华书局1954年版,第25页。
⑥ 王先谦:《庄子集解·德充符》,《诸子集成》第3册,中华书局1954年版,第35页。
⑦ 王先谦:《庄子集解·德充符》,《诸子集成》第3册,中华书局1954年版,第33页。
⑧ 王先谦:《庄子集解·大宗师》,《诸子集成》第3册,中华书局1954年版,第39页。
⑨ 王先谦:《庄子集解·大宗师》,《诸子集成》第3册,中华书局1954年版,第47页。

家的命运观包含一定程度的命定论和宿命论的色彩,然而,并非属于命定论和宿命论的范畴,因为儒家和道家的命运观并不放弃对人生的理想和快乐的追求,有着人文情怀和人生智慧。

西方哲学和文学同样对人的命运给予了深切的关注。亚里士多德在《诗学》中讨论了戏剧人物的悲剧性命运,认为人物的命运既有客观的因素也有主观的"过失",这两方面的因素导致了人物的悲剧结局。黑格尔在《美学》中将人的冲突类型划分为三类,它们构成了人之命运的主要因素,同时也导致人生的悲剧性结果。黑格尔认为:"第一,物理和自然的情况所产生的冲突,这些情况本身是消极的,邪恶的,因而是有危害性;第二,由自然条件产生的心灵冲突,这些自然条件虽然本身是积极的,但是对于心灵,却带有差异对立的可能性;第三,由心灵差异而产生的分裂,这才是真正重要的矛盾,因为它起于人所特有行动。"①人的命运主要由自身的心理或精神的因素所构成,这才是有价值和意义的冲突类型,也是构成艺术美的关键要素。黑格尔的这一观念,正是对"性格决定命运"这一格言的精妙的理论诠释。古希腊的悲剧,尤其是索福克勒斯的悲剧《俄狄浦斯王》,其主题就是表现个人的强烈意志、英雄行为和神秘命运的激烈冲突,揭示了品德高尚、心地善良的主人公在与命运抗争中无法避免的悲剧性毁灭。

中西方哲学与文学都关注和思考人或人类的命运,思考人类的过去、现在和未来的命运变化,换言之,对于人和人类命运之关注和追问构成了哲学与文学的一个共同的永恒主题。

四、理性与欲望

在生存论意义上,文学与哲学都关注主体之存在的价值和意义,而主体存在的价值与意义,在很大程度上是和人的理性密切关联。在生存论意义上,人的核心就是"存在的合理性"或者说"合理性的存在"。古希腊哲学家说人是

---

① [德]黑格尔:《美学》第1卷,朱光潜译,商务印书馆1979年版,第262页。

万物的尺度。人是理性的动物和最高的精神本体和物质存在,哈姆雷特的一句台词"宇宙的精华,万物的灵长"也许是对人之本质最含诗意的说明。如果说人的问题即认识人自我的哲学探究是一切知识的最高目标和阿基米德点,那么,理性问题即人类精神现象学则是人的本质的基质和生命之光。人类的文明程度与他的理性程度成正比关系。理性是人类的精神尺度和本质特征,构成人之为人而有别于动物界的重要特质。理性是人类的骄傲和财富,中西古代思想家无不崇尚理性,将之置放在最至尊的地位。人类对自我的崇拜深深根植于对理性的崇拜方面。理性是人类认知世界、实践意志活动、观照自我、组织社会结构等等的起始驱动力和最终决定因素,因此说人类的自我崇拜以理性崇拜为主要内容。尽管近现代不乏非理性思潮的强烈摇撼,然而,非理性现象隐藏深层的对于理性的召唤与复归心态。非理性现象有趣之点是,几乎每一位高扬非理性思想之帜的思想家都是一个理性主义者,他们的思想和学说往往以高度理性的思维方式呈现。

现象学哲学家胡塞尔痛感人类理性在现代的沉沦状态,他力图重建理性的大厦并呼唤理性的复归。

确实,在非理性主义猖獗的时期,一直到最后,胡塞尔都坚持他对于人类理性的使命和能力的信仰,他把人类理性说成是对于我们的信念的检验,如果这些信念是有根据的,就维护它们,如果发现它们是没有根据的,就放弃它们并用别的信念来代替。但是做出认真负责的和自我批评的说明的理性主义概念和那种只提供给当代许多反理性主义以得意的攻击目标与笑柄的狭隘得多的理性主义是截然不同的。胡塞尔的"理性"(ratio)并不是反情感的理智(Verstand),而是理解的洞察和有理解力的智慧,或从一种广泛意义上说,是康德意义上的"Vennunft"(理性)。胡塞尔的理性也不意味着反经验主义。胡塞尔当作荒谬东西加以反对的他称作十八世纪旧理性主义的东西,这种旧理性主义用物理学形式的数学结构来代替我们直接的生活经验的世界(物理主义和理性主义或客观主义的理性主义)。但是他更激烈地攻击懒惰的非理性主义,这种非理性主义有退回到野蛮状态的危险。①

传统哲学和文学共同倡导的人本主义、人道主义的理想,同样指向于人或人类的理性基础。假设背弃了理性基础,人的主体价值与意义将不复存在。中国先秦时代孔子所向往的"仁者爱人"的境界以及理想的君子人格,都建立在人的理性基础之上。以往哲学所赞赏的"人类中心主义"意志与倾向,尽管存在着一定程度上理论的局限性和片面性,然而,它所具有的历史合理性却是不容置疑的。亚里士多德的《尼各马可伦理学》是西方第一部系统深入的伦理学著作,也是第一部典型的"人学"著作,它构成一个相对完整的理论体系。亚里士多德伦理学的核心概念之一"德性"建立在主体理性的基石上,或者说肯定和高扬理性成为他的伦理学的逻辑前提。

从文学发展的历史轨迹来看,文学同样肯定了理性的价值,它表现理性与欲望、理智与情感的冲突,在总体上都是肯定理性的意义,最终描写了理性的胜利,即使是理性的失败和悲剧,也从反向肯定了理性的价值和合理性。法国17世纪的新古典主义文学,高乃依的戏剧《熙德》《贺拉斯》《西拿》《波利厄克特》,拉辛的戏剧《安德洛玛刻》和《费德尔》,充分而深刻地展示了理性与情感的冲突、责任与欲望的对峙,呈现巨大的艺术感染力和审美魅力。

除了理性之外,人还是一个欲望主体。从价值形态上,可以将欲望划分为合理的欲望和不合理的欲望、适度的欲望和不适度的欲望。从内容构成上,可以将欲望归纳为本能性欲望和社会性欲望。本能欲望诸如生命保存欲望、生理欲望或身体欲望等,社会性欲望诸如权力欲望、财富欲望、名誉欲望等。文学和哲学同样深切地关注着人的欲望的合理性与不合理性的探究。亚里士多德说:"虽然有的快乐,如高尚[高贵]的快乐,非常值得欲求,但是肉体快乐,即和放纵相关的那些快乐,却不值得欲求。""但在另一些品质与过程中的确存在这种过度,因而会有过度的快乐。在肉体快乐方面存在过度。坏人之所

---

① ［美］施皮尔伯格:《现象学运动》,王炳文、张金言译,商务印书馆1995年版,第131—132页。

以成为坏人就是由于追求过度的而不是必要的肉体快乐。所有的人都在某种程度上享受佳肴、美酒和性快乐，但不是每个人都做得正确。"①亚里士多德辩证地分析了欲望与快乐的适度和合理的问题，他肯定了欲望和快乐的合理性和适度性，否定了过度的不合理的欲望与快乐。中国古代思想家也对主体的欲望进行了辩证与深入地运思。孔子云："克己复礼为仁。一日克己复礼，天下归仁焉。"②孔子主张克制主体的欲望，以回归周代的礼仪制度从而达到"仁"的道德实现，而"仁"的道德实现的具体担当者就是理想中的"君子"。《孟子·告子》云："食色，性也。"③承认了人之欲望的客观性和合理性。《礼记·乐记》云："人化物也者，灭天理而穷人欲者也。于是有悖逆诈伪之心，有淫泆作乱之事。"④认为人在本质上是个欲望主体，必须节制欲望而谋求合乎"天理"，从而避免出现违背道德良知的混乱状态。程颐云："人心私欲，故危殆。道心天理，故精微。灭私欲则天理明矣。"⑤道学家认为主体的欲望膨胀必然导致精神的危机，因此必须灭绝欲望以彰显"天理"。《朱子语类》载："饮食者，天理也；要求美味，人欲也。""有天理自然之安，无人欲陷溺之危。""天理人欲，无硬定底界，至是两界分上功夫。"⑥朱熹辩证地阐释了天理与人欲的矛盾对立的逻辑关系，然而他推崇"圣贤千言万语，只是教人明天理，灭人欲"⑦的理学命题，旨在强调限制人的不合理欲望而追求天理或伦理之实现的社会价值。

依照历史唯物主义的基本观点，生产力与生产关系的矛盾运动是推动历

---

① ［古希腊］亚里士多德：《尼各马可伦理学》，廖申白译，商务印书馆 2003 年版，第223页。

② 刘宝楠：《论语正义·颜渊》，《诸子集成》第 1 册，中华书局 1954 年版，第 262 页。

③ 焦循：《孟子正义·告子》，《诸子集成》第 1 册，中华书局 1954 年版，第 437 页。

④ 孔颖达：《礼记正义·乐记》，阮元校刻：《十三经注疏》第 3 册，中华书局 2009 年版，第3314页。

⑤ 程颢、程颐：《二程集》上册，中华书局 1981 年版，第 312 页。

⑥ 《朱子语类·卷十三》，《朱子全书》第 14 册，上海古籍出版社、安徽教育出版社 2010 年版，第 389 页。

⑦ 《朱子语类·卷十二》，《朱子全书》第 14 册，上海古籍出版社、安徽教育出版社 2010 年版，第 367 页。

史发展的基本力量,而生产力则是最活跃的因素。那么,生产力的第一要素是劳动者,而劳动者即人的欲望则是推动历史发展的第一动力。因此,在经济学的理论意义上,欲望是推动历史变化和发展的基本要素之一,或者说是最重要的因素之一。从文学方面而言,在叙事文学样式中,人物的欲望则是故事发展的动力,也是情节和人物性格发展的决定性因素。因此,"人是目的"这一人类学命题也意味着,欲望也是人的目的之一,它同样构成了人的本体论和生存论的内涵之一。欲望也必然性地成为文学和哲学共同描写、表现和沉思的对象,成为文学和哲学共同行走和探究的桥梁。

第二节　主体之精神结构

人是一个结构性的精神主体。首先,他包含着道德感和伦理观,它们共同决定着主体的实践意志和行动目的。其次,人又是一个充满情感或情绪的心理存在,情感或情绪影响人的思维方式、实践活动和生活趣味。再次,人还是一个知识主体和智慧主体,由知识积累再到智慧生成,从而获得自我的创造和价值实现。最后,人具有沉思和想象的心理动能,它决定了人不同于动物的高贵性和可爱性,也是使人成为宇宙的精华、万物的灵长的一个基本理由与重要根据。所以,"人是目的"命题和人是结构性的精神主体密切关联,或者说,人的精神结构的所有构成都以"人是目的"为圭臬、为动因和为结果。

文学与哲学皆以人的精神结构为探索和表现的对象,换言之,人之主体的精神结构成为文学与哲学得以存在与发展的主要目的、理由和张力。

一、道德和伦理

"人是目的"的命题,包含着一个重要的内容就是主体的道德感和伦理观。而道德感和伦理观也是哲学与文学共同眷注的核心,由此两者的关切又与伦理学产生了逻辑关联。"同时包含了哲学与文学两个学科的传统阵地是伦理学。或者更确切地说:伦理学几乎始终能够找到一个借口,使哲学和文学无须直面彼此;同时,这两种学科确信而且满足于能够轻易地在教会人类美德的共同使命中达成共识。"①所以,文学与哲学又必然性地在伦理学上获得了心灵交汇和逻辑关联。

人是一个道德主体和伦理主体,人的精神内部积聚着历史流传的丰富而广泛的道德观念和伦理原则。正是道德观念和伦理原则才保证了人之为人的价值确立和意义生成,也保证了人类的家庭组成与稳定、社会结构的和谐与安宁这样的合理状态。反之,道德观念的堕落和伦理原则被摧毁,才导致个人的沉沦或犯罪、群体的作恶以及民族和国家的灾难与悲剧。

哲学很早就展开对道德观念的探究和伦理原则的确立。亚里士多德的《尼各马可伦理学》系统而深入地研究了道德与伦理的问题。他提出两个最重要的概念:善和德性,在开篇就推出"善作为目的"②命题,然后他阐释德性是人的一种善的品质,并且系统地论述了"道德德性""具体的德性"和"理智德性"。斯宾诺莎在《伦理学》中指出:"就人的德性而言,就是指人的本质或本性,或人所具有的可以产生一些只有根据他的本性的法则才可以理解的行为的力量。"③沿袭着亚里士多德的思想轨迹,斯宾诺莎同样肯定了道德与德性是人之主体的本质、本性,它构成了人之存在的最重要的价值意义。休谟指出:"道德比其他一切是更使我们关心的一个论题:我们认为,关于道德的每一个判断都与社会的安宁利害相关;并且显而易见,这种关切就必然使我们的思辨比起问题在很大程度上和我们漠不相关时,显得更为实在和切实。"④休谟强调了道德问题的重要性和实用价值。康德在《判断力批判》中认为:"美是道德的象征。"⑤他在《实践理性批判》的"结论"写道:

　　　　有两样东西,我们愈经常愈持久地加以思索,它们就愈使心灵充满始终新鲜不断增长的景仰和敬畏:在我之上的星空和居我心中的道德法则。

---

① [意]卡尔维诺:《文学机器》,魏怡译,译林出版社 2018 年版,第 238 页。
② [古希腊]亚里士多德:《尼各马可伦理学》,廖申白译,商务印书馆 2003 年版,第 3 页。
③ [荷]斯宾诺莎:《伦理学》,贺麟译,商务印书馆 1983 年版,第 171 页。
④ [英]休谟:《人性论》,关文运译,郑之骧校,商务印书馆 1980 年版,第 455 页。
⑤ [德]康德:《判断力批判》上卷,宗白华译,商务印书馆 1964 年版,第 201 页。

我无需寻求它们或仅仅推测它们,仿佛它们隐藏在黑暗之中或在视野之外逾界的领域;我看见它们在我面前,把它们直接与我实存的意识连接起来。……道德学发轫于道德本性的高贵性质,这种性质的发展和教化指向一种无穷的益处,终结于——狂热或迷信。①

康德将道德视为人的最重要的精神有机体的组成,视为一种崇高和近乎神圣的精神要素和价值存在,道德保证了人性的真实与完善,给人类带来无限的益处从而终结狂热或迷信。黑格尔指出:"在德性的意识那里,各人私有的个体性必须接受普遍、自在的真与善的训练与约束。"②德性是具有普遍意义与价值的精神概念和行为准则,因此它适用于每一个个体存在。中国古代哲学同样眷注于主体道德的思考和建构。儒家思想家孔子推出"仁"的道德范畴,多处论述"仁"的命题,《八佾》载:"子曰:'人而不仁,如礼何? 人而不仁,如乐何?'"③《里仁》载:"子曰:'里仁为美。择不处仁,焉得知?'"④《述而》载:"子曰:'志于道,据于德,依于仁,游于艺。'"⑤《颜渊》载:"樊迟问仁。子曰:'爱人。'"⑥《论语》共计 110 处涉及"仁"的论述,还有论及"君子"108 处。孔子论述的"仁",它是一种普遍的道德范畴,基本等同了亚里士多德的伦理学的"善"和"德性"的概念,是对所有主体的道德规范和基本的行为要求,其核心在于人道主义的"爱人"准则,基本尺度还包括在思想与行为等具体的道德要求方面。而作为"仁"的具体象征和道德实践者的"君子",体现了孔子对"仁"的理想的客观践行。墨家推崇"非攻"与"兼爱""民本"与"节俭"等道德规范,《墨子·兼爱》载:

> 子墨子言曰:"天下之士君子特不识其利、辩其故也。今若夫攻城野战、杀身为名,此天下百姓之所皆难也,苟君说之,则士众能为之。况于兼

---

① [德]康德:《实践理性批判》,韩水法译,商务印书馆 1999 年版,第 177—178 页。
② [德]黑格尔:《精神现象学》上卷,贺麟、王玖兴译,商务印书馆 1979 年版,第 252 页。
③ 刘宝楠:《论语正义·颜渊》,《诸子集成》第 1 册,中华书局 1954 年版,第 44 页。
④ 刘宝楠:《论语正义·颜渊》,《诸子集成》第 1 册,中华书局 1954 年版,第 74 页。
⑤ 刘宝楠:《论语正义·颜渊》,《诸子集成》第 1 册,中华书局 1954 年版,第 137 页。
⑥ 刘宝楠:《论语正义·颜渊》,《诸子集成》第 1 册,中华书局 1954 年版,第 278 页。

　　相爱、交相利,则与此异! 夫爱人者,人必从而爱之;利人者,人必从而利
之;恶人者,人必从而恶之;害人者,人必从而害之。①"

墨子辩证地论述"兼相爱、交相利"的价值立场,以"恶人者"和"害人者"的反面结果推论道德行为的正面意义,从而否定非道德的行径。

　　与哲学类同,绝大多数的文学作品都寄寓着一定的道德观念,反映所在历史语境的道德观和价值导向。和哲学关注普遍的道德意义不同,文学作品通过塑造典型感性的人物形象和对具体生活的生动叙事,表达自己的道德观念、伦理原则和价值取向。古典主义文学擅长描写英雄人物,作品借助于典型形象的建构以传达自己的道德理念。古希腊荷马史诗《伊利亚特》中的阿伽门农、赫克拖耳和阿卡琉斯,《奥德赛》中的俄底修斯,埃斯库罗斯的悲剧《被缚的普罗米修斯》中的普罗米修斯、索福克勒斯的悲剧《俄狄浦斯王》中的俄狄浦斯,莎士比亚戏剧《哈姆雷特》中的哈姆雷特,托尔斯泰小说《战争与和平》中的安德烈,雨果小说《九三年》中的郭文、《海上劳工》中的吉利亚特,中国古典小说《三国演义》中的关羽、张飞等人物,《水浒传》中的梁山好汉等,他们都是作为文学家的理想的英雄人物而被价值肯定和人格溢美,上升为文学文本中的道德意象。值得注意的问题是,一方面,也有一些不够成功的文学作品,只是满足于充任抽象道德观念的传声筒,只有道德观念的传达而缺乏艺术性和审美价值,这些则另当别论;另一方面,文学文本的英雄人物,他们作为当时历史语境中的道德观念的象征者和典型代表,尽管他们持有的某些道德观念已经不适合后来的历史时代,但是他们所奉行的基本道德规范还具有一定的历史意义与现实价值,具有历史的合理性和现实的借鉴意义。

　　需要辨析的是,克罗齐否定包括文学在内所有艺术和道德的联系,他在《美学纲要》中断言:

　　艺术活动不是一种道德活动,也就是说,实践活动的这种形式,尽管必然同"功利"、同"苦乐"联系在一起,但并不是直接功利主义和快感主

---

　　① 孙诒让:《墨子间诂·兼爱》,《诸子集成》第 4 册,中华书局 1954 年版,第 65 页。

义的,这种形式进入了更高级的心灵领域。可是,直觉就其为认识活动来说,是和任何实践活动相对立的。而实际上,正如远古时代就已指出的那样,艺术并不是起于意志;善良的意志能造就一个诚实的人,却不见得能造就一个艺术家。既然艺术并不是意志活动的结果,所以艺术便避开了一切道德的区分,倒不是因为艺术有什么豁免权,而是因为道德的区分根本就不能用于艺术。一个审美的意象显现出一个道德上可褒或可贬的行为,但是这个意象本身在道德上是无所谓褒贬的。①

克罗齐从自己的直觉主义和表现主义的美学体系出发,竭力否定包括文学在内的艺术和道德的逻辑联系,既有一定的合理性也有较大的局限性,他的美学观属于一种片面深刻却有欠辩证和客观的理论。我们纵览文学史可以发现,尽管一部分文学家具有反道德的倾向,相应地,一部分文学文本也包含着反道德的意识,尽管这部分反道德的作家作品具有某种历史与现实的部分合理性。然而,我们如果从文本的总体数量上和对文学史的总体过程这两方面进行客观考察,绝大多数的文本和文学家还是遵循着历史文化的道德传统,遵循着文学尊重道德和表现道德的社会责任与历史使命。

现在我们再辨析道德(morality)和伦理的逻辑关系。对此,杨国荣作出深入的阐释:

> 与"伦理"相近,作为 moral 或 morality 对应者的"道德"一词诚然也带有近代的印记,但对道德的沉思则可以追溯到中国哲学的滥觞时期。在中国哲学中,"道"与"德"本是两个概念,"道"既指普遍的法则及存在的根据,又被赋予社会理想、道德理想等意义;"德"有品格、德性等义,又与"得"相通。后者在本体论的层面意谓由一般的存在根据获得具体的规定,在伦理学上则指普遍规范在道德实践中的具体体现及规范向品格的内化。②

---

① [意]克罗齐:《美学原理·美学纲要》,朱光潜译,人民文学出版社 1983 年版,第213 页。

② 杨国荣:《伦理与存在——道德哲学研究》,北京大学出版社 2011 年版,第5 页。

所以,道德和伦理的关系既有概念差异又有逻辑关联。狭义的伦理观念限定在血缘、家庭等方面,或者说限定于血缘、家庭等社会方面的狭隘的道德意识。而我们此处阐释的伦理则作为超越具体道德概念之上的普遍原则。

西方当代哲学家威廉姆斯"以'伦理'表示广义的系统,以'道德'表示狭义的系统。上述意义的'道德'侧重的是责任、义务,以及如何按照一般的原则去做,而'伦理'则更关注品格、德性、幸福,以及如何生活。在这一比较与分别中,道德多少被理解为伦理的片面化。威廉姆斯所理解的这种伦理,显然更符合亚里士多德的伦理学传统"①。如果说道德是历时性的伦理,那么,伦理则是共时性道德。换言之,道德观念是随着历史语境和客观社会状态的变化而变化、发展而发展,它们具有一定的流变性,道德观念是社会矛盾的客观反映,也是随着社会意识形态之间相互调节而转化的主观观念。从时间维度上考察,伦理原则有超越历史语境的共时性的稳定性势能,它具有超越客观时间的普遍有效性的客观价值和永恒意义;从空间维度上考察,伦理原则具有超越地域、国家、民族的普遍有效性,它呈现为普遍性的超空间的恒定价值。黑格尔认为:"各普遍的伦理本质都是作为普遍意识的实体,而实体则是作为个别意识的实体;诸伦理本质以民族和家庭为其普遍现实,而以男人和女人为其天然的自我和能动的个体性。"②黑格尔认为伦理本质作为普遍意识的实体从而具有一般通用性和全面意义,它适用于全体的民族和家庭,然而它又必须通过具体的男人和女人得以实现。纵览哲学与文学的全部历史,两者都十分重视对道德与伦理的探索与阐释、描写和表现。或者说,道德和伦理是两者心灵相会的桥梁之一。

二、"有情"与"无情"

人还是一个情感本体,情感与情绪构成了主体精神的一个重要因素。因

---

① 杨国荣:《伦理与存在——道德哲学研究》,北京大学出版社2011年版,第3页。
② [德]黑格尔:《精神现象学》下卷,贺麟、王玖兴译,商务印书馆1979年版,第17页。

此,情感也是文学与哲学共同沉思和书写的精神对象。我们对情感进行具体分析,了解它的一些规定性和基本内涵。首先,情感包含一些人的生理与心灵的本能需要,和主体的欲望存在着潜在的联系。其次,情感也包括一部分的高级社会感受和情绪,它和道德感密切关联。最后,情感包含理智的因素,它受制于地域、文化、宗教和国家、民族等诸多因素的客观影响。所以,情感是社会意识形态共同作用的结果。

斯宾诺莎说:"我把情感理解为身体的感触,这些感触使身体活动的力量增进或减退,顺畅或阻碍,而这些情感或感触的观念同时亦随之增进或减退,顺畅或阻碍。所以无论对这些感触中的任何一个感触,如果我们能为它的正确原因,那么我便认为它是一个主动的情感,反之,便是一个被动的情感。"①斯宾诺莎认为情感是身体的感触,存在着积极情感和消极情感差异。休谟在《人性论》中认为:"情感是一种原始的存在,或者也可以说是存在的一个变异,并不包含有任何表象的性质,使它成为其他任何存在物或变异的一个复本。"②他又说:"想象和感情有一种密切的结合,任何影响想象的东西,对感情总不能是完全无关的。"③在这里休谟表达有关情感的两个重要观点,一是情感属于人最原始、最根本的心理存在因素,二是情感和主体的想象活动存在着密切关系。

哲学以人为本,以探究人的存在为责任为使命,因而也不得不涉及对人之的主体情感的研究。

中国古代哲学家庄子对情感予以反思,深刻地认识到情感的复杂因素,提出了"有情"和"无情"的命题。庄子在《德充符》云:"有人之形,无人之情。有人之形,故群于人;无人之情,故是非不得于身。"④庄子主张人应该"无情",因为只有选择无情的人生,才可以避免是非和烦恼,也使自我获得相对

---

① [荷]斯宾诺莎:《伦理学》,贺麟译,商务印书馆1983年版,第98页。
② [英]休谟:《人性论》,关文运译、郑之骧校,商务印书馆1980年版,第453页。
③ [英]休谟:《人性论》,关文运译、郑之骧校,商务印书馆1980年版,第462页。
④ 王先谦:《庄子集解·德充符》,《诸子集成》第3册,中华书局1954年版,第36页。

的精神自由和丰富的美感。他和惠子有一段精彩的对话:

> 惠子谓庄子曰:"人故无情乎?"庄子曰:"然。"惠子曰:"人而无情,何以谓之人?"庄子曰:"道与之貌,天与之形,恶得不谓之人?"惠子曰:"既谓之人,恶得无情?"庄子曰:"是非,吾所谓情也。吾所谓无情者,言人之不以好恶内伤其身,常因自然而不益生也。"惠子曰:"不益,何以有其身?"庄子曰:"道与之貌,天与之形,无以好恶内伤其身。今子外乎子之神,劳乎子之精,倚树而吟,据槁梧而瞑。天选子之形,子以坚白鸣。"①

惠子认为情感是人之为人的本质,人应该保持自己的情感生活。因此惠子是"有情"论者,而庄子与之相反,是个"无情"论者。庄子的思维方式是诗意和充满想象力的,他敏锐地直觉到情感的复杂性和负面性的多重因素,对情感采取了存疑和否定的态度。庄子认为情感存在着负面的价值与意义,他甚至怀疑人之生存和情感的积极关系。庄子极端地认为,情感是人的非本质化的存在,情感甚至不利于精神主体处于自然无为的状态,有损于心灵世界的诗性生存和审美境界。在庄子看来,情感构成了对精神存在的遮蔽与烦恼,阻碍了生命自由和自由地想象。显然,庄子是中国思想史乃至世界思想史上极尖锐、极深刻地以否定逻辑来阐释情感的思想家,他领悟到情感之于人类精神的负面效应。

和哲学相比,文学和情感存在着更为紧密的关系。文学表现情感的观念成为悠久而传统的美学理论。美国美学家苏珊·朗格提出艺术"是人类情感的符号形式的创造"的理论。她在《情感与形式》中说:"在艺术中,形式之被抽象仅仅是为了显而易见,形式之摆脱其通常的功用也仅仅是为获致新的功用——充当符号,以表达人类的情感。"②苏珊·朗格将艺术形式改造为表现情感的符号,这种形式作为感性化的存在,和通常意义上的抽象符号有着明显的差别。因为这种形式具有情感的内涵和某种特定的"意义"。苏珊·朗格

---

① 王先谦:《庄子集解·德充符》,《诸子集成》第3册,中华书局1954年版,第36页。
② [美]苏珊·朗格:《情感与形式》,刘大基等译,中国社会科学出版社1986年版,第62页。

进一步认为,艺术表现的情感不应该是个人的情感,而是具有普遍性的"客观情感",它代表着整个人类的精神欲求和心理愿望。托尔斯泰在《艺术论》中认为:"艺术是一种人类活动,其中一个人有意识地用某种外在标志把自己体验的情感传达给别人,而别人被这种情感所感染,同时也体验着这种情感。"①文艺表达情感的理论成为西方美学的一个重要思潮。

中国古代文学也趋向"表现情感说"。《尚书·尧典》即有"诗言志,歌永言"②的说法,钟嵘《诗品》云:"气之动物,物之感人,故摇荡性情,形诸舞咏。"③后世的王夫之提出"景情合一"论:"情景名为二,而实不可离。神于诗者,妙合无垠。巧者则有情中景,景中情。景中生情,情中含景,故曰,景者情之景,情者景之情也。情景一合,自得妙语。"④他认为只有达到情景高度和谐的境域,文学才可能获得纯粹的美感和欣赏之价值。王国维则提出"境界"的审美范畴:

> 词以境界为上。有境界自成高格,自有名句。
>
> 有造境,有写境,此理想与写实二派之所由分。然二者颇难分别。因大诗人所造之境,必合乎自然,所写之境,亦必邻于理想之故也。
>
> 有有我之境,有无我之境。……有我之境,以我观物,故物皆著我之色彩。无我之境,以物观物,故不知何者为我,何者为物。古人为词,写有我之境者为多,然未始不能写无我之境,此在豪杰之士能自树立耳。⑤

一方面,情感和景物的密切关联成为古典美学所崇尚的理想目标;另一方面,情感的合适表达才是文学的最高法则。所以,在文学境界,情感的适度节制和完善的表达才是美学的不二法门。文学文本的普遍局限之一是情感犹如波涛汹涌之宣泄,其二是夸饰和矫情的表演,其三是伪装和虚假的情感表现。

---

① 〔俄〕托尔斯泰:《艺术论》,张晰畅等译,中国人民大学出版社2005年版,第41页。
② 郭绍虞、王文生主编:《中国历代文论选》第1册,上海古籍出版社1979年版,第1页。
③ 钟嵘:《诗品·总论》,人民文学出版社1961年版,第1页。
④ 北京大学哲学系美学教研室编:《中国美学史资料选编》下册,中华书局1981年版,第278—279页。
⑤ 王国维:《人间词话》,人民文学出版社1960年版,第191页。

诚如刘勰所言:"昔诗人什篇,为情而造文;辞人赋颂,为文而造情。"①所以,衡量文学境界高下的美学标准之一,就是情感的适度和完善的审美表现。其一是情感的纯真,如孔子所言:"《诗三百》,一言以蔽之,曰:思无邪。"②如李贽所推崇的"童心";其二是如何节制情感,所谓"乐而不淫,哀而不伤"③。其三,情感尽管是个人的话语,但必须呈现普遍的意义,即如苏珊·朗格所言的"客观情感",艺术文本所表达的情感尽管属于艺术家的个人意志,它应该带着普遍的意义与价值。

从美学意义上看,文学应该采取徜徉于"有情"与"无情"的策略,对抒写情感和表现情感采取相对客观的态度,适度而有节制地抒写情感和表现情感,尤其情感要符合真实客观的准则,放弃虚情假意的做派,警惕书写矫情和宣泄激情,所表现的情感也不仅仅拘泥于个人的情感,而应该抒写和表现集体与群体的情感,并且这种情感不应该伤害其他民族和国家的情感。换言之,文学表现的情感也应该符合人类情感的普遍价值和最基本的情感准则。

一方面,哲学与文学均肯定情感之于人的正面价值和积极意义;另一方面,哲学与文学也清醒地反思到了情感之于主体的负面价值和消极意义。因此,哲学与文学都主张适度地节制情感和理智地调节情感,让情感成为生命存在的宝贵财富,作为人生幸福的保证和精神创造、文化创造的动力与源泉。

三、知识与智慧

人之生存,在一定程度上也是一个知识积累和知识创造的过程,这也相应地规定着,人也是一个知识主体。"知识就是力量"这一句人文主义口号,也一定程度上折射出了知识和人生的紧密逻辑。

柏拉图在《理想国》中将精神的构成划分为四类,"第一部分叫做知识,第

---

① 刘勰:《文心雕龙·情采篇》,黄叔琳注,李详补注,杨明照校注拾遗:《增订文心雕龙校注》,中华书局 2012 年版,第 419 页。
② 刘宝楠:《论语正义·为政》,《诸子集成》第 1 册,中华书局 1954 年版,第 21 页。
③ 刘宝楠:《论语正义·八佾》,《诸子集成》第 1 册,中华书局 1954 年版,第 62 页。

二部分叫做理智,第三部分叫做信念,第四部分叫做想象。又把第三部分和第四部分合称意见,把第一部分和第二部分合称理性;意见是关于产生世界的,理性是关于实在的;理性和意见的关系就像实在和产生世界的关系,知识和信念的关系、理智和想象的关系也像理性和意见的关系。①"在柏拉图的视野里,知识显然成为精神结构中最根本和最原初的要素。换言之,知识主体是人的一个最基本的结构。法国后现代哲学家福柯立足于当时的社会语境,深刻地反思了知识主体如何被建构并且宰制了人的意识与行为这样的问题。

西方哲学关注知识论的探究,着重思考知识本质以及知识如何可能的问题。显然,知识论是西方哲学的核心关切和恒定运思的主题。作为知识的承载者,知识分子也顺理成章地成为了文学与哲学共同思考与阐释、叙述与表现的重要对象。从作者方面考察,文学与哲学都依赖于知识分子的精神创造活动而得以可能。从文本方面而言,文学与哲学都以知识分子为自己的研究和书写的重要对象之一。文学史上出现一些经典的知识分子形象,例如歌德作品中的《浮士德》,他力图以短暂的一生穷尽所有的知识,他与魔鬼签订了契约,超越时间和空间的游历,让他经历了知识的悲剧、爱与美的悲剧、社会历史的悲剧。还有雨果小说《巴黎圣母院》中的副主教孚罗诺,这位神学和自然科学的饱学之士,最终因为美与爱的欲望,背弃了自己的宗教信仰,违背了道德戒律而走上自我毁灭的道路。19世纪俄国批判现实主义文学,涌现出了一批杰出的文学家,创作了不少以知识分子为主角的作品,例如托尔斯泰、车尔尼雪夫斯基、屠格涅夫等人的小说,知识分子的形象具有鲜明的历史印记和启迪人生的思想意义。陀思妥耶夫斯基的《罪与罚》,小说中的主人公大学生拉斯柯尔尼科夫,以自我的犯罪与救赎的苦难叙事,展示了一个下层知识分子的心路历程,具有深刻的哲理意义。西方文学作品,不同程度和不同层面地涉及知识分子形象的刻画和塑造,表现出对知识与知识分子的双重思考。文本中的知识分子形象,尽管呈现思想和性格的多重性与复杂性,但基本上属于价值肯

---

① [古希腊]柏拉图:《理想国》,郭斌和、张竹明译,商务印书馆1986年版,第300页。

定的审美对象。中国古典文学对知识分子的书写,呈现出两极倾向。上古和中古时期,知识分子的形象基本上属于道德和人格比较完善的审美意象。而在近古时期,知识分子的形象出现了价值转折,尤其是在古典小说名著《红楼梦》和《儒林外史》中,知识分子成为被嘲讽和批判的对象,他们成为人格卑劣、心理猥琐、道德沉沦的象征品,文学家将对知识的反思和对知识分子的批判的双重意识共同寄寓在自己的文本之中。

当然,知识存在着一定局限性,这一问题中国古代的庄子早已有所觉察。他在《养生主》云:"吾生也有涯,而知也无涯。以有涯随无涯,殆已!已而为知者,殆而已矣。"①依庄子所见,生命是有限的,而知识是无限的,以有限的生命追求无限的知识是错误和不明智的,甚至是危险的和无益于人生的根本和总体的价值。庄子的这一观点为北宋吕惠卿所阐释:"生之为物,随形而有尽,是有涯也;知之为物,逐物而无穷,是无涯也。以有涯之生,随无涯之知,则有殆而后已,非所以安且久也。"②庄子的知识观在明代陈继儒那里也获得了历史的回应。他说:"人生百年为期,曾有涯尽,而心之思虑,千变万化,无涯尽,以有尽之身随无尽之智,相刃相劘于是非利害之场,岂不殆哉。"③庄子认为,以有限的生命去追求无限的知识,必然导致生命的知识悲剧,因为生命的价值与意义并非以知识的多少作为衡量的尺度,对知识的把握只能是有限的,如果人生仅仅以追求知识为终极价值,那么,则可能丧失生命的诗意和自由,牺牲应该拥有的美感和幸福。显然庄子对知识以及追求知识的忧思即使在当今历史文化语境也依然有一定的现实合理性。由此我们合乎逻辑地转向与之密切关联的另一个问题,就是人如何由知识转向智慧的努力。佛学的唯识论提出"转识成智"的命题,即主体如何将表层的知识转化为生命的智慧。西方现代哲学家波普尔在《猜想与反驳》中写道:"我们学到的关于这个世界的知识越多,我们的学识越深刻,我们对我们所不知道的东西的认识以及对我们的

---

① 王先谦:《庄子集解·养生主》,《诸子集成》第3册,中华书局1954年版,第18页。
② 吕惠卿:《庄子义》,汤君"集校",中华书局2009年版,第55页。
③ 陈继儒:《庄子隽》,载方勇、陆永品主编:《庄子诠评》,巴蜀书社1998年版,第92页。

无知的认识就将越是自觉、具体,越有发言权。因为这实际上是我们无知的主要源泉——事实上我们知识只能是有限,而我们的无知必定是无限的。"①

由此,我们顺理成章地进入到和知识密切关联的智慧层面。如果说知识的本质是具有积累和重复的性质,是主观认识和客观事物的相符合。那么,智慧则具有综合知识或超越知识而获得心灵的创造性机能,也就是佛学唯识宗所赞赏的"转识成智"的精神境界。西方传统形而上学相对关注"知识"以及如何可能的问题,提倡逻辑工具的广泛使用,从而造就了发达的科技、实用主义与思辨哲学的繁荣历史。中国哲学更关切"智慧"以及如何可能的问题,潜心于心性悟觉的畅达,相应带来了文学、伦理学的长期昌盛。但是,西方传统哲学也同样强调智慧对人的重要价值,西方哲学最原始之义就是"爱智慧之学",亚里士多德早已说过:

> 我们认为幸福中必定包含快乐,而合于智慧的活动就是所有合德性的实现活动中最令人愉悦的。爱智慧的活动似乎具有惊人的快乐,因这种快乐既纯净而持久。我们可以认为,那些获得了智慧的人比在追求他的人享有更大的快乐。……而智慧的人靠他自己就能够沉思,并且他越能够这样,他就越有智慧。有别人一道沉思当然更加好,但即便如此,他也比具有其他德性的人更为自足。②

亚里士多德将沉思和智慧密切联系起来,并且认为智慧就是合乎德性的心灵活动,而且智慧给人带来精神的愉悦和生命的幸福感。显然这种知识与智慧密切协调、和谐的主体就是人的目的,就是理想的人生状态与快乐的生命形式,也是哲学与文学所向往的审美境界。由此可见,知识与智慧这密切关联的两者,它们共同构成了人的存在价值和生命的意义,也造就了文学与哲学持久地进步与发展、兴旺与繁荣。它们也呈现了"人是目的"的应有内涵和重要意义,成为文学与哲学共同依赖的精神禀赋。文学与哲学作为精神文化的生

---

① [英]波普尔:《猜想与反驳》,傅季重译,上海译文出版社1986年版,第40—41页。
② [古希腊]亚里士多德:《尼各马可伦理学》,廖申白译,商务印书馆2003年版,第306页。

产,既需要主体有扎实丰厚的知识谱系,也需要主体有对知识的综合和创新的能力,更需要主体具有充满想象力的智慧与灵感,尤其是文学创作活动,比哲学思维尤其需要主体具有超越知识的智慧和直觉。所以,文学与哲学作为共同意识形态的存在形式,作为人学和作为以"人是目的"的人文科学,都密切地关联于知识与智慧这两个精神要素。

四、沉思与想象

亚里士多德在《尼各马可伦理学》中深入讨论了幸福与沉思的逻辑关联。"首先,沉思是最高等的一种实现活动(因为努斯是我们身上最高等的部分,努斯的对象是最好的知识对象)。其次,它最为连续。沉思比任何其他活动都更为持久。"①他又列举三种生活方式:"最为流行的享乐的生活、公民大会的或政治的生活,和第三种,沉思的生活。"②显然,沉思的生活方式是他所赞赏和推崇的高级生活方式。罗素说:"哲学的冥想就一条出路。""它在自我的种种扩张之中,在可以扩大冥想的客体的种种事物之中,因而也在扩大冥想着的主体之中,能找到满足感。"③沉思是人之为人的重要特征之一,也构成了人之存在的本质和价值所在。

笛卡儿有一个为人所熟知的哲学命题:我思故我在。它阐述了这样一个事实:人是一个思维主体,并且思维先于人的存在,或者说,因为主体的思考,人才存在。没有思维,就没有人之存在的理由和价值。胡塞尔在《纯粹现象学通论》中写道:

> 多种多样的情绪和意志的行为和状态:喜欢与不喜欢,喜悦与悲伤,渴望与逃避,希望与恐惧,决断与行动。所有这一切都包含在一个笛卡儿的用语 cogito(我思)中了,它包括单纯的自我行为,在这种行为中,我以

① [古希腊]亚里士多德:《尼各马可伦理学》,廖申白译,商务印书馆 2003 年版,第305—306 页。
② [古希腊]亚里士多德:《尼各马可伦理学》,廖申白译,商务印书馆 2003 年版,第11 页。
③ [英]罗素:《哲学问题》,何兆武译,商务印书馆 1999 年版,第132—133 页。

自发的注意和把握,意识到这个直接在身边的世界。虽然我生存于这个自然生活中,但我的生活不断采取一切"实显"生活的基本形式,不论我是否陈述这个我思,不论我是否"反思地"朝向自我和 cogitare(诸我思)。如果我朝向它们,一个新的正活跃的主体心理过程就出现了,就其本身说它未被反思,由此不对我呈现。

　　每时每刻我都觉得自己是这样一个人,他在知觉、想象、思考、感觉和愿望,如此等等。①

笛卡儿和胡塞尔所陈述的"我思"既是那些习惯于理论沉思的哲学家或富有哲学心灵的精神主体,也包括每一个存在于现实世界的芸芸众生,尽管每一个人思考的对象不一样、思维的方式存在差异、思想的侧重点也有所不同,但是思考是每一个存在主体的理性使然。因为沉思是人的目的,也是人的本质化生活。也唯有沉思,人还可能获得生活的幸福感和人生旨趣。当然,较明显的差异在于,一小部分人选择和喜好形而上学的问题,沉醉于超越实际生活和世俗关切的纯粹理论沉思或哲学性反思,而大多数人沉思于实用主义或现实性的世俗问题,更多地涉及自己的功利和效用的切身问题。

就文学和哲学的喜好沉思而言,一方面,从两者的共同性而言,它们都关切形而上学的问题,关切自然世界、社会历史和人类命运等问题,沉思于国家、民族、政治、宗教等意识形态的重大问题;另一方面,从两者的差异性而言,哲学擅长于更宏观更普遍意义的逻辑运思和抽象思辨,而文学则更依赖于感性直观和心灵体验,借助于形象和意象进行思考。需要辨明的是,沉思不能等同于信仰,沉思既不是等同于宗教信仰也不能等同于政治信仰。尽管信仰包含部分思考的因素,然而信仰往往是迫使和诱惑接受信仰的主体放弃自我独立沉思的权力与能力。维特根斯坦指出:"一个命题,在另一个意义上,一个思想,可以是信仰、希望、期待的'表达'。但信仰不是思考。"②所以,信仰独立

---

① ［德］胡塞尔:《纯粹现象学通论》,李幼蒸译,商务印书馆 1992 年版,第 91—92 页。
② ［英］维特根斯坦:《哲学研究》,汤潮、范光棣译,生活·读书·新知三联书店 1992 年版,第 208 页。

于沉思或思考之外,作为精神的一个独立范畴。

　　作为一个精神主体,和沉思密切关联的另一个心理机能就是想象。文学显然离不开想象力,没有想象力就没有文学的存在前提和逻辑可能。而哲学除了依赖于形式逻辑的推导能力,也要依赖于辩证逻辑的思辨能力,当然,也是需要想象力的帮助。就"人是目的"这个命题而言,人的想象活动能力确立人的另一个主体价值和生命意义。

　　西方传统形而上学对想象缺乏深入理解和合理阐释,界定想象为"原本的影像"(scheme of image-original),认为想象来源心理的幻觉或虚假的意象,不符合逻辑和常识,违背生活经验和思维规律,因此达不到对真实世界的客观把握,也无法获取正确的知识形式。从康德开始,西方哲学对想象有了超越前人的深刻认识。康德认为想象具有心理综合的能力,它可以构成扩充的知识判断,从而可以诞生新的认识内容。"康德认为想象乃是主体的综合能力,即为主体构成对象所需要的综合能力,想象是概念与直观之间的中介,是使知性纯概念同直观对象相结合,从而使经验、知识的可能性变成现实性的桥梁。只有通过想象,概念才不再如柏拉图的理念那样此外'纯粹在场'的'离开了空气的鸽子',康德的想象为概念提供了一个'图式'。"①胡塞尔将想象提升为一种十分重要的哲学运思的能力与方法,他认为秉持反思能力的人必须具有相应的想象能力,这种能力可以保证哲学思想和理论生活得以可能。他在《纯粹形象学通论》中指出:

　　　　进行意识反思的人(而且一般在学会看见意向性所与物之前)将直接地看见意识的诸层级,它们在想象中呈现为想象,或在记忆或在想象中呈现为记忆。于是人们也将看见存于这种层级构成的本质特性中的东西:即较高层级的每一想象可自由地被转入每一可间接被想象者的一个直接想象,而在从想象过渡到相应知觉的过程中并不存在这种自由转换

---

　　① 张世英:《进入澄明之境——哲学的新方向》,商务印书馆 1999 年版,第 102 页。

的可能性。①

胡塞尔还采取于"本质地看""体验""体验流""本质直观""先验还原"等术语表述和想象接近的意义。在胡塞尔的理论视野里,想象的方法构成了现象学意义的超越一般理性认识形态的思维形式,成为主体认识世界和反观自我的重要的思考策略。可以说,离开了想象的方法,现象学乃至所有哲学思维和理论创造都是难以可能和无法想象的。萨特同样对想象进行了深入独到的诠释:"想象并不是意识的一种偶然性的和附带具有的能力,它是意识的整体,因为它使意识的自由得到了实现;意识在世界中的每一种具体的和现实的境况则是孕育着想象的,在这个意义上,它也就总是表现为要从现实的东西中得到超脱。""人之所以能够从事想象,也正是因为他是超验性自由的。"②萨特认为,想象是人的超验性自由的象征,想象并且是人之存在的必然性体现,也是意识自由的逻辑结果,它是人之主体存在和自由创造的重要机能之一。

和西方的传统哲学有所差异,一方面,中国古代哲学家庄子将想象视为人类精神的最高的认识方法,他认为,想象是探究现象界和追问自我存在的思维形式和逻辑工具。在庄子看来,采取知识与理性的认识方式,或者借用形式逻辑的分析与归纳、概念、判断和推理等方法,只能认识事物的外相和局部,难以认知现象界的内部本质和整体结构,唯有借助"心游"或"神游""虚静"与"心斋"等自由想象的思维方法,才可以深入到事物的本质之中,才可能获得对事物有机整体的认识。另一方面,在庄子看来,想象作为主体精神的思考工具,最重要的意义不是在于认识自然界,而在于认识自我和领悟自我。想象的功能还在于能够对自我存在的纯粹意识进行提问和回答,能够反思自身,因而获得对人生意义的价值领悟和审美感受。

在庄子哲学的视界上,想象升格成为主体对生命意义的探询工具,引申为人生哲学最重要的思维方法之一。依庄子之见,一方面,唯有想象才担当起对

① [德]胡塞尔:《纯粹形象学通论》,李幼蒸译,商务印书馆1992年版,第272页。
② [法]萨特:《想象心理学》,褚朔维译,光明日报出版社1988年版,第281页。

"善"的信念和道德原则进行证明的责任,只有依赖想象令心灵进入到绝对自由的境域;另一方面,想象可以引领主体步入虚无的"道"的殿堂,因此获得对"真理"的领悟。庄子所言"北冥有鱼,其名为鲲。鲲之大,不知其几千里也。化而为鸟,其名为鹏。鹏之背,不知其几千里也。怒而飞,其翼若垂天之云。是鸟也,海运则将徙于南冥。南冥者,天池也"①。"若夫乘天地之正而御六气之辩,以游无穷者,彼且恶乎待哉?"②"臣以神遇而不以目视,官知止而神欲行。"③"道不可闻,闻而非也;道不可见,见而非也;道不可言,言而非也。"④庄子诸多的文学寓言和哲学话语,一方面生动而深刻地阐释了想象在思维活动中的重要价值和功能,认识活动必须借以想象的方式得以可能,没有想象的认识活动是不完善甚至是不可能的;另一方面,也说明想象活动在人的精神自由和审美快乐中的重要地位。

显然,无论是哲学活动还是文学活动,都离不开想象的参与和作用。想象力成为人类所有精神文化生产和科学探索的一个十分重要的心理因素。

五、快乐与幸福

追求快乐和幸福是人的本性,也是人的存在目的之一。同时,追求快乐与幸福既是文学和哲学关注的人的生活价值与意义,也是伦理学所肯定的对象。从快乐的层次考察,第一,低级的快乐来源于感官的享受和生理刺激的愉快。亚里士多德否定了这种肉体快乐的价值与意义。然而,合理的感官快乐和符合人性与道德的肉体快乐也应该予以肯定,文学文本在一定程度上也描写和赞美和这种合理与合道德的快乐形式,而哲学对此也持有宽容和赞赏的态度,而就文学文本而言,有些文学作品甚至还超越道德范畴对肉体或感性的快乐给予适度认同。第二,相对高级的快乐是精神层面的快乐,比如来源于知识获

---

① 王先谦:《庄子集解·逍遥游》,《诸子集成》第3册,中华书局1954年版,第1页。
② 王先谦:《庄子集解·逍遥游》,《诸子集成》第3册,中华书局1954年版,第12页。
③ 王先谦:《庄子集解·养生主》,《诸子集成》第3册,中华书局1954年版,第19页。
④ 王先谦:《庄子集解·知北游》,《诸子集成》第3册,中华书局1954年版,第330页。

取等方面的快乐。知识的获得与积累可以给主体带来认识方面的相对自由和心灵愉悦,同时知识也可以转化为人生的实践活动而知识主体并以此获得自己的价值实现和经济报酬,改善自我的生活状况,其结果必然导致心理的愉悦。哲学与文学都围绕着知识带给人的快乐而沉思和书写,只是哲学关注知识的形式与内容,文学更关注知识的功能与实用。第三,快乐的高级阶段来源于人生的价值实现和道德的自我完善。人的目的之一是在人生过程中的自我价值实现,它包括事业成功和人格魅力,尤其是在道德上获得自我实现和社会群体的正面评价和高度赞赏,这是一个人获得快乐的主要原因之一。文学和哲学都积极评价道德感所带来的主体快乐,前者侧重于表现这种快乐,后者侧重于思考这种快乐的意义。第四,美感的获得是最高级的快感形式。因为美感的获取既需要主体具有诗意的情怀,又需要主体有领悟现象界和自我的悟性,更需要想象力的活动和生命的智慧,所以美感是最高级的快乐阶段。席勒提出"游戏"概念以期对美感的阐释:

> 感性冲动的对象,用一个普通的概念来表述,就是最广义的生活;这个概念指一切物质存在和一切直接呈现于感官的东西;形式冲动的对象,用一个普通的概念来表述,就是既有本义又有引申义的形象,这个概念包括事物的一切形式特性以及事物对思维力的一切关系,游戏冲动的对象,用一种普通的概括来表示,可以叫着活的形象。这个概念用以表示现象的一切审美特性,总而言之,用以表示在最广的意义上称为美的那种东西。①

席勒认为,感性冲动、形式冲动和游戏冲动构成了人的生活所有生存状态,但是只有游戏冲动才使人成为完整意义上的人,才使人的自由意义呈现并获得美感。他认为"正是游戏而且只有游戏才使人成为完整的人,使人的双重本性一下子发挥出来。……只有当人是完整意义上的人时,他才游戏;而只有当人在游戏时,他才是完整的人。"②席勒所言的"游戏"指称着人的身体与

---

① [德]席勒:《审美教育书简》,张玉能译,译林出版社 2009 年版,第 45 页。

② [德]席勒:《审美教育书简》,张玉能译,译林出版社 2009 年版,第 47—48 页。

精神的双重自由状态,只有在这种状态,人才获得身体的快乐和心灵的美感。《论语·先进》云:"莫春者,春服既成。冠者五六人,童子六七人,浴乎沂,风乎舞雩,咏而归。夫子喟然叹曰:'吾与点也!'"①孔子感叹和欣赏这一人生境界,就是对审美活动的高度赞同,认为这是人生的至高快乐。显然,文学与哲学共同沉醉对美感的描写与沉思、赞赏和肯定,这是它们最为契合的共同点。第五,幸福还来自人的合德性的生活和对他者的爱。亚里士多德说:"幸福的生活似乎就是合德性的生活,而合德性的生活在于严肃的工作,而不在于消遣。……幸福不在于这类消遣,而如已说过的,在于合德性的实现活动。""如果幸福在于合德性的活动,我们就可以说它合于最好的德性,即我们的最好部分的德性。"②显然,亚里士多德将幸福和德性实行了高度的逻辑关联。康德在《实践理性批判》中认为:"求得幸福,必然是每一个理性的然而却有限的存在者的热望,因而也是他欲求能力的一个不可避免的决定根据。"③康德又说:"幸福是世界上理性存在者在其整个实存期间凡事皆照愿望和意志而行的状态,因而依赖于自然与他的整个目的、并与他意志的本质的决定根据的契合一致。"④康德对幸福给予了明确界定。幸福是以理性目的和他的意志本质所达到的精神状态。孔子认为"仁者爱人"是人生幸福境界,这种幸福观充满了人道主义色彩。当然,幸福还包括对他者的爱情、慈悲、怜悯、同情、孝心等感情,诸如墨子的兼爱思想、费尔巴哈力图建立一种爱的宗教和托尔斯泰的泛爱哲学等,均包含着人对幸福的追求。

第三节　悲剧意识

主体精神结构还包含一个非常重要的因素,就是主体的悲剧意识,它构成

---

① 刘宝楠:《论语正义·先进》,《诸子集成》第1册,中华书局1954年版,第257页。
② [古希腊]亚里士多德:《尼各马可伦理学》,廖申白译,商务印书馆2003年版,第304—305页。
③ [德]康德:《实践理性批判》,韩水法译,商务印书馆1999年版,第24页。
④ [德]康德:《实践理性批判》,韩水法译,商务印书馆1999年版,第136页。

理性存在的沉重主题,它也理所当然地成为文学和哲学共同关切的对象。

一、悲剧意识与悲剧本质

"生存与毁灭"的直觉是人有生以来和人类有史以来的悲剧意识,也是人的精神所无法避免和无法克服的生命问题。西班牙哲学家乌纳穆诺说:"所有哲学和宗教的个人的与情感的研究起点就是在于人生之悲剧意识。"①哲学和文学作为人学,作为以"人是目的"为责任的沉思与书写的活动,离不开对悲剧意识和对悲剧原因的探究。

对于"悲剧"(tragedy)这一古老概念的追溯直至古希腊的亚里士多德,他在《诗学》中给悲剧下一个堪称经典的定义:"悲剧是对一个严肃、完整、有一定长度的行动的摹仿;……借以引起怜悯与恐惧来使这种情感得到陶冶。"②显然,这一概念基本局限于文学领域。德国现代美学家玛克斯·德索步其思想后尘,区分两个不同的概念:"悲痛生活中被称作悲的就确实是使人悲痛的,但它并不是审美意义的悲。艺术的悲是宏伟的、壮丽的。当作者让一种坚强、充实的生活在其顶峰结束时,它便是悲的。"③德索认为,一种是广义性质的泛指生活世界的日常悲剧,另一种是限定在文艺境域的美学意义的悲剧。然而,这一逻辑区分忽视了悲剧的有机整体形态和两者之间的辩证关联,在单纯强调悲剧的审美价值的同时遗忘了悲剧的多元思想内涵和丰赡的意义结构。叔本华的生命哲学显然拓展了古典悲剧的逻辑疆域,从意志的范畴重新阐释了悲剧的内涵。他在《作为意志和表象的世界》中认为:

> 无论是从效果巨大的方面看,或是从写作的困难这方面看,悲剧都要算作文艺的最高峰,人们因此也公认是这样。就我们这一考察的整个体系说,极为重要而应该注意的是:文艺上这种最高成就以表出人生可怕的一面为目的,是在我们面前演出人类难以形容的痛苦、悲伤,演出邪恶的

① [西]乌纳穆诺:《生命的悲剧意识》,段继承译,花城出版社2007年版,第50页。
② [古希腊]亚里士多德:《诗学》,罗念生译,人民文学出版社1962年版,第19页。
③ [德]德索:《美学与艺术理论》,兰金仁译,中国社会科学出版社1987年版,第150页。

胜利,嘲笑着人的偶然性的统治,演出正直、无辜的人们不可挽救的失陷;(而这一切之所以重要)是因为此中有重要的暗示在,即暗示着宇宙和人生的本来性质。这是意志和它自己的矛盾斗争。在这里,这种斗争在意志的客体性的最高级别上发展到了顶点的时候,是以可怕的姿态出现的。①

从表层看,悲剧是表现人类难以形容的痛苦命运的文艺之"最高成就",然其根本的性质在于起源"意志"和主体之间的内在冲突。所以,悲剧意识和人的存在永久关联。换言之,人在本质上就是悲剧性的。叔本华认为,悲剧的本质即在于生命本体的自身矛盾,所以悲剧意识潜藏于每一个存在者的心灵结构,也普遍地存在于社会群体乃至宇宙的客观本质之中。叔本华将悲剧意识从文学的领域延展到哲学的领域,从生命个体推演到整个人类乃至普遍世界,并且将悲剧意识的时间性贯穿于历史的始终。

尼采在部分继承叔本华的悲剧概念这一遗产的同时,赋予悲剧一种充满审美激情与诗性精神的美学意义。"每部真正的悲剧都用一种形而上的慰藉来解脱我们:不管现象如何变化,事物基础之中的生命仍是坚不可摧和充满欢乐的。这一个慰藉异常清楚地体现为萨提儿②歌队,体现为自然生灵的歌队,这些自然生灵简直是不可消灭地生活在一切文明的背后,尽管世代更替,民族历史变迁,它们却永远存在。"③在尼采的美学视野中,悲剧意识超越了心灵的痛苦与悲伤,它呈现了主体的审美精神和诗意冲动,重构了历史与文明的张力。因此他痛惜古希腊悲剧的终结:"希腊悲剧的灭亡不同于一切姊辈艺术:它因一种不可解决的冲突自杀而死,甚为悲壮,而其他一切艺术则享尽天年,寿终正寝。……随着希腊悲剧的死去,出现了一个到处都深深感觉到的巨大空白。"④所以,在尼采的美学意义上,悲剧性属于"审美性"(das Asthetische)。

---

① [德]叔本华:《作为意志和表象的世界》,石冲白译,商务印书馆1982年版,第350页。
② "萨提尔"(Satyrs),希腊神话中的森林之神。
③ [德]尼采:《悲剧的诞生》,周国平译,生活·读书·新知三联书店1986年版,第28页。
④ [德]尼采:《悲剧的诞生》,周国平译,生活·读书·新知三联书店1986年版,第44页。

海德格尔说:"我们就必须阐明尼采的艺术观。艺术乃是'生命'的'这种''形而上学活动'。艺术决定存在者整体如何存在,在何种意义上。最高的艺术乃是悲剧艺术;因此,悲剧性属于存在者的形而上学本质。""悲剧存在于恐惧作为美所包含的内在对立面而受到肯定的地方。"①显然,海德格尔切中了尼采美学的肯綮,可谓思想之知音。朱光潜也说:"尼采把悲剧的诞生和抒情诗的诞生相比。悲剧其实正是'抒情诗的最高发展'。"②

西方古典美学集大成者也是悲剧美学集大成者黑格尔在冲突和悲剧之间建立密切的逻辑关联,他认为导致悲剧性的冲突主要有三个方面:"第一,物理的或自然的情况所产生的冲突,这些情况本身是消极的,邪恶的,因而是有危害性的;第二,由自然条件产生的心灵冲突,这些自然条件虽然本身是积极的,但是对于心灵,却带有差异对立的可能性;第三,由心灵的差异面而产生的分裂,这才是真正重要的矛盾,因为它起源于人所特有的行动。"③黑格尔的《美学》一方面寻求悲剧意识和悲剧原因的辩证解答,在美学史上第一次系统而深刻地阐释了悲剧形成的客观与主体、逻辑与历史的多重缘由;另一方面,黑格尔也从他的哲学体系出发,从客观自然、社会历史、精神结构这一等级形态论述了悲剧意识由初级到高级的精神价值与美学意义。然而,黑格尔将矛盾冲突的双方均归结为既有合理性的一面又有片面性的一面,两者的冲突导致一个悲剧性的结果,最后的胜利只能属于"历史的永恒正义",而这"历史的永恒正义"只是他精神现象学意义上的理念假定。

西方古典的悲剧意识值得关注的另一个方面是在悲剧和英雄之间建立了密切的逻辑关联。诚如李斯托威尔在《近代美学史述评》所言:"英雄精神"直面人类最大的痛苦和人类最高的希望。"第一,强烈的、异乎寻常的苦难,使它的牺牲者通过身体的毁灭或精神的崩溃,甚或两者同时并至,而走向最后的灾难;第二,英雄或女英雄身上真正人性的伟大,表明在意志上的力量上、感情

---

① [德]海德格尔:《尼采》上卷,孙周兴译,商务印书馆 2002 年版,第 271 页。
② 朱光潜:《悲剧心理学》,张隆溪译,人民文学出版社 1983 年版,第 147 页。
③ [德]黑格尔:《美学》上卷,朱光潜译,商务印书馆 1981 年版,第 262 页。

的力量上或思想与想象的深刻上,都肯定地优越于普通的人;最后,整个情节是这样展开的,使得个人的悲剧命运成为他所属的那一类人中典型的有代表性的命运。"①这样我们看到了悲剧与命运、悲剧与英雄、悲剧与道德的辩证关联,而英雄显然又和命运与道德密切关联。换言之,英雄之所以是悲剧性人物的象征,也是因为他也是命运的不幸者和道德偶像的扮演者。

自人类历史开端以来,迄今为止的历史基本上是悲剧化的历史。换言之,人类自始至终都充当着悲剧的角色,这就是悲剧的黑色精髓和乌纳穆诺所谓的"生命的悲剧意识"。叔本华说:"悲剧,也正是在意志客体化的最高级别上使我们在可怕的规模和明确性中看到意志和它自己的分裂。"②他进一步论述道:"人的本质就在于他的意志有所追求,一个追求满足了又重新追求,如此永远不息。是的,人的幸福和顺遂仅仅是从愿望到满足,从满足又到愿望的迅速过渡;因为缺少满足就是痛苦,缺少新的愿望就是空洞的想望、沉闷、无聊。……意志,生存自身就是不息的痛苦,一面可哀,一面又可怕,然而,如果这一切只是作为表象,在纯粹的直观之下或是由艺术复制出来,脱离了痛苦,则又给我们演出一出富有意味的戏剧。"③

叔本华以悲观主义的情绪理解生命存在的矛盾事实,认为悲剧意识与生俱来,起源于意志的欲望追求,而且是存在者永远不可能解脱的心理枷锁。然而,他认为艺术中的悲剧可以超越痛苦的情绪从而带来一种精神的解脱和快慰。存在主义哲学家雅斯贝尔斯说:"所有各式各样的悲剧都具有某些共同之处。悲剧能够惊人地透视所有实际存在和发生的人情物事;在它沉默的顶点,悲剧暗示出并实现了人类的最高可能性。"④雅斯贝尔斯还认为悲剧是生命方式的冲突结果:"综合的历史哲学应该把人类情境的变迁解释为生命的

① [英]李斯托威尔:《近代美学史述评》,蒋孔阳译,上海译文出版社1980年版,第219页。

② [德]叔本华:《作为意志和表象的世界》,石冲之译,商务印书馆1982年版,第354页。

③ [德]叔本华:《作为意志和表象的世界》,石冲之译,商务印书馆1982年版,第360—370页。

④ [德]雅斯贝尔斯:《悲剧的超越》,亦春译,工人出版社1988年版,第6页。

历史方式意味深长的贯接;在每一时代,这些生命方式都说明了普遍情境以及行为、思想的主要模式。它们并非猝然间彼此取代。当新方式逐渐显露,旧方式还仍然存在着。面对尚未消亡的旧生命方式的持久力和内聚力,新方式的巨大突进最初注定要失败。过渡阶段是一个悲剧地带。根据黑格尔的看法,历史上的伟大英雄就是在这一意义上成为悲剧人物。"①其实,马克思和恩格斯早也表达过类似的见解,他们在各自的《致斐迪南·拉萨尔的信》中都认为,悲剧是历史的新旧势力之间不可调和的矛盾冲突的必然结果。恩格斯说:"在我看来,这就构成了历史的必然要求和这个要求实际上不可能实现之间的悲剧性的冲突。"②马克思在《黑格尔法哲学批判·导言》中说:"当旧制度本身还相信而且也必定相信自己的合理性的时候,它的历史是悲剧性的。当旧制度作为现存的世界制度同新生的世界进行斗争的时候,旧制度犯的是世界历史性的错误,而不是个人的错误。因而旧制度的灭亡也是悲剧性的。"③鲁迅从价值论的立场以独特的理解丰富悲剧的思想内涵,他说:"悲剧就是把人生有价值的东西毁灭给人看。"④简洁而深邃地敞开了悲剧的精神实质,撩开它的神秘面纱而窥视到庄严痛苦的面容。作为灾难深重的民族的精英偶像,他更能体味悲剧的黑色悲凉和痛苦的荷重。王国维天性中寄寓着深切的悲剧意识,沿着叔本华的思想踪迹进一步阐释悲剧的意义:"由叔本华之说,悲剧之中,又有三种之别:第一种之悲剧,由极恶之人,极其所有之能力,以交构之者。第二种,由于盲目的运命者。第三种之悲剧,由于剧中之人物之位置及关系而不得不然者。""此种悲剧,其感人贤于前二者远甚。何则?彼示人生最大之不幸,非例外之事,而人生之所固有故也。"⑤王国维认为由现实人生导致的悲剧才是体现一定意义和价值的悲剧,因此他赞赏《红楼梦》是"悲剧

---

① [德]雅斯贝尔斯:《悲剧的超越》,亦春译,工人出版社1988年版,第35页。

② 《马克思恩格斯文集》第10卷,人民出版社2009年版,第177页。

③ 《马克思恩格斯文集》第1卷,人民出版社2009年版,第7页。

④ 《鲁迅全集》,人民文学出版社1956年版,第297页。

⑤ 金雅主编:《中国现代美学名家文丛·王国维卷》,浙江大学出版社2009年版,第122—123页。

中之悲剧也"。无疑,叔本华和雅斯贝尔斯、马克思和恩格斯、鲁迅和王国维所阐述的悲剧是人生的悲剧和社会历史的悲剧,叔氏和雅氏的悲剧观流露出一定的自然决定论和宿命论色彩,然而也最接近悲剧的黑色精髓。马克思和恩格斯的悲剧观念与悲剧意识的逻辑范围相对宽泛,超出美学的范畴而进入哲学、政治、历史和社会学的场景,因此,对于美学而言,具有一般性质的普遍意义。王国维的悲剧观密切关涉于文学范畴,鲁迅的美学观接近了哲学的价值论,和马克思和恩格斯的悲剧观存在一定的相通性。

悲剧命运是人类挥之不去的黑色梦魇,悲剧意识是哲学和文学密切伴随的主题。因此,"生存还是毁灭?"(To be or not to be?)这个哈姆雷特的问题,既是每一个生命个体的问题,也是全人类的问题。它既是哲学的最高问题,也是文学的最高问题。悲剧意识是个人的也是人类的永恒疼痛。

二、自然决定论

人类的悲剧命运首先宰制于自然法则,这是悲剧依据的第一法则和第一要素,也是悲剧意识产生的根本性原因和最广泛因素。换言之,因为自然法则的规定性,所以决定了每一个生命个体在本体论意义上的悲剧性命运,也相应地决定了人类在总体意义上和普遍性意义上的必然性悲剧结局。如此而已,我们也就合乎逻辑地可以理解佛陀"生老病死"的四苦说[1]和"苦集灭道"的四圣谛,都不过是主体的思维方式和宗教智慧对自然法则所规定性的人类悲剧命运的主观领悟。康有为因循佛学的理论轨迹,在《大同书》甲部"入世界观众苦"罗列与描述了六种痛苦[2],其中"天灾之苦"即属于自然法则的规定性所导致的悲剧结果。

自然法则的规定性也构成了黑格尔美学意义上的第一种冲突形态:即人

---

① 参见《大乘义章》第 3 卷,东晋慧远(334—416)就佛法问题请教于鸠摩罗什(344—413),此书为两者的问答录。民国十九年(1930),中国佛教历史博物馆重刊,题名《远什大乘要义问答》。《大乘义章》卷三系统而深入地阐释了"四苦"说。

② 参见康有为:《大同书》,上海古籍出版社 2009 年版,第 9—44 页。书中其中列举与描述六种苦:1. 人生之苦。2. 天灾之苦。3. 人道之苦。4. 人治之苦。5. 人情之苦。6. 人所尊尚之苦。

与自然的客观矛盾。"关于第一种冲突,它们只能作为单纯的原因而发生作用,因为这里所涉及的只是外在的自然,以及自然所带来的疾病、罪孽和灾害,这些东西破坏了原来的生活的和谐,结果造成差异对立。"①黑格尔认为这一类冲突在美学上或艺术上"没有什么意义",他举例欧里庇德斯的悲剧《阿尔克斯提斯》和格吕克的歌剧《阿尔克斯提斯》、索福克勒斯的悲剧《斐罗克特》,旨在说明这类悲剧借以自然要素的疾病作为戏剧契机和冲突要素。显然,黑格尔对第一种冲突形态的阐释相对简单和机械,尤其是低估了它的美学意义和艺术价值。从文学史和艺术史视角考察,诸多表现第一种冲突的悲剧文本,无论其思想内涵、艺术价值和审美趣味均居于较高的地位,广泛赢得接受者的青睐和批评家的赞赏。而自然法则的规定性所导致的第一种冲突形态,是人类在任何历史时间都无法避免和必然面临的最广泛、最普遍、最持久的客观矛盾,也是人的悲剧意识产生的第一个因素和较广泛的因素。一方面,文学文本表现人与自然的冲突既是顺理成章的必然选择也是合乎逻辑的客观结果;另一方面,借助于这种艺术表现,可以揭示人类整体的悲剧性命运及其审美意义。法国古典作家维克多·雨果认为:"宗教、社会、自然,是人类三大斗争的对象。""人生的神秘的苦难就来自这三种斗争里。"②自然是造就人类苦难和悲剧最众多的渊薮,也是存在者无法摆脱的永恒宿命,文学表现这一主题无论是历史还是将来都是必然的选择和具有共时性意义的美学事件。

自然法则的规定性所导致的人类客观悲剧主要包括这两个方面:一方面,悲剧是时间空间之限定。康德在《纯粹理性批判》"先验原理论"中首先讨论了时空这一形而上学最关键也是最基础的论题,因为这一论题涉及了主体的最根本之存在形式。时空论是康德哲学最基础也是最精湛的论题之一,是进入"批判哲学"殿堂的大门和钥匙。康德将空间阐释为"乃必然的存于外的现象根底中之先天的表象"③,将时间理解为"乃存于一切直观根底中之必然的

---

① [德]黑格尔:《美学》上卷,朱光潜译,商务印书馆1981年版,第262页。
② [法]雨果:《海上劳工》,罗玉君译,四川人民出版社1980年版,"序言"。
③ [德]康德:《纯粹理性批判》,蓝公武译,商务印书馆1960年版,第50页。

表象……故时间之本源的表象,必为无限制者"①。先验时空的无限性和生命存在的时空有限性形成客观无情的对比,人类的悲剧性全然被时空所宰制,人的悲剧意识来源于时空的无限性和自我生命的有限性的强烈对比。所以,苏轼在《赤壁赋》中发出如此的感喟:"寄蜉蝣于天地,渺沧海之一粟。哀吾生之须臾,羡长江之无穷。挟飞仙以遨游,抱明月而长终。知不可乎骤得,托遗响于悲风。"②海德格尔在《存在与时间》借以哲学话语来表达:"死亡是对任何事情都不可能有所作为的可能性,是每一种生存都不可能的可能性。""死亡是此在的最本己的可能性。"③时间规定了生命随时可能终结的最本己的可能性,也意味着每一个生存主体"向死"的必然性悲剧意识。庄子云:"人之生,气之聚也。聚则为生,散则为死。……人生天地之间,如白驹之过郤。忽然而已。"④又云:"天与地无穷,人死者有时。"⑤哲学家和文学家都运思时空和生命的关联,意识到它们对生命存在的冷酷宰制,尤其是文艺作品广泛而生动、诗意而审美化地表现了人类受制于时空的悲剧命运。另一方面,悲剧是生命形态的规律规定和自然灾变以及个人的神秘命运。任何生命形态都遵循客观的周期律,从诞生、成长、高峰、衰落直至死亡。从个体的生命历程考察,任何人总归会走向死亡。所以,海德格尔将主体理解为"向死的存在":从人类的总体走向思考,人类也只是浩瀚宇宙的匆忙过客而已,最终必然地走向毁灭。因此,生命的周期律规定着无论是生命个体还是人类总体的最终悲剧性结果。

在人类历史上,自然灾变也是招致悲剧性事件和滋生悲剧意识的重要动因之一。自然力不以人类意志为转移,不断上演各式各样的暴力戏剧:火山爆发、地震、暴风、洪水、森林大火、干旱、疾病、瘟疫等,人类在自然力面前总是一

---

① [德]康德:《纯粹理性批判》,蓝公武译,商务印书馆 1960 年版,第 55—56 页。

② 《苏轼文集》第 1 册,中华书局 1996 年版,第 6 页。

③ [德]海德格尔:《存在与时间》,陈嘉映、王庆节译,生活·读书·新知三联书店 1987 年版,第 314—315 页。

④ 王先谦:《庄子集解·知北游》,《诸子集成》第 3 册,中华书局 1954 年版,第 138—140 页。

⑤ 王先谦:《庄子集解·盗跖》,《诸子集成》第 3 册,中华书局 1954 年版,第 198 页。

个卑微渺小、不堪一击的侏儒,历史上每一场自然灾变都戕害无数的生命,我们也无法预知未来是否还会爆发大规模和大烈度的自然灾变。因此,自然灾变这一要素构成了人类历史与未来的最常见和最普遍的悲剧根源之一。就生命个体而言,悲剧性还来源于一种被称之为"神秘的命运"这一因素。如果说古希腊的亚里士多德认为悲剧的精髓之一是表现了人的"神秘命运",而索福克勒斯的著名悲剧《俄狄浦斯王》佐证了这一论断;那么,中国先秦思想家也同样思索了命运与悲剧的逻辑关联这一问题。孔子提出"命"的范畴。子曰:"道之将行也与? 命也。道之将废也与? 命也。"①子曰:"吾十有五而志于学,三十而立,四十而不惑,五十而知天命,六十而耳顺,七十而从心所欲,不踰矩。"②"命"是超越意志、无法把握和不可改变的客观而神秘的冥冥力量。庄子延续孔子的"命"的概念,并有所发挥和深化。庄子在《德充符》云:"仲尼曰:'死生、存亡、穷达、贫富、贤与不肖、毁誉、饥渴、寒暑,是事之变、命之行也。'"③"死生,命也;其有夜旦之常,天也。"④"天无私覆,地无私载,天地岂私贫我哉? 求其为之者而不得也! 然而至此极者,命也夫!"⑤客观神秘的"命"之势能主宰人生的风云变幻,这一无法预测和控制的先验力量决定主体的生死福祸、贤恶达穷。由此,命运之无常,厄运之降临也是导致人的悲剧意识产生的缘由之一。正如尼采所言:"命数是统治着神和人的永恒正义。"⑥命运被尼采赋予了超历史、超现实、超意志的一种神圣和假定的"永恒正义"。古典戏剧家之所以偏爱选择"命运"这一神秘的自然要素表现人物或"英雄"的悲剧,就在于"命运"客观上成为制造悲剧的渊薮之一。

海德格尔以忧郁的哲学语言宣称:"死亡是此在本身向来不得不承担下来的存在可能性。随着死亡,此在本身在其最本己的能在中悬临于自身之前。

---

① 刘宝楠:《论语正义·宪问》,《诸子集成》第1册,中华书局1954年版,第322页。
② 刘宝楠:《论语正义·为政》,《诸子集成》第1册,中华书局1954年版,第23页。
③ 王先谦:《庄子集解·德充符》,《诸子集成》第3册,中华书局1954年版,第35页。
④ 王先谦:《庄子集解·大宗师》,《诸子集成》第3册,中华书局1954年版,第39页。
⑤ 王先谦:《庄子集解·德充符》,《诸子集成》第3册,中华书局1954年版,第47页。
⑥ [德]尼采:《悲剧的诞生》,周国平译,生活·读书·新知三联书店1986年版,第33页。

此在在这种可能性中完完全全以它的在世为本旨。""只要此在生存着,它就已经被抛入了这种可能性。它委托给了它的死亡而死亡因此属于在世。"①海德格尔把死亡设置为时刻悬临于生命存在的可能性,人是向死的必然性存在,因为人的悲剧意识是必然性的。在中国的《古诗十九首》和阮籍的《咏怀》(八十二首)里,弥散着对于生命中断性和死亡必然性的沉思和叩问,闪烁着生命悲剧性的自然决定性的思想光芒。另一方面,悲剧意识来源于历史时间。人类漫长历史中氏族或民族、王朝统治、国家制度、文化模式、文明种类必然有其兴衰成败的过程,都面临一个无法逃离的生成和死亡的周期律,这构成历史进程的必然性悲剧宿命。历史时间中沧桑变化,国家、王朝的兴衰变数也是令人滋生悲剧意识的原因之一。

三、生命本能

先秦思想家在运思主体本性时曾提出"性善"与"性恶"的对立命题。孟子云:"人性之善也,犹水之就下也。人无有不善,水无有不下。"②荀子则说:"人之性恶,其善者伪也。"③又说:"今人之性,生而有好利焉。""生而有耳目之欲,有好声色焉。"④有关人性善恶的命题,也是一个困扰哲学和伦理学多年的悖论。主体之欲望,正面价值在于它是推动历史变革和社会发展的重要因素之一,而相反的负价值在于它也是招致个人乃至社会发生悲剧的重要原因之一,主体欲望也是悲剧意识主要来源之一。在此,我们主要讨论主体欲望和个人悲剧及其悲剧意识的逻辑关联。

主体欲望主要包括三大要素,它们分别构成了生命过程中的黑色陷阱,也即是造成悲剧的三个渊薮。

首先,主体的欲望是指向权力。诚如罗素所言:"在人的各种无限欲望

---

① [德]海德格尔:《存在与时间》,陈嘉映、王庆节译,生活·读书·新知三联书店1987年版,第300—301页。

② 焦循:《孟子正义·告子上》,《诸子集成》第1册,中华书局1954年版,第433—434页。

③ 王先谦:《荀子集解·性恶篇》,《诸子集成》第2册,中华书局1954年版,第289页。

④ 王先谦:《荀子集解·性恶篇》,《诸子集成》第2册,中华书局1954年版,第289页。

中,主要是权力欲与荣誉欲。"①他进而论述了教权、王权、革命的权力、经济权力、支配舆论的权力等因素。我们这里的"权力"(power)是个宽泛概念,既是指政治权力、军事权力和经济权力,也包括福柯的理论意义的"权力"系谱,它含有话语权力、知识权力、科学权力等在内的多种因素。亚里士多德在《政治学》提出"人是政治的动物"的命题,而主体对政治的追逐显然包含对城邦和国家权力的问鼎目的,尤其是具有政治野心的主体总是怀揣着帝王或诸侯的梦想。正如罗素之论:"权力欲的冲动有两种形态:在领袖的人身上是明显的;在追随领袖的人身上是隐含的。当人们心甘情愿地追随一个领袖时,他们这样做的目的是依仗这个领袖所控制的集团来获得权力;他们感到领袖的胜利也就是他们自身的胜利。"②权力欲望尤其是对国家权力的欲望,古代社会对皇位或皇权的争夺,近代社会对国家权力的攫取,不仅导致个人悲剧,而且也导致群体悲剧和国家悲剧。对国家权力的争夺,必然导致政变、战争、杀戮等暴力事件,也必然性地制造形形色色的人间悲剧。有关国家权力的历史吊诡是,不断地统一与分裂、分裂与统一,上演着循环的历史戏剧,这种权力的转换游戏,以阴谋为序幕、武力为基础、战争为前提、杀戮为先导、征服为结果,悲剧为终场。莎士比亚的著名戏剧《哈姆雷特》和《麦克白》,即是典型的追求权力的悲剧范本。其次,主体的欲望围绕金钱这个轴心而展开。马克思在《资本论》中写道:"古代社会咒骂货币是自己的经济秩序和道德秩序的瓦解者……现代社会,则颂扬金的圣杯是自己最根本的生活原则的光辉体现。"③他还援引索福克勒斯的《安提戈涅》戏剧台词:"人间再也没有像金钱这样坏的东西,这东西可以使城邦毁灭,使人们被赶出家乡,把善良的人教坏,使他们走上邪路,作些可耻的事,甚至叫人为非作歹,干出种种罪行。"④以此作为生动而经典的佐证。莎士比亚在《雅典的泰门》中有关金子的独白,淋漓尽致地

---

① [英]罗素:《权力论》,吴友三译,商务印书馆 2011 年版,第 3 页。
② [英]罗素:《权力论》,吴友三译,商务印书馆 2011 年版,第 8 页。
③ 《马克思恩格斯文集》第 5 卷,人民出版社 2009 年版,第 156 页。
④ 《马克思恩格斯全集》第 31 卷,人民出版社 1998 年版,第 339 页。

嘲讽了金钱对于人的巨大魔力,昆曲《十五贯》以曲折情节描述了金钱欲望所导致的悲剧故事。无论是古代人对金钱的责骂诅咒,还是现代人流行的货币拜物教都殊途同归地呈现了金钱对人性所具有的不可抗拒的诱惑与征服的强大势能。金钱是人类智慧的发明成果,也是导致人类堕落的诱因之一。只要有它的存在,人这个卑微的生物就时刻面临着欲望的黑色陷阱,文艺舞台也时常上演有关金钱的悲剧。最后,主体欲望最根本和最强烈的对象是情色,它也是生命冲动的原动力。孟子借告子之口云:"食、色,性也。"①弗洛伊德的"里比多"(libido)概念,强调人的爱欲本能奠定主体最稳定的本质结构,他认为:"在年轻女人的身上,性的愿望占有几乎排除其他愿望的优势,因为她们的野心一般都被性欲的倾向所同化。在年轻男人身上,自私的、野心的愿望与性的愿望共存时,是十分引人注目的。"②欧里庇得斯的《美狄亚》和《希波吕托斯》、托尔斯泰的《安娜·卡列尼娜》和《复活》均以文学样式深刻揭露了爱欲所带来的命运悲剧。被后世赋予过度诠释的通俗小说《红楼梦》,在美学本质上也是一出"色空"悲剧,书写男女之间的情色欲望最终归于虚无的宿命结局,而现代话剧《雷雨》也是典型的追逐情色欲望而导致精神与肉体共同走向毁灭的悲剧。在现代影视作品中,"情色"欲望成为叙述故事、展开冲突和刻画形象的第一推动力,也是悲剧生成的首要与主要的因素。

黑格尔在《美学》中认为真正的或最有价值的悲剧形式应该起源于精神内部的冲突,认为"由心灵性的差异而产生的分裂,这才是真正重要的矛盾"。主体精神内部的冲突主要包含三要素。

首先,理性与情感的冲突。所有主体的精神结构中都包含着理性和情感的二元对立,它们是心灵冲突的最主要构成部分。古希腊哲学家阿那克萨戈拉在《论自然》残篇第 12 条中提及"奴斯"(Nous)的概念,后来的苏格拉底、柏拉图、亚里士多德将它解释为纯粹精神的实体,即认识主体的"理性",黑格尔

---

① 焦循:《孟子正义·告子上》,《诸子集成》第 1 册,中华书局 1954 年版,第 437 页。
② [奥]弗洛伊德:《弗洛伊德论美文选》,张唤民等译,知识出版社 1987 年版,第 32 页。

认为"奴斯"或"理性"是绝对存在,是客观世界和灵魂以及内在本性,它奠定世界万物的基础,也是它们存在的根本理由和逻辑前提。如果说康德提出"人是目的"的人类学命题,那么我们可以说理性也是主体存在的目的之一。理性是主体认识世界、实践行为、道德规范等一系列活动的起始动力和最终决定因素。情感或情绪则是按照本能原则、欲望原则或享乐原则行事,它和理性存在着内在的矛盾,并且这一矛盾贯穿于人生的始终。理性与情感的冲突既可以构成人生的悲剧,也被广泛折射于文艺作品中。法国17世纪文学的新古典主义代表人物高乃依、拉辛的戏剧,描写情感和理性的冲突,展现了主体精神内部的矛盾所导致的人生悲剧。雨果《巴黎圣母院》所刻画的副主教,人物心灵中存在着恶与善的两极对立,也即是理性与感情、道德与欲望的双重冲突,最终转化为不可扭转的悲剧结局。因此,理性与情感的内在矛盾客观地演化为人生的悲剧和文艺表现的主题之一。

其次,义与利的冲突。中国古代思想家即有所谓"义利之辩",讨论主体内部的义利观念的矛盾关系及其主体的价值选择问题。《左传·昭公二十八年》云:"居利思义,在约思纯。"①孔子云:"君子喻于义,小人喻于利。"②孟子见梁惠王云:"王何必曰利? 亦有仁义而已矣。"③中国儒家文化倾向于取"义"舍"利"的价值观,在强调道德价值实现的同时,对个人权利与利益缺乏关注。司马迁的《史记·刺客列传》所记载和诠释的"刺客"形象,均是舍利取义或舍生取义的英雄,这是在历史意义和美学意义上双重肯定了主体的道德伦理选择。西方伦理学中的"德性"概念和"义"有着逻辑一致性,亚里士多德在《尼各马可伦理学》中说:"德性分两种:理智德性和道德德性。理智德性主要通过教导而发生和发展,所以需要经验和时间。道德德性则通过习惯养成。"④雨果《海上劳工》中吉利亚特的形象,也是典型的为了道德实现或为了

---

① 阮元校刻:《十三经注疏》(嘉庆刻本)第4册,中华书局2009年版,第4601页。
② 刘宝楠:《论语正义·里仁》,《诸子集成》第1册,中华书局1954年版,第82页。
③ 焦循:《孟子正义·梁惠王上》,《诸子集成》第1册,中华书局1954年版,第22页。
④ [古希腊]亚里士多德:《尼各马可伦理学》,廖申白译,商务印书馆2003年版,第35页。

"义"而选择牺牲自我,走向道德意义的审美生成。

最后,理想与现实的冲突。"理想"(Ideal)在本体论意义上是精神世界对现实存在的可能性超越和对未来生活的唯美想象;在存在论意义上是主体对此岸世界的否定性冲动和对彼岸世界的肯定性选择。期许未来和重构过去是"理想"的乌托邦本质和美学特性。追求理想是诸多主体的审美冲动和感性张力,也是诸多英雄的强烈意志和理性目标。然而正是理想与现实之间的客观差异导致诸多人物的悲剧性命运。先秦时代的屈原追求"美政"理想,希冀实现"修明法度、举贤授能、以民为本"的政治理想,然而现实却是"王听之不聪也,谗谄之蔽明也,邪曲之害公也,方正之不容也,故忧愁幽思,而作《离骚》。"[1]最后,诗人自沉于汨罗。理想与现实的矛盾往往集聚于具有道德意志和英雄情怀的人物内心,他们付诸行动的后果常常是自我毁灭。因此,凡是怀揣理想的人物或理想倾向强烈的人物,在理想与现实的矛盾交织之中,其内心必然担负痛苦或精神承载重负,最终招致命运的悲剧。

四、历史与意识形态的纷争

意识形态的纷争制造了人类最广泛和最众多的悲剧,它们既是逻辑原因也是必然结果,既是普遍现象也是客观本质。既是悲剧意识的逻辑成因也是悲剧意识的必然结果。

就艺术文本而言,最众多最深刻的悲剧类型也是社会性悲剧。雨果在《悲惨世界》"作者序"中写道:"只要因法律和习俗所造成的社会压迫还存在,在文明鼎盛时期人为地把人间变成地狱并且使人类与生俱来的幸运遭受不可避免的灾祸;……只要在某些地区还可能发生社会的毒害,换句话说同时也是从更广义的意义来说,只要这世界上还有愚昧和困苦,那末,和本书同一性质的作品都不会是无用的。"[2]显然,雨果将《悲惨世界》视为一部社会悲剧小

---

① 司马迁:《史记·屈原贾生列传》第 8 册,中华书局 1982 年版,第 2482 页。
② [法]雨果:《悲惨世界》,李丹译,人民文学出版社 1958 年版,"作者序"。

说。如果从宽宏的视角考察,历史与意识形态的纷争导致的悲剧现象主要呈现于这样几个方面。

首先,人类历史与意识形态的纷争最根本地表现在种族、民族、宗教等方面。不同种族、民族之间的歧视与冲突导致连绵的暴乱、杀戮、战争,这一方面固然包含某些自然性因素,但另一方面根本原因在于不同种族、民族之间的意识形态差异,可以说正是意识形态纷争才导致人类的根本性悲剧。如果说不同种族、民族之间战争的间接原因和次要原因是经济、政治等因素;那么,意识形态的矛盾才是不同种族、民族之间战争的直接原因和主要原因。和种族、民族之间的意识形态的矛盾冲突密切相关,宗教冲突是人类迄今为止直至永恒的更为深刻、更加尖锐、更为灾难性的悲剧性冲突。宗教对于人类的意义与价值毋庸置疑,对文化艺术的贡献也显而易见。然而,自宗教诞生之日起,就埋藏下人类悲剧的种子。历史上我们对宗教的认识和批判不断深化,西方思想史上费尔巴哈、马克思和尼采等都对宗教展开深刻锐利的批判,但迄今为止我们对它负面功能的评价还远远不够。马克思对宗教批判最典型的话语是:"宗教是被压迫生灵的叹息,是无情世界的情感,正像它是无精神活力的制度的精神一样。宗教是人民的鸦片。"①马克思的"鸦片之喻"可谓经典之论。宗教是历史与人类意识形态纷争最主要、最普遍、最根本的缘由,不同宗教之间的冲突是不可调的对立元素,也是无法通过对话与谈判、妥协与和解等方式得以解决的矛盾,因为不同宗教之间的思想对立已经超越了人类的知识与智慧的限度,人类在发明不同宗教的同时已经埋藏了理性与情感的双重祸根。所谓宗教"信仰"已经悄然转化为杀戮与战争的高尚理由和正当权利,人类对于宗教信仰的血腥运用已经被证明还将永远地被证明是一种多么反人道、反人类的恶行。雨果在《巴黎圣母院》这部小说中书写了宗教的悲剧,遗憾的是,对于宗教所导致的历史悲剧迄今为止的思想史、文化史的认识与反思明显不足,而艺术文本对此的表现与揭露则更为鲜见。

---

① 《马克思恩格斯文集》第 1 卷,人民出版社 2009 年版,第 4 页。

其次,阶级、党派、国家等政治结构和社会势力引起历史与意识形态的纷争,它们是导致人类社会最众多和最深重的悲剧性动因,而且这些要素非但没有随着历史语境的变化而相对弱化和降低活力,而是根据社会的发展而不断改变它们之间的矛盾和争夺利益的方式,在相互对立和彼此压制的角逐中消耗时间与势能,人类的历史就在如此的权力与利益的无休止的循环过程书写灰暗的篇章,而不同阶级、党派、国家出于自私的立场,还尽其所能地对以往的历史予以伪造篡改,为自我的所作所为寻求各式各样的理论辩护,为自己的行为虚张声势和涂脂抹粉。与此相关,表现这些纷争文艺作品,都囿于自己的阶级、党派、国家的立场与私见,往往缺乏人类普遍的正义原则和伦理准则,将己方作为悲剧的主角和英雄,而将对方贬低为非正义的恶人和道德侏儒,政治倾向性掩盖了悲剧的意义和文艺的普遍价值。历史上阶级、党派和国家之间的矛盾一方面常常以革命的名义上演暴力和战争的戏剧,而革命的结果在带来权力和利益变更的同时,也馈赠众生以悲剧。诚如所言:

> 革命与悲剧之间最明显的联系存在于真实的历史事件之中。革命的年代显然是暴力、变动以及普遍苦难的年代,在日常意义上把这看作悲剧是自然的。然而,事件一旦成为历史,人们对它的看法就完全改变了。许多国家把自己历史上的革命当作最有价值的、创造生命的时代加以回顾。我们可以说,成功的革命不是悲剧,而是史诗。它是一国人民以及他们所珍惜的生活方式的源头。……革命本身就是悲剧,即一个混乱和苦难的年代,我们应该努力超越它,这几乎是肯定的。①

历史的冲突结果对胜利方来说是"史诗"而对于失败者则是"悲剧",其实,对整个人类而言,却是全然的悲剧。另外,政客们善于运用阶级、党派和国家之间的矛盾获得有利的政治筹码和攫取权力,阴谋家和政治骗子利用这些矛盾为自己戴以"拯救全人类"的桂冠和向人民许诺建立"乌托邦"社会的理想期许,其最终的结局依然是悲剧性的。尼采借查拉图斯特拉之口对国家进

---

① [英]威廉斯:《现代悲剧》,丁尔苏译,译林出版社 2007 年版,第 56—57 页。

行辛辣的讽刺:"国家乃是一切冷酷怪物中的最冷酷者。它也冷酷地说谎;这个谎言从它的嘴里爬出来:'我,国家,就是民族。……国家是为多余的人们造出来的!'"①其实,和国家这个冠冕堂皇的话语一样,阶级和党派同样成为政治家们制造悲剧的高尚借口。也如威廉斯所论:"这种'拯救全人类'的思想带有解决与秩序的终极色彩,但在现实世界中,它的视角是悲剧性的。它产生于怜悯和恐惧:摆在它面前的是一种极端的无序状态,其中一部分人被剥夺了人性,人性的观念因此消失。"②向人民许诺一种乌托邦的未来是政客们在阶级、党派、国家等矛盾冲突中最常用的谋略,是蛊惑民众的有效手段,也是利用民众达到少数人权力欲望的捷径,这一方式恰恰是反人道的和必然导致历史的悲剧。

最后,习俗、法律、道德等社会意识形态矛盾所导致的悲剧性冲突及其悲剧意识。黑格尔在《美学》论述第二种类型的冲突涉及"习俗和法律"③等因素,其中还应该包括等级门第、道德观念等社会意识形态要素。这些因素植根于主体内部的社会文化心理结构,隐匿在每一个存在者的无意识深层,甚至演变为一种集体无意识的本能直觉,它们同样引发现实社会中的各种悲剧,从而导致主体的悲剧意识。莎士比亚的《罗密欧与朱丽叶》和雨果的《悲惨世界》,托尔斯泰的《复活》和关汉卿的《窦娥冤》是以文学的样式揭示了这种多种因素交织的悲剧成因。如果说前两种因素主要涉及群体悲剧和国家悲剧,那么,习俗、法律、道德等社会意识形态矛盾所导致的悲剧性冲突在个体存在者身上表现得较为广泛,它们往往造成个人悲剧,而这一悲剧尤其适合被艺术文本所表现,蕴藏审美意义的普遍性从而能够引起众多接受者的心理共鸣和审美同情。

习俗、法律、道德等社会意识形态所导致的冲突主要表现为个人与个人之

---

① [德]尼采:《查拉图斯特拉如是说》,钱春绮译,生活·读书·新知三联书店2007年版,第49—50页。

② [英]威廉斯:《现代悲剧》,丁尔苏译,译林出版社2007年版,第69页。

③ [德]黑格尔:《美学》上卷,朱光潜译,商务印书馆1981年版,第265页。

间、个人与群体之间、个人与国家之间的外在矛盾,这些矛盾具有历史的延续性和不可调和性。一方面,这些矛盾是以往历史层积的结果,是社会群体所共同持有的价值结构和精神准则,它们对生命个体形成约束性力量和压抑性势能,尽管它们具有正面的价值和意义,客观上构成对个人自由、实践意志和想象力的强大制约;另一方面,习俗、法律、道德等社会意识形态对个人的审美活动、本能欲望和生活意志都有所制约,它们之间的矛盾无法消解,这些冲突一定程度上转换为存在者内心的焦虑与痛苦的情绪。正如叔本华所言:"意志愈是激烈,则意志自相矛盾的现象愈是明显触目,痛苦也愈大。"①文学文本擅长于表现个人与习俗、法律、道德之间的矛盾冲突,并注重揭示现象背后隐匿的深层原因,根据具体的情况和人物,作品有时候为个人的行为做辩护,有时候对个人的举动进行谴责和批判。所以,我们值得注意的情形是,个人欲望和实践意志超越合理的规范之后,它导致主人公的悲剧性命运,这时候文艺作品对角色的责难和批判就是一个合乎情理的逻辑果实。尼采在《查拉图斯特拉如是说》表达一种理性的激愤:"人是一条不洁的河。"②作为欲望主体,存在者和习俗、法律和道德的冲突既有合理性的一面,又有不合理的一面,它们都可能酿成悲剧性后果。从这个意义上看,人生在世,即宿命地蕴藏了悲剧的种子。

所以,悲剧意识蕴藏在人的状态之中,伴随着人生的始终。它客观地成为文学与哲学共同关注、思考与书写的精神对象之一。

---

① [德]叔本华:《作为意志和表象的世界》,石冲白译,商务印书馆1982年版,第542页。
② [德]尼采:《查拉图斯特拉如是说》,钱春绮译,生活·读书·新知三联书店2007年版,第8页。

第三章 何为文学性和哲学性？

对于文学性和哲学性的界定是我们这一论题的逻辑基础,我们首先寻求对文学性的一般界定,然后再探讨文学性的具体规定性。其次,我们再寻求对哲学性的一般界定,然后再解答哲学性的具体规定性。由此确立两个概念的内涵和外延,比较两者的共同性和厘清两者的差异性,为进一步的理论探究和文本阐释奠定基础。

第一节 文学性的一般界定

文学性与哲学性作为两者性质的基本规定性,它们确立我们这一探究的逻辑基础和理论前提。我们首先探讨文学性的基本内涵,然后再梳理哲学性的基本概念。

一、文学是语言艺术

文学依赖语言文字作为感性媒介和传达意义的工具。在这个意义上,文学可以说是符号的艺术。然而,和其他单纯的具象符号和抽象符号不同,文字符号是将具象性和抽象性和谐地统一于一体。尤其是汉字符号,它更是鲜明地呈现了具象和抽象相融合的美感特征。一方面,由于语言文字是首先诉诸于听觉与视觉、最终由思维来感知和理解的符号形式;另一方面,依赖于语言文字而传达思想与情感等复杂意义的文学最终是借助于典型形象或审美意象而得以可能。所以,在上述意义上,文学是凭借语言文字而获得自我的存在意义的艺术形式,它是通过给予读者或接受者以"间接形象"或"隐含意象"而实现审美感和情感传达的。美国学者卡勒对文学性或文学本质的相关问题给予这样几个方面的阐释。1. 文学是语言的"突出"。2. 文学是语言的综合。3. 文学是虚构。4. 文学是审美对象。5. 文学是互文性的或者自反性的建构。① 这样的阐释显得简要,还不足以完满地解答文学性的问题。

维勒克、沃伦在《文学理论》中写道:"语言是文学的材料,就像石头和铜是雕刻的材料,颜色是绘画的材料或声音是音乐的材料一样。但是,我们还必须认识到语言不像石头一样仅仅是惰性的东西,而是人的创造物,故带有某一语种的文化传统"②这一看法甚为精到。语言是文学的材料,但它承继着自己语种的文化传统,这一文化传统包括民族性、地域性以及宗教、历史等丰富内容。语言在文学中不是单纯地表达思想与情感的材料,而是包含着复杂的精神文化内涵。值得注意的是,文学语言或文学性的语言和一般性语言、普通语言、科学语言和着一定的区别。文学语言一方面是富有美感与诗意的语言,这是文学语言最显著的特性之一。而作为戏剧语言,则往往包含着丰富潜台词。另一方面,文学语言是含蓄化和充满隐喻与象征性的修辞性语言,所以,修辞手法的广泛和巧妙地运用成为文学语言的一个标志。再一方面,文学语言更是作家、诗人、戏剧家的个人"话语",它们往往带着一定的歧义,是他们个性化的审美表达方式。所以,文学语言更是个人话语创造的果实。维勒克、沃伦指出:

> 文学语言和很多歧义(ambiguities);每一种在历史过程中形成的语言,都拥有大量的同音异义字(词)以及诸如语法上的"性"等专断的、不合理的分类,并且充满着历史上的事件、记忆和联想。简而言之,它是高

---

① 参见[美]卡勒:《文学理论入门》,李平译,译林出版社 2013 年版,第 30—36 页。
② [美]维勒克、沃伦:《文学理论》,刘象愚等译,江苏教育出版社 2005 年版,第 11—12 页。

度"内涵的"（connotative）。再说，文学语言远非仅仅用来指称或说明（reference）什么，它还有表现情意的一面，可以传达说话者和作者的语调和态度。它不仅陈述和表达所要说的意思，而且要影响读者的态度，要劝说读者并最终改变读者的想法。文学和科学的语言之间还有另外一个更重要的区别，即文学语言强调文学符号本身的意义，强调语词的声音象征。……文学语言深深地植根于语言的历史结构中，强调对符号本身的注意，并且具有表现情意和实用的一面，而科学语言总是尽可能地消除这两方面的因素。①

这一论述廓清了文学语言的基本内涵也区别了它和科学语言的差异。综上所述，文学性最鲜明、最显著的体现之一即是作者对于语言这一感性材料的具体运用方面。

二、典型形象与审美意象

文学性还包含在这两个方面：一方面，文学性体现在典型环境中的典型形象上。形象性是文学的一个显著标志，尤其是典型环境中的典型形象的塑造是衡量一部文学作品成功与否和美学价值的标准之一。恩格斯在致英国女作家哈克奈斯的信中写道："您的小说也许还不够现实主义。据我看来，现实主义的意思是，除细节的真实外，还要真实地再现典型环境中的典型人物。您的人物，就他们本身而言，是够典型的；但是围绕着这些人物并促使他们行动的环境，也许就不是那样典型了。"②当然，恩格斯这里所指主要是现实主义文学作品，但是也反映了文学一般性的美学特性，就是能否成功地塑造典型环境中的典型形象。黑格尔在《美学》中指出："需要人物的个性来达到它们的活动和实现，在人物的个性里这些力量显现为感动人的情致。""性格就是理想艺术表现的真正中心。"③黑格尔强调文学作品需要确立典型的个性形象，而性

---

① ［美］维勒克、沃伦：《文学理论》，刘象愚等译，江苏教育出版社2005年版，第12—13页。
② 《马克思恩格斯文集》第10卷，人民出版社2009年版，第570页。
③ ［德］黑格尔：《美学》上卷，朱光潜译，商务印书馆1981年版，第300页。

格就是文学表现的真正中心。他又认为,这些典型人物"每个人都是一个整体,本身就是一个世界,每个人都是一个完满的有生气的人,而不是某种孤立的性格特征的寓言式的抽象品。"①黑格尔也强调了富有个性化和典型性的人物形象是构成文学性的必要因素。另一方面,文本的文学性还不仅仅依赖于现实主义流派所擅长的典型环境中的典型形象塑造这个的因素。其他文学流派,诸如象征主义、意识流主义、精神分析主义、存在主义、表现主义、新感觉、魔幻现实主义等文学形式,这些作品的文学性还体现在审美意象的营造、情感氛围的建构、心理情境的分析、精神结构的挖掘、表现手法的神话色彩和极度的虚拟性、魔幻性。这些也都是文学文本的文学性基本内涵与主要因素。

三、文学性体现在诗意和美感方面

从语言这个狭义方面而言,文学作品的语言必须具有诗意的特征,海德格尔强调文学必须诗意地思和诗意地言说,卡西尔则认为,文学语言具有本质上的诗意特性。从文本的诗意内涵的广义性来看,即文本必须具有一定的诗意思维或诗性特性。一方面是指向文学创作主体必须具有诗意思维或形象思维的心理要素,它包括心理移情的思维方式。如维柯所言:"人们在认识不到产生事物的自然原因,而且也不能拿同类事物进行类比来说明这些原因时,人们就把自己的本性移加到那些事物上去,例如俗话说:'磁石爱铁'。"②维柯所说的还是指人类处于认识初级阶段的诗意思维,它发生在历史前期的文学现象上。而在文学史的后期,创造主体的认识能力已经超越了前期的认识水平,但他们还是有意识借鉴"移情"的思维方式。诚如李斯托威尔所分析:"甚至在没有生命的东西之中,我们也移入了这些可以解释的感情,并通过这些感情,把建筑物的那种死沉沉的重量和支撑物转化为许许多多活的肢体,而它们

---

① [德]黑格尔:《美学》上卷,朱光潜译,商务印书馆 1981 年版,第 303 页。
② [意]维柯:《新科学》,朱光潜译,人民文学出版社 1986 年版,第 97 页。

的那种内在的力量也传染到了我们自己的身上。"①所以陆机的《文赋》云：
"悲落叶于劲秋，喜柔条于芳春。心懔懔以怀霜，志眇眇而临云。"②杜甫诗有
"感时花溅泪，恨别鸟惊心"，辛弃疾词有"我见青山多妩媚，料青山见我也如
是"的佳句。另一方面，文学文本的文学性更多地呈现在诗意表现的策略上，
诸如隐喻与象征、自由联想、虚构与寓言、神话与传说等方法运用与情境营造
方面。与诗意密切关联，衡量文学性的重要标准之一就是文本的美感程度。
维勒克、沃伦在《文学理论》中说："整个美学史几乎可以概括为一个辩证法，
其中正题和反题就是贺拉斯的所说的'甜美'（dulce）和'有用'（utile），即诗
是甜美而有用的。"③显然，美感与诗意它们共同地构成文学的恒定对象和永
久课题。这两方面的精神存在都成为文学耕耘的精神田园和自由徜徉的美妙
原野。曹丕《典论·论文》云："盖奏议宜雅，书论宜理，铭诔尚实，诗赋欲
丽。"④文学性一个主要和基本的内涵就是审美性，或者说判断文学文本的价
值之一就是衡量它能否提供给阅读者丰富和多样化的美感。

四、文学性呈现于抒情与叙述两个方面

陆机文赋云："诗缘情而绮靡，赋体物而浏亮。"⑤在文学类别中，诗歌最着
重于抒情性，无论从文体性质还是从作品数量上看，诗歌都沉醉于抒写个人化
的情感，诗人尤其擅长于内心情感的夸张和抒发，古人所谓"诗言志，歌咏言"
说法早已道出诗歌如此的状况，即使是叙事诗，也无不洋溢着诗人的主观情
感。而小说、散文、戏剧等文学体裁，同样灌注了创造者丰富而复杂、深刻而强
烈的情感。就文学情感的功能而言，它呈现两方面的状况，一是文学文本既可
以宣泄书写者的情感以潜移默化地影响读者；二是文学作品也可以起到净化

---

① ［英］李斯托威尔：《近代美学史述评》，蒋孔阳译，上海译文出版社 1980 年版，第 40—
41 页。
② 严可均辑：《全晋文》中册，商务印书馆 1999 年版，第 1024 页。
③ ［美］维勒克、沃伦：《文学理论》，刘象愚等译，江苏教育出版社 2005 年版，第 20 页。
④ 郭绍虞、王文生主编《中国历代文论选》第 1 册，上海古籍出版社 1979 年版，第 158 页。
⑤ 严可均辑：《全晋文》中册，商务印书馆 1999 年版，第 1025 页。

接受者情感的作用。维勒克、沃伦提出这样的问题:"文学究竟是宣泄我们的情感,还是相反激起了我们的情感? 柏拉图认为,悲剧和喜剧'就在我们应该使情感枯干的时候,滋养和灌溉了它们'。或者说,文学使我们摆脱自己的情感,而这些情感又消耗在诗意的虚构情境中。""这么说来,是否有些文学是激起情感的,有些是净化情感的?"①其实文学文本的情感性是双重的,它有两方面的功能。显然,叙述是文学性的最重要构成。叙述就是讲"故事",无论这个故事的性质是现实性还是虚构性的。人在本质上可以说既是一个喜欢听故事的事物,也是一个醉心于叙述故事的生物。从文学的叙述故事而言,其一,所有的故事都附会了虚构的充分,即使是来源于生活实际的故事,一旦进入文本,它就必然性被故事的叙述者所修改所加工。其二,所有的文学叙述都被作者赋予自己的价值观和主观意义及其审美趣味,因此,所有的文学故事都是作者的主观情感的象征品。其三,"戏剧、故事和小说的叙述性结构传统上称为'情节'。"②所有的文学叙事都被重新结构化和再布局,形成一个新的叙述系统和情节安排,所以这样的"情节"必然性是被主观修改和重构了的情节。其四,所有的文学叙事都需要遵循一个完整的有机体的美学理念,故事要形成符合逻辑和因果律的自律系统,而统摄于故事其中的一个重要因素就是人物的心理欲望及其由此引起的矛盾冲突。所以,欲望和冲突是构成文学故事和作者叙事的推动力和根本性原因。

第二节　文学性的具体规定

文学性的具体规定性还在于以下这些内容。

一、虚构和想象

柏拉图早已说过诗歌的特性是"说谎",呈现了文学的虚构性的美学特

---

① ［美］维勒克、沃伦:《文学理论》,刘象愚等译,江苏教育出版社 2005 年版,第 29 页。
② ［美］维勒克、沃伦:《文学理论》,刘象愚等译,江苏教育出版社 2005 年版,第 253 页。

征。维勒克、沃伦指出：

> 文学的本质最清楚地显现文学所涉猎的范畴中。文学艺术的中心显然是在抒情诗、史诗和戏剧等传统的文学类型上。它们处理的都是一个虚构的世界、想象的世界。小说、诗歌或戏剧中陈述的，从字面上说都不是真实的；它们不是逻辑上的命题。小说中陈述，即使是一本历史小说，或者一本巴尔扎克的似乎记录真事的小说，与历史书或社会学书所载的同一事实之间仍有重大差别。甚至在主观性的抒情诗中，诗中的"我"也是虚构的、戏剧性的"我"。①

文学的虚构性是和哲学、历史一个本质和重要的区别。文学的故事、情节、细节和人物、背景、场景和环境等因素都可以虚构，甚至时间和空间也可以虚构。或者说，虚构成为文学文本的最重要的美学特性和表现手法，没有虚构就没有文学存在的可能与理由，这是文学内涵的一个具体性规定。弗洛伊德指出："因为有许多事情，假如它们是真实的，就不能产生乐趣，在虚构的戏剧中却能够产生乐趣。许多激动人心的事情本身实际上是令人悲痛的，在一个作家的作品上演时，它们却能变成听众和观众的快感的源泉。"②由此看来，文学的虚构性及其审美效果成为文学性的一个显著特征。

和虚构性密切相关，就是文本的想象性要素。诚如所言："'文学'一词如果限指文学艺术，即想象性的文学，似乎是最恰当的。"③弗洛伊德也认为：

> 作家的所作所为与玩耍中的孩子的作为一样。他创造出一个他十分严肃地对待的幻想的世界——也就是说，他对这个幻想的世界怀着极大的热情——同时又把它同现实世界严格地区分开来。语言保留了儿童游戏和诗歌创作之间的这种关系。[在德语中]充满想象力的创作形式叫作"Spiel"[游戏]，这些创作形式与可触的事物联系起来，它们就得到了

---

① ［美］维勒克、沃伦：《文学理论》，刘象愚等译，江苏教育出版社 2005 年版，第 15 页。

② ［奥］弗洛伊德：《弗洛伊德论美文选》，张唤民、陈伟奇译，裘小龙校，知识出版社 1987 年版，第 30 页。

③ ［美］维勒克、沃伦：《文学理论》，刘象愚等译，江苏教育出版社 2005 年版，第 11 页。

表现。在语言中有"Lustspiel"或者"Trauerspiel"["喜剧"或者"悲剧",照字面讲,即"快乐的游戏"或者"悲伤的游戏"],把那些从事表演的称作"Schauspieler"["演员":照字义讲,即"做游戏的人"]。但是,作家想象中的世界的非真实性,对他的艺术方法产生了十分重要的后果。①

弗洛伊德在文学和游戏、文学和幻想或想象之间建立了逻辑联系,将文学归结了"幻想的游戏",揭示了文学性的一个重要构成。文学的想象性和包括哲学在内的其他学科的想象性有一个显著的区别在于,文学的想象性具有强烈的虚构性,超越了现实逻辑和生活经验,呈现为奇特和荒诞的色彩,并且包含一定的美感和陌生化效果。而包括哲学在内的其他学科的想象,它们属于再现性想象和类比性想象,想象活动需要符合逻辑和事实,需要符合知识和真理验证,而这种想象的目的主要在于求知和认识真理。而文学的想象性更多属于再创性想象和自由性想象,它可以超越逻辑形式和知识内容,也可以超越生活经验和历史事实,它的目的不仅仅在于获取知识和认识真理,还在于表达一个美感和诗意的精神世界,创造一个心灵自由和充满情趣的艺术境界。

二、隐喻与象征

文学最重要的特性和表现手法之一就是隐喻与象征,它们具有密切的逻辑关系。比喻又划分为明喻和隐喻或暗喻,就文学性而言,隐喻或暗喻的审美效果一般要强于明喻,都属于修辞学的"形式分类"的范畴。韦勒克、沃伦在在《文学理论》中尽管分析和阐释隐喻和象征这两个概念,然而令人遗憾的是,还是缺乏严格和准确的表述。"'明喻'和'暗喻'都属于修辞学的'形式分类'的范畴,因此,建议'意象'这一术语包括二者。"②"像'意象'一样,'象征'的名字也是同一个特别的文学运动联系在一起的。""在文学理论上,这一术语较为确当的含义应该是:甲事物暗示了乙事物,但甲事物本身作为一种表

---

① [奥]弗洛伊德:《弗洛伊德论美文选》,张唤民、陈伟奇译,裘小龙校,知识出版社 1987 年版,第 29—30 页。

② [美]维勒克、沃伦:《文学理论》,刘象愚等译,江苏教育出版社 2005 年版,第 213 页。

现手段,也要求给予充分的注意。……而象征的'特征是在个性中半透明式地反映着一般种类的特性……最后,通过短暂,并在短暂中半透明式地反映着永恒。''象征'与'意象'和'隐喻'之间有无重大意义上的区别呢？首先,我们认为'象征'具有重复与持续的意义。一个'意象'可以被一次转换成一个隐喻,但如果它作为呈现与再现不断重复,那就变成了一个象征,甚至是一个象征(或者神话)系统的一部分。"①维勒克、沃伦描述和论证了意象、隐喻和象征这三者的逻辑联系,但是缺乏较为清晰和确定性的内涵和外延的区分。"意象"是文学文本中所潜在的带有心理视觉或内视觉的审美形象,它是文本和接受者共同营造的审美心理的模糊现象。隐喻则是以甲暗示乙或其他的审美意象的艺术策略和修辞方法,而象征则是重复性与持续性的隐喻活动,它给予接受者模糊蒙眬和半透明的审美感觉。而这些恰恰是文本所蕴藏的文学性的美学特征,也正是文学区别哲学的关键性所在,更是文学魅力和美感力量之所潜藏。

三、戏剧性

文学体裁包含着戏剧,而戏剧性则是文学性的普遍性要素之构成。其一,冲突与悬念。文学是冲突的艺术,没有冲突就没有文学,尤其是叙事性文学没有冲突是无法想象的。黑格尔在《美学》中特别强调了文学作品所具有的矛盾和冲突,他认为:"导致冲突的时候,情境才开始见出严肃性和重要性。就这一点看来,冲突要有一种破坏作为它的基础,这种破坏不能始终是破坏,而是要被否定掉。……充满冲突的情境特别适宜于作剧艺的对象,剧艺本是可以把美的最完满最深刻的发展表现出来。"②显然,无论是自然、社会和精神存在,都存在着普遍而深刻的矛盾对立,文学或戏剧最善于抒写和表现这些矛盾,以营造冲突的情境并由此塑造出具有典型性格和复杂心理的人物形象或

---

① [美]维勒克、沃伦:《文学理论》,刘象愚等译,江苏教育出版社2005年版,第213—215页。
② [德]黑格尔:《美学》上卷,朱光潜译,商务印书馆1981年版,第260页。

审美意象,以实现文学的审美价值和艺术效果。既然有冲突,那么制造"悬念"就是一个顺理成章和合乎逻辑的表现手法。"悬念"是文学情节发展和人物命运变化中充满不确定性或多种可能性而激起欣赏者审美期待和获得最终答案的写作策略,它是文学性和文学趣味的一个有机结构,也是满足观众和欣赏者审美心理的重要技巧之一。其二,传奇和英雄。古典主义文学尤其是历史前期的文学文本,注重故事的曲折性描述和人物命运的传奇性色彩的渲染。传奇性包括英雄人物的奇异降生、历险和寻宝、降服恶人或妖魔、拯救平民和善人、经历多种波折和误会,最终获得胜利和道德实现,从而赢得美人的芳心等。当然,文学的传奇性故事,也可能包括英雄经历多种的受难受苦、拯救民众于水火和摆脱恶人的欺凌并在根本上铲除黑暗势力,最终奉献自己生命的悲剧结局。卡莱尔说:"英雄崇拜则是永恒的基石,人们将藉此开始重建新时代。人类从不同的意义崇拜各路英雄,我们大家都崇敬伟人,而且必须永远尊崇。我认为,这是人类历史巨变中有生命力的中流砥柱,——也是近代革命史的一个不可动摇的基点;否则,它将变为一片深不可测和漫无边际的海洋。"[1]文学作品中对英雄的崇拜情结具有一定的合理性,英雄崇拜也是传统文学的一个永恒的主题。然而,卡莱尔所言的在近代革命史上的英雄崇拜则需要进行辩证理性和历史理性的客观分析,显然他的观点具有一定的局限性和片面性。其三,对话和潜台词以及突转与发现、巧遇和误会等戏剧的常见手法。戏剧是对话的艺术,戏剧的情节发展和人物现象的完满都需要借助于人物之间的对话或个人的心理独白得以完成。所以,戏剧语言需要精练和高度个性化,同时这些对话和独白必须具有丰富含蓄的潜台词,留有深意和趣味,才能吸引观众和读者。

四、创作方法与修辞

文本的文学性还体现在丰富多元的创作方法和多方面的语言修辞。文学

---

① [英]卡莱尔:《论英雄、英雄崇拜和历史上英雄业绩》,周祖达译,张自谋校,商务印书馆2005年版,第16页。

因为悠久的历史和诸多伟大天才的作家、诗人、剧作家们,文本的文学性还体现在众多的创作流派和创作方法等方面。诸如现实主义、浪漫主义、古典主义、自然主义、超现实主义、象征主义,荒诞主义、意识流主义、新感觉主义、表现主义、魔幻现实主义、存在主义、精神分析主义等。近现代以来,文学的一些创作方法受到了哲学思潮的深刻而广泛的影响,接纳和改造了哲学的一些观念和方法,例如存在主义哲学给了文学创作方法和思想内容以较大的影响,由此诞生了存在主义文学流派。精神分析理论被文学家广泛地认同和接纳,运用于人物的心理刻画和精神分析,一定程度上改变了文学的观念和产生了不同于以往文学作品的美感和艺术情境,震撼了接受者的审美心理。文学性还体现在一些具体的修辞格式的使用方面,文学作品往往交错地运用多种修辞以增添文本的美感和趣味。如明喻与隐喻、借喻与博喻、夸张与反复、对偶与排比、设问与反问、借代与对照、反讽与反语、顶真与双关、互文与回环、粘连与递进、移情与移用、递进与呼号等方法的巧妙使用,在一定程度上增加了作品的语言魅力和对接受者吸引力。

第三节　哲学性的一般界定

对哲学与哲学性的阐释与理解是一件棘手和令人困惑的事情。有关"哲学是什么"和"何为哲学""哲学何为"的争论可谓是汗牛充栋。然而,我们还是要面对这个理论的挑战,以期作出自己的简要和初步的解答。

从语义学看,哲学的本意就是"爱智慧"。最早运用"Φιλοσοφία"爱智慧这个语词的是古希腊哲学家毕达哥拉斯。尔后古希腊的三大哲学家苏格拉底、柏拉图、亚里士多德确立了哲学研究的对象和范围、基本概念和范畴、逻辑和方法,创立了一个哲学繁荣、思想自由、理论纷呈的黄金时代。亚里士多德在《形而上学》中为哲学确立了一个逻辑起点,他认为哲学作为纯粹的基础理论应该被指称为"第一哲学",也就是纯粹的形而上学(metaphysics),它是有关于原理的学问,是关于探究"本体"或"本性"的最高学问和最高智慧。他说:"最高学术必然研究最高科属。理论学术既优于其他学术而为人们所企求,则这一门就优于其他理论学术而为人们所企求。……世间如有一个不动变本体,则这一门必然优先,而成为第一哲学,既然这里所研究的是最基本的事物,正在这意义上,这门学术就应是普遍性的。"①亚里士多德认为,自然哲学和纯粹原理的哲学就是第一哲学,它构成了哲学的最基本要义。

一、本体论与存在论

哲学乃是有关本体论(ontology)和存在论(being/sein)的纯粹学问,也是一般与普遍、根本与基础的理论形式,它也被称之为"形而上学"。"本体"一方面包含物质世界和客观对象,是独立于意识之外的纯粹之物和自在之象,它们形成世界存在的形式外象和内在结构、一般性质和具体特征;另一方面,它也包含主体的精神对象,即是"自我意识"。所有的物质对象和精神对象都呈现为主体中的"现象",是纯粹意识所反观和思考的对象或现象。从这个意义上说,本体论的主体性含义,也构成了古希腊哲学家"认识自我"的这个著名格言的存在理由。胡塞尔从现象学的理论视野对本体和存在给予了自己的独到和精湛的诠释:"关于存在的论述的一般意义被颠倒了。这个存在首先是为我们的,其次才是自在的,后者只有'相对于'前者才如是。……现实本身不是某种绝对物并间接地与其他绝对物相联系,其实在绝对意义上它什么也不是,它没有任何'绝对本质',它有关于某种事物的本质性,这种事物的必然只是意向性的,只是被意识者,在意识中被表象者和显现者。"②显然,在胡塞尔的现象学意义上,所有的本体和存在都不是绝对性的,也不是绝对客观性表象,而是纯粹意识的意向性对象,它们只是在意识中被表象者和显现者。这意味着,所有的本体和存在都只是纯粹意识的意向对象,它们只在意识中被描述和理解,被赋予主体的认识,最终形成概念和知识、意义和价值、趣味和美感。

---

① [古希腊]亚里士多德:《形而上学》,吴寿彭译,商务印书馆 1959 年版,第 119—120 页。
② [德]胡塞尔:《纯粹现象学通论》,[荷兰]舒曼编,李幼蒸译,商务印书馆 1992 年版,第135 页。

和本体论密切关联,存在论是哲学另一个核心范畴和概念。古希腊的巴门尼德最早运思了这个概念,它在词源学意义上是个系词,表现"是""有""存在"的意思。"巴门尼德似乎说得比较有见地。因为他提出'存在'以外并无'非存在'存在时,想到了'存在'必然是一,没有任何别的东西存在。"①"存在"在巴门尼德的视界里,它是世界上最根本也是具有普遍性的对象,除此之外,没有其他存在。继承了巴门尼德思想遗产的海德格尔终其毕生的哲学思考都围绕着"存在"这个思想主旨和核心命题而展开。他在《存在与时间》中写道:

> 任务是分析存在者,而在这里所分析的存在者总是我们自己。这种存在者的存在总是我们存在。在这一存在者的存在中,这一存在者自己对它的存在有所作为。作为这样一种存在的存在者,它已经被交托给它自己的存在了。对这种存在者来说,存在乃是与自己性命攸关的东西。……此在本质在于它的生存。……这个为它的存在而存在的存在者把自己的存在作为它最本己的可能性来对之有所作为。此在总作为它的可能性来存在。②

海德格尔承袭并转换了巴门尼德的"存在"概念和内涵与外延,并赋予了它主体性内容,并且让渡了现象学的"可能性",使存在、存在者蕴藏了无限可能性的精神性。"可能性高于现实性。现象学的领悟唯在于把现象学当作可能性来加以掌握。"③这里的存在和存在者成为一体化的精神本体,它们具有了某种强烈的主体性和权力意志。正如施太格缪勒所言:"海德格尔的哲学是一种能够在哲学史上引起转变的事业,但是另一方面,它本身同时又包藏有一种危险,即它会使人们把迄今为止的一切都看作是陈旧过时的,在这种情况

---

① 北京大学哲学系外国哲学史教研室:《古希腊罗马哲学》,生活·读书·新知三联书店1957年版,第49页。

② [德]海德格尔:《存在与时间》,陈嘉映、王庆节译,熊伟校,生活·读书·新知三联书店1987年版,第52—53页。

③ [德]海德格尔:《存在与时间》,陈嘉映、王庆节译,熊伟校,生活·读书·新知三联书店1987年版,第48页。

下,就必然会引起思想上内在的放纵。"①这一担忧不无道理。海德格尔的存在与存在者的无限可能性的禀赋,有可能导致的主体意志的扩张和放纵从而包藏着生命冲动和精神强权的危险。当然,对于存在与存在者精湛而深邃的阐释是海德格尔重要的哲学成就,也成为哲学史上一个理论的象征品和思想的里程碑。

所以,哲学是本体论和存在论的统一,其本质意义就是哲学构成了对所有物质性与和精神性现象最一般的运思方式,而所有的现象只不过是主体的纯粹意识的意向对象。这一点也是现代哲学尤其是现象学的一个基本理论原则。所以,哲学也就是以本体和存在为最一般对象的纯粹学问。

二、知识论与工具论

亚里士多德在《形而上学》第一卷第一章,就开宗明义地说:"求知是人类的本性。"②他又说:"理论部门的知识比之生产部门更应是较高的智慧。这样,明显地,智慧就有关某些原理与原因的知识。"③亚里士多德区分两种知识形式,一种是纯粹的知识,它只是纯粹的思维活动而产生的认识成果,不涉及实用目的与利益,这种知识可以称为"高贵的知识";另一种是应用的知识,它本源于世俗生活的需要和功利目的而产生的知识,它涉及实用目的与经济价值,这种知识可以命名为"低贱的知识"。与之相关,从事纯粹知识探究的人们是"高贵的知识分子",而从事应用知识研究的人们相应地被称为"低贱的知识分子"。知识只是主体认识活动的结果,而主体的认识活动才是知识诞生的原因。显然,没有主体的认识能力和认识活动就没有知识产生和积累的可能。从这个意义上讲,知识论与认识论是相互统一的思维活动的共同体,也是哲学思维所必然关注的对象和问题。海德格尔指出:"哲学也就不是一种

---

① [德]施太格缪勒:《当代哲学主流》,王炳文、燕宏远、张金言译,商务印书馆1986年版,第209页。
② [古希腊]亚里士多德:《形而上学》,吴寿彭译,商务印书馆1959年版,第1页。
③ [古希腊]亚里士多德:《形而上学》,吴寿彭译,商务印书馆1959年版,第3页。

人们可以像对待工艺性和技术性的知识那样直接学到的知识；不是那种人们可以像对待科学的和职业性的知识那样直接运用并可以指望其实用性的知识。"①海德格尔区分了哲学性知识和普通知识或应用性知识，指出了哲学性知识是由于其认识论的价值与意义，决定了普通知识必须依赖于哲学性知识或依赖于主体的认识能力才得以可能。

无论是知识论还是认识论都建立在主体的认识工具的基础上，所以，有关哲学性的问题必然牵涉到工具论的问题。哲学的工具关涉到形式逻辑和辩证逻辑这两个方面。主体的思维一方面凭借感觉和经验，另一方面必须依靠逻辑工具，离不开概念、判断、推理等方法。所以，在黑格尔的哲学理论中，逻辑学就是形而上学和本体论，它也是理所当然的"第一哲学"，是哲学的思维基础和理论根基，而其他哲学，诸如自然哲学和精神哲学只不过是逻辑学的具体运用所诞生的思维结果。古希腊的亚里士多德奠基了逻辑学的基础，创立西方最早的哲学工具论。他的《工具论》涵盖了《范畴篇》《解释篇》《前分析篇》《后分析篇》《论题篇》《辩谬篇》总共这6篇著述。亚里士多德的逻辑学或工具论，阐述了名称、概念、范畴、判断、推理等一般性原理，确立了哲学思考和其他思考方式的规则和方法，也是人类认识论和知识论的基础。后来的培根写作了《新工具》，在反思和批判经院哲学的基础上，阐释了"四假象"说。《新工具》一方面继承亚里士多德的逻辑学遗产，另一方面确立了归纳逻辑的基础，发展和丰富了归纳逻辑的理论。德国古典哲学在康德和黑格尔这两位思想巨人的手中发展到了一个巅峰，思辨哲学和逻辑学即工具论也在他们的理论创造中达到辉煌。康德的《纯粹理性批判》讨论纯粹理性的认识方法，他阐述的先验感性论、先验分析论、先验方法论以及二律背反论、十二范畴论等理论和范畴，将亚里士多德以来的工具论发展到一个全新的境界。黑格尔的《逻辑学》(大逻辑)和《小逻辑》，将形式逻辑和辩证逻辑融合与提升到一个崭新的思维高度，将传统哲学的工具论演进到一个新的历史高峰。

---

① 　[德]海德格尔：《形而上学导论》，熊伟、王庆节译，商务印书馆1996年版，第10页。

三、价值观与伦理观

哲学是包含着价值观的学问,其中它有价值哲学(the value of philosophy)的分支。哲学的价值观是人类关于外在存在对自我的生存与发展的利害与意义的认识。富兰克纳指出:"价值一词最广泛的用法,是作为表达与描述性属性相对的批评性属性或使人赞成、反对的属性的全称名词;它同存在或事实形成对照。价值理论(the theory of value)或价值论(axiology)即是关于所有这类属性、包括上面提到的所有那些学科的一般理论。"①价值论又分为规范理论和元理论。"规范理论作出价值判断或进行评价;它告诉我们什么是好的,什么是有价值的,什么是坏的,如此等等。元理论则对价值、评价和好进行分析;它既不通过分析来作出价值判断,也不告诉我们什么是好的,什么是有价值的。相反,它确定善和价值是什么,确定说某物是好的或有价值的意思。"②规范理论对价值与善等原理和原则的具体应用,而元理论则是对价值和善、效用与利害等基本命题与概念的阐述。一方面,价值观既指向主体与客观世界关系方面的价值判断和价值选择,也指向主体与主体之间、主体与社会之间的价值判断与价值选择;另一方面,价值观包含狭义的价值观和广义的价值观。狭义的价值观限度在具体的国家、民族、宗教等范围,限定在一定的历史时间之外。而广义的价值观也是普遍的价值观,它适用于整个人类和所有的历史时间。再一方面,价值观又包含主观价值论、客观价值论、主客观统一价值论、语义价值论等方面。因此,尽管价值观涉及主体与客体的相互关系,但是,它在本质上是人对外在世界和对他人的主观态度和情感判断。所以,哲学既然是价值观的理论,而哲学性也必然地呈现在价值观境域。和价值观密切关联的伦理观又是价值观的核心结构之一。如果说道德是具体的伦理概念,而伦理则是道德的普遍原则。诸如"善""德性""仁""爱""同情""慈悲""怜悯"等

---

① [美]R.B.培里等:《价值与评价》,刘继编选,中国人民大学出版社1989年版,第3页。
② [美]R.B.培里等:《价值与评价》,刘继编选,中国人民大学出版社1989年版,第7页。

这些普遍的伦理原则以及"忠贞""友爱""责任""诚实""团结""帮助""坚强""勇敢"等道德规范，它们共同构成了人类存在和社会发展的价值基础，保证了人类历史的正当发展和合理性。价值观和伦理观既是哲学的永恒主题也是作为哲学性存在的基础与理由。没有了价值观和伦理观是哲学是没有人文关怀和社会意义的空洞哲学，真正意义上的哲学必然舍弃不了探究价值观和伦理观的神圣责任，它是哲学的价值所在，也是哲学性的具体呈现。

四、世界观与人生观

从一般性质的理论意义上说，哲学是关于世界观的学问，是对于世界的本源与本质进行提问和回答的学问。哲学是探究有关世界及其本源和存在特性及其发展规律的最一般理论。它一方面思考事物诞生与存在、发展与运动、变化和节奏、结构与规律等问题；另一方面探究世界历史的起源与演变、发展与进步、本质与规律等问题。所以，对天地宇宙与自然万物的追问与解答构成了哲学的应有之义和本然责任。

世界观和历史观同时是哲学关注与思考的对象，它们是哲学性互相联系的两个方面。从具体性质的理论意义上说，哲学又是人生观的学问。换言之，哲学在一定意义上，也是关涉人生的哲学。因此，哲学的分支之一是"人生哲学"。人生哲学是以探究主体的存在与发展为责任的理论，思考人的本质和价值、生存的意义与幸福、责任和义务等问题。诚如所言："凡是探讨一个人，生存在天地之间，生活在人与人之间，根本做人之道的学问，便是人生哲学。"①世界观和人生观的相互探究，在古代思想的意义上就是"究天人之际"。

人的问题是哲学的根本性问题，哲学是人学，这也哲学性的核心所在和意义所在。胡适曾说："凡研究人生切要的问题，从根本上着想，要寻一个根本

---

① 邬昆如：《人生哲学》，中国人民大学出版社 2005 年版，第 5 页。

的解决:这种学问,叫做哲学。"①哲学有关人与人生观的基本论题和追问诸如:人是什么? 人生的价值与意义是什么? 人生的终极关怀和最终目的是什么? 人生的义务与责任有哪些? 爱与善是什么? 美和幸福是什么? 道德和德性如何在实践中得以可能? 自由与必然的关系如何? 等等。从生活的客观实际出发,人应该"在日常生活的食衣住行中,能反省到生命的意义,以及生活的目的;在与人的交往中,能意识到生存的规范;在与物的交往中,了解到生态保护的高尚美德;而终于养成像孟子所提示的:敬天、亲亲、仁民、爱物,把自己的生命,消融到大化流行中,而完成天人合一的境界。"②如果说自然哲学是哲学的逻辑起点,而人生哲学则是哲学的心灵归属。它们共同构成了哲学之为哲学的理论属性。

所以,从世界观和人生观这一意义层面看,哲学其一是关切客观的物质世界,其二是关切人的存在与意义,其三是关切人的命运的过去、现在和未来。这就相应规定了哲学就是探究世界观和人生观这一性质的学问。从这个视界看,哲学超越了"有用"与"无用"的功利境域,而达到一种具有普遍理论意义的精神价值的境界,也达到了包含丰富的人文主义或人道主义的高尚境界。

第四节 哲学性的具体规定

一、惊异的兴趣

西方的古典哲学认为哲学起源于精神的"惊异"。柏拉图认为惊异是哲学家的精神素质,也是哲学心灵起始的象征品。柏拉图在《理想国》第七卷里中有一段著名的哲学寓言,它也被哲学史称为"洞穴隐喻"。柏拉图借苏格拉底与格劳孔的对话,以自己富有想象力的隐喻,叙述了一个虚拟的场景:

---

① 胡适:《中国哲学史大纲》,东方出版社 2012 年版,第 3 页。
② 邬昆如:《人生哲学》,中国人民大学出版社 2005 年版,第 7 页。

苏:让我们想象一个洞穴式的地下室,它有一长长通道通向外面,可让和洞穴一样宽的一路亮光照进来。有一些人从小就住在这洞穴里,头颈和腿脚都绑着,不能走动也不能转头,只能向前看着洞穴后壁。让我们再想象在他们背后远处高些的地方有东西燃烧着发出火光。在火光和这些被囚禁者之间,在洞外上面有一条路。沿着路边已筑有一带矮墙。矮墙的作用像傀儡戏演员在自己和观众之间设的一道屏障,他们把木偶举到屏障上头去表演。

格:我看见了。

苏:接下来让我们想象有一些人拿着各种器物举过墙头,从墙后面走过,有的还举着用木料、石料或其他材料制作的假人和假兽。而这些过路人,你可以料到有的在说话,有的不在说话。

格:你说的是一个奇特的比喻和一些奇特的囚徒。

苏:不,他们是一些和我们一样的人。(着重号为笔者所加)你且说说看,你认为这些囚徒除了火光投射到他们对面洞壁的阴影而外,他们还能看到自己的或同伴们的什么呢?

格:如果他们一辈子头颈被限制了不能转动,他们又怎样能看到别的什么呢?

苏:那么,后面路上人举着过去的东西,除了它们的阴影而外,囚徒们还能看到它们别的什么吗?

格:当然不能。

苏:那么,如果囚徒们能彼此交谈,你不认为,他们会断定,他们在讲自己所看到的阴影时是在讲真物本身吗?

格:必定如此。

苏:又,如果一个过路人发出声音,引起囚徒对面洞壁的回声,你不认为,囚徒们会断定,这是他们对面洞壁上移动的阴影发出的吗?

格:他们一定会这样断定的。

苏:因此无疑,这种人不会想到,上述事物除阴影而外还有什么别的实在。

格:无疑的。

苏:那么,请设想一下,如果他们被解除禁锢,矫正迷误,你认为这时他们会怎样呢? 如果真的发生如下的事情:其中有一人被解除了桎梏,被迫突然站了起来,转头环视,走动,抬头看望火光,你认为这时他会怎样呢? 他在做这些动作时会感觉痛苦的,并且,由于眼花缭乱,他无法看见那些他原来只看见其阴影的实物。如果有人告诉他,说他过去惯常看到的全然是虚假,如今他由于被扭向了比较真实的器物,比较地接近了实在,所见比较真实了,你认为他听了这话会说些什么呢? 如果再有人把墙头上过去的每一器物指给他看,并且逼他说出那是些什么,你不认为,这时他会不知道说什么是好,并且认为他过去所看到的阴影比现在所看到的实物更真实吗?

格:更真实得多呀!

……

苏:亲爱的格劳孔,现在我们必须把这个比喻整个儿地应用到前面讲过的事情上去,把地穴囚室比喻为可见世界,把火光比喻太阳的能力。如果你把从地穴到上面世界并在上面看见东西的上升过程和灵魂上升到可知世界的上升过程联想起来,你就领会对了我的这一解释了,既然你急于要听我的解释。至于这一解释本身是不是对,这是只有神知道的。但是无论如何,我觉得,在可知世界中最后看见的,而且是要花很大的努力才能最后看见的东西乃是善的理念。我们一旦看见了它,就必定能得出下述结论:它的确就是一切事物中一切正确者和美者的原因,就是可见世界中创造光和光源者,在可理知世界中它本身就是真理和理性的决定性源泉;任何人凡能在私人生活或公共生活中行事合乎理性的,必定是看见了善的理念的。①

---

① [古希腊]柏拉图:《理想国》,郭斌和、张竹明译,商务印书馆 1986 年版,第 272—276 页。

这就是被称之"洞穴假象"的哲学寓言。柏拉图借助苏格拉底式的"辩证法"而言说了自我的哲学智慧。对这段充满文学想象力的虚构性文本,后世的诠释者包含着仁者见仁、智者见智的思想动机。柏拉图借助于"洞穴隐喻",言说了人的反思能力即理性思考和哲学思考的动因源于主体对世界现象的惊异和兴趣,这个假设的故事成为哲学史上的一段经典文本,它暗示着哲学的起源来自主体对世界的惊异感。他的得意门生亚里士多德说:"古今来人们开始哲理探索,都应起于对自然万物的惊异。"①

> 希望的情绪,在希腊语中常常被称为"惊奇"(wonder/thauma);柏拉图和亚里士多德都告诉我们,那是哲学的起源。柏拉图的洞喻可以这样解释:苏格拉底要求格劳孔假设其中一个洞中人"被解除禁锢,被迫突然(instantly/eksaiphnēs)站了起来,转头环视,走动,抬头看见火光"时,暗暗涉及了惊奇。②

尔后的哲学家海德格尔也说:"人们惊讶于存在者。惊讶于存在者存在这回事情以及存在是什么。受这种惊讶的驱动,他们才开始了哲学活动。"③在上述的视界,哲学的一个鲜明特性就是主体的惊异感。

二、存疑的态度

如果说惊异是哲学的起源,那么,怀疑则是哲学思考的张力和本性。亚里士多德在《形而上学》中写道:"凡愿解惑的人宜先好好地怀疑;由怀疑而发为思考,这引向问题的解答。"④笛卡儿也说:"凡是我早先信以为真的见解,没有一个是我现在不能怀疑的,这绝不是由于考虑不周或轻率的缘故,而是由于强有力的、经过深思熟虑的理由。"⑤他们都视怀疑是哲学思考和

---

① [古希腊]亚里士多德:《形而上学》,吴寿彭译,商务印书馆1959年版,第5页。
② [美]罗森:《诗与哲学之争》,张辉译,华夏出版社2004年版,第133页。
③ [德]海德格尔:《什么是哲学》,孙周兴选编:《海德格尔选集》上册,上海三联书店1996年版,第595页。
④ [古希腊]亚里士多德:《形而上学》,吴寿彭译,商务印书馆1959年版,第37页。
⑤ [法]笛卡儿:《第一哲学沉思集》,庞景仁译,商务印书馆1986年版,第19页。

理论建构的重要精神因素之一,而存疑的态度也是成为一个哲学家的基本素质。

"存疑"(Epokhe),原初的含义包括:"制止""保留""保持""定时""定位"等。公元前273年阿尔克西劳成为学园派的领袖,他给予"怀疑"基本的界定和阐释,确定了如此的理论原则:对一切不能由感觉和理性所确认的知识与信念不作赞同。早期怀疑论代表人物皮浪虽然没有直接就存疑发表意见,但是他赋予这一概念以"无主张""悬搁"的内涵,意味着主体对待事物应该保持"中止判断"的态度。后来,继承怀疑论思想衣钵的塞克斯都·恩披里柯在《皮浪学说概要》里说:"存疑是心灵的站立状态,由之我们既不否定也不肯定任何事物。"他对怀疑派评价道:

> 怀疑派(skeptikē),或出于追问和探究方面的活动而被称作"追问派"(zētēkiē),或出于探究者在追问之后所产生的感受而被称作"存疑派"(ephektikē),或如某些人所说的那样,出于对一切事物的疑惑(aporein)和追问,或出于对肯定或否定的茫然无措(amēchanein)而被称作"疑惑派"(aporētikē),或因皮浪对我们来说似乎被其他任何前人更为全身心地、更为显著地致力于怀疑论而被称作"皮浪派"。[1]

西方哲学在前怀疑主义时期,存疑还局限于消极的主体意识,缺乏对事物的明确态度。后来的怀疑主义,显然对存疑灌注了一种积极的哲学态度。无论是古典怀疑主义者笛卡儿、休谟、康德,还是现代怀疑主义人物叔本华、尼采、柏格森、克尔凯郭尔等,以及后现代思潮的代表德里达、利奥塔等人,他们均程度不同地受到古希腊怀疑论的思维方法影响,赋予存疑这一概念以解构的功能和挑战的意味。在这些富有反叛意识的思想家看来,它应该具有一种斥拒和批判的姿态。被称作"哲学上的蒙娜·丽莎"的桑塔亚纳也把"'最后的怀疑'作为探讨他的本质领域的一种方法,对于'最后的怀疑'的这种惊人

---

[1] [古希腊]塞克斯都·恩披里柯:《皮浪学说概要》,崔延强译,商务印书馆2019年版,第5页。

的用法与胡塞尔的现象学还原有一种值得注意的而且实际上是很有启发的相似之处。"①赫伯特·曼纽什也指出:

> 怀疑态度,即一种在本能状态下作出某种决定的同时,对之加以仔细平衡和毫无偏见的检查的态度。这种在作出决定时不断问一个"为什么"的怀疑态度,通常被视为有学问者或有文化者的典型表现特征。这种对怀疑态度的高度评价已延续了若干世纪。毫不奇怪,当怀疑论逐渐成为哲学的中心问题时,表明人类思想业已趋向成熟。这种带有怀疑色彩的哲学主张是:人的认识是有局限性的,绝对真理和丝毫不容更改的确定性是不可企及的。②

马克思也对怀疑论给予了积极的评价,他在《关于伊壁鸠鲁哲学的笔记》中指出:

> 怀疑论者是哲学家中的科学家;他们的工作是进行比较,因而也就是收集各种不同的,先前阐述过的主张。他们以平均调和的学术观点看待以前的体系,这样来揭露出矛盾和对立、他们方法的一般原型包含在埃利亚派、诡辩派和学院派之前的辩证法中。然而这些体系不失为独创的并构成一个整体。③

现代哲学家维特根斯坦对怀疑论的"存疑"方法流露出少有的尊敬:"每一种疑问只揭示基础中存在的一个缝隙;因此我们只有首先怀疑可怀疑的一切,然后再消除所有的这些疑问,我们的理解才可靠。"④以写作《西方的没落》而名噪一时的斯宾格勒说:"怀疑主义是一种纯粹文明的表现;它消除了走在前面的文化的世界图景,对我们来说,它的成功在于把全部老问题还原为

---

① [美]赫伯特·斯皮格伯格:《现象学运动》,王炳文、张金言译,商务印书馆1995年版,第188页。
② [德]赫伯特·曼纽什:《怀疑论美学》,古城里译,辽宁人民出版社1990年版,第1页。
③ 《马克思恩格斯全集》第40卷,人民出版社1982年版,第167—168页。
④ [奥]维特根斯坦:《哲学研究》,汤潮、范光棣译,生活·读书·新知三联书店1992年版,第57页。

一个发生学的问题。相信是什么也就是已成为什么。"①当代存在主义的代表人物克尔凯郭尔在他前期的哲学思想的自传性作品《论怀疑者》中表达对于怀疑与哲学的关系的独特思考:

> 为了动手去作哲学思考,我们必须先已怀疑,并搁置起来。他随后便看出它们说的不是同一回事,因为第一个论题将怀疑定义成了哲学的开端,第二个论题却将怀疑定义成了位于开端之前的东西。由于使他关注这些论题的原因之一,是它们或许会澄清这一关于怀疑无处不在的论题与哲学的联系,由此而多少试探一下他进入哲学之后的前途,这第一论题自然使他开心,因为它看来是最方便的道路了。它并没有把怀疑说成是位于哲学之前的东西,却教导我们说,怀疑时我们就站到了哲学的开端处。②

尽管克尔郭尔凯关于怀疑与哲学的关系的思路与众不同,但仍然把怀疑视为站到哲学的开端处的必要条件。英国学者霍奈尔和美国学者韦斯科特在合著的《哲学是什么》中将怀疑论划分为"极端的怀疑论、温和的怀疑论和方法怀疑论"③,并且对这三种怀疑论予以简略的阐释和评价。

和西方的怀疑论相比,中国先秦时代的庄子怀疑论显然更具有积极性和颠覆性,对后世也产生了一定的影响。宋代的张载提出"所以观书者,释己之疑,明己之未达,每见每知所益,则学进矣,于不疑处有疑,方进矣"④的观点,理学家朱熹也发表"读书无疑,须教有疑,有疑者,却要无疑,到这里方是上进"⑤的看法。明代陈献章与门生张廷实书云:"前辈谓'学贵知疑',小疑则

---

① [德]斯宾格勒:《西方的没落——世界历史的透视》上册,齐世荣等译,商务印书馆 1963 年版,第 75 页。
② [丹]克尔凯郭尔:《论怀疑者/哲学片断》,翁绍军、陆兴华译,生活·读书·新知三联书店 1996 年版,第 46 页。
③ [英]霍奈尔、[美]韦斯科特:《哲学是什么》,夏国军等译,中国人民大学出版社 2010 年版,第 38 页。
④ 张载:《经学理窟·义理篇》,《张载集》,中华书局 1978 年版,第 275 页。
⑤ 《朱子全书·朱子语类》(修订本)第 14 卷,上海古籍出版社、安徽教育出版社 2010 年版,第 243 页。

小进,大疑则大进;疑者,觉醒之机也。一番觉悟,一番长进。"①清初黄宗羲与友人书中写道:"昔人云小疑则小悟,大疑则大悟,不疑则不悟。老兄之疑,固将以求其深信也。"②中西思想史都将存疑引申为重要的思维方法之一,看作是开启智慧之门的一个工具。显然,无论在东西方的思想语境,存疑都成为哲学性的重要因素之一。

三、反思之能力

哲学乃是主体的反思与玄思的能力之聚集。换言之,反思与玄思构成了哲学之本性和特征。康德在《纯粹理性批判》第二版"序文"中以感慨的心情写道:

> 玄学为完全孤立之思辨的理性学问,高翔于经验教导之外,且在玄学中,理性实为其自身之学徒。玄学唯依据概念——非如数学依据概念之适用于直观者。顾玄学虽较一切学问为古,且即一切学问为破坏一切野蛮主义所摧毁而玄学依然能存留,但玄学固尚无幸运以进入学问之安固之途径者也。盖在玄学中,即令理性所寻求之法则,一如其所宣称为具有先天的所洞察者,为吾人最通常之经验所证实之法则,理性亦常遇绝境。以不能引吾人趋向所欲往之途程,在玄学中吾人屡屡却步旋踵。③

康德对"玄学"即哲学充满了兴趣和挚爱之情,也深切地意识到从事哲学探究的艰辛和享受玄学思考的快乐。哲学之反思不仅依存于经验世界,而且需要超越经验的感受和日常的观念而进入到纯粹的逻辑思辨的境界。然而,哲学的反思常常陷入理性之困境,令哲学家滋生莫名的苦涩和"却步旋踵"的迷惘之情。黑格尔说:"哲学可以定义为对于事物的思维着的考察。""哲学乃是一种特殊的思维方式,——在这种方式中,思维成为认识,成为把握对象的概念式的认识。所以哲学思维无论与一般思维如何相同,无论本质上与一般

---

① 《陈献章集》,中华书局 1987 年版,第 165 页。
② 《黄宗羲全集》第 19 册,浙江古籍出版社 2012 年版,第 127 页。
③ ［德］康德:《纯粹理性批判》,蓝公武译,商务印书馆 1960 年版,第 11—12 页。

思维是同是一个思维,但总是与活动于人类一切行为里的思维,与使人类的一切活动具有人性的思维有了区别。"①黑格尔认为哲学思维属于特殊的思维方式,因为思维成为认识的对象,或者说,哲学思维以主体意识为思维对象。尽管哲学思维和情感、心理、直觉、表象等心理因素有联系,却和它们有着严格的区别。感觉、经验、情感、直觉、表象等都是心理主义的东西,它们构成不了严格意义上的哲学思维。胡塞尔的现象学对心理主义进行了断然的决裂和无情的批判,他意识到不和心理主义划清界限,就无法建构哲学意义上的本质科学,现象学就无法获得自我存在的话语权。胡塞尔认为心理主义取消了认识的客观性和科学性,取消了知识的形式和真理的标准,因此也消解了严格哲学的存在意义与价值。而这些恰恰是现象学所竭力排斥的,现象学的思维是以对纯粹意识的反思为责任。因此,哲学的反思包含如此的内涵:其一,以自我意识为思考对象,认识自我是哲学的天赋使命。其二,反思呈现为"悬置"(epoche)所有"前见"的性质。胡塞尔提出现象学的"悬置"的观念与方法。"我们现在可以让普遍的悬置概念在我们明确、新颖的意义上,取代笛卡儿的普遍怀疑设想。"②胡塞尔还将这一方法称之为"加括号",就是哲学的反思首先要悬置所有先前的观念,将它们加括号和存而不论,使自我意识达到纯粹作为的状态。其三,反思具有存疑和否定的张力,它以怀疑为起点和以否定为目标,以求获得理论的新发现。其四,辩证法成为反思的逻辑策略,只有辩证思维有资格被称呼为"反思",也只有辩证法才令反思获得理性的力量。其五,反思一方面具有工具理性的特性,它必须借助于形式逻辑的工具。另一方面,反思必须依赖于辩证理性和历史理性,将两种理性应用到对客观存在和历史现象的思考过程。

四、综合之创造

哲学就是哲学史这一言说包含多重的意义,也包含着如此一种的观念:所

---

① [德]黑格尔:《小逻辑》,贺麟译,商务印书馆1980年版,第38页。
② [德]胡塞尔:《纯粹现象学通论》,李幼蒸译,商务印书馆1992年版,第97页。

有哲学观念的发展都具有历史的继承性和连续性,哲学上所有问题的探讨在哲学史的起始处,都被轴心时代的思想家们所触及到和论述过。哲学的元命题、核心的概念和范畴、逻辑的基本形式与前提也都被那个时代的哲学家们所思考过。所以,哲学思考必须是一种综合性的理论创造活动。

康德认为,哲学由于它包括的命题是先验综合判断,这种先验是指先于经验的认识方式,因此它具有必然性和普遍性。例如先验的感性论,是指先于感性的先验认识方式;先验分析论,则是先于知性的先验认识方式;先验辩证论,则指先于理性的认识方式。康德对判断进行逻辑分类,从时间上划分为:先天的和后天的这两种。从性质上划分为:分析的和综合的。这样就获得了四种判断形式:其一、先天的分析判断。其二,后天的分析判断。其三,先天的综合判断。其四,后天的综合判断。康德认为后天的分析判断在逻辑上不能成立,因为分析判断必须具有严格的必然性和普遍性,是独立于经验,因此它不可能是后天获得的。如此而已,就剩余了另外三种判断形式。所以,哲学之思考必须依凭于这三种判断形式和逻辑方式。康德还探究了二律背反和十二范畴的概念,进一步论述了哲学思维的辩证方式和逻辑种类。和康德一样,黑格尔在《逻辑学》中也阐释了四种、十二类判断方式:其一,实有判断:1. 肯定的判断。2. 否定的判断。3. 无限的判断。其二,反思判断:1. 单称(个别)判断。2. 特称(特殊)判断。3. 全称(普遍)判断。其三,必然判断:1. 直言判断。2. 假言判断。3. 选言判断。其四,概念判断:1. 实然判断。2. 或然判断。3. 确然判断。四类总共十二种判断形式。黑格尔还进一步探讨了"实有推论""反思推论""必然推论"等十种推论方式。最后,黑格尔阐述了哲学的两种认识方法:分析的认识和综合的认识:"人们往往这样来说明分析的和综合的认识的区别,即一个是从已知到未知,另一个则从未知到已知。但假如详细考察一下这种区别,就将很难在这区别里发现确定的思想,更不用说概念了。"①黑格尔深入分析与阐释了这两种哲学认识方法。尤其对综合认识,探讨了其定义、分

① ［德］黑格尔:《逻辑学》下卷,杨一之译,商务印书馆 2011 年版,第 495 页。

类、定理这三方面内容和规定性。综合康德和黑格尔等人的理论以及认识活动的客观实际与规律,我们可以获得如此的推断:哲学思考和理论创造除了依据基本的逻辑思维之外,主要依靠于综合性的创造性思维。这种综合既包括先验的综合,也包括后验的综合,在综合的基础上获得自我创造的可能性。

第四章　文学文本的哲学性

文学文本的哲学性由来已久,这是一个历史的延续。文学与哲学在本质上有着同源的血缘关系,又存在着"人学"的共同性的精神传统。文学对哲学思想的借鉴是一个合理的、必然性的逻辑选择。卡尔维诺指出:

> 文学与哲学之间的关系,则是在阿里斯托芬的喜剧中第一次被提出,然后就不断在喜剧性、讽刺、幽默的屏风后面运动。在18世纪,那些被称作哲学短编集的作品,实际上是通过文学想象进行的对哲学的快乐报复,而这样的情况并非没有理由。①

文学与哲学在上古时期就如同并蒂莲一般,关系非常密切,只是由于历史的发展,知识分支逐渐明晰和学科逐渐独立,两者才有所距离。然而,由于两者的意识形态的共同属性,它们依然存在着潜在的联系。卡尔维诺说:"《鲁滨逊漂流记》是一部哲学著作,但作者本人却没有意识到这一点。此前的《堂吉诃德》和《哈姆雷特》,尽管宣布了如幽灵般轻盈的思想与沉重的世界之间一种新的关系,我们却不知道作者对这一点又知道多少。当说到文学与哲学的关系时,不应该忘记,这个话题应该从哪里开始。"②这位意大利作家以自己的创作实践和文学灵感为人们重新理解文学与哲学的关系打开一扇新思维的

---

① ［意］卡尔维诺:《文学机器》,魏怡译,译林出版社2018年版,第242页。
② ［意］卡尔维诺:《文学机器》,魏怡译,译林出版社2018年版,第244—245页。

窗户。

文学文本的哲学性在于:其一,文学文本呈现一定的形而上学意义,对自然、社会、历史、人生等对象能够予以提问与解答,蕴藏作者的思想品格。其二,作品具有对历史现象、生活世界、精神活动等对象的描述与阐释、存疑与否定、批判与反思的功能,从而呈现文本的思想价值。其三,作品始终关切人的命运,坚守人类的良知和维护人类的基本伦理与价值准则。其四,文学文本的哲学性还在于它的历史感和历史理性。

超越以往研究的相对狭隘的逻辑界限,我们着重显明"文学文本的哲学性、哲学文本的文学性"的问题意识,以此作为理论基石和逻辑范畴。"文学文本的哲学性",其概念规定性在于:文学作品隐匿哲学性或哲学意识。具体含义和部分含义在于以下几个方面。

第一节　提问与回答

在文学史上,一部分文学文本呈现一定的形而上学意义,能够担当对自然、社会、历史、人生等对象予以提问与解答的责任,从而蕴藏作者的思想品格。在这个意义上,就意味着它们具有了一定的哲学性。

一、自然与社会　精神与历史

文学文本虽然以叙事与抒情、象征与隐喻等形象思维为审美表现方式,但寄寓一定的形而上学的特性与意义,它要求作品必须具有"逻各斯"(logos)性质,包含诸如"提问"与"解答""质疑"与"否定""反思"与"批判""守望"与"超越"等哲学要素。古希腊时期的悲剧、喜剧、神话、史诗等文学作品,包含深刻的哲学性,它们寄寓着一定的形而上学意味。它们的提问和回答的对象可以概括为自然与社会、精神与历史这四个方面。

关切于对存在、自我、人性、命运、伦理等一系列概念的提问和解答,涉及偶然性与必然性、可能性与或然性、因果律与矛盾律等逻辑范畴,关切于责任与义务、情感与理性、欲望与道德、善与恶、幸福与痛苦、友谊与仇恨等伦理问题的沉思。古希腊三大悲剧家埃斯库罗斯的悲剧《普罗米修斯》,其主人公被马克思称赞为"哲学的日历中最高尚的圣者和殉道者"①,悲剧所包含的诸多问题也是人类不断追问的哲学命题。索福克勒斯的悲剧《俄狄浦斯王》,书写了人生与命运的抗争故事,也是一部充满人生哲理的启示录。另一位悲剧家欧里庇得斯则眷注于女性的命运探究,《美狄亚》揭示了人性中潜藏的爱与恨的心理情绪相互转换的辩证法,向存在者展示了女性向男性复仇的本能冲动,可谓是最古老的性别哲学文本。古希腊的喜剧家阿里斯多芬,则丰富和提升了戏剧的幽默内涵,令喜剧具有了哲学思考的价值。喜剧代表作《鸟》理应是西方最早建构乌托邦世界的文本。一方面,喜剧描绘的"鸟天堂"这一"理想国"是昔日阿提卡的乡村神话的风俗画;另一方面,作者对预言家、讼师、游手好闲者、骗子等人物进行辛辣的讽刺与鞭挞。阿里斯多芬的喜剧将哲理与幽默达到和谐完美的融合,其文学文本的哲学性比较典型。

古希腊的悲剧和喜剧,都隐匿着对现象界与精神界、历史与现实的哲学提问,洋溢着人类文化在轴心时代对万物存在和自我存在的广泛而深入的思考。而希腊神话则潜藏着古希腊的诸种思想萌芽,寄寓着尔后所有西方哲学的命题和范畴、观念和方法,为西方哲学的演变与发展提供源源不断的思想资源和灵感启迪,神话同样包含着人类对外在世界和自我心灵的提问与解答。谢林认为:

> 神话既然是初象世界本身、宇宙的始初普遍直观,也就是哲学的基础,而且不难说明:即使希腊哲学的整个方向,亦为希腊神话所确定。最古老的希腊自然哲学,便是最先从中产生者;当阿那克萨哥拉("诺斯")尚未赋之以,以及继其后的苏格拉底尚未以尤为完满的形态赋之以理性主义因素之时,它依然是纯属现实主义的。而神话又是哲学伦理部分的初源。伦理关系的始初观念(Ansichten),而首先是为一切希腊人所共有

---

① 《马克思恩格斯全集》第40卷,人民出版社1982年版,第190页。

者(迄至以索福克勒斯为代表的文化高峰),以及深深地铭刻于他们所有作品中的、世人依附于神的情感、同样见诸伦理问题的节制和适度、对于飞扬跋扈和恣意妄为的厌恶,如此等等,——索福克勒斯的著作中的这些美德懿行,仍然来源于神话。①

依谢林之见,希腊神话构成西方哲学的基础,它蕴藏着几乎所有哲学的思想和命题、概念和范畴、内容与方法。也如后来的尼采所言:"没有神话,一切文化都会丧失其健康的天然创造力。唯有一种用神话调整的视野,才把全部文化运动规束为统一体。"②显然,希腊神话这一文学文本具有鲜明的哲学性,它成为西方后世哲学的精神之源。

我们再以屈原的《天问》为例证对"文学文本的哲学性"这一概念予以具体阐释,因为《天问》是一个经典的哲学性的"提问"与"怀疑"和"反思"与批判的文本。

《天问》是诗、哲学、历史、神话与语言、宗教与政治等因素相互渗透的精神产品。简言之,《天问》是哲学与诗的完美融合。姜亮夫认为:"《天问》以学术理智为分析事理之言,近于诸子,为说理散文之有韵者。"③郭象在注《庄子·逍遥游》中说:"天地者,万物之总名也。天地以万物为体,而万物必以自然为正。"④屈原对天之追问,其实也是对万物之追问。鲁迅先生赞叹道:"怀疑自遂古之初,直至百物之琐末,放言无惮,为前人所不敢言。"⑤《天问》洋溢着中国古典哲学最古老最卓绝的怀疑论精神,为怀疑论哲学之萌芽。《天问》既对宇宙本体、物质存在提出怀疑,也对精神本体、心灵活动予以追问。它的怀疑呈现了双重意义:一方面责难自然法则、客观规律为什么既"在"又"不在"? 世界变化为什么有序又无序、平衡又非平衡? 另一方面,又考问历史存

① [德]谢林:《艺术哲学》上册,魏庆征译,中国社会出版社1996年版,第76页。
② [德]尼采:《悲剧的诞生》,周国平译,生活·读书·新知三联书店1986年版,第100页。
③ 姜亮夫:《重订屈原赋校注》,天津古籍出版社1987年版,第167页。
④ 郭象、成玄英:《庄子注疏》,中华书局2011年版,第11页。
⑤ 鲁迅:《摩罗诗力说》,《鲁迅选集》第3卷,湖南文艺出版社2004年版,第23页。

在、道德准则为什么既"缺席"又"出场"？神话与现实究竟孰真孰假？美与爱欲究竟谁是谁非？《天问》是以诗性的感悟、非概念的直觉体验对现象界和精神自我予以提问，诗人提出 170 多个问题，涉及这些方面：1. 宇宙生成与起源。2. 世界究竟存在什么又为何存在。3. 物质的本质及其运动方式、规律。4. 天体模式。5. 空间结构的划分。6. 时间长度的计算。7. 现象界是否可知。8. 理性与知识由何而来。9. 历史决定于偶然还是必然。10. 历史人物之谜。11. 性格和命运的神秘关联。12. 政治活动中的道德实践如何可能，等等。诚如郭世谦所论：

> 《天问》反映了屈原对天地自然万物乃至人类社会历史内在规律的探求。屈原在《天问》中，一口气提出了一百七十多个问题，上自宇宙形成、天体运行，下至四方地理、自然现象及人类社会历史、历代兴衰，莫不穷究其理，反映了屈原对客观事物内在规律的探索。如果说《离骚》突显了屈原浪漫主义抒情诗人的一面，《天问》则集中表现了屈原不倦探索的哲学家和思想家的一面。而这后一面，过去是常常被人所忽略的。①

《天问》通过提问的方式，一方面，诗人隐约地表达了这样一种哲学观：偶然性大于必然性，世界是无序的统一体，我们心目中那个绝对意志所设定的理论范式是空虚的、没有意义的。诗人质疑所谓自然的内在运动规律和物质统一性，而猜测世界的无序性和荒谬性。另一方面，诗人更多的是向历史提问，期待历史之谜的解答，对社会存在的起源、发展，以及历史的内在动力进行思索。他怀疑历史理性的价值、意义，怀疑社会存在按照所谓逻辑原则在合理演进，甚至怀疑道德原则、实践意志对历史发展过程的积极作用。诗人隐约地猜测，存在着一种超意志的无规律的偶然性杠杆，在支配历史车轮和操纵社会变迁。再一方面，《天问》是向主体提问：道德原则和美政理想如何协调？人性的善恶究竟哪一个是宰制历史与政治的心理势能？为什么忠君爱国者总是没有相应的善果而获得悲剧的下场？是否存在着一种自我无法主宰的神秘命

---

① 郭世谦：《屈原〈天问〉今译考辨》，天津古籍出版社 2006 年版，第 4 页。

运？自我如何守护着伦理原则走向生命的结局？

诗人在上天入地的神奇游历中，向苍天与神灵叩问、向古代圣贤和自己的内心追问，然而这些提问或追问都没有获得确切的答案。或者说，《天问》注重在提问而不关注于回答，在提问的过程中就包含着诗人的哲学之思。《天问》还对诸多道德问题和人性问题进行反思与批判，期盼"举贤授能""修明法度"和"以民为本"的"美政"，然而诗人的政治理想和道德理念在现实世界均遭受挫折，诗人忠君爱国的伦理意志最终促使自己自沉汩罗江而死。

《天问》这部诗歌文本蕴藏着深刻与丰富的哲学观念和思维方法，包含着诸多的哲学命题和对诸多的逻辑范畴展开运思，诸如存在与虚无、生与死、原因与结果、偶然与必然、时间与空间、有限与无限、真理与谬误等，也涉及对人生哲学的某些问题的追问，例如痛苦与幸福、现实与理想、希望与绝望、喜悦与恐惧、爱与恨、欲望与道德等，诗人最醉心于对历史之谜的求解和对个人与国家未来命运的审美期待。

好奇和沉思于屈原的《天问》，唐代的哲学家也是文学家的柳宗元写作了《天对》，这是一个对屈原的《天问》给予了回答的诗歌文本，它同样包含着丰富的哲学意识。柳宗元一一解答了《天问》的170多个问题。这些回答，有些解释丰富和开拓了《天问》中的哲学思想，有些回答则显得比较牵强附会。还有一些解答，显然无法正面回答《天问》中的提问。因为《天问》中的一部分问题，属于"无对之域"，它们是无法获得实证性和唯一性回答的玄学之问题，也是形而上学的根本性问题，它们也许永远不可能获得确定性和科学性的解答。诸如时间空间的有限与无限、宇宙的起始和终结、历史变迁的偶然性和必然性、主体本性之善恶等。但是，柳宗元的《天对》毕竟是一部包含着哲学性的诗歌，它延续了《天问》的提问与回答的哲学思想与美学观念。

二、两者互渗

一方面，是哲学的问题渗透进入文学；另一方面，是文学的提问渗透到哲学。西方众多的文学文本，寄寓着深刻与丰富的哲学意识或哲学性，它们对自然、历史、社会等方面都展开了哲学意义的提问和回答。古罗马诗人卢克莱修的《物性论》，着重追问和回答了自然界的多种问题，既是蕴藏审美价值的典型文学文本，也是一部哲学经典。当然，在美学意义上它更属于文学作品。诗歌论证了实体是永恒的、无物能由无中生、无物能归于零等问题，追问了一物的损失等于另一物的增加、没有虚空就没有运动、时间不是独立的存在而是物的偶性、宇宙是无限的、空间是无限的、虚空中游离原子的不断运动、颜色能变化而原子必须是不变的等问题。西方的古典文学，诸多著名作家的文本，其哲学性深邃而多元。一方面，不同的哲学思潮、流派、观念、方法均不同程度地进入文学领域；另一方面，诸多的文学文本也向哲学提出新的问题和发出质疑与批判，为哲学提供了新的思考契机和触发新的灵感。诸如蒲伯、伏尔泰、孟德斯鸠、狄德罗、卢梭、雨果、席勒、歌德、托尔斯泰等作家的文本，潜藏着深厚的哲思和问题意识，包含对自然、历史、社会、人生、命运等现象的诸多追问和解答，其哲学意蕴甚至高于诸多平庸的哲学文本。有学者指出："屠格涅夫的哲学不同于德国式的纯思辨哲学，他并不刻意玩弄哲学和炫耀思想，而是以哲学方式和文学手段来思考和解决俄国的社会和政治问题，把诸如人生、自然、社会和政治等问题放到哲学层面上和文学范畴内来加以思考和解决，这就使哲学和文学重新联袂，交相辉映，思想家和艺术家兼于一身，相得益彰。"[1]西方的现代派文学，其哲学向度超越了历史上任何时期的文学，表现出鲜明的由文学向哲学的渗透。瓦雷里、里尔克、梅特林克、乔伊斯、斯特林堡、普鲁斯特、卡夫卡、尤奈斯库、萨特、福克纳等作家，他们的文学作品都包含广阔深邃的哲学视野和程度不同的形而上学性质。中国现代作家鲁迅的散文集《野草》，可谓一部文学化的哲学性文本，它包含对自然与社会、人生与历史、民族与国家、生存与毁灭、存在与虚无、现实与理想、时间与空间等哲学问题的反思和追问，呈现深刻的怀疑主义和虚无主义的哲学意识，在某种意义上也是一种文学化的哲学散文。

---

① 吴嘉佑：《屠格涅夫的哲学思想与文学创作》，人民出版社 2012 年版，第 2 页。

第二节　生存与死亡

"文学文本的哲学性"这一概念所指还在于表明,文学文本必须包含基本的人生哲学命题。诸如"生存与死亡""存在与虚无""现实与理想""希望与绝望""惊喜与恐惧""痛苦与幸福"等。与此密切关联,一方面,文学文本必须隐匿哲学的逻辑范畴并对此予以思考与回答,诸如时间与空间、有限与无限、原因与结果、偶然与必然、现象与本质、可能与实然、内容与形式等;另一方面,文学文本理应蕴藏哲学的超越性意义和生命智慧,要具备面向未来的智慧情怀和"可能性高于现实性"的哲学意识。在此,我们结合对文学史上经典文本的分析,着重探讨"生存与死亡"的这一问题,以期阐释文学文本的哲学性问题。

一、最高命题

生存与死亡的问题,这是哲学的最高命题的和最根本范畴,也是最高的文学问题和文学表现的永恒主题。罗森说:"哲学不再是一种生活,而是对死亡的准备;或者说得更准确些,是通过分离的手段(instrumentality)和变化的逻各斯使自然(physis)死亡。"①日本美学家今道友信指出:"存在主义艺术论是从死中考察艺术的"。"死已成为主题……死才是人的最高限界。"②死亡的哲学意义和文学意义是等同的,都是人学的最高命题。海德格尔的《存在与时间》除了是一部现象学、诠释学的哲学经典之外,也是一部探究"存在"与"存在者"的死亡哲学之经典。海德格尔延续了存在主义哲学家克尔凯郭尔的思想传统,探讨了"此在之可能的整体存在与向死亡存在"的命题,他写道:

在 19 世纪,索·克尔凯郭尔就把生存问题作为生存状态上的问题明

---

① ［美］罗森:《诗与哲学之争》,张辉译,华夏出版社 2004 年版,第 140 页。
② ［日］今道友信:《存在主义美学》,崔相录、王生平译,辽宁人民出版社 1987 年版,第 72—74 页。

确加以掌握并予以透彻地思考。但他对生存论问题的提法却十分生疏，乃至从存在论角度看来，他还完全处在黑格尔的以及黑格尔眼中的古代哲学的影响之下。所以，除了论畏这一概念的那篇论文之外，读他的"教诲"文章倒比读他的理论文章能从哲学上获得更多的收益。①

海德格尔超越了克尔凯郭尔的哲思，他深入探讨了存在者的烦、畏、死的问题，尤其是着重运思了死亡的问题。他认为："死亡在最广的意义上是一种生命现象。生命必须被领会为包含有一种在世的存在方式。这种存在方式只有靠褫夺性地依循此在制订方向才能在存在论上确定下来。……死亡的生存论阐释先于一切生物学和生命存在论。而且它也才刚奠定了一切对死亡的传记学、历史学、人种学和心理学研究的基石。……我们的死亡分析只是就死亡这种现象作为每一个此在的存在可能性悬浮到此在之中的情况来阐释这种现象的；就这一点而论，这种死亡分析纯然保持其为'此岸的'。"②海德格尔的存在哲学将死亡阐释为存在者的本己可能性，每一个存在个体时刻处于向死的可能性之中，生命存在的每一时间与空间都面临着烦、畏、死的可能性、偶然性或必然性，人依据自己的阐释活动确立的存在性，存在者处于时间性和日常性的沉沦之中。从上述意义看，生存与死亡的问题是哲学的首要问题，也是文学的首要问题。

托尔斯泰的《战争与和平》，是一部壮阔的富有历史感和历史理性的文学经典。它对生存与死亡的主题也有深刻的表现与反思。小说描写主人公安德烈对死亡的心理体验，即含有深刻的哲学和美学的意义。面临死亡之际，主人公安德烈的意识处于清醒与幻觉之间，他绵延的意识流动包含对于自我的认识和领悟，也滋生了形而上学的思考，死亡的痛苦逐渐隐退，取而代之的是心灵的快乐和超越，生成了一种诗化的审美情绪：

---

① ［德］海德格尔：《存在与时间》，陈嘉映、王庆节译，熊伟校，生活·读书·新知三联书店1987年版，第283页。

② ［德］海德格尔：《存在与时间》，陈嘉映、王庆节译，熊伟校，生活·读书·新知三联书店1987年版，第296—297页。

安德烈公爵不仅知道自己要死,而且感觉到正在死去,已经死了一半。他有一种超越尘世,轻松愉快的奇异感觉。他不慌不忙、平心静气地等待着即将降临的事。他一生时常感觉到那种威严、永恒、遥远而不可知的东西,如今已近在咫尺,并且从那奇怪的轻松感上几乎已能理解和接触到。

他以前害怕生命结束。他有两次极其痛苦地体验过死的恐惧,如今已不再有这样的感觉了。……那朵永恒的、自由的、不受现实生活束缚的爱之花开放了,他不再怕死,也不再想到死。

在他负伤后处于孤独和半昏迷状态时,他越深入思考那向他启示的永恒的爱,他就越摒弃尘世的生活。爱世界万物,爱一切人,永远为了爱而自我牺牲,那就是说不爱哪个具体的人,不过尘世的生活。他越领悟这种爱的精神就越摒弃尘世的生活,越彻底消除那不存在爱的生死之间的鸿沟。他第一次想到死的时候,他对自己说:死就死吧,死了更好。

但在梅基希村那一夜之后,他在半昏迷状态看见了那个他想看见的女人,他把嘴唇贴在她的手上,悄悄流着喜悦的泪水,对一个女人的爱又不知不觉潜入他的心坎,使他对人生又产生了眷恋。

……

他在睡梦中还念念不忘近来一直萦回脑际的问题:生和死。但想得更多的是死。他觉得自己离死更近了。

"爱? 爱是什么?"他想:"爱阻止死。爱就是生。因为我爱,我才懂得一切,一切。因为我爱,世间才存在一切,一切。只有爱才能把一切联系起来。爱就是上帝,而死就是我这个爱的因子回到万物永恒的起源。"这些思想使他得到安慰。但这只是一些思想,其中缺乏些什么,偏于个人理性的成分,不够明确。仍然是忧虑和迷惘。他睡着了。

他做了一个梦,梦见他躺在现在躺着的房间里,但身体健康,没有负伤。他面前出现形形色色冷淡而渺小的人。他同他们谈话,争论着一个无关紧要的问题。他们准备去什么地方。安德烈公爵模模糊糊地记得,这一切都是无关紧要的,他有其他重要得多的事要做,可他仍在说些空洞的使大家惊讶的俏皮话。这些人一个个悄悄地消失,只剩下一个关门的问题。……

"是的,这就是死。我死了,我也就醒了。是的,死就是觉醒!"他的心灵豁然开朗了,那张至今遮蔽着未知世界的帷幕在他心灵前面揭开了。他觉得内心被束缚的力量获得了解放,身上那种奇妙的轻松感也不再消失。①

虽然安德烈在对死亡的体验过程不免产生短暂的恐惧感,但总体的感觉是恬静愉快的,生命的终点为他的心灵创造了一个诗意的超脱境界。主人公沉思了生存与死亡、存在与爱等问题,他意识到:"爱? 爱是什么? 他想:'爱阻止死。爱就是生。因为我爱,我才懂得一切,一切。因为我爱,世间才存在一切,一切。只有爱才能把一切联系起来。爱就是上帝,而死就是我这个爱的因子回到万物永恒的起源。'""死就是觉醒",显然,这样的沉思焕发出哲学的魅力,闪烁着形而上学的思辨色彩。安德烈的"爱",既有爱情的成分,是男性对女人的爱;也有信仰的因素,是教徒对上帝的爱,更有道德的情怀,是高尚者对国家和整个人类的爱。爱与死在这里被赋予了哲学和宗教、道德与伦理等的意义与价值。处于濒临死亡境界的主人公,在潜意识和幻觉中,体验到爱的奇妙和她不可抗拒的魔力,领悟到存在与虚无、生命与死亡的全部秘密。由此,死亡的美感充溢在主人公的心理幻觉中,他蔑视渺小的人物,在弥留时刻,他仍然追求实践意志所未能全部追求到的美好事物。

托尔斯泰生动传神的艺术描写和精彩深刻的精神分析,呈现和揭示了主人公复杂奇妙的心理世界,这个世界由于死亡的即将来临而绽放了充满领悟力的哲学花朵,主人公安德烈获得精神的绝对解放与无限自由,由此形成一股强大的思想急流,奔涌到和谐优美的彼岸世界,融汇到永恒的幸福海洋。小说

---

①　[俄]托尔斯泰:《战争与和平》第4卷,草婴译,上海译文出版社1992年版,第1285—1290页。

表现的死亡意象,不仅包含着诗意和审美的价值,也具有哲学和美学的趣味。

生存与死亡是自然的法则,也是文学与哲学作为人学所面临的核心论题之一,一方面,它们共同沉思这一无法回避却难以解答的永恒命题。几乎所有的文学都绕不开生存与死亡的现象,或者说,文学以描写和表现大自然和人类的生存与死亡为己任;另一方面,生存与死亡的问题密切关联到存在与虚无、有限与无限、原因与结果、时间与空间、偶然与必然等哲学范畴。

二、审美与诗意的死亡意识

莎士比亚的戏剧广泛而深刻地描写和思考死亡的问题,他的剧作和诗歌都涉及对生存与死亡的生动而丰富、深刻而睿智的审美表现和哲学沉思。莎士比亚借哈姆雷特之口,言说"生存还是毁灭,这是一个问题",这是一个形而上学的永恒问题,也是人生哲学的一个永久话题。当然,有时候,死亡也是一种道德伦理的意志与行动的选择。莎士比亚还借克莉奥佩特拉之口吟诵出死亡的美感和诗意,将死亡这一严肃和恐惧的哲学问题转换为一个审美的问题:

> 把我衣服给我,替我把王冠戴上;我心里怀着永生的渴望;埃及葡萄的芳酿从此再也不会沾润我的嘴唇。……我是火,我是风;我身上其余的元素,让它们随着污浊的皮囊同归于腐朽吧。……难道我的嘴唇上也有毒蛇的汁液吗? 你倒下了吗? 要是你这样轻轻地就和生命分离,那么死神的刺击正像情人手下的一捻,虽然疼痛,却是心愿的。你静静躺着不动了吗? 要是你就这样死了,你分明告诉世人,死生之际,连告别形式也是多事的……像香膏一样甜蜜,像微风一样温柔……①

死亡是哲学意义的,也是审美意义的,它在莎士比亚的戏剧中诞生了丰富的美感意象,尽管是悲剧性的,却给接受者以超越悲伤的哲学性的意义和价值。诚如罗素所论:"例如卢梭和拜伦——虽然在学术的意义上完全不是什

---

① [英]莎士比亚:《安东尼与克莉奥佩特拉》,《莎士比亚全集》第10卷,朱生豪译,人民文学出版社1978年版,第127—128页。

么哲学家,但是他们却是如此深远地影响了哲学思潮的气质,以至于如果忽略了他们,便不可能理解哲学的发展。"①又如尽管济慈在写作身份上只是单纯的诗人,然而,他的诗歌也蕴藏着哲学的意味,沉思了生存与死亡的哲学问题。他在《死亡》里吟诵道:

> 当动物垂危时,
>
> 既无恐惧,又无希望
>
> 人却在恐惧和希望中
>
> 迎接死亡。
>
> 多少次他死去了
>
> 多少次他又活过来。
>
> 面对着杀人者,
>
> 伟人们无所畏惧
>
> 他嘲笑死亡,
>
> 死亡至多是呼吸的停止,
>
> 他深知,
>
> 死亡是人自己创造的。②

诗人认为死亡不是自然的结果,而是由人自己创造的。心灵伟大的人物总是能够坦然地面对死亡,以坚强的精神抗拒死亡与超越死亡。诗人对死亡有着天性的敏感和直觉,对死亡的体验也与众不同,充满了诗意与美感的情调。济慈在《夜莺》第 6 节唱道:

> 我暗中倾听;唉,有好多次
>
> 　我差点儿爱上了安闲的死神,
>
> 　我在构诗时多次轻声唤他的名字,

---

① 　[英]罗素:《西方哲学史》上册,何兆武、李约瑟译,商务印书馆 1963 年版,"美国版序言"第 5 页。

② 　参见[美]H.布洛克:《美学新解》,滕守尧译,辽宁人民出版社 1987 年版,第 314—315 页。

　　　　要他把我宁静的气息带进空中；

　　如今死亡要比以往更壮丽，

　　　　在半夜毫无痛苦地死去，

　　　　　你却如此狂喜地尽情

　　　　　倾吐你的肺腑之言！

　　你将唱下去，我的耳朵却不管用，

　　　听不到你的安魂曲，像泥块一样。①

　　诗人以独特的心灵体验和诗意想象将死亡赋予了一种美感和快乐的色彩，揭示了生命的存在与虚无、偶然与必然的神秘转换。

三、潜沉意象

　　表现死亡意境的诗歌，倾向和善于营造晦涩朦胧、扑朔迷离的潜沉意象，它们的象征意蕴也比较隐晦含蓄，蕴藏了诗人对死亡的哲思。诗人借助描绘和抒写丰富而神秘的死亡意象，表达对人生和体验的思考。现代诗人罗伯特·弗鲁斯特写道：

　　这是谁的丛林我心里清楚

　　他的家就在附近的村落，

　　但永远不会知道我来到这里，

　　眼前只有这纷纷扬扬的大雪。

　　我的马儿也会感到奇怪，

　　为什么周围看不到一处房舍，

　　在丛林和冰封的湖面之间，

　　只有这一年中最黑暗的夜。

　　它猛地震响了脖子上响铃

---

① ［英］《济慈诗选》，朱维基译，上海译文出版社 1983 年版，第 289—290 页。

似乎在询问我们将何去何从，

但除了风的喘息和雪花的散播，

树林中死一样沉静

林间多么可爱，幽暗而又深邃

但我仍然指望

入睡前再赶几里行程，

多么希望再赶几里行程。①

诗歌抒写了一连串的审美意象和象征性的情感符号："香膏的甜蜜"，"微风的温柔"，"夜莺的啼唱"，"风雪夜的丛林"等，以表现生与死、漂泊和还乡的主题。诗歌文本中的一系列的潜沉意象，它们是含蓄委婉的内心情感的象征品，这些感性意象，一方面隐喻着风雪夜的幽美，另一方面隐喻着存在者的随时降临的死亡可能性，属于诗歌中暗示性和寓言性的能指。尽管弗鲁斯特否认他的这首诗象征诗人的最后归宿，也尽管他不像莎士比亚、济慈是古典时代的诗人。然而，这首诗却以古典诗歌的潜沉意象，以隐喻和象征手法表现死亡，抒写死亡的迷幻神秘，有如风雪夜中的丛林，淡淡的恐惧情绪里透露出几分可爱的宁静，让人对死亡这一人生归宿不免产生几分亲切与温馨。但是，生命的本能仍然渴望"赶路"，"希望再赶几里行程"。这些潜沉意象所传达的死亡这一冷冰可惧的事件，在接受效果上，不但使人消解心灵的焦虑，而且滋生喜悦和宁静。这归结于潜沉意象以弱刺激作用于读者的心理感受，虽然涉及死亡，但并未像自然主义那样原生态地勾描出来，渲染悲哀和恐惧的气氛，而是借用朦胧的意象和巧妙的隐喻，使死亡呈现曲折柔婉的美感意象。诗歌还隐匿着"漂泊和还乡"的主题，隐喻着漂泊心灵中所隐藏的浓烈乡愁，"多么希望再赶几里行程"，那是诗人对精神家园的渴望，人在向死的路途中总是希望回归于故乡。正如诺瓦尼斯所言，哲学就是怀着乡愁的冲动去寻找精神的家园。这一首诗歌，正是对诺瓦尼斯这一哲学定义的精妙诠释和生动印证。博

① 参见［美］布洛克：《美学新解》，滕守尧译，辽宁人民出版社1987年版，第314页。

尔赫斯以诗人的敏锐直觉说:"我们会感觉到这边的里程已经不只是空间上的里程而已,而且还是指时间上的里程,而这边的'睡眠'也就有了'死亡'或者'长眠'的意味了。"①

现代诗人里尔克的《杜伊诺哀歌》第 9 首以更为朦胧模糊的潜沉意象表达对死亡的感悟以及隐晦的象征,蕴藏着生命哲学的意义。

> 如果可以像月桂一样度过
>
> 这一生,为什么要比周围一切绿色
>
> 更暗一些,每片叶子的边缘
>
> 还有小小波浪(犹如一阵风的微笑)——:为什么
>
> 还必须有人性——而且,既然躲避命运,
>
> 又渴望命运?……
>
> 哦,不是因为存在着幸福,
>
> 一件迫近的损失之这种仓促的收益。
>
> 不是出于好奇,或者为了心灵的阅历,
>
> 那是在月桂身上也可能有的……
>
> 而是因为身在此时此地已集其大成,因为
>
> 此时此地,这倏忽即逝的一切,奇怪地
>
> 与我们相关的一切,似乎需要我们。我们,这最容易消逝
>
> 的。每件事物只有一次,仅仅一次。一次而已,再没
>
> 有了。
>
> 我们也只有一次。永不再有。但像这样
>
> 曾经有过一次,即使只有一次;
>
> 曾经来过尘世,却似乎是无可挽回的。
>
> 于是我们熙来攘往,试图实现它,

---

① [阿根廷]博尔赫斯:《博尔赫斯论诗艺》,陈重仁译,上海译文出版社 2002 年版,第 31 页。

试图将它容纳在我们简朴的双手中,

在日益充盈的目光中,在无言的心中。

试图成为它。把它交给谁呢? 宁愿

永远保持一切……哎,到另一个相关的世界,

悲哉,又能带去什么呢? 不是此时此地慢慢

学会的观照,不是此时此地发生的一切。什么也不是。

那么,是痛苦。那么,首先是处境艰困,

那么,是爱的长久经验,——那么,是

纯然不可言说的事物。但是后来,

在星辰下面,又该是什么:它们可是更不可言说的。

可漫游者从山边的斜坡上也并没有

带一把土,从认为不可言说的土,到山谷里来,而是

一句争取到的话,纯洁的话,那黄色和蓝色的

龙胆草。我们也许在此时此地,是为了说:房屋,

桥,井,门,罐,果树,窗户,——

充其量:圆柱,塔楼……但是知道,是为了说,

是为了这样说,犹如事物本身从没有

热切希望过存在一样。这缄默的大地之

秘密的诡计,如果它促使相爱者成双成对,

不正是让每一个和每一个在他们的情感中狂喜吗?

门槛:对于两个

相爱者又算什么,他们会把自己古老的

门槛一点点踏破,在从前许多人之后

在未来许多人之前……轻而易举。

此时是不可言说者的时间,此时是他的故乡。

说吧承认吧。可以经历的

事物日益消逝,而强迫代替

它们的,则是一桩没有形象的作为。

是表皮下面的作为,一旦内部的行动生长出来

并呈现别样的轮廓,它随时欣然粉碎。

在铁锤之间存在着

我们的心,正如舌头

在牙齿之间,虽然如此

它仍然继续颂扬。

向天使颂扬世界,不是那不可言说的,你不可能

向他夸耀感觉到的荣华;在宇宙中,

你更敏感地感觉到,你是一个生手。那么,让他看看

简单事物吧,它由一代一代所形成,

作为我们一部分而活在手边和目光中。

向他说说这些事物。他将惊诧不已地站着;恰如你

站在罗马制绳工人或者尼罗河畔制陶工人身旁。

让他看看一件事物可能多么幸福,多么无辜而又属于

我们,甚至悲叹的忧伤又多么纯粹取决于形式,

作为一件事物而服务于人,或者死去成为一件事

物——,到极乐的

彼岸去逃避提琴。而这些,靠死亡

为生的事物懂得,你在赞美它们,它们空幻无常,

却把最空幻无常的我们信赖为救星。

希望我们在看不见的心里把它们完全变

成——哦无穷无尽地——我们自己! 不管我们到底是谁。

大地,不就是你所希求的吗:看不见地

在我们体内升起? ——这不就是你的梦,

一旦变得看不见?——大地! 看不见!

如果不是变形,你紧迫的命令又是什么呢?

大地,亲爱的,我要你。哦,请相信,为了让你赢得我,

已不再需要你的春天,一个春天,

哎哎,仅仅一个就使血液受不了。

我无话可说地听命于你,从远古以来,

你永远是对的,而你神圣的狂想

就是知心的死亡。

看哪,我活着。从何而来? 童年和未来都没有

越变越少……额外的生存

在我的心中发源。①

诗人体察到生命无常和爱与美的空幻,抒写生命的有限和空间的无限,诗人追问自己从何处而来,感慨没有"童年和未来",冥冥之中存在着偶然性的神秘力量,它左右着诗人的命运,人生是迷惘的和盲目的,并且丧失了"故乡"的感觉。所以,主体面临深切的孤独感和虚无感,唯有痛苦与绝望的心灵体验。诗人感觉到,人只是服从神秘命运的一个被命运抛掷的小小石子。个人与自然、个人与环境、个人与社会,个人与历史、个人与个人之间,都是偶然性的关联,而没有必然性关系。所以,心灵时刻浸泡在紧张和焦虑、恐惧和忧愁的情绪之中,死亡的阴影无时不在增加心灵的负重。当然,我们也可以从诗歌中理解到死亡作为生命存在的反衬对象,从对立面构成生命的张力。然而,这种因素比较稀少。在整体意上,里尔克的这首诗歌充满悲观灰暗的绝望意境,表现诗人对生命存在的焦虑和对社会现实的失望。同时,诗歌还对时间与空间、此岸和彼岸、存在与虚无、幻觉与真实等范畴进行直觉化和审美性的哲学思考。

---

① 该诗译者为绿原。参见袁可嘉:《欧美现代派文学概论》,广西师范大学出版社 2003 年版,第125—129 页。

第三节 反思与批判

一方面,反思是批判的前提,而批判是反思的结果;另一方面,批判是反思的动因,反思是批判的产物。或者说,没有反思就没有批判,没有批判的反思则没有价值。反思总是包含着批判的思考,而批判则是寄寓着反思的要素。从这个理论意义而言,两者是辩证统一和密切关联的精神伴侣。文学作为意识形态的一个分支,它本身就包含着反思和批判的精神张力,这也是文学的一个历史传统。但是,具有反思与批判的文学文本毕竟只是文学之星辰大海中的一部分,然而,正是这一部分,它们使文学焕发出了思想魅力和哲学性的色彩,给人类的精神文化带来了宝贵的财富和亮丽的景观。

西方文学史上反思性和批判性的精神传统自古希腊时代一直延续至今,悲剧家埃斯库罗斯、索福克勒斯、欧里庇得斯和喜剧家阿里斯托芬,他们的戏剧都不同程度地包含着反思和批判的精神内涵。自文艺复兴尔后的古典主义作家们,诸如意大利的但丁,西班牙的塞万提斯,英国的莎士比亚、狄更斯,法国的拉伯雷、莫里哀、伏尔泰、孟德斯鸠、狄德罗、卢梭、博马舍、雨果和巴尔扎克,德国的歌德、席勒、海涅、托马斯·曼,俄国的托尔斯泰、屠格涅夫、陀思妥耶夫斯基等,他们的文学作品普遍地包含着反思和批判的精神张力,具有一定的哲理意义和思想性。而现代众多的作家在对历史现象、社会生活和精神世界的反思与批判的广度和深度方面均超越了古典主义作家,因为他们更多地接受了近现代哲学思潮的影响,诸如现象学、生命哲学、存在哲学、精神分析主义等哲学理论给予文学家的思想以广泛与深刻的影响并渗透于他们的创作活动,其中有些作家还兼有哲学家的身份,这些因素都促使他们创造的文学文本具有了丰富而复杂的反思和批判的思想内涵。

文学的批判精神由来已久,先秦时代的孔子即提出"诗可以怨"①的观点。

---

① 刘宝楠:《论语正义·阳货》,《诸子集成》第 1 卷,中华书局 1954 年版,第 374 页。

陈廷祚云:"汉儒言诗,不过美刺二端。国风小雅为刺者多,大雅则美多而刺少。"①所谓的"怨"与"刺"的古代话语,即隐含着对现实的批判意识。对现实的反思与批判是文学的精神活力和美学生命。

一、社会制度

一方面,社会制度尤其是政治、经济、法律制度尽管是历史的产物和社会客观发展的结果;另一方面,这些社会制度也是统治阶层依照自己的意志与利益,根据自己对权力的控制和经济分配的目的性所设计与施行的必然结果。所以,古往今来的社会制度不可能完全符合普遍理性的目的,也不可能具有普遍的合理性和合法性,更谈不上符合共时性的伦理原则和人性准则。所以,哲学与文学对于社会制度的反思与批判具有本质上和历史性的合理性,哲学与文学尤其对于不合理、不合法、不符合人性和违背普遍价值及共时性伦理原则的社会制度进行反思与批判更具有思想价值和社会意义。哲学对社会制度的反思与批判诉诸理论与思辨、逻辑与论证的方式,而文学对社会制度的反思和批判借助于对现象的描写与形象的塑造,借助了抒情和表现、想象与虚构等艺术化的手法。

显然,文学对于社会制度的反思与批判既是自我的职责与使命,也是自己的思想价值和道德担当之所在。也正是基于这方面,文学文本才具有了深刻的哲学性和思想价值。鲁迅是中国现代文学史上对于社会制度极富有反思与批判精神的伟大文学家。他的《狂人日记》《阿Q正传》《祝福》《药》等经典小说,以反思与批判"吃人"的社会制度为己任,对那个不合理和违背人性的政治制度、法律制度和宗法制度进行深刻而全面地控诉和批判,对它们展开多角度地思考与猛烈地诅咒,发出"救救孩子"的呐喊。俄国批判现实主义作家果戈理的诸多作品,深刻地批判了沙皇统治下的俄国的农奴制度,托尔斯泰杰作《复活》进一步深刻地反思与批判了当时俄国的政治制度和司法

---

① 郭绍虞、王文生主编:《历代文论选》第1册,上海古籍出版社1979年版,第14页。

制度,嘲讽了这个社会制度以及依赖这种制度生活的上流社会的形形色色的寄生虫。法国古典主义伟大作家雨果和巴尔扎克,他们的文学作品都具有对社会制度各方面的深刻反思与批判。恩格斯在致哈克奈斯的信中认为:

> 巴尔扎克在政治上是一个正统派;他的伟大作品是对上流社会无可阻挡的衰落的一曲无尽的挽歌;他对注定要灭亡的那个阶级寄予了全部的同情。但是,尽管如此,当他让他所深切同情的那些贵族男女行动起来的时候,他的嘲笑空前尖刻,他的讽刺空前辛辣。而他经常毫不掩饰地赞赏的唯一的一批人,却正是他政治上的死对头,圣玛丽修道院的共和党英雄们,这些人在那时(1830—1836年)的确是人民群众的代表。这样,巴尔扎克就不得不违背自己的阶级同情和政治偏见;他看到了他心爱的贵族们灭亡的必然性,把他们描写成不配有更好命运的人;他在当时唯一能找到未来的真正的人的地方看到了这样的人,——这一切我认为是现实主义的最伟大的胜利之一,是老巴尔扎克最大的特点之一。①

显然,巴尔扎克对法国社会和贵族社会的批判使文学焕发了现实主义胜利的光辉,赋予了文本一种深刻复杂的思想内涵。

二、精神文化或意识形态

社会意识形态及其习俗的偏见往往扮演着社会不公正和不公平的角色,造成社会悲剧。诸如门阀意识、等级观念、种族歧视、宗教观念、宗法观念、性别歧视等,它们都成为文学反思和批判的对象。索福克勒斯的《安提戈涅》、莎士比亚的《罗密欧与朱丽叶》和席勒的《阴谋与爱情》这三部经典戏剧,索福克勒斯批判了陈旧的法律观念,而莎士比亚和席勒则批判了习俗观念、等级制度和门第观念对人性与爱情的束缚,这些错误的社会观念成为制造人间悲剧的刽子手。雨果的小说代表作《巴黎圣母院》描绘和揭露了宗教对人性和爱

---

① 《马克思恩格斯文集》第10卷,人民出版社2009年版,第571页。

情的束缚,《悲惨世界》则控诉和批判了法律教条和习俗观念对下层小人物的迫害。韩愈在社会生活和文学创作中均对佛教和道教这两种宗教意识进行深刻反思与猛烈批判,他担当着维护传统的春秋大义和儒家道德的神圣责任,守望中国的传统伦理观和价值观,尽管受到皇权的宰制和打击,但他依然坚持儒家知识分子的良知与人格、自我的文化信仰和美学理念。中国的古典小说,同样有着反思与批判的思想传统,吴敬梓的《儒林外史》反思和批判了知识的局限性和生动地描绘了被儒家教条所灌输后的知识分子的人生悲剧,辛辣地嘲讽了那个历史语境中的正统意识形态的陈腐和可笑。《红楼梦》同样是对历史时代中的精神文化和意识形态的尖锐揭露和深切批判,小说反思和批判了儒家的价值观和道德观,也批判了传统的男权意识和皇权意识,对下层人物和女性人物寄予了深情的同情。

文学的反思和批判的精神活动,一方面深化了文学主题和拓展了文学的视野,另一方面也提升了文学的认识功能和加强了文学的思想张力,使文学富有了哲学活力和美学价值。

三、道德反思和审美批判

文学的反思和批判还体现在道德与审美方面,一方面,文学要维护人类普遍的伦理原则和道德观念,守望和坚持人性的美善尺度;另一方面,文学以人道主义、人本主义、审美主义作为批判社会的尺度,反思和批判违背人性的陈旧道德和虚伪道德,以确立一个符合理想主义的道德观念和人道主义的价值标准与审美标准,从而使个人与群体走向美善仁义的境界。

莎士比亚的道德批判和审美批判先是从"存疑"这一反思活动开始的,他怀疑这个世界存在的合理性,因为社会和群体都具有反道德和反人性的倾向。格里尔在《思想家莎士比亚》中一节"哈姆雷特和英雄式的怀疑"中写道:

> 《哈姆雷特》这部戏带我们进入的正是一个充斥着谎言的世界;它的基础不停地滑落坍塌;它使我们怀疑的不仅是我们所看到和听到的,而且

也包括我们自身的判断力和行为力。……持怀疑主义的立场是一件对于精神与智识都要求极高的活动。在哈姆雷特在那里,这样的立场带有英雄般的色彩。哈姆雷特精神上的英雄主义在剧中与福廷布拉斯(Fortinbras)凭借蛮力和勇气的英雄主义形成了具有讽刺意味的对比。福廷布拉斯盲目地寻求复仇而从不质疑自己行为的道德性;哈姆雷特也许要为不能以大开杀戒的方式来恢复家族的荣誉而无尽地折磨自己,可是他所选择的方式,尽管痛苦而且危险,但却是正义的。就像哈姆雷特在大战之前的反思中所想到的那样:"看看这两万人为了一点虚幻的骗人的名誉,竟视坟如床,效命拼死,所争的那块地方还不够双方的用武之地,还不够作阵亡将士的埋葬之所,我能不惭愧吗?"①

莎士比亚一方面批判了不合乎道德规范和伦理原则的人物与行为,另一方面他维护了伦理、道德的价值和人性的尊严,他追求和歌颂人性的美和伦理道德的善。"莎士比亚有着一种既深刻又敏锐的道德感;而且这种道德感总是必需的和充满活力的,它的全貌无法被任何一个个人所把握。戏剧家的任务不是喋喋不休地解释道德伦理问题,而是要用令人铭记和生动活泼的形式表现出道德问题本身具有的真实性。"②莎士比亚戏剧对道德的批判和对美善的肯定,令作品闪烁出人文主义的灿烂色彩,维护了人类最基本的伦理原则和道德观念,他的戏剧自始至终蕴藏着理想主义和浪漫主义的美学主题,富有超越历史的美感和诗意,呈现出永恒的美好人性和艺术价值。托尔斯泰的《复活》同样批判了上流社会的人们戴着虚伪的道德面具,他们维护着陈旧没落的陈腐道德,相比之下,被上流社会视为非道德的人物身上却闪现人性的光彩,具有值得肯定的审美价值。

---

① [英]格里尔:《思想家莎士比亚》,毛亮译,外语教学与研究出版社 2007 年版,第 225—227 页。

② [英]格里尔:《思想家莎士比亚》,毛亮译,外语教学与研究出版社 2007 年版,第 241 页。

四、人性异化

现代工业社会是一个普遍呈现人性异化的组织结构。由于异化劳动的原因,主体的自由本性和审美本性和创造性能力被禁锢被束缚。席勒早已指出:

> 希腊国家的这种水蛭本性,现在让位给一种精巧的钟表机构,在钟表机构里,由无限众多但都无生命的部分拼凑成一个机械生活的整体。现在,国家与教会,法律与习俗都分裂开来了;享受与劳动,手段与目的,努力与报酬都分离了。人永远被束缚在整体的一个孤零零的小碎片上,人自己也就把自己培养成了碎片;由于耳朵里听到的永远只是他发动起来的齿轮的单调乏味的嘈杂声,他就永远不能发展他本质的和谐;他不是把人性印压在他的自然本性上,而是仅仅把人性变成了他的职业和他的知识的一种印迹。然而,甚至连把个体联系到整体上去的那个微末的断片部分,也并不取决人性所自定产生的形式(因为人们怎么会相信一个那样人为的和怕见阳光的钟表机构会有形式的自由呢?),而是由一个把人的洞察力束缚得死死的公式无情地严格规定的。死字母代替了活的知性,而且训练有素的记忆力比天才和感受更为可靠地在进行指导。[1]

工业社会的分工严密、整体协调、节奏加速的生产方式导致了异化劳动的必然结果,而异化劳动又势必造成人性的异化和社会矛盾的加剧,从而进一步造成人的精神危机和心理分裂,由此人的想象力和创造力急剧萎缩和下降,审美感受到压制,幽默感被迫消减。总而言之,人的自由精神逐渐消失。马克思在《1844年经济学哲学手稿》进一步深入剖析了这一问题。他论述了异化劳动及其人的异化的四重形态:其一,是劳动者和劳动产品之间的异化关系。"劳动所生产的对象,即劳动的产品,作为一种异己的存在物,作为不依赖于

---

① ［德］席勒:《审美教育书简》,张玉能译,译林出版社2009年版,第14—15页。

生产者的力量,同劳动相对立。"①其二,劳动者与劳动之间的异化关系。"劳动生产了宫殿,但是给工人生产了棚舍。劳动生产了美,但是使工人变成畸形。"②劳动对个人而言,成为一种外在的东西,也就是说劳动没有成为工人的本质而束缚了他们的自由本性。其三,异化劳动导致人的类本质异化。"使人本身,使他自己的活动机能,使他的生命活动同人相异化,因此,异化劳动也就使类同人相异化;对人来说,异化劳动把类生活变成维持个人生活的手段。第一,它使类生活和个人生活异化;第二,它把抽象形式的个人生活变成同样是抽象形式和异化形式的类生活的目的。"③其四,异化劳动造成个人的本质异化。马克思表述为"人与人相异化","总之,人的类本质同人相异化这一命题,说的是一个人同他人相异化,以及他们中的每个人都同人的本质相异化。"④人与社会群体之间、人与人之间,甚至个人的心灵内部都存在着自我异化的状态。这就是现代社会的劳动异化所产生的人性异化的不幸恶果。文学担当起反思人性异化的道德责任,也开始揭露与批判这样的人性异化的悲剧现实。易卜生的《群鬼》,卡夫卡的《变形记》,奥尼尔的《毛猿》,贝克特的《等待戈多》,尤涅斯库的《犀牛》《椅子》《饥与渴》,萨特的《恶心》《苍蝇》,福克纳的《喧嚣与骚动》,马尔克斯的《百年孤独》,普鲁斯特的《追忆逝水年华》,乔伊斯的《尤利西斯》,米兰·昆特拉的《生命不能承受之轻》,马尔罗的《人类的命运》,加缪的《局外人》《鼠疫》《西西弗斯的神话》,还有瓦雷里、里尔克、叶芝、艾略特等人的文学作品,均广泛而深刻地揭露现代社会的人性异化的严峻现实,对异化状况进行了反思和批判,使文学具有了哲学的思想张力。还因为这些文学作品广泛借鉴了存在主义、精神分析理论、生命哲学、唯意志论等哲学思潮,使文学作品的人物呈现复杂多元的心理结构,人物形象呈现圆形化特性,审美意象也扑朔迷离,令接受者品味再三,留有审美想象的空间,而文本

---

① 《马克思恩格斯文集》第 1 卷,人民出版社 2009 年版,第 156 页。
② 《马克思恩格斯文集》第 1 卷,人民出版社 2009 年版,第 158—159 页。
③ 《马克思恩格斯文集》第 1 卷,人民出版社 2009 年版,第 161—162 页。
④ 《马克思恩格斯文集》第 1 卷,人民出版社 2009 年版,第 164 页。

的内容也蕴涵着复杂和深刻的哲学意味。

第四节　历史感与历史理性

一方面,任何文学文本都是历史的产物,它们的人物和故事、环境和场景,乃至某些语言与风俗、思想与情感,都来源于具体的历史背景和历史语境。同时,历史也是文学作品的审美对象和表现对象。因此,没有任何能够超越历史环境和脱离历史语境的文学,而那些漂浮于历史大地之上的文学作品,只能是内容空洞、人物抽象和情感浅薄的低俗之物,它们只能落得被历史抛弃和被读者迅速遗忘的命运。另一方面,只有具备了丰富与深刻的历史感和历史理性的文学作品,既能够使文本承载丰厚的历史内容、使人物有着动荡跌宕的波折命运,又能够使作品负载着曲折生动的故事和强烈真实的情感,从而使文学文本具有一定的哲学性和思想价值,也令自己的美学价值和艺术魅力得以确立。

一、历史感

我们已经界定了哲学性和文学性的概念,辨析了哲学性与文学性的两者差异。现在,我们再阐释哲学性和文学性一个联系密切的逻辑桥梁,或者说,哲学与文学一个共同置身于其中的背景,就是它们共同依赖和活动的历史语境。由此,文学性和哲学性都指向主体的历史感。一方面,历史是人类行走之后的轨迹,是无数人物和情节的戏剧集合体;另一方面,历史也是充满谜团和悬疑的故事,隐匿着诸多可能永远无法破解的案件和神秘莫测的玄机。所以,绝对真实的历史只是虚假意识的幻象和理性假定的产品。因为,历史永远只是人类心灵中的"镜像"。在此,我们提出"历史镜像"的概念,以期表明历史是过去事实的客观存在和阐释活动的共同集合体这样一个观点。一方面,历史成为文学的永恒想象、体验和表现的对象;另一方面,历史也成为哲学的思考、推论和阐释的对象。所以,历史成为文学和哲学共同行走和观赏与沉思的桥梁。汤因比在《历史研究》中认为:"历史同戏剧和小说一样是从神话中生长起来的,神话是一种原始认识和表现形式。——像儿童们听到的童话和已懂事的成年人所作的梦似的——在其中的事实和虚构之间并没有清晰的界限。""一般人认为所有的历史学家如果同时不是一个伟大的艺术家就不可能成为一个'伟大'的历史学家,这种说法是正确的。"①显然,汤因比看到文学与历史的深刻联系。

文学和文学家都是历史的产儿,它们都依据历史的背景和语境而存在,而文学家都普遍存在着历史感和历史理性。恩格斯在致哈克奈斯的书信中说:

> 巴尔扎克,我认为他是比过去、现在和未来的一切左拉都要伟大得多的现实主义大师,他在《人间喜剧》里给我们提供了一部法国"社会",特别是巴黎上流社会的无比精彩的现实主义历史,他用编年史的方式几乎逐年地把上升的资产阶级在 1816—1848 年这一时期对贵族社会日甚一日的冲击描写出来……围绕着这幅中心图画,他汇编了一部完整的法国社会的历史,我们从这里,甚至在经济细节方面(诸如革命以后动产和不动产的重新分配)所学到的东西,也要比从当时所有职业的史学家、经济学家和统计学家那里学到的全部东西还要多。②

显然,巴尔扎克是一位富于历史感并生动而深刻地描绘他那个时期的历史画卷的文学家。同样,类似于巴尔扎克这样富于历史感的文学家在文学史中是普遍性的和屡见不鲜的。

二、历史理性

文学家除了历史感之外,还存在着被黑格尔概括为"历史理性"这一概念的精神要素。黑格尔在《历史哲学》中写道:"哲学用以观察历史的唯一的'思想'便是理性这个简单的概念。'理性'是世界的主宰,世界历史因此是一种合理的过程。"③历史理性既是一种主观精神的存在,也是一种客观力量的显

---

① [英]汤因比:《历史研究》上册,曹未风等译,上海人民出版社 1997 年版,第 55 页。
② 《马克思恩格斯文集》第 10 卷,人民出版社 2009 年版,第 570—571 页。
③ [德]黑格尔:《历史哲学》,王造时译,上海书店出版社 1999 年版,第 9 页。

现。它深刻地影响着历史的进程和决定着主体对历史的客观认识和具体行动。文学家和文学文本都存在于历史背景和历史语境之中,两者都受制于历史感和历史理性。恩格斯在致约·布洛赫的信中写道:"我们自己创造着我们的历史,但是第一,我们是在十分确定的前提和条件下创造的。其中经济的前提和条件归根到底是决定性的。但是政治等等的前提和条件,甚至那些萦回于人们头脑中的传统,也起着一定的作用,虽然不是决定性的作用。"[1]在恩格斯看来,历史的发展和进步主要受制于经济的因素。

> 历史是这样创造的:最终的结果总是从许多单个的意志的相互冲突中产生出来的,而其中每一个意志,又是由于许多特殊的生活条件,才成为它所成为的那样。这样就有无数互相交错的力量,有无数个力的平行四边形,由此就产生出一个合力,即历史结果,而这个结果又可以看做一个作为整体的、不自觉地和不自主地起着作用的力量的产物,因为任何一个人的愿望都会受到任何另一个人的妨碍,而最后出现的结果就是谁都没有希望过的事物。所以到目前为止的历史总是像一种自然过程一样地进行,而且实质上也是服从于同一运动规律的。但是,各个人的意志——其中的每一个都希望得到他的体质和外部的、归根到底是经济的情况(或是他个人的,或是一般社会性的)使他向往的东西——虽然都达不到自己的愿望,而是融合为一个总的平均数,一个总的合力,然而从这一事实中决不应作出结论说,这些意志等于零。相反,每个意志都对合力有所贡献,因而是包括在这个合力里面的。[2]

在此,恩格斯提出了"历史合力论",除了经济的决定性因素之外,历史是多方面意志和愿望合力的结果,它是一个自然的历史过程。显然,历史呈现出某种客观的规律性,它也是历史理性的客观结构之一。历史感与历史理性共同地影响了文学家及其他们的文学创作活动。所以,卡西尔认为:"历史不是

---

[1] 《马克思恩格斯文集》第 10 卷,人民出版社 2009 年版,第 592 页。
[2] 《马克思恩格斯文集》第 10 卷,人民出版社 2009 年版,第 592—293 页。

对僵死事实或事件的叙述。历史学与诗歌乃是我们认识自我的一种研究方法，是建筑我们人类世界的一个必不可少的工具。"①从这个理论视角，我们进一步认识到文学活动的哲学性内涵。卡西尔又指出："在当代哲学中，克罗齐是最渐进的'历史主义'的斗士。对他来说，历史不只是实在的一个特殊领域而是实在的全部。因此，他的论点——一切历史都是现代史——导致了哲学与历史的完全等同。在人类的历史王国之上与之外，再没有任何其他的存在领域，也没有任何哲学思想的题材。"②卡西尔辨析了克罗齐将历史与哲学等同的这一观点，也揭示了文学和历史及哲学的逻辑关系，正是历史感和历史理性，使文学、历史、哲学这三种意识形态形式达到了密切联系。

"历史理性"这一概念也相对地表明，历史是理性演进的合乎逻辑的结果，历史呈现了辩证发展的自然过程，也寄寓了主体的理性精神。黑格尔说："世界历史——如前面已经表明过了的——表示'精神'的意识从它的'自由'意识和从这种'自由'意识产生出来的实现的发展。……在历史当中，这种原则便是'精神'的特性——一种特别的'民族精神'。民族精神便是在这种特性的限度内，具体地现出来，表示它的意识和意志的每一方面——它整个的现实。民族的宗教、民族的政体、民族的伦理、民族的立法、民族的风俗，甚至是民族的科学、艺术和机械的技术，都具有民族精神的标记。"③历史中的民族精神也势必进入文学家的视野与心灵并被表现于他们的文本之中，这样文学作品也就诞生了历史感和历史理性，也相应地具有了哲学性和哲学意识。克罗齐认为：

> 历史不是形式，只是内容：就其为形式而言，它只是直觉品或审美的事实。历史不推寻法则，也不形成概念；它不用归纳，也不用演绎，它只管叙述，不管推证；它不建立一些共相和抽象品，只安排一些直觉品。"这个"和"这里"，全然有确定性的个体，才是历史的领域，正如它是艺术的

---

① ［德］卡西尔：《人论》，甘阳译，上海译文出版社 1985 年版，第 262 页。
② ［德］卡西尔：《人论》，甘阳译，上海译文出版社 1985 年版，第 226 页。
③ ［德］黑格尔：《历史哲学》，王造时译，上海书店出版社 1999 年版，第 66—67 页。

领域。所以历史是包含在艺术那个普遍概念里面的。①

历史和艺术及其文学的联系就由文学文本得以建立,历史感和历史理性也就蕴藏在这些文本之中,它们也客观地影响到对历史事件、历史人物的审美判断与价值判断,同时将与之相关的美学观念和道德观念等反映和折射到文学文本之中。

黑格尔、马克思等理性主义思想家力图证明历史存在着客观的规律,信奉历史的进步性和必然性,在强调理性和规律共同宰制历史的理论前提下,设定了历史的时间逻辑和确立历史的阶段性与社会发展的基本模式,甚至假定了人类历史的发展终极,也即是人类社会的完美终极。这一理论的危机可能性在于:其一是遗忘了历史的偶然性和非正义性,其二是忽略了人类历史与文明漫长性。现在设定人类历史的完美终极为时尚早,其实,人类的文明或许刚刚开始,也许还没有真正开始,我们可能依然处于人类历史的蒙昧时期,因为人类还没有寻找到理想的社会制度和良好的发展模式,尚未建立相对完善的伦理原则和实践准则。当今世界还存在着此起彼伏的战争和庞大的核武库,还有宗教、政治、国家、民族等因素引发的尖锐冲突,还存在着环境恶化、食品污染、毒品、犯罪等问题。这些足以说明人类历史远远没有达到文明的标准。其三是独断地推定了历史的确定性事实,而忽视了接受者对历史的阐释权力。迄今为止的历史既是所谓的客观历史,是事实和人物的"真实"集合体,但是,历史没有绝对的客观性,任何历史都是一种事实的"镜像",它是被记载与被描述、被阐释与被评价的历史,也是被体验和被想象的历史,在这个理论意义,我们可以赞同克罗齐甚启人思的话语:"一切真历史都是当代史。"②就文学而言,文学家的历史感和历史理性在某种意义上,也担当着观察历史、反思历史和批判历史的神圣责任。

---

① [意]克罗齐:《美学原理·美学纲要》,朱光潜译,外国文学出版社1983年版,第34页。
② [意]克罗齐:《历史学的理论与实际》,傅任敢译,商务印书馆1982年版,第2页。

三、审美对象与表现对象

显然,历史也是人类重要的审美对象之一和文学表现的永恒对象。克罗齐认为:"历史不是形式,只是内容:就其为形式而言,它只是直觉品或审美的事实。"①除了自然与艺术之外,历史是人类已经消逝却永恒复活的审美对象。人类是历史的产儿,追溯历史是人类的先验本性和直觉化冲动。就如同个人总是追忆自我的过去一样,对历史的追溯是人类整体的审美记忆所驱使的必然活动。历史作为主体的审美对象,同样依据历史文本阅读者的意向性重建活动,对历史事件和历史人物进行必要的想象和体验等审美活动,从而表现于文学作品,这是文学家的兴趣和责任之所在。卡西尔说:"历史学在这种现实的、经验的重建之外又加上了一种符号的重建。历史学家必须学会阅读和解释他的各种文献和遗迹——不是把它们仅仅当作过去的死的东西,而是看作来自以往的活生生的信息,这些信息在用它们自己的语言向我们说话。然而,这些信息的符号内容并不是直接可观察的。使它们开口说话并使我们能理解它们的语言的正是语言学家、语文文献学家以及历史学家的工作。"②文学家对历史的审美活动不同于历史学家对历史的理解和探究活动,但需要文学家像历史学家一样尊重历史的事实、人物、细节、文献、器物等,就是文学家首先学会敬畏历史和敬畏古人,其次才是对历史所展开的审美活动和表现活动。换言之,文学家必须学会置身于历史的境域,然后才是以自己的想象力和悟性去重构历史的审美镜像。因此,文学家置身于历史的审美境域,必须采取对历史的合理想象,从而展开对历史人物的叩问和追思历史的正义与美感。

文学家对历史境域的思考和创作必须以历史语境、历史事件和历史人物为客观对象。历史人物是文学思考与表现的主体、轴心和焦点。而历史事件和历史语境则作为基本的背景,事件是历史舞台的背景,人物是历史舞台的角

---

① [意]克罗齐:《美学原理·美学纲要》,朱光潜译,外国文学出版社1983年版,第34页。
② [德]卡西尔:《人论》,甘阳译,上海译文出版社1985年版,第224—225页。

色,也是历史镜像的主人公。文学家置身于历史镜像之中,对历史人物的审美活动、价值判断和意义阐释,一方面依赖于主体的历史感和历史理性的共同参与,另一方面则借助于对于历史镜像的诗意领悟和合理的想象活动。

如果说迄今为止的历史文本都是镜像化的历史,所有被记载于历史文本的历史人物都不是绝对的"历史真实",它们都需要借助于理解者的审美复活的精神运动才得以美感之可能。那么,文学家对历史人物的审美活动必然需要历史的伦理原则,它是历史理性的基础,而历史的正义原则构成历史理性的前提。正义原则应该是普遍的善恶准则,以人类最普遍的人道主义精神为依据。其次,正义原则应该体现在对历史进步的意义方面,换言之,判断历史人物的价值标准之一是衡量其历史的进步作用和是否具有人道主义的意义。在此前提下,才是文学家对历史人物保持一种客观辩证的判断态度。所以,一方面,文学家对迄今为止的历史人物的审美活动都应当采取历史理性和辩证理性的方法,以历史的伦理或道德作为衡量的杠杆;另一方面,文学家应该判断历史人物是否具有诗性主体的内涵,是否具有既可信又可爱的人格魅力,是否呈现美感的诸种要素。当然,文学家对于历史人物的审美活动理应超越历史局限性、地域局限性和民族局限性以及宗教局限性,超越党派、国家、政治等意识形态的宰制,然而,这些因素长久地制约文学家对于历史人物的审美活动,它们成为"历史的镜像",妨碍了文学家对历史人物的审美判断。

与此相关,文学家如何认识历史的吊诡性和勘破历史的机缘,如何把握历史的因果律和历史的规律,如何体察历史的法则和历史的无常,都是文学作品如何品评历史人物和对他们进行审美判断的难题。同时,如何破解历史上的英雄崇拜,如何反思爱国主义、民族主义等命题,也制约和影响到文学对历史人物的审美活动和艺术表现。所以,对于历史镜像中的历史人物的审美判断是一个极其复杂的问题。然而,判断的原则主要在于:其一,他是否属于一个良知主体,是否禀赋人道主义的伦理原则? 他是否呈现善的意志和仁爱倾向? 其二,历史人物是否属于诗性主体? 是否具有诗意情怀和高雅趣味? 其三,是否有着"可信"一面的同时,还呈现"可爱"的气质? 这几个方面是我们衡量历史人物是否呈现美感意义的重要因素及其标准。所以,文学家的历史感和历史理性是衡量他们的思想深度和哲学意识的一个重要标尺。

最后,我们以司马迁《史记·刺客列传》作为文学性范例来阐释文本中所蕴涵的哲学意味。《史记·刺客列传》这些尽管是历史文本,但也可以被认为是传记性文学作品。

刺客的历史背景,呈现人类社会的集权与战乱、虚无与苍凉、空幻与无情的悲剧事实。它们集中体现了历史的四要素:战争与和平、独立与统一、成功与失败、进步与倒退。刺客在这个历史的帷幕下表演一出出真实与荒谬的历史戏剧。首先,司马迁笔墨中的"刺客",禀赋坚定而热烈的历史正义力量,他们是历史理性和历史伦理的守望者。因此,刺客表现出的是良知主体的象征和人道主义的寓言。简言之,他们无疑属于"良知主体"。其次,刺客周身散发着诗性精神和洋溢着慷慨牺牲的美学情怀,"风萧萧兮易水寒,壮士一去兮不复还",他们为了历史正义与历史伦理,不惜舍身成仁,忠诚德性,呈现飞扬激昂的诗歌冲动和审美精神。所以,刺客具备了诗性主体的特征。最后,刺客在具有事实和行为的"可信"的同时,又具有"可爱"的率真本性。司马迁《史记》中的"刺客"就是历史镜像中的文学形象和审美对象,也是呈现艺术美感的审美意象。我们对刺客的审美体验和审美评价,来源于历史理性和历史正义的原则,来源于历史的伦理原则和道德观念,透过历史镜像,接受主体可以与刺客实现以心会心、心神相通的审美理解。司马迁向友人任安倾诉了自己书写历史的理论抱负:"究天人之际,通古今之变,成一家之言。"①他的刺客形象无疑是这种精神抱负的生动显现。"刺客"是历史镜像中的鲜活形象,他们是历史大地的果实,是天道与人事相互交汇、共同作用的必然结果,也是古今之变这一历史进程中的闪亮过客。然而,司马迁通过对"刺客"的历史记载和文学性书写,阐释了他们所隐匿的历史正义感和伦理精神,令他们周身散发出一种别样的艺术色彩和审美魅力。尔后历代诸种文本对"刺客""侠客"或"武

---

① 司马迁:《报任少卿书》,严可均辑:《全汉文》,商务印书馆1999年版,第269页。

侠"的书写大都无法超越司马迁的历史眼光和美学理念。

　　综上所述,文学文本的哲学性在于:首先,文学文本呈现一定的形而上学意义,对自然、社会、历史、人生等对象能够予以提问与解答,蕴藏作者的思维品格。其次,作品具有对历史现象、生活世界、精神活动等对象的描述与阐释、存疑与否定、批判与反思的功能,从而呈现文本的思想价值。最后,文学作品始终关切人的命运,坚守人类的良知和维护人类的基本伦理与价值准则。

第五章　哲学文本的文学性

　　哲学文本的文学性在于:其一,哲学文本蕴藏一定的审美特性并给予接受者以一定程度的美感。其二,哲学文本的文学性还在于运用对话、借助于叙事手法和戏剧策略,采取适度的抒情等方式以加强说理与论证的效果从而增加接受效果。其三,一部分哲学文本借用文学的某些修辞技巧,潜藏着隐喻、象征、意象、寓言等表现手法,诸如庄子对寓言的运用,柏拉图在对话中穿插着虚构故事以及对话运用潜台词和幽默、反讽的意味,尼采的《查拉图斯特拉如是说》的生动叙事和戏剧化场景,还有适度的抒情色彩等。其四,哲学文本适度地借助于情感与想象、直觉与体验等心理要素,使文本在具有意义的多向度和思想的丰富性与复杂性的同时,必须蕴含着诗意的情怀,呈现一定的艺术趣味。

第一节　审美特性和感性意象

　　一方面,审美特性是衡量文学性的重要尺度之一,这就意味着,那些呈现审美特性的哲学文本具备了文学性;另一方面,只有当哲学文本隐含着一定的或丰富的感性意象,它们才使自己的文学性和审美性得以可能。而最终归结到文本的美感效果方面。换言之,美感效果是衡量哲学文本文学性的一个关键标准。

一、审美特性

所谓的"哲学文本的文学性",首先在于,哲学文本蕴藏一定的审美特性,并给予接受者以一定程度的美感。在一般形态上,哲学文本以概念演绎和逻辑推导的方式进行书写,理论思辨和严谨论述成为其基本的精神风貌。当然,也有一部分哲学文本,它们本身潜藏着丰富的审美特性,呈现出显著的文学特征,赢得接受者的喜爱和赞赏。

这些具有文学性的审美特性的哲学文本,一方面是因为在轴心时代或上古时期,哲学和文学的关联性比较强烈,这些哲学文本有着天然的文学因素之禀赋;另一方面是有一部分哲学家在运用逻辑思维的同时,也采取一部分形象思维和文学表现技巧,令文本呈现出一定程度的美感与诗意。例如柏拉图、波爱修斯、伏尔泰、卢梭、狄德罗、孟德斯鸠、帕斯卡尔、休谟等人,他们的写作自觉不自觉地采取文学化和形象化的表达方式,文章的美感色彩强烈,令人赏心悦目乐于接受。从写作主体这方面考察,其中有一部分写作者具有"诗人哲学家"的美誉,他们徜徉于哲学与文学的两界,也使哲学文本具有了璀璨迷人的审美特性。

值得关注的是,20世纪以来,哲学向文学靠拢的趋势越来越明显,哲学关注文学的问题,再度越界进入传统的文学与文学理论的领域,哲学家们在文学的文本世界中穿梭,以哲学阐释去重新理解文学作品、诠释作家和评价文化现象,诸如叔本华、尼采、海德格尔、萨特、德里达、罗兰·巴特等人。正如罗蒂所言:

> 20世纪的重要哲学家们纷纷追随浪漫主义诗人,试图跟柏拉图决裂,而认为自由就是承认偶然。这些哲学家都企图把黑格尔对历史性的坚持,从他的泛神主义观念论中解脱出来。他们都赞成尼采,认为人类的英雄就是强健诗人、创制者,而不是传统上被刻画为发现者的科学家。更普遍地来说,他们都极力避免哲学中冥想的气味,避免哲学中把生命视为规定不变、视为整体的企图。他们如此做,都是因为他们坚持个体存在的

纯粹偶然所致。①

处于世纪转折点上的尼采,他同时也是哲学转向的一个标志,一个具有美学意义的象征性人物,就是哲学家向文学此岸靠拢,或者说哲学家重新进入文学的宫殿而占据一席地位,扮演诗人的光彩角色。尼采的《悲剧的诞生》《偶像的黄昏》《查拉图斯特拉如是说》《朝霞》《权力意志》等一系列哲学著述都闪耀出文学的天才和艺术的魅力。虽然尼采的身份是一个哲学家,但他的文学灵感和成就却远远超越了诸多的文学家和诗人,他的哲学著作充满了美感和诗意,呈现出一定的文学价值和审美意义。步尼采的美学思想后尘,海德格尔的《荷尔德林诗的阐释》《林中路》《在通向语言的途中》《诗·语言·思》等著述,凭借哲学家诗意地思考,诗意地叙述,既闪烁着深邃的理论光芒,也焕发出迷人的审美魅力。海德格尔这些文本既是哲学性的,同时也放射着绚丽缤纷的文学性色彩。

所以罗蒂认为:"若与尼采之前哲学家的期望相比,只做诗人所能做的事情其实是令人无法心满意足的。尼采之后的哲学家,诸如维特根斯坦和海德格尔,他们写作哲学,都是为了呈现个体与偶然的普遍性与必然性。维特根斯坦和海德格尔都卷入了柏拉图所发动的哲学与诗之争辩中,而两者最后都试图拟就光荣而体面的条件,让哲学向诗投降。"②海德格尔在《艺术作品的本源》中对凡·高的《农鞋》展示出了一个经典的阐释学范例的写作:

> 从农鞋磨损的内部那黑洞洞的敞口中,劳动者艰辛的步履显现出来。这硬邦邦、沉甸甸的破旧农鞋里,聚集着她在那寒风料峭中迈动在一望无际永远单调的田垄上步履的坚韧和滞缓。鞋皮上粘着湿润而肥沃的泥土。夜幕降临,这双鞋底在田野小径上踽踽而行。在这农鞋里,回响着大地无声的召唤,成熟谷物宁静馈赠及其在冬野的休闲荒漠中的无法阐释的冬冥。这器具聚集着对面包稳固性无怨无艾的焦虑,以及那再次战胜

---

① [美]理查德·罗蒂:《偶然、反讽与团结》,徐文瑞译,商务印书馆2003年版,第41页。
② [美]理查德·罗蒂:《偶然、反讽与团结》,徐文瑞译,商务印书馆2003年版,第41页。

了贫困的无言的喜悦,隐含着分娩时阵痛时的哆嗦和死亡逼近的战栗。这器具归属大地,并在农妇的世界里得到保存。正是在这种保存的归属关系中,产生器具自身居于自身之中。

　　或许我们只有在这幅画中注意到鞋的所有一切。另外,农妇也只是穿穿这双鞋而已。如果只是简单地穿穿而已那么也就简单了。夜阑人静,农妇在沉重而又健康的疲惫之中脱掉它,朝霞初泛,农妇又把手伸向它。在节日里,农妇把它置于一旁。她了解所有一切,但从不注意和思量。器具的器具性确实存在于其有用性之中。但是这种有用性又根植于器具有根本存在的充实性之中。充实性即可靠性。凭此可靠性,农妇被置于大地无声的召唤中去。凭此器具的可靠性,她把握了自己的世界。世界和大地为她而在,伴随她在她的存在方式中的一切存在只在这儿,即在器具中采用器具的方式。我们说"只是",因而陷入错误,因为器具的可靠性,才给鞋这纯一的世界带来安全,并保证大地无限延展的自由。[1]

海德格尔这一阐释既是哲学意味的,也呈现了鲜明的文学性色彩。颇有中国古人以诗论诗的美学趣味。作者以美文的笔法对凡·高的《农鞋》进行了审美再创作的理解,虽然有"过度阐释"(over interpretation)的性质,但是他以诗意的理解和富于想象力的审美体验既揭示出《农鞋》所隐藏的意义又增添了自我发现的意义。这一哲学文本和海德格尔的纯粹哲学著述不同,它蕴藏着文学性的美感和魅力,令阅读者赏心悦目和赞赏不已。

　　从文体上考察,不少哲学家的一部分哲学著述,是较为特殊的文体,就是随笔式的哲学论文或哲学散文,它们的文学性较之一些纯粹性的哲学著述显然更为突出和显著。诸如古希腊柏拉图的《会饮》等对话录,古希腊亚里士多德的《动物志》《动物四篇》《天象论、宇宙论》等,古希腊色诺芬的《回忆苏格拉底》,古希腊伊壁鸠鲁的"随笔"和"书信集",古罗马西塞罗的《论神性》《论老年、论友谊、论责任》和各类"演讲录",古罗马奥维德的《爱经》,古罗马斐洛

---

[1]　[德]海德格尔:《诗·语言·思》,彭富春译,文化艺术出版社1991年版,第35页。

的《论〈创世纪〉》，古罗马奥古斯丁的《忏悔录》，古罗马波爱修斯的《神学论文集》和《哲学的慰藉》，古罗马德尔图良的《护教篇》，古印度的《奥义书》，古印度商羯罗的《示教千则》，以及后来蒙田的《随笔集》，帕斯卡尔的《思想录》，休谟的《自然宗教对话录》，伏尔泰的《哲学辞典》和《哲学通信》，狄德罗的《怀疑者漫步》，卢梭的《忏悔录》和《一个孤独的散步者的梦》，约翰·托兰德的《给塞伦娜的信》和《泛神论要义》，培根的《培根论说文集》，霍尔巴赫的《袖珍神学》和《健全的思想》，叔本华的《论说文集》，尼采的《希腊悲剧时代的哲学》，克尔凯郭尔的《哲学寓言》和《哲学片断》，弗洛姆的《爱的艺术》等。上述文本，不是纯粹哲学或本体论、存在论、认识论、知识论、价值论等意义上的形而上学，也不是"第一哲学"或逻辑学之类的哲学著述，不少属于人生哲学和宗教哲学的门类，它们更多是涉及自然现象、人生问题、宗教信仰等方面的内容，文体的写作方式比较随意和自由，文笔也显得纵横灵活，行文处洋溢着灵感和才气，呈现出一定程度的美感和生动性。相比较而言，中国古代哲学家的诸多文本，更多采取随笔、散文、语录、书信、札记类的文体，如《论语》《墨子》《庄子》《孟子》《韩非子》《荀子》《淮南子》以及后世的贾谊、杨雄、阮籍、嵇康、颜之推、韩愈、柳宗元、欧阳修、范仲淹、王安石、苏轼、王阳明、王夫之等人的散文、辞赋，还有《五灯会元》《朱子语类》等典籍，这些哲学性质的随笔或对话、语录等片断式哲学文体，它们因为形式自由多变、表达恣肆潇洒而呈现丰富的形象性和美感色彩。

二、感性意象

哲学文本的文学性还体现于，这些哲学文本还蕴藏着一定的感性意象，借助有形象和意象的建构得以表达写作者的思想和意义。黑格尔有一个著名的美学论断："美就是理念的感性显现。"①美必须依赖于感性意象才得以可能，换言之，无论是自然美还是其他形式的美，都呈现于感性的形象和象征性的符

---

① ［德］黑格尔：《美学》第 1 卷，朱光潜译，商务印书馆 1979 年版，第 142 页。

号,而文学性的美则更多体现在情感化的表现符号和感性意象方面,哲学文本的美感当然也理应体现在它所营造的感性意象上。

有些哲学文本建构出形象丰富、气韵灵动的感性意象,借以阐释现象界和社会现实,或者论说自然和历史的哲理,或者诠释道德伦理原则和政治信条,简言之,它们借助于感性意象去表达写作主体的思想和理论,从而赋予哲学著述诞生出美感和文学性的魅力。典型的文本之一是古希腊巴门尼德的《论自然》(著作残篇),作者以诗歌和散文的文体方式进行哲学写作,以丰富的感性意象阐述自然表象所蕴藏的道理:

> 载着我的驷马高车引我前进,极力驰骋随我高兴,后来它把我带上女神的天下闻名的道路,这条路引导有知识的人走遍所有的城。于是我的马车在那条路上趋行;拉车的马儿们十分聪颖,曳引着我前进,少女们指出了路径。车轴奔腾,在毂臼中磨出震耳的啸声,因为它的两端在旋转的车轮中飞速地滚。那时太阳的女儿们抛开黑夜的居所,掠过头上的纱巾,向着光明迈进。那里矗立着一座大门,白天和黑夜的路径就在这里两边分;门楣和石头的门限分明,以太的大门上两扇巨大的门扉闭得紧紧;保管启闭之钥的是狄凯,那司报应的正直女神。
>
> ......
>
> 因为当男人和女人把爱情的种子混合起来的时候,便形成一种力量,这种力量是爱情的种子在血管中由不同的血液造成的;当爱情的种子保持等量的混合时,便形成构造完善的身体。然而当不同的力量在混合的种子里冲突起来,并且在混合的身体中不能造成统一的时候,这种力量就以可怕的方式通过阴阳同体的现象殃及萌芽状况的生命。[1]

显然,这里有神话传说的虚构成分,同时哲学家借助了诗歌的叙述方式和抒情、夸饰的手法,营造了神秘优美的感性意象,阐述了自己有关自然哲学的

---

[1]　北京大学哲学系外国哲学史教研室:《古希腊罗马哲学》,生活·读书·新知三联书店1957年版,第50—55页。

猜想。古老的哲学文本闪耀出一种神秘主义与唯美主义相互交织的诗意色彩。

另一篇异曲同工的典型文本是古罗马的卢克莱修的《物性论》,这是一篇采用诗体或散文诗体写作的探究自然万物之理的哲学杰作。卢克莱修尝试借助诗意的光芒来照亮哲学的晦暗之处,以感性意象揭示和呈现大自然的隐秘,以诗意的美感驱散人类内心的迷信和精神的迷惘。卢克莱修承袭和发展古代的原子论思想,提出"无物"能生于"无",万物生于"有"的观念,确立物质存在的先验客观的前提,它们构成世界的逻辑和基础。卢克莱修不赞成神创制世界的假说,他坚信物质是永恒的,而宇宙则是无限的,自然界潜藏着许多不为人知的客观规律。他谴责战争和野蛮的行径,祈求人类的和平与安宁的幸福生活,认为人应该摆脱对神的崇拜和对死亡的恐惧,才能令内心安宁和获得幸福的感觉。他在第一卷"序诗"中写道:

> 罗马的母亲,群神和众生的欢乐,
>
> 维纳丝,生命的给予者,
>
> 在悄然运行的群星底下,
>
> 你使生命充满航道纵横的海洋,
>
> 和果实累累的土地,——
>
> 因为一切生物只由于你才不断地被孕育,
>
> 只由于你才生出来看见这片阳光——
>
> 在你面前,女神啊,在你出现的时候,
>
> 狂暴的风和巨大的云块逃奔了,
>
> 为了你,巧妙多计的大地长出香花,
>
> 为了你,平静的海面微笑着,
>
> 而宁静的天宇也为你发出灿烂的光彩!
>
> ……
>
> 因此,神圣的,请给我的诗章
>
> 以不朽的魅力。同时让全世界各地

一切战争的野蛮行为都停息下来，

因为只有你才能够

给予安静的和平来帮助人类。①

卢克莱修在"物质是永恒的"这一节写道：

能驱散这个恐怖、这心灵中的黑暗的，

不是初升太阳炫目的光芒，

也不是早晨闪亮的箭头，

而是自然的面貌和规律。

这个教导我们的规律乃开始于：

未有任何事物从无中生出。
· · · · · · · · · · ·
……

春天洒满玫瑰，夏天布满谷穗，

而当秋天发出魅力时葡萄就成熟累累，

如果不是因为万物的一定的种子，

在它们自己的季节必会涌集到一起?②

卢克莱修的《物性论》，总共 6 卷，诗歌计有 7415 行，诗歌摆脱了枯燥晦涩的哲学教案的写作方式，而代之以一种古老的罗马式美学风格，从而使文本弥散出丰富多彩的感性意象，焕发出生动空灵的快感和美感。卢克莱修的《物性论》对从小到大的各种自然现象进行描述和思考，既探讨了原子结构和宇宙现象，也对人类现象进行表现和沉思。诗歌对大自然充满了敏锐丰富的感觉力和细腻真切的体验力，同时也洋溢着诗歌的灵感和想象力。每一卷都以"序诗"开头，分别讨论各种问题，如第 1 卷讨论了"物质是永恒的""虚空""原子的特性""对其他哲学家的驳斥""宇宙的无限性"等问题。第 2 卷讨论"原子的运动""原子的形式和它们的结合""第二性的性质是不存在的""无

---

① ［古罗马］卢克莱修：《物性论》，方书春译，商务印书馆 2011 年版，第 1—3 页。

② ［古罗马］卢克莱修：《物性论》，方书春译，商务印书馆 2011 年版，第 9—11 页。

限多的世界"等问题。第 3 卷讨论"心灵的本性和构造""灵魂是有死的"和"怕死的愚蠢"等问题。第 4 卷讨论"肖像的存在及其特性""各种感觉及心灵的图画""几种生活机能"和"情欲"的问题。第 5 卷讨论"世界不是永恒的""世界的形成和一些天文学的问题""植物和动物生命的起源""人类的起源及其野蛮时期"和"文明的起源"等问题。第 6 卷讨论"显著的气象学的现象""关于地上若干异常和奇怪的现象"和"雅典的瘟疫"等问题。显然,卢克莱修的《物性论》对这些哲学问题的讨论不是采用形而上学和纯粹逻辑的方法,而是运用形象思维和诗性直觉的方式,对自然和人类的若干问题进行描述和提问、沉思和解答,并质疑和驳斥了以往哲学家某些荒谬的认识和观念,从而建立自己对物质世界和人类世界的理解和相关理论。

卢克莱修的《物性论》将哲学和文学和谐地融合为一体,可谓是哲学的思想内容借用文学的诗歌文体得以传达,作者以琳琅满目的感性意象建构起一座辉煌的哲学与诗歌合二为一的文化丰碑。

古罗马的波爱修斯,被称为是"最后一位罗马哲学家,又是第一位经院哲学家"。他的《哲学的慰藉》是身陷囹圄之作,被后人称为"罕有杰作","丝毫不比柏拉图和西塞罗的著作逊色",也可谓诗与哲学的合璧。诗歌在传达哲学思考的同时,蕴藏着诸多含蓄的审美意象,一方面给予人们理性的启迪,另一方面给予读者阅读的愉悦和美感的享受。诚如英译本作者斯图尔特和兰德所论:"《哲学的慰藉》并不是由亚里士多德和新柏拉图主义者的那些译著拼凑而成的。毋宁说,它是一个穷尽一生终于在理性之不偏不倚的光照中寻得至高慰藉的人所写下的登峰造极的杰作。他身陷囹圄,无法获得以前一直陪伴着他的那些心爱的藏书,他现在所能聊以自慰的,就是留存于脑海中的那些诗句以及对往日的追忆。这里所抒发的绝不是什么新柏拉图主义的议论,而全都是他自己的议论。"①和卢克莱修的《物性论》相类似,波爱修斯的《哲学

---

① [古罗马]波爱修斯:《神学论文集·哲学的慰藉》,荣震华译,商务印书馆 2012 年版,"英译者序言"第 2 页。

的慰藉》也采取上古哲学文本喜欢运用诗歌的灵巧方式,但是和《物性论》全部采用诗歌的方式不同,波爱修斯的《哲学的慰藉》主要运用和哲学女神对话的方法,倾诉自己有关自然和历史、道德与宗教、自由与责任、幸福和理性等问题的沉思,文本中穿插着诸多的精美优雅的抒情诗歌以点缀和丰富作品的艺术性。

如此而已,波爱修斯的《哲学的慰藉》就是一个对话和诗歌彼此交叉与融合的哲学与文学相互融合的双重文本。文本探究了"心智回归"问题和控诉世道不公,感叹命运善变和批评了难平的欲壑,指出"幸福在于人的内心"和"权力是恶人的帮凶",沉思了"虚幻的荣耀"和"祸有时是福"等问题,作者还讨论了幸福、荣耀、权力、伪善、肉体的享乐、神即至善、善与恶、命运、机遇的偶然性与必然性、自由、人类理性对神圣理智的服从、永恒的公正等概念和命题。这些人生哲学、道德哲学或宗教哲学的问题和命题,均借助书写者和哲学女神的精彩与生动的对话得以一一呈现,在彼此的深入讨论和问答之中获得揭示和深化,并且留给阅读者进一步沉思的精神空间。如果说,卢克莱修的《物性论》在写作格式上采取全部诗歌独白和倾诉的方式,那么,波爱修斯的《哲学的慰藉》就是一方面运用提问和回答、描述与阐释的对话方式,另一方面借助于诗歌抒情的手法,建构诗歌的意境和营造缤纷空灵的审美意象以烘托哲学的思考氛围,并加强运思的张力和阅读的美感。我们在此引录《哲学抚慰我心》的诗句:

哎！他沉溺于欲海多么深啊！

他的内心,昏聩、黯然、黑暗,

他涉世既多昧愚,调治又苦无良方

流俗之风将他吞噬

生活失去了章法。

当初这人

可是喜欢在晴天徘徊于

天国路上;也常常

> 凝眸于玫瑰色的阳光,欣赏着
>
> 明亮的月色,
>
> 观察着列星游移的路痕,
>
> 看它们旋轨生变——凡此种种
>
> 他都用数理与规律来掌握和规定。
>
> 他还追问并且知晓其中的缘由:
>
> 为何风会呼啸着掀起海浪,
>
> 究竟是什么气团拨转了恒星的星体,
>
> 又为何太阳会从火一样红的东方升起
>
> 然后沉入西方的波涛之中,
>
> 究竟是什么致使大地回春,
>
> 玫瑰花遍地盛开,
>
> 又是谁带来了秋天的累累果实,日子完满时
>
> 让葡萄成熟。
>
> 他正是这样,探索并诠释了
>
> 自然界的各种奥秘。
>
> 但如今,他卧床不起
>
> 心中的光亮也渐渐消失,
>
> 他项上凝重的枷锁,压得他不能直身,
>
> 他需要调息,可他不知,
>
> 他满眼所见到的
>
> 唯有黑沉沉、硬邦邦的土地。①

《肉体的享乐》插诗:

> 快乐正是这样,
>
> 驱使着人们去享受它,

---

① [古罗马]波爱修斯:《哲学的慰藉》,范思哲译,新世界出版社 2011 年版,第 7—8 页。

就好像成群的蜜蜂，

吐出甘甜的蜂蜜

又留下深深的一螫，

痛彻我们的心扉，然后飞走了。①

《善的强大》插诗：

我拥有轻盈的翅膀，

能够飞上高高的天堂；

如果你的慧心，可以插上翅膀，

鄙视可恨的尘世，

透过厚厚的大气层，

对那些云彩回望

天火熊熊，上气涌动，

它穿越过了天火的最顶端，

当它升到了星宫，

走上了太阳神的道路，

或和冷老仙结伴而行，

同他的明星共辉；

或于星斗满天的夜色里

和环舞的星星同旋。

它因这一番成就而知足，

并且离开了遥远的天极，

站到奔涌的上气的边缘，

对它的威严的亮光进行控制。

这里，万王之主握着权杖，

掌控着世界的缰绳，

---

① ［古罗马］波爱修斯：《哲学的慰藉》，范思哲译，新世界出版社 2011 年版，第98页。

驾起轻快的马车；

而显赫的宇宙之主他自己

却岿然不动。

假如这条路带你重返

你正在迷迷糊糊找寻的地方，

你会说："记起来了,这正是我的故土,

我在这里出生,我要在此停歇。"

假如愿意回望

已被你离弃的黑暗尘世,

那么在你看来,

那些在百姓头上作威作福的暴君,

也不过是一些流放者。①

　　波爱修斯的《哲学的慰藉》,在对话中穿插的诗歌,双重文本的交叉互渗,真是锦上添花,犹如糖加上了蜜,整个哲学文本闪耀出文学的美感和情感的感染力,也是理性与感性的和谐统一体。

三、美感效果

　　在一般意义上,哲学文本和美感效果往往存在着遥远的距离,仿佛哲学就是一个枯燥晦涩、玄奥深邃的精神世界,它是一个由少数人借用神秘语言展开的心智游戏,是一个令绝大多数人无法深入其中领略其思想精妙的陌生之地。的确,哲学文本在存在特性上属于一种纯粹的抽象思辨的理论形式,它主要依靠概念演绎和逻辑推导的方式进行论证和说理,也令普通人的理解力望尘莫及。然而这只是哲学的一方面,或者是纯粹哲学、大部分哲学所遵循的基本准则和学术规范;哲学的另一方面,或者说有一部分哲学文本,它们突破形而上

---

　　① ［古罗马］波爱修斯:《哲学的慰藉》,范思哲译,新世界出版社 2011 年版,第 137—138 页。

学的藩篱,借鉴于文学的表现手法和修辞策略,在阐述哲理的同时,也呈现丰富的美感效果。这就是我们所要阐述的这部分文本。

这里,我们主要分为两个方面进行描述和阐释。

其一,从具体的思想内容和哲学门类这方面说,一部分宗教哲学或者具有宗教性思想内容的哲学文本,它们往往带有一定的神话因素和传奇故事的情节,具有某些虚构性和寓言性,也注重于情感的抒发和通俗的说理,因此文学色彩比较浓厚,也注重修辞技巧的玲珑圆润,语言表达的通畅流利,因为它们的美感效果较为明显。

这里我们主要以宗教哲学中的一些典型文本来作陈述和说明。它们包括古罗马奥古斯丁的《忏悔录》、古罗马托马斯·阿奎那的《神学大全》、古罗马西塞罗的《论神性》、古罗马波爱修斯的《哲学的慰藉》、古罗马德尔图良的《护教篇》、中世纪吕斯布鲁克的《精神的婚恋》、古印度的《奥义书》、古印度商羯罗的《示教千则》、古印度毗耶娑的《薄伽梵歌》、休谟的《自然宗教对话录》、霍尔巴赫的《袖珍神学》、斯宾诺莎的《简论上帝、人及其心灵健康》,库萨尼古拉的《论隐秘的上帝》、托兰德的《给塞伦娜的信》和《泛神论要义》、欧内斯特·勒南的《耶稣传》、克尔凯郭尔的《哲学片断》等,这些涉及宗教哲学的文本,将哲学的理论性和文学的抒情性和谐地融合在一起,达到以情感陶冶受众从而达到在理论上说服他们的目的。中国古代的佛教典籍,诸如《坛经》《金刚经》《心经》《妙法莲花经》《五灯会元》等,以佛学的智慧启迪众生,其中穿插着传奇的故事、神话性的情节与情景,既有机锋的对话和话语,又流露着真切而略带夸饰的情感;既充满幽默和机智的趣味,也有幽默和风趣的意境,又有当头棒喝和醍醐灌顶的顿悟效果。这些文本将智慧和美感、佛学义理和世俗道德有机统一,达到摄取人心和征服受众的强大效果。

吕斯布鲁克的《精神的婚恋》有一节"蜜蜂的比喻",阐述基督教"神秘体验"的心理现象,文本以一定的美感效果传达宗教的情感与义理。

　　我要告诉你们一个小小的比喻,以便你们不误入歧途,可以在这种状态中控制好自己,所以你们应该注意等量,要像蜜蜂(bie;bee)那样智慧地行事了。她居住在与她的聚集社团的统一中,她不在暴风雨而只在平静的阳光天气中出门,飞到所有能找到芬芳甜蜜的花丛那里。……在那永恒的太阳照耀的开放的心灵里,基督使得心灵和所有的内向官能成长、开花,带着欢乐和甜蜜流淌。所以人应该像蜜蜂那样行事,凭借注意力、理性和辨别力飞翔到[神的]赠品上,到他能感到的甜蜜上,到神为他所行的一切善事之上;凭借博爱和内在注意力的刺激,品尝聊以慰藉和精华的多样性,而不是安止于任何赠品之花上;总之,让一切都装载着感激和赞美,飞回到统一中,以便与神一起在永恒中安止和居住。①

宗教哲学往往借助于故事、传说、格言等形式,甚至依赖于虚构的神话和英雄传奇等以求获得阐释宗教的哲理,传播道德戒律和进行人生启示等方面的目的,有时候为了实现打动人心和融合情感的意图,常常也采取叙述虚构故事和夸张的抒情等策略来吸引受众的注意并赢得读者的青睐。这些文本运用美感的力量以征服读者或听众的心灵,使他们易于接受宗教信仰。勒南的《耶稣传》"湖畔讲道"的一节以诗意的风尚写道:

耶稣和门徒们几乎总在露天环境中生活。他时而登上一条小船,向聚集在岸上的听众演说;时而坐在湖边的山上讲论,那里空气纯净,景致明亮。就这样,这群诚信之民过着愉快的漫游生活,从导师的教诲中采撷着最初的灵感之花。有时,一种天真的疑惑、一个稍露怀疑情绪的问题会出现,而耶稣却以一掬微笑、一瞥目光平息不同的意见。他们每走一步,便从飘飞的云中、发着芽的种子中和成熟着的谷穗中看到天国正在临近的预兆。他们自信正处于目睹上帝、成为世界主人的前夜,到那时,眼泪将代之以欢乐。这便是即将降临于大地的普遍性安慰。

"虚心的人有福了,"导师说,"因为天国是他们的。"

"哀恸的人有福了,因为他们必得安慰。"

"温柔的人有福了,因为他们必承受地土。"

---

① [比]吕斯布鲁克:《精神的婚恋》,张祥龙译,商务印书馆 2021 年版,第 69 页。

"饥渴慕义的人有福了,因为必得饱足。"

"怜恤人的人有福了,因为他们必蒙怜恤。"

"清心的人有福了,因为他们必得见上帝。"

"使人和睦的人有福了,因为他们必称为上帝的儿子。"

"为义受逼迫的人有福了,因为天国是他们的。"

耶稣的演说温和而令人欣慰,散发着大自然和田野的香气。他爱鲜花,从鲜花中提取了最优美动人的教训。天上的飞鸟、大海、群山和孩子们的游戏,轮番成为他演说的题目。他的风格毫无希腊意味,而极富希伯来譬喻的特征,尤其和他同时代人、犹太文士们的文风相似,一如我们从《诸父遗言》中所读到的那样。①

尽管所说的当然有历史根据,然而毕竟不是"信史",这里显然有文学虚构的成分,可是这样的虚构却有着合理的想象和真挚的抒情,文本的美感效果渲染出宗教的气氛和信仰的力量,令读者获得精神愉悦和心理信服。

其二,从文本的体裁选择方面考察,一部分哲学文本采取散文化的手法进行写作,其中有散文、杂记、书信、日记等多种文体,这些哲学文本所具有的美感色彩比较鲜明。古希腊伊壁鸠鲁的《书信集》,古罗马西塞罗的《演讲集》,古罗马波爱修斯的《神学论文集》,蒙田的《论罗马·死亡·爱》等随笔集,帕斯卡尔的《思想录》,伏尔泰的《哲学通信》和《哲学辞典》,孟德斯鸠的《波斯人信札》,狄德罗的《哲学思想录》《拉摩的侄儿》《对自然的解释》《达朗贝与狄德罗的对话》和《达朗贝的梦》等,卢梭的《一个孤独的散步者的梦》,歌德的《与爱克曼的谈话录》,叔本华的《随笔集》,尼采的《查拉图斯特拉如是说》《偶像的黄昏》《朝霞》等,克尔凯郭尔的《哲学寓言》等。

这些哲学文本在文体上不属于纯粹哲学著作和哲学论文的写作模式,也不完全符合传统形而上学或纯粹哲学的文本规范,也不采取程式化的论文或专著的格式,却融合了文学的特性和手法。或者更确切地说,这些文本其中一

---

① ［法］勒南:《耶稣传》,梁工译,商务印书馆 2011 年版,第 165 页。

部分在形式上或风格上就是文学性质的,只不过它们的写作目的更在于传达写作主体的哲学观念及其理论。古罗马西塞罗的《演讲录》,著名的《论老年·论友谊·论责任》这"三论"堪称哲学散文的范本。诚如学者徐奕春所论:"西塞罗不仅是学识广博的思想家,而且还是一个才华横溢的散文大家。罗马帝国时代的拉丁散文和拉丁诗是古罗马作家留下的宝贵的文学遗产。当时,拉丁散文的最伟大的作家是西塞罗。他的作品具备罗马文学的所有优点,是罗马散文的典范。甚至他的政敌、散文造诣很高的恺撒,对他的文章风格也佩服之至。他的演说辞铿锵有力;他的论文通畅明顺,善于运用辞藻,尤其是他的三论(即《论老年》《论友谊》《论责任》),明畅华丽,晶莹澄澈,犹如西方文学宝库中三颗璀璨的明珠。可以说,他的作品达到了古罗马散文的顶峰。"①西塞罗的"三论"将哲学与文学和谐交融于一体,在呈现强大的思想势能和话语魅力的同时,散发出美感的感染力。和西塞罗的散文相类似,西方不少的思想家和哲学家的理论文本也采用散文或随笔的写作方式,在传达思想观念的同时,也闪露出文学的美感色彩,能够激发读者的阅读兴趣,以至在不知不觉之中熏陶接受者的情感并提升其精神境界。

再如卢梭的《一个孤独的散步者的梦》可谓是书信体的哲学随笔,他在《致马尔泽布总监先生的第四封信》中写道:

> 我把我的心立刻从地面的景象延伸到那大自然中一切有生命的东西,延伸到宇宙万物;我想到了那不可思议的主宰一切的神。这时候,我的心在广袤的宇宙中漫游;我不再动脑筋思考,不再分析,不再推究哲理。我感觉到了一种得自宇宙的快乐,我尽情享受万物纷呈的美,陶醉在茫茫的幻想之中;我觉得我周围的事物阻挡着我的心,使我感到我幻想的范围太狭窄,感到我在这个世界上太沉闷;我要奔向无边无际的太空。我觉得,要是我真的揭开了大自然的一切奥秘,也许我还领略不到这如痴如醉

---

① [古罗马]西塞罗:《论老年·论友谊·论责任》,徐奕春译,商务印书馆 2011 年版,"中文本序"第 3 页。

的尽情沉湎的感受。我此刻心花怒放地快乐得不知道如何是好,以致,除
有时候大声喊叫:"啊!伟大的神,伟大的神呀!"这再也没有什么话可
说,再也没有什么事情可思考了。

　　一个人一天之中最美好的时光就是这样在如醉如痴的状态中流过;
当落日的余晖提醒我该回家的时候,我惊奇地发现时间是如此之快。我
认为,我对我一天时光还没有享受够,我希望我能再更多地领略它的美:
我决心明天再来。①

卢梭直觉地感受大自然的纯粹之美,聆听大自然的神秘语言和和谐节奏,
以敏锐的知觉和内心体验呈现主体与客体之间的审美对应性。卢梭是思想史
上一个十分鲜明地将哲学和文学融合为一体的多文体写作的文化巨匠。

中国古代的诸多哲学文本,由于不同于西方哲学那样的逻辑性和思辨性,
也不追求西方哲学那样的严格性和规范性,它们显得自由灵活,潇洒通脱,文
体上有散文、韵文、杂记、对话、语录、书信等方式,注重开启人生智慧,在叙事、
抒情之中达到哲学说理的目的,借助于形象化和意象的建构,包含丰富的文学
性,美感效果也较为显著。老子的《道德经》以韵文写作,形式和内容都富有
美感和诗意,穿插着譬喻和象征的手法,文笔典雅优美,结构和谐严谨。庄子
的著作,更是"以谬悠之说,荒唐之言,无端崖之辞,时恣纵而不傥,不奇见之
也。以天下为沈浊,不可与庄语。以卮言为曼延,以重言为真,以寓言为广。
独与天地精神往来,而不敖倪于万物"②。庄子以卮言、寓言、重言的方法,以
奇异的想象力和诗意情怀建构出琳琅满目、五彩缤纷的虚拟故事和空灵意象,
以幽默而机智、精妙而典雅的语言,营造洋溢着美感的意境,使文本诞生出赏
心悦目、绚丽动人的魅力。《孟子》善用譬喻和排比式的论辩,常常借助于寓
言和故事展开细致入微的说理,得以打动听者的心扉。《韩非子》喜欢运用寓
言阐发自己的理论,以假托的意象、人物和故事隐喻现实生活中的哲理,其审

---

① ［法］卢梭:《一个孤独的散步者的梦》,李平沤译,商务印书馆 2008 年版,第 199—
120 页。
② 王先谦:《庄子集解·天下》,《诸子集成》第 3 册,中华书局 1954 年版,第 222 页。

美趣味和幽默感浓厚。《孟子》文本充满诗意的文采和洋溢着浓烈的情感,其雄辩既如滔滔不绝的洪水势不可当而摧枯拉朽,又如舒缓清澈的流水滋润倾听者的心灵田园。严谨邃密的逻辑穿插着形象化的比喻和夸饰性话语,尽管还保留着基本"语录体"体裁,但是文字表述通晓流畅如行云流水,清风朗月,极富美感和感染力。后世的贾谊、韩愈、柳宗元、苏轼、黄庭坚、朱熹等著文都受其影响。中国古代的哲学文本在文体形式上不同于西方的经典哲学文本,或者更准确地说,"哲学"这个概念来源于西方文化传统,对某些中国古代文本的"哲学"这一命名也是参照了西方哲学的规范和标准。中国古代哲学文本和文学体裁及其表现方式有着本质性和广泛性的关联,这也就顺理成章地决定了中国古代哲学文本所包藏着丰富的文学性和美感特征了。

第二节　对话、叙述和抒情

对话(戏剧式的对话)、叙述和抒情等构成了文学性的重要因素,就哲学文本而言,它们其中一部分具备了这几方面的要素,因而也就潜藏和呈现了一定的文学性。

一、戏剧式对话

柏拉图的许多著述采取"对话录"文体,和有些文本"对话录"有所差异的是,柏拉图的诸多对话录隐藏着丰富的戏剧性。诚如所言:"柏拉图创造了戏剧性的苏格拉底,作为哲学对话的作者,他却是个诗人。""《理想国》像柏拉图的所有对话录一样(不是说他的所有著述)本身是诗。"[①]从这里我们窥探到了柏拉图的对话录的戏剧性和文学特征。所以,我们从文本的性质上考察,柏拉图的对话录属于诗性的模仿。换言之,柏拉图的对话录是"模仿化的戏剧"或者"戏剧化的模仿"。首先,戏剧化和唯美化的对话场景,给接受者充沛的

---

① [美]罗森:《诗与哲学之争》,张辉译,华夏出版社 2004 年版,第 11 页。

审美体验。罗森对柏拉图的《斐德诺》篇进行描述和阐释:

> 　　一年中最炎热的季节,又是一天中最炎热的时间。两个伙伴从散步中"转回来"(ture aside)坐到悬玲树下,他们赤着脚——这对苏格拉底是正常的,对斐德诺则不同寻常——在溪流中濯足。这样一个所在是优雅、纯粹而清明的;正像苏格拉底所说,这是个很适合少女嬉戏的地方(但不适合具有酒神精神的少女)。光与影,酷热和清凉,斜倚着的人和流动的溪水,阴性的自然环境和男性化的话题:这是对立的因素达到和谐的氛围。这特别适合呈现清醒的神圣形式与疯狂之间的同一性。迷狂于莱西阿斯显然非爱欲性言说的斐德诺,被苏格拉底预言性的清醒所阻止而无法检验其记忆。他将要为苏格拉底朗读藏在其袍子中的一篇东西。①

在罗森的笔触之中,对话被置入在一个戏剧场景。尽管戏剧的角色只有两个,然而,就这两个人物及其戏剧场景和戏剧氛围,尤其是对话的话题和精彩而丰富的对话内容足以构成一出可媲美诸多经典戏剧的文本。

> 　　苏格拉底:这不就是我们刚才要找的那棵树吗?
>
> 　　斐德罗:对,就是这棵。
>
> 　　苏格拉底:我向你保证过,这里确实是个休息的好地方。你瞧这棵高大的梧桐,枝叶茂盛,下面真荫凉,还有那棵贞椒,花开得正盛,香气扑鼻。梧桐树下的小溪真可爱,脚踏进去就知道有多么凉爽!你瞧这些神像和神龛,想必一定是阿刻罗俄斯和某些仙女的圣地。呵,这里的空气真新鲜!知了齐鸣,好像正在上演一首仲夏的乐曲。要说最妙的,还是斜坡上厚厚的绿草,足以让你把头舒舒服服地枕在上面。我亲爱的斐德罗,你确实是陌生人最好的向导。②

这是一个戏剧化的情景和场景,舞台背景既有大自然的优美景色又有远古神话的神秘气息,两个在闲暇中优雅漫步的哲人置身于这个场景,自由随意

---

① 　[美]罗森:《诗与哲学之争》,张辉译,华夏出版社2004年版,第89页。

② 　[古希腊]柏拉图:《柏拉图全集》第2卷,王晓朝译,人民出版社2003年版,第139—140页。补注:汉译本译名不尽统一,有译"斐德诺",有译"斐德罗",皆同一人。

地讨论人类的永恒话题——"爱"的问题。对话者平等地快乐地讨论问题,但时时针锋相对,互不相让,一步步推进思维的拓展和深化,带动读者进入到一个精神驰骋、心灵飞扬的审美天地。显然,这篇对话,也呈现为一个唯美主义的喜剧,优美的戏剧性为这部传世的哲学文本增添了文学的亮色。

《论语》中有一篇"四子侍坐"的多人对话,俨然一部小型的独幕剧。孔子要求自己的四位门生"各言其志",以下即是这段经典的对话:

> 子路、曾皙、冉有、公西华侍坐。子曰:"以吾一日长乎尔,毋吾以也。居则曰:'不吾知也!'如或知尔,则何以哉?"子路率尔而对曰:"千乘之国,摄乎大国之间,加之以师旅,因之以饥馑;由也为之,比及三年,可使有勇,且知方也。"夫子哂之。"求!尔何如?"对曰:"方六七十,如五六十,求也为之,比及三年,可使足民。如其礼乐,以俟君子。""赤!尔何如?"对曰:"非曰能之,愿学焉。宗庙之事,如会同,端章甫,愿为小相焉。""点!尔何如?"鼓瑟希,铿尔,舍瑟而作。对曰:"异乎三子者之撰。"子曰:"何伤乎?亦各言其志也。"曰:"莫春者,春服既成。冠者五六人,童子六七人,浴乎沂,风乎舞雩,咏而归。"夫子喟然叹曰:"吾与点也!"三子者出,曾皙后。曾皙曰:"夫三子者之言何如?"子曰:"亦各言其志也已矣。"曰:"夫子何哂由也?"曰:"为国以礼,其言不让,是故哂之。""唯求则非邦也与?""安见方六七十如五六十而非邦也者?""唯赤则非邦也与?""宗庙会同,非诸侯而何?赤也为之小,孰能为之大?"[1]

孔子喟然叹曰:"吾与点也!"孔子在肯定弟子的审美情怀的同时,也不忘对他们人格培育、道德修养和政治抱负等方面的激励。师生之间的五人对话,包罗了政治、经济、民生、军事、道德、伦理、礼仪、审美等多方面内容,并且对话的情景真切而生动、话语简洁而洗练,包含诸多值得再度思考和阐释的意义。

其次,戏剧性的矛盾和冲突。在柏拉图众多对话中,众人和苏格拉底之间

---

① 刘宝楠:《论语正义·先进》,《诸子集成》第 1 册,中华书局 1954 年版,第 252—261 页。

的关系,除了较少的和暂时性的彼此观点认同的情形,在大多数对话情景和语境中,人物之间的问题讨论,不是一唱一和的随从关系而是相互之间充斥着不断诘难、陆续反驳、随时讥讽和彼此争执的矛盾对立的戏剧冲突的关系。作为柏拉图的"戏剧舞台"上的永久主角,苏格拉底一直扮演着"智者"的角色。一方面,他充当着导师和预言家的身份;另一方面,他有意识地佯装无知者,时不时地自己反驳自己先前的意见,在提出"正命题"之后,又提出"反命题"。这一思维方法直接地影响到古罗马的怀疑主义哲学家高尔吉亚,高尔吉亚常常第一天提出"正命题",这一看似"真理"的正命题却被高尔吉亚当作自己准备反诘的靶子,第二天他就提出"反命题",对前一天自己提出的"正命题"进行诘难和反驳,从而达到深化思维的目的和实现推进理论发展之意图。"苏格拉底式"的对话,在逻辑上采取层层递进、剥茧抽丝的方式,对问题不断地展开多角度、多层面的追问,从而开启新的思维之窗,将精神引导到更加深远的境界。所以,在柏拉图的对话录写作中,几乎所有的对话都包含着戏剧性的矛盾,这种矛盾不同于戏剧的行动性冲突,而是哲学化的语言与语言的纷争、思想与思想的冲突。不同的人物之间的对话,包含着不同的话语、不同的思想、不同的道德观、不同的价值观和不同的审美观,这是这些对话者之间的差异性和思想矛盾,才使对话焕发出缤纷丰富的色彩,从而在富有哲学精神张力的同时,又滋生出文学的趣味性。柏拉图的哲学著作,正是依赖着这种矛盾地思考矛盾的苏格拉底式的戏剧性对话,促进了人类精神的发展从而导致古希腊的哲学步入到一个黄金时代。

再次,"悬念"的运用。戏剧是广泛而充分地运用悬念的艺术,而是否擅长使用悬念则构成了判断戏剧性的美学标准之一。《庄子》的对话善于运用戏剧的悬念技法,主人公所提出的论题激起令人期待的情绪,或者引发接受者急切知晓的心理,从而吸引读者的注意力和兴趣。

　　　　有人之形,无人之情。有人之形,故群于人;无人之情,故是非不得于身。眇乎小哉,所以属于人也;謷乎大哉,独成其天。惠子谓庄子曰:"人故无情乎?"庄子曰:"然。"惠子曰:"人而无情,何以谓之人?"庄子曰:

"道与之貌,天与之形,恶得不谓之人?"惠子曰:"既谓之人,恶得无情?"
庄子曰:"是非吾所谓情也。吾所谓无情者,言人之不以好恶内伤其身,
常因自然而不益生也。"惠子曰:"不益生,何以有其身?"庄子曰:"道与之
貌,天与之形,无以好恶内伤其身。今子外乎子之神,劳乎子之精,倚树而
吟,据槁梧而瞑。天选子之形,子以坚白鸣。"①

庄子和惠施之间的对话充满机锋和智慧,有时候也不乏幽默的趣味。尽管他
们是人生的知己和挚友,然而在哲学问题上毫不相让,彼此之间相互反诘和责
难,几乎每一个提问都包含着悖论,包含着思维的复杂性和逻辑上的二重性,
引起解答上的困惑和理解上的艰难,因此它隐含着接受者强烈的心理期待和
对答案的悬念。比如对人的"有情"和"无情"这一命题的提问和解答就包含
着读者的强烈悬念。

庄子将死,弟子欲厚葬之。庄子曰:"吾以天地为棺椁,以日月为连
璧,星辰为珠玑,万物为赍送。吾葬具岂不备邪? 何以如此!"弟子曰:
"吾恐乌鸢之食夫子也。"庄子曰:"在上为乌鸢食,在下为蝼蚁食,夺彼与
此,何其偏也。"②

这一对话,在一开始蕴藏着接受者的期待视野,人们寻求着庄子如何进行回
答。然而,出乎常人意料,庄子对死亡和丧葬的通达和幽默的态度,解开阅读
者的悬念,让人领悟到一种人生智慧和对待死亡与丧葬的潇洒情趣。

柏拉图的对话录的戏剧性悬念还在于,一个问题包含着另一个问题,人们
在对于一个问题期待解答的同时,又期盼另一个问题的解答。苏格拉底有时
候佯装无知,有时候自我解嘲,有时候采取反讽和反诘的策略,有意或无意地
制造出各种悬念以引起读者欲急切地了解其答案和结果的期待心理。所以,
柏拉图和庄子的对话都是富于戏剧性的对话样式,也是哲学文本隐藏文学性
的经典文本。

---

① 王先谦:《庄子集解·德充符》,《诸子集成》第3册,中华书局1954年版,第36—37页。
② 王先谦:《庄子集解·列御寇》,《诸子集成》第3册,中华书局1954年版,第215页。

最后,喜剧的幽默感和丰富的潜台词。从历史上看,不少哲学文本是富有幽默感的精彩著述。柏拉图的对话录和庄子的著作,显然代表着东西方两种文化样式最具有幽默感的哲学文本,而除了弥散着的幽默感之外,他们的哲学文本还包含着丰富的潜台词,既包含着丰富的弦外之音和言外之意,意义的丰富性和多义性也吸引读者的注意力和审美兴趣。

庄子钓于濮水。楚王使大夫二人往先焉,曰:"愿以境内累矣!"庄子持竿不顾,曰:"吾闻楚有神龟,死已三千岁矣。王巾笥而藏之庙堂之上。此龟者,宁其死为留骨而贵乎? 宁其生而曳尾于涂中乎?"二大夫曰:"宁生而曳尾涂中。"庄子曰:"往矣! 吾将曳尾于涂中。"

惠子相梁,庄子往见之。或谓惠子曰:"庄子来,欲代子相。"于是惠子恐,搜于国中三日三夜。庄子往见之,曰:"南方有鸟,其名为鹓鶵,子知之乎? 夫鹓鶵发于南海而飞于北海,非梧桐不止,非练实不食,非醴泉不饮。于是鸱得腐鼠,鹓鶵过之,仰而视之曰:'吓!'今子欲以子之梁国而吓我邪?"①

庄子不贪图权力、爵位和名利,以豁达超然的人生态度对待人生,他有着强烈的自由意志和诗意情怀。所以,庄子的对话富有智慧和幽默感,又善于以寓言和虚构故事来阐释人生的哲理,话语充满象征与隐喻的滋味。因此,庄子的对话总是有着言外之意和味外之旨,有着丰富的潜台词。如此的哲学文本显然具有鲜明的文学性。

和庄子的对话类似,柏拉图的对话也充满了戏剧性和文学色彩。罗森说:"每个柏拉图的对话都是复杂的网。在《智者》和《政治家》中,编织(weaving)尤其发生了中心作用,其结构因而特别复杂。"②柏拉图对话所组建的语言之网和意义之网,同样洋溢着丰富的幽默感和潜台词,具有精彩的戏剧性和文学性,它们赋予哲学以一种不亚于文学的美感和艺术吸引力。

---

① 王先谦:《庄子集解·秋水》,《诸子集成》第3册,中华书局1954年版,第107—108页。
② 〔美〕罗森:《诗与哲学之争》,张辉译,华夏出版社2004年版,第62页。

二、虚构的叙述

一般的美学理论认为,文学作品擅长虚构性叙述,而哲学文本则以抽象的逻辑思辨表述写作主体的观念。然而,我们必须注意的是,一部分哲学文本也喜欢选择虚构式描述方式,以寓言、神话或其他的虚构性叙述,曲折而含蓄地表达写作者的思想和理论。典型的文本诸如柏拉图的对话录、中国先秦时代的诸子以及魏晋玄学的相关文本,波爱修斯的《哲学的慰藉》、尼采的《查拉图斯特拉如是说》、孟德斯鸠的《波斯人信札》、卢梭的《爱弥尔》、狄德罗的《拉摩的侄儿》、克尔凯郭尔的《非此即彼》《动物寓言》等。柏拉图的对话,其中很大部分属于虚构性的叙事,他以苏格拉底为叙述主角,其他人物皆是配角和群众角色,他们共同组成了虚构性叙述的戏剧人物和舞台情境。古罗马波爱修斯的《哲学的慰藉》虚构了自己和哲学女王之间的故事与对话,以表达自己的世界观和人生观、价值观和审美观。

这里我们主要以尼采的文本为典型例证进行简要的阐述。诚如所言:"尼采的叙述所描述的不是活生生的人,而是若干著名人物所代表的语汇。从《偶像的黄昏》中'真实世界如何变成了子虚乌有'一节,我们可以窥见尼采叙述之一斑。"[1]尼采在《偶像的黄昏》中消解所谓的真实世界,颠覆现实世界的客观性和真理性,对传统的权力与偶像进行价值存疑和意义嘲讽。而他的《查拉图斯特拉如是说》则进一步采取了虚构的手法,讲述了"查拉图斯特拉"的几乎神话般的故事。整个叙述建立在想象和假定的心理基础上。钱春绮认为:《查拉图斯特拉如是说》是尼采的"若干著作中最为人广泛爱读的一部跟歌德的《浮士德》并称的世界文学巨著,一部富于哲理的思想诗,或者说是用箴言写成的智慧书"[2]。其实,这部著作更是一部思想深邃、观念新颖的哲学文本。

---

① ［美］罗蒂:《偶然、反讽与团结》,徐文瑞译,商务印书馆 2003 年版,第 142 页。
② ［德］尼采:《查拉图斯特拉如是说》,钱春绮译,生活·读书·新知三联书店 2007 年版,"译者前言"第 1 页。

查拉图斯特拉为公元前 7 世纪至公元前 6 世纪的波斯琐罗亚斯德教的创始人。在希腊语中称为 Zoroaster,在《赠得亚吠陀》(《阿维斯陀注释》)中称为 Zarathustra,意为"像老骆驼那样的男人"或者"骆驼驾驭者"。尼采借用了这一宗教和神话传说的人物,将他重新创造为一个艺术性的象征符号,以他为主人公而展开故事的虚构,借用查拉图斯特拉作为自己的代言人,就如同柏拉图借用苏格拉底言说自己的思想一样。和柏拉图的相对单纯的对话录不同,《查拉图斯特拉如是说》叙述了诸多虚构的奇异有趣的故事,他借助于对故事的叙事而传达和隐喻自己的哲学思想。而这一点,尼采的《查拉图斯特拉如是说》和歌德的《浮士德》相类似。

《查拉图斯特拉如是说》共计分为四部。第一部又划分为《查拉图斯特拉的前言》和《查拉图斯特拉的说教》两部分。叙述查拉图斯特拉于而立之年进入深山度过隐居修行的十年生涯,于不惑之年走下山野,在森林中偶然遇见一位圣者,后者奉劝他不要进入世俗世界,不必去爱世人。查拉图斯特拉没有接纳圣者的意见,因为他清楚地知道,圣者还没有了解到"上帝已死"的情况。于是,查拉图斯特拉继续漂泊和漫游,直至进入城镇,见证和经历了一些故事。第二部叙述重新回到山林的查拉图斯特拉在梦境中知晓他的说教被世俗间的人们所歪曲和误解,于是又下山。他前往幸福岛去说教,对"同情者""教士们""道德者""学者""诗人""预言家"之类的人物进行多方位的批判。第三部叙述查拉图斯特拉告别幸福岛乘船走上归程。在漂泊的船上,查拉图斯特拉再一次对众人讲述自己对"永恒回归"的预感和见解,他赞美了日出之前的秀丽晴空。登岸之后,他强力斥责和批判了当今人们的精神侏儒化,又假借一个疯子的话语,抨击现代都市的弊端。查拉图斯特拉回归山洞赞美孤独和咒骂世俗社会。然后查拉图斯特拉对人类的价值重估和批判陈旧的道德教条并揭示自己的所谓的新道德。查拉图斯特拉的永恒回归的思想渐趋成熟,夜半钟声响起,唱出对生命回归的赞歌。第四部,是最终部,也称"查拉图斯特拉的诱惑——中间剧"。这一部充满戏剧性,众多真实和虚拟的人物一一登场,有对话和独白,他们诉说自己的内心世界。尼采这部旷世奇文以虚构的叙述建构出强烈的戏剧性,他广泛采用了戏拟(parodie)和反讽(ironie)的修辞策略,创造性地将哲学文本赋予了文学美感和艺术魅力。我们援引第一部《新的偶像》一节以作文本分析,尼采借查拉图斯特拉之口解构了传统的"国家神话"和"国家偶像",对国家概念进行深刻的反思和辛辣的批判:

国家?它是什么?好吧!现在竖起耳朵听吧,因为现在我要对你们说的,是关于各个民族死灭的我的话题。

国家乃是一切冷酷怪物中的最冷酷者。它也冷酷地说谎;这个谎言从它的嘴里爬出来:"我,国家,就是民族。"

这是谎言!从前创造各个民族,在他们头上高悬一个信仰和一个爱的乃是那些创造者;他们就这样为生存服务。

现在为许多人设下圈套而称之为国家的,乃是那些破坏者。他们在圈套上吊着一把剑和千百种欲望。

……

可是国家,对善与恶,使用所有的语言说谎;它所说的,全是谎言——它所拥有的,都是偷来的。

有关它的一切,都是假的;它用偷来的牙齿啃咬,这个咬人者。连它的内脏也是假的。

关于善与恶的说法混淆不清;我给你们说的这个特征,就是国家的特征。真的,这个特征意味着求死的意志!真的,这个特征在向死亡的说教者招手。

很多人过多地出生;国家是为多余的人们造出来的!

瞧,国家是怎样把那些过多的多数人吸引过来!它是怎样将他们吞吃、咀嚼、反刍咀嚼!

……

国家要把英雄和正派人罗列在它的周围,这个新的偶像!它爱在没有内疚的阳光下晒太阳——这个冷血怪物!

它愿给你们一切,如果你们礼拜它,这个新的偶像,它就这样收买你们的美德和光辉和你们的充满傲气的眼光。

……

我们把那叫做国家,那儿,不论善人和恶人,人人都是饮鸩者;那就是国家,那儿,不论善人和恶人,人人都失去自我;那就是国家,那儿,一切慢性自杀——都称为"生存"。

……

他们全都想登上宝座:这是他们发疯的妄想——好像幸福装在宝座上面! 其实,装在宝座上的常常是烂泥——宝座也常常放在烂泥上面。

我看他们全是疯子,往上爬的猴子和发烧友。他们的偶像,冷血动物,我觉得臭气难闻;他们,崇拜这个偶像的人们,我觉得他们全都是臭气难闻。

……

在国家终止存在的地方,那儿才开始有人,不是多余的人;那儿才开始有必不可少者的歌,唯一的无可替代的曲子。

在国家终止存在的地方——那就请看那边,我的弟兄们! 你们没有看到那道彩虹和通往超人的桥? ——

查拉图斯特拉如是说。①

这无疑是思想史和哲学史上对"国家神话"的最深刻和最透彻的解构,也是对国家主义、国家崇拜意识最尖锐的质疑和批判。历史上,无数的野心家、阴谋家和政客们为了权力,利用国家主义、爱国主义等意识形态欺骗民众,造成巨大的历史悲剧。这些国家的极权主义者和独裁者,一方面在国内实行集权统治或权力独裁,造成国家机器对国内民众的利益剥夺和人权伤害;另一方面,以国家主义或爱国主义的名义挑动对他国的侵略和掠夺,造成国际性的灾难和悲剧。尼采清醒地意识到这种国家主义的历史境况,质疑和反思了国家概

①　[德]尼采:《查拉图斯特拉如是说》,钱春绮译,生活·读书·新知三联书店2007年版,第49—52页。

念的危险性和危害性,也否定和批判了虚假的国家意识和国家概念。尽管尼采以虚构的叙事方式,假借查拉图斯特拉之口来言说,也没有采用纯粹理论和哲学思辨的方法来进行严密的逻辑论证,然而,文本洋溢着强烈的思想势能和巨大的情感力量,远远超越了一般哲学文本所能放射出的真理火花,也超越了一般文学文本所呈现的审美感染力,从而使哲学性和文学性达到高度的交融。

除了尼采的文本之外,丹麦的存在主义哲学先驱克尔凯郭尔的《非此即彼》《概念恐惧》《致死的病症》和《动物寓言》等哲学著述,也喜好选择虚构的叙述以传达主体的思想观念。比较显著的是,克尔凯郭尔的《非此即彼》这个文本,擅长借助虚构的寓言去叙述故事,从而达到隐匿地传达观念的写作目的。如《非此即彼》其中"法拉力斯因徒"①中一节:

> 诗人为何物?一个不幸的人,心中怀着深切的苦痛,但他的双唇却是如此造就:所有呻吟与哭号一经通过便会转化为令人销魂的音乐。其命运正如那位暴君法拉力斯的囚徒一般:他们被囚禁在一头铜牛之中并在慢火之上缓缓遭受煎熬;他们的哭号传不到那位暴君的耳中,因而惊怖也就不会袭入他的心里;而当哭号声传入他的耳中时,它们听起来却像是甜美的音乐。于是众人拥在诗人周围并对他说:"快快再一次为我们歌唱吧!"——这等于是说,"愿新的困难折磨你的灵魂,但是,愿你的双唇构造得与从前一样,因为哭号只会使我们苦恼,而音乐,那音乐,却着实令人心旷神怡。"于是评论家走上前来,道:"该作品构思完美,正是根据美学原则所应达到的境界。"我们终于懂得评论家与诗人相似到毫发无爽的地步。他仅仅缺少心中的痛苦与唇上的音乐。告诉你们吧,我宁愿作为一名猪倌,为猪猡所理解,也不愿成为一个遭世人误解的诗人。②

克尔凯郭尔以虚构的叙事表达对诗人不幸的同情和嘲笑,和对众人以及批评家的反讽。这一虚构的寓言故事也寄寓着其他的深层哲学意义。他在

---

① 法拉力斯——西西里阿格里根托的暴君,约公元前570—公元前554年。

② [丹麦]克尔恺郭尔:《哲学寓言集》,杨玉功译,商务印书馆2000年版,第5页。注:"克尔凯郭尔",中文译名不尽统一,有多种汉语译名。

《生命各阶段》中有节"麻风患者的独白"，克尔凯郭尔假借一位麻风病患者的独白，表达自己有关审美、道德、宗教等方面的沉思。犹太人西门是一位麻风病患者，西门感受到自己与世隔绝的孤独与痛苦，精神陷入绝望的境地，他居于黎明时分的墓地，他坐于墓碑之上审美直观世界和人生，展开自己的沉思和独白，诉说内心的忧郁和苦闷。然后，西门发现了一种膏油，假如使用它，所有的麻风都会转入内心，没有人能看见，祭司必定会宣布我们为健全之人。但是，自己有了自由，却会给社会带来危害和灾难。在这里，西门表现出自我的道德困境和伦理选择。寓言的结尾部分，作者将犹太人西门这一麻风病患者和基督教的民间宗教意识的虚伪进行反比，从而达到反讽的美学效果。

三、优雅的抒情

在一般常识中，哲学文本和抒情存在着一定的精神距离。但是，如果我们对哲学史有了较多的了解和更加细致的分辨，就不难发现有一部分哲学文本，也就是那些非学院性哲学和非经院哲学的文本，它们不仅存在着优雅的抒情并且凭借这种抒情强化了思想的张力和道德观念的渗透性，提升了哲学的感染力，增加了理论的美感色彩，从而获得更广泛的读者和受众。

这一性质的哲学文本主要存在于三类文本之中，其一，从文体上看，一类是对话类、语录类、书简、诗歌、散文化和随笔化的哲学文本，也包括一部分虽然格式上属于纯然论文与论著的哲学文本，却包含抒情性文笔的文本。苏格拉底的对话录、卢克莱修的《物性论》、波爱修斯的《哲学的慰藉》、西塞罗的《讲演录》、帕斯卡尔的《沉思录》、伏尔泰的《哲学通信》、狄德罗的《怀疑者漫步》、孟德斯鸠的《罗马盛衰原因论》和《波斯人信札》、卢梭的《论科学与艺术的复兴是否有助于使风俗日趋纯朴》《一个孤独的散步者的梦》《忏悔录》《爱弥尔》等、约翰·托兰德的《给塞伦娜的信》、席勒的《审美教育书简》《秀美与尊严》等、尼采的《悲剧的诞生》《查拉图斯特拉如是说》《偶像的黄昏》等，克尔凯郭尔的《非此即彼》等。其二，从内容上看，再一类是宗教性质的哲学文本，这些文本都以优雅和真挚的抒情性呈现文学的魅力和价值。诸如古罗马斐洛的《创世纪》、古罗马德尔图良的《护教篇》、古罗马普罗提诺的《九章集》、奥古斯丁的《忏悔录》、托马斯·阿奎那的《神学大全》、库萨的尼古拉的《论隐秘的上帝》、欧内斯特·勒南的《耶稣传》等。其三,从时间性看,一般来说,轴心时代的哲学文本所蕴藏的抒情性要多于近现代的哲学文本。诸如柏拉图的《会饮篇》《理想国》《斐德诺》等、古印度《奥义书》、古印度毗耶婆的《薄伽梵歌》、古印度商羯罗的《示教千则》,中国先秦时代诸子百家的部分著述等。

我们简要地枚举几个较为典型的文本,以作例证性的阐释。和纯粹论文和论著类的哲学文本相比,散文化和随笔性写作在体裁和文体上都容易获得较大程度的表达自由,因此,它们的文学性相对显明。卢梭的《论科学与艺术的复兴是否有助于使风俗日趋纯朴》这一篇随笔式的论文,论文的题目起源于法国第戎科学院 1749 年所公布的有奖征文竞赛,卢梭选择了这一题目而写作,在激情和灵感双重催促之下,卢梭一气呵成写成了这篇激情和理性交融、想象和思辨互渗的杰作。卢梭在后来的回忆中感慨道:"我去探望当时被关押在万森纳监狱中的狄德罗。我把一份《法兰西信使报》放在衣兜里,以便在路上有时间就看看。我突然看到了第戎科学院提出的那个问题,我的第一篇论文就由这个问题引起的。如果有什么东西能使人产生突然的灵感的话,那就是我在看到那个问题的时候心中产生的震动:我突然感到心中闪现着千百道光芒,许许多多新奇的思想一起涌上心头,既美妙又头绪纷繁,竟使我进入了一种难以解释的思绪万千的混乱状态。"①1750 年 7 月,卢梭的这篇文章独占鳌头,并且荣获了该院颁发的价值 30 皮斯托尔的金质奖章,卢梭也因为这篇文章而一举成名。

看见人类通过自己努力,几经艰险,终于走出了洪荒的境地,用理智的光辉驱散了大自然密布在他们周围的乌云,使自己超越了自身的局限,在精神上一跃而进入了天国,用巨人的步伐,像太阳那样遍游了世界各

---

① [法]卢梭:《一个孤独的散步者的梦》,李平沤译,商务印书馆 2008 年版,第 192 页。

地:这是多么宏伟壮观的景象啊;然而,要让人类反观自己,从自身去研究人,去认识人的天性、人的职责和人生的目的,那他们就会感到十分困难了。所有这些奇迹,在最近几个世纪又重新开始了。①

……

如果外表真的是内心活动的反映,如果彬彬有礼就是美德,如果我们的佳言隽语能作我们行动的指南,如果真正的哲学和哲学家的称号是分不开,那么,生活在我们当中的确是很美好的!然而,要这么多条件全都汇集在一起,那是太难了,何况道德是从来不大张旗鼓地宣扬自己的。服饰的华丽固然可以表明一个人的富有,翩翩风度可以表明一个人的十分高雅,而身强力壮的人就要靠其他的标记来显示了。身体的力气和活力,只有在一个劳动者的粗布衣服下面才能看到,而在花花公子华丽的衣服下面是看不到的。服饰与美德是毫不沾边的;美德是灵魂的力量和充实的表现。②

……

一提到风俗,我们便不能不欣然想起古时的纯朴景象。那出自大自然之手的湖岸风光之美,真是赏心悦目,观之令人流连忘返。那时候,诚朴有德的人们喜欢请神明来见证他们的所作所为,同他们住在同一间小屋里。如今,人变邪恶了,不愿意看见这些妨碍他们行事的旁观者了,就把神打发到漂亮的庙宇里。后来,人们又把神赶出庙宇,由他们自己去住。如今的神庙已经同公民的住宅没有多大区别了。眼下,世风的堕落已经到了极点;我们可以这么说,神如今是被放置在大人物的豪宅的大理石门柱上的,是雕刻在哥林多式的柱子上的;这种做法,简直是把坏事做到头了。③

---

① [法]卢梭:《论科学与艺术的复兴是否有助于使风俗日趋纯朴》,李平沤译,商务印书馆2011年版,第9页。
② [法]卢梭:《论科学与艺术的复兴是否有助于使风俗日趋纯朴》,李平沤译,商务印书馆2011年版,第11页。
③ [法]卢梭:《论科学与艺术的复兴是否有助于使风俗日趋纯朴》,李平沤译,商务印书馆2011年版,第32页。

卢梭以诗人般的激情和灵感写就了这一篇经典的哲学文本,在严谨朴素的论述过程中时不时地穿插着优雅的抒情和激情的论辩,文章既富有尖锐的思想性又具有一定的文学性。后来这篇文章引起了持续一年之久的论战,卢梭花费了不少时间与精力作出争辩,以维护自己论文的学术尊严和思想洞见。1752年卢梭青年时代的喜剧《纳尔西斯》出版,他写作了一篇序言,继续阐释了他在这篇论文中提出的思想观念,终于结束了这场论争。虽然论争的结果早已成为明日黄花,然而,卢梭这篇论文却成为哲学史和思想史上的一个经典而永存芬芳。

尼采的《悲剧的诞生》,从文本格式上同样是一篇哲学和美学的论著,但是充满了抒情的色彩,有着震撼心灵的文学力量。

在酒神的魔力之下,不但人与人重新团结了,而且疏远、敌对、被奴役的大自然也重新庆祝她同她的浪子人类和解的节日。大地自动地奉献它的贡品,危崖荒漠中猛兽也驯良地前来。酒神的车辇满载着百卉花环,虎豹驾驭着它驱行。一个人若把贝多芬的《欢乐颂》化作一幅图画,并且让想象力继续凝想数百万人战栗着倒在灰尘里的情景,他差不多能体会到酒神状态了。……人轻歌曼舞,俨然是一更高的共同体成员,他陶然忘步忘言,飘飘然乘风飞飏。他的神态表明他着了魔。就像此刻的野兽开口说话,大地流出牛奶和蜂蜜一样,超自然的奇迹也在人身上出现:此刻他觉得自己就是神,他如此欣喜若狂、居高临下地变幻,正如他梦见的众神变幻一样。人不再是艺术家,而成了艺术品:整个大自然的艺术能力,以太一的极度满足为鹄的,在这里透过醉的战栗显示出来了。人,这最贵重的黏土,最珍贵的大理石,在这里被捏制和雕琢,而应和着酒神的宇宙艺术家的斧凿声,响起厄琉息斯(Eleusis)秘仪的呼喊:"苍生啊,你们颓然倒下了吗? 宇宙啊,你预感到那创造者了吗?"①

……

---

① [德]尼采:《悲剧的诞生》,周国平译,生活·读书·新知三联书店1986年版,第6页。

萨提儿和近代牧歌中的牧人一样,两者都是怀恋原始因素和自然因素的产物。然而,希腊人多么坚定果敢地拥抱他们的林中人,而现代人却多么羞涩怯懦地调戏一个温情脉脉的吹笛牧人的谄媚形象!希腊人在萨提儿身上所看到的,是知识尚未制作、文化之门尚未开启的自然。因此,对希腊人来说,萨提儿与猿人不可相提并论。恰恰相反,它是人的本真形象,人的最高最强冲动的表达,是因为靠近神灵而兴高采烈的醉心者,是与神灵共患难的难友,是宣告自然至深胸怀中的智慧的先知,是自然界中性的万能力量的象征。①

轴心时代的一部分哲学文本,由于和文学还保持着密切的关联,两者之间还没有十分明显的界限,它们包含着浓郁的言情格调和抒情手法。这里我们以《庄子》为代表性文本进行简要阐述。我们知道,庄子是主张人撒弃情感之累的,因此,他提出"无情"说,惠子不赞成和欣赏庄子的这一观点。其实,惠子没有领悟庄子的"无情"说的真实意义在于,庄子存疑和否定主体的虚假情感和矫揉造作的浮华情绪,而推崇的是自然之情和率真之情。因此,庄子的文本是富于情感色彩的经典之作,庄子是一个擅长借助情感的抒发而达到阐述自己哲学观的写作巨匠。我们姑且摘录《逍遥游》一个片断,以作佐证:

北冥有鱼,其名为鲲。鲲之大,不知其几千里也。化而为鸟,其名为鹏。鹏之背,不知其几千里也。怒而飞,其翼若垂天之云。是鸟也,海运则将徙于南冥。南冥者,天池也。

《齐谐》者,志怪者也。《谐》之言曰:"鹏之徙于南冥也,水击三千里,抟扶摇而上者九万里,去以六月息者也。"野马也,尘埃也,生物之以息相吹也。天之苍苍,其正色邪?其远而无所至极邪?其视下也,亦若是则已矣。且夫水之积也不厚,则其负大舟也无力。覆杯水于坳堂之上,则芥为之舟。置杯焉则胶,水浅而舟大也。风之积也不厚,则其负大翼也无力。故九万里则风斯在下矣,而后乃今培风;背负青天而莫之夭阏者,而后乃

---

① [德]尼采:《悲剧的诞生》,周国平译,生活·读书·新知三联书店1986年版,第29页。

今将图南。①

庄子以浓烈的诗意情怀,借助于"鲲鹏"这一审美意象,抒发对自由的赞美和向往。"鲲鹏"一方面克服了物理空间的限制,能够达到人类梦想的空间自由;另一方面,随着对物理空间限制的超越,它们可以获得对时间限制的超越,从而获得生命的持久性和永恒性,满足人类生命永存的理想;再一方面,"鲲鹏"象征了主体内部的心灵自由,庄子希冀无论是物质的还是精神的束缚皆可以被征服,那样人类的自由才能真正得以可能。换言之,只有获得物质和精神的双重自由,才是真正和绝对意义上的自由,才是主体存在的最高价值和最高美感的实现。庄子凭借审美意象展开抒情活动,又依赖抒情手法隐喻自己对绝对自由的渴慕,也表达了整个人类对自由精神的强烈需求。

第三节　想象力和诗意情怀

在某种意义上,有部分上乘的哲学文本是富有想象力和诗意情怀的理论创造。换言之,有些理论建构也是需要想象力和诗意情怀的这一主体精神因素作为保证。这也相应派生这样一个必然性的逻辑结果,一部分哲学文本的文学性也呈现它们所具有的想象力和诗意情怀方面。

一、想象力

第一哲学或纯粹形而上学、逻辑学等哲学文本对于想象力的需要可能是稀少的,然而,这并非意味着哲学排斥想象力的存在。其实,哲学是欢迎和接纳想象力的。况且不论轴心时代的哲学和文学的融合,这本身就需要想象力的作用。即使是成熟后的哲学,也需要想象力的辅佐。即便是以逻辑和思辨为主体的纯粹哲学也或多或少地必须借助于想象力的功能。黑格尔的客观唯心主义哲学体系的建构,毫无疑问就包含着想象力的因素。而马克思主义对

---

① 王先谦:《庄子集解·逍遥游》,《诸子集成》第 3 册,中华书局 1954 年版,第 1 页。

于未来社会结构模式的美好理想,当然也离不开对想象力的运用。即使是以重建理性主义大厦为哲学使命而著称的胡塞尔,他致力于对纯粹意识进行深入探究的现象学,也包含丰富的心理想象因素。或者说,没有想象力的哲学是无法想象的,没有想象力的哲学是缺乏精神创造的活力和灵感的,因为想象力赋予了主体精神以创造性的自由。所以,萨特就认为,主体之所以能够从事想象活动,也是因为是超验性自由的。"意识要从事想象,就必须独立于所有特殊的现实存在,而且这种独立性也必须能够通过同时是世界的构成否定的'存在于世界之中'这一特殊性来规定自身。"①一方面,只有自由的意识才保证想象的可能性;另一方面,自由的意识只有超越现实的存在和获得对客观的否定性才使想象得以可能。从上述理论意义上讲,哲学文本只有具备了自由意识的想象活动才使文学性得以可能。而达到这一点,只有少数的思想家或理论家,也只有少数的哲学文本才有幸登入大雅之堂。譬如苏格拉底、柏拉图、第欧根尼、伊壁鸠鲁、卢克莱修、西塞罗、波爱修斯、奥古斯丁、托马斯·阿奎那、帕斯卡尔、伏尔泰、狄德罗、孟德斯鸠、卢梭、席勒、谢林、叔本华、尼采、柏格森、克尔凯郭尔、弗洛伊德、海德格尔、雅斯贝尔斯、萨特、加缪、马尔库塞、罗兰·巴特、波德里亚等,中国的老子、孔子、庄子、屈原、贾谊、杨雄、王弼、郭象、阮籍、嵇康、惠能、韩愈、柳宗元、朱熹、王阳明、王夫之、黄宗羲、梁启超等。这些创造主体的有些哲学文本富有想象力和诗意情怀,因此呈现一定的文学性和审美特征。

如果我们进一步分析哲学文本所呈现的想象性质,它们和纯粹文学作品的想象活动有所差异。哲学文本的想象活动基本上是依照生活经验和基本常识得以展开,或者依靠形式逻辑和主观逻辑进行建构。或者说,哲学家的想象活动建立在合情合理的知识与常识的逻辑基础之上。相应地,他们的文本也基本上符合普遍的现实性和一般常识的规范性。而诗人或文学家的想象活动,则明显超越现实性的种种规范和限制,打破生活经验和形式逻辑的束缚,

① [法]萨特:《想象心理学》,褚朔维译,光明日报出版社1988年版,第280页。

有些想象力所建构的意境和形象,甚至呈现奇特荒诞、诡异绮丽的形态,给读者以陌生化和魔幻化的阅读体验,使接受者心理产生强烈的审美刺激。当然,有些双重身份的写作者,既是文学家又是哲学家的人物,他们的想象力兼有两种类型,如柏拉图、庄子、卢梭、尼采、萨特等思想大家。

以下我们借助于例证给予简要论述。柏拉图的对话录是充满想象力的轴心时代的哲学文本,他借用老师苏格拉底之口言说,其中既有苏格拉底的理论也有自己的观念。对话人物涉及社会各个阶层,戏剧般的场景也分布于多个社会空间和不同的自然环境,而对话的主题更是涉及意识形态的多个领域。有些对话的人物、话语、观念和场景,以及戏剧性的故事情节,都不同程度地包含着柏拉图依照生活的逻辑和观念的逻辑进行想象性的营造。

如柏拉图的《会饮篇》所描述"会饮"的戏剧化情景就是依据想象力所建构的精妙意境。"会饮"属于古希腊的日常礼节。有的是为了庆祝一些重要事件而举行的典礼,也有酬神的仪式,一般于仪式结束之后,参加的人们聚会宴饮。在聚会宴饮的过程中,大家借助于佳肴美酒的作用,集体性的气氛被渲染得热烈,众人的情绪随之高涨,开始高谈阔论,展开各种主题的对话和交谈,尽管也有激烈的争辩,然而这些谈话和对话都具有优雅的风范。"会饮"这词后来为拉丁文所吸收,称为"symposium",转喻为"座谈会"的意思。相比之下,后来中国魏晋时期文人们之间的雅集"玄谈",也如古希腊的"会饮"一般。古希腊的"会饮"和魏晋名士们之间的"玄谈"皆富有知识分子的"雅量",和后边的唇枪舌剑甚至有辱斯文的争论有天壤之别。柏拉图的《会饮篇》以"爱"为讨论的核心主题,涉及法律、道德、医学、伦理、政治、审美、饮食、养生等方方面面,对话者有社会各阶层人物。柏拉图巧妙地运用媲美于诗人的想象力,叙述了包括苏格拉底在内的众多人物的以"爱"为中心的精彩对话。

有的哲学文本的想象力还体现在对过去文本的诠释和理解方面。正如康德所言,他对柏拉图的理解超越了柏拉图对自己的理解。这意味着,对于前人及其文本的理解是可以超越原有存在的相对意义和客观内容的。而且,这种理解活动必须借助阐释者的想象力得以完成。例如海德格尔对荷尔德林诗歌的阐释就充分地运用了想象力的审美功能。

伽达默尔说:"作者的思想绝不是衡量一部艺术作品的意义的可能尺度。"①那么,接受者或批评家对作品意义的阐释就必然性地成为对作者思想的补充和增加。换言之,对文本的阐释是需要想象力的,正是阐释者的想象力,使潜在的文本意义和审美价值得以发现。例如海德格尔对荷尔德林诗歌的阐释,旨在揭示其中的深层意蕴,获得超越文本的新的审美发现,也正是这种审美发现,使自己的阐释诞生了文学性的色彩。如他对《追忆》一诗的阐释:

> 标题《追忆》的意思似乎是清晰的。但一经倾听这首诗歌,这个词语就失去了我们所猜度的清晰性。这个标题首先可能意味着:作为这样一个成功的语言作品,这首诗是诗人为了"追忆"过去的"经历"而题献给友人们的。人们也容易发觉,在这里表达了荷尔德林对他在"法国南方"的一次逗留的纪念。……法国南方的人们使他更熟悉了希腊人的真正本质。在南国异乡的逗留,对诗人来说首先并且始终蕴含着一个更高的真理:这位诗人"对"希腊人的疆域的"追忆"。这种"追忆"的本质来源并不在诗人所报告的在法国的逗留;因为"追忆"乃是这位诗人的作诗活动的一个基本特征,而这是由于对诗人来说,到异乡的漫游本质上是为了返乡,即返回到他的诗意歌唱的本己法则中去。到异乡的诗意漫游也没有以向这个南方国家出游而告结束。《追忆》一诗末节的开头越过希腊更指向东方而达到印度了。……
>
> 如果追忆就是一种回想,那么,追忆所想的是印度人和希腊人的河流。但"追忆"仅仅是一种回想吗? 对过去的回忆涉及不可回收的东西。这种东西再也容不得任何追问。于是,在消除掉一切追问之后,"追忆"保存着过去。然而,《追忆》这首诗却在追问。②

---

① ［德］加达默尔:《真理与方法》,洪汉鼎译,上海译文出版社 1999 年版,"第二版序言"第8 页。

② ［德］海德格尔:《荷尔德林诗的阐释》,孙周兴译,商务印书馆 2000 年版,第98—100 页。

　　追忆既是主体的存在性本质之一，也是一种潜在的心理本能。追忆既是回首往昔的感性冲动，也是重新发现自我的理性冲动。在追忆活动中，由于时间的流逝和岁月沧桑，主体有时候是依赖于想象力重建以往的事件和人物，也重新回忆和理解过去时间的自我。如果荷尔德林的追忆是建立在想象力活动的基础之上，而海德格尔对荷尔德林的《追忆》一诗的阐释也在一定程度上建立在审美想象力的基础之上。

　　由此我们可以领悟到：人是记忆的动物，在生命的过程中，主体经常处于回眸往事的时间之轴上。主体的追忆活动，也即是主体对过往的审美想象的心理活动，一方面保证了个体记忆的宝贵美感，另一方面确立了集体记忆的正当权利和捍卫了集体记忆的延续性。因此，丧失记忆和放弃追忆的主体境遇，则是反历史的和反美学的。荷尔德林的《追忆》一诗，既可能是对个人生命经历的审美追忆，更可能是对集体记忆的历史性追忆。海德格尔对荷尔德林《追忆》诗歌的阐释，是充满想象力的理解活动，意在揭示诗歌语言之后隐匿的哲理意义。荷尔德林的"追忆"不仅仅是个体生命对自我漫游经历的蓦然回首，也是对古典主义的精神家园的审美复活。看似诗人对异乡的漫游，却是他对梦幻中故乡之回归。诗歌不但是唯美主义的感伤追忆，而且是形而上学的理性追问。海德格尔对荷尔德林诗歌的富有想象力的审美阐释，揭示了文本中潜在的可能性，这种可能性被阐释者赋予了深刻而独特的美学意义，并且上升到哲学的高度，阐释者递增的哲理意义丰富了诗歌文本和原初意义。

二、灵感与体验

　　有些哲学家在内心有着诗人般的灵感与想象力的禀赋，它们对诗歌的阅读与阐释常常伴随着自己审美再创的灵感和体验。如此的哲学家所书写出的哲学文本，尤其是诠释诗歌的文本势必具有丰富的文学性和美感魅力。

　　海德格尔的《诗歌中语言——对特拉克尔的诗的一个探讨》一文，以充满了诗人般的灵感和体验，展开对特拉克尔的诗歌的美学分析，这种分析有如中国诗论中"以诗论诗"的策略，对诗歌的理解性写作，诞生了诗性灵感和审美体验,并且也使自己这种理解性写作充盈了文学的意味。

精灵的朦胧

在森林的边缘,有一只黑暗的兽
悄无声息地出现;
晚风在山丘上款款仁息。

山鸟的悲啾归于沉寂,
温柔的秋笛
也在苇管中沉默。

在滚滚乌云上空,
罂粟使你陶醉,
你驶入夜的池塘,

驶入那片星空。
姐妹的冷月般的声音,
始终在精灵之夜回响。

夜的池塘这一诗意形象描绘了星空。这乃是我们的寻常之见。但就其本质之真实而言,夜空就是这个池塘。相反地,我们别处所谓的夜,毋宁说只是一个图像,亦即对夜之本质的苍白而空洞的摹写。在诗人的诗歌中常常出现池塘和池塘镜像。那时而黑色时而蓝色的池水向人们显示出它的本来面目,它的反光。但在星空的夜的池塘中却出现了精力之夜的朦胧蓝光。它的闪光是清冷的。

这清冷的光来自月亮女神(δελ`αννα)的照耀。正如古希腊诗歌所说的,在她的光芒照映下,群星变得苍白、甚至清冷。一切都变得"冷月般的"。那个穿越黑夜的异乡者被称为"冷月般的人"。姐妹的"冷月般的声音"始终在精灵之夜回响;当兄弟坐在他那依然"黑色的"并且几乎没有受到异乡人的金光照耀小船上,企图跟随异乡人那驶向夜的池塘的行程的时候,他便听到了姐妹的声音。

如果终有一死的人跟随那被召唤而走向没落的"异乡者"去漫游,那么他们自己也就进入异乡,也成为异乡人和孤独者。

唯有通过在夜的星池——即大地之上的天空——中行驶,灵魂才感受到大地是浸润于"清冷的汁液"之中的。灵魂滑入了精灵之年的暮色朦胧的蓝光中。它逐渐变成"秋日的灵魂",并且作为"秋日的灵魂",它遂成为"蓝色的灵魂"。

这里提到的几个诗句和段落指示了精灵的朦胧,引导出异乡人的小径,表明了那些怀念异乡人并且跟随它走向没落的东西的方式和行程。在"夏末"时分,漫游中的异乡者变得秋天一般,变得灰暗。①

海德格尔对特拉克尔《精灵的朦胧》一诗的阐释,不是采取一种还原式的阐释方法,而是运用一种带有审美发现的阐释策略,所阐释出的意义和美感显然有超越原有的诗歌存在。这种阐释活动,一方面依赖于阐释者再度创造的审美灵感,发掘了诗歌语言深处所隐匿的意义和美感;另一方面,是阐释者透过诗歌意象所建构的艺术意境,再借助自己主体内心的审美体验去重构一个空灵神秘的精神世界。而这个新颖的艺术世界,是由诗人和阐释者所共同赋予的意义所组成的。

卢梭的《论科学与艺术的复兴是否有助于使风俗日趋纯朴》论文的题目起源于法国第戎科学院 1749 年所公布的有奖征文竞赛。卢梭追忆当时看到这个题目的心理状态:"我觉得我的头昏昏沉沉,像喝醉了酒似的;我的心怦怦直跳,连呼吸都感到困难,甚至边走边呼吸的力气也没有了,只好倒在路边的一棵树下。我在那里躺了半个小时,心情是那么的激动,及至我站起来以后,才发现我曾不知不觉地哭了一场。眼泪把我衣服的前襟全湿透了。……我在那棵树下一刻钟内悟出许许多多真理,我能记得的,都零零星星分散地写

① [德]海德格尔:《在通向语言的途中》,孙周兴译,商务印书馆 1997 年版,第35—36 页。

进我的三部主要著作,即第一篇论文和关于不平等的论文以及关于教育的论文①。这三部著作是不可分开的;三部著作应合起来成为一部完整的著作。至于在那棵树下的其他感受,我全忘记了,而当时写下的几句话,则是用法布里西乌斯那种气势磅礴、掷地有声的笔调写的。我就是这样压根儿不想当著述家的时候不由自主地当上著述家的。"②卢梭徜徉于哲学与文学的两条道路,既有严谨的思辨能力,又有诗人的天才和灵感,内心怀揣着敏锐的审美体验,他的这篇《论科学与艺术的复兴是否有助于使风俗日趋纯朴》的论文是哲学性与文学性的和谐交融,使自己在法兰西一举成名,其文本成为哲学史上经典之作。没有诗人般的超常灵感和睿智的审美体验,不可能书写出如此这般的思想史和文化史的杰作。

古希腊时代柏拉图的著名对话录《会饮篇》,应该是卢梭这篇论文的先驱和榜样。这一文本,显然是一部充溢着灵感和体验的经典之作。柏拉图犹如古希腊的戏剧大师一般,擅长舞台设计和舞台调度,合理而巧妙地安排人物、故事、场景、服饰、道具等诸种元素。尤为关键的是,柏拉图精心设计了舞台对话的主题——"爱",这是这部哲学性戏剧最重要的核心和灵魂。柏拉图以"爱"为轴心和为机缘、为逻辑起点和情感张力,建构这部哲学文本的戏剧性趣味。同时,柏拉图为此还构思了众多人物之间关系以及精彩纷呈的台词,在人物之间制造了思想和语言的多重冲突,突出了戏剧的矛盾性和悬念趣味。

解读《会饮篇》让我们自觉或不自觉地感受到柏拉图内心世界强大而丰富、神秘而美妙的体验势能,他依照主体内部的直觉与灵感、经验与逻辑,去设想和建造一个戏剧化的饮宴"座谈会"的哲学场景,这就是"体验"的功能和魅力。如果我们对体验(Erlebnis)这一概念进行简要的探究的话,首先,它被现象学赋予一种认识论的意义,成为主体的认识方法之一和确立自我存在价值

---

① 卢梭的这三篇论文:《论科学与艺术的复兴是否有助于使风俗日趋纯朴》《论人类不平等的起源和基础》《爱弥儿》。

② [法]卢梭:《一个孤独的散步者的梦》,李平沤译,商务印书馆2008年版,第192—193页。

的手段。其次,和纯粹哲学意义的体验有所不同,美学视野的审美体验不满足于对客观对象的真实把握,而希冀于主体对事物存在的可能性之诗性领悟。换言之,审美体验能够超越知识平面达到对精神隐秘的体察,力图粉碎单一的意义存在而达到对整个对象的否定性观照和诗意发现。所以,在体验这一概念的规定性上,包括柏拉图的《会饮录》在内所有对话录都不同程度地存在着体验和审美体验的观念与方法。加达默尔指出:

> 体验具有一种摆脱其意义的一切意向的显著的直接性。所有被经历的东西都是自我经历物,而且一同组成该经历物的意义,即所有被经历的东西都属于这个自我的统一体,因而包含了一种不可调换、不可替代的与这个生命整体的关联。就此而言,被经历的东西按其本质不是在其所传导并作为其意义而确定的东西中形成的。被经历东西的意义内涵于其中得到规定的自传性的或传记性的反思,仍然是被熔化在生命运动的整体中,而且持续不断地伴随着这种生命运动。正是体验如此被规定的存在方式,使得我们与它没有完结地发生关联。尼采说:"在思想深刻的人那里,一切体验是长久延续着的。"他的意思就是:一切体验不是很快地被忘却,对它们的领会乃是一个漫长的过程,而且它们的真正存在和意义正是存在于这个过程中,而不只是存在于这样的原始经验到的内容中。因而我们专门称之为体验的东西,就是意指某种不可忘却、不可替代的东西,这些东西对于领悟其意义规定来说,在根本上是不会枯竭的。①

体验既包含认识论的作用和方法,也包括审美论的功能和态度。它指向着和意味着,主体内部以自我的意向性去合理性地和合情感性地设想外在的客观存在和其他主体的精神世界。有时候,体验活动包含着审美活动中"内模仿"(innere nachahung)②和"移情"(Einfülung)③的作用。包括《会饮篇》在

---

① [德]H.G.加达默尔:《真理与方法》上卷,洪汉鼎译,上海译文出版社1999年版,第85—86页。

② "内模仿"这一概念由德国美学家谷鲁斯(Karl Groos,1861—1946)提出。

③ "移情"这一概念主要由德国美学家立普斯(Theodor Lipps,1951—1914)阐释并完善。

内的柏拉图众多的对话录,即包含体验和审美体验的丰富性,由此使哲学文本增添了引人注目的文学色彩。所以,柏拉图的著作实际上跨越哲学与文学的界线,成为两个领域的共同经典。

三、诗意情怀

周国平在其主编的《诗人哲学家》一书的"前言:哲学的魅力"中写道:"在西方文化史上,我们可以发现一些极富有诗人气质的大哲学家,也可以发现一些极富有哲人气质的大诗人,他们的存在似乎显示了诗与哲学一体的源远流长的传统。在这里,我们把他们统称为'诗人哲学家'。这个称呼与他们用何种形式写作无关,有些人兼事哲学和文学,有些人仅执一端,但在精神气质上都是一身二任的。一位严格意义上的'诗人哲学家'应该具备三个条件:第一,把本体诗化或把诗本体化;第二,通过诗的途径(直觉、体验、想象、启示)与本体沟通;第三,作品的个性色彩和诗意风格;当然,对于这些条件,他们的相符程度是很不一致的。"①此论虽然存在某些欠缺,但基本上符合哲学史和文学史的客观实际,也具有一定的合理性。哲学文本的文学性离不开写作主体的诗人气质,正是部分哲学家所禀赋的诗人气质,他们所写作的哲学文本,适度地借助情感与想象、直觉与体验等心理要素,使文本具有意义的多向度和思想的丰富性与复杂性。在这些文本之中,洋溢着一定的诗意情怀,因而呈现出文学性和美感。卡尔维诺指出:

> 在伏尔泰和狄德罗的作品中,想象具有一个明确的教育和讨论的意图,因为从一开始,作者就知道他想要说的所有东西。他们是知道,还是认为知道呢?斯威夫特和斯特恩的笑中充满了愁容。与哲学短篇集同时或者稍后,幻想短篇集和哥特小说将潜意识中那些令人烦恼的幻觉释放了出来。哲学真正的抗议,是包含在它清晰的讽刺、理性的痛苦(我们意大利人立刻会想到莱奥帕尔迪的对话录)、智慧的透明[法国人立刻会想

---

① 周国平主编:《诗人哲学家》,上海人民出版社1987年版,第5页。

到《泰斯特先生》(*Monsieur Teste*)]当中,还是在我们对开明家庭里出没的那些幽灵的呼唤当中呢?①

显然,伏尔泰和狄德罗的哲学著作,除了逻辑思辨之外,还借助于想象活动以丰富哲学思维,使文本包含着一定的诗意情怀。

在轴心时代,西方的柏拉图是最为典型的具有诗人气质的哲学家,他对于诗歌持有矛盾的心态。一方面,他在《理想国》指责诗人"因为像画家一样,诗人的创作是真实性很低的;因为像画家一样,他的创作是和心灵的低贱部分打交道的。因此我们完全有理由拒绝让诗人进入治理良好的城邦。因为他的作品用于激励、培育和加强心灵的低贱部分毁坏理性部分……荷马确是最高明的诗人和第一个悲剧家。但是你自己应当知道,实际上我们是只许可歌颂神明的赞美好人的颂诗进入我们城邦的。"②另一方面,柏拉图借助苏格拉底之口为诗歌辩护说:"诗歌不仅是令人愉快的,而且是对有秩序的管理和人们的全部生活有益的。我们也要善意地倾听他们的辩护,因为,如果他们能说明诗歌不仅令人愉快而且有益,我们就可以清楚地知道诗于我们是有利的了。"③柏拉图尽管没有诗人的身份,但是他的哲学文本诗意盎然,散发出文学的绚丽色彩。柏拉图的哲学运用"对话体"写作,正如尼采所言:"柏拉图的对话,它通过混合一切既有风格和形式而产生,游离在叙事、抒情与戏剧之间,散文与诗歌之间,从而也打破了统一语言形式的严格的古老法则。"④柏拉图文本的诗意情怀显然要远远超越后来者。

在轴心时代,中国先秦的庄子也是一位周身洋溢诗人气质的哲学家,他诗意地思与言,崇尚生命的自然和绝对的自由状态,周身弥散着万物均等、生命至上的人文主义精神。庄子反讽伪饰情感和表演化生存的人生,批判充满计谋和欲望的历史,厌恶权力和政治意识形态对个体精神的宰制,采取价值悬置

---

① [意]卡尔维诺:《文学机器》,魏怡译,译林出版社2018年版,第242—243页。
② [古希腊]柏拉图:《理想国》,郭斌和、张竹明译,商务印书馆1986年版,第404—407页。
③ [古希腊]柏拉图:《理想国》,郭斌和、张竹明译,商务印书馆1986年版,第408页。
④ [德]尼采:《悲剧的诞生》,周国平译,生活·读书·新知三联书店1986年版,第59页。

和情感中立的方式对待无意义的论题或命题。庄子以寓言、戏剧、小说、神话等文学方式进行哲学写作，在他的文本中包含着隐喻、象征、虚构、想象、夸张、反讽、叙事、抒情等修辞方法，文本中蕴藏着丰富的智慧与幽默，具有鲜明的审美价值和文学价值。一部《庄子》既是哲学文本，也是文学文本，是哲学性和审美性高度交融的精神文化遗产。刘熙载云："文之神妙，莫过于能飞。庄子之言鹏曰'怒而飞'。今观其文，无端而来，无端而去，殆得'飞'之机者，乌知非鹏之学为周邪？"①也如鲁迅所言："汪洋辟阖，仪态万方，晚周诸子之作，莫能先也。"②

诚如有学者所论："《道德经》便是一部哲理诗。一部中国哲学史，也是一部诗史。孟子在界说'浩然之气'的时候，实在是个哲理诗人。研读中国哲学，不仅要深思明辨，而且也需要诗人气质和诗意。"③老子之后，庄子借助于想象与直觉、情感与体验等文学修辞方式进行写作，《庄子》文本的诗意情怀令后世无数的文人墨客崇拜和仰慕，文学性和审美性也被接受者所崇尚和赞誉。而后的孟轲，他的《孟子》文本，在气势磅礴、鞭辟入里的论辩活动中，穿插各种寓言故事、人物传说以及充满审美感性的自然现象，作为理论依据和逻辑支点，文本也是典型的文学性和审美性相统一的佳作，同样具有强烈的诗性精神。

哲学文本的诗意情怀取决于写作主体这样两个重要的精神因素：其一，孤独与敏感的情感气质。哲学家往往是一个孤独个体。克尔凯郭尔"孤独个体"的内涵首先是指精神性的超物质存在，脱离感性生活的抽象的孤独个体，它具有哲学的普遍意义。它是克尔凯郭尔哲学的核心概念，是他哲学的重要对象和最高命题。徐崇温主编的《存在主义哲学》认为："克尔凯郭尔对存在主义哲学的最大贡献，就在于他把'孤独个体'看作是世界上的唯一实在，把存在于个人内心中的东西——主观心理体验看作是人的真正存在，看作是哲

---

① 刘熙载：《艺概》，上海古籍出版社 1978 年版，第 8 页。
② 鲁迅：《汉文学史纲要》，上海古籍出版社 2011 年版，第 14 页。
③ 赵鑫珊：《哲学与当代世界》，人民出版社 1986 年版，第 127 页。

学的出发点,从而为存在主义哲学的最基本概念——'存在'概念奠定了理论基础。"① 叔本华说:"生物愈高等,意志现象愈完全,智力愈发达,烦恼痛苦(孤独)也就愈显著。"② 尼采说:"孤独有七重皮,任何东西都穿不透它","孤独像条鲸鱼,吞噬着我","我仍要重归于孤独,独与晴朗的天,孤临开阔的海洋,周身绕以午后的阳光"。③ 而从主体的生活行为、心理倾向、气质情绪等方面看,西方思想家多有孤独癖。如叔本华独自终生,以狗为伴。康德也是孤独的自在心灵,整日独自一人沉醉于哲学思辨。尼采更是"孤独之狼"。正如陈鼓应所言:"哲学家多半是孤独的,而尼采,更是孤独中的孤独者","明知孤独是可怕的,然而他终生沉浸在孤独里。"④ 萨特也常在孤独之中观察生活、人生,体验世界与自我的存在意义。"孤独"或"孤独感"在现代西方哲学上具有本体论含义,是决定个人意志、实践行为、文化创造的精神性存在。同时,就哲学家的现实生活个体而言,孤独是他们普遍存在的心理情绪、性格气质,构成了他们哲学创造与活动的心理驱力,成为心灵特有的内在机制与功能,推广而论,这种哲学意义上的孤独也构成了哲学写作、文学创作与科学创造的内驱力和情绪媒介。以致有人断言:"哲学家、科学家和艺术家都是一些大孤独者。"⑤

其二,幽默与智慧的人生旨趣。哲学家往往是富于幽默和智慧的诗性主体,哲学家将幽默和智慧的精神因素植入哲学文本之中,一方面提升了哲学的审美趣味,另一方面令哲学文本富有文学的喜剧性。从幽默和哲学的历史渊源考察,幽默在天然形态上和哲学存在密切的联系。古希腊的哲学充满幽默的智慧或智慧的幽默,苏格拉底和柏拉图的"对话录"的哲学文体,以人物之间的提问与解答、诘问与争辩、立论与反驳等充满机锋的言谈,淋漓尽致地展

---

① 徐崇温:《存在主义哲学》,中国社会科学出版社 1986 年版,第 46 页。
② [德]叔本华:《生存空虚说》,陈晓南译,作家出版社 1988 年版,第 99 页。
③ 陈鼓应:《悲剧哲学家尼采》,生活·读书·新知三联书店 1987 年版,第 68—69 页。
④ 陈鼓应:《悲剧哲学家尼采》,生活·读书·新知三联书店 1987 年版,第 67 页。
⑤ 赵鑫珊:《哲学与当代世界》,人民出版社 1986 年版,第 283 页。

示出哲学的魅力,挥洒着幽默的光彩。先秦哲学中,孔子与弟子、庄子与惠子、孟子与梁惠王之间的对话,哲思之中发散着智慧和幽默。魏晋的清谈风气和玄学兴起,"竹林七贤"的旷达闲散和诗意情怀,使哲学、文学、幽默三位一体的交融达到前所未有的境界。如果说《世说新语》中有诸多精彩的哲学与文学相互渗透的幽默;那么,禅宗中不少的语录、灯录、公案、话头、机锋等,则呈现出佛教哲学的智慧和幽默。《五灯会元》《高僧传》等典籍中记载丰富的佛学幽默,弥散着宗教的智慧和灵感,启思人生和艺术。从哲学和幽默的逻辑联系看,幽默是超越喜剧的"哲学喜剧"和"智慧喜剧",幽默带来富有哲学意味的笑和智慧的笑,它们使哲学文本增添了诗意情怀和喜剧的趣味。

哲学中的幽默,常常体现为逻辑的悖论、矛盾或荒谬,它常常打破和颠覆日常的逻辑经验,呈现为哲学智慧和人生旨趣。古希腊哲学家芝诺的"飞矢不动"命题,是古老的反逻辑命题,也是充满幽默感的哲学命题。孔子有关"夔一足"争论,庄子的"一尺之捶,日取其半,万世不竭"[1]的论题,惠施的"合同异"等命题,公孙龙的"坚白论"和"白马非马论",西方哲学史上罗素的"罗素悖论"等,这些哲学命题或论争呈现反逻辑的特征,具有幽默趣味和智慧特征。在日常生活和艺术作品中,那些有意背离逻辑和逻辑混乱的语言、行为,以及与此相关的人物形象,都可以造成幽默情境而引人发笑。而哲学家的幽默感表现于自我的哲学文本中,令这些文本沾染了诗意情怀和文学的喜剧性。既容易激发接受者的阅读兴趣,也令阅读者产生快感和领悟人生的智慧。

第四节　文学手法和修辞技巧

有关哲学文本的文学性问题,一方面我们从美学理论的层面上进行必要的逻辑推导和综合;另一方面,再结合对具体文本的分析和细读,从理论和文

---

[1]　《庄子·天下篇》,见王先谦:《庄子集解》,载《诸子集成》第 3 册,中华书局 1954 年版,第 224 页。

本的相互对应方面进行了阐释。如此而已,我们可以大致界定哲学文本所具有的文学性。现在,我们再从文学手法和修辞技巧的方面进一步论述哲学文本的文学性。以下,我们着重从戏剧与寓言、隐喻和象征、反讽和夸张这三个方面予以描述和论证。

一、戏剧和寓言

在古典哲学时期,一部分哲学文本具有一定的戏剧性或戏剧性色彩,它们隐藏着生动的文学性。还有的哲学文本借助寓言的手法展开比喻性或象征性的说理,甚至还借助于神话故事进行哲理之阐述。在近现代哲学史,同样有借助于戏剧性和寓言进行写作的范例,例如尼采和克尔凯郭尔,这两位哲学家的哲学文本包含着一定的戏剧性手法和寓言笔法,如尼采的《查拉图斯特拉如是说》和《偶像的黄昏》等,克尔凯郭尔的《非此即彼》和《哲学寓言》等。

我们首先还是以柏拉图为例作出说明。从美学意义上看,柏拉图的对话具有散文化的戏剧性质,有的对话仿佛是独幕剧,而有的对话则像多幕剧。舞台的场景和氛围随着人物之间的对话而有所变化。每一幕剧有着核心的对话主题,有着不同人物之间的话语和观点的矛盾冲突,有时候对话者可以达到暂时性意见统一,然而思想的差异和观点的分歧是经常性的,观点的差异恰恰是矛盾冲突的表现,它构成了戏剧性的必要因素。所以,有学者认为:"柏拉图对话是戏剧,散文体戏剧。那么,它们也就必须被以戏剧的方式去阅读。"①

柏拉图的对话录是戴着苏格拉底面具的柏拉图所进行的思想言说和行为表演。显然,柏拉图的哲学文本隐藏着丰富的文学性和美学价值,依据在于:其一,柏拉图的对话体写作,富于戏剧性色彩,隐藏着人物之间的矛盾冲突,具有丰富的潜台词和反讽趣味。其二,柏拉图的对话录包含多角度叙事、诗意抒情和敏锐美感。叙述故事成为柏拉图对话的一个特色,这些故事既有真实也有虚构,既有寓言故事也有神话故事,在对故事的叙事过程中,穿插着诗意的

① 张辉:《文学与思想史论稿》,复旦大学出版社 2013 年版,第 6 页。

抒情和审美感受。其三,柏拉图对话广泛采取文学性的表现策略和修辞手法,诸如幽默、反讽、隐喻、夸张、对比、寓言、神话等。以上要素,客观地构成了柏拉图的哲学文本的文学性质和审美特征。我们摘录柏拉图的《会饮篇》一个场景为例,以作阐述。

　　没有一会儿,前院传来阿尔基比亚德的声音。他烂醉如泥,大声嚷着阿伽松在哪里,要仆人马上带他去见阿伽松。那位吹笛女和其他随从扶着他来到我们宴饮的大厅门口。他站在那里对我们说话,头戴着葡萄藤和紫罗兰编织的大花冠,还缠绕着许多绣带。

　　他嚷道,先生们,你们好。我今天已经喝够了,即使你们愿意,我也不会加入你们的宴会,我只想替阿伽松戴上花冠,说几句话就走。我们来就是为这件事。昨天我就想来了,但有事不能来,所以我现在来了,头上还顶着这么多绣带。我要把这些绣带取下来,绕到这个最聪明、最漂亮的人头上,我还要给他戴花冠。我想你们在笑话我,因为我喝醉了。你们尽管笑,我不在乎。我还没有醉到不知道自己在说什么的地步,你们无法否认我说的是真话。好吧,先生们,你们自己表态吧,我可以进来吗? 你们能不能和我一起喝酒?

　　大家都嚷作欢迎他,请他入座,阿伽松也比较正式地请他进来。那些跟随他的人一边扶着他往里走,一边帮他取下头上的绣带,准备在走近阿伽松的时候给他绕上。阿尔基比亚德头上的花冠给弄歪了,遮住他的眼睛,所以没有注意到苏格拉底。他在阿伽松和苏格拉底中间坐下,苏格拉底看见他过来,已经给他挪出了空位。阿尔基比亚德一落座,就向阿伽松问好,开始往他的头上绕绣带。①

这是众人在讨论了诸多哲学问题之后的一个中间环节和场景,有着戏剧舞台的场面,戏剧人物阿尔基比亚德念叨着自己的台词,人物按照舞台调度居于各自的位置,人物之间有着呼应和关联。在之前和随后的讨论中,这些人物讨论

---

① ［古希腊］《柏拉图全集》第 2 卷,王晓朝译,人民出版社 2003 年版,第 256 页。

和争辩了诸如爱的本质、爱的特征和种类，爱的层次和境界，爱和道德、责任、法律的关系，以及智慧和美德、审美活动和艺术创造、教育和道德等问题。

在《会饮篇》中，以苏格拉底为主角的众人们，主要讨论的是"爱"的主题。阿伽松关注的是凡俗的常人之爱，也即是肉体之爱，苏格拉底则将爱提升到对神灵和对高尚事物和理想的爱。苏格拉底认为，人们最初的爱只是眷注于肉体的可见之美，这还属于低级的爱。而高级的爱是对于人的灵魂之爱。人们热爱美的思想和理念，由此升华人们的人生境界和丰富自我的生命意义。如此而已，主体便可以在浩渺壮丽的美的海洋中接近美的本身和领悟美的真谛，从而令生命诞生美感和美的价值。

中国古代的《庄子》的对话也具有一定的戏剧性，以寓言为显著特征，构成其哲学文本的一个文学与美学的特色。从美学意义上看，《庄子》这部哲学文本，主要是以寓言为写作方式的文体，由此，它的文学性特征非常鲜明而且充满空灵的想象力和诗性的美感。

> 庄周闻其风而悦之。以谬悠之说，荒唐之言，无端崖之辞，时恣纵而不傥，不奇见之也。以天下为沈浊，不可与庄语。以卮言为曼衍，以重言为真，以寓言为广。独与天地精神往来，而不敖倪于万物。不谴是非，以与世俗处。其书虽环玮，而连犿无伤也。其辞虽参差，而諔诡可观。彼其充实，不可以已。上与造物者游，而下与外死生、无终始者为友。其于本也，宏大而辟，深闳而肆；其于宗也，可谓稠适而上遂矣。虽然，其应于化而解于物也，其理不竭，其来不蜕，芒乎昧乎，未之尽者。[1]

庄子"以卮言为曼衍，以重言为真，以寓言为广"[2]，"三言"尤其是寓言，成为庄子哲学文本重要的文学手法。先秦是中国思想的黄金时代，留下包括寓言在内弥足珍贵的哲学与诗相交融的丰厚遗产。《孟子·公孙丑》中的"揠苗助长"，《韩非子·外储说左上》中的"郑人买履""买椟还珠""卖不死之药"

---

① 王先谦：《庄子集解·天下》，《诸子集成》第3册，中华书局1954年版，第222页。

② 《庄子·天下篇》，见王先谦：《庄子集解》，载《诸子集成》第3册，中华书局1954年版，第222页。

"画鬼""郢书燕说",《韩非子·难势》中的"自相矛盾",《韩非子·五蠹》中的"守株待兔",《吕氏春秋·去尤》中的"亡鈇者",《吕氏春秋·察今》中的"刻舟求剑",《列子·天瑞》中的"杞人忧天",《列子·黄帝》中的"朝三暮四",《列子·汤问》中的"两小儿辩日",《战国策·齐策二》中的"画蛇添足",《战国策·楚策一》中的"狐假虎威",《战国策·魏策四》中的"南辕北辙",《战国策·燕策二》中的"鹬蚌相争"等,这些寓言以虚构的叙事创造风趣的幽默而成为"典故"或"成语",深刻地影响着华夏的文化传统。这些寓言都可谓是哲学化的寓言。

但丁提出"诗为寓言"说的美学理论。他在《致斯加拉大亲王书》中写道:"假如你就字面这些神秘意义都有各自特殊的名称,但总起来都可以叫做寓意,因为它们同字面的历史的意义不同。'寓言'一词源出希腊'alleon',这和拉丁字'allienum'或'diversum'意义相同,意为'相异'或'其他'。"①但丁的寓言含义和我们论述的寓言含义在逻辑上不尽相同,然而从广义的美学理论考察,也包含着我们所阐释的寓言意义。西方哲学史上,采取寓言写作的哲学家也不乏其人,最为典型的代表人物有尼采和克尔凯郭尔等。尼采的《查拉图斯特拉如是说》,可以说通篇是一个结构完整的宏大叙事的寓言,他借查拉图斯特拉的行踪和经历、遇见的人物事件、听到的谈话和争论,以及查拉图斯特拉自己的言谈和独白以及内心的直觉和体验,勾画了一个奇特绚丽、神秘玄幻的寓言世界和神话场景,在这个寓言世界和神话场景中,营造出一定的戏剧性,而查拉图斯特拉的独白和言说构成了尼采的哲学文本。尽管克尔凯郭尔的《非此即彼》和《哲学寓言》在文本形式和尼采的《查拉图斯特拉如是说》有所不同,但也是借寓言以表达自己的哲学观念,呈现文本的戏剧性和文学性。

二、隐喻与象征

哲学文本的文学性是指这些文本必须包含文学的某些修辞技巧,潜藏着

---

① 伍蠡甫主编:《西方文论选》上卷,上海译文出版社1979年版,第159页。

隐喻与象征、意象建构与氛围营造等表现手法。但丁在《致斯加拉大亲王书》中，讨论了哲学、宗教、文学这些作品的意义和手法，他指出："为了进一步阐述我们的意见，必须说明这部作品的意义并不简单，相反，可以说它具有多种意义，而通过文字所表示的事物本身所得到的则是另一种意义。头一种意义可以叫做字面的意义，而第二种意义则可称譬喻的、或者神秘的意义。"①中世纪文学创作存在着字面、寓言、哲理、奥义这"四义说"。其实，就一部分哲学文本而言，它们同样包含着这"四义"，即这四种文体表现的方法和修辞技巧。而隐喻与象征属于最基本的文学手法和修辞技巧，它们有时候是互为一体或相互关联的。韦勒克、沃伦在《文学理论》中认为隐喻与象征："在文学理论上，这一术语较为确当的含义应该是：甲事物暗示了乙事物，但甲事物本身作为一种表现手段，也要求给予充分的注意。"②他们又认为："'象征'具有重复与持续的意义。一个'意象'可以被一次转换成一个隐喻，但如果它作为呈现与再现不断重复，那就变成了一个象征，甚至是象征（或者神话）系统的一部分。"③所以，隐喻与象征、意象与神话存在着概念之间的相互渗透与交叉的情况，或者说，它们之间存在着逻辑的同一性，但也具有某种细微的差别。

值得我们关注的是，在一部分哲学文本中存在着对隐喻与象征、意象与神话等文学手法和修辞策略的运用，哲学家借鉴文学家的写作技巧在文化史上屡见不鲜。这一情形大致可以分为三类，其一是轴心时期，哲学与文学尚未完全分离和独立，诸多哲学文本本身就包含着文学性质，因此诸种文学方法和修辞技巧都普遍存在。其二是宗教哲学擅长于借以隐喻与象征、意象与神话等文学化的写作策略。其三是一部分以散文、随笔、片断式写作等文体的哲学文本，也娴熟地借鉴诸多文学方法和修辞技巧进行书写活动。因此，它们自然而然地有着文学性和审美性的诗意禀赋。就写作主体而言，诸如西方的柏拉图、

① 伍蠡甫主编：《西方文论选》上卷，上海译文出版社 1979 年版，第 159 页。
② ［美］韦勒克、沃伦：《文学理论》，刘象愚等译，江苏教育出版社 2005 年版，第 214 页。
③ ［美］韦勒克、沃伦：《文学理论》，刘象愚等译，江苏教育出版社 2005 年版，第 214—215 页。

卢克莱修、波爱修斯、奥维德、奥古斯丁、蒙田、帕思卡尔、费希特、谢林、伏尔泰、狄德罗、卢梭、孟德斯鸠、席勒、叔本华、尼采、克尔凯郭尔、齐美尔、柏格森、狄尔泰、弗洛伊德、海德格尔、萨特、加缪、马尔库塞、罗兰·巴特、波德里亚等哲学家,他们都自觉或不自觉地运用文学手法进行写作活动。再从中国的先秦诸子、魏晋玄学、隋唐佛学、宋明理学等哲学流派来考察,它们的诸多哲学文本都存在着对文学手法和修辞策略的广泛运用。无论东西方的哲学家,他们的文本皆不同程度地采用隐喻与象征、意象与神话等文学手法和修辞策略。有着哲学家和诗人双重身份的席勒,在他的文本中,也集中地呈现了哲学与文学的高度融合,他擅长运用隐喻与象征的文学笔法。席勒在《秀美与尊严》这一著述的开头写道:

> 根据希腊神话,美神有条腰带,这条腰带有力量让佩带它的每个人分享秀美和得到爱情。妩媚女神(Huldgttöin),或秀美女神(Grazie)就正好有这种神性伴随着。

> 由此,希腊人把妩媚和秀美区别于美,表现她们不同于美神的属性。任何秀美都是美的,因为克尼多斯的女神阿芙洛狄特的财产是诱发爱情的腰带,但是并不是一切美都是秀美,因为没有这腰带维纳斯仍然是她所是的那个样子。

> 按照这个譬喻,就只有美神佩戴着妩媚诱人的腰带,并在诱惑着。壮丽的天后朱诺为了在月亮最圆的时刻(Ida,望日)迷住朱庇特,必须首先从维纳斯那儿借来这条腰带。甚至(在朱庇特的夫人身上无论如何也否定不了)用美的某一部分修饰的威严,没有秀美的帮助也不相信自己的魅力;因为伟大的天后不是期望用自己本身的魅力,而是期望用维纳斯的腰带来征服朱庇特的心。

> 然而美神可能终究还是献出了自己腰带,而且把它的力量输入不太美的东西中去。因此,秀美不是美独有的特权,也可以转移,不过永远只由美的手转移到不太美的东西和甚至不美的东西上去。也只有那些希腊人劝告那种过多占有一切精神优势却没有妩媚的人牺牲秀美。因此,在

古希腊人的观念中,这些女神虽然是美的同性伴侣,她们也可以对男人频送秋波,而且她们也是他所必需的,只要他愿意受到喜爱。①

席勒借以维纳斯的"腰带"作为描述的感性意象,并以此为隐喻与象征,诠释美与秀美、秀美与尊严、美与爱、权力与美、权力与爱的复杂关系,秀美的性质和尊严的获得这两者存在何种逻辑的关联? 席勒的哲学探讨充满了文学的灵感和诗性的美感,如此的文本将哲学与文学达到了和谐和近乎完美的融合,这只有第一流的写作大师方才得以可能。

庄子也是一位擅长和娴熟地运用隐喻与象征、意象与神话等文学笔法的思想大师,他的"以卮言为曼衍,以重言为真,以寓言为广"的写作方式也是典型的文学笔法,庄子文本中的动物,如鲲鹏、凤凰、蟪蛄、髑髅、蝴蝶、游鱼、蜩、学鸠、狸狌、狙、麋鹿等,植物如大椿、樗树、栎社树、冥灵等,人物如支离疏、接舆、王骀、申徒嘉、叔山无趾、闉跂支离无脤、甕盎大瘿、南伯子葵、女偊等,这些文学化和符号化的感性意象都不等同于现实中存在,而带有神话的虚构性,具有隐喻和象征的功能,成为阐释概念和理论的感性工具。

中世纪的宗教哲学家吕斯布鲁克是基督教神秘体验论的重要代表人物之一,他写作的《精神的婚恋》,文笔优雅、情感真挚,通篇围绕着阐释爱与救赎的基督教主题而展开。他描述和推崇三种生活方式,第一种是行动的生活,教徒在神的启示和引导下,借助于自己的意志和实际行动去崇拜神和热爱神。第二种生活,即在内心渴望上帝并与此同体。第三种是孤独沉思的生活。他在第二篇"内在的生活"的"蜜蜂的比喻"中以"蜜蜂"意象,隐喻与象征教徒们"凭借博爱和内在注意力的刺激,品尝所有慰藉和精华的多样性,而不是安止于任何赠品之花上;总之,让一切都装载着感激和赞美,飞回到统一中,以便与神一起在永恒中安止和居住。"②吕斯布鲁克是以诗意的情感和审美的心境表达对精神深处的上帝的爱,而这种爱的表达借助于隐喻与象征的文学笔法。

---

① [德]席勒:《秀美与尊严》,张玉能译,文化艺术出版社 1996 年版,第 107—108 页。
② [比]吕斯布鲁克:《精神的婚恋》,张祥龙译,商务印书馆 2012 年版,第 69 页。

他在"第三种样式:被有力地吸引向神"中写道:

巨蟹座中的太阳:基督来临的比喻

当天空中的太阳达到可能的最高(点),也就是巨蟹座(creeft;
Cancer)[夏至]的地方,由于它不能行得更高,而是[将由此]开始回落,
这时热度就达到了全年的最高程度。太阳向上抽引湿气,地上变得干燥
之极,果实就熟透了。以同样的方式,当基督这神圣的太阳在我们心灵中
升到了最高点,也就是高出了我们从神能够接受到所有赠品、慰藉
(troost;consolation)和甜蜜,这时,假如我们是自己的主人,就会不安止在
神可能注入我们灵魂中的甜蜜美味上,不管它是多么巨大;而是像我们以
前讲过的,总要带着谦卑的赞美和内在的感激转向内部,按照受造者的需
要与尊严,朝向所有赠品从中流出的那个基底(gront;ground);如果是这
样,那么基督就会站立于我们心灵的最高(点),要将所有的一切即我们
的官能都吸引到他那里。如果甜蜜的美味和慰藉既不能征服、也不能阻
碍这充满爱意的心灵,它希望越过所有的慰藉和赠品,以便找到它热爱的
他[神,参考《旧约·雅歌》3:4],那么,这就是内在实践的第三种样式的
起源,通过它,一个人的感情和他[她]的最低部分就被高举和丰富。①

吕斯布鲁克运用了隐喻和象征这一古老和经典的文学手法,表达对神的向往、
迷恋和敬意,借以提升人的心灵境界从而达到和神的接近甚至同一,倾诉了神
圣真挚的宗教信仰和宗教情感。这些文学既是哲学性的,也是宗教性的,当然
又具有一定的文学性,呈现了三者的和谐统一。

三、夸饰与反讽

夸饰是文学常用的写作方法和修辞策略之一,刘勰《文心雕龙·夸饰》
云:"自宋玉景差,夸饰始盛;相如凭风,诡滥愈甚。故上林之馆,奔星与宛虹

---

① 　[比]吕斯布鲁克:《精神的婚恋》,张祥龙译,商务印书馆 2012 年版,第69—70 页。

入轩;从禽之盛,飞廉与鹪鹩俱获。及扬雄《甘泉》,酌其馀波。语瑰奇则假珍于玉树;言峻极则颠坠于鬼神。"①刘勰认为"夸饰"的手法盛行于宋玉、景差等人的辞赋,他辩证地指出,尽管这一修辞有其艺术价值与美学意义,然而过度地使用却招致负面的效果:"然饰穷其要,则心声锋起;夸过其理,则名实两乖。若能酌《诗》《书》之旷旨,翦扬马之甚泰,使夸而有节,饰而不诬,亦可谓之懿也。"②从文学史考察,夸饰这一文学手法起源于最古老的《诗经》,西方则见于自荷马史诗。然而,众多哲学家也喜欢运用这一文学方法和修辞技巧,它们在哲学文本中也屡见不鲜。西方哲学家中的苏格拉底、柏拉图、亚里士多德、伊壁鸠鲁、卢克莱修、波爱修斯、奥古斯丁、托马斯·阿奎那、西塞罗、蒙田、帕斯卡尔、卢梭、伏尔泰、狄德罗、孟德斯鸠、赫尔德、席勒、谢林、费希特、叔本华、尼采、克尔凯郭尔、狄尔泰、齐美尔、柏格森、弗洛伊德、萨特、加缪、马尔库塞、罗兰·巴特、弗罗姆、波德里亚等人,他们的哲学文本都程度不同地包含着夸饰与反讽的修辞方法,使理论著述富有文学性和诗意特征。

在中国先秦哲学家中,庄子的文本最喜欢借助于夸饰这一方法。《秋水》篇载:

> 秋水时至,百川灌河。泾流之大,两涘渚崖之间,不辩牛马。于是焉河伯欣然自喜,以天下之美为尽在己。顺流而东行,至于北海,东面而视,不见水端。于是焉河伯始旋其面目,望洋向若而叹曰:"野语有之曰:'闻道百,以为莫己若者。'我之谓也。且夫我尝闻少仲尼之闻而轻伯夷之义者,始吾弗信。今我睹子之难穷也,吾非至于子之门则殆矣,吾长见笑于大方之家。"③

《外物》篇载:

> 任公子为大钩巨缁,五十犗以为饵,蹲乎会稽,投竿东海,旦旦而钓,

---

① 刘勰著,黄叔琳注,李详补注,杨明照校注拾遗:《增订文心雕龙校注》,中华书局2012年版,第470页。

② 刘勰著,黄叔琳注,李详补注,杨明照校注拾遗:《增订文心雕龙校注》,中华书局2012年版,第471页。

③ 王先谦:《庄子集解·秋水》,《诸子集成》第3册,中华书局1954年版,第99—100页。

期年不得鱼。已而大鱼食之，牵巨钩，陷没而下骛，扬而奋鬐，白波若山，海水震荡，声侔鬼神，惮赫千里。任公子得若鱼，离而腊之，自制河以东，苍梧巳北，莫不厌若鱼者。已而后世辁才讽说之徒，皆惊而相告也。夫揭竿累，趣灌渎，守鲵鲋，其于得大鱼难矣！饰小说以干县令，其于大达亦远矣。是以未尝闻任氏之风俗，其不可与经于世亦远矣！①

这两则文本，均有虚构故事的夸饰笔法，它们阐述了对生命体验和隐喻着反省自我的人生观，给予阅读者强烈和快乐的审美刺激，激发接受者的领悟力和想象力，使主体获得对生命境界一种通达超脱的审美意识。中国先秦思想家及尔后的历代哲学家，他们诸多的哲学文本都运用夸饰的修辞方法。西方哲学家中，对于夸饰手法较为典型的运用柏拉图、西塞罗、尼采这几位。柏拉图的演讲录，西塞罗的讲演录和尼采的随笔，充满着修辞的夸饰性，这些文本将哲学性和文学性实现了完美的交融。西塞罗的讲演录，更是将夸饰手法和雄辩术结合到一起，创造出自己独特的美学风格。如《论友谊》的一节：

> 友谊的好处很大也很多，它无疑是一个绝好的东西，因为友谊能使我们对未来充满希望，能给我们力量和信心。可以说，一个人，他的真正的朋友就是他的另一个自我。所以说，他的朋友与他同在；如果他的朋友很富，他也不会穷；虽然他很弱，但他朋友的力量就是他的力量；他死后仍然可以在朋友的生活中再次享受人生之乐。最后这一点也许是最难想象的。但这是朋友的敬重、怀念和悲悼跟随我们到坟墓的结果。它们不但使死亡易于为人们所接受，而且给活人的生活增添一种绚丽的色彩。但是，如果你把这种感情的纽带从世界中排除出去的话，家庭和城市将不复存在，甚至土地的耕作也将无法进行，如果你不知道友谊与和睦的好处，那么，你只要想一想仇恨与不和的后果，就会明白了。有哪个家庭、哪个国家能够坚固到不被敌视与分裂彻底摧毁的呢？由此你就可以知道友谊有多么大的好处。

---

① 王先谦：《庄子集解·外物》，《诸子集成》第3册，中华书局1954年版，第177页。

据说,阿格利琴托有一位哲学家,他在一首希腊诗歌中以一个预言家的权威口气提出这样一种理论:宇宙中凡是不可变的东西都是靠友谊这种结合的力量才如此;凡是可变的东西都是由于倾轧这种分离的力量才如此。①

西塞罗以夸饰的修辞对友谊的价值予以无限的赞美,以诗人般的情感颂扬友谊对人生的意义,呈现出一种古典主义和理想主义的友谊观。这种对于友谊的情感被赋予了道德意义,近乎上升到一种宗教般的信仰。如果在现代人看来,此文本未免有言过其实或夸大其词的性质。然而,古代人对于友谊的信念是值得肯定和赞美的,现代人也许在心理上无法理解西塞罗的唯美主义和理想主义的友谊观,更谈不上在实践意志上和行动上进行仿效。因为现代人的友谊观已经充满了功利主义和实用主义的庸俗意识。一方面,友谊观已经堕落为一种工具理性的产物,友谊被掺杂了太多欲望和算计的因素;另一方面,友谊观已经被社会等级制度所异化,不同社会等级之间的主体才有可能建立友谊,而超越社会等级的友谊是非常困难和极其稀少的;再一方面,友谊意识被经济基础所制约,拥有相同和彼此接近财产数量的人们才有交往的可能,才可能建立相对的友谊。现代人的友谊关系也不像古人那样牢固和稳定,友谊总是相对的和暂时性的,很难超越时间的流变和抗衡命运的无常。友谊在现代社会和后现代社会已经被异化,距离古典主义的友谊概念越来越疏远。西塞罗的《论友谊》洋溢着古典主义者对友谊的纯粹赞美和诗意褒扬,尽管手法夸饰却征服历史上无数阅读者的心灵,闪烁出人文主义的灿烂光辉。

在西方哲学文本中,对反讽这一修辞策略运用得比较众多和娴熟的是柏拉图的对话录,在柏拉图著述的对话情境中,苏格拉底最擅长和娴熟地运用着反讽技巧。苏格拉底有时候佯装无知,推出在逻辑上表面肯定而在理智上予以否定的论题,达到反讽的说理效果和审美趣味。因此,苏格拉底的反讽不仅

① [古罗马]西塞罗:《论老年 论友谊 论责任》,徐奕春译,商务印书馆2011年版,第52—53页。

是针对他者,而且有时候是针对自己的,有自嘲和自我讽刺的旷达胸襟,他是古希腊最伟大的哲人和智者之一。在柏拉图的哲学文本中,反讽是被广泛和灵活地运用。因此,他的对话录具有鲜明的戏剧性和文学色彩。

西方现代哲学家中,哲学文本中包含鲜明文学性的最典型代表非尼采莫属。他的《悲剧的诞生》《查拉图斯特拉如是说》《偶像的黄昏》等文本,充盈着诗性的哲理,包含着丰富的审美意象和洋溢着诗人般的激情,他诗意地思,诗意地言说,采取格言式和片断式写作,诸多地方承接和发扬了古希腊柏拉图的审美精神和艺术气象。他的《悲剧的诞生》运用了夸饰的方法:

> 然而,我们刚才如此阴郁描绘的现代萎靡不振文化的荒漠,一旦接触酒神的魔力,将如何突然变化!一阵狂飙席卷一切衰亡、磨修、残破、凋零的东西,把它们卷入一股猩红的尘雾,如苍鹰一般把它们带到云霄。我们的目光茫然寻找已经消失的东西,却看到仿佛从金光灿烂的沉没处升起了什么,这样繁茂青翠,这样生机盎然,这样含情脉脉。悲剧端坐在这洋溢的生命、痛苦和快乐之中,在庄严的欢欣之中,谛听一支遥远的忧郁的歌,它歌唱着万有之母,她们的名字是:幻觉,意志,痛苦。——是的,我的朋友,和我一起信仰酒神生活,信仰悲剧的再生吧。苏格拉底式人物的时代已经过去,请你们戴上常春藤花冠,手持酒神节杖,倘若虎豹讨好地躺在你们的膝下,也请你们不要惊讶。现在请大胆做悲剧式人物,因为你们必能得救。你们要伴送酒神游行行列从印度到希腊!准备作艰苦的斗争,但要相信你们的神必将创造奇迹!①

尼采对古希腊的悲剧和神话怀揣着强烈的崇拜情结,他对古希腊文化保持了"还乡意识"。换言之,希腊的悲剧与神话是他的精神家园和美学故乡。与其说《悲剧的诞生》是一部哲学的文本,还不如说是一部文学文本更合适。如此而已,这一文本的文学性和审美性是不言而喻的。而他的另一部哲学文本《查拉图斯特拉如是说》,更是运用寓言、神话、小说、戏剧等文学性的综合

---

① [德]尼采:《悲剧的诞生》,周国平译,生活·读书·新知三联书店1986年版,第89页。

表现模式,通篇充斥着象征与隐喻、虚构和荒诞的审美氛围,使哲学越界到了纯粹的文学范畴。无怪乎译者钱春绮感叹道:"《查拉图斯特拉如是说》是他若干著作中最为人广泛爱读的一部跟歌德的《浮士德》并称的世界文学巨著、一部富于哲理的思想诗,或者说是用箴言体写成的智慧书。"①尼采以"戏拟"(parodie)和"反讽"(ironie)的手法,虚构了四部"超人戏剧",借"超人"查拉图斯特拉之口达到对历史反思和现实批判的多重目的。尼采之前的叔本华和之后的萨特等西方哲学家,他们众多的哲学文学均包含丰富多彩的文学性和审美色彩。然而,他们文本的文学性和诗意色彩和尼采的著作相比还是无法颉颃。

---

① [德]尼采:《查拉图斯特拉如是说》,钱春绮译,生活·读书·新知三联书店 2007 年版,"译者前言"。

第六章　三类文本探究

我们从文学与哲学的关联性视角,将文本划分为三大类。第一类:"典型文本",其概念的规定性是指,文学与哲学高度交融的文本;第二类:"交叉文本",我们将之界定为一种半文学半哲学或半哲学半文学的文本;第三类:"混合文本",它们又被区分两种:第一种是以文学为主体而渗透哲学观念与方法的文本,第二种是以哲学为主体而渗透文学性的文本。需要辨明的是,我们这里所谓的"三类文本"只是从文学性与哲学性交融的性质来分类和阐述,它们之间只存在着交融性质的差异,而在思想价值和审美价值方面则不存在等级差别。我们在这样一个逻辑前提下,再结合具体的文本和书写者进行美学探究。

第一节　"典型文本"之美学探究

文学与哲学的逻辑关联最终表现形态是"文本",它们是最直接和最典型的呈现两者关系的第一要素和根本依据。与此相关,是"写作身份",它和文本构成了互为表里和相辅相成的辩证关系。现在,我们主要从"文本"的视角展开美学视野的阐释。

文学与哲学之关系表现在文本形态上主要有三种类型,或者说三种文本形式:"典型文本""交叉文本""混合文本"。换言之,文学与哲学的关系主要包含于这三种文本形态之中。当然,这样的划分只是原则性的和一般规范性的,有些文本可能具有跨越类型兼而有之的特性。

一、"典型文本"的一般规定性

"典型文本"是文学与哲学高度交融的文本。这类文本往往是文化史、思想史、文学史较为杰出和典型的文本,它们绝大部分被视为"原典"和"经典"。作为文学与哲学高度融合的"典型文本",它们一般呈现这样几个思想与审美的特征。

首先,深邃的思想和原创性精神。这一类文本是哲学性和文学性高度融合的经典文本,其写作者均是一流的思想家、理论家或文学家。因此,他们具有双重写作身份,一方面他们是思想深邃的哲学家,在人类思想史和文化史上占据着举足轻重的地位,其理论呈现原创性特征,诸多的概念、范畴、命题、话语等出自他们的典籍之中,并且建构出相对完整的理论体系;另一方面,他们他们又兼有文学家的身份或特性,在文学史上他们也占有一席之地,他们的文本即是"典型文本"。诸如西方柏拉图的《理想国》《斐德诺》《会饮》、卢克莱修的《物性论》、西塞罗的《讲演录》、奥古斯丁的《忏悔录》、托马斯·阿奎那的《神学大全》、波爱修斯的《哲学的慰藉》、帕斯卡尔的《思想录》、卢梭的《论科学与艺术》《一个孤独的散步者的梦》《爱弥尔》与《忏悔录》等、席勒的《秀美与尊严》、尼采的《悲剧的诞生》《偶像的黄昏》《查拉图斯特拉如是说》等、狄尔泰的《体验与诗》、海德格尔的《诗·语言·思》、萨特的《苍蝇》《语词》、加缪的《荒谬》《西西弗斯的神话》等,中国老子的《道德经》、孔子的《论语》、庄周的《庄子》、孟轲的《孟子》、韩非的《韩非子》、荀况的《荀子》、屈原的《天问》等,均是如此的典型文本。这些文本一方面,蕴藏着人类深邃而丰富的思想,呈现着普遍和超越历史的理论意义和美学价值;另一方面,具有高度的文学价值和审美意义,可谓是人类文化史上思与诗统一的完美硕果。

典型文本呈现了哲学与文学的高度融合,它们在思想史上呈现出深邃独特的价值性和理论的原创性意义,例如柏拉图的对话录即是如此。罗素认为:

"柏拉图哲学中最重要的东西:第一,是他的乌托邦,它是一长串的乌托邦中最早的一个;第二,是他的理念论,它是有解决迄今仍未解决的共相问题的开山的尝试;第三,是他主张灵魂不朽的论证;第四,是他的宇宙起源论;第五,是他把知识看成回忆而不是知觉的那种知识观。"①罗素从五个方面肯定和评价了柏拉图及其文本在思想史和文化史上的地位。诚如罗素所论,柏拉图依照雅典的历史过程和自我的政治理想,书写了《理想国》的对话录,借以设计了一个理想主义的社会结构。柏拉图的社会理想基本上符合人本主义原则,其中有法律和道德作为国家的精神保证,经济制度也不乏一定的合法性与合理性,又有哲学、文艺、体育、娱乐等活动以丰富民众的精神生活。倘若能够实现的话,这的确是人类历史上比较合理和符合人性的社会结构形式。这一乌托邦的理想还影响了后世的托马斯·莫尔写作了《乌托邦》、培根写作了《新大西洋大陆》和康帕内拉写作了《太阳城》。中国的康有为也写作了《大同书》,提出了对人类社会的未来设想,这些著述丰富了人类对未来社会的期待和希望。

柏拉图所创立的"理念"概念,在思想史上有着重要的理论意义,它确立了一种哲学的本体论和方法论的统一,这一概念也深刻地影响到黑格尔客观唯心主义的哲学体系的形成和发展。柏拉图的宇宙起源论为宇宙确立的一个"理念世界"的逻辑起点,为人类理解和阐释世界的存在和如何可能提供了一个理论线索。柏拉图的知识论同样具有开创性价值,他将知识看成"不朽灵魂"从前世带来的回忆,为知识的存在和发展寻找一个主体内在的原因。除此之外,柏拉图还对诗歌、悲剧等艺术与美学的问题提出一系列深刻和睿智的见解,极大地丰富古希腊时期的文艺理论。当然。柏拉图在哲学上的理论贡献还远不止这几个方面。文德尔班(Windelband,1848—1915)指出:"柏拉图理念论的起源和发展是在整个欧洲思想史上最困难、最复杂,也是影响最大、成果最丰富的过程之一;由于表达这一过程采取的是文学形式,因而使得确切

---

① [英]罗素:《西方哲学史》,何兆武、李约瑟译,商务印书馆1963年版,第143页。

地理解它的这个任务就更加困难了。柏拉图的对话录显示出作者的哲学处于不断改造过程中;对话录的撰写绵亘半世纪之久。"①显然,柏拉图的对话录文本,呈现出文学与哲学的双重的思想价值和理论意义。

其次,文本形式上的独创性和和谐的结构方式。"典型文本"具有独特的文体形式和结构形式,它们是一个有机整体,如同亚里士多德在《诗学》中强调悲剧的"有机整体观念"一样。例如柏拉图的对话录,此类文本均是有机统一结构的典范,它们并且建立自己文体形式和结构风格。如柏拉图的《理想国》,其 10 卷犹如 10 场戏剧,既独立成篇又缀连一体。苏格拉底是一以贯之的主角,还有其他形形色色的人物一一粉墨登场,舞台的背景和氛围,随着各种主题的对话而加以变幻。每一幕戏剧式对话都有不同主题,这些对话充满了机智幽默和反讽批判的审美趣味。黑格尔说:"柏拉图哲学的形式是对话体。对话形式的美丽是特别有吸引力的。"②黑格尔从文体形式方面进一步论述了柏拉图对话录的文本特性:

> 属于外部形式的首先是背景和戏剧体裁。对话里面的背景和个人会合的机缘都是写得很生动的。对于地点与人物以及人物聚会的机缘,柏拉图在对话中都给予了一个当地的现实环境,这本身已经是很可爱的、开朗的和畅快的。他把我们带到一个地方:带到"斐德罗"篇中蓊翳树下,带到伊吕苏明净的水边,苏格拉底和斐德罗打从这个地方走过;有时又把我们带到运动场的厅堂里,带到学园里,带到宴会上。不过,他所设想出来的安排未免是外表的、特殊的,甚至是偶然的,而人物的聚会是奇特的。柏拉图把他的思想纯粹放在他人的口里说出来,他自己决不出台,因而充分避免了一切肯定、独断、说教的作风。我们看不见他作为一个叙述的主体出现,就像图居第德的历史和荷马的史诗一样。克塞诺封有时让他本人出现在对话里——有时竟完全忘记了他的目的在于借实例以说明苏格

① [德]文德尔班:《哲学史教程》上卷,罗达仁译,商务印书馆 1997 年版,第 160 页。
② [德]黑格尔:《哲学史讲演录》第 2 卷,贺麟译,商务印书馆 1960 年版,第 164 页。

拉底的教导方法和生活。在柏拉图这里完全是客观的,是造型艺术的。他用了一番艺术手腕,把事情说得与自己相距很远,常常让第三人或第四人出来说话(例如在"斐多"篇里)。苏格拉底是他的对话中的主要的谈话者,此外还有别的人。还有几个人成了我们熟悉的明星:阿嘉通、芝诺、阿里斯多芬了。就对话中所叙述的内容来说,哪一部分属于苏格拉底,哪一部分属于柏拉图,那是用不着多去研究的。我们很可以确定地说,从柏拉图的对话里我们完全能够认识他的体系。

谈话中叙述个人态度的语调充分表现了有教养的人最高尚的(雅典的)文雅风度。从这里我们可以学习优雅的态度。①

黑格尔对柏拉图的对话的审美感受和逻辑分析有着等量齐观的同等意义,它形象而深切地揭示了柏拉图文本的思想价值和美感意义。柏拉图的文本有着独特的风格和原创性色彩,这是轴心时代伟大思想家的令后人仿效却无法超越的典型文体,这一文体在阐释了丰富的哲学思想和诸多的理论观念的同时,也和谐地融入了文学的技巧和诗意的美感。

再如古罗马的哲学家卢克莱修的《物性论》,它以诗歌的形式表达自我对物质世界的不同存在的理解和反思,诗歌以独白的倾诉方式表达自己对世界万象的孤独沉思。诚如所论:"这一首卢克莱修式的'物性'诗是崇尚感官实利主义的颓废时代的诗,它感人至深,堪称纪念碑式的作品;所谓'颓废',实际上意味着人和他的宇宙都将'裂成碎片'。诗歌的'形式'本身是无形式,是打破形式,失去形式。"②《物性论》是诗化的哲学或哲学化的诗,诗歌形式也独树一帜。中国先秦时代的屈原的《天问》,同样是哲学化的诗歌,它以只有提问而悬置回答的方式表达自我对自然、历史、社会、人生、命运等问题提出质疑与运思,文本的形式精巧灵活、自由变幻,是中国文学史上一篇前无古人、后无来者的经典文本。

①　[德]黑格尔:《哲学史讲演录》第2卷,贺麟译,商务印书馆1960年版,第164—165页。
②　[美]缪勒:《文学的哲学》,孙宜学等译,广西师范大学出版社2001年版,第49页。

哲学史和文学史上还有诸多的这种将文学与哲学和谐交融的"典型文本",它们不仅呈现出深刻丰富的独特思想性,而且在文体形式和整体结构方面都隐匿着有机统一和完整和谐的美学特性,给后世的接受者以思想与美感的双重享受。

最后,"典型文本"呈现审美特性和诗意情怀。诸如西方柏拉图的《理想国》、卢克莱修的《物性论》、波爱修斯的《哲学的慰藉》、奥古斯丁的《忏悔录》、托马斯·阿奎那的《神学大全》、西塞罗的《论老年·论友谊·论责任》等、伏尔泰的《哲学通信》和《哲学辞典》、狄德罗的《拉摩的侄儿》、孟德斯鸠的《波斯人信札》、卢梭的《爱弥尔》《论科学与艺术》、尼采的《查拉图斯特拉如是说》、加缪的《荒谬》《西西弗斯的神话》等。中国老子的《道德经》、孔子的《论语》、孟轲的《孟子》、庄周的《庄子》等。以老子的《道德经》为例,通篇以韵文写作,是以诗的结构和手法写作的哲学文本,充满着美感和诗情,其话语方式具有独特的不可重复的个性风格。文德尔班指出柏拉图文本:"这些作品的艺术特色:柏拉图假托交谈,自由奔放,发挥问题,探寻答案,突出难点,然而并不对每个问题承担全部责任。"①柏拉图的对话录,不仅包含着深刻的哲理和思想性,而且体现出戏剧性与诗性的艺术色彩,语言方面也运用多种文学修辞方法,增添了文本的趣味性和幽默感。卢克莱修的《物性论》洋洋洒洒的 6 卷,涉及对宇宙起源、天体运行、气象变化、矿藏物产、动物特性、植物兴衰、各种感觉及心灵的图画、心灵的本性和构造、灵魂有死、情欲、人类的起源及其野蛮、文明的起源、雅典的瘟疫等现象和问题,对此,卢克莱修的《物性论》均进行了哲学的沉思,作者以诗歌的方式对这些自然现象、历史现象、社会现象和精神现象,予以了描述与阐释、提问与回答,这可谓诗意的自然哲学、诗意的精神现象学。

二、典型文本符合思想性和美学性高度统一的原则

首先,如果说康德的文化人类学的最重要命题是"人是目的",这一理论

---

① [德]文德尔班:《哲学史教程》上卷,罗达仁译,商务印书馆 1997 年版,第 160 页。

要旨相应地规定了文学是人学、哲学是人学的逻辑推断。那么,"典型文本"也必定符合这一概念的规定性。因此,"典型文本"必然性地贯穿着"人是目的"的人本主义的思想红线,它们寄寓着写作主体的良知情怀和人道主义精神,这些哲学家和文学家以伦理原则和道德观念作为自我的文本灵魂和书写轴心,同时这些文本又有崇高的人格魅力和审美禀赋,所以,它们符合思想性和美学高度统一的原则。

西方柏拉图的《理想国》、卢克莱修的《物性论》、波爱修斯的《哲学的慰藉》、西塞罗的《论老年·论友谊·论责任》等、奥古斯丁的《忏悔录》、托马斯·阿昆那的《神学大全》、布瓦罗的《诗的艺术》、帕思卡尔的《思想录》、伏尔泰的《哲学通信》和《哲学辞典》、狄德罗的《拉摩的侄儿》、孟德斯鸠的《波斯人信札》、卢梭的《爱弥尔》《论科学与艺术》、席勒的《秀美与尊严》、叔本华的散文随笔、尼采的《悲剧的诞生》《查拉图斯特拉如是说》、加缪的《荒谬》《西西弗斯的神话》等,中国老子的《道德经》、孔子的《论语》、孟轲的《孟子》、庄周的《庄子》等,它们无一例外地包含着强烈的人道主义精神,呈现了写作主体的伦理责任和道德良知。换言之,这些哲学家和文学家象征着人类的良心和良知,他们代表着人类的普遍价值和伦理道德,他们反对战争和热爱和平,主张民族和国家的平等,倡导个人的自由与尊严,向往审美与诗意的生活世界,渴望建立一个人人平等、博爱慈善的大同王国,达到理想的乌托邦或桃花源的完美世界。如此的精神主体所书写的文本必然性地蕴藏着人本主义思想观念和闪烁出人道主义的熠熠光辉。在此,我们以孔子和《论语》为例证作出阐释。

孔子思想贯穿一条人道主义或人本主义的红线。孔子是华夏文化的奠基人,他以"仁""义""礼""智""信"和"温""良""恭""俭""让"的一系列概念和范畴建立了华夏民族的精神大厦和价值系统,建构了一个民族国家的信仰核心。孔子的思维方式不能用狭隘的形式逻辑思辨所限定,他是凭借诗意思辨和想象性直觉延伸自己的哲学、伦理学和美学之路的。从这个理论意义上,孔子的思想也是生命哲学和智慧哲学,也是爱的哲学和人本主义哲学。孔子在《论语》中提及"仁"共有 110 次,基本内涵就是对于人的爱和尊重,并且表明这种对于他者的爱和尊重应该来源于内心的无意识诉求,而不是刻意地显露。《颜渊》篇载:"樊迟问仁。子曰:'爱人。'"孔子的仁爱哲学内在地转化为仁爱美学,呈现为一种生命境界和美学境界。诚如学者所论:"孔子的学说较多地吸收了西周的文化,主要是周公所建立的礼制,但有根本性的发展,这种发展集中体现在他的'仁学'上。'仁'与'礼'是孔子思想的两个基本范畴,也是他美学的基础。"①

在生存论意义上,孔子最为关注的是人的富于尊严、自由、幸福的生活,而保证这一生存的社会历史等外在客观条件,不是个体生命所能决定的,甚至也不以某些社会群体的生存意志为转移,它由宏观的社会发展的物质条件、经济力量、国家政治、权力运作等一系列错综复杂的复合因素所决定,是无数个力的平行四边形交互作用的逻辑结果。然而,在这些外部因素之外,还存在一个极其重要的内在的精神因素,它取决于主体意志的努力精进。概括地说,它就是个体生命中必须倡导和守护的人道主义和人本主义精神。具体地说,它就是孔子向往和主张的"仁"的精神。"仁"是孔子哲学的核心范畴,也是孔子美学的核心范畴。孔子认为,"仁"是保证生命存在获得尊严、自由和幸福的根本性条件,也是一种主体的道德修养,更是一种生命存在的美学境界。所以,"仁"对主体而言,既是本体与存在,也是工具与方法。亚里士多德在《尼各马可伦理学》中着重探讨了"善"和"德性"的概念,他指出:

> 我们说人的活动是灵魂的一种合乎逻各斯的实现活动与实践,且一个好人的活动就是良好地、高尚[高贵]地完善这种活动;如果一种活动在以合乎它特有的德性的方式完成时就是完成得良好的;那么,人的善就是灵魂的合德性的实现活动,如果不止有一种的德性,就是合乎那种最好、最完善的德性的实现过程。不过,还要加上"在一生中"。②

---

① 陈望衡:《中国美学史》,人民出版社 2005 年版,第 18 页。
② [古希腊]亚里士多德:《尼各马可伦理学》,廖申白译,商务印书馆 2003 年版,第 20 页。

亚里士多德的"善"和"德性"的概念,和孔子的"仁"范畴或"仁学"概念,无论在逻辑形态上还是价值形态上,都高度接近和类似。中国先秦和古希腊代表着中东西方文化的两个轴心时代,它们分别奠定着精神文化的思维方式、伦理原则、价值观和审美观念等社会意识形态的基础。孔子、亚里士多德这两位东西方先贤,分别以"仁"和"善""德性"的范畴、概念,探索和确定了主体的价值形态及其意义,树立了人道主义和人本主义的伦理原则与美学原则。他们分别是东西方人学理论和美学理论的奠基人之一。

其次,对历史与现实的质疑与批判。作为文学性与哲学性高度融合的"典型文本",它们都包含着对历史与现实的质疑与批判的思想深度与认识价值。这无论是东西方哲学家、文学家,它们所写作的文本都渗透着存疑和否定、反思与批判、提问与回答的思想意识。我们以《庄子》文本为例作出相应的阐释。

庄子在生存论意义上,侧重于对现实存在的存疑和否定,给予辛辣的反讽和嘲笑。对历史与现实的存疑和批判,形成《庄子》文本的思想特性。庄子对政治、权力等保持强烈的怀疑和警惕。所以,他不主张人参与政治生活,不提倡人进入复杂和残酷的社会冲突,认为人的生命存在是最高的价值本体。因此,庄子认为人的生存第一意义和价值就是"保身"和"养生",只有保持生命存在的本体,才能保证存在的其他可能性。当然,最理想的生存状态是"神人"的境界:

> 今子有大树,患其无用,何不树之于无何有之乡,广莫之野,彷徨乎无为其侧,逍遥乎寝卧其下。不夭斤斧,物无害者,无所可用,安所困苦哉![1]

> 庄子钓于濮水。楚王使大夫二人往先焉,曰:"愿以境内累矣!"庄子持竿不顾,曰:"吾闻楚有神龟,死已三千岁矣。王巾笥而藏之庙堂之上。此龟者,宁其死为留骨而贵乎?宁其生而曳尾于涂中乎?"二大夫曰:"宁

---

[1] 王先谦:《庄子集解·逍遥游》,《诸子集成》第3册,中华书局1954年版,第6页。

生而曳尾涂中。"庄子曰:"往矣! 吾将曳尾于涂中。"①

藐姑射之山,有神人居焉。肌肤若冰雪,绰约若处子;不食五谷,吸风饮露;乘云气,御飞龙,而游乎四海之外;其神凝,使物不疵疠而年谷熟。②庄子表示对"仁义"的悬疑。在庄子看来,"仁义"是一种虚假的意识形态,是"圣人"虚构出来欺骗民众的政治广告。所以,庄子对"仁义"进行反讽和嘲笑,给予批判和否定。

大道不称,大辩不言,大仁不仁。…… 自我观之,仁义之端,是非之涂。③

自虞氏招仁义以挠天下也,天下莫不奔命于仁义。是非以仁义易其性与? ……且夫属其性乎仁义者,虽通如曾、史,非吾所谓臧也;属其性于五味,虽通如俞儿,非吾所谓臧也;属其性乎五声,虽通如师旷,非吾所谓聪也;属其性乎五色,虽通如离朱,非吾所谓明也。吾所谓臧者,非所谓仁义之谓也,臧于其德而已矣;吾所谓臧者,非所谓仁义之谓也,任其性命之情而已矣;吾所谓聪者,非谓其闻彼也,自闻而已矣;吾所谓明者,非谓其见彼也,自见而已矣。夫不自见而见彼,不自得而得彼者,是得人之得而不自得其得也,适人之适而不自适其适者也。夫适人之适而不自适其适,虽盗跖与伯夷,是同为淫僻也。余愧乎道德,是以上不敢为仁义之操,而下不敢为淫僻之行也。④

老聃曰:"请问:仁义,人之性邪?"孔子曰:"然,君子不仁则不成,不义则不生。仁义,真人之性也,又将奚为矣?"老聃曰:"请问:何谓仁义?"孔子曰:"中心物恺,兼爱无私,此仁义之情也。"老聃曰:"意,几乎后言! 夫兼爱,不亦迂夫! 无私焉,乃私也。夫子若欲使天下无失其牧乎? 则天地固有常矣,日月固有明矣,星辰固有列矣,禽兽固有群矣,树木固有立

---

① 王先谦:《庄子集解·秋水》,《诸子集成》第3册,中华书局1954年版,第107—108页。
② 王先谦:《庄子集解·逍遥游》,《诸子集成》第3册,中华书局1954年版,第4页。
③ 王先谦:《庄子集解·齐物论》,《诸子集成》第3册,中华书局1954年版,第14页。
④ 王先谦:《庄子集解·骈拇》,《诸子集成》第3册,中华书局1954年版,第55页。

矣。夫子亦放德而行,遁遁而趋,已至矣! 又何偈偈乎揭仁义,若击鼓而求亡子焉! 意,夫子乱人之性也。"①

显然,《庄子》借用老子和孔子的对话解构"仁义"的价值内涵,而推崇一种没有"仁义"束缚的自然人性。在《庄子》文本中对于"仁义"的存疑和否定比较普遍,有些采取虚拟的寓言故事展开讽刺,以幽默的方式进行解构,有些地方则运用逻辑论证的方式,呈现出深刻的辩证理性和历史理性之反思。辩证地看,庄子并非绝对而全面地否定"仁义",他只是存疑和否定那些虚假与矫情的"仁义"口号,而主张发乎自然、源于内心的真正"仁义"。从文学性与哲学性相融合的这一理论意义看,西方的诸多"经典文本"也包含着广泛而深刻的存疑和批判的思想意识。

最后,"经典文本"具有普遍的阅读性和广泛的接受效果。和纯粹以概念演绎、理论推导、逻辑思辨的学院派哲学文本不同,它们只是少数人才能领略的语言游戏和有幸进入的理论殿堂。我们这里呈现文学性和哲学性和谐统一的"经典文本",它们拥有相对广泛的接受者和文本的可读性,也有着充满快乐和美感的阅读效果。从这个视角看,只有一部分的哲学文本和文学文本才符合如此的逻辑规定和美学标准。就哲学家而言,只有像柏拉图、卢克莱修、普罗丁、奥古斯丁、托马斯·阿昆那、波爱修斯、西塞罗、蒙田、帕思卡尔、伏尔泰、狄德罗、孟德斯鸠、卢梭、谢林、叔本华、尼采、弗洛伊德、萨特、加缪、马尔库塞、弗洛姆、波德里亚等人,中国的老子、孔子、孟轲、庄周、阮籍、嵇康、朱熹、王阳明等人,尚能达到诗人哲学家的标准。就文学家而言,但丁、莎士比亚、歌德、诺瓦尼斯、施莱格尔、雪莱、拜伦、海涅、托尔斯泰、陀思妥耶夫斯基、屠格涅夫、里尔克、瓦雷里等人,中国的屈原、阮籍、嵇康、韩愈、苏轼、曹雪芹、梁启超、鲁迅等人,他们的文学文本达到了文学性和哲学性的交融。

在上述所列的名单中,这些存在主体所书写的文本具有哲学性和文学性高度交融的审美特性,而这些文本也具有较广泛的阅读群体,在接受效果上也

---

① 王先谦:《庄子集解·天道》,《诸子集成》第3册,中华书局1954年版,第85页。

比较显著,相对经院哲学和纯粹学院派的哲学文本而言,没有语言或话语的晦涩性和抽象性,易于理解和领会,能够受到不同社会阶层的民众普遍认同和高度赞誉。

三、典型文本所呈现的形式特性

一方面,哲理与文采的和谐。典型文本除了深刻和独创性的思想之外,它们有着优雅的气度、绚丽的文采和潇洒超脱的人生境界,有些文本还富有幽默的情调和通达的生命智慧。我们且看奥古斯丁在《忏悔录》第三十二节写道:

> 主,我感谢你。我们看见了天和地,即物质受造物的上下两部,或物质的和精神的受造物;我们看见了划分黑暗的光,点缀着物质世界或整个受造物的各个部分。我们看见了诸水分为上下后中间的穹苍,即宇宙的最初物体,或现在名为天的空间,飞鸟翔翔于其间,中有汽化的水,晴夜凝而为露,重浊的水流而为雨。我们又见万流委输、海色的壮丽,大陆上圹壤的原野和长满花卉树木景物宜人的腴壤。我们又昂首而见"光体",太阳充盈照耀着白昼,黑夜则有月色星光的抚慰,同时又成为时间的标志。我们又见卑湿之处滋生了鳞介鲸鲵和飞翔的禽鸟,因鸟翼所凭的浓厚空气是由水蒸发而成的。我们看见地面点缀了动物和依照你的肖像而造的人类,人凭借了和你相似之处,就是说凭借了理性和理智,统治百兽;犹如人的灵魂上一面是通过思考而发号施令,一面是服从号令,犹如行动受理智的指挥而获得正确方向,同样女子以肉体言,来自男子,虽则在理智和灵性方面具有同样的天赋,但由于性别的不同,女性应隶属于男性。

> 我们看见了这种种,每一样都已美好,而综合一切尤为美好。①

奥古斯丁的宗教哲学也是富有诗意情怀的审美哲学,理性的信仰和宗教的情感融化在诗意的文辞和富有美感的表达之中,对上帝的热爱和对大自然的热爱交织于一体。写作主体营造了一个充满精神温暖和美感的彼岸的宗教

---

① [古罗马]奥古斯丁:《忏悔录》,周士良译,商务印书馆2011年版,第343—344页。

世界,同时这个世界也是充满了爱与美的现实性的生活世界,两种世界统一在文本之中,构成了一幅诗意的画卷。从总体上看,奥古斯丁的《忏悔录》都呈现出哲学与文学的高度和谐,它将宗教哲学与美感的文学熔铸成为哲学史和文学史上两美合一的典型文本。

和奥古斯丁的《忏悔录》相类似,克尔凯郭尔的《哲学片断》同样是一部弥散着基督教信仰的哲学文本。基督教信仰和教义成为文本论述的主题,它提出"直接信仰"的概念,可谓是对基督教思想和理论一个重要的发展和演进。"全书在知识与信仰、苏格拉底遗训与福音书之间的紧张中展开思想论辩,力图确立新的思想认知——信仰、新的思想预设——罪的意识、新的思想决断——瞬间和新的思想之师——在时间中显现的上帝。"①显然,这一理解尚且不能概括这一文本的思想与理论的全部。然而,有一点是确定的,就是克尔凯郭尔的《哲学片断》推进了当代基督教信仰和观念的转向与升华,它提出了个人(孤独个体)对上帝的直接认信和心灵融化,强调了生命个体不需要借助任何中介和桥梁或者依赖于宗教仪式,而只凭借心灵的直觉从而获得对上帝的直接皈依。这样一部基督教哲学的著述,作者却能够在写作的过程中挥洒着诗意和洋溢着文学的光彩。在此援引一节:

> 选择这样做,爱并未因此就变得幸福——门徒的爱和少女的爱表面看来也许是幸福的,但教师的爱和国王的爱却并不幸福,他们不会以任何错觉为满足。上帝在妆饰比所罗门②的服饰更荣华的百合花③中得到快乐,但要是这里没有理解错的话,就百合花而言,假使它留意自己的妆饰,认为它本身是由于这妆饰才被爱的,那肯定就是一个悲剧性的错觉。这样一来,百合花不是欢乐地生长在草地上,跟风嬉耍,像微风一样,无牵无

---

①　[丹]克尔凯郭尔:《哲学片断》,翁绍军译,商务印书馆 2012 年版,"中译本前言"第1页。

②　所罗门(Solomon? —前 932 年),以色列国王,大卫之子,一个充满智慧的历史人物,他的政治治理使犹太民族达到鼎盛时代。

③　马太福音:"何必为衣裳而忧虑呢?你想野地里的百合花,怎么长起来;它也不劳苦,也不纺线。然而我告诉你们,就是所罗门极荣华的时候,他所穿戴的,还不如这朵花呢!"

挂;相反,它大概会凋零枯萎,没有大胆的自信足以让它昂起头来。这实际上是上帝所忧心的事,因为百合的嫩枝是纤弱的并且容易一下子折断。但要是瞬间真具有决定性意义的话,上帝的心事就会变得简直无法形容!有一个民族对上帝有极好的理解;这个民族相信,人要是看到上帝就不能存活——这个民族把握了这种遗憾的矛盾:不露面是爱的死亡,露面则是被爱者的死亡。所以,人常常迷惑于追逐权势,并且孜孜不倦地执意于这种追逐,仿佛得到了权势,一切就会改观,他不觉得,在天国,不仅有欢喜,而且也有遗憾:上帝不得不拒绝接受整个心灵都渴望被接受的门徒,而这不得不拒绝的原因所在,又恰正因为他是被爱者,这说来是多么的令人伤心。①

克尔凯郭尔的《哲学片断》显然不是纯粹的经院哲学的书写方式,也不是纯粹的学院派哲学的写作方式,而是采取了文学性的写作策略。在宗教哲理中植入了诗意和美感,作者在提出新的基督教理论的同时,也令文本焕发出丝丝灿烂的文采。有些典型文本中,还潜藏着丰富的幽默感和人生智慧,令思想内容和审美形式达到水乳交融的阅读效果。柏拉图的对话录,充满了苏格拉底的智慧与幽默,哲理中飞扬着灿烂的文采,后来西方诸多哲学家的文本,模仿和继承了柏拉图的书写衣钵,在言说哲理的同时,也赋予文本一种文学的美感和魅力,时常保持了幽默感和呈现旷达的人生智慧。中国先秦哲学家庄子,《庄子》现存文本33篇,几乎通篇都包含着生命的智慧和幽默感,将深刻的哲理融入精彩的文辞之中。且举两则:

庄周家贫,故往贷粟于监河侯。监河侯曰:"诺。我将得邑金,将贷子三百金,可乎?"庄周忿然作色曰:"周昨来,有中道而呼者,周顾视车辙,中有鲋鱼焉。周问之曰:'鲋鱼来,子何为者耶?'对曰:'我,东海之波臣也。君岂有斗升之水而活我哉!'周曰:'诺,我且南游吴越之王,激西江之水而迎子,可乎?'鲋鱼忿然作色曰:'吾失我常与,我无所处。我得

① [丹]克尔凯郭尔:《哲学片断》,翁绍军译,商务印书馆2012年版,第37—38页。

斗升之水然活耳。君乃言此,曾不如早索我于枯鱼之肆。'"①

戴晋人曰:"有所谓蜗者,君知之乎?"曰:"然。""有国于蜗之左角者,曰触氏;有国于蜗之右角者,曰蛮氏。时相与争地而战,伏尸数万,逐北旬有五日而后反。"君曰:"噫!其虚言与?"曰:"臣请为君实之。君以意在四方上下有穷乎?"君曰:"无穷。"曰:"知游心于无穷,而反在通达之国,若存若亡乎?"君曰:"然。"曰:"通达之中有魏,于魏中有梁,于梁中有王,王与蛮氏有辩乎?"君曰:"无辩。"客出而君惝然若有亡也。客出,惠子见。君曰:"客,大人也,圣人不足以当之。"惠子曰:"夫吹管也,犹有嗃也;吹剑首者,吷而已矣。尧、舜,人之所誉也。道尧、舜于戴晋人之前,譬犹一吷也。"②

这两则寓言式的故事,前者颇有冷幽默的风趣,后者则有黑色幽默的意味;前者讽刺了空洞虚假的承诺,后者讥笑了争夺土地的不义战争。庄子借助于反讽叙事,隐喻着深刻而生动的哲理。

另外,典型文本还在于形式的独创性和文本形式的独特风格,以及富有个性的精妙话语。除了深邃而丰富的思想内容之外,典型文本还在于它们自身具备了形式的独特性和鲜明的文本风格,其中必然性地包含话语的独创性。

黑格尔在《美学》中提出艺术独创性的概念,它同样适用于我们对于典型文本的美学分析。黑格尔认为:"艺术家的独创性不仅见于他服从风格的规律,而且还要见于他在主体方面得到了灵感,因而不只是听命于个人的特殊的作风,而是能掌握住一种本身有理性的题材,受艺术家主体性的指导,把这题材表现出来,既符合所选艺术种类的本质和概念,又符合艺术理想的普遍概念。"③我们所论述的经典文本虽然不完全属于艺术范畴,但是它们具有一定的文学性,而且在美学意义上,它们都不同程度地包含着审美形式和文体结构的独创性。诸如柏拉图文本的多人"对话体"和戏剧性,体现出书写主体在文

① 王先谦:《庄子集解·外物》,《诸子集成》第3册,中华书局1954年版,第176—177页。
② 王先谦:《庄子集解·则阳》,《诸子集成》第3册,中华书局1954年版,第170页。
③ [德]黑格尔:《美学》第1卷,朱光潜译,商务印书馆1979年版,第373页。

本结构上的独创性,苏格拉底所特有的反讽和幽默的话语方式,还有他的知识助产术的人生智慧,都令整个文本焕发出文学性的熠熠光彩。卢克莱修的《物性论》,是有关自然哲学的"诗歌体"文本,它将审美直觉和哲理阐释高度地融合在诗歌空间。而西塞罗的哲学文本则以"演讲体"或"雄辩术"获得自我的审美风格并且呈现出精妙的文学色彩。和柏拉图文本的多人对话体不同,波爱修斯的《哲学的慰藉》则是双人"对话录"的写作结构,作者假借自己和哲学女王的对话阐发对历史与人生的感悟,表达了对诸多哲学问题的沉思,作者将诗歌和散文的表达方式融化到哲学文本之中,令其充满了美感与诗意。尼采的《悲剧的诞生》可谓是"独白体",他以自我梦幻般的独白,表达对古希腊悲剧精神的向往和沉醉,文本赞美象征着悲剧冲动的酒神狄俄尼索斯和音乐冲动的日神阿波罗,尼采以诗性的哲学阐释了古希腊的文化精髓和艺术意志。而他的《查拉图斯特拉如是说》,则是"梦幻体"或"神话体"的文本,同时又富于一定的寓言色彩和戏剧性,在文学性和审美价值上则比《悲剧的诞生》更胜一筹,可谓是尼采整个写作生涯的巅峰之作,也是西方哲学史和文学史所共属的经典之作。文本的话语表达,呈现出疯癫和梦幻般的审美特性,也令作品增添文学色彩和焕发艺术的魅力。克尔凯郭尔的文本,可谓是"片断体"写作,文本以思想片断的方式连缀起理论的建筑结构,其独特的话语游戏创造出一个美妙的精神丛林,让接受者感受到迷人的诱惑力。

倘若从中国哲学考察,《老子》是"韵文体"的独白式写作,又有诗歌的音乐性,可谓是哲学的散文诗。孔子的《论语》是"语录体"的经典之作,文本结构自由而潇洒,留下历代传诵的经典话语。而《庄子》文本,"以谬悠之说,荒唐之言,无端崖之辞,时恣纵而不傥,不奇见之也。以天下为沈浊,不可与庄语。以卮言为曼衍,以重言为真,以寓言为广"①。它既是"寓言体"的杰作,也是"对话体"和"独白体"的杰作。《孟子》则是"论辩体"的杰出代表,通篇洋溢着儒家的仁义精神和民本思想的浩然之气,充满了比喻和寓言的话语方

---

① 王先谦:《庄子集解·天下》,《诸子集成》第3册,中华书局1954年版,第222页。

式也令阅读者心神愉悦和精神飞扬。

综上所述,"典型文本"均是将哲理与文采、形式与话语运用臻于炉火纯青的文学性与哲学性高度统一的经典作品。

第二节 "交叉文本"之美学阐释

"交叉文本"属于一种半哲学半文学或半文学半哲学的文本,或者说它们是哲学与文学或文学与哲学相互交织的文本形式。两种文本形式相对平衡和均等。相应地看,两者的哲学性与文学性也相对均衡。

一、"交叉文本"的文体特性

需要说明的是,典型文本和交叉文本在逻辑上只是一个相对性质的区分,在有些情形下,存在着少量的跨越现象。因此,这样的逻辑划分并不完全确定和绝对精确。

我们将交叉文本大致归纳为三个方面。

首先,从文本体裁而言,这一部分文本在文体形式上不属于纯粹的哲学论文或学院派论著的形式,写作的格式和规范也不完全符合纯粹理论文本的基本要求,而呈现随笔化或散文化的特征。诸如培根的随笔或散文、卢梭的随笔或散文、狄德罗的随笔或散文、伏尔泰的随笔或散文、孟德斯鸠的随笔或散文、歌德的随笔或散文、席勒的随笔或散文、海涅的随笔或散文、叔本华的随笔或散文、尼采的随笔或散文等。

这些哲理性的散文和随笔,徜徉于理性和感性之间,也徘徊于逻辑性和审美性之间,将哲学性和文学性良好地融合起来。狄德罗的《哲学思想录》《达朗贝和狄德罗的谈话》《达朗贝的梦》《谈话的继续》《拉摩侄儿》等一系列哲学随笔,以交叉着哲理和感性的笔触,讨论了人生哲学和道德哲学、教育哲学和审美哲学等诸多问题,它们有些成为哲学的经典,有些则成为文学的经典。叔本华的哲理性随笔,诸如《人生的智慧》《论思考》《论阅读与书籍》《论历史》《论文学》《论写作和文体》《论语言和语言学习》《论判断、批评和名声》《比喻和寓言》《论学者和博学》《论音乐》《论大自然的美》《论死亡》《论天才》《论女人》《性爱的形而上学》《生存空虚论》等,将丰富而深刻、睿智而独特的人生哲理灌注于优美潇洒的笔触之中。尼采的随笔《朝霞》,包括前言和5卷,尼采采用了格言式和断片式的书写策略,将思想的启蒙和文学的美感和谐地融合在文本之中。他的《不合时宜的沉思》,尽管在思想的侧重点和《朝霞》有所差异,但是就其文学性和美感方面则有异曲同工之妙。《不合时宜的沉思》包括第一篇"施特劳斯——表白与作家"、第二篇"历史学对于生活的利弊"、第三篇"作为教育者的叔本华"和第四篇"瓦格纳在拜雷特"。编辑者皮茨认为:"《不合时宜的沉思》包含着一种纯正的、受过古典论辩术训练的平淡,它偏爱冗长的、非常清晰地建构的主从复合句,带着少数引人注目的外来词。作者是一位古典语言文献学家,已经学会了论证和用典;他还没有挣脱一切枷锁,客观性对他来说比艺术性更为重要。在这里,语气都是干巴巴的;因为在表面上平静的语句之中,颤动着兴奋,躁动着愤慨,表达着极深的轻蔑和欢欣鼓舞的强调——二者经常充溢着几乎无法约束的激情。"①依照编者皮茨之见,尼采这部随笔式写作的文本尚且达不到成熟著述的标准,也无法媲美于后来的《朝霞》以及《查拉图斯特拉如是说》这样的巅峰之作。如此看法虽然不乏合理之处,然而,还是低估了尼采这部著作的思想价值和美学价值。《不合时宜的沉思》这一哲学文本,尼采采取的是随笔式的写作方式,呈现出书写者一以贯之的文风,文辞充满着激情和灵感,字里行间洋溢着诗意与美感,其文学性还是显而易见的。而尼采的警句集《人性的,太人性的》,更是充满了诗人般的抒情张力和闪烁着丰富的文学色彩。精神分析理论家弗洛伊德的有些理论随笔,同样弥散着文学的气氛和审美的情调,优美的文辞和自由灵活的修辞变法给读者以愉悦的美感享受。如他的《作家与白日梦》《〈俄狄浦斯王〉

---

① [德]尼采:《不合时宜的沉思》,李秋零译,华东师范大学出版社 2007 年版,"Pütz 版编者说明"第 1 页。

与〈哈姆雷特〉》《米开朗琪罗的摩西》《列奥纳多·达·芬奇和他童年的一个记忆》《陀思妥耶夫斯基与弑父者》《论升华》等,其中运用多种文学手法,借助了想象和假设等典型的写作技法。再如卢梭的《爱弥尔》、伏尔泰的哲理散文、蒙田的随笔、伊拉斯谟的《愚人颂》、克尔凯郭尔的《哲学寓言》等,这些理论性随笔,均将哲理性和文学性良好地协调在一起,令文本焕发出诗意和美感的格调。而中国古代的诸多散文或随笔,如司马迁的《报任安书》、诸葛亮的《出师表》、阮籍的《大人先生传》、嵇康的《声无哀乐论》和《琴赋》、王羲之的《兰亭序》、杨雄的《法言》、陶渊明的《桃花源记》、颜之推的《颜氏家训》、韩愈的《师说》和《进学解》、柳宗元的《天对》和《永州八记》、苏轼的《赤壁赋》、鲁迅的《野草》等,这一类文本均以哲学与文学相互交叉渗透的方式给予接受者以思想与审美的双重启迪。

其次,从具体的文本内容和性质考察,一部分"交叉文本"虽然在总体上采取论文和论著的形式写作,但是它们和一般性质和规范性的理论著述不同,放弃了学院派的论著结构和话语格式,而广泛借用了随笔或散文的写作方法,因而包含比较丰富的文学性和美感,某些结构和片断呈现出诗意的性质。例如布瓦罗的《诗的艺术》,狄德罗的《论戏剧诗》《画论》等,尼采的《权力意志》《偶像的黄昏》等,狄尔泰的美学论著《体验与诗》,弗洛伊德的一些论文和论著,马尔库塞的一些论文和论著,弗洛姆的《爱的艺术》,罗兰·巴特的《S/Z》《神话修辞术》《明室——摄影札记》《恋人絮语》等一些论著,波德里亚的《象征交换与死亡》等一些论著,我们依然将它们归属在"交叉文本"的范围中。中国古代哲学家一部分的散文与随笔,也可列入"交叉文本"的逻辑范围。例如阮籍、嵇康、韩愈、柳宗元、苏轼、程颐、程颢、朱熹、王阳明、王夫之、黄宗羲等思想家的诸多散文和随笔,即属于半哲学半文学的交叉文本。这些文本,虽然在文体上属于均等性质的结构方式,但是它们的文学性显然要超越一般的理论文本,审美色彩和诗性特征也胜于前者。

传统的美学观念一般将哲学、美学等方面的所有论文论著排除了在文学范畴之外,认为它们属于理论和逻辑的文本形式而不具有了文学性和审美性。

其实,这些理论文本尽管不属于文学作品的逻辑范围,但是它们很大程度上隐含着文学性和审美性,寄寓着诗意的情怀和藏匿着浪漫的神韵,它们包含着一定的文学价值和审美价值,不亚于某些直接性和具体性的文学作品。除了哲学史和文学史公认的那些经典文本之外,我们这里以罗兰·巴特的一些理论文本为例,以简要阐述它们所具有的文学性和审美性。罗兰·巴特为现代思想大师,他的诸多理论文本,可以归类为哲学、社会学、经济学、心理学、伦理学、美学、文艺理论等多方面,他的写作颠覆了以往理论文本的固定格式,而借鉴了随笔这一文体所拥有的自由灵活的形式。罗兰·巴特的这些理论文章写得颇有文学的趣味和美感,字里行间挥洒着绚丽的文采和幽默的气韵。诸如《神话修辞术》中的《自由式摔跤的境地》《电影里罗马人》《阿尔古尔的演员》《肥皂粉与洗涤剂》《作家度假》《火星人》《婚姻纪事》《玩具》《嘉宝的脸》《葡萄酒和牛奶》《牛排和油炸土豆》《"鹦鹉螺号"与"醉舟"》《深度的广告》《爱因斯坦的大脑》《喷射人》《令人震惊的照片》《青年戏剧演出的两个神话》《脱衣舞》《竞选照片》《布热德和知识分子》《神话作为劫掠的语言》《左翼神话》《右翼神话》《神话修辞术的必要性和界限》等。这些可以归纳在哲学、美学领域之内的理论文本,却闪烁着文学的瑰丽色彩,布满着诗意的修辞术和美妙的话语,使人在阅读过程中领受到审美感性的力量和通达明晰的智慧,从而也愉悦地认同文章中的深邃而尖锐的思想观念。罗兰·巴特的其他文集,诸如《恋人絮语》《文之悦》《S/Z》《流行体系》《米什莱》《明室》《写作的零度》《批评的真实》等,这些哲学与美学的文本,都程度不同地存在着文学的性质和闪烁着美感的亮色。

最后,交叉文本包含一些重要的宗教典籍,如《圣经》《古兰经》《法华经》《坛经》《金刚经》等,它们既是宗教文本,也是哲学文本和文学文本的相互交叉和渗透。显然,宗教对人类迄今为止的哲学史与思想史、文化史与艺术史都产生广泛而深刻的积极影响。尽管如此,我们一方面不得不关注到宗教所存在的一些负价值成分;另一方面,我们不得不注意到宗教和哲学的一些原则性区别。众所周知,马克思主义对宗教进行锐利和严厉的批判,马克思在《黑格尔法哲学批判·导言》中写道:"宗教里的苦难既是现实的苦难的表现,又是对这种现实的苦难的抗议。宗教是被压迫生灵的叹息,是无情世界的情感,正像它是无精神活力的制度的精神一样。宗教是人民的鸦片。废除作为人民的虚幻幸福的宗教,就是要求人民的现实幸福。要求抛弃关于人民处境的幻觉,就是要求抛弃那需要幻觉的处境。因此,对宗教的批判就是对苦难尘世——宗教是它的神圣光环——的批判的胚芽。"①显然,马克思对宗教的批判是深刻和尖锐的。除此之外,和纯粹哲学相比,宗教哲学假定了上帝和信仰的绝对神圣的第一性原则,和纯粹哲学的自由思想这一本质性不同,宗教哲学不容许信徒对教主和教义的任何违背,也不允许任何人对宗教的思想与理论进行怀疑与否定、反思与批判的思维活动,也不接纳普通教徒和教廷之间的自由和平等的对话。而纯粹哲学则提供了每一个精神主体的自由思考的空间,最大限度地鼓励主体进行存疑和否定、反思和批判的思维活动。所以,纯粹哲学比起宗教哲学更具有思想价值和理论意义。然而,我们又不得不承认,宗教哲学典籍中的文学性和审美性却是超越纯粹的哲学典籍或哲学文本的,它们所具有的道德意义和美学意义也是超越一般哲学文本的。

以下,我们以《圣经》和几个佛教经典为例以作出简要的阐述和论证。《圣经》(新旧约全书)典籍包含博大精深的哲学思想,它涵盖着自然哲学、人生哲学、道德哲学、审美哲学、价值哲学、历史哲学、政治哲学等因素。从文本格式上看,它包括纪、志、诗篇、箴言、传道书、雅歌、书、行传、福音书、启示录等,由于写作年代久远,又因书写主体众多,经历了时间漫长的修饰加工和增补完善,最终定型为结构完整、内容丰富、思想精深、文辞优美的经典文本。《圣经》在文本体裁上,可以说是多种体裁的交叉书写,有神话故事、英雄传奇、民间传说、历史故事、抒情诗歌、说理片断、箴言教训、传道讲录等,它们既单独成篇,又有内在的思想逻辑和统一性的文本结构,无论是精神内容和结构形式都体现出思理与文采的和谐,是哲学性和文学性完美统一的经典文本。

---

① 《马克思恩格斯文集》第1卷,人民出版社2009年版,第4页。

和基督教崇尚唯一性典籍《圣经》不同，佛教则拥有经、律、论等多种典籍，佛教的经文众多，可谓浩如烟海，所谓三藏十二部经、八万四千法门，生命个体皓首穷经也不能毕其全貌。重要的经典诸如《金刚经》《维摩诘经》《法华经》《心经》《楞伽经》《楞严经》《坛经》《无量寿经》《圆觉经》《金光明经》《梵网经》《解深密经》等。佛学既吸收了魏晋玄学的理论，又融合了儒学的心性、人性等学说之后，其理论体系完整，概念丰富和逻辑严密。然而，佛教典籍又借助于神话传说、民间故事、历史见闻、人物行藏、偈语诗文等体裁，融合了宗教戒律、佛法义理、人生哲学、生命智慧等丰富内容，同时这些经文都富于文学的性质和诗意的色彩，充满了道德感和美感。

二、交叉文本的审美特性

首先，哲理借助于审美现象而得以阐发。和一般纯粹的哲学文本单纯地依赖概念演绎、逻辑推理、理论论述的方法不同，交叉文本在阐述自我理论的过程中，时时融合着感性的形象，注重从审美形式方面阐释抽象的哲理，换言之，它们常常借助于形象思维或诗性思维去表达内在的观念。这在一部分哲学家的随笔写作中较为常见和流行。黑格尔有这样一个美学理论的表达："作为思考对象的不是理念的感性的外在的存在，而是这种外在存在里面的普遍性的理念。但是这理念也要在外在界实现自己，得到确定的现前的存在，即自然的和或心灵的客观存在。真，就它是真来说，也存在着。当真在它的这种外在存在中直接呈现于意识，而且它的概念是直接和它的这种外在现象处于统一体时，理念就不仅是真的，而且是美的了。"①黑格尔的旨意是，观念或理念必须借助感性现象或审美意象的外显，才能达到审美化的表现。这一观点在哲学随笔中得到了广泛的验证。叔本华的哲学随笔擅长运用文学性的表达而呈现丰富的美感，同时也寄寓自己内在的观念。他在《论大自然的美》中写道：

---

① ［德］黑格尔：《美学》第 1 卷，朱光潜译，商务印书馆 1980 年版，第 142 页。

看到一处美丽的风景能让我们感到分外愉快,这其中的一个原因就是我们看到了大自然普遍的真理和前后一致。

……

美丽大自然的景象这一优异特质首先解释了它造成的印象为何如此和谐、令人满足;此外,这也解释了为何大自然美景对我们的整体思维发挥出最良好的影响——我们思维的形式部分由此调校得更加准确,并在某种程度上得到了过滤、纯净,因为这种唯一完全没有瑕疵的脑髓现象使脑髓总体上处于完全正常的活动状态。这样,在思维活动经美景的作用恰当激发了活力之后,思维活动现在就以其前后一致、互相关联、规则、和谐的运作,试图遵循、仿效大自然的方法。因此,一处美丽的风景可以帮助我们过滤和纯净我们的思想,正如音乐——据亚里士多德所言——对我们的感情所发挥的作用一样。面对大自然的美景,人的思考达到了最正确的程度。

……

大自然是多么的富有美感!每一个小块荒芜、野生、完全未经种植,亦即听其自然的地方——哪怕这只是很小的一块——只要不曾受到人爪的亵弄,就会马上被大自然以最雅致、讲究的方式装扮起来,饰以花草植物;这些花草植物从容不迫、自然而然的风韵,极其优雅的布置和编排显示出这些东西并不是在人们膨胀自我的严厉监管下长成,而是听从了大自然的自由调遣。每一受到人们冷落的一小片地方很快就会变得漂亮起来。英国式园艺的指导原则就是基于这一道理,所以,英式园艺就是尽可能地藏起人为的痕迹,以让花草园林看上去就像是造化自由主宰的结果。这是因为只有在这种情形下,大自然才会充分显示其美丽,亦即最清晰地显示出不带认识力的生存意欲的客体化。①

叔本华在此流露出一种超前的生态美学观,他消解"人类中心主义"(Anthro-

---

① [德]叔本华:《美学随笔》,韦启昌译,上海人民出版社 2004 年版,第201—203 页。

pocentrism)的思维霸权,主张自然是最高的美学法则和审美标准,契合了中国道家的"天道自然"的美学观,而漠视人为造作而生成的"人工美"。叔本华的观点不是单纯地依赖于概念的演绎和逻辑推导得以成立,而是借助于生动形象的描摹和抒情、比喻和意象而进行阐发,即使自己的理论具有说服力,又使文章呈现优美的格调。西方其他哲学家,诸如蒙田、卢梭、伏尔泰、狄德罗、孟德斯鸠、叔本华、尼采、加缪、罗兰·巴特等,这些哲学家的随笔和叔本华的随笔一样,皆是文体比较鲜明的"交叉文本",在呈现自我理论的同时,隐含着一定的文学性质。

其次,交叉文本呈现诗性思维的方法和文学化的写作技巧。别林斯基在论述文学的特性时说:"观念不是抽象的思想,不是僵死的形式,而是活生生的创造物;在这创造物中,形式的活生生的美正是证明其中有绝妙的观念,并且在这创造物中,丝毫也看不出缝合或者焊接的痕迹,观念和形式之间没有界线,二者正好构成一个完整而又统一的有机创造物。观念从理性中引发出来。"①哲学家的随笔除了运用必要的抽象思维之外,还大量地借鉴诗性思维或形象思维,穿插着丰富的文学化写作方法。除了我们上述罗列的西方哲学家中擅长写作随笔的人物之外,还有诸多写作主体在自己的文本中寄寓丰富的文学性。中国古代哲学家,由于文史哲等人文学科高度融合的文化传统,他们的文本更是充满了文学色彩,他们的思维方式有着更多诗性特性,他们的文章天然有着文学和诗性的审美禀赋,而他们的哲学文本本身就蕴藏着文学的文体和文学的内涵以及文学的手法。西方哲学家中,叔本华是一个比较典型的具有文学风范的代表者,他的哲学随笔充盈着文学的形象性和美感色彩,他在《论死亡》中以充满感性智慧和优雅抒情的笔调写道:

　　大自然的真正象征普遍都是圆圈,因为圆圈是代表周而复始的图形,而周而复始事实上就是自然界中至为普遍的形式。自然界的一切都是一

---

① 中国社会科学院外国文学研究所编:《外国理论家、作家论形象思维》,中国社会科学出版社 1979 年版,第 71 页。

个周而复始的过程,从天体的运转一直到生物体的死、生都是如此。在永不休止、囊括一切的时间长河中,某一持续的存在,亦即大自然,也只有以此方式才得以成为可能。

在秋天,在观察微小的昆虫世界时,我们可看到某些昆虫准备好自己的睡床,以进行漫长、僵冻的冬眠;另有一些昆虫则吐丝作茧,变蛹度过冬天,而当春天来临时,就脱胎换骨、焕然一新地醒来。我们还看到,大多数的昆虫做好了在死亡的怀里安息的打算,小心翼翼地把卵子放置在合适的贮藏处,以方便将来更新了的一代破壳而出。这些就是大自然关于永生不死的伟大教导,它想让我们明白:睡眠与死亡并没有根本区别,两者都不会危及到存在。①

叔本华的随笔《论死亡》可谓既是哲学史也是文学史的著名文本,它将理性融化于感性之中,抽象理念附丽于形象符号之中,整个文本达到诗意与哲理高度和谐,写作主体的思辨和才情均达到一个超常的美学境界。

最后,真挚和宁静的情绪。交叉文本有些篇目包含着书写者洋溢奔放的情绪,如尼采的《朝霞》《偶像的黄昏》等,但大多数的交叉文本,尤其是随笔性的交叉文本,它们保持着写作主体的宁静(Ataraksia)和节制的情绪,充满了宁静理性和辩证精神。古罗马时代的怀疑论创始者人物——皮浪将怀疑论的起因之一归纳为是因为主体"希望获得安宁"。恩披里可认为:"怀疑论的起因在我们看来是希望获得心灵的宁静。有才能的人受到事物中的矛盾的困扰,怀疑自己应当接受那种选择,就去研究事物中何真何假,希望能够通过解决这些问题而获得宁静。"②古典主义哲学的怀疑论传统为西方后代哲学家所继承,他们在写作中同样秉持着如此的安静境界。叔本华即是这样的代表性人物之一。他在《论死亡》以安静和冷峻的情绪写道:

我们当然不知道还会有什么比生与死更高的赌博,我们无比紧张、投

---

① 　[德]叔本华:《美学随笔》,韦启昌译,上海人民出版社 2004 年版,第 223—224 页。

② 　[古希腊]塞克斯都·恩披里克:《悬搁判断与心灵宁静》,包利民等译,中国社会科学出版社 2004 年版,第 5 页。

入和惊恐地注视着每一生死攸关的决定,因为在我们的眼里,一切的一切都取决于生与死的转换。相比之下,开诚布公、从不撒谎的大自然却对这事情有着不一样的表达,亦即和《博伽梵歌》中克里斯娜的说法一样。大自然的表达就是:个体的生、死对大自然来说根本就是无足轻重的。也就是说,大自然是通过以下这些情形表达出她上述的态度:她听任每一动物,甚至每一个人遭受最无谓的变故的打击,而不施以援手。

……大自然对待人跟对待动物没有两样,她的表达因此也把人包括在内:个体的生与死于她而言是无所谓的。所以,这些生、死在某种意义上对我们来说应该是无所谓的事情,因为我们本身的确就是这一大自然。假如我们能够看深一层,我们就会同意大自然的意见,对生、死也就不在乎了,就像大自然一样。①

叔本华以哲学智慧了悟了生死的转换冰冷事实,他以真挚和安静的情绪表达了对大自然法则的敬畏和尊重,顺应自然而泰然地面对生死现象。在《论大自然的美》中,叔本华同样以安静恬淡、优雅感性的笔调写道:

英式园林,准确地说应该是中国式园林,与越来越少、典型范本所剩无几的老式法国园林,两者之间的巨大差别说到底就在于英式园林的布置是客观的,而法式园林的布置则反映出人的主观痕迹。也就是说,在英式园林里,那客观呈现在花、草、树木、山水的大自然意欲,以尽可能纯净的方式展现了那些花、草、山、水的理念,亦即花、草、山、水的独特本质。但在法式园林里,反映出来的只是园林占有者的意志和意欲。占有者的意欲(意志)、征服、奴役了大自然,这些花、草、山、水现在不是展现其自身的理念,而是背负着强加在它们身上、作为奴役标志的、与占有者的意欲相符的形式。这些形式就是修剪整齐的矮篱、裁成各种形状的树木、笔直的林荫道、穹隆等。②

---

① [德]叔本华:《美学随笔》,韦启昌译,上海人民出版社 2004 年版,第 219 页。
② [德]叔本华:《美学随笔》,韦启昌译,上海人民出版社 2004 年版,第 203 页。

后者以主体的闲适平和的态度理解园林和人的实用关系,崇尚回归自然的审美趣味,文本里充溢着叔本华独特的审美情调和优雅的修辞笔法。

三、交叉文本的书写策略

首先,交叉文本的书写策略之一是充满想象力的构思和自由灵活的篇章结构。想象力是文学性的重要标志之一,也是文学书写的要素之一。狄德罗在《论戏剧艺术》中认为:"想象,这是一种特质,没有它,人既不能成为诗人,也不能成为哲学家、有思想的人、一个有理性的生物、一个真正的人。""想象是人们追忆形象的机能。一个完全失去这个机能的人是一个愚昧的人,他的全部知识活动就限于发出他在童年时学会组合的声音,机械地应用于生活环境。"①狄德罗强调了想象力对于文学家和哲学家具有同等重要的意义,认为没有想象力的主体不可能成为文学家和哲学家。我们将想象力划分为两类:一种是理论的或哲学的想象力,另一种是文学的或形象的想象力。一些主体有文学的或形象的想象力的禀赋,一些主体有哲学或理论的想象力的禀赋,而有些主体对于两种想象力兼而有之。显然,"交叉文本"的写作主体拥有两种想象力,他们所书写的文本也充满了丰富的想象力。西方一部分哲学家和文学家,他们的随笔写作显然是具有想象力的。而中国的传统文章写作,诸多文本都是充满文学想象力和理论想象力的。诸如贾谊的《过秦论》、刘安编纂的《淮南子》、杨雄的《法言》、王充的《论衡》、张衡的《髑髅赋》、王符的《潜夫论》、刘劭的《人物志》、钟会的《四本论》、陶渊明的《桃花源记》、阮籍的《大人先生传》《乐论》和《达庄论》等、嵇康的《养生论》《琴赋》《声无哀乐论》等、刘伶的《酒德颂》、颜之推的《颜氏家训》、韩愈的《原道》《进学解》《师说》、柳宗元的《天对》等、周敦颐的《太极图说》和《爱莲说》等、欧阳修的《朋党论》、范仲淹的《岳阳楼记》、苏轼的《赤壁赋》、朱熹的《朱子语类》、王阳明的《传习

①　中国社会科学院文学研究所编:《文艺理论译丛》第 1 卷上册,知识产权出版社 2010 年版,第 168 页。

录》、李贽的《童心说》等。这些文本,综合和渗透了两种想象力,既创造了文学的审美意象也建构了理论的概念,同时也阐发了自我有关政治哲学、道德哲学和人生哲学等诸多观念。如阮籍的《大人先生传》:

> 大人先生,盖老人也。不知姓字,陈天地之始,言神农、黄帝之事,昭然也。莫知其年之数,尝居苏门之山,故世咸谓之闲。养性延寿,与自然齐光。其视尧、舜之所事。若手中耳。以万里为一步,以千岁为一朝,行不赴而居不处。求乎大道而无所寓。先生以应变顺和,天地为家,运去势隤,魁然独存。自以为能足与造化推移,故默探道德,不与世同之。自好者非之,无识者怪之,不知其变化神微也。而先生不以世之非怪而易其务也。先生以为中区之在天下,曾不若蝇蚊之著帷,故终不以为事,而极意乎异方奇城,游览观乐,非世所见,徘徊无所终极。遗其书于苏门之山而去,天下莫知其所如往也。①

"大人先生"显然出于阮籍的文学虚构,属于想象性的审美符号和理想性的价值符号。尽管据推断"大人先生"的原型是阮籍所仰慕的名士孙登。《晋书·阮籍传》载:"籍尝于苏门山遇孙登,与商略终古及栖神道气之术,登皆不应,籍因长啸而退。至半岭,闻有声若鸾凤之音,响乎岩谷,乃登之啸也。遂归著《大人先生传》。"②但是"大人先生"不能等同于孙登本人,这一文学形象却是阮籍的审美想象力的凝聚,也是文学化的虚构意象。它象征一种超越于世俗道德的隐士,他的人生哲学奉行"道法自然"的原则。

中国古代的上述"交叉文本",在篇章结构方面也灵活多变,挥洒自如,有赋、记、论、说、颂、志、训、语录等体裁,将哲学性和文学性良好地融合起来。西方哲学家的随笔文本,我们在前面作了若干枚举,它还包括尼采的《偶像的黄昏》《人性,太人性了!》《权力意志》等,克尔凯郭尔的《哲学片断》和《哲学寓言》、弗洛姆的《爱的艺术》、罗什和巴雷尔的《哲学家的动物园》等,皆是充满

---

① 严可均辑:《全三国文》下卷,商务印书馆 1999 年版,第 486 页。
② 房玄龄:《晋书》第 4 册,中华书局 1997 年版,第 354 页。

了文学想象力和哲学想象力的交叉文本,它们以自由灵活的篇章结构,综合了感性与理性、诗性与逻辑、美感与伦理多种要素,给接受者以思想与情感的双重享受。

其次,交叉文本往往呈现出潇洒飘逸的诗意文风。西方一些理论性著述或哲学随笔类的文章,由于书写者既禀赋抽象思辨的逻辑思维又有卓越的文学想象力,尤其是擅长自由潇洒的散文化写作,他们以格言式、片断式、对话录、诗歌体等方式写作,这些文本呈现哲学性或理论性与文学性的和谐统一。在此我们以法国现代思想家罗兰·巴特的文本为例证作出阐述。诚如所言:"罗兰·巴特虽然是文艺理论家、美学家和符号论者,但他在语言和文化领域,特别是他运用符号论对于神话、意识形态、日常生活模式、流行以及行为结构方面的研究,深深地影响了法国以及整个西方人文社会科学和哲学的发展。"①罗兰·巴特虽然没有纯粹哲学家的身份,然而他的符号学理论极大地影响了整个西方哲学界。罗兰·巴特的理论随笔,携带了强烈的个人风格和美学感染力,尤其是他的睿智精妙、优雅浪漫的话语表达方式更是令阅读者赏心悦目和钦佩折服,他的文化随笔可谓达到理论想象力和文学想象力的和谐交汇。罗兰·巴特的几本代表性文集,《明室》《米什莱》《写作的零度》《神话修辞术》《批评与真实》《流行体系》《文之悦》《恋人絮语》《埃菲尔铁塔》《小说的准备》等,都可谓将哲学与文学、理论与诗性良好结合的交叉文本。

最后,中国古代的诸多哲理性散文,它们也可归纳在"交叉文本"的范畴,它们以文学化的书写方式,表达写作主体的人生哲学、道德哲学和审美哲学等理论内涵,达到了文学与哲学的较完美的统一。在文本形式的写作方式上,由于在历史传统上,文学、哲学、历史等人文领域不存在现代学科意义的严格的逻辑区分,彼此存在着密切的相互关联和越界现象,也呈现多样化的特征。就交叉文本而言,它们包含着如论、记、志、传、书、铭、诔、表、赋、赞、札记、家训、语录、偈语、策论、檄移、哀吊、祝盟等多重文章形式,这些文本均交融一定的文

---

① 高宣扬:《当代法国思想五十年》上册,中国人民大学出版社2005年版,第223页。

学性和哲学性。诸多例证我们已经作了枚举,这里我们再选择颜之推的《颜氏家训》作为代表性文本予以简要阐释。

北齐颜之推,字介,原籍琅琊临沂,世居健康(今南京)。颜之推生于士族官宦之家,承袭儒业,他奉行儒家哲学,也吸取佛家和道家的思想。在总体上,颜之推以儒家的世界观与人生观、价值观与审美观作为自我人生实践和书写活动的准则。因此,他的《颜氏家训》在理论内涵上也是一本阐述儒家思想的著述。然而,和一般儒家的理论著述不同,《颜氏家训》更多文学的和诗意的色彩,更多审美趣味和艺术格调,也是从家族教育的视角书写自我的人生哲学和道德哲学的"家训"教科书。颜之推生于乱世,自叹为"三为亡国之人",他仕于四个历史朝代,人生历险颇多,他将自己的人生经验和儒家思想寄寓在这部"家训"的字里行间。

《颜氏家训》分为七卷,共计二十篇。第一卷:《序致》《教子》《兄弟》《后娶》《治家》;第二卷:《风操》《慕贤》;第三卷:《勉学》;第四卷:《文章》《名实》《涉务》;第五卷:《省事》《止足》《诫兵》《养生》《归心》;第六卷:《书证》;第七卷:《音辞》《杂艺》《终制》。王利器认为《颜氏家训》:"此书涉及范围,比较广泛,那时,河北、江南,风俗各别,豪门庶族,好尚不同。颜氏对于佛教之流行,玄风之复扇、鲜卑语之传播,俗文字之兴盛,都作了较翔实的纪录。"①更重要的是,《颜氏家训》作为传播人生哲学和家族道德的"家训"教科书,包含着丰富的哲学观与价值观、道德观和审美观,写作主体思考了生命的诞生与死亡、反对战争和弘扬仁爱,主张读书求知又躬行实践,如《归心》篇章还涉及佛理和宇宙的认识,关乎宗教哲学和自然哲学的问题。从文本的审美形式考察,《颜氏家训》既有骈文的结构形式、音律美感,也有散行表述,文辞表达如行云流水。说理和叙述转换自如,流畅旷达,没有"辞胜而理伏"和"事繁而才损"的流弊,而是达到了内容和形式的和谐统一,哲理与文采的交汇。

---

① 王利器:《颜氏家训集解》,中华书局1993年版,"序录"第7页。

第三节　"混合文本"之美学分析

"混合文本"分为两种:第一种是以文学为主体而渗透哲学观念的文本,第二种是以哲学为主体而渗透文学性的文本。

一、"混合文本"第一种形式

"混合文本"分为两种:第一种是以文学为主体而渗透哲学观念的文本,这一类文本显然都是文学史上占有一定地位的经典作品,它们在思想内容和艺术价值这两个方面都获得历史和读者的共识,在此我们作出一些简要的枚举。诸如荷马史诗《伊利亚特》和《奥德赛》、埃斯库罗斯的《普罗米修斯》三部曲,索福克勒斯的《俄狄浦斯王》和《安提戈涅》,欧里匹德斯的《美狄亚》,阿里斯托芬的《鸟》,《伊索寓言》,维吉尔的史诗《伊尼德》,奥维德的《变形记》,但丁的《神曲》,莎士比亚的《哈姆雷特》等戏剧,高乃依的《熙德》,拉辛(Jean Racine,1639—1699)的《安德洛玛刻》,伏尔泰的《布鲁图斯》《查第格》《老实人》《天真汉》等,孟德斯鸠的《波斯人信札》等,狄德罗的《修女》《拉摩的侄儿》等,卢梭的《新爱洛绮丝》,歌德的《浮士德》,席勒的《阴谋与爱情》,雨果的《悲惨世界》《巴黎圣母院》《海上劳工》《九三年》等,巴尔扎克的《人间喜剧》的一些篇目,海明威的《老人与海》,托尔斯泰的《战争与和平》与《复活》,陀思妥耶夫斯基的《罪与罚》,屠格涅夫的《猎人笔记》,卡夫卡的《变形记》,加缪的《局外人》与《西西弗斯神话》,贝克特的《等待戈多》,普鲁斯特的《追忆逝水年华》,纪德的《伪币制造者》,莫里亚克的《黛莱丝·德罗克》《母亲大人》《爱的荒漠》《给麻风病人的吻》等,萨特的《恶心》《苍蝇》《禁闭》《死无葬身之地》《自由之路》等,马尔罗的《人类的命运》,奥威尔的《动物庄园》和《1984》等,里尔克的《杜伊诺哀歌》,米兰·昆德拉的《不能承受的生命之轻》等。中国古典的文本诸如屈原的《离骚》,《古诗十九首》,阮籍的《咏怀》,陶渊明的《饮酒》《归去来兮辞》《五柳先生传》《桃花源记》等,张若虚的《春江花月夜》,韩愈的散文,柳宗元的散文,欧阳修的散文,苏轼的散文,罗贯中的《三国演义》,曹雪芹的《红楼梦》,鲁迅的《野草》等。

首先,我们简要阐述第一类的"混合文本"所包含的某些哲学观念。这里我们先以但丁的《神曲》和歌德的《浮士德》作为例证进行文本分析和美学阐释。

但丁的《神曲》一方面借鉴了中世纪的梦幻文学的叙述方式,另一方面运用了寓言的写作策略。但丁将《神曲》赋予了四重意义。一是字面意义,二是寓言意义,三是道德意义,四是神秘意义。这四重意义即是文本的哲学意义和美学价值的重要结构,它将文学赋予了丰富复杂的思想内涵。尤其第四重的"神秘意义":"这种对美的爱是对绝对的统一,即上帝的爱的反映,就是在这种爱中,意义的其他三个层面被融合,且被显现清楚;生活被理解为一种普遍的共同体,而腐蚀了那个共同体的地狱的否定原则也被证实是一个必然且永恒的过程中的一瞬间;自然,这个'上帝之女',则是与我们相似的活的生物。"①这部以意大利"俗语"写作的经典文学文本包含着深刻复杂甚至相互矛盾的思想意义,它也是一部跨界的或侵邻哲学与宗教的文学创作,其思想价值和美学意义几乎是均等的。显然,一方面,但丁的《神曲》包含着基督教哲学的思想意义和价值观念,对基督教教义和信仰给予了价值肯定;但是,另一方面,但丁对教会和罗马教廷都予以了辛辣的讽刺,对它们的虚伪和贪婪等非道德的行为进行无情的批判。

但丁的《神曲》对世界的结构和形式进行了审美理解和诗意想象。《神曲》将世界划分为地狱、炼狱、天国三个部分。诗人想象地狱位于北半球,形成一个深渊状态,地面至地心,它们构成一个圆形剧场的空间结构。而炼狱则由一座巍峨的高山峻岭所组成,它坐落在南半球的浩瀚海洋之中,而山峦的巅峰构筑了地界的乐园。天国由九重天和消解了时间空间的净火天所组成。三重世界的结构和性质有所差异,相应地,它们的外在色彩也各有千秋。地狱的

---

① [美]缪勒:《文学的哲学》,孙宜学等译,广西师范大学出版社2001年版,第85页。

色彩晦暗模糊,它象征了受难和绝望的情绪和境界。相比之下,炼狱是安静和希望的象征性存在,它的色彩是温和和醒目的,给人以平和与快乐的直觉。天国则是理想和美的象征,充满了愉悦和光明的色彩。《神曲》对三重世界的描绘和理解表达了但丁对世界存在的哲学阐释的审美想象,也融合了但丁的自然观和审美观、道德观和正义观。但丁的《神曲》充满了哲学性的怀疑精神和批判意识。一方面,《神曲》怀疑宗教教廷等宗教机构的合理性和合法性,怀疑宗教人员的正当性和道德性,批判了教会的贪婪和腐败。尽管但丁是一个正统的天主教徒,但是他对宗教人士的道德堕落和争权夺利的行径一概进行毫不留情的揭露与鞭挞。另一方面,《神曲》对封建君主和封建等级制度进行了怀疑和批判,嘲讽了世俗社会的势利小人和批判了争夺利益的社会现象。同时,《神曲》也呈现了禁欲主义的爱情观和超越身体欲望的爱情哲学,但丁借《神曲》颂扬了超越于肉体的纯粹爱情,赞扬了超越于欲望目的性的理想主义和唯美主义的柏拉图式的爱情哲学。所以,《神曲》不仅是一部文学文本,也是一部中世纪的哲学性文本。

维柯认为:"一个有才能的人不会是大哲学家兼大诗人。有人反对说:但丁既是意大利诗祖、诗王,却又是精博的神学家。我们的回答是,但丁产生在意大利已有诗歌的时代;假如他生在更野蛮的九、十、十一或十二世纪的意大利,既不懂经院哲学,又不通拉丁文,那末他就会是个更伟大的诗人,意大利语言也许可以把他抬出来和荷马相比;而古罗马就没有诗人可以相比拟,因为桓吉尔没有生在野蛮的时代。"[1]维柯由于在理论上将抽象思维和诗性思维作了逻辑上的对立,因此,他对但丁的理解有所欠缺。其实,但丁不仅是中世纪的一位伟大诗人,也是中世纪的一位伟大思想家和哲学家,他的确兼有维柯所认为不可能兼有双重身份。正是基于这样的逻辑和双重身份,但丁的《神曲》才将抽象思维和诗意思维良好地统一在书写过程之中。换言之,正是依赖于形

---

[1]　中国社会科学院外国文学研究所编:《外国理论家、作家论形象思维》,中国社会科学出版社 1979 年版,第 25—26 页。

象思维和抽象思维的高度融合,但丁的《神曲》方才得到了文学性和哲学性的完美和谐。韦勒克、沃伦在《文学理论》中写道:"艾略特在颂扬但丁和攻击弥尔顿时,似乎过分地强调了'如画性'(Bildichkeit)的教条。他说,但丁的诗'是一种视觉的想象'。但丁是一位寓言家,而'对一位有能力的诗人来说,寓言就意味着'清晰的视觉意象'。"①显然,艾略特对但丁《神曲》的阐释就比维柯略胜一筹,他体悟到但丁作品中寓言的"视觉意象"的重要性和审美意义。

歌德的《浮士德》作为启蒙运动的思想硕果之一,它综合了德国古典哲学的理论菁华和登临到狂飙突进时代之后的文学高峰。诚如缪勒所论:"但丁的《神曲》以及歌德的《浮士德》两者都提供了一种对立的统一,一种辩证的生命结构,但但丁是从永恒的统一和统一本身来看并表现这种辩证法的,而歌德则将我们置于这种统一的辩证法运动中间……它赋予整个辩证结构以沉思的力量,这使得《浮士德》成为一部哲理诗。"②歌德的《浮士德》书写的既是德国的理想主义的审美典范,也是多重的历史悲剧。浮士德既是知识悲剧的象征,也是爱与美悲剧的典型;既是命运悲剧的生动表现,也是意志与欲望的悲剧符号;既是理想主义与浪漫主义的悲剧结果,也是唯美主义和道德主义的悲剧典型。歌德的《浮士德》力图建立德意志民族的人文主义精神,一方面,浮士德这一典型形象,象征了德意志民族对知识和真理的追求,对古典主义和浪漫主义的精神融合。因此,对于古希腊文化的回眸与沉醉和对德意志新文化的建构成为《浮士德》的思想核心之一。另一方面,浮士德表现了主体的觉醒,既肯定了人的理性道德的价值,也强调了感性欲望的合理性。既肯定了精神信仰的积极作用,也确立了审美解放的必然性意义。浮士德既象征了个体存在的权力和合理性,也代表了德意志一个民族的精神自由和思想解放以及文化上的独立和创新。再一方面,《浮士德》还表现出反对战争和专制集权的思想意识,具有强烈的人道主义精神,同时《浮士德》表现出对女性的尊重和崇拜,

---

① [美]韦勒克、沃伦:《文学理论》,刘象愚等译,江苏教育出版社2005年版,第212页。
② [美]缪勒:《文学的哲学》,孙宜学等译,广西师范大学出版社2001年版,第129、144页。

将她们视为爱与美的象征,浮士德在濒临死亡之际,还吟诵着"永恒之女性,引导我们飞升"的诗句。歌德的《浮士德》这一如此的"混合文本",其哲学意义、美学意义和艺术价值均为上乘,它也是文学史和思想史的经典之作。

其次,第一类的混合文本所包含的哲学性质。哲学所包含的思想特征之一,就是反思与批判、存疑与否定等理性冲动。诸如对意识形态的反思与批判、存疑与否定,对政治制度、经济制度、法律制度、文化制度等反思和批判、存疑与否定等。雨果和巴尔扎克的小说,对封建社会以及资本主义社会进行深刻的反思和无情的批判。雨果的《悲惨世界》《笑面人》《九三年》《巴黎圣母院》等小说,对资本主义的政治制度、法律制度和经济制度进行了较为全面和深刻的存疑和否定、反思和批判,然而,这些文学文本也在一定程度上肯定了道德启蒙和理性启蒙的价值与意义,宣扬了人道主义或人本主义的思想价值和实践意义。恩格斯指出,巴尔扎克"他在《人间喜剧》里给我们提供了一部法国'社会',特别是巴黎上流社会的无比精彩的现实主义历史,他用编年史的方式几乎逐年地把上升的资产阶级在 1816—1848 年这一时期对贵族社会日甚一日的冲击描写出来,这一贵族社会在 1815 年以后又重整旗鼓,并尽力恢复旧日法国生活方式的标准。他描写了这个在他看来是模范社会的最后残余怎样在庸俗的、满身铜臭的暴发户的逼攻之下逐渐屈服,或者被这种暴发户所腐蚀"①。显然,巴尔扎克的小说具有一定的反思与批判的精神价值,也呈现了一定的哲学意味。如果说托尔斯泰的《战争与和平》是对于战争的残酷性、非人性与非理性进行反思与批判,对于战争的正义性与非正义性进行存疑与否定的话;那么,他的《复活》则是对资本主义社会的政治、法律、道德、经济等社会结构的深刻而全面的存疑与否定、反思与批判。因此,托尔斯泰的文学作品所蕴藏的反思与批判的哲学精神也是较为鲜明和显著的。

和传统的古典文学相比,西方现代文学流派则包含着更为丰富和复杂的哲学观念。我们在此以存在主义的部分文本为例进行简要阐述。

---

① 《马克思恩格斯文集》第 10 卷,人民出版社 2009 年版,第 570—571 页。

诚如学者所论:"'小说思考存在',这是20世纪欧美小说家如萨特、加缪、卡夫卡、昆德拉等文学大师们对人类的杰出贡献。他们透过现实的表象,发现了存在,并进而探索存在的种种可能性,把日渐泯灭在历史和陈规旧矩中的存在的可能性从遗忘和遮蔽中钩沉出来。他们提出的思想从本体上改变了人类对自己和世界的认识,或许这就是现代小说在当代社会中所承担的思想使命,这就是现代小说所承载的价值。小说关注并拷问人类具体的存在境况,从作者自我对存在的沉思出发,思考存在的意义。于是小说家成了思想者,写作在哲学思考的维度上展开,揭示那些尚不为大众认识的存在之实、存在之虚、存在之重、存在之轻及存在之真理与谬误。"①显然,现代法国文学在借鉴和融合哲学思想方面有着明显的艺术特征:"20世纪法国文学之诗思是和文学与生俱来的品质,这是文艺复兴以来法国文学的传统,也是启蒙运动以来文坛巨子的共声,尤其是上个世纪中叶以来后现代思潮之大端。质言之,诗思与哲理的交织是法国文学的强项,但也是其不易为常人所捕捉的灵机。"②的确如此,法国文学呈现出典型的和哲学高度融合的现象与趋势。

存在主义文学的诸多文本,以文学形式寄寓着丰富的哲学内容,将文学性的审美性和哲学的思辨性交融于感性结构之中,在呈现艺术的独创性的同时也证实了自己的思想先锋价值。存在主义文学本身来源于存在主义哲学思潮,两者存在着必然性的逻辑关系。无论是萨特的小说和戏剧,也无论是加缪的小说和戏剧,还是卡夫卡的小说、瓦莱里的诗歌和里尔克的诗歌,也无论是克尔凯郭尔的"寓言"和随笔,还是米兰·昆德拉的小说,纵观存在主义文学,它们共同地包含着这样几个哲学性质。其一,对存在者的意义与价值的关注和反思,确立主体"自由"的先验性前提。萨特在《存在与虚无》中提出"存在先于本质"的命题,萨特说:"因为意识不可能先于存在,它的存在是一切可能

---

① 徐真华、黄建华:《20世纪法国文学回顾——文学与哲学的双重品格》,上海外语教育出版社2008年版,第170页。

② 徐真华、黄建华:《20世纪法国文学回顾——文学与哲学的双重品格》,上海外语教育出版社2008年版,"序言"第1页。

性的来源和条件,正是它的存在包含着它的本质。"①与此相关,萨特还认为:"我的自由是各种价值的唯一基础,没有任何东西,绝对没有任何东西能证明我应该接受这种或那种价值,接受这种或那种特殊标准的价值。"②存在主义文学文本,广泛而深刻地显现着对个体存在者的描写与表现,肯定生命个体的权力与价值,强调个体存在的生命尊严和自由的意义。其二,存在主义文学着重书写异化社会的异化的人性,揭示荒诞或荒谬的现实生活,表现虚无主义的人生观和强调命运的偶然性。萨特的《恶心》和《禁闭》,卡夫卡的《变形记》和米兰·昆德拉的《不能承受的生命之轻》,写社会导致的人性异化,揭示人的存在在现实世界的虚无性和荒谬性。其三,存在主义文学普遍地关注存在者的生存与死亡,表现主体的恐惧与绝望的心理状态。死亡的书写与思考成为存在主义文学的重要主题之一。萨特的《墙》,加缪的《局外人》和《鼠疫》,里尔克的《杜伊诺哀歌》等,都书写有死亡相关的意象,表现了死亡的偶然性和绝对性势能,揭示了死亡的冰冷法则以及它对生命存在的否定性力量。海德格尔在《存在与时间》中写道:"死亡作为此在的终结乃是此在最本己的、无所关联的、确知的、而作为其本身则不确定的、超不过的可能性。死亡作为此在的终结存在在这一存在者向其终结的存在之中。"③海德格尔的这一哲学观深刻地影响了包括存在主义文学在内的西方现代派文学,它们对死亡的书写和表现使文本具有形而上学的意味。

最后,"混合文本"所包含的哲学功能。显然,就哲学的功能而言,它具有多样性和丰富性、复杂性。这里我们主要强调认识自我、启迪智慧和激发幽默感这三个方面的功能。其一,文学文本一度潜藏着认识自我的哲学功能。在此我们以中国古代的文学文本为例进行简略阐述。先秦时代的屈原,他的长

---

① [法]萨特:《存在与虚无》,陈宣良等译,生活·读书·新知三联书店 1987 年版,第 13 页。

② [法]萨特:《存在与虚无》,陈宣良等译,生活·读书·新知三联书店 1987 年版,第 72 页。

③ [德]海德格尔:《存在与时间》,陈嘉映、王庆节译,生活·读书·新知三联书店 1987 年版,第 310 页。

诗代表作《离骚》就体现强烈的表现自我和认识自我的哲学功能和思想意义。周建忠认为:"《离骚》是屈原的代表作,属于长篇自传性政治抒情诗。""为我国古代文学最长的政治抒情诗。此诗为屈原于楚怀王时期遭谗见疏以后所作,是屈原前半生人生追求的回顾与总结,也是今后人生抉择的思考与宣言。从《离骚》中我们可以感受到诗人跳动的脉搏,心灵的创伤与人生的轨迹。"①从创造主体的精神结构和文本之间的关系考察,《离骚》一方面是诗人高度理性的积聚;另一方面,包含着深层无意识的心理因素。诗歌既凝聚着民族群体的情感,又寄托着个体存在的意志,《离骚》由屈原的孤独情结和死亡意识共同建构审美的梦幻世界,是诗人感性冲动和理性意识的宣泄与表达。《离骚》寄寓着超越现实、历史、功利的生命意识,显现了诗人心灵对自然的静默体验和对人生意义的诗性领悟。更重要的是,《离骚》隐喻着诗人对生命存在的反思与追问,对历史的偶然性和荒谬性的诘难,对天神世界的不满和真理的怀疑。屈原试图在梦幻世界重建伦理的普遍原则,追求审美理想的实现,从而寻找到自我渴望的真理形式。可以说,《离骚》是诗人认识自我的自画像,也是对自我的灵魂的追问和剖析,这也是诗歌文本所隐匿了哲学性的认识自我的功能。其二,文学文本还包含着启迪生命智慧的功能。中国古代诸多文学作品,尤其是散文文体,具有启迪人生智慧的哲理功能。苏轼的《赤壁赋》,在审美形式上书写长江赤壁的自然景观和人文景观,表达了对历史与英雄人物的感慨,然而在潇洒传神的笔触之中,文本作者借助于客人与主人之间的对话,通过对景色的隐喻和象征,追问了宇宙奥秘和人生哲理,以儒家情怀和佛老玄理阐述了自我对人生的领悟,表达一种旷达超然、顺应自然的情绪,让阅读者感悟到一种超然物外和超脱于现实的生命智慧。其三,文学文本常常借助于寓言的形式寄寓人生的哲理和滋生幽默感,令文学在产生哲思的功能的同时,给接受者以审美愉悦。西方寓言作品中,往往包含妙趣横生的幽默感和寄托一定的哲学性。伊索寓言中"狐狸和葡萄""乌龟和兔子""夜莺和鹞子""狐

---

① 周建忠:《楚辞考论》,商务印书馆 2003 年版,第 29 页。

狸和伐木人"等篇目,拉·封丹寓言中的"乌鸦和狐狸""青蛙想长得和牛一样大""鹤和狐狸""狮子和驴去打猎""群鼠的会议"等,克雷洛夫(1769—1844)寓言中的"执政的象""四重奏""驴子和夜莺"等,克尔凯郭尔寓言中的"末日的欢呼""忙碌的哲学家""新鞋子""教授的答辩"等篇目,罗什和巴雷尔的《哲学家的动物园》,皆是富有幽默感和智慧的文学杰作。它们都呈现了哲理和幽默的相互渗透。

必须指出的是,寓言和幽默的相辅相成的逻辑关系,只有在虚构的美学意义上才能寻找到合理的解释。"在希腊文里寓言故事也叫着 mythos,即神话故事,从这个词派生出拉丁文的 mutus,mute(缄默或哑口无言),因为语言在初产生的时代,原是哑口无声的,它原是在心中默想的或用做符号的语言。"① 寓言和神话一样,都来源于主体的沉默性的诗性思维,它们都采取虚构的手法,只是寓言在幽默感的创造方面显得更鲜明和突出,或者说,寓言是更富于幽默感的文学形式。

二、"混合文本"第二种形式

"混合文本"第二类构成,即是以哲学为主体而渗透文学性的文本。这一类文本形式,以哲学家的写作为主体。一方面,可以说它们是哲学家或理论家向文学的转向和渗透的美学结果;另一方面,有些文本,写作者兼有哲学家和文学家的双重身份,因此这些以哲学性为主导的文本,也带有一定的文学性质。如培根的《论说文集》和《新大西岛》等,康帕内拉的《太阳城》,莫尔的《乌托邦》,狄德罗的《哲学思想录》《达朗贝的梦》和《达朗贝与狄德罗的谈话》等,莱辛的《拉奥孔》,席勒的《秀美与尊严》《审美教育书简》等,谢林的《艺术哲学》,叔本华的《随笔集》,尼采的《偶像的黄昏》,克尔凯郭尔的《哲学寓言》,弗洛伊德的《论幽默》《精神分析学在美学上的应用》《作家与白日梦》等,海德格尔的《诗·语言·思》《林中路》《人,诗思地栖居》,《荷尔德林诗的

---

① 　[意]维柯:《新科学》,朱光潜译,人民文学出版社1986年版,第177页。

阐释》等,波伏娃(Simone de Beauvoir,1908—1986)的《第二性》,萨特的《文字生涯》《什么是文学?》等,波德里亚的《象征交换与死亡》等。

中国古代思想家的一些文本,也是以哲学为主体而渗透文学性的文本,诸如孔子的《论语》,孟轲的《孟子》,韩非的《韩非子》,刘安的《淮南子》,贾谊的《过秦论》《六术》《道德说》《道术》等,董仲舒的《春秋繁露》部分篇目,杨雄的《法言》,王充的《论衡》,张衡的《灵宪》,钟会的《四本论》,刘劭的《人物志》,何晏的《道论》《无名论》等,阮籍的《达庄论》《通老论》《通易论》等,嵇康的《释私论》《养生论》《答难养生论》《声无哀乐论》等,郭象的《庄子解》,韩愈的《原道》《论佛骨表》《进学解》等,柳宗元的《天说》《封建论》《时令论》《断刑论》等,周敦颐的《太极图说》,张载的《西铭》,朱熹的《朱子语类》,陆九渊的《白鹿洞书院讲义》,王阳明的《大学问》《传习录》等,李贽的《童心说》,王夫之的《思问录》等。在此,需要强调的是,有一些佛教哲学的论著,它们在阐释宗教理论的过程中,渗透着文学的特性和闪现出审美感性的色彩。诸如僧肇的《肇论》(《宗本义》《物不迁论》《不真空论》《般若无知论》《涅槃无名论》),慧远的《沙门不敬王者论》《明报应论》《神不灭论》等,吉藏的《中论》《百论》《十二门论》,玄奘的《成唯识论》,法藏的《金师子章》《华严探玄记》,慧能的《坛经》等,这些佛学论著,在蕴含着丰富而深邃的哲学智慧的同时,都不同程度地蕴藏着文学的因素,呈现出一定的诗性和美感,一方面令阅读者获得精神的体悟和道德的升华,另一方面获得生命的智慧和接受的愉悦感。

首先,哲学文本所包含的文学特性。它们虽然在总体上属于哲学性的文本,但写作者借用了文学的手法和修辞技巧,带有比较强烈的抒情性和叙事性,又有虚构和夸张等文学特征,因此,它们富于诗意和美感。这一类文本我们将之归纳为混合文本的第二个类别。较为典型的例证之一是尼采的《悲剧的诞生》,这虽然是一部经典的哲学与美学的著述,但洋溢着诗人的澎湃激情和弥散着文学家的奇幻想象力,运用了多种文学手法,诸如象征、隐喻、寓言、比喻、夸张、排比、比兴、反讽、幽默等修辞技巧。在有些结构中,尼采还采取了格言式、警句式和片断式的写作策略,而整体上又构成一个和谐的有机结构。

尼采也颇为自负地宣称:"伟大节奏的技巧,修辞的伟大风格,以表达高尚的超人的激情之彭湃起伏,首先被我发现了;凭借《七印记》(《查拉图斯特拉》第三卷最后一节)这样的颂诗,我翱翔在迄今所谓的诗歌之上一千英里。"①这是一种何等美妙的自负和骄傲。然而这就是尼采的美学风格!他又说:"格言和警句是'永恒'的形式,我在这方面是德国的第一个大师;我的虚荣心是,用十句话说出别人用一本书说出的东西,——说出别人用一本书没有说出的东西……"②尼采的自我期许在《悲剧的诞生》这个文本中几乎完美地实现,也证明上述的宣称恰如其分和实至名归。这个哲学和美学的理论文本,却散发着诗性的色彩和抒情散文的韵致,富于情感的感染力和美感的力量,也是一部富有艺术魅力的美学杰作。类似这样的文本特性,我们在席勒的《审美教育书简》、叔本华的《随笔集》、萨特的《语词》等作品中皆可追寻得到。

海德格尔在《诗歌中的语言——对特拉克尔的诗的一个探讨》,颇有中国古代"以诗论诗"的韵味,虽然是哲学或美学的论文,却弥散着诗意的气息,挥洒着诗人般的美感和灵感:

> 诗人把灵魂称为"大地上的异乡者"。灵魂之漫游迄今尚未能达到的地方,就是大地。灵魂才寻找大地,灵魂没有逃之夭夭;灵魂的本质在于:在漫游中寻找大地,以便它能够在大地上诗意地筑造和栖居,并因之得以拯救大地之为大地。所以,灵魂决非首先是灵魂,此外由于无论什么原因而成为一个不在大地上的异乡者。相反——
>
> 灵魂,大地的异乡者。
>
> ……
>
> 哦,多么宁静的行进,顺着蓝色的河流
>
> 思索着那被忘却的,此刻,茵绿丛中

---

① [德]尼采:《悲剧的诞生》,周国平译,生活·读书·新知三联书店1986年版,第342页。

② [德]尼采:《悲剧的诞生》,周国平译,生活·读书·新知三联书店1986年版,第329页。

画眉鸟召唤着异乡者走向没落。

灵魂被唤向没落。原来如此！灵魂要结束它在尘世的漫游，要离开大地了。上面的诗句虽然并没有如是说，但它们说到"没落"。确然。可是，在此所谓没落既不是灾难，也不是颓败中的消隐。谁沿着蓝色的河流而下，便意味着：

它在安宁和沉默中没落。(《美好的秋日》)

在何种安宁中？在死者的安宁中。但何种死者呢？又是在何种沉默之中呢？

灵魂，大地上的异乡者。

紧接着这诗句，诗人继续写道：

……充满精灵，蓝光朦胧

笼罩在茫茫丛林上……

前一句说的是太阳。异乡者的步伐迈入朦胧之中。"朦胧"首先意味着渐趋昏暗。"蓝光朦胧"。难道是晴日的蓝光趋暗？难道是因为夜幕降临，蓝光在傍晚时分消失了？但"朦胧"不光是白日的没落，不光是指白日的光亮堕入黑暗之中。朦胧根本上并非必然意味着没落。晨光也朦胧。早晨降临，白日升起。可见朦胧也是上升。蓝光朦胧，笼罩着荆棘丛生的"莽莽"丛林。夜的蓝光在傍晚时分升起。

"充满精灵"，蓝光渐趋朦胧。"精灵"(das Geistliche)一词标出朦胧之特征。这个多次提到的"精灵"一词的意思，是我们必须加以思索的。朦胧乃是太阳行程的尽头。这表明：朦胧既是日之末，也是年之末。①

海德格尔的现象学、阐释学在论述具体的文学文本过程中，超然地将哲理和诗意、逻辑和感性的篱笆打通，他诗意地思，诗意地言，在运用现象学、阐释学对文学文本的诠释中，一方面借助缜密的逻辑性的还原性分析，以揭示诗歌中蕴藏的思想观念；另一方面借助自我的过度诠释，以审美再创的想象力去重

---

① [德]海德格尔:《在通向语言的途中》,孙周兴译,商务印书馆1997年版,第28—30页。

构诗歌的意象和意义,令自己的阐释富有文学或诗意的色彩,例如他对于荷尔德林的诗歌和梵·高的绘画的阐释就成为阐释学的范本之一。而这些哲学化和美学化的阐释也焕发出审美再创的文学色彩,其文本也或多或少具有了文学性质。

其次,哲学文本所包含的文学手法。中国古代的许多哲学文本,它们由于和文学存在着与生俱来的天然关联,尽管它们在总体上可以归类于哲学的逻辑范围,但是它们运用了多种文学手法,借鉴了文学语言的表现策略和修辞格式,在话语表达方面也富有文学的趣味和幽默感,因此客观上也具有一定的文学性。诸如先秦诸子的散文,魏晋玄学家的文章,宋明理学家的文章,还有一些佛家的典籍,这些文本虽然属于哲学范畴,但是它们依然和文学有着不解之缘,甚至可以说,它们也是文学性的文本。在此,我们以佛教典籍《金刚经》"五眼说"为例,进行适度地细读和阐释,以揭示其哲学性与文学性相互融合的思维特征。

佛学对于现象界与精神界的认识方法博大精深,它以般若、色空、无念、无相、无住、顿悟、妙悟、觉悟、明心见性、缘起性空等范畴和概念显现深厚空灵的思维特性。《金刚经》第十八品"一体同观分"云:

> 须菩提,于意云何,如来有肉眼不? 如是,世尊,如来有肉眼。
> 须菩提,于意云何,如来有天眼不? 如是,世尊,如来有天眼。
> 须菩提,于意云何,如来有慧眼不? 如是,世尊,如来有慧眼。
> 须菩提,于意云何,如来有法眼不? 如是,世尊,如来有法眼。
> 须菩提,于意云何,如来有佛眼不? 如是,世尊,如来有佛眼。①

经文借助于"对话"的方式,说明佛具备五种"眼睛"。其实,这五种"眼睛"就是五种思维境界,或者说是五种方法论或认识方法,我们将之命名为"五眼认识论"。池田大作和汤因比(Arnold Joseph Toynbee,1889—1975)在对话中论述道:

---

① 《坛经·金刚经》,黄山书社2002年版,第181页。

在佛法中,是将我们认识对象的能力比作眼,说有五种眼,即肉眼、天眼、慧眼、法眼、佛眼。……佛法建立五眼这个概念的真意是在于发扬存在于理性和人类感觉器官等深处的、生命内部的睿智。以修炼法眼和佛眼并使其显示为基础,才能超越慧眼的作用——科学思维所带有的"根本性的界限",使科学的理性之光得以增辉。再有,从人类的思维法方面来说,我认为实际上其中有作为宗教的佛法的作用。①

对于池田大作的"五眼"的诠释,汤因比赞同和补充道:"这里说的法眼和佛眼对于意识性知觉的肉眼和心理学洞察力的天眼以及包含理性功能和运用这种功能的科学方法的慧眼,是一种补充和矫正。所谓法眼和佛眼,与慧眼一样,不单是为了看东西的,自然也是行动的手段。我似乎觉得法眼产生出来的慈悲,对丧失人性的科学的恶劣影响是一服解毒剂。"②另有解释是:"肉眼为化身观世界,天眼为普照三千大千世界,慧眼为量现戒、定、慧的功力,法眼为认识自性空、空性体,佛眼为慈悲众生。"③显然,以上诸种阐释不尽然符合佛学本意,带有"过度诠释"的成分。在此,我们对"五眼"认识论给以新的历史语境的视界融合的美学理解。

肉眼它依赖于感官,从实证和经验的立场观察客观世界,它只能看到事物的实相和单个性,只能理解孤立存在的形式,而不能在自然万象之间建立联系,因此看不到事物的实质。一方面,肉眼只能窥视到实体的事物,对于精神界的存在无能为力,尤其是无法担负认识自我的重任;另一方面,肉眼充满欲望和功利,是世俗之眼和势利之眼,因此它不是正确的认识之眼,也不是审美之眼和诗意之眼。从时间性上讲,肉眼只能看见现在,难以穿透过去和展望未来。所以,无论是认识活动还是审美活动应该对于肉眼有所摆脱和疏离。

天眼为普照之目,佛学上的"天目"是虚拟的和象征的认识工具,它比喻

① 《展望 21 世纪——汤因比与池田大作对话录》,荀春生、朱继征、陈国栋译,国际文化出版公司 1985 年版,第 92—93 页。
② 《展望 21 世纪——汤因比与池田大作对话录》,荀春生、朱继征、陈国栋译,国际文化出版公司 1985 年版,第 93 页。
③ 《坛经·金刚经》,黄山书社 2002 年版,第 182 页。

主体认识能够将大千世界的万象达到普遍的联系,因此这种整体性和同一性的思维方法能够超越个别,指向世界的统一性和和谐性,从而达到本真的认识。更重要的是,天眼能够洞穿物质和精神的界限,消弭主体和客体的二元对立,消除传统哲学有关物质和精神何者为第一性的争论。天眼具有科学认识的部分性质,但是它们又和科学认识、理性认识存在差异。

慧眼是超越知识和逻辑之上的主体视界,因此,它不等同于科学认识,不像池田大作所说的那样是"通过理性把事物抽象化,并找出普遍性法则的能力"。它恰恰在于能够撇脱普遍法则的逻辑限定,可以穿透万物的实相,走出知识和经验的迷津,达到对于现象界之外的体悟。慧眼不仅在于认识世界,更重要在于认识心性,以直觉和体悟方式敞开自身,以想象力和神话思维获取诗意的感受。慧眼不适宜解决纯粹科学的问题,它的存在理由和价值奠基于人文问题。慧眼的思维特征在于,消除时间和空间的边界,追求诗意的时间和审美的空间,时间的一维性和空间的三维性都是智慧可以悬置的对象,时间和空间是心灵可以超越的存在。佛学主张存在者唯有开启慧眼,才能领略现象界的真谛和获得诗意栖居的资格。因此,在这个理论意义上,任何哲学研究和美学研究也唯有借助慧眼,才能使理论建构得以可能。

法眼的意义在于它心空万象,了无挂碍。心神普照大地万象,也反观自我,纵览过去、现在,也俯视未来。特别要指出的是,一切的心念都属于瞬间的心念,最终化为空无。《金刚经》云:"如来说诸心,皆为非心,是名为心。""过去心不可得,现在心不可得,未来心不可得。"对于万象和自我的体悟也仅仅是暂时的,没有终极。因此,法眼的认识意义在于,只有不断地探究和发问,才能获得永恒更新的知识。"老僧三十年前来参禅时,见山是山,见水是水,乃至后来亲见知识,有个入处,见山不是山,见水不是水;而今得个体歇处,依然见山是山,见水是水。"①法眼的妙处之一,是心灵处于流变的体认之中,不断

---

① 普济:《五灯会元·青源惟信禅师语录》第 3 册,苏渊雷点校,中华书局 1984 年版,第 1135 页。

地否定和循环,获得空灵通透的悟觉。

佛眼是最高境界的眼睛。俯视自然宇宙,将万象融为一体,穿透所有表象直抵事物本真,消弭物质和心灵的界限,达到绝对的大智慧。最重要的是,佛眼是慈悲之眼,它提倡人的生命、价值和尊严的平等,体察生命的苦痛和悲愁,经受世事的无常和变故,安抚生老病死的灵魂,告慰每一个人要爱人爱己,以戒律磨练自己的意志,祛除心魔,对处于逆境的人要给予同情和施舍,能够忍世俗之辱,宽恕他人的过错和罪孽,不断追求精神的上进。佛眼讲求内心的禅定,以宁静致远的心态应对事物,悬置忧愁和苦闷,从而获得心灵的智慧和幸福,抵达美善合一的彼岸净土。

我们从佛学的"五眼"理论,可以借鉴到哲学的认识论和方法论相统一的思想内涵。主体一方面凭借肉眼看世界,但只能观赏万象的形式,从纯粹形式获得有限的知识和美感;另一方面,主体必须放弃肉眼所携带的欲望和功利、知识和经验等预设的东西,放弃心理的本能结构的规定性,从而敞开自己的诗性直觉。主体的天眼意味着,以融合和齐一的方法俯视万物,消解万物的差异,融自我入万象,以神话思维赋予自然以气韵和精神,诞生灵性和诗意。主体的慧眼理应表明,人们探究现象界和自我必须逾越逻辑、时间和空间、功利、地域、经济、政治、阶级等意识形态的界线,以提问的方式进入世界,获得主体的澄明和纯粹。主体的法眼意味着,主体应当心无挂碍,通透万物和自我,以恒久流动的方式打量现象界,由此达到自由和无限可能性。主体的佛眼启迪人们,应当以慈悲和关怀普照大地和人世,爱众生万象,以宁静和安详的姿态平视世界,让佛的慈爱洒遍所有生灵,共享永恒的幸福和美善。显然,我们应该从佛学的"五眼"说汲取宝贵的思想滋养和寻找探究人生意义和审美价值的方法。

综上所述,《金刚经》的"五眼说"以富有想象力的佛教智慧,综合了哲学与文学,打通了理性和感性的界限,消解了认识世界的逻辑差异,使文本诞生了智慧与诗意,在充满哲理的同时,又滋生了美感和提升了道德意识。

第七章　身份写作

　　除了文本之外,文学与哲学的逻辑关联还体现在写作形式方面,我们从"写作身份"这一视角考量,将它们大致区分为:"双身份写作""单身份写作""偏身份写作"这三种类型。以下我们简要地阐述这三种写作身份,以期对文学与哲学的关系作出进一步阐释和论证。

　　无论是哲学的还是文学的写作活动都理应包括这样几个基本要素:1. 写作者。2. 文本构成。3. 现象世界。4. 接受者。现象世界或现实生活构成写作者的经验基础和写作源泉,经过书写者的精神劳作最终形成一个文本形态,这个文本形态再经过接受者的阅读活动,由他们的感知与领悟、体验与认识、想象与阐释等一系列精神活动得以完成主体接受活动的全部过程,这样才最终实现一个文本的全部价值与意义。在这样一个精神活动的过程中,写作者显然是这几个要素中的第一要素。基于这一认识视角,以下我们主要探究"身份写作"的问题。

　　我们从"身份写作"的概念出发,对它们进行必要的和原则上的逻辑划分。首先,"双身份写作"这一概念,意指具备双重身份(既是哲学家又是文学家)的写作者之写作活动,这类写作者均是思想史、文化史的上乘人物,他们的文本兼有哲学和文学的双重性,也是典型文本或经典文本。其次,"单身份写作"这一概念,意指主要单一身份(或文学家、或哲学家)的写作者之写作活动。这类作者的写作活动主要限于哲学或文学的领域,他们的写作身份相对单一,但部分文本交互着哲学性或文学性。最后,"偏身份写作"这一概念,意指写作者的主要身份是哲学家或文学家而偏及另一领域的写作活动,这类作者的写作活动,侧重于哲学或文学的领域,但兼及另一领域,是以某一领域为主体而穿梭于另外一个领域的写作。当然,上述的三种划分只是一般性意义的逻辑限定,有些写作者的身份比较特殊和模糊,很难符合这三种划分形式的逻辑规定性。我们这种写作身份的划分意在标明文学与哲学在创作者这一轴心上的相关联结。

第一节 "双身份写作"

维柯断言:"按照诗的本性,任何人都不可能同时既是高明的诗人,又是高明的玄学家,因为玄学要把心智从各种感官方面抽开,而诗的功能却把整个心灵沉浸到感官里去;玄学飞向共相,而诗的功能却要深深地沉浸到殊相里去。"①维柯从他"诗性思维"的理论立场和基本逻辑出发,不承认诗意思维和逻辑思维能够共同地存在于一个写作主体,因此,在实际上他也否定了双身份写作的存在可能。维柯认为,在古典时期,主体普遍存在着诗性思维和诗性智慧,而进入近代社会或现代社会,主体越来越强盛的逻辑思维取代了诗性思维,因此必然性地导致诗歌和艺术的式微。维柯以思维方式和历史时间的必然性联系这一因果逻辑作出这一美学推论显然有着客观的局限性。朱光潜在《西方美学史》中对维柯的这一说法给予了适当的纠偏:"维柯把形象思维和和抽象思维,诗和哲学,看成是两种互不相容的活动,两种不同时代的文化特征。因此,他不但否认荷马史诗以及一般原始神话具有任何抽象概念的哲学意蕴,而且还断定到了'人的时代'(哲学时代),诗就要让位给哲学。""维柯的哲学终将代替诗的论调又令人联想到黑格尔的大致相同的见解,不免对未来世界描绘出一种无诗无艺术的暗淡的远景。这种悲观的论调就不符合历史

---

① [意]维柯:《新科学》,朱光潜译,人民文学出版社 1986 年版,第 429 页。

事实。希腊悲剧最辉煌的时代和希腊哲学的鼎盛差不多同时,而且从毕达哥拉斯学派和赫拉克勒特建立哲学以后,西方的文艺生命还一直维持到近代,例如18世纪末到19世纪初,歌德和席勒也都在德国古典哲学鼎盛时期写成了他们的伟大诗篇。哲学与诗不相容的说法是不能成立的。"①朱光潜的这一看法显然比较正确和辩证,对于我们阐述"双身份写作"这一问题无疑具有理论的借鉴意义。

一、双重文化身份的集聚

在人类的文明史上,能够跨越哲学和文学的界限而成为双重文化身份的书写主体毕竟是寥若晨星的人物,这些人物对思想史和文学史都作出卓越的贡献而享有永久的文化声誉,我们将这些人物归纳为"双身份写作"的范围。在此我们简要罗列一些双身份的写作的代表性人物。西方有柏拉图、卢克莱修、波爱修斯、西塞罗、普洛丁、奥古斯都、蒙田、帕斯卡尔、培根、卢梭、狄德罗、伏尔泰、孟德斯鸠、席勒、尼采、萨特、加缪等,中国则有老子、孔子、庄子、孟子、韩非子、荀子、贾谊、扬雄、阮籍、嵇康、韩愈、柳宗元、周敦颐、程颐、程颢、范仲淹、欧阳修、王安石、朱熹、王阳明、王夫之、梁启超、鲁迅等。这些文化大师兼有文学家和哲学家或思想家的双重身份,他们的书写跨越文学与哲学的界限,其文本也具有哲学和文学的双重性质,成为人类文化史上的经典文本。

需要进一步辨析的是,双身份写作有这样几种情形:其一是指某些写作主体,他们所写作的文本既包含哲学性又包含文学性,例如柏拉图的《对话录》,卢克莱修的《物性论》,波爱修斯《哲学的慰藉》,西塞罗的《演讲录》,帕斯卡尔的《思想录》等。再如中国先秦诸子的文本等。其二是指有些写作主体,他们一方面写作了纯粹哲学性质的著述,诸如伏尔泰的《哲学通信》《形而上学论》《牛顿哲学原理》《哲学辞典》等,孟德斯鸠的《论法的精神》《罗马盛衰的

---

① 　朱光潜:《西方美学史》上卷,人民文学出版社1979年版,第338页。

原因》,卢梭的《人类不平等的起源和基础》《社会契约论》等,狄德罗的《哲学思想录》《对自然的解释》《关于物质和运动的哲学原理》等,席勒的《审美教育书简》《论素朴的诗和感伤的诗》《论崇高》等;另一方面,这些写作主体还创作了文学性文本,例如伏尔泰写作了一系列哲理小说,如《查第格》《天真汉》《老实人》等,他还创作了悲剧《布鲁图斯》《俄狄浦斯》等,卢梭写作了教育小说《爱弥儿》、书信体小说《新爱洛绮丝》和自传体散文《忏悔录》,狄德罗写作了小说《拉摩的侄儿》《定命论者雅克》《修女》等,孟德斯鸠写作了日记体小说《波斯人信札》,席勒创作了戏剧《强盗》《阴谋与爱情》《华伦斯坦》(三部曲)、《奥尔良的姑娘》《威廉·退尔》等。其三,有些写作者还写作了既包含哲学性又包含文学性的经典文本或混合文本。所以,双身份写作者在创造才能方面显然出类拔萃,他们的精神存在和文本形式徜徉于文学与哲学的双重世界,给人类历史留下丰赡的精神文化遗产。

双身份写作还具有这样几个逻辑关联和文本特征:

首先,历史之因素。双身份写作显然关涉于一定的历史背景和文化语境。韦勒克、沃伦在《文学理论》中指出:"对于表达哲学史中某种知识的诗文所作的评注,其价值无论怎样估计都不会过分。此外,文学史,特别是论到帕斯卡、爱默生、尼采等作家时,常常不可避免地要涉及理智史中的问题。而文学批评史如果只讲其本身的问题而不论及同时代的创作,简直就可以说是美学思想史的一部分。"①梯利在《西方哲学史》中也指出:"公元前 6 世纪以前希腊文学的历史揭示了思考和批判精神的发展,这种精神同它在政治生活上的表现相仿。"②他们都看出和描述了文学与哲学在历史上的紧密关联状况,在古典时期,一些杰出的文化大师在哲学与文学的两个领域都作出了彪炳史册的贡献。双重文化身份在一些写作主体身上表现得较为明显,这既有着个人的精神内在原因,更重要的因素还于历史的客观决定,尤其是在轴心时代,这样的

---

① [美]韦勒克、沃伦:《文学理论》,刘象愚等译,江苏教育出版社 2005 年版,第 125 页。
② [美]梯利:《西方哲学史》(增订修补版),商务印书馆 1995 年版,第 7 页。

双身份乃至多身份的文化巨匠要远远超过历史的后来者。这也就是我们现代主体在科学技术上获得了近乎几何级数增长了的知识却难以在哲学、文学、艺术乃至宗教方面超越了远古的人们的原因之一。

罗素从历史发展的过程中寻找文学与哲学相关联的解答，他注意到在历史初期，一些写作主体兼有文学家和哲学家的双重身份这一文化现象。

> 荷马的诗作为一部完成的定稿，乃是伊奥尼亚的产物，伊奥尼亚是希腊小亚细亚及其邻近岛屿的一部分。至迟当公元前 6 世纪的时候，荷马的诗歌已经固定下来成为目前的形式。也正是在这个世纪里，希腊的科学、哲学与数学开始了。在同一个时期，世界上的其他部分也在发生着具有根本重要意义的事件。孔子、佛陀和琐罗亚斯特，如果他们确有其人的话，大概也是属于这个世纪的。在这个世纪的中叶，波斯帝国被居鲁士建立起来了；到了这个世纪的末叶，曾被波斯人允许过有限度的自主权的伊奥尼亚的希腊城市举行过一次未成功的叛变，这次叛变被大流士镇压下去，其中最优秀的人物都成了逃亡者。有几位这个时期的哲学家就是流亡者，他们在希腊世界未遭奴役各部分，从一个城流浪到另一个城，传播了直迄当时为止主要地局限于伊奥尼亚的文明。①

"伊奥利亚"也就是雅斯贝尔斯在《历史的起源与目标》中所提出的"轴心时代"这一概念所指涉的文明样式之一，在和这一文明类似的中国先秦时期，同样产生了"轴心时代"的文化繁荣的历史状况，先行的文学繁荣带来了哲学和科技的兴盛。而处于这一时期的一些文化人，西方如柏拉图、卢克莱修、波爱修斯、西塞罗等，中国则有老子、孔子、庄子、孟子、韩非子、荀子等。他们担当了文学家和哲学家的双重职责，扮演着人类先知和导师的角色，表现了人类的神秘命运和历史悲剧，探索了存在主体的认识论和方法论、世界观和人生观，确立了人类社会的价值准则和伦理准则，完善了普遍的道德概念、审美意

---

① ［英］罗素：《西方哲学史》上卷，何兆武、李约瑟译，商务印书馆 1963 年版，第 35 页。

识和艺术理念等。他们的思想泽被后世,其文本也被推崇为文化经典,成为文学和哲学的瑰宝。因此,轴心时代也是双身份写作的黄金时代,这一历史时期的文化巨匠,他们一方面有着禀赋着人类良知与道德的禀赋,另一方面完美地综合了诗性思维和逻辑思维这两种精神方式,所以他们能够站立在文学与哲学的双峰之上,创造出人类精神文化的不朽经典。而这个思想的黄金时代,后来的历史再也无法超越和不太可能再生,因为产生它们的历史环境和文化语境已经发生了巨大改变,近现代存在主体一方面受制于艰辛而忙碌的日常生活,另一方面过多关注物质和技术的成果,沉湎于经济和货币、商品和消费、享乐和虚荣等欲望之中,此岸世界的感性事物的诱惑早已征服与浸淫了芸芸众生的心理。因此,崇高的哲学追求和纯粹审美的文学创作越来越稀少。正如黑格尔在《哲学史讲演录》的“开讲辞”所感慨的那样:“现实上很高的利益和为了这些利益而作的斗争,曾经大大地占据了精神上一切的能力和力量以及外在的手段,因而使得人们没有自由的心情去理会那较高的内心生活和较纯洁的精神活动,以致许多较优秀的人才都为这种艰苦环境所束缚,并且部分地牺牲在里面。因为世界精神太忙碌于现实,所以它不能转向内心,回复到自身。”①所以,轴心时期是双身份写作的黄金时代和鼎盛时代,也是哲学与文学相交融的经典文本的繁荣时代,这一时期的思想家和文学家也是任何历史时期所无法媲美的。

其次,个人之缘由。当然,双身份写作必须具有主体的创造意志和心理禀赋的因素,这主要依靠写作主体的天赋和才能。有学者指出:“有些哲学家,如蒙田、帕斯卡尔、爱默生、尼采,全然抛开体系,以隽永的格言表达他们的哲思。法国哲学家们寓哲理于小说、剧本,德国浪漫派哲人们寓哲理于诗。既然神秘的人生有无数张变幻莫测的面孔,人生的探索者有各不相同的个性,那么,何妨让哲学作品也呈现丰富多彩的形式,百花齐放的风格呢?”②显然,这

---

① 〔德〕黑格尔:《哲学史讲演录》第 1 卷,贺麟、王太庆译,商务印书馆 1959 年版,第 1 页。
② 周国平主编:《诗人哲学家》,上海人民出版社 1987 年版,第 4 页。

一看法符合哲学史的客观实际,也呈现出哲学与诗歌相融合的现象。其实,文学作品中包藏着哲学思维和哲学思想的现象也比较普遍,它们都起因于写作主体所具有的文学与哲学的双重性创造才能。黑格尔在描述古希腊哲学家柏拉图时说:"在他的青年时代,他学习作诗,并且写过悲剧,——(很像我们现在的青年诗人,从写悲剧开始),——并曾写过'颂神诗'和'赞美歌'。"在希腊诗歌的选本里,尚保存有几首他所写的诗歌,内容大都是为他所爱的人而写的;其中有一首最著名的,是赠给他一个最好的朋友,叫做阿斯特尔(星)的,这里面包含有一个很美的想象:

> 我的阿斯特尔,你仰望着星星,
>
> 啊,但愿我成为星空,
>
> 这样,我就可以凝视着你,
>
> 以万千的眼睛。①

显然,柏拉图给我们的文化形象不仅仅是以思辨著称的哲学家,他还是一位具有天赋的诗人,只是哲学家的巨幅身影遮蔽了他诗人的一线灵光,文学家的角色被哲学家的身份所掩盖。但是,他的对话录既是哲学史经典也是文学的经典,确定了他双身份写作的殊荣和伟大思想家的崇高地位。同样,在中国的先秦时期,老子、孔子、墨子、庄子、孟子、韩非子、荀子等人物,他们都是双身份写作的代表,一方面是因为在那个时代,文学和哲学没有西方学术的严格区分,他们的写作本身也超越了哲学与文学的界限;另一方面,这些杰出的思想家,他们的理论思考方式完善整合了理性思维和形象思维,他们的文本既是经典的哲学文本也是经典的文学文本。

刘勰在《文心雕龙·原道》篇试图探究人类的写作活动最本质的缘由,他说:"文之为德也大矣,与天地并生者何哉? 夫玄黄色杂,方圆体分,日月叠璧,以垂丽天之象;山川焕绮,以铺理地之形;此盖道之文也。仰观吐曜,俯察

---

① [德]黑格尔:《哲学史讲演录》第 2 卷,贺麟、王太庆译,商务印书馆 1959 年版,第 154 页。

含章,高卑定位,故两仪既生矣。惟人参之,性灵所钟,是谓三才。为五行之秀,实天地之心。心生而言立,言立而文明,自然之道也。"①刘勰首先从自然与历史的发展变化寻找人类文化产生的逻辑原因,其次从主体心灵探究文本创造的主观因素,最后从语言形式方面确证文章生成的客观结果。哲学与文学的双身份写作活动也适用于刘勰的这一美学理论。写作主体的创造源泉来源于自然与历史的客观演变,他们感悟自然与历史之形象与变迁,内心滋生出书写的冲动,由于其特殊的禀赋,他们既具有了逻辑的思辨能力,产生对自然、历史、社会的理性追问,也具有敏锐的直觉和超群的想象力,又具备驾驭语言的才智和审美表现力,最终诉诸文字符号的表现形式,形成客观形态的文本。所以,轴心时代的写作巨匠们,他们往往都是哲学与文学乃至史学、教育学、伦理学、政治学等方面的杰出天才。

刘勰在《文心雕龙·才略》篇云:"才难然乎,性各异禀。一朝综文,千年凝锦。馀采徘徊,遗风籍甚。无曰纷杂,皎然可品。"②刘勰认为,写作主体的人才难得,事实上的确如此。写作者的才能秉性,各有先天的因素。然而,他们一旦将写作要素缀合成文本,它们千秋万代皆会成为精美的锦绣。文本不停地闪射出灿烂的光辉,给予后世以影响。这些作者的卓越才智及其文本,是可以划分出品级的。而在轴心时代进行双身份写作的这些人物,他们的生命个体都有天才的禀赋和超群的创造力,无论是理论思辨还是诗意的想象力方面,也无论在文本的结构能力还是话语的表现力方面都是独特而杰出的。

最后,民族文化传统。文学与哲学相融合的双身份写作,还得以民族文化传统的延续和发扬。古希腊民族和华夏民族,显然都是具有哲学思考和文学创作的文化传统,古希腊的神话、史诗、悲剧等文学样式既开创了西方文学的源头并奠定了其基础,也为哲学的生成和发展提供了可资借鉴的质料和思想、

---

① 刘勰:《文心雕龙·原道》,黄叔琳注,李详补注,杨明照校注拾遗:《增订文心雕龙校注》,中华书局 2012 年版,第 1 页。

② 刘勰:《文心雕龙·才略》,黄叔琳注,李详补注,杨明照校注拾遗:《增订文心雕龙校注》,中华书局 2012 年版,第 584 页。

结构方式和精神概念。中国先秦诸子,他们既是哲学家也是文学家或教育家、伦理学家,他们的写作涉及政治、哲学、历史、教育、道德、文学等内容,其文本既包含丰富深刻的思想内涵也呈现出巨大的审美价值和文艺价值。

从更为具体的民族范畴来考察,例如德意志和法兰西这两个民族在双身份写作方面均作出了突出的文化贡献,尤其法国,在文学与哲学的双身份写作方面有着独树一帜的历史辉煌,在此作一简要评述。历史地考察,法兰西民族在双身份写作方面出现了两个代表性的时期和高潮。第一个时期,是启蒙时代,前期代表性人物是蒙田和帕斯卡尔。蒙田的《随笔集》开辟了随笔式写作的先河,文本包含着一定怀疑主义思想和方法,他沉思和探讨了生活世界的诸多现象和问题,并且时常引证了古希腊、古罗马的思想家的观点,也汇集了那个时代的意识形态和知识谱系,堪称"生活哲学"或"人生哲学",文笔典雅优美,也算是文学佳作。帕斯卡尔的《思想录》,既是一部哲学书,它讨论了上帝和信仰、正义和作用、哲学家、道德学说、基督教的基础、永存性、象征、预言、奇迹、辩驳等问题,视野宏阔和思想深刻,同时它又是包含丰富的文学性,思绪如源泉,文采亦斐然。后期的代表性人物是卢梭、狄德罗、伏尔泰、孟德斯鸠等人。他们作为启蒙运动的精神领袖,既徜徉于哲学领域,写作出思想卓荦、理论深邃的哲学著述,也穿梭于文学的原野,创作出散文、小说、诗歌、戏剧等一系列佳作。

法兰西民族的双身份写作的第二个高潮时期主要在 20 世纪,代表性人物是萨特和加缪这两位思想斗士,他们担当着人类的良知与责任,对现代社会的弊端辛辣的针砭和批判,同时对人性的异化进行了深刻的揭露和反思,重新思考了人的存在意义和使命等哲学问题。萨特和加缪这两位思想家,前者写出了哲学著述《存在与虚无》《辩证理性批判》《存在主义和马克思主义》《想象》《语词》等,文学创作则有小说《恶心》《墙》《自由之路》等,戏剧有《苍蝇》《禁闭》《死无葬身之地的人》《可尊敬的妓女》《肮脏的手》等。加缪除了哲学性著作《西西弗西的神话》之外,创作了小说《局外人》《鼠疫》,戏剧《误会》《卡拉古拉》《围困》《正义者》等。他们的双身份写作活动,高度地融合了文学与哲学,将哲思与想象力、理论思维和诗性思维和谐地缀合在文本之中,这些著述,皆堪称西方哲学与文学的现代经典之作。萨特和加缪的书写活动也深刻地影响了法国当时的文学创作,使法国文学带有浓厚的哲学意味。诚如有学者所论,法国20世纪的这些写作者们:"穿梭于意识和潜意识、肉体和心灵、世俗和神圣、理性和非理性、有限和无限的彼此两岸,游荡在梦想、幻觉、错乱和荒诞的想象意境,我们清晰地看到所以这些法国的文学巨匠将他们的内心世界公布之于世。从他们的心灵深处释放出来的聚变能量产生了一股巨大的冲击力,它直指旨在使人类获得解放的精神世界,它震撼和改变了现实世界。这就是文学艺术本身首当其冲的任务和所发挥的无可估量的作用。"①尽管作者对文学的社会作用有所夸大,但基本上还是符合客观实际。

二、思辨与想象的互渗

双身份写作必然性地使写作主体具备一定的思辨禀赋和强烈的诗人气质,同时也必须要求写作主体具有语言天赋和文学性的表现才能,令文本产生一定的美感和可阅读性。

首先,双身份写作主体必须具有一定的理论思辨力。无论是古希腊的柏拉图、古罗马的卢克莱修、波爱修斯、西塞罗等,还是后来中世纪的普洛丁、奥古斯都,启蒙时代的蒙田、帕斯卡尔、培根、卢梭、狄德罗、伏尔泰、孟德斯鸠等人,或是近代的席勒,现代的尼采、萨特等人,他们无疑均具备了理论思考的逻辑思辨才智,他们的著述无论是纯粹的哲学性文本还是文学性文本,都充溢着丰富的思想内涵和强大的理论力量。而中国先秦思想家,老子、孔子、墨子、庄子、韩非子、荀子、孟子等,尽管他们的理论思考的方式和西方哲学家的逻辑思辨方式存在一定的差异,然而作为人类文化的精英代表,他们具有类似的思想观念和思考方法,只是在思维特性存在着某些形式的细小差别。美国学者布

---

① 徐真华、黄建华:《20世纪法国文学回顾——文学与哲学的双重品格》,上海外语教育出版社2008年版,第257页。

洛克提出人类"文化相似论"的观念："人类本身是相似的,他们居住的环境也大体上相似,因而可能发展出大体相似的文化。"①只是黑格尔出于狭隘的文化观,对包括古代中国、古代印度等在内的东方哲学抱有强烈的民族偏见。黑格尔说："在中国的宗教和哲学里,我们遇见一种十分特别的完全散文式的理智。"②他又说："中国人不仅停留在感性的或象征的阶段,我们必须注意——他们也达到了对于纯粹思想的意识,但并不深入,只停留在最浅薄的思想里面,这些规定诚然也是具体的,但是这种具体没有概念化,没有被思辨地思考,而只是从通常的观念中取来,按照直观的形式和通常感觉的形式表现出来的。因此在这一套原则中,找不到对于自然力量或精神力量有意义的认识。"③黑格尔看似有理有据的这番言辞影响了包括不少中国人在内的许多代学人,有一部分人甚至将之奉为圭臬。其实,这是旧形而上学的逻各斯中心论,这些观念被后来的现象学理论所排斥,更被尼采这样的后形而上学或反形而上学的思想家所撤弃,尼采更从理论和书写上都以黑格尔这番言论作为为攻击的靶子。汉学家顾彬(Wolfgang Kubin,1945—　)指出,雅斯贝尔斯将老子和孔子"同属于'大哲学家'的范畴,并且孔子被认为是'思想范式的创造者',进而与苏格拉底、佛陀以及耶稣并列,处于所有人类历史的开端。在20世纪,很少有人给予孔子如此崇高的地位。中国在其革命的进程中常常淡忘了对自己固有传统应有的重视,取而代之的却是对所有所谓新生事物的偏爱。"④显然,这一评价具有充分的逻辑依据和历史理性,其合理性和正当性也是难以置疑的。

中国古代哲学家的确没有类同于西方旧形而上学的纯粹逻辑思维或思辨形式,即使是古希腊、古罗马的时代哲学家也尚且没有形成西方近代形而上学

① [美]布洛克:《美学新解》,滕守尧译,辽宁人民出版社1987年版,第314页。
② [德]黑格尔:《哲学史讲演录》第1卷,贺麟、王太庆译,商务印书馆1959年版,第132页。
③ [德]黑格尔:《哲学史讲演录》第1卷,贺麟、王太庆译,商务印书馆1959年版,第120—121页。
④ [德]雅斯贝尔斯:《大哲学家》上册,李雪涛、李秋零等译,社会科学文献出版社2012年版,"中文版序"第1页。

的逻辑思辨规范,但绝不能以此来否定和贬低古代哲学家的思想价值。中国先秦时代的哲学家的确以"散文式的理智",以独特的逻辑思维和渗透着诗意的形象思维去运思自然与历史、现象界和精神界的各种问题,以自我的思辨与想象互渗的方式对现象界和主体存在进行提问和阐释。先秦诸子的双身份写作完全可以媲美于古希腊和古罗马那些卓越思想家、理论家的经典文本,因此先秦诸子的散文皆是哲理和文采、哲学与文学相互交映的经典文本。也无论西方古希腊时期还是启蒙时期乃至现代和后现代时期,这些双身份写作者,他们都是既有着理论思辨的禀赋,也有着超群的想象力和诗意思维的天赋,是诗性的哲学家,所以能够将哲学性与文学性完美地融合在自我的文本之中。

其次,从心理机能上考察,双身份写作主体往往具备充沛的想象力,善于使用隐喻式思维和类比推理的方式观测世界和描述现象,进行说理和论辩,因而文本不仅思理绵密,而且充满摄取人心的气势和令人信服的力量。庄子和孟子的文本就具有这些特点。庄子的文本善于借用寓言的方式进行隐喻式说事论理,充满了奇特瑰丽的想象,写作主体常常借助于幽默的情境进行说理和论证。庄子文本的幽默常常呈现对立的现象,揭示事物或主体内部的矛盾和悖论,或者以辩证思维阐释司空见惯的现象,发表出人意料的观点,达到解构和嘲讽的喜剧效果。

"鹏之徙于南冥也,水击三千里,抟扶摇而上者九万里,去以六月息者也。"……蜩与学鸠笑之曰:"我决起而飞,抢榆枋,时则不至而控于地而已矣,奚以之九万里而南为?"①

狙公赋芧,曰:"朝三而暮四。"众狙皆怒。曰:"然则朝四而暮三。"众狙皆悦。名实未亏而喜怒为用,亦因是也。是以圣人和之以是非而休乎天钧,是之谓两行。②

南海之帝为儵北海之帝为忽,中央之帝为浑沌。儵与忽时相与遇于

① 王先谦:《庄子集解·逍遥游》,《诸子集成》第3册,中华书局1954年版,第1—2页。
② 王先谦:《庄子集解·齐物论》,《诸子集成》第3册,中华书局1954年版,第10页。

浑沌之地,浑沌待之甚善。儵与忽谋报浑沌之德,曰:"人皆有七窍以视听食息此独无有,尝试凿之。"日凿一窍,七日而浑沌死。①

长者不为有余,短者不为不足。是故凫胫虽短,续之则忧;鹤胫虽长,断之则悲。故性长非所断,性短非所续,无所去忧也。②

商大宰荡问仁于庄子。庄子曰:"虎狼,仁也。"曰:"何谓也?"庄子曰:"父子相亲,何为不仁!"曰:"请问至仁。"庄子曰:"至仁无亲。"③

《咸池》《九韶》之乐,张之洞庭之野,鸟闻之而飞,兽闻之而走,鱼闻之而下入,人卒闻之,相与还而观之。④

阳子之宋,宿于逆旅。逆旅人有妾二人,其一人美,其一人恶。恶者贵而美者贱。阳子问其故,逆旅小子对曰:"其美者自美,吾不知其美也;其恶者自恶,吾不知其恶也。"⑤

庄子以鲲鹏和蜩、学鸠的对比,揭示两种不同的生命境界,让人发出会心一笑,在发笑之后却体悟到人生的某种哲理。尽管不同存在者的能力以及所能达到的生命境界不同,但是它们都具备各自的生存意义和内在快乐。"朝三暮四"的寓言,在笑声里揭示"休乎天钧"和保持"两行"的意识,守护事理的自然均衡才是庄子的主旨。"儵与忽谋报浑沌之德",为其凿七窍,最终害死友人的寓言,表现良好的目的和善的动机却带来悲剧的结果这样的观念。"凫胫虽短,续之则忧;鹤胫虽长,断之则悲。"庄子呈现两种有趣的对立现象,以佐证"长者不为有余,短者不为不足"的哲思。孔子对于虎狼之"仁"的阐释,显然也是运用了寓言家的笔法,打破常规思维和价值定论,以悖论方式陈述令人惊异颔首的道理。《咸池》和《九韶》优美古乐,演奏给动物和人,产生极度反差的审美效果,意在说明同样事物运用于不同的对象,获得截然不同的结果。美丑颠倒的"逆旅小子",忍俊不禁的回答颇有哲学家的气质。庄子以寓言或现

① 王先谦:《庄子集解·应帝王》,《诸子集成》第3册,中华书局1954年版,第51—52页。
② 王先谦:《庄子集解·骈拇》,《诸子集成》第3册,中华书局1954年版,第54页。
③ 王先谦:《庄子集解·天运》,《诸子集成》第3册,中华书局1954年版,第88页。
④ 王先谦:《庄子集解·至乐》,《诸子集成》第3册,中华书局1954年版,第112页。
⑤ 王先谦:《庄子集解·山木》,《诸子集成》第3册,中华书局1954年版,第128页。

象对比的方式,揭示事物和内心的矛盾或悖论,以幽默的方式达到喜剧化的审美效果,寄寓着哲理和智慧,同时对约定俗成的价值观、审美观进行反讽和解构。而孟子的文章喜欢采取类比推理的方式和论辩性说理,例如《梁惠王》篇:

> 梁惠王曰:"寡人之于国也,尽心焉耳矣。河内凶,则移其民于河东,移其粟于河内。河东凶亦然。察邻国之政,无如寡人之用心者。邻国之民不加少,寡人之民不加多,何也。"孟子对曰:"王好战,请以战喻。填然鼓之,兵刃既接,弃甲曳兵而走。或百步而后止,或五十步而后止。以五十步笑百步,则何如。"曰:"不可,直不百步耳,是亦走也。"曰:"王如知此,则无望民之多于邻国也。不违农时,谷不可胜食也;数罟不入洿池,鱼鳖不可胜食也;斧斤以时入山林,材木不可胜用也。谷与鱼鳖不可胜食,材木不可胜用,是使民养生丧死无憾也。养生丧死无憾,王道之始也。五亩之宅,树之以桑,五十者可以衣帛矣;鸡豚狗彘之畜,无失其时,七十者可以食肉矣;百亩之田,勿夺其时,数口之家可以无饥矣;谨庠序之教,申之以孝悌之义,颁白者不负戴于道路矣。七十者衣帛食肉,黎民不饥不寒,然而不王者,未之有也。狗彘食人食而不知检,涂有饿莩而不知发;人死,则曰:'非我也,岁也。'是何异于刺人而杀之,曰:'非我也,兵也。'王无罪岁,斯天下之民至焉。"①

孟子和梁惠王的对话,探讨治理国家的政治策略,孟子以比喻和类比推理的方式,说理和论辩之中充满了人道主义精神,包含着古典主义的生态思想和民本思想。文章写得循循善诱,充满说服力和感染力,哲理和美感相互掩映。先秦诸子的散文也影响了后世的写作,杨雄、阮籍、嵇康、韩愈、柳宗元、王安石、朱熹、王阳明、王夫之等人的双身份写作所建构文本形式,也都程度不同地具有如此的美学风范。

最后,双身份写作的文本呈现出哲理与文采的交互,也显示了写作主体的

① 焦循:《孟子正义·梁惠王》,《诸子集成》第 1 册,中华书局 1954 年版,第 30—37 页。

语言天赋和修辞技巧。双身份写作主体往往既是思想巨匠又是语言大师,他们的思想和理论具有原创性和先锋色彩,而他们的著述也具有独特的结构方式和灿烂迤逦的文采。在此,我们以帕斯卡尔为例进行相关性论述。帕斯卡尔在《思想录》中讨论"永存性"问题:

> 永存性——相信人是从一种光荣的并与上帝相通的状态堕落到一种忧伤、忏悔并远离上帝的状态,然而今生以后我们将被一位应该到来的弥赛亚所复兴,——那种由此所构成的宗教,是始终在于大地之上的。万物都已成为过去,但万物都为着的他却永远存在。
>
> ……
>
> 国家是会灭亡的,假如不是经常使法律屈从于需要的话。然而宗教却不曾遭遇到这种事,也不曾采用过这种办法。因此,就必然是有这类的协调或者奇迹了。人们通过屈从而得以自保,这是不足为奇的,严格来说,这也不是维护自己;何况他们还终归都要灭亡:绝没有谁会延续上千秋万代。然而那种宗教却可以永世长存而且坚强不屈;这才是神圣的呢。①

帕斯卡尔在理智上断定国家具有灭亡的可能性和合理性,如果不是国家以法律维护自己的存在,民众的自由选择必然导致国家的灭亡。然而,他在信仰上坚定地相信宗教是永存性的,因为宗教属于主体精神的永恒需要,上帝是人们心灵的安宁和幸福的第一需要。其实,宗教来源于人类精神的虚假设定,上帝和佛祖均是人类情感的后天信仰的逻辑果实。宗教具有存在的必然性和合理性,因为它们来源于主体的精神需要和情感寄托。帕斯卡尔在《思想录》中为宗教寻求理论的合法性与合理性,一方面是为了普遍大众,另一方面是为了自我的精神安慰和心理寄托。帕斯卡尔还思考了"无限性"问题,何怀宏对此作出了如此的阐释:"帕斯卡尔集中论证了人与无限的自然的不相称,人面对无限的惶恐和悲哀,不可知和局限性,从而认为人有极大的理由应该谦卑而

---

① ［法］帕斯卡尔:《思想录》,何兆武译,商务印书馆 2011 年版,第 311—313 页。

皈依上帝。而在我们看来,上帝,在帕斯卡尔那里实际上也是一种无限,是无限的一个代名词,当然,这种无限是和自然的无限不同的。想飞向上帝就是想飞向无限;想与上帝在一起就是想与无限同在,或者说达到永恒;想变得跟上帝相似,就是想使人变得接近于全能、全知和全善,想使人接近于永生和不朽。"①这种分析符合逻辑也似乎解释了帕斯卡尔的心理隐秘。与其说这是帕斯卡尔对于无限的哲学沉思还不如说是出于他执着的宗教信念。当然,除了哲学沉思之外,帕斯卡尔的《思想录》还呈现出对于喜悦与美的描述和阐释,文本显示了文学性和诗意的一面:

喜悦以及美都有一定的典型,它就在于我们的天性(无论它实际的情况是强是弱)与我们喜悦的事物两者之间的一定的关系。

凡是根据这种典型所形成的一切东西都使我们喜悦,无论是建筑,是论文,是诗歌,是散文,是女性,是飞鸟,是河流,是树木,是房屋,是服装以及其他。凡不是根据这种典型而构成的一切东西,都会使趣味高级的人感到不快。

正犹如根据好典型而谱成的一首歌曲和一座建筑之间,会有一种完美的关系一样,因为它们都类似于那个独一无二的典型,尽管它们各属一类;同样地根据坏典型而构成的各种事物之间也有一种完美的关系;并不是坏典型的独一无二的,因为坏典型是无穷无尽的;然而比如说任何一首坏的商籁体诗,无论它是根据什么样荒诞的典型而写成的,都十足像是一个按照那种典型而打扮出来的女人一样。

最能使人理解一首荒诞的商籁体诗是何等之可笑,就莫过于先考察一下自然以及那种典型,然后再想象一下一个女人或者一座建筑就是按照那样的类型被塑造出来的。②

帕斯卡尔对喜悦与美的描摹和沉思,充溢着敏锐的审美直觉和诗意的感受,流

---

① 周国平主编:《诗人哲学家》,上海人民出版社 1987 年版,第 37 页。
② [法]帕斯卡尔:《思想录》,何兆武译,商务印书馆 2011 年版,第 16—17 页。

露出人生的独特体验和自我智慧,也是哲思与美感在文本之中的和谐集聚。

三、理论生活和审美表现力

首先,理论生活和理论热情。双身份写作者都是热爱哲学和内心包藏着理论情结的主体,主体有着向生活世界提问和质疑的精神冲动,也弥散着追问人类的历史与未来的理性热情,更有认识现象界和认识自我的内驱力。除了世俗生活之外,双身份写作者,他们本能地渴望过上一种"理论生活"。伽达默尔说:"哲学,或者称为爱智,爱真的知识,爱真理的知识。这样一种哲学知识是自从柏拉图才开始有的。柏拉图把献身于纯粹知识的生活赞之为'理论的'生活理想,由此,柏拉图就向他家乡雅典和他所处社会的通常意识作出了挑战。"①柏拉图是古希腊追求理论生活的先驱之一,首肯理论生活是他赞颂的对象之一。显然,他也是最早认识和肯定理论超然性的古希腊哲学家之一。其后,亚里士多德对知识进行逻辑分类,将之划分为实用知识和理论知识,认为前者来源于感性认识,因而是一种卑贱的与仆从的知识。后一种形态的知识,由于来源于理性认识,则是高贵的与普遍的知识。亚里士多德在《形而上学》中认为:"最高学术必然研究最高科属。理论学术既优于其他学术而为人们所企求,则这一门就应优于其他理论学术而更为人们所企求。人们可以提出这样的问题,这门第一哲学是统究万类的普遍性学术抑或专研实是这一科属。"②他强调说:"理论部门的知识比之生产部门更应是较高的智慧。这样,明显地,智慧就是有关某些原理与原因的知识。"③依据这样的观点,亚里士多德又认为:"纯技术的知识比纯理论的知识卑贱得多,发现有实用价值的东西的人比不上那些发现有理论价值(而不一定有什么实用价值)的东西的人;换句话说,理论知识高于技术知识,理论价值高于实用价值。所以,哲学比一切科学都要高贵,因为哲学的目的不是为求实用,哲学是为求知而求知的学问,

---

① [德]伽达默尔:《赞美理论》,夏镇评译,上海三联书店1988年版,第21页。
② [古希腊]亚里士多德:《形而上学》,吴寿彭译,商务印书馆1959年版,第119—120页。
③ [古希腊]亚里士多德:《形而上学》,吴寿彭译,商务印书馆1959年版,第3页。

只有哲学才是自由自主的科学。哲学只依靠能动的理性,纯粹的思维,这样达到的知识才是'最高尚的''神圣的'知识。"①亚里士多德提出"第一哲学"的概念和推崇理论知识的心迹,清楚地表明古希腊先贤对于哲学的仰慕和执着的理论热情。尽管亚里士多德的上述看法不一定全然合理,甚至包含"第一哲学"的傲慢与偏见。然而,它寄寓着一种赞美理论和鼓励理论探究的精神内涵是值得今人深思的。

亚里士多德对纯粹理论的这份热情在伽达默尔那里获得心灵回声:"人类最高的幸福就在于'纯理论',这表现在我们人类奇妙的生长周期,——人能够保持清醒,人能够看和思考——人的存在中。……人是一种有理性的生物,他有语言,同直接的印象保持距离,或者说他可以不受直接印象的控制,人能自由选择善和真理——人甚至能够笑。出于最深刻的理由,可以说,人是一种'理论的生物'。"②伽达默尔对理论的赞美,承袭了古希腊精神文化的超然性品格,肯定了理论的自律自为这份传统的人文遗产。在哲学和人类学意义上,肯定理论的尊严、高贵和超然是无须存疑的精神逻辑和历史必然。古希腊和中国先秦的哲人们,他们都是热爱理论生活的人,他们诸多人的写作皆是双身份写作。

其次,提问与命题。文德尔班在《哲学史教程》中认为:"哲学的每一伟大体系一开始就着手解决都是新提出问题,好像其他哲学体系几乎未曾存在过一样。"③当然,诚如文德尔班所言,除了建立哲学体系的哲学家具有提问的天才之外,双身份写作者也具有提问的兴趣和能力。他们所提出的问题有关自然界与社会界、历史界与精神界等方面。柏拉图的《对话录》所提出的问题,涵盖政治学、伦理学、心理学、法律学、经济学、教育学、医学、体育学、数学、美学、艺术学、逻辑学等方方面面,在这些问题中,柏拉图借苏格拉底之口建立了一系列的概念和范畴、论题和命题,阐述了自我的系统理论和观点。雅斯贝尔

---

① 全增嘏主编:《西方哲学史》上卷,上海人民出版社1983年版,第207页。
② [德]伽达默尔:《赞美理论》,夏镇评译,上海三联书店1988年版,第26页。
③ [德]文德尔班:《哲学史教程》上卷,罗达仁译,商务印书馆1987年版,第17页。

斯评价了柏拉图在哲学史上的贡献：

> 从柏拉图起,西方哲学家有了自己的形态。前柏拉图时期(的西方哲学家)与轴心时代的中国哲学家和印度哲学家类似,柏拉图迈出了这一步。新在什么地方? 它是通过超越知识的途径来开启无知,但不是以微言大义的单纯的苗头的方式——后者虽然包含一切于自身中,但未展开,而是以叙述确定的知识的方式,通过它的风格、它的内容、它的真正的界限才得到完成的无知。哲学通过取之不尽的完满性的世界而导向存在。
>
> 柏拉图给哲学家提供了最广阔的领域,他开辟了新的前景,他塑造了统一的观念,但这种统一不是作为大全的全部知识的综合,而是柏拉图探索的超验的太一的本性。他掌握全部历史,从哲学家(前后相续)的环节中知道,同时又是如下的情形:通过这种环节才得到他的相关意义,并因此成为(前后相续的)环节的创始人。通过他,哲学回顾前人,考虑精神的现世,是为着延续生命中不断发生改变。所有的后来人都在钻研由柏拉图开始的问题。①

柏拉图是西方哲学史第一个系统性地提出问题的哲学家,他所提出的问题包含西方之后哲学的整体性问题。所以,柏拉图的《对话录》包含西方哲学思想的几乎大部分萌芽,他和自己的老师苏格拉底和自己的学生亚里士多德,师生三代奠定了西方哲学整个的思想结构和逻辑基础。再如屈原写作的《天问》,所提出的170多个问题,涉及宇宙起源、物质存在、天体演变、自然灾祸、人类起源、政权更替、历史规律、主体欲望、神话奥秘、伦理原则、审美标准等方面。我们纵观双身份写作的情况,无论中西方的写作主体,他们皆具备了哲学意义上提问的兴趣与能力。

维特根斯坦认为,在哲学上"只有命题才有意思;只有在命题的前后关系

---

① ［德］雅斯贝尔斯:《大哲学家》上册,李雪涛、李秋零等译,社会科学文献出版社2012年版,第267页。

中,名字才有意义"①。在这个理论意义上,双身份写作主体不但具有提问的能力而且还有确立命题的精神素养。如柏拉图提出"理念"的命题、"哲学乃是一种对真理的洞见"命题、"不朽论"命题、"知识就是知觉"的命题、"凡是不变的都被理智和理性所认知"的命题、"世界既然是可感的,所以就不能是永恒的"命题、"时间和天体是在同一瞬间出现的"命题②,等等。如道家创始人老子提出"道"的命题,其后道家庄子提出"天道自然""有情与无情""有待与无待""生苦死乐""大美不言"等命题。儒家创始人孔子提出"仁""仁者爱人""允执其中""克己复礼""己所不欲,勿施于人""文质彬彬,然后君子"等人生哲学和伦理学的普遍性命题。孔子从不同语境和阐释仁的内涵和外延、特性与功能,又设定了"君子"作为"仁"的具体实践的主体。我们再从总体上考察,众多的双身份写作者皆有提出问题和设定命题的理论创新的能力。因此,他们的文本也顺理成章地被赋予了哲学性和思想性,具有了理论意义和启迪后世思想的价值。

最后,敏锐的知觉力和审美表现力。双身份写作除了哲学之思之外,他们所写作的文本往往包含着敏锐的知觉力和审美表现力。双身份写作者敏锐知觉力表现主要表现在两个方面:其一是对大自然的缤纷现象持有细微丰富的感知,其二是对人世间的各种现象怀着深入透彻的观察力和分辨力。西方的柏拉图、卢克莱修、波爱修斯、西塞罗、普洛丁、奥古斯都、蒙田、帕斯卡尔、培根、卢梭、狄德罗、伏尔泰、孟德斯鸠、席勒、尼采、萨特、加缪等,中国的先秦诸子,以及后来的贾谊、杨雄、阮籍、嵇康、韩愈、柳宗元、王安石、朱熹、王阳明、王夫之等人,他们对大自然和人世间的万象,都有着敏锐知觉力和深刻的洞见,能够从中体悟和发掘出一定自然哲理和人生意义。正是在这种敏锐知觉力和分析力的基础上,双身份的写作主体同时也具有非凡的审美表现力。尼采在《查拉图斯特拉如是说》的第一部"毒蛇的咬伤"一节中,以叙述自然界与人之

---

① [奥]维特根斯坦:《逻辑哲学论》,郭英译,商务印书馆1962年版,第32页。
② 参见[英]罗素:《西方哲学史》上卷,何兆武、李约瑟译,商务印书馆1963年版,第13章至18章有关"柏拉图"的论述。

间的故事方式,对道德问题进行感悟和反思,堪称典型的"寓言"和"戏剧"的手法,呈现出超凡的审美表现力:

> 有一天,查拉图斯特拉在一棵无花果树下睡去,天气很热,他把手臂遮在脸上。这时,一条毒蛇游过来咬他的脖颈,查拉图斯特拉不由得痛得叫了起来。当他把手臂从脸上移开时,他向毒蛇看看:毒蛇认出了查拉图斯特拉的眼睛,就笨拙地转身想逃。"不要逃,"查拉图斯特拉说,"你还没有接受我的感谢哩!你及时唤醒了我,我的道路还很长哩。""你的路很短了,"毒蛇忧伤地说,"我的毒是致命的。"查拉图斯特拉微微一笑。"什么时候有过一条龙被蛇毒毒死的呢?"——他说。"可是收回你的毒吧!你还没有富到那种程度,足以给我赠礼。"于是毒蛇重新游到他的脖颈旁边给他舔伤。

> 有一次,查拉图斯特拉跟他的弟子们谈起此事,他们问道:"哦,查拉图斯特拉,你这段故事的道德教训是什么呢?"①

文本的精彩处还不仅在于尼采这则虚构的寓言故事如此地传神和奇异,如此精微细致地感知和描摹大自然的生灵和人之间的神秘对话以及传达了查拉图斯特拉的智慧与胆识。文本更为精妙和深邃之处在于,查拉图斯特拉借用这则荒诞不经而充满幽默情调的故事向他的"弟子们"也包括向所有的阅读者阐述了丰富而深刻的人生哲理和道德观念,他这一番言说可谓是经典之论。其中包括:"一个小小的报复比完全不报复更合乎人性。如果惩罚对于违法者并不是一种正义和一种名誉,我就不喜爱你们的惩罚。""以为自己为不正确,比坚持自己为正确者更为高贵,特别是在颇为正确的场合。你必须十分丰富,才能做到这点。""我不喜欢你们的冷淡的公正,从法官的眼睛里,总看出刽子手的目光和他的冷酷的钢刀。""在想要彻底公正的人的方面,即使

---

① [德]尼采:《查拉图斯特拉如是说》,钱春绮译,生活·读书·新知三联书店2007年版,第72页。

是谎言也会成为对世人的友爱。"①尼采的这则寓言,哲理寓于审美表现力之中,以虚构的寓言故事为起兴,然后再展开对弟子们的格言式演讲,表达出自己独特而深邃的道德思考。

中国古代哲学家们,他们不乏敏锐的知觉能力和审美表现力,一方面他们对大自然有着细微精妙的感知和审美体验,以想象力的活动对现象界进行理解和阐释;另一方面,他们对人世间的酸甜苦辣、荒诞与悲情的现象充满了真切的感受和付出怜悯和同情;再一方面,他们将对自然、社会、历史的感知和理解形诸于文本,以充满审美表现力的笔触征服后世的阅读者。就先秦诸子而言,老子的《道德经》用韵文书写,既是哲学文章,也是文学经典,它韵律优美,节奏和谐,对仗工整。庄子的文本优美奇崛,孟子、荀子、韩非子等人的文本,也各有千秋,呈现出卓越的文学表现力,它们既是文学文本也是哲学文本,成为思想史和文化史上的双重经典。

第二节 "单身份写作"

"单身份写作"这一概念,意指主要单一身份(或文学家,或哲学家)的写作者,诸如西方文学家中的荷马、埃斯库罗斯、索福克勒斯、欧里匹得斯、阿里斯多芬、伊索、塞万提斯、莎士比亚、拉·封丹、莫里哀、弥尔顿、笛福、斯威夫特、狄更斯、萨克雷、欧仁·苏、福楼拜、司汤达、雨果、巴尔扎克、克雷洛夫、托尔斯泰、陀思妥耶夫斯基、屠格涅夫、托马斯·曼、赫尔曼·海塞、普鲁斯特、昆德拉、里尔克、奥威尔等人的写作活动。中国文学家中的屈原、枚乘、左思、郭璞、陶渊明、刘勰、张若虚、李白、杜甫、苏轼、关汉卿、汤显祖、罗贯中、吴承恩、吴敬梓、曹雪芹等人的写作活动。这些文学家们的写作活动令他们的文本程度不同地包含一定的哲学性。而相应的是,西方哲学家中的狄尔泰、柏格森、

---

① [德]尼采:《查拉图斯特拉如是说》,钱春绮译,生活·读书·新知三联书店 2007 年版,第 75 页。

弗洛伊德、海德格尔、弗洛姆、罗兰·巴特、波德里亚等哲学家们的写作活动以及他们的部分文本则包含相对丰富的文学性和审美性。中国哲学家中的董仲舒、王充、刘劭、钟会、何晏、王弼、郭象、范缜、慧远、僧肇、智颛、玄奘、法藏、慧能、王通、邵雍、张载、陆九渊等,他们的写作主要是有关儒家哲学、道家哲学或佛教哲学的思想阐释,他们的这些哲学文本同样也包含一定的文学性和审美特征。

我们依据文本之内容与形式相统一性原则,也本着论述方便之目的,将单身份写作划分为文学类单身份写作、哲学类单身份写作、宗教类单身份写作,并分别予以描述和阐释。

一、文学类的单身份写作

文学类的单身份写作数量最为众多,衡量的重要尺度之一就是这些写作者们的文本所具有哲学性深度即它们所呈现的思想价值和独创性的精神意义。依照我们这一论题所界定的探究对象和逻辑标准,我们选择一部分单身份写作者及其文本予以描述和阐释。在此我们从以下几个方面展开简略论述。

首先,文学家的生命直觉和哲学意识。就文学家这个单身份的写作主体而言,他们和哲学家在思维方式和文本表达这两方面均存在一定的差异,既和一般哲学家擅长概念推导和逻辑思辨不同,也和一般哲学家在单纯的理论文本书写方面遵循固定章法、语法结构和格式规范等模式等也大相径庭。单身份写作的文学家们,一般心理细腻敏感、情感充沛激越和具有发达奇异的想象力。尤其在语言运用方面,他们一方面有着自己的独特话语表达方式,甚至存在着某些反语法的现象;另一方面,他们在象征与隐喻等修辞技巧上有着超乎常人的才智天赋。然而,诸多文学家还是自己在文本中寄寓着一定的哲学性和各种观念,隐藏着自己丰富而深刻的人生观和价值观。文学家以自我的生命直觉和敏锐知觉力去观察与体验、描摹与表现现实生活或历史人物,借助于形象塑造、审美意象的建构或虚构的情境氛围去营造一个艺术世界,从而达到反映生活、揭示生活、批判生活或者反思历史和洞察人性、寄托对未来世界的美好理想等写作目的。西方最古老、最经典的文学《荷马史诗》，就是凭借主体的生命直觉表现出人对自我身体的哲学认识："荷马以一种无限的激情和温柔来爱有限的甜蜜的人类生活。无论什么东西，只要他一触及，就会开始闪射出意义的光芒，就如神拜访人的住所时一样。生活与肉体是一致的，没有肉体就没有生活。灵魂本身是软弱而悲哀的阴影。肉体生活的优雅与美，健康与力量，唤醒了隐蔽的尊敬和爱。神和人都是这样。鲜活肉体的每一部分都受到深情的爱的注意。"①无论这一描述和概括是否准确，阅读荷马史诗《伊利亚特》和《奥德赛》给人们的感受基本上是如此的。荷马以自我的生命直觉和诗意体验表现了远古时代的主体精神的内外图景，在神话叙述的过程中，蕴藏着最原始的生命哲学的观念和有关自然哲学的意识。也如缪勒所论："荷马的哲学是一种人道主义的自然主义；就像信奉埃利亚学派哲学的人和苏格拉底前的哲学家所认为的那样，人类的理性宣称自己与存在是一致的，思想发现自己是自己所思考的世界的一个中心和代表，虽然从另一方面来说它仍沉浸于自己宇宙的客观秩序，还没有从中摆脱出来。"②古希腊的悲剧家埃斯库罗、索福克勒斯、欧里匹德斯和喜剧家阿里斯多芬，和荷马一样，同样借文学形式表达了人类对自然和认知与抗争、被神秘命运所左右、性别间的欲望与理性的冲突、权力和野心的纠缠、战争与和平的转换、生存与毁灭的变幻等精神世界的多重结构。

西方的古典作家们，在史诗、寓言、小说、诗歌、散文、戏剧等各种形式的文本之中，均程度不同地表达了自我的有关自然哲学、政治哲学、道德哲学、法哲学、历史哲学、艺术哲学等方面的观念，涉及对有关时间与空间、现象与本质、有限与无限、偶然与必然、原因与结果、自然和自由、生存与毁灭、欲望与理性等哲学范畴的运思。正如格里尔将莎士比亚解读为一位思想家，认为在莎士

---

① ［美］缪勒:《文学的哲学》，孙宜学、郭洪涛译，广西师范大学出版社 2001 年版，第 5 页。
② ［美］缪勒:《文学的哲学》，孙宜学、郭洪涛译，广西师范大学出版社 2001 年版，第 18 页。

比亚的戏剧中体现出丰富的有关诗学、伦理学、目的论、政治学、社会学等哲学观念。"莎士比亚作为一个思想家的成就并不在于他提出了什么新颖的观念或是建立了一套全新的哲学体系,而在于他将伊丽莎白时期普通的思想观念活生生地呈现在观众面前。他所发现的是一套混杂而不成系统的观念;他所做的是给予它们具体和真实的形象——'一个实实在在的表现和名称'。"①显然,作为剧作家的莎士比亚不可能像哲学家那样建立自己的思想体系,他只能借助于人物与故事、矛盾与冲突、场景和台词等要素表达自己自由而丰富的哲学观念。

其次,文学家所表现的伦理哲学、历史哲学和政治哲学以及自我良知。显然,文学家都生活在自己所处的历史时间和文化语境中,一方面他们分别属于不同国家、民族、宗教,因此有着多种形态的文化身份;另一方面,他们还处于不同经济地位和政治地位,存在于社会阶层的差异,又因为接受的教育也有所不同,加之每一个生命个体的人生经历不一样。所以,文学家的哲学观念、政治态度、历史感和道德感等也存在一定程度的差异。然而,作为人类精神的精英代表,尽管他们文化身份和意识形态不尽相同。然而,大多数的文学家都保持着主体的良知和人道主义精神。拉伯雷、塞万提斯、莫里哀、密尔顿、莎士比亚、雨果、巴尔扎克、托尔斯泰、陀思妥耶夫斯基等欧洲作家,蕴藏着人道主义的精神,包含着普遍的伦理原则和道德良知,他们尤其对底层社会饱含深切的怜悯心和同情心,他们的文学作品包含着人类最普遍的伦理原则和道德观念。

中国古典文学,同样包含着深刻的政治哲学、伦理哲学、历史哲学和美学等精神内容,文学家们在自己的文本之中赋予了多重的哲学观。如儒家的民本思想和仁政理念,墨家的非攻兼爱的思想,佛家的慈悲情怀和戒定慧的人生理念,道家对人类生命的敬畏和对自然界所有生灵的热爱、对自然法则的敬畏

---

① [英]格里尔:《思想家莎士比亚》,毛亮译,外语教学与研究出版社 2007 年版,第232 页。

与顺从等人生哲学,都在文学作品中借以叙事与抒情、对话与议论、象征与隐喻等手法得以呈现。杜甫诗歌对战争控诉和对贫困民众的怜悯与同情,苏轼散文对时空和人生的有限与无限、瞬间与永恒、历史兴亡交替等现象的哲学领悟,关汉卿对历史与英雄、战争与名誉的戏剧性表现,也呈现一种自己的历史观和英雄观,表现一种朴素的历史哲学观念。罗贯中的《三国演义》表达了一种循环的历史观:所有历史形式都不过隐藏着国家政治的机械运动和权力的逻辑循环。换言之,历史只不过是暴力和权力的竞技场,是阴谋和权术的帷幕下的各种社会力量的转换与平衡。

文学家的单身份写作中还包含一些特殊的文体形式,这就是寓言。我们以三位寓言作家写作为分析对象。古希腊的伊索、法国的拉封丹、俄国的克雷洛夫这三位西方文学史上著名的寓言作家,他们的文本中包含丰富的道德教谕、人生智慧,以及格言、告诫和箴言、讽刺与幽默等内容,体现了人生哲学、伦理哲学和政治哲学等思想观念。黑格尔说:"《伊索寓言》正是这种对一般自然界事物之间,特别是动物之间的一种自然的关系或事件的认识。这些动物本能起于生活的需要,人类作为有生之物也受到这些需要驱遣。所以这种关系和事件,按照它的一般定性来理解,是在人类生活氛围里也会发生的。只是凭着这种关联,它对人才有意义。"① 拉封丹的寓言采取诗歌的格式,共计有十二部,两百三十九篇之多,"宇宙是它的背景,人、神、兽扮演其中的角色",寓言诗既有对17世纪法国社会的摹绘和表现、讽刺和批判,也有道德劝谕和哲理阐释,也有对安身立命的人生哲学的体悟。俄国作家的克雷洛夫同样采用诗体写作了共计九卷本两百零五篇的寓言,他批判俄罗斯的农奴制度和对底层阶级给予同情,然而对暴力革命持否定态度。和其他的文学样式表现深刻的哲理有所不同,寓言文学一般表达一种浅白真率的生活哲学和道德劝谕,容易使低文化水准的大多数读者所接受。

最后,文学家的质疑与批判的精神。质疑与批判的精神是人类宝贵的文

---

① [德]黑格尔:《美学》第2卷,朱光潜译,商务印书馆1979年版,第105页。

化传统,两者密切关联,在中西方的轴心时代,它们业已形成。在古希腊,"存疑"(Epokhe),原初的含义包括"制止""保留""保持""定时""定位"等。公元前 273 年,阿尔克西劳成为学园派的领袖,他给予"怀疑"基本的界定和阐释,确定了如此的理论原则:对一切不能由感觉和理性所确认的知识与信念不作赞同。早期怀疑论代表人物皮浪虽然没有直接就存疑发表意见,但是他赋予这一概念以"无主张""悬搁"的内涵,意味着主体对待事物应该保持"中止判断"的态度。后来,继承怀疑论思想衣钵的塞克斯都·恩披里可在《皮浪学说概略》里说:"存疑是心灵的站立状态,由之我们既不否定也不肯定任何事物。"他对怀疑派评价道:

> 怀疑学派,由于它的追求和研究的活动,也被称为"研究派",由于研究者探究之后所产生的心理状态,也被称为"存疑派",由于他们怀疑和探索的习惯,以及由于他们对肯定和否定不作决定的态度,也被称作"犹疑派",更由于我们觉得皮浪之委身于怀疑主义,要比他的前辈更彻底、更显著,所以也被称为"皮浪派"。①

西方哲学在前怀疑主义时期,存疑还局限于消极的主体意识,缺乏对事物的明确态度。后来的怀疑主义,显然对存疑灌注了一种积极的哲学态度。无论古典怀疑主义者笛卡儿、休谟、康德,还是现代怀疑主义人物叔本华、尼采、柏格森、克尔凯郭尔等,以及后现代思潮的代表人物德里达、利奥塔特等人,他们均程度不同地受到古希腊和古罗马怀疑论的思维方法影响,赋予存疑这一概念以解构的功能和挑战的意味。在这些富有反叛意识的思想家看来,怀疑主义应该具有一种斥拒和批判的姿态。

和西方的怀疑论相比,庄子的怀疑论显然更具有积极性和颠覆性,对于后世也产生了一定的影响。胡适曾经在其哥伦比亚大学的博士论文《先秦名学史》中阐发了庄子思想所包含的深刻的怀疑论特征。怀疑在哲学意义上,呈

---

① 北京大学哲学系外国哲学史教研室编译:《古希腊罗马哲学》,商务印书馆 1961 年版,第339 页。

现辩证理性的思辨力量,具有解构和颠覆以往既定的观念、价值和方法的功能,能够为诞生新的精神存在提供张力和源泉。宋代的张载提出"所以观书者,释己之疑,明己之未达,每见每知所益,则学进矣,于不疑处有疑,方进矣"①的观点,理学大师朱熹也发表"读书无疑,须教有疑,有疑者,却要无疑,到这里方是上进"②的看法。明代陈献章与门生张廷实书云:"前辈谓'学贵知疑',小疑则小进,大疑则大进;疑者,觉醒之机也。一番觉悟,一番长进。"③清初黄宗羲与友人书中写道:"昔人云小疑则小悟,大疑则大悟,不疑则不悟。老兄之疑,固将以求其深信也。"④中西文化史、思想史都将存疑引申为重要的思维方法之一,看作是开启智慧之门的一个理性工具。

在轴心时代,质疑与批判构成了人类的思想文化的核心结构之一,并在历史的演变中逐渐成为一种哲学素养和精神传统。作为知识分子的文学家,他们也秉承了这份宝贵的思想传统和精神遗产。单身份的文学写作主体尽管和哲学家之间存在着差异性的思维方式和不同的文体结构。然而,他们必然性地保持对现实世界与世俗生活、对历史事件与历史人物进行存疑与批判的精神,这既是文学家内心的自我召唤和本然性冲动,也是文学家的理性和智慧、良知和责任驱使的客观结果。单身份写作主体主要质疑和批判的对象集中于这两个相互关联的方面:一方面是对社会制度的质疑和批判,包括对政治制度、法律制度、经济制度、等级制度、门阀制度等方面的怀疑和批判。另一方面是对专制观念、宗教观念、金钱观念、战争观念、暴力观念等社会意识形态的质疑和批判。例如批判现实主义文学家们的写作活动,司汤达的《红与黑》,巴尔扎克的《人间喜剧》,欧仁·苏的《巴黎的秘密》,狄更斯的《艰难时世》《大卫·科波菲尔》《凄凉院》等,萨克雷的《名利场》、福楼拜的《包法利夫人》和《圣安东的诱惑》等,雨果的《悲惨世界》《巴黎圣母院》《九三年》《海上劳工》

---

① 张载:《经学理窟·义理篇》,《张载集》,中华书局 1978 年版,第 275 页。
② 《朱子全书·朱子语类》(修订本)第 14 卷,上海古籍出版社、安徽教育出版社 2010 年版,第 243 页。
③ 《陈献章集》,中华书局 1987 年版,第 165 页。
④ 《黄宗羲全集》第 19 册,浙江古籍出版社 2012 年版,第 127 页。

等,托尔斯泰的《战争与和平》《安娜·卡列尼娜》《复活》等,这些文学性文本广泛而深刻地质疑和批判社会现实和以往历史,质疑和批判了现存的政治、法律、经济、宗教、教育、文化、道德等方面。简言之,文学家们对现实世界的经济基础和意识形态展开多方位的描写与揭露、质疑和批判。尤其是诸如巴尔扎克的《人间喜剧》对资本主义制度和金钱意识的质疑与批判,斯威夫特的《格列弗游记》对"权力"和"科学"的质疑和批判、莎士比亚的戏剧对皇权野心、政治阴谋、金钱欲望的质疑与批判,托尔斯泰的《战争与和平》对战争的质疑与批判,雨果的《悲惨世界》和《巴黎圣母院》对宗教和法律的质疑与批判,这些文学文本所包含的质疑和批判的思想价值和哲学文本相比毫不逊色。

我们在此要特别提及的是,单身份写作的文学文本对于战争的质疑和批判具有更为深刻的历史意义和现实意义。文学作品中经常涉及一个重要的题材就是战争,从荷马史诗迄今为止的文学创作都离不开战争这一黑色主题。文学家们借助对战争的描写和表现、反思与批判,表达出自己的哲学观和价值观。遗憾的是,在荷马时代,文学家还没有建立起对战争的正义观和人道主义的意识,更遑论对其进行批判与反思。"荷马笔下的人都陷入一种人与人之间冷漠无情的战争为法则的自然。就像狮子杀死鹿,就像隼杀死鸽子,人杀死人。他毫无怜悯之心地、无情地、彻底地做着杀人的勾当。……对这种常年不断的必然的战争,荷马没有一句赞扬的话。他称战争是凄凉的、悲哀的、悲惨的。但人命定要忍受战争。人对此只能束手无策。他必须适应它。"①尽管看似荷马对战争持有价值中立的立场,然而他对于战争还是抱有质疑的态度。当然,在轴心时代之后,人类对战争的质疑、反思和批判就达到一个新的认识水准和伦理高度。中国先秦时代的墨子即对战争进行深入的质疑和批判。1795 年,71 岁的康德在哥尼斯堡写作《永久和平论》一文,这位终生沉湎于思辨的哲学家表达理想化的观念,各个国家联合体的世界大同是人类由野蛮进

---

① [美]缪勒:《文学的哲学》,孙宜学、郭洪涛译,广西师范大学出版社 2001 年版,第 11 页。

入文明的一个自然和必然的历史过程,在这一进程中,必须彻底地否定战争的价值。他叹息道:"甚至于就连哲学家也赞颂它是人道的某种高贵化,竟忘怀了希腊人的那条格言:'战争之为害,就在于它制造的坏人比它消除的坏人更多'。"①康德深切的人道主义忧思是通过对于战争的谴责得以表达的。克劳塞维茨不断重复和告诫的论点是:"战争是一种暴力行为,而暴力的使用是没有限度的。"②一种清醒的和理性的对待战争态度及其反思性的逻辑判断,显然对于战争的批判性和警醒提供了历史依据。与哲学家质疑和反对战争的观念相同,历代的文学家们借助自己的文学写作,秉持着人道主义的价值立场,对战争都进行不同视角的描写和揭示,予以深刻的质疑和批判。遗憾的是,尽管人类进入了21世纪,战争的魔影依然没有消失,也许未来很长的历史时间,战争这个黑暗的角色还不会退场,因此,文学家们对战争的质疑和批判是一项长久的道德使命和神圣良知。

二、哲学类的单身份写作

如果说我们对文学类的单身份写作重点在于揭示其文本的哲学性,那么,对于哲学类的单身份写作,我们则重点在于分析和阐释他们文本的文学性和审美性。

何怀宏认为:"哲学并不是理性思维的结晶,它也常是诗意思维的果实。哲学可以写得像诗一样,这话并非是讲给它穿一件韵文体或分行排列的外衣,而是指其中可以贯穿着一种诗的精神:艺术地、浪漫地把握世界和接近那本体。"③哲学类的单身份写作,虽然写作主体所创造的文本形式不一定属于纯粹文学形态,而主要归纳在哲学文本范畴之内。然而,这些文本包含一定的文学性质,作者借助了形象思维和诗意思维,借助于一定文学性手法,采取了富

---

① [德]康德:《历史理性批判文集》,何兆武译,商务印书馆1990年版,第124页。
② [德]克劳塞维茨:《战争论》,中国人民解放军军事科学院译,商务印书馆1982年版,第26页。
③ 周国平主编:《诗人哲学家》,上海人民出版社1987年版,第52页。

于文采的修辞格式和写作技巧,因而令理论文本呈现出一定的诗意和美感,令阅读者在享受到其中的思想魅力的同时,也领略到心旷神怡的愉悦感。

首先,对现象界的沉思和阐释。在一般意义上,单身份哲学家们的写作成果显然是哲学文本,这也是他们理论思维的客观表现。然而,有一部分哲学文本却因为写作主体采取诗性思维和审美感悟的方式,展开对现象界的沉思和阐释,最终形成的文本具有了一定程度的文学性和美感效果,而这一点在现象学家海德格尔的写作活动及其部分文本中得以鲜明呈现。熊伟曾在《存在与时间》中译本前面,感慨道:(20世纪)"笔者于三十年代初听了他的课,总觉不是灌输知识,而是启人思,而且在诗意地思与诗意地说。"①海德格尔的哲学及其个人魅力之一,即在于他不同于一般的哲学家的地方,就是他周身闪烁着能够诗意地思和诗意地言说这一独特的哲人光华。他在《哲学论稿》中写道:

> (伟大的哲学)乃是兀然高耸的群山,未经攀登也不可攀登。但它们却给予大地以最高的东西,并且指引着大地的原始岩脉。它们作为基准点而矗立,向来都构成视域;它们承受着视线和掩蔽。这样的群山何时成为它们所是的东西呢?当然不是在我们自以为已经登上和爬上它们的时候。而不如说,只是在它们真实地为我们和大地而矗立的时候。然而,让最生气勃勃的矗立出现在山脉的宁静中,并且持立于这种高高耸突的范围内,能够做到这一点的人是多么少啊!真正的思想争辩必须追求这一点。②

显而易见,海德格尔擅长借用感性的意象去审美化地表达自我的哲思。他对哲学作出了诗意化的比喻,对自己心目中的伟大哲学家作出了精妙的形象化的描绘和阐释。再如海德格尔在《诗歌中的语言——对特拉克尔的诗的一个探讨》,运用近乎于诗歌的表述手法:

---

① 〔德〕海德格尔:《存在与时间》,陈嘉映、王庆节译,熊伟校,生活·读书·新知三联书店1987年版,"写在《存在与时间》中译本前面"第1页。

② 〔德〕海德格尔:《哲学论稿——从本有而来》,孙周兴译,商务印书馆2012年版,第195页。

诗人用下面这些词语来召唤这夜：

哦，夜的温柔的蓝芙蓉花束。

夜是一束蓝芙蓉花，一束温柔的蓝芙蓉花。于是，蓝色的兽也被叫作
"羞怯的兽"，"温柔的动物"。蓝光之花朵把神圣（das Heilige）的深邃聚
集在它的花束根部。神圣从蓝光本身而来熠熠生辉，但同时又被这蓝光
本身的阴暗所掩蔽。神圣抑制在自行隐匿之中。神圣在抑制性的隐匿中
保存自己，借此来赠诺它的到达。庇护在阴暗中的光亮乃是蓝光。光亮
的也即响亮的，原本指的是声音，这声音从寂静之庇护所中被召唤出来，
从而自行澄亮了。蓝光鸣响，在其光亮中发出响声。在其响亮的光亮中，
蓝光的阴暗熠熠生辉。

异乡人的足音响彻这发出银色闪光和音响的夜空。①

这就是哲学化的诗，也是诗意的哲学与美学，远远超越我们了对理论文本的常
识性了解，也颠覆了所谓我们一般常见的规范化和程式化的学术著作的写作
标准。显然，当今的一般学者很难写出如此精妙而充满想象力的美学境界的
文本。或者说，如果在纯粹学院的空间写出这样论著的文本，恐怕连学位和教
席都难以获取。他的《荷尔德林诗的阐释》《诗人哲学家》《艺术作品的本源》
《诗人何为?》《建筑　居住　思想》《物》《语言》《人诗意地居住》《走向语言
之途》《诗歌中的语言》《词语》等著述，皆是诗意地思，诗意地言说，令哲学文
本焕发出文学的美感光芒。

狄尔泰在《体验与诗》这一著名的理论论著中，对荷尔德林等诗人予以审
美化的描述和阐释：

弗里德里希上拉丁学校直至 15 岁，在这里环抱他的是施瓦本田野的
相同的印象，在背景上，阿尔布山脉，在舒缓的内卡高地间，被白杨树环
绕。那里，在寂静的河岸上或在附近的森林里，这个孩子在梦想，他经常
阅读在这 80 年代用他们的热忱的情绪填满年轻人的心的那些抒情诗人

---

① ［德］海德格尔:《在通向语言的途中》，孙周兴译，商务印书馆 1997 年版，第 31 页。

们的诗,有一次,他在林中一块岩石上朗诵了克洛卜施托克兄弟的《赫尔曼之役》。

　　由这片田野给他的印象形成了他的自然感。无界限的湖或辽阔的平原,有无穷无尽的地平线,允许人朝各个方向看去,走去,这解放了他的灵魂,还向它传递了一种自主的生活感。人发现自己被小丘幽谷所环抱而非被阻隔,蓝山遥远的细线诱人远去,山谷却在保护和掩藏,这样的地方,会从地势感中产生同自然的温柔友善的关系——隐藏,私下偎依着山谷、河流和山丘,又渴望离开,进入闪烁的远方。在这样的自然感中生活着施瓦本的诗人们——荷尔德林、乌兰德、默里克。在他们的心中,这种自然感同移情相结合,把感情移入山峦明快的线条,移入平和的、宜于居住的山谷,移入我们在梦想中置入荒芜的隐修院与城堡的往昔。①

显然,狄尔泰在这里充分运用了文学化的手法,文本包含着对大自然的生动描绘,也借助有写作主体的心理移情和审美想象,舍弃了一般理论著作常见的那种纯粹抽象的概念推导、逻辑演绎和理论分析的方式,而采用了文学化的描述和意象化的阐释方式,令理论著述洋溢出美感的与诗意的文采。再如《歌德与文学创作的想象》《莱辛》《诺瓦尼斯》等章节,都带有强烈的文学色彩和审美魅力。

　　中国古典哲学家的单身份写作,诸如董仲舒、王充、刘劭、钟会、何晏、王弼、郭象、范缜等,他们的哲学著述都程度不同地包含着文学性和审美性,呈现出形象思维和诗意思维的美感,将哲学的理论活动赋予了文学写作的特性。其中一个主要原因在于,中国传统文化中没有现代学科的分类意识,也没有固化的文学与哲学的逻辑区分,因此在哲学与文学的同一性方面比西方文化要显得自由和宽松。所以,哲学文本中包含着文学性既是一个历史的文化传统,也是书写主体的习惯性思维和结构性张力。

---

　　① ［德］狄尔泰:《体验与诗》,胡其鼎译,生活·读书·新知三联书店 2003 年版,第 290 页。

其次,敏锐的直觉和丰富的美感。显然,一部分哲学家因为保持着自己敏锐的直觉和丰富的美感,并将之赋予到文本写作的过程中,从而使哲学文本诞生了文学化的阅读效果。年轻的马克思在《评普鲁士最近的书报检查令》中写道:

> 你们赞美大自然悦人心目的千变万化和无穷无尽的丰富宝藏,你们并不要求玫瑰花和紫罗兰散发出同样的芳香,但你们为什么却要求世界上最丰富的东西——精神只能有一种存在形式呢?我是一个幽默家,可是法律却命令我用严肃的笔调。我是一个激情的人,可是法律却指定我用谦逊的风格。没有色彩就是这种自由唯一许可的色彩。每一滴露水在太阳的照耀下都闪耀着无穷无尽的色彩。但是精神的太阳,无论它照耀着多少个体,无论它照耀着什么事物,却只准产生一种色彩,就是官方的色彩!精神的最主要的表现形式是欢乐、光明,但你们却要使阴暗成为精神的唯一合法的表现形式;精神只准披着黑色的衣服,可是自然界却没有一枝黑色的花朵。精神的实质就是真理本身,而你们却想把什么东西变成精神的实质呢?谦逊。歌德说过,只有叫化子才是谦逊的,你们想把精神变成叫化子吗?也许,这种谦逊应该是席勒所说的那种天才的谦逊?如果是这样的话,那你们就先要把自己的全体公民、特别是你们所有的检察官变成天才。可是天才的谦逊和经过修饰、不带乡音土语的语言根本不同,相反地,天才的谦逊就是要用事物本身的语言来说话,来表达这种事物的本质的特征。天才的谦逊是要忘掉谦逊和不谦逊,使事物本身突出。精神的普遍谦逊就是理性,即思想的普遍独立性,这种独立性按照事物本质的要求去对待各种事物。①

在这篇论辩性和批判性的檄文中,马克思以充沛的情感、锐利的思想锋芒和光华四射的文学才能,表达了对普鲁士政府的书刊检查制度的讽刺与嘲笑、解构和反驳。马克思以主体对大自然的敏锐直觉和审美体验作为论辩的感性材

---

① 《马克思恩格斯全集》第 1 卷,人民出版社 1956 年版,第 7—8 页。

料,以严密强大的逻辑推导作为理性工具,再以精美的比喻和优雅的修辞,书写出一篇回肠荡气、魅力无穷的经典文本,它将理论与感性、哲理与文采高度地融合在字里行间,令后世的阅读者感受到精神的解放和快慰,油然地生成酣畅淋漓的美感。海德格尔对荷尔德林的诗歌阐释中,同样显示出自我对外在感性世界的敏锐直觉和细腻美感,并将这种主体的感觉融化到理性思辨之中。他以诗人的笔触写道:

> 阐释乃是一种思(Denken)与一种诗(Dichten)的对话;这种诗的历史惟一性是决不能在文学史上得到证明的,而是通过运思的对话却能进入这种惟一性。

> 关于阐释,我在早些时候作的一个评论中有如下的说法:

> 荷尔德林的诗歌究竟是什么,我们迄今仍全然无知,尽管我们知道"哀歌"和"颂歌"之类的名称。这些诗歌就像一个失去神庙的圣龛,里面保藏着诗意创作物。在"无诗意的语言"的喧嚷声中,这些诗歌就像一口钟,悬于旷野之中,已然为一场轻飘的降雪所覆盖而走了调。也许正因此,荷尔德林在后期诗作中曾道出一句诗,这句诗听起来就像散文,但其诗意却绝无仅有(《哥伦布》草稿,第4卷,第395页):

> 这并非稀罕之事,

> 犹如那晚餐时分

> 鸣响的钟

> 为落雪覆盖而走了调

> 也许任何对这些诗歌的阐释都脱不了是一场钟上的降雪。①

海德格尔以自我的敏锐的直觉和丰富的美感,借助于内心的想象力对荷尔德林及其诗歌进行了审美阐释,他也重新定义了什么是诗歌"阐释"和重新阐释了什么是诗歌的意义与美感。他借助于荷尔德林的诗歌意象将阐释活动比喻

---

① [德]海德格尔:《荷尔德林诗的阐释》,孙周兴译,商务印书馆2000年版,"第二版前言"第2—3页。

为"一场钟上的降雪",既富于美感与诗意,也令文本诞生了不同纯粹抽象的理论论述的审美趣味。这恰恰展现了哲学巨匠和美学天才的风采神韵。类似的例证是比较众多与丰富的,在此省略而不再赘述。

最后,精巧的文本结构和文学性的话语修辞。一方面,中国传统哲学既有着和西方哲学在本质上类同的逻辑思维方式,因为这是由人类文化的相似性和人类思维的普遍性所决定的必然性结果;另一方面,中国哲学又有着和西方哲学在表现形式上存在着差异的辩证思维方式,这种思维方式超越了一般性的形式逻辑,具有整体性和形象性的诗意思维特征。而正是由于中国哲学在这种思维方式上的特性,决定了中国古典哲学家在书写活动中更多地采取文学性的表达方式,因而他们的文本也相应地蕴藏着形象性和诗性色彩。

中国哲学家中的董仲舒、王充、刘劭、钟会、何晏、王通、邵雍、张载、陆九渊、颜元等人,他们尽管也有一些文学创作,但数量和影响力均有限,在总体上依然是哲学家的身份。然而,他们的哲学文本却包含着一定程度的文学性,呈现出哲理和文采的融合。王充在《论衡·自然篇》写道:

> 天地合气,万物自生,犹夫妇合气,子自生矣。万物之生,含血之类,知饥知寒。见五谷可食,取而食之;见丝麻可衣,取而衣之。或说以为天生五谷以食人,生丝麻以衣人。此谓天为人作农夫、桑女之徒也。不合自然,故其义疑,未可从也。试依道家论之。

> 天者,普施气万物之中,谷愈饥而丝麻救寒,故人食谷、衣丝麻也。夫天之不故生五谷丝麻以衣食人,由其有灾变不欲以谴告人也。物自生,而人衣食之;气自变,而人畏惧之。以若说论之,厌于人心矣。如天瑞为故,自然焉在?无为何居?何以知天之自然也?以天无口目也。案有为者,口目之类也。口欲食而目欲视,有嗜欲于内,发之于外,口目求之,得以为利,欲之为也。今无口目之欲,于物无所求索,夫何为乎?何以知天无口目也?以地知之。地以土为体,土本无口目。天地,夫妇也,地体无口目,亦知天无口目也。使天体乎?宜与地同。使天气乎?气若云烟,云烟之

属,安得口目?①

王充借助于文学化的手法进行说理论证,尤其是广泛地运用了修辞的比喻对"天地"这一自然概念进行阐释,认为天或大自然的运行没有任何目的,也不存在一种主观意志,以反驳董仲舒的"天人感应"的理论,并纠正以往的天有意志和目的的说法,力求恢复传统儒家的唯物主义自然观。冯友兰指出:"王充说土地没有口目,这是一种形象的说法。王充用天文学所讲的物质之天,说明作为一个哲学概念的天地没有要求,没有欲望,就是说,没有目的,没有意识。"②王充的哲学论证以形象的比喻得以展开,然而包含着严格的逻辑性和概念的规定性,具有一定的理论说服力。张载在《正蒙·乾称篇》云:"乾称父,坤称母;予兹藐焉,乃混然中处。故天地之塞,吾其体;天地之帅,吾其性。民吾同胞,物吾与也。"③张载借助自然物象以阐述人世间的伦理原则和道德意识,认为天地犹如父母,人类只是天地之间的自然之子女,所以他主张弘扬普遍的人道主义精神,甚至提倡人类的爱要施及万物生灵。颜元在《四存编·存性篇》以"棉桃喻性",阐释主体的"性"之概念。颜习斋这位提倡躬行实践的哲学家,在理论阐述中运用精巧灵活、参差历落的文本结构方式,尤其是擅长以"博喻"阐释道理,例如他的"棉桃喻性":

> 因思一喻曰,天道混沦,譬之棉桃:壳包棉,阴阳也;四瓣,元、亨、利、贞也;轧、弹、纺、织,二气四德流行以化生万物也;成布而裁之为衣,生人也;领、袖、襟裾,四肢、五官、百骸也,性之气质也。领可护袖,袖可藏手,襟裾可蔽前后,即目能视、耳能听、子能孝、臣能忠之属也,其情其才,皆此物此事,岂有他哉?不得谓棉桃中四瓣是棉,轧、弹、纺、织是棉,而至制成衣衫即非棉也;又不得谓正幅、直缝是棉,斜幅、旁杀即非棉也。如是,则气质与性,是一是二?而可谓性本善,气质偏有恶乎?④

---

① 黄晖:《论衡校释·自然篇》,《新编诸子集成》第3册,中华书局1990年版,第775—776页。

② 冯友兰:《中国哲学史新编》第3册,人民出版社1985年版,第249页。

③ 《张载集》,中华书局1978年版,第62页。

④ 颜元:《习斋四存编》,上海古籍出版社2000年版,第39—40页。

从哲学意义上考察,颜元论述的是"性",既是一个感性具体又是包含普遍性的抽象概念,是从具体上升为抽象又从抽象还原为具体的理论行程,也是一个包含丰富辩证法和逻辑推导的思维过程。这个复杂的一般与特殊之关系的哲学范畴,被写作主体以"棉桃喻性"这一连串的"连环式比喻"和"递进式比喻"迎刃而解,复杂晦涩的理论问题被文学化的比喻阐释得相对清晰和准确。颜元的《四存编》还有"借水喻性"等片断,从修辞的美学意义上看,皆是典型的文学的意象化与形象化的表达手法。

西方哲学家中有一部分书写者,也擅长以精巧的文本结构和在文本之中融汇文学性的话语修辞进行写作活动,他们赋予哲学文本以诗情画意和奇异美感。限于篇幅,在此不再枚举具体例证。

三、宗教类的单身份写作

单身份的哲学写作主体中有一类人物是专注于宗教哲学之书写与阐释,而宗教哲学和文学关联之所以更为密切。一方面,是因为宗教存在着丰富的神话传说、民间故事、人物传奇等内容,这些内容和文学存在着必然性的逻辑关联;另一方面,是因为宗教文本有着多文体的丰富结构形式,如诗歌、散文、日记、对话录、问答录、福音书、赞美诗、颂歌、格言、箴言、偈语等,它们和文学之间存在着本然的关联性和渗透性。卡西尔就指出:"在后来的希腊化时期,希腊哲学保留着非常多的宗教甚至神话题材。"①黑格尔在《精神现象学》中将宗教划分为自然宗教、艺术宗教、天启宗教三类。显然,自然宗教、艺术宗教和文学存在着必然性联系,而天启宗教在黑格尔看来:"神只有在纯粹玄思的知识里才可以达到,并且神只是在玄思与知识里、只是玄思知识本身,因为神是精神;而这种玄思知识就是天启宗教的知识。"②黑格尔显然认为天启宗教是宗教的最高形式,人类思维再往上发展就进入"绝对精神"的境界,也就是

---

① [德]卡西尔:《人论》,甘阳译,上海译文出版社1985年版,第130页。
② [德]黑格尔:《精神现象学》下卷,贺麟、王玖兴译,商务印书馆1979年版,第238页。

纯粹哲学的境界。在黑格尔的有关宗教分类的理论意义上,显然自然宗教和艺术宗教和文学存在着水乳交融的联系。

首先,从宗教类的单身份写作这个视点上考察,东西方都涌现出诸多的宗教哲学家,他们均写作或编译有关宗教哲学的文本,给人类的思想史、文化史留下宝贵的精神财富。道安编纂整理了《综理众经目录》(又称《道安录》),吉藏写作了《中论疏》《十二门疏》《三论玄义》《大乘玄义》《二谛义》《死不怖论》等,支道林写作了《圣不辩之论》《道行旨归》《学道戒》《本起四禅序》《即色游玄论》等,鸠摩罗什翻译了《大品般若经》《妙法莲花经》《维摩诘经》《金刚经》等多种佛经,诠释了《中论》《百论》《十二门论》《成实论》等,慧远写作了《沙门不敬王者论》《三报论》《明报应论》等,僧肇写作了《物不迁论》《不真空论》《般若无知论》《涅槃无名论》等,智顗写作了《法华文句》《摩诃止观》等,玄奘翻译写作了《大般若经》《解深密经》《大菩萨藏经》《瑜伽师地论》《成维识论》《俱舍论》等,法藏写作了《金狮子章》和翻译了《华严经》等,慧能演讲了《坛经》等。西方的《圣经》写作者们对于《圣经》的写作、编纂、修改的活动,令这一经典文本和谐地综合了哲学与文学的要素,使历代的接受者获得丰富的精神启迪、道德感悟和审美净化。其他宗教哲学家们的写作活动,也自然地将宗教哲学和文学性实行良好的结合。如古罗马的德尔图良写作了《护教篇》,中世纪托名狄奥尼修斯写作了《神秘神学》,中世纪的吕斯布鲁克写作了《精神的婚恋》。古印度无名氏们集体写作了《奥义书》,漫长的写作经历大约在公元前8世纪至公元前1世纪之间,创作时间延续了几百年。因此《奥义书》有多种类型。《奥义书》有些部分的写作时间甚至早于佛陀的诞生,它的思想在一定程度上也影响了佛教的观念。这些文本汇集了诗歌、散文、戏剧性的对话和独白等多重文体形式,表达出印度民族有关原始宗教的观念和人生智慧,呈现出最古老的宗教哲学和古老文学的和谐融会,哲学智慧和文学美感在文本之中交相辉映。古印度的商羯罗写作了《示教千则》,古印度的毗耶婆写作了《薄伽梵歌》,霍尔巴赫写作了《袖珍神学》,库萨的尼古拉写作了《论隐秘的上帝》、托兰德写作了《给塞伦娜的信》和《泛神论要义》,欧内斯特·勒南写作了《耶稣传》，印度的室利·阿罗频多写作了《神圣人生论》等。这些经典文本，均程度不同地涉及宗教哲学的思想内容，将哲思和文采和谐融入篇章的有机结构之中。

其次，从具体的写作主体考察，宗教类的单身份写作主体，他们均有着深邃的道德修炼和丰富的生命阅历，禀赋着刚毅的实践意志和空灵的诗性智慧，其思维方式贯通了逻辑和直觉、理性和诗性，他们有着卓越超凡的思想情感和精湛娴熟的语言文字表达技巧，这些精神因素决定了他们的写作活动融合了哲学与文学、道德与伦理等学科内容。宗教哲学的单身份写作者们，例如德尔图良、狄奥尼修斯、吕斯布鲁克、商羯罗、毗耶婆、霍尔巴赫、库萨的尼古拉、托兰德、欧内斯特·勒南等，这些写作主体皆有心智卓越、思理绵密、文采非凡的宝贵素质，这些精神要素也决定了他们创作的文本能够将哲学之思和文学情采得以和谐统一。在此，我们再简要枚举道安、支道林、鸠摩罗什、慧远等几位佛教人物以作进一步佐证。道安生逢乱世，"家世英儒，早失覆阴，为外兄孔氏所养，年7岁读书。再览能诵，乡邻嗟异。"[1]此时的道安，"五经文意，稍已通达"。后来道安受学于名师佛图澄，既修炼小乘佛学，也参悟大乘般若理论。儒学名士习凿齿向谢安致书云："其人理怀简衷，多所博涉，内外群书，略皆遍睹，阴阳算数，亦皆能通，佛经妙义，故所游刃，作义乃似法兰、法道。恨足下不同日而见；其意每言，思得一叙。"[2]道安又为前秦统治者符坚所敬重信任，一度被遵奉为符坚的政治谋士和国策顾问。道安在长安从事佛经的演讲和翻译，并从事佛教理论的相关著述，一时间成为佛教僧团的领袖。另一佛教著名人物支道林，《世说新语》记载了他的几则故事：

> 庄子《逍遥》篇，旧是难处，诸名贤所可钻味，而不能拔理于郭、向之外。支道林在白马寺中，将冯太常共语，因及《逍遥》。支卓然标新理于二家之表，立异义于众贤之外，皆是诸名贤寻味之所不得。后遂用

---

① 慧皎：《高僧传》，汤用彤校注，中华书局1992年版，第177页。
② 慧皎：《高僧传》，汤用彤校注，中华书局1992年版，第180—181页。

支理。①

王逸少作会稽,初至,支道林在焉。孙兴公谓王曰:"支道林拔新领异,胸怀所及乃自佳,卿欲见不?"王本自有一往隽气,殊自轻之。后孙与支共载往王许,王都领域,不与交言。须臾支退。后正值王当行,车已在门,支语王曰:"君未可去,贫道与君小语。"因论庄子《逍遥游》。支作数千言,才藻新奇,花烂映发。王遂披襟解带,留连不能已。②

三乘佛家滞义,支道林分判,使三乘炳然。诸人在下坐听,皆云可通。支下坐,自共说,正当得两,入三便乱。今义弟子虽传,犹不尽得。③

这几则逸事趣闻,可略见支道林在学识和人格等方面的一斑,他对庄子的《逍遥游》的独特理解和领悟令大官僚冯怀、大名士王羲之等赞佩不已。支道林融合佛道义理,才思和哲理迸发,深入精妙地阐释了佛学的"三乘"④理论,另外,支道林在文学方面同样有着精深的造诣。

后秦的鸠摩罗什是继道安之后在中国佛教史占据重要地位的一位佛教领袖。他祖籍天竺,家世国相,出身于贵族家庭。但鸠摩罗什生长于龟兹,终于后秦国都长安。显然,他属于华夏的文化身份。鸠摩罗什翻译众多佛经,传教于中华,在中国文化史和思想史上成就了显赫的功绩。"隋唐以前的佛经翻译,至鸠摩罗什达到了一新的水平,他翻译的不少佛典成为以后中国佛教学派和宗派用来建立自己的哲学理论和宗教学说的基本依据。"⑤鸠摩罗什还一度充当过后凉政权的军事政治的顾问角色,显然,他也是一位具有谋略和远见的人物。鸠摩罗什主要从事佛经翻译,遗憾的是著述不多,所著《实相论》和《注维摩经》皆亡佚。

慧远是东晋后期佛教界最有影响的佛教人物之一,他"世为冠族","弱而

① 刘义庆著,刘孝标注,余嘉锡笺疏:《世说新语笺疏》,中华书局 2011 年版,第 192 页。

② 刘义庆著,刘孝标注,余嘉锡笺疏:《世说新语笺疏》,中华书局 2011 年版,第 195 页。

③ 刘义庆著,刘孝标注,余嘉锡笺疏:《世说新语笺疏》,中华书局 2011 年版,第 196 页。

④ "三乘":声闻乘、缘觉乘、菩萨乘。声闻者:悟四谛而得道;缘觉者:悟因缘而得道;菩萨者:行六度而得道。

⑤ 任继愈主编:《中国佛教史》第 2 卷,中国社会科学出版社 1985 年版,第 251—252 页。

好书,珪璋秀发,年十三,随舅令狐氏游学许、洛,故少为诸生,博综六经,尤善庄老。"①慧远于儒家和道家的哲学,均积累丰厚之学养。《高僧传》云:"远内通佛理,外善群书,夫预学徒,莫不依拟。"②慧远长期居于庐山东林寺,此处青山环绕,面对香炉峰,临水虎溪,可尽览林泉之美。"自远卜居庐阜三十余年,影不出山,迹不入俗,每送客游履,常以虎溪为界焉。"③慧远长年在此修行、传教和著述。慧远交游广泛,既有王公贵族、官僚将军,又有王凝之、谢灵运之类的文人雅士。慧远在庐山的教派和居于北方长安的鸠摩罗什的僧团相与呼应,成为南北方两面佛教的旗帜。鸠摩罗什将慧远视为东方"护法菩萨",而慧远则将鸠摩罗什比为满愿(富楼那)和龙树。慧远和鸠摩罗什之间时有书信往来,相互探讨佛学义理,论辩观点,两者之间互有影响和启发。慧远向鸠摩罗什提出诸多佛学问题,鸠摩罗什一一解答,后人将慧远和鸠摩罗什之间的问答汇编为《大乘大义章》。另外,诸如智𫖮、法藏、玄奘、慧能等佛学大家,皆是智慧和品德之上乘人物。他们所写作、翻译的"经论"文本,皆是融汇了哲学玄思与文学情采的杰作。

最后,从文本方面考察,无论东西方的宗教文本,在文体形态上,它们综合了多文体的写作方式,诸如神话、史诗、寓言、传奇、故事、福音书、启示录、箴言、对话录、语录、偈语、谚语、歌谣、诗歌、论赞等文体结构形式都被融会到文本之中。西方的《圣经》,就是综合了多种文本形式的经典文本,印度和中国的佛经也是如此。鸠摩罗什所翻译的《法华经》在文本形态上,包含有神话、故事、传说、对话、演讲、独白、偈言、诗歌等文体,运用多种文学性的修辞手法,既传达了丰厚深邃的佛教义理,又呈现出生动感人的审美意象,尤其是众多的偈言,语言浅白而意义高度凝练,包含空灵精深的人生哲理。再如《金刚经》第十八品"一体同分观"所云:

　　须菩提,於意云何,如来有肉眼不。如是,世尊,如来有肉眼。须菩提

---

① 慧皎:《高僧传》,汤用彤校注,中华书局1992年版,第211页。
② 慧皎:《高僧传》,汤用彤校注,中华书局1992年版,第221页。
③ 慧皎:《高僧传》,汤用彤校注,中华书局1992年版,第221页。

於意云何,如来有天眼不。如是,世尊,如来有天眼。须菩提,於意云何,如来有慧眼不。如是,世尊,如来有慧眼。须菩提,於意云何,如来有法眼不。如是,世尊,如来有法眼。须菩提,於意云何,如来有佛眼不。如是,世尊,如来有佛眼。须菩提,於意云何,如恒河中所有沙,佛说是沙不。如是,世尊,如来说是沙。须菩提,於意云何,如一恒河中所有沙,有如是沙等恒河,是诸恒河所有沙数佛世界,如是,宁为多不。甚多,世尊。佛告须菩提,尔所国土中,所有众生若干种心,如来悉知。何以故。如来说诸心皆为非心,是名为心。所以者何。须菩提,过去心不可得,现在心不可得,未来心不可得。①

经文在包含丰富精彩的隐喻和博喻之中展开深邃哲理的言说以及暗示,有着启迪智慧和令人开悟的奇妙功用,文本以五重"眼睛"比喻人生的五重境界和五种认识世界和自我的方法。再进一步,文本又以恒河之沙比喻佛的世界和主体的心念,而以过去、现在和将来的心念说明物质与精神的空无虚幻以及它们不可知的本性。第三十二品"应化非真分"云:"一切有为法,如梦幻泡影,如露亦如电,应作如是观。"②这一连串的"六如"比喻,构成了连环喻和博喻,生动而传神地表达了对大千世界和世俗人生的独特精湛的诠释和理解。玄奘法师的《心经》译本,简短只有260字,却蕴藏着丰富的哲理和弥散着精妙的文采。"观自在菩萨,行深般若波罗蜜多时。照见五蕴皆空,度一切苦厄。舍利子,色不异空,空不异色,色即是空、空即是色,受想行识亦复如是。舍利子,是诸法空相,不生不灭,不垢不净,不增不减。是故空中无色,无受想行识,无眼耳鼻舌身意,无色声香味触法,无眼界,乃至无意识界。无无明,亦无无明尽,乃至无老死,亦无老死尽。无苦集灭道,无智亦无得。以无所得故,菩提萨埵,依般若波罗蜜多故,心无挂碍,无挂碍故,无有恐怖,远离颠倒梦想,究竟涅槃。三世诸佛,依般若波罗蜜多故,得阿耨多罗三藐三菩提。故知般若波罗蜜

---

① 《坛经·金刚经》,黄山书社2002年版,第181—182页。
② 《坛经·金刚经》,黄山书社2002年版,第200页。

多,是大神咒,是大明咒,是无上咒,是无等等咒,能除一切苦,真实不虚。故说般若波罗蜜多咒,即说咒曰:揭谛揭谛,波罗揭谛,波罗僧揭谛,菩提萨婆诃。"①《心经》寄寓着诸多佛家教义和修行方法,阐述"五蕴归空""色不异空""空不异色""色即是空""空即是色"等佛理,再兼之精炼蕴藉的语言和空灵微妙的修辞,文本达到了哲学与文学的水乳交融境界。惠能《坛经》,同样既包含深广的佛教理论和人生哲学,又蕴藏丰富美妙的文学性,令人惊叹与赞赏不已。比如他为人熟知的偈诗:"菩提本无树,明镜亦非台,佛性常清净,何处有尘埃! 又偈曰:心是菩提树,身为明镜台,明镜本清净,何处染尘埃!"②诗歌蕴藏着深刻的佛理和美感。

东西方宗教哲学的文本,均表达了写作主体对神灵和宗教教义的神圣信仰与强烈信奉,他们将自我精神与宗教义理实行合一,既沉湎对天国的美好理想,又笃信生命的轮回和精神的复活,渴望自我存在超越有限而达到时空的永恒。文本中既有对大自然生灵的热爱和对众生的仁慈,又有对自我灵魂的救赎和道德修行。因此,这些文本在呈现对神灵信仰的同时,也包含着对道德的宣扬和对美的沉迷。所以,这些文本必然性地表现出哲学与文学的完美贯通。

第三节 "偏身份写作"

"偏身份写作"意指写作者的主要身份是哲学家或文学家而偏及另一领域的写作活动,它包含两个方面:一方面是指某些哲学家部分地涉及文学写作,另一方面则是指某些文学家而涉及一部分哲学写作或理论写作。两方面的写作者均令哲学与文学在文本中达到较和谐的统一。

一、哲学家的偏身份写作

哲学家显然以哲学文本的写作作为自己的首要责任和主要兴趣,在哲学

---

① 《金刚经·心经》,中华书局 2010 年版,第 124—139 页。
② 郭朋:《坛经校释》,中华书局 2012 年版,第 18—19 页。

写作之余,他们也秉持对文学的敬重、热爱和兴趣。一方面,他们写作出一部
分文学作品,并且这些文本也具有一定的哲学意味;另一方面,在他们的哲学
或理论写作活动中,运用文学笔法,令自己的理论文本焕发出文学的审美光
彩。西方的哲学家中,如叔本华、柏格森、克尔凯郭尔、罗兰・巴特、波德里亚
等人的偏身份写作活动。中国哲学家中的偏身份写作者,如董仲舒、刘劭、钟
会、何晏、周敦颐、程颢、程颐、黄宗羲、王夫之、梁启超等,他们主要的文化身份
是哲学家,但也偏及文学写作,他们的部分文本在包含丰富哲理的同时,也呈
现一定的文学性。

　　首先,偏身份写作的哲学家们都是自由思想的存在主体。哲学家必然性
地属于自由思想的存在主体,因为哲学思考属于生命个体的自觉的和不受外
在制约的精神活动,也唯有自由自在的思想才使哲学家的身份得以确立并使
他们的写作活动得以可能。因此,无论是西方哲学家还是中国古代哲学家都
具备自由思想的存在特性。绝大多数哲学家作为生存个体,无论是个人的世
俗生活方式还是在精神生活方面都比常人有着随性自在、自由潇洒的特性。
所以,从哲学家的偏身份写作这一视点考察,由于哲学家主体精神的自由禀
赋,他们的文本写作活动和具体文本也必然地蕴藉着自由思想。黑格尔说:
"我们必须把自由思考看作这种最纯粹的知识形式,哲学用这种自由思考把
和宗教同样的内容提供给意识,因而成为一种最富于心灵性的修养,用思考去
掌握和理解原来在宗教里只是主体情感和观念的内容。这样,艺术和宗教这
两方面在哲学里统一起来了:一方面哲学有艺术的客体性相,固然已经把它的
外在的感性因素抛开,但是在抛开之前,它已把这种感性因素转化为最高形式
的客观事物,即转化为思想的形式;另一方面哲学有宗教的主体性,不过这种
主体性经过净化,变成思考的主体性了。"①哲学思考和宗教思考、艺术思考一
样,均具有自由精神的内涵,而这种自由思考而生成的文本形式也必然性地被
赋予了自由精神。无论是西方的哲学家,诸如叔本华、柏格森、克尔凯郭尔、罗

①　[德]黑格尔:《美学》第1卷,朱光潜译,商务印书馆1979年版,第133页。

兰·巴特、波德里亚等,还是中国哲学家,诸如如董仲舒、刘劭、钟会、何晏、周敦颐、程颢、程颐、黄宗羲、王夫之、梁启超等,作为写作主体,他们保持着自由之思想和独立之精神,忠实于自我的理论和逻辑,信奉内心的价值观和守护自己的道德人格,从而令自己的文学写作不同于一般的作家和诗人,其深邃的思想性和尖锐的理论锋芒令他们的文本在美学价值上超越一般的写作者。

其次,这些偏身份写作的哲学家,他们以哲学写作为主业,也涉及一部分的文学写作,而且这些作品具有一定的审美价值。西方现代哲学家叔本华显然是一个富有自由精神的生命个体。他一生过着孤独寂寞的刻板生活,除了写出了经典的哲学文本《作为意志和表象的世界》,还写作了《论充足理由律的四重根》《论视觉与颜色》《论自然中的意志》《论意志的自由》《论道德的基础》《伦理学中的两个基本问题》等理论文本。然而,除此之外,叔本华还写作了不少文学性或美学化的随笔、散文,他于1850年写作了《附录与补遗》一书,而随笔《人生的智慧》是其一部分。该书语言表述呈现出典雅优美的风格,内容也充满了格言式的人生智慧,其鲜明的文学性和审美色彩也令读者击节赞赏。叔本华还写作了《论思考》《论阅读和书籍》《论历史》《论文学》《论写作和文体》《论语言和语言学习》《论判断、批评和名声》《比喻和寓言》《论学者和博学》《论大自然的美》《论死亡》《论女人》《论自杀》《生存空虚说》等文章。这些包含丰富哲理性的随笔和散文,将思想性和文学性、理论性和审美性和谐地综合在字里行间,形成一个有机整体。

中国哲学家董仲舒、刘劭、钟会、何晏、周敦颐、程颢、程颐、黄宗羲、王夫之、梁启超等人,他们除了写作著名哲学文本之外,还写作了一些文学作品。董仲舒除了写作了《春秋繁露》《天人三策》这样的哲学、政治的文本之外,还创作了《士不遇赋》这样的文学创作。刘劭除了写作《人物志》这一理论文本,还创作了《赵都赋》《许都赋》《洛都赋》等。钟会写作了《四本论》这一哲学著述,还创作了多篇咏物抒情的辞赋,如《孔雀赋》《菊花赋》《葡萄赋》,还有《遗荣赋》《怀士赋》等。玄学家何晏以注释孔子、老庄文本而阐释自己的哲学观念,刘勰《文心雕龙·论说篇》云:"何晏之徒,始盛玄论。于是聃周当路,与尼父争途矣。"①何晏有《论语集解》《老子道德论》等外,还有著名的五言《言志诗》,南朝梁钟嵘《诗品》称"平叔鸿鹄之篇,风规见矣。"②刘勰将何晏的诗列入中品。周敦颐有理学著述《太极图说》《通书》,还撰写了一些文学性诗文。程颢、程颐的《二程集》主要为哲学或其他理论性文本,也有少部分诗歌和文学性的文章。黄宗羲既有《宋元学案》《明儒学案》这样的哲学史、思想史著述,又有《明夷待访录》这样的政治哲学的精湛建树,尤其是首篇《原君》,深刻尖锐地批判与揭露了封建社会"君"的罪恶本质,作出"然则为天下之大害者,君而已矣"这一石破天惊之论。黄宗羲也有一部分诗歌、散文的写作,他的写作同样呈现为哲学与文学的渗透性。王夫之除了丰赡的哲学、美学等理论著述,还有《落花诗集》。晚清民国的思想家梁启超,他的主要著述在理论和学术方面,但也有一部分文学创作,这在他的《饮冰室合集》中得以呈现。梁启超的诸多文本也体现出哲学与文学的和谐统一。显然,这些哲学家在写作纯粹理论的同时,还从事一些文学创作,而他们的文本都程度不同都将哲学与文学交融于一体。

最后,思维方式的自由转换。哲学家的偏身份写作,一方面,意味着写作主体在一定程度和范围上,心理结构由抽象思维、逻辑思维转向形象思维、诗意思维,要完成哲学家向文学家的身份转换;另一方面,在文学写作活动中,哲学家在一定程度上也保持着自己以往的思维定势和理论优势,将主体的思辨能力和精神活力赋予文本的创作过程。由此,令自己的文学活动包含着一定的思想性和相对的理论意义。上述现象在中西哲学家的文学写作活动中皆表现得较为显明和普遍。再一方面,需要着重指出和辨析的是,有些哲学家在自己的哲学文本写作活动中交替运用了理论思辨和文学表现两种方式,令理论的文本焕发出文学的美感色彩。这里我们以生命哲学家柏格森为例。柏格森的《创造进化论》沉思了世界的存在性命题,追问了世界本源性究竟为何这一

---

① 刘勰著,黄叔琳注,李祥补注,杨明照校注拾遗:《增订文心雕龙校注》,中华书局2012年版,第248页。

② 钟嵘、陈延杰注:《诗品注》,人民文学出版社1961年版,第34页。

根基性问题。柏格森继承狄尔泰生命哲学的思想遗产。因此,他的生命哲学呈现非理性的特性,和直觉主义存在着密切的逻辑关联,直觉主义成为柏格森的生命哲学的方法论来源与借鉴。柏格森的生命哲学的理念是,在空间性上,生命属于一种非物质形态的非理性和盲目的、永恒的本能冲动,如同一条不歇的河流。在时间上,生命冲动永不停顿地"绵延"和"流动",如同一条意识河流或称为"意识流"。罗素认为柏格森的哲学是"一种富于想象的诗意的宇宙观","柏格森的哲学和已往大多数哲学体系不同,是二元论的:在他看来,世界分为两个根本相异的部分,一方面是生命,另一方面是物质,或者不如说是被理智看成物质的某种无自动力的东西。整个宇宙是两种反向的运动即向上攀登的生命和往下降落的物质的冲突矛盾。生命是自从世界开端便一举而产生的一大力量、一个巨大的活力冲动,它遇到物质的阻碍,奋力地在物质中间打开一条道路,逐渐学会通过组织化来利用物质。"①显然,在罗素的眼界里,柏格森不属于一位传统意义的哲学家,他的思维方式也超越了学院派或正统派哲学的范畴:"像柏格森的哲学这样一种反理智哲学的一个恶果是,这种哲学靠着理智的错误和混乱发展壮大。因此,这种哲学便宁可喜欢坏思考而不喜欢好思考,断言一切暂时困难都是不可解决的,而把一切愚蠢的错误都看作显示理智的破产和直觉的胜利。"②在这里,罗素显然是出于维护理性的尊严和贬低直觉的功能这一目的,他守护着传统哲学和逻辑思维的价值意义。罗素对柏格森的生命哲学和直觉学说的评价既有合理性的一面,也有一定的局限性。然而,柏格森的《创造进化论》所包含的哲学价值和文学价值均是显著的,这一文本对当代的思想文化都产生了深刻而巨大的影响,柏格森也凭借《创造进化论》获得1927年度的诺贝尔文学奖。

和柏格森的偏身份写作现象不同的是,一部分哲学家直接地参与了文学作品的写作活动,他们以偏身份写作活跃了文学田园,以抽象思维和形象思维

---

① [英]罗素:《西方哲学史》下卷,马元德译,商务印书馆1976年版,第360页。
② [英]罗素:《西方哲学史》下卷,马元德译,商务印书馆1976年版,第347—348页。

的交替转换,以理性分析和直觉判断相互渗透的心理方式从事文学创作活动,既有别于哲学文本的写作策略,也不同于一般文学创作的方法,他们将哲学思维融入文学文本,令文学殿堂增添了思想的活力和精神的亮色。

二、文学家的偏身份写作

偏身份写作的另一类主体是文学家身份,他们的主要写作活动集中于文学领域,也偏及哲学领域。文本一方面具有丰富的文学性和美感色彩,还包含着一定的哲学性和思想深度。这类偏身份写作的代表人物,中国主要有杨雄、阮籍、嵇康、刘禹锡、苏轼等。西方作家中的但丁、歌德、海涅等,他们主要身份是文学家,但也涉及哲学、美学领域的理论写作活动。如但丁写作了《论俗语》《缢宴》《帝制论》等,歌德写作了《颜色学》《诗与真》《与爱克曼的谈话录》等,海涅写作了《论浪漫派》《论德国宗教和哲学的历史》等著作,但是他们的代表作或经典之作呈现为文学作品形式。如但丁的《神曲》《新生》,歌德的《浮士德》,海涅的《诗歌集》,包含《青春的苦恼》《抒情插曲》《还乡集》《北海集》等组诗。还有《哈尔茨游记》《德国,一个冬天的童话》《西里西亚织工之歌》《罗曼采罗》等文学作品。以下我们分别讨论中国和西方的文学家的偏身份写作。

汉代的杨雄,主要文化身份是文学家,他擅长辞赋创作。著名的《甘泉赋》《羽猎赋》《长杨赋》《河东赋》这4部作品为他赢得了在文学领域的显赫声誉,作品一方面歌颂汉朝的声威和夸饰宫廷的华丽,另一方面讽喻了帝王奢侈铺张的享乐生活。杨雄还模仿屈原的《离骚》,写作《反离骚》《广骚》《畔牢愁》《逐贫赋》《酒箴》等作品,倾诉内心矛盾和愤懑之情。刘勰在《文心雕龙·辨骚》云:“杨雄讽味,亦言体同诗雅。”“枚贾追风以入丽,马杨沿波而得奇。”①杨雄还写作《解嘲》,批评统治者凭借诗书礼乐、刑罚惩处、举士收买等

---

① 刘勰著,黄叔琳注,李祥补注,杨明照校注拾遗:《增订文心雕龙校注》,中华书局2012年版,第51—52页。

方式网罗知识分子,表露自己不愿趋炎附势而自甘淡泊从事哲学思考,潜心写作《太玄》的心迹。杨雄在因病卸任黄门郎之后,除了辞赋写作之外,还潜心于哲学思辨。杨雄一方面继承《周易》的思想,写作了《太玄》,进一步发展和完善了象数哲学的理论;另一方面,杨雄延续了《论语》的思想与文体,写作了《法言》。杨雄批判了西汉以来的神学与经学,对儒家哲学予以阐释和重构。他还写作了《谏不受单于朝书》这一政论文章,论说鞭辟入里,言辞素朴而洒脱,文气流畅而昂扬。扬雄的偏身份写作活动,在文学史和哲学史上均留下光彩的一页。"竹林七贤"的代表人物阮籍和嵇康,他们的写作成就主要体现在文学方面,但他们同时又为玄学名士,在哲学方面也有建树。阮籍在文学上代表作是五言诗《咏怀》(82 首),还有辞赋如《东平赋》《亢父赋》《首阳山赋》《清思赋》《猕猴赋》《鸠赋》等,在哲学方面的文本有《大人先生传》《通易论》《达庄论》《通老论》等。嵇康在文学上的代表作有《酒会诗》(7 首)、《幽愤诗》《兄秀才公穆入军赠诗》(19 首)等,在哲学上方面的重要文本有《与山居源绝交书》《释私论》《管蔡论》《明胆论》《声无哀乐论》《琴赋》《养生论》《答难养生论》《太师箴》等。阮籍与嵇康这两位"越名教而任自然"的竹林名士,于哲学史与文学史上同样也是并驾齐驱、相与媲美的人物。阮籍在《达庄论》云:"天地生于自然,万物生于天地。自然者无外,故天地名焉;天地者有内,故万物生焉。当其无外,谁谓异乎? 当其有内,谁谓殊乎? ……故曰:自其异者视之,则肝胆楚越也;自其同者视之,则万物一体也。"①在文章中,阮籍继承和发展了庄子的自然观、人生观和审美观。和阮籍的思想类同是,嵇康同样以老子和庄子的哲学为理论渊源,他说:"老子庄周,吾之师也。"②嵇康以富有独创性的理论文本,进一步深化和重构了老庄的自然哲学和审美哲学。阮籍和嵇康这两位偏身份写作者,他们的文本皆融会着哲学的思理和文学的美感。阮籍的五言《咏怀》(82 首)和嵇康的《酒会诗》(7 首)、《幽愤诗》《兄秀才公穆

---

① 陈伯君:《阮籍集校注》,中华书局 2014 年版,第 115 页。
② 戴明扬:《嵇康集校注》,中华书局 2015 年版,第 177 页。

入军赠诗》(19首)等诗歌,均寄寓着哲学的自然观、人生观与审美观,而他们的哲学文本则采取美学化的虚构笔法和多种文学修辞技巧,令哲学与文学的两种思维方式和表现方法和谐地融入文本。

唐代诗人刘禹锡,除了诗人的主要身份之外,也饱含着哲学思考的天赋,他写作了《天论》三篇,延续了对"天人之际"这一中国哲学的传统命题的运思,作出了自己的自然主义和唯物主义的回答。他的"怀古诗"寄寓着对历史的哲学反思和对历史人物的辩证思考,诗歌体现出一种深刻的历史理性和辩证理性,同时还潜藏着对历史事件、历史人物的审美情怀和道德评判。苏轼虽然只是文学家身份,然而他的文学写作却饱含丰富而深刻的哲学性,缀合了儒家和道家的思想。苏轼写作《赤壁赋》,从对自然景物的审美知觉中,体悟历史与人生的变故、权力与王朝的更迭、江山宇宙的有限与无限,借助于主客之间的对话和对水与月的隐喻,表现了道家哲学的超脱澹然的生命情怀,文本将诗意与哲理和谐地融汇结构之中。

壬戌之秋,七月既望,苏子与客泛舟游于赤壁之下。清风徐来,水波不兴。举酒属客,诵明月之诗,歌窈窕之章。少焉,月出于东山之上,徘徊于斗牛之间。白露横江,水光接天。纵一苇之所如,凌万顷之茫然。浩浩乎如冯虚御风,而不知其所止;飘飘乎如遗世独立,羽化而登仙。

于是饮酒乐甚,扣舷而歌之。歌曰:"桂棹兮兰桨,击空明兮溯流光。渺渺兮予怀,望美人兮天一方。"客有吹洞箫者,倚歌而和之。其声呜呜然,如怨如慕,如泣如诉,余音袅袅,不绝如缕。舞幽壑之潜蛟,泣孤舟之嫠妇。

苏子愀然,正襟危坐而问客曰:"何为其然也?"客曰:"月明星稀,乌鹊南飞,此非曹孟德之诗乎? 西望夏口,东望武昌,山川相缪,郁乎苍苍,此非孟德之困于周郎者乎? 方其破荆州,下江陵,顺流而东也,舳舻千里,旌旗蔽空,酾酒临江,横槊赋诗,固一世之雄也,而今安在哉? 况吾与子渔樵于江渚之上,侣鱼虾而友麋鹿,驾一叶之扁舟,举匏樽以相属。寄蜉蝣于天地,渺沧海之一粟。哀吾生之须臾,羡长江之无穷。挟飞仙以遨游,抱明月而长终。知不可乎骤得，托遗响于悲风。"

　　苏子曰："客亦知夫水与月乎？逝者如斯，而未尝往也；盈虚者如彼，而卒莫消长也。盖将自其变者而观之，则天地曾不能以一瞬；自其不变者而观之，则物与我皆无尽也，而又何羡乎！且夫天地之间，物各有主，苟非吾之所有，虽一毫而莫取。惟江上之清风，与山间之明月，耳得之而为声，目遇之而成色，取之无禁，用之不竭，是造物者之无尽藏也，而吾与子之所共适。"客喜而笑，洗盏更酌。肴核既尽，杯盘狼藉。相与枕藉乎舟中，不知东方之既白。①

对大自然，一方面，作者从感性到知性、从理性到诗性进行细致体察和审美表现，将对空间与时间的无限性的体察和对生命须臾的短暂性和虚无性的感知，融合在对自然景色的描写之中；另一方面，大自然被赋予了历史内涵，它和历史事件和历史人物达到了逻辑关联，自然表象和历史变故达到了审美化的连接契合，也令作者展开了哲学性的反思活动。显然，这样的文章可谓是文学性与哲学性的融会贯通之作。

　　西方文学家的偏身份写作，其代表性人物有但丁、歌德、海涅等人。但丁是西方文艺复兴初期杰出的诗人，他和彼特拉克、薄伽丘被称为文艺复兴的文学"三巨匠"。但丁的主要成就体现在文学方面，尤其是他的诗歌《神曲》和《新生》，成为欧洲文学的经典，而《飨宴》则可以被看作为一篇哲学文章。美国学者缪勒评价但丁说：

　　《神曲》中的诗人是一个孤独者，他放弃了其他一切野心。他是"意大利的朝圣者"。他观察着人们的言论，并在《论俗语》中写下了自己的观察结果，这样就磨利了自己的工具。他作过君主的大使和顾问；他拒绝接受他既爱又诅咒的佛罗伦萨的赦免……

　　晚年的但丁表现出一种现实主义的谦卑，他将自己的生存看作一种象征，作为一种已被证明过和揭示出的命运的容器。他不再抱有当领袖

---

① 《苏轼文集》第1册，中华书局1996年版，第5—6页。

的野心,也不再只为了感觉人类事业的一切领域彼此是怎样的平衡,以及它们都是如何帮助塑造他自己而想起征服它们。他就是活的哲学。在他所摒弃的个性里,再生了与他的宇宙相连的宇宙人。他的宗教形而上学既不是对世界的道德要求,也不是良知的内在态度,也不是什么提升计划,他的诗歌教殿堂的宽阔的拱顶,黑暗的凹槽,睿智的铭文,奇异古怪的滴水管都反映了他对命运的爱,都唱出了绝对存在的一切对立面的永恒和谐。

地上的天堂和月亮上的天堂在哲学里是一体的,它们表达了善良意志的形象,这种意志伴随着不断变化的经验,是具体而且在倾向上是同一的;人是辩证的综合体,他是个体,也是国家;他是教堂的受难者,因而努力追求交流和共享;每一点经验都以自己特殊的变形包含了整个生存问题。①

缪勒对但丁及其文本的阐释有着自己独到而深刻的美学见解。显然,但丁的《神曲》是西方文学史上最富有哲学意味的文学作品。从偏身份写作视野考察,一方面,尽管但丁的主要身份是诗人和文学家,但他的部分文本的写作也属于哲学范畴,关涉自然哲学、政治哲学、宗教哲学、道德哲学、艺术哲学等广泛内容;另一方面,但丁的文学作品包含了丰富深邃的哲学意义,其哲理价值甚至超越了一部分哲学家的平淡文本,他的《神曲》可谓是一部诗歌化的哲学文本,或者说是哲学性的诗歌,所隐藏的哲学意义留下巨大的有待诠释的思想空间。

歌德这位伟大的天才诗人是可以与但丁并驾齐驱的世界性文学家。和但丁相同的是,歌德除了创作出众多优美浪漫的诗歌之外以及小说、戏剧等文学作品,还有深刻精湛的哲学沉思和理论建树。尤其是他的代表作《浮士德》,呈现出复杂丰富、深邃玄奥的哲学思考,堪称德意志文化的思想宝库之一。然

---

① [美]缪勒:《文学的哲学》,孙宜学、郭洪涛译,广西师范大学出版社 2001 年版,第 71—72 页。

而,从偏身份写作的美学意义来看,歌德主要身份依然是诗人和文学家,他的文学代表作《浮士德》,一方面创造了文学史的典型形象——浮士德,成为德意志民族形象的一个象征品,表现为一个民族的集体无意识的文化心理结构的美学偶像,折射出超越有限走向无限的精神人格;另一方面,《浮士德》也生动和深刻地反映了德意志民族的心灵史、文化史、思想史,揭示出德意志民族的审美精神和艺术品格;再一方面,《浮士德》更是一部饱含深厚哲思的文学杰作,它的思想价值和哲学意义完全不亚于一部纯粹的哲学著作,可谓德意志民族的文化瑰宝。同为德意志民族的诗人海涅,在理论上也有一定的建树和贡献,主要的理论著述有《论德国宗教和哲学的历史》《论浪漫派》等。从偏身份写作的视角看,海涅尽管偏及哲学写作,然而他的主要身份是诗人和文学家。和歌德相同的是,一方面,海涅的文学文本也包含着丰富的哲思,具有一定的思想性和审美价值。另一方面,海涅的理论文本也呈现丰富的文学性和诗性色彩。他的美学著作《论浪漫派》本身就是一部探讨艺术和审美问题的精彩之作,另一部哲学著作《论德国宗教和哲学的历史》,同样是一个才情四射、洋溢着文采和诗意的经典文本。

三、偏身份写作的共同性和差异性

哲学家的偏身份写作和文学家的偏身份写作这两种类型,既存在着一定的美学共同性,也存在着美学的差异性,我们在此进行扼要的阐述。

首先,就共同性而言。无论是哲学家和文学家,他们所从事的偏身份写作活动,无论是哪一类文体形式,无论文本的结构简要或复杂,也无论文本的冗长或简短,都使得哲学性和文学性相互渗透,即便是对日常生活现象的叙事、抒情、议论之作,也赋予某种哲理并令文本焕发出审美趣味和生动气韵。如苏轼的《黠鼠赋》:

> 苏子夜坐,有鼠方啮。拊床而止之,既止复作。使童子烛之,有橐中空。嘐嘐聱聱,声在橐中。曰:"噫,此鼠之见闭而不得去者也。"发而视之,寂无所有,举烛而索,中有死鼠。童子惊曰:"是方啮也,而遽死也?

向为何声,岂其鬼耶?"覆而出之,堕地乃走,虽有敏者,莫措其手。

　　苏子叹曰:"异哉,是鼠之黠也! 闭于橐中,橐坚而不可穴也。故不啮而啮,以声致人;不死而死,以形求脱也。吾闻有生,莫智于人。扰龙伐蛟,登龟狩麟,役万物而君之,卒见使于一鼠,堕此虫之计中,惊脱兔于处女,乌在其为智也?"

　　坐而假寐,私念其故。若有告余者,曰:"汝为多学而识之,望道而未见也,不一于汝而二于物,故一鼠之啮而为之变也。人能碎千金之璧而不能无失声于破釜,能搏猛虎不能无变色于蜂虿,此不一之患也。言出于汝而忘之耶!"余俛而笑,仰而觉。使童子执笔,记余之作。①

文章起因于日常生活的平淡现象,作家作了客观真实的记叙。然而这种记叙却有声有色、生动有趣,既有幽默诙谐的情调,又有人生感悟的智慧。作者在文章中一方面,不以人类中心主义为绝对价值,书写出动物的灵性和狡黠,反思人类认识的有限性和思维的局限性;另一方面,以动物的狡黠暗喻人类的知识有限和人性局限。这样的文学性文本,从记叙生活小事着眼,从而获得认识论和知识论意义的反思,获得哲学视野上的对人生与世界的认识和领悟。文本既有潜在的思想价值又有生活趣味和艺术美感,令人滋生快乐和幽默感。

　　柏格森的哲学代表作《创造进化论》,其中讨论人类的智慧这一问题,他以文学化的笔法写道:

　　我们需要的哲学应该更加谦逊,只有这种哲学能自我完整和自我完善。人类的智慧,正如我们所想象的,决不是柏拉图的洞穴比喻告诉我们的那种智慧。人类智慧的功能不是看着阴影掠过,而是转过身来沉思闪烁的星星,人类的智慧有另外的事情要做。我们像负重的耕牛一样,感到我们的肌肉和关节在用力,犁的重量和土壤的阻力;行动,知道自己在行动,接触现实,甚至体验现实,但仅仅在现实与我们所完成的劳作和耕出的犁沟有利害关系的范围内,这就是人类智慧的功能。但是,当我们竭尽

---

① 《苏轼文集》第 1 册,中华书局 1996 年版,第 9 页。

全力工作和生活的时候,我们沉浸在一种有益的流动中。当我们沉浸在生活的海洋中时,我们总是不断地憧憬某种东西,我们感到,我们的存在,至少指引我们的存在的智慧,是通过一种局部固化形成的。哲学可能只是一种重新融入整体之中的努力。智慧消失在自己的本原中,重新体验它自己的发生。但是,这项工作不再可能一下子完成,它必然是集体的和渐进的。这项工作在于印象的交流,这些印象相互纠正,相互重叠,最终在我们身上扩大人性,使人性自我超越。①

柏格森以优美流畅的文笔和借鉴文学性修辞,尤其是生动形象的比喻,阐述人类智慧的来源和本质、特性和功能,在肯定个体创造性和智慧的逻辑关联的同时,强调了集体性的认识活动和主体之间的交互性对于智慧生成的重要作用,并且阐释了智慧的渐进性和重叠性,认为由于智慧最终扩展了人性的价值,它可以促使人性获得不断的自我超越。如果说文学家的偏身份写作是使文学文本植入了哲学性,那么,哲学家的偏身份写作则使哲学文本灌注了文学性。这是文学家和哲学家的偏身份写作的共同性。而这种共同性的确立就必然性地要求无论是文学家还是哲学家的写作主体,都必须具有双重的思维方式和双文本的写作才能,并且在双文本的写作过程中娴熟运用双重思维方式和对两种文体的准确而灵活的把握。

其次,就差异性而言。从写作主体考察,偏身份写作的哲学家擅长思辨活动,他们的逻辑思维能力强于形象思维能力,而偏身份写作的文学家具有把握感性事物的优势,他们的想象力一般高于理论思考的能力。西方哲学家中的叔本华、柏格森、克尔凯郭尔、罗兰·巴特、波德里亚等,中国哲学家中的董仲舒、刘劭、钟会、何晏、周敦颐、程颢、程颐、黄宗羲、王夫之、梁启超等,他们沉醉于哲学思考,擅长理论抽象和体系建构,致力于概念推导、逻辑演绎、分析判断等思维活动,习惯于议论、辩驳、阐释等文体写作。因此,他们在哲学领域或理论创造方面显示出卓荦超越的才智,而文学创作则是他们的副业偏爱和次要

---

① [法]柏格森:《创造进化论》,姜志辉译,商务印书馆2004年版,第160—161页。

兴趣。这些写作主体,有时候在哲学文本的写作过程中,借鉴和运用文学手法,令理论著述闪耀出诗意和美感的光辉。例如叔本华、柏格森、克尔凯郭尔、罗兰·巴特、波德里亚等西方哲学家或理论家的部分学术著述蕴藏着一定的文学性和诗意色彩。与此形成对比的是,偏身份写作的文学家们,他们想象力活动旺盛,诗意思维超越了逻辑思维,对感性事物的知觉能力和审美能力往往超越专门沉浸于哲学思考或理论思考的主体,因此,他们文本的审美性和感性色彩要超越偏身份写作的哲学家的理论文本。

从文体形式考察,偏身份写作的哲学家们,其代表性文本是他们的理论著述,如叔本华的《作为意志和表象的世界》,柏格森的《创造进化论》《时间与自由意志》,克尔凯郭尔的《非此即彼》,罗兰·巴特的《写作的零度》《论拉辛》《符号学原理》《神话学》《S/Z》等,波德里亚的《消费社会》《象征交换与死亡》等。董仲舒的《春秋繁露》《天人三策》,刘劭的《人物志》,钟会的《四本论》,何晏的《论语集解》《老子道德论》,周敦颐的《太极图说》《通书》,程颢的《定性书》《识仁篇》,程颐的《伊川易传》,黄宗羲的《宋元学案》《明儒学案》《明夷待访录》,王夫之的《读通鉴论》,梁启超的《清代学术概论》《中国近三百年学术史》《先秦政治思想史》等。这些理论文本,一方面,其学术价值和思想价值显然要高于这些写作者们的文学文本,因此,他们的文学文本在价值和成就上不及这些理论著述;另一方面,他们的文学文本因为受惠于写作主体的理论素养和哲学水准,往往具有一定的思想性和一定的理论价值。

再从文本的文体和表现方式考察,偏身份写作的文学文本,一方面,它们有着文学性的文体形式和结构方式。例如小说、散文、随笔、杂文、诗歌、戏剧等,或者表现为抒情文学、叙事文学和戏剧等;另一方面,这些文本运用多样化的文学表现手法,尤其是虚构方法的广泛运用和主体的想象活动的充分扩张。韦勒克、沃伦在《文学理论》中认为:"'文学'一词如果限指文学艺术,即想象性的文学,似乎是最恰当的。"①他们又认为,"'虚构性'、(fictionality)、'创造

---

① 　[美]韦勒克、沃伦:《文学理论》,刘象愚等译,江苏教育出版社2005年版,第11页。

性'（invertion）、或'想象性'（imagination）是文学的突出特征"①。偏身份写作的哲学文本，它们呈现为理论和观念的形态，以规范性论文或论著的文体形式得以存在，侧重于概念、判断、推理或分析与综合、归纳与演绎等逻辑形式，主要的目的和功能在于理论性的说理和论证，倾向于描述与阐释、提问与回答、反思与评判、存疑与否定等哲学性功用。这些外在形式特征，构成了这两种文本的文体形式和功能目的等方面的差异。然而，有些文本介于文学和哲学之间，正如韦勒克、沃伦在《文学理论》中举例说明的，像柏拉图的《理想国》、西塞罗的随笔、蒙田的散文、爱默生的散文等。从偏身份写作这一视点看，偏身份的写作主体在两种文体形式的写作之中，都和谐地嵌入了哲学性和文学性，将文本的思想性和审美性、感性和理性等要素实现了美学意义的关联和贯通。

---

① ［美］韦勒克、沃伦：《文学理论》，刘象愚等译，江苏教育出版社2005年版，第16页。

第八章　中国文学与哲学关系
之典型文本分析

我们论证了"文学文本的哲学性",其概念规定性在于:文学作品隐匿哲学性或哲学意识。具体含义在于:其一,文学文本虽然以叙事与抒情、象征与隐喻等形象思维的审美表现方式,它要求作品必须具有"逻各斯"性质,包含诸如"提问"与"解答""质疑"与"否定""反思"与"批判""守望"与"超越"等哲学要素。其二,文学文本包含基本的哲学命题,诸如"生与死""痛苦与幸福""现实与理想""存在与虚无""希望与绝望""惊喜与恐惧"等。其三,文本隐匿哲学的逻辑范畴并对此予以思考与回答,诸如时间与空间、有限与无限、原因与结果、偶然与必然、现象与本质、现实与可能、内容与形式等。其四,文本蕴藏哲学的超越性意义和生命智慧,要具备面向未来的智慧情怀和"可能性高于现实性"的哲学意识。"哲学文本的文学性"的问题,其概念的一般规定性在于:哲学文本包含文学性要素。具体含义在于阐明如此的美学观念,尽管哲学文本具有概念、判断、推理等逻辑思辨和抽象演绎的特性,但是只要达到如此方面即视为具有文学性:其一,哲学文本体现审美要素和审美功能,给接受者以美感或审美趣味。其二,哲学文本达到韦勒克、沃伦所主张的"文学性"标准,在话语表达和形式结构等方面具有文学的某些特性,一定程度上呈现意象、隐喻、象征、寓言等修辞表现的功能。其三,哲学文本隐匿一定的艺术趣味或艺术意境。其四,如果说文学是语言的艺术,那么,具有文学性的哲学文本,在其语言表现方面则理所当然地呈现语言艺术的修辞技巧和修辞艺术。我们在这样的理论基础上,去解读中国哲学史和文学史上几位典型的思想大师及其文本。

第一节　寓言与对话

庄子(公元前 369—公元前 286 年)①,名周,战国时蒙人。清苦困顿成为其终生形影不离的亲密伴随。为生存所逼迫,他短期地担任过管理漆园的小吏,后来以编织草鞋为生。饥饿无奈之际,为了维系生命这个最高存在本体而使自我的哲思得以延续,曾向"监河侯"借米度日。庄子衣裳褴褛会见魏王,与对物质形式一直保持淡漠超然的态度相对应,对于官爵名位也视为"腐鼠"。这颗卓异飘逸的哲学心灵向往一个绝对的精神自由和纯粹的审美境界,天然地禀赋着超越现实境域的诗意情怀和生命智慧,庄子的人生在困顿之中闪射着诗性的光辉。司马迁《史记》云:

> 庄子者,蒙人也,名周。周尝为蒙漆园吏,与梁惠王、齐宣王同时。其学无所不窥,然其要本归于老子之言。故其著书十余万言,大抵率寓言也。作《渔父》《盗跖》《胠箧》以诋訾孔子之徒,以明老子之术。畏累虚、亢桑子之属,皆空语无事实。然善属书离辞,指事类情,用剽剥儒墨,虽当时宿学不能自解免也。其言洸洋自恣以适己,故自王公大人不能器之。楚威王闻庄周贤,使使厚币迎之,许以为相。庄周笑谓楚使者曰:"千金,重利;卿相,尊位也。子独不见郊祭之牺牛乎? 养食之数岁,衣以文绣,以入太庙。当是之时,虽欲为孤豚,岂可得乎? 子亟去,无污我。我宁游戏污渎之中自快,无为有国者所羁,终身不仕,以快吾志焉。②"

---

① 注:有关庄子的生卒主要有 5 种说法:1. 马叙伦说:前 369—前 286 年;2. 吕振羽说:前 355—前 275 年;3. 范文澜说:前 328—前 286 年;4. 杨荣国说:前 365—前 290 年;5. 闻一多说:前 375—前 295 年。尚有其他说法,不拟枚举,本人从马叙伦说法。

② 司马迁《史记·老子韩非列传》,中华书局 1997 年版,第 544 页。

《史记》记载和《庄子》文本中相关内容相印证,表明庄子的物质生活境遇的窘困艰辛:

> 庄周家贫,故往贷粟于监河侯。监河侯曰:"诺。我将得邑金,将贷子三百金,可乎?"庄周忿然作色曰:"周昨来,有中道而呼者,周顾视车辙,中有鲋鱼焉。周问之曰:'鲋鱼来,子何为者耶?'对曰:'我,东海之波臣也。君岂有斗升之水而活我哉!'周曰:'诺,我且南游吴越之王,激西江之水而迎子,可乎?'鲋鱼忿然作色曰:'吾失我常与,我无所处。我得斗升之水然活耳。君乃言此,曾不如早索我于枯鱼之肆。'"①

处于穷间厄巷,以编织草鞋谋生,经济拮据导致食物匮乏,乃至"槁项黄馘"。尽管如此,庄子始终保持自我的超然高贵的品格和幽默的智慧,对凭借阿谀逢迎博取功利者保持厌倦和鄙视的态度。所以,庄子既是一位超然的哲学家,也是一位充满诗人气质的写作主体。庄子的人生是困顿的,却又是诗意的和唯美的。他像一株思想的绿树,生机盎然,充盈着无限的隐秘和魅力,宁静地耸立于大地。

庄子的文本呈现为哲学和文学的高度和谐,主要借助于寓言与对话的方式,艺术化和审美化地表达自己的哲学观与人生观、历史观和价值观、艺术观和审美观。意大利的维柯在《新科学》中表达了他对寓言功能的看法:"应用到寓言故事,这条公理从村俗人们制造寓言故事的习惯得到证实,他们制造寓言故事总是围绕着一些人物,这些人物以这一点或那一点出名,处在这一种或那一种环境,故事总要适合人物和场合。这些寓言故事都是些理想的真理,符合村俗人民所叙述的那些人物的优点。"②其实,庄子的寓言一方面有着维柯所说的"寓言"的一般性质,即在特定的场景和境遇,围绕某个中心或主题,讲述虚构的故事以阐释自我的观念;另一方面,庄子的寓言还是文本的重要写作手法和美学策略,既是工具也是本体,它将功能与目的高度地统一起来。庄子

---

① 王先谦:《庄子集解·外物》,《诸子集成》第3册,中华书局1954年版,第176—177页。
② [意]维柯:《新科学》,朱光潜译,人民文学出版社1986年版,第102页。

的寓言与对话的写作方式,也将哲学与文学高度地统一起来。

一、存疑与否定

庄子无疑是中国文化思想史上最富想象力和浪漫情怀的哲学家和文学家。他以东方民族的诗性智慧作为自我的思维方式,超越了一般的知识形式和形而上的逻辑限定。他的言说显现了汪洋辟阖的审美想象和玄妙抽象的哲学思辨的完美叠合,他的美学闪露出怀疑主义的理论锋芒。闻一多说:"《庄子》会使你陶醉,正因为那里边充满了和煦的、郁蒸的、焚灼的各种温度的情绪。向来一切伟大的文学和伟大的哲学是不分彼此的。"①胡适认为:"庄子在他的进化论、在他的万物以不同形象禅并各适于自己所处境遇的理论基础上,引出了怀疑论。"②显然,这是较早发现庄子思想包含怀疑论因素的观点。杨安仑认为:"庄子深邃的哲理,主要是用文学的笔调和散文艺术的形式来表达的。可以毫不夸张地说,庄子是带有世界性的大思想家、大哲学家、大文学家。人生得一固难,况三者兼得耶!"③"庄子思想是中国古代特殊形态的精神现象学。而庄子哲学则是中国先秦时代最为完备的精神哲学,是一种纯哲学。"④庄子哲学既属于"纯哲学",也是诗化之哲学。他诗意地思与诗意地言,使哲学与诗这两棵不同的精神之树在自我的精神园圃获得天然的嫁接。庄子思想是一株生命常绿的精神之树,随着新的历史文化的演变,后世释义者会因"效果历史"的不断生成的可能性去予以新的理解。

庄子思想包含深刻的怀疑论特征,胡适曾经在其哥伦比亚大学的博士论文《先秦名学史》中就此作出阐发。庄子的怀疑论方法和古希腊时期怀疑主义学派有某些共同的特性。"存疑"(Epokhe),原初的含义包括"制止""保

---

① 闻一多:《周易与庄子研究》,巴蜀书社 2003 年版,第 80 页。
② 胡道静主编:《十家论庄》,上海人民出版社 2008 年版,第 13 页。
③ 杨安仑:《中国古代精神现象学——庄子思想与中国艺术》,东北师范大学出版社 1993 年版,第 4 页。
④ 杨安仑:《中国古代精神现象学——庄子思想与中国艺术》,东北师范大学出版社 1993 年版,第 2 页。

留""保持""定时""定位"等。公元前 273 年,阿尔克西劳(Arkesilaos,约公元前 315—公元前 241 年或 240 年)成为学园派的领袖,他给予"怀疑"基本的界定和阐释,确定了如此的理论原则:对一切不能由感觉和理性所确认的知识与信念不作赞同。早期怀疑论代表人物皮浪虽然没有直接就存疑发表意见,但是他赋予这一概念以"无主张""悬搁"的内涵,意味着主体对待事物应该保持"中止判断"的态度。西方哲学在前怀疑主义时期,存疑还局限于消极的主体意识,缺乏对事物的明确态度。后来的怀疑主义,显然对存疑灌注了一种积极的哲学态度。无论古典怀疑主义者笛卡儿、休谟、康德,还是现代怀疑主义人物叔本华、尼采、柏格森、克尔凯郭尔等,以及后现代思潮的代表德里达、利奥塔等人,他们均程度不同地受到古希腊怀疑论的思维方法影响,赋予存疑这一概念以解构的功能和挑战的意味。在这些富有反叛意识的思想家看来,怀疑主义应该具有一种斥拒和批判的姿态。被称作"哲学上的蒙娜·丽莎"的桑塔亚纳也把"'最后的怀疑'作为探讨他的本质领域的一种方法,对于'最后的怀疑'的这种惊人的用法与胡塞尔的现象学还原有一种值得注意的而且实际上是很有启发的相似之处"①。

和西方的怀疑论相比,庄子的怀疑论显然更具有积极性和颠覆性,对于后世也产生了一定的影响。宋代的张载提出"所以观书者,释己之疑,明己之未达,每见每知所益,则学进矣,于不疑处有疑,方进矣"②的观点,理学大师朱熹也发表"读书无疑,须教有疑,有疑者,却要无疑,到这里方是上进"③的看法。明代陈献章与门生张廷实书云:"前辈谓'学贵知疑',小疑则小进,大疑则大进;疑者,觉醒之机也。一番觉悟,一番长进。"④清初黄宗羲与友人书中写道:

---

① [美]赫伯特·斯皮格伯格:《现象学运动》,王炳文、张金言译,商务印书馆 1995 年版,第 188 页。
② 张载:《经学理窟·义理篇》,《张载集》,中华书局 1978 年版,第 275 页。
③ 《朱子全书·朱子语类》(修订本)第 14 卷,上海古籍出版社、安徽教育出版社 2010 年版,第 243 页。
④ 《陈献章集》,中华书局 1987 年版,第 165 页。

"昔人云小疑则小悟,大疑则大悟,不疑则不悟。老兄之疑,固将以求其深信也。"①中西思想史都将存疑引申为重要的思维方法之一,看作是开启智慧之门的一个工具。庄子显然是中国古典哲学的怀疑论创始人和怀疑论美学的思想大师。

庄子的"存疑"和"否定"对象主要包括以下几个方面:

其一,存疑和否定以往的价值观。庄子着重对儒家的"仁义""礼乐"等道德概念予以怀疑和否定。《马蹄》篇云:"故纯朴不残,孰为牺尊! 白玉不毁,孰为珪璋! 道德不废,安取仁义! 性情不离,安用礼乐! 五色不乱,孰为文采! 五声不乱,孰应六律! 夫残朴以为器,工匠之罪也;毁道德以为仁义,圣人之过也。"②《天运》篇云:"夫孝悌仁义,忠信贞廉,此皆自勉以役其德者也,不足多也。故曰:至贵,国爵并焉;至富,国财并焉;至愿,名誉并焉。是以道不渝。"③《缮性》篇云:"礼乐遍行,则天下乱矣。"④庄子认为"仁义""礼乐"是虚假的意识形态,恰恰是它们破坏人的本性和妨碍社会和谐。庄子质疑:道德能否成为共时性(Synchronical)的可能? 能否成为一种人生的信仰和准则? 答案显然是否定的。在庄子看来,道德和价值观已经沦为一种功利主义的政治目的性,转变为统治者的愚人工具。

其二,存疑和否定"常识"和书本知识。《天运》篇云:"商大宰荡问仁于庄子。庄子曰:'虎狼,仁也。'曰:'何谓也?'庄子曰:'父子相亲,何为不仁!'曰:'请问至仁。庄子曰:'至仁无亲'。"⑤庄子以奇特的思维诠释了对"仁"的概念,依庄子之见,"仁"作为常识性观念也是值得怀疑的。《天道》篇云:"世之所贵道者,书也。书不过语,语有贵也。语之所贵者,意也,意有所随。意之所随者,不可以言传也,而世因贵言传书。世虽贵之,我犹不足贵

---

① 《黄宗羲全集》第 19 册,浙江古籍出版社 2012 年版,第 127 页。
② 王先谦:《庄子集解·马蹄》,《诸子集成》第 3 册,中华书局 1954 年版,第 57—58 页。
③ 王先谦:《庄子集解·天运》,《诸子集成》第 3 册,中华书局 1954 年版,第 88—89 页。
④ 王先谦:《庄子集解·缮性》,《诸子集成》第 3 册,中华书局 1954 年版,第 98 页。
⑤ 王先谦:《庄子集解·天运》,《诸子集成》第 3 册,中华书局 1954 年版,第 88 页。

也,为其贵非其贵也。……古之人与其不可传也死矣,然则君之所读者,古人之糟粕已夫!"①所以,庄子是一个不唯书本与不完全信奉古人的思想独立者,他崇尚对现象界的生命体验,依赖自我意识判断事物。

其三,存疑和否定历史人物。《盗跖》篇云:"昔者桓公小白,杀兄入嫂,而管仲为臣;田成子常,杀君窃国,而孔子受币。论则贱之,行则下之,则是言行之情悖战于胸中也,不亦拂乎!故《书》曰:'孰恶孰美,成者为首,不成者为尾。'……尧杀长子,舜流母弟,疏戚有伦乎?汤放桀,武王杀纣,贵贱有义乎?王季为适,周公杀兄,长幼有序乎?儒者伪辞,墨子兼爱,五纪六位,将有别乎?……比干剖心,子胥抉眼,忠之祸也;直躬证父,尾生溺死,信之患也;鲍子立干,申子不自理,廉之害也;孔子不见母,匡子不见父,义之失也。此上世之所传、下世之所语以为士者,正其言,必其行,故服其殃、离其患也。……尧、舜为帝而雍,非仁天下也,不以美害生;善卷、许由得帝而不受,非虚辞让也,不以事害己。此皆就其利、辞其害,而天下称贤焉,则可以有之,彼非以兴名誉也。"②庄子以反叛式思维,重新追问历史事件和人物行动的合理性与价值内涵,从而否定已经被定论的历史人物的伦理意义和审美价值。由此庄子建立了对历史能否成为必然性的怀疑,对历史合理性和历史的本质和规律的存疑,在存疑的逻辑基础上达到它们的否定。

其四,存疑和否定知识和"真理"。《则阳》篇载:"蘧伯玉行年六十而六十化,未尝不始于是之,而卒诎之以非也。未知今之所谓是之非五十九非也。万物有乎生而莫见其根,有乎出而莫见其门。人皆尊其知之所知,而莫知恃其知之所不知而后知,可不谓大疑乎!已乎!已乎!且无所逃。此所谓然与然乎!"③《寓言》篇云:"庄子谓惠子曰:'孔子行年六十而六十化。始时所是,卒而非之。未知今之所谓是之非五十九年非也。'"④《齐物论》云:"自我观之,

①　王先谦:《庄子集解·天道》,《诸子集成》第3册,中华书局1954年版,第87页。
②　王先谦:《庄子集解·盗跖》,《诸子集成》第3册,中华书局1954年版,第199—202页。
③　王先谦:《庄子集解·则阳》,《诸子集成》第3册,中华书局1954年版,第172页。
④　王先谦:《庄子集解·寓言》,《诸子集成》第3册,中华书局1954年版,第182页。

仁义之端,是非之涂,樊然淆乱,吾恶能知其辩!"①一方面,主体的认识活动处于不断的自我否定过程中,因此知识与真理没有终极。另一方面,主体的认识能力和知识构成都是有限的,人无法获得真理的绝对把握。或者说,所谓真理只是精神的一种虚幻形式。

其五,存疑和否定审美标准。庄子认为美和审美活动均是相对的,没有绝对的和普遍有效的审美标准,美丑之间没有绝对的鸿沟,它们之间是可以相互转化和演变的。《齐物论》云:"猿猵狙以为雌,麋与鹿交,鳅与鱼游。毛嫱丽姬,人之所美也;鱼见之深入,鸟见之高飞,麋鹿见之决骤,四者孰知天下之正色哉?"②《山木》篇记载:"阳子之宋,宿于逆旅。逆旅人有妾二人,其一人美,其一人恶。恶者贵而美者贱。阳子问其故,逆旅小子对曰:'其美者自美,吾不知其美也;其恶者自恶,吾不知其恶也。'"③《齐物论》云:"故为是举莛与楹,厉与西施,恢诡谲怪,道通为一。其分也,成也;其成也,毁也。凡物无成与毁,复通为一。"④庄子消解美丑的规定性,倾向于两者的辩证转化,排除了美学上的独断论。

其六,存疑主体的情感价值。在《齐物论》里,庄子将情感划分为十二种:"喜、怒、哀、乐、虑、叹、变、慹、姚、佚、启、态。"⑤庄子说:"人大喜耶? 毗于阳;大怒耶? 毗于阴;阴阳并毗,四时不至,寒暑之和不成,其反伤人之形之乎?"⑥"且夫得者,时也;失者,顺也。安时而处顺,哀乐不能入也。此古之所谓县解也。"⑦所以,庄子主张:"有人之形,无人之情。有人之形,故群于人;无人之情,故是非不得于身。"⑧庄子以富有想象力的诗性思维,否定情感的价值和意

---

① 王先谦:《庄子集解·齐物论》,《诸子集成》第3册,中华书局1954年版,第15页。
② 王先谦:《庄子集解·齐物论》,《诸子集成》第3册,中华书局1954年版,第15页。
③ 王先谦:《庄子集解·山木》,《诸子集成》第3册,中华书局1954年版,第128页。
④ 王先谦:《庄子集解·齐物论》,《诸子集成》第3册,中华书局1954年版,第10页。
⑤ 旧注以下文"姚、佚、启、态"并列,共为十二种。王夫之《庄子解》则断为八种,将"姚、佚、启、态"释为"八种情动而态百出矣。"从王夫之说。
⑥ 王先谦:《庄子集解·在宥》,《诸子集成》第3册,中华书局1954年版,第62页。
⑦ 王先谦:《庄子集解·大宗师》,《诸子集成》第3册,中华书局1954年版,第43页。
⑧ 王先谦:《庄子集解·德充符》,《诸子集成》第3册,中华书局1954年版,第36页。

义,否定生命存在和情感的审美联系,认为情感属于人的非本质的存在,破坏了精神主体的自然无为的本真状态,也有损于心灵界的诗性生存和审美生活。情感构成了精神界的遮蔽和最大痛苦,阻滞了生命的自由和想象力的释放。所以,情感内蕴了一种对审美活动的异己力量,构成对美之存在的压抑性势能。可以说,庄子是中国思想史乃至世界思想史上最敏锐最深刻的以否定逻辑来阐释情感的思想家之一,他领悟到情感之于人类精神的负面效应。

二、生存与死亡

怀疑论哲学保持着探究生死问题的思维传统,西方以皮浪为代表,如他的怀疑论命题之一就是:"生与死之间并无分别。"①中国以庄子为代表,他将怀疑论精妙地运用于生死问题的沉思之中,诞生了一种诗意的和审美的死亡观,极大地丰富了哲学的生命内涵。因为生死问题在存在论或生存论意义上,为最高的哲学问题,也为最高的美学问题。日本存在主义哲学家今道友信曾说:

> 对于人来说,没有像死那样使人思考虚无的场所了。对自我来说,死是虚无的最强烈的现象。

> 正如虚无曾经使柏拉图和德谟克利特所惊惧那样,死在他们那里,不,自古以来,就是一般哲学最正统的课题。思索存在的人,而且思索人的人,不能不思索死。②

对于生死问题,庄子给予了极大关注,他的死亡观构成其哲学田园一处奇异的景致,也为其怀疑论的思想闪光点之一。这位诗人哲学家和美学家对此生死问题,采取东方智慧的运思和进行怀疑论的探究,诞生独特的精神话语。

庄子的死亡观无疑富有诗意和超越风度,充盈着机敏玄锋的思辨色彩,将文学与哲学、想象与推理这些不同性质的精神现象巧妙和谐地糅合在一起。

---

① 北京大学哲学系外国哲学史教学研究:《古希腊罗马哲学》,商务印书馆 1961 年版,第342 页。

② [日]今道友信等:《存在主义美学》,崔相录、王生平译,辽宁人民出版社 1997 年版,第70 页。

鲁迅先生称《庄子》:"汪洋辟阖,仪态万方,晚周诸子之作,莫能先也。"①庄子的思维方式具象直观,然而又呈现非逻辑形式的高度抽象,想象与体验进入了思辨、推理的境域。他诗意地思,诗意地言说,不拘一格,尽兴挥洒,甚至有点超语言、超逻辑的极度自由的哲学趣味。

庄子死亡观闪烁着辩证色彩。庄子是个极富浪漫气质的相对主义论者,逻辑上又是运用排中律的能手,堪为中国古典哲学辩证思维和诗意思维的典范。胡适认为庄子有正反合的知识论,有的学者则断言庄子哲学缺乏对立统一的辩证法,认为:"黑格尔有丰富的发展概念、对立物统一的概念,庄子则仅作了一个形式游戏罢了。"②显然是不够公允的偏颇之论,以西方知识论哲学和逻各斯中心主义的思维方式衡量庄子的诗性之思,或者属于一种偏见或妄自菲薄的意识在作祟。庄子的思维其实是既讲对立又讲统一,他的生死观贯穿了对立统一的辩证精神。庄子首先强调的是生死的对立性,其次又为生死的相对性和统一性留有余地。当然庄子的生命哲学的侧重点是置放在生死统一性原则方面。庄子云:

> 方生方死,方死方生;方可方不可,方不可方可。③

> 生也死之徒,死也生之始。孰知其纪。人之生,气之聚也。聚则为生,散则为死。若死生为徒,吾又何患,故万物一也。是其所美者为神奇。其所恶者为臭腐。臭腐复化为神奇。神奇复化为臭腐。故曰:通天下一气耳。④

生与死这组对立的范畴在庄子的思维形态上是统一的,它们消解了各自的质的规定性而成为相通合一的共同性,可见庄子的死亡观具有辩证精神,他的绝对的相对主义的方法论为生死齐一建构起一座永恒的精神庙宇。庄子的生死统一论更是诗意的而非逻辑的,他的时空观也不是物质或物理形式的,而富有

---

① 鲁迅:《汉文学史纲要》,上海古籍出版社 2011 年版,第 14 页。

② 侯外庐、赵纪彬、杜国庠:《中国思想通史》第 1 卷,人民出版社 1957 年版,第 333 页。

③ 王先谦:《庄子集解·齐物论》,《诸子集成》第 3 册,中华书局 1954 年版,第 9 页。

④ 王先谦:《庄子集解·知北游》,《诸子集成》第 3 册,中华书局 1954 年版,第 138 页。

自由象征和随意想象的特质。就生存与死亡的现象界而言,庄子有时取消时空限定而把生死看成是自由往来、绝对统一的东西。当然他更倾心生的一极,而把死转向生,使生具有永恒性和绝对性。所以,死去的骷髅仍可复活。理想的"真人"是"不知说死,不知恶生",因为生死是一种无差别精神境界。

庄子死亡观的精妙之处在于它的超越性和浪漫色彩。庄子哲学的生存论重在讲"养生",崇尚隐逸与自由,也确有畏死保身的一面。然而,庄子思想的超然待死的另一面立足于他之于死亡的富有穿透力和涵盖性的了贯一切的诗意玄思和审美超越的气象。

其一,神秘之道。庄子以东方式智慧所特有的辩证思维设造了一个高度抽象又极端具象的"道",它无所不在又无所在,超出时空、逻辑、语言,连感官和思维均无法把握,只有神秘的直觉体验似乎可能触及它的现象,而它内在的本体、本质是无法感知、言谈的。正是这个处于精神最高悬浮状态的"道",把生命与死亡完全和解。"道"本身也是最高的虚无存在,具有自我设定的无限可能性,它的本身也无所谓生、无所谓死。如果绝对虚静的心灵进入"道"的境界,精神就获得绝对的自由,时间性与空间性的双重约束就会瓦解,感觉、知识、语言也沦为悬疣附赘,生存意志就没有物质欲念和功名角逐的绳索之缚了。从而体悟最终的存在意义和获得最高的精神愉快和美,生死齐一,现象界种种界限也被贯通而泯灭。庄子之道,富于神秘哲学的韵致,它承袭老子"道"的某些思维规定性:"有物混成,先天地生。寂兮寥兮,独立不改。周行而不殆,可以为天下母,吾不知其名,字之曰道。"[1]"道可道,非常道。"[2]"道"无疑是个精神性的神秘存在,是非物质性的先验式的范畴,甚至属于非语言非感官的思维载体,然而又无法用思维去知察,是无思之思;就生死而言,当然是无生之生,无限的可能性和永恒的存在性使其循环往复,超出死亡之疆域。庄子云:

---

① 王弼:《老子注》,《诸子集成》第 3 册,中华书局 1954 年版,第 14 页。
② 王弼:《老子注》,《诸子集成》第 3 册,中华书局 1954 年版,第 1 页。

夫道,有情有信,无为无形,可传而不可受,可得而不可见。自本自根,未有天地,自古以固存,神鬼神帝,生天生地,在太极之先而不为高,在六极之下而不为深,先天地生而不为久,长于上古而不为老。……莫知其始,莫知其终。①

道不可闻,闻而非也;道不可见,见而非也;道不可言,言而非也。知形形之不形乎,道不当名。②

夫道未始有封,言未始有常……孰知不言之辩,不道之道? 若有能知,此之谓天府。③

庄子之"道"类同于古希腊哲学的逻各斯、柏拉图的理式、康德的物自体和黑格尔的理念,只是"道"比它们更具神秘性、自由性和诗意,更接近生存论意义。"道"是先验范畴,其时间没有开始也没有终止。它既非物质,但又是万物起始的原因和根基,它无生也无死。无疑道是诗人哲学家行渡冥河的想象之舟,然而是用哲学思辨制作的玄妙之舟! 庄子思维有怪诞奇崛之风韵,又将"道"描绘为极其具象有点丑陋意味的东西。

东郭子问于庄子曰:"所谓道,恶乎在?"庄子曰:"无所不在。"东郭子曰:"期而后可。"庄子曰:"在蝼蚁。"曰:"何其下邪?"曰:"在稊稗。"曰:"何其愈下邪?"曰:"在瓦甓。"曰:"何其愈甚邪?"曰:"在屎溺。"东郭子不应。庄子曰:"夫子之问也,固不及质。正获之问于监市履狶也,每下愈况。汝唯莫必,无乎逃物。至道若是,大言亦然。周遍咸三者异名同实,其指一也。尝相与游乎无何有之宫,同合而论,无所终穷乎! 尝相与无为乎! 澹而静乎! 漠而清乎! 调而闲乎! 寥已吾志,吾往焉而不知其所至,去而来而不知其所止。吾已往来焉而不知其所终。彷徨乎冯闳,大知入焉而不知其所穷。物物者与物无际,而物有际者,所谓物际者也;不际之际,际之不际者也。谓盈虚衰杀,彼为盈虚非盈虚,彼为衰杀非衰杀,

---

① 王先谦:《庄子集解·大宗师》,《诸子集成》第3册,中华书局1954年版,第40—41页。
② 王先谦:《庄子集解·知北游》,《诸子集成》第3册,中华书局1954年版,第143页。
③ 王先谦:《庄子集解·齐物论》,《诸子集成》第3册,中华书局1954年版,第14页。

彼为本末非本末,彼为积散非积散也。"①

"道"存在每一个具体物象,然而又不为每一个具体物象所拘役,并且这种物象的变化并不影响"道"的变化。"道"是始终稳定性的恒久存在,它消解了所有现象界和精神界的是非差别,所以事物的本质趋于"齐一"。庄子从本体论视角顺理成章地推导出生存论的逻辑结果:首先,生死的本质是同一性的,没有质的差异,如果它们有变化,也仅限于表象的变化,其根本性的生死之道是不变的。生死的本质概念既在个别表象之中又超乎个别表象之外。其次,生死之道虽末异而本同,是绝对同一的精神性存在,它不停留在单个的物质现象之中。最后,因为"道"这个绝对抽象的精神本体可以消弭任何事物包括生与死的逻辑差别,使所有物质或精神的存在者归于虚无或者自然大化,从而达到超越时间和空间的永恒。

其二,逍遥之游。庄周以奇特瑰丽的想象力勾画了诗性的空间:在这个空间,精神的绝对自由靠物象的极度自由的空间运动得以可能,鲲鹏展翅九万里,扶摇直上青天,物理空间的限制被缩小甚至取消,诗人的想象力可穿透任何的空间界限。随着空间的绝对自由性的实现,时间之轴就自然地失去相对存在的意义。原初的时间单位、时间尺度被拉长、延伸,"八千岁为秋,八千岁为春",最终是时间消失,主体"以游无穷"。时间对于生死的制约当然就由减轻而直至消失,庄子的逍遥游是对付死亡的一剂看不见的心理式的仙丹。表面上是超现实的幻想的奇异美妙的鲲鹏之飞游,其实是庄周"乘天地之正而御六气之辩,以游无穷"的想象性的心理之游。或者说,既是一种壮丽博大的物游,更是一种神秘玄奥的神游或心游,凭借这种"游",心神忘却世间的"累"、痛苦、虚无、荒谬,也忘却死亡的恐惧,精神达到绝对的自由醋畅,感到一种超凡入圣的美。生命的时间之轴被无限延长,而空间之限被无限缩小,人的自由自觉的本性获得完满的实现。庄子的这一思维轨迹与西方现代某些哲

---

① 王先谦:《庄子集解·知北游》,《诸子集成》第3册,中华书局1954年版,第141—142页。

学思潮的确有某种对应性,然而他以神游逾越死亡的方法比某些西方现代哲学家以宗教信仰抗拒死亡之惧更富有人间情怀和艺术品位,也富有东方的哲理幽默。如他的逍遥之游以及妻死"方箕踞鼓盆而歌",与髑髅对话、临终戏言等行为举止即是如此。在想象的诗意空间,绝对自由的主体精神早已忘却时空的限制,否定时空的现实性,升华出一个泯灭生死之别、苦乐之别的完善至美的境界,人应该诗意地栖居于这个境界。

其三,真人之思。庄子超越死亡的另一种方式,是勾画理想的"真人",他们是悬浮于一般人之上的精神偶像,生死对其没有确定性意义,在心理感知上对生死达到淡泊静观的地步,与生死保持一定的心理距离,仿佛生死于自己没有必然性联系,自我是个超脱生死门槛的局外人。庄子云:

> 古之真人,不知说生,不知恶死。其出不訢,其入不距。翛然而往,翛然而来而已矣。不忘其所始,不求其所终。受而喜之,忘而复之。是之谓不以心损道,不以人助天。是之谓真人。①

他构想出古代的真人来抵御死亡的恐惧,既然现实世界的凡人难以抗拒死亡,那么就乞求于理想界的超人——真人来否定它和征服它。真人居于生死之槛外,他具有精神的悬浮性,属于一种虚无性存在,所以超越了生死之乐忧。他自然天成,合于大道,拒绝考虑生死之命题,对他而言这一问题是没有意义的伪命题。真人对生死命题存而不论,使用的几乎是怀疑论和现象学对于精神与物质何为第一性的问题,采用加括号、悬搁的方法,因为生与死对他均无价值意义,他在情感信仰上否定了生死范畴。"真人"实际上属于庄子以神话思维所虚设的审美符号,抗衡死亡恐惧的精神偶像。所以,这是想象的方法而非实证的态度。

其四,羽化之梦。庄子采取梦幻的方法,在幻想情境达到羽化成蝶、主客浑然一体,以此遗忘了死的意念。在庄子的思维境界,死亡犹如做梦,由一物转化为另一物,虽然物与物之间"有分",然而梦可以使之"物化",使死亡转化

---

① 王先谦:《庄子集解·大宗师》,《诸子集成》第 3 册,中华书局 1954 年版,第 38 页。

为一物至另一物的生成。由于梦的介入,人可以羽化成不死之物,如蝴蝶可以生命轮回,甚至可以飘忽成仙。后世的道家长年孤心苦诣地炼丹,企盼吞食后羽化成仙而不死,某种程度上是受到庄子"化蝶"之言的影响。殊不知庄子所追寻的是超现实的诗意的梦幻境界,可悲的是后来的许多道家以"求实"的行为来验证,实在是南辕北辙的迂腐荒谬。庄子"化蝶"之思,体现的是超现实的艺术精神,是诗意情怀的寄寓。后世道家的"求仙""羽化"却陷入极端功利的实证性的可悲泥潭,为功利目的的直露。庄子清醒地知道死的冷峻法则,只不过以诗性的智慧种苗,孕育了虚设的不死的梦幻之树,寻求情感的安慰和精神的家园。而后世道家却一味愚守长生不死的信仰,用玄学与科学、巫术与化学实验相交杂的方法去实践成仙长生的意志,在目的论追求上带有沉重的物质性和贪欲性,其结果一是耗费物力财力,劳命伤神;二是服药致死或伤身,与长生不死的愿望相违。唯一有益的倒是由此形成了炼丹方士永生目的之外的古代化学、矿物学、医药学的知识的来源之一。这种对待"羽化"的不同态度也是决定后世道家无法超过庄周这个古典思维峰峦的原因之一。

《齐物论》云:"天地与我并生。而万物与我为一。"[1]这种"化"也是想象性质的,我与天地并生,万物皆备于我。我与万物齐一,当然也就驱除死亡之阴影,更重要的是凭借梦幻的手段,与生命力充盈的生物体合为一体,达到生命存在的转移,由此走向永恒的生命循环。《齐物论》云:"昔者,庄周梦为胡蝶。栩栩然胡蝶也。自喻适志与? 不知周也。俄然觉则蘧蘧然周也。不知周之梦为胡蝶与? 胡蝶之梦为周与?"[2]"梦者,假借也。"一方面,借助于假设的梦境去表达某种现实中不能实现的理想,如对于生死之差异的等同;另一方面,梦又是庄子真切的心理体验,在这种近于神秘状态的体验过程中,庄子与飘然而具仙气灵性的蝴蝶化为一体,不知谁为谁的梦境,双方的生命获得转换。而更可能庄子的生命借蝴蝶羽化而指向永恒。梦无疑是永生愿望的满

---

①　王先谦:《庄子集解·齐物论》,《诸子集成》第3册,中华书局1954年版,第13页。

②　王先谦:《庄子集解·齐物论》,《诸子集成》第3册,中华书局1954年版,第18页。

足,超越死亡的心理方式。正如弗洛伊德所云:"梦是一种完全合理的精神现象,实际上是一种愿望的满足。梦可能是清醒状态的明白易懂的精神活动的延续,也可能由一种高度复杂的智力活动所构成。"①庄子的羽化之梦更大程度上是弗洛伊德所指出的这种性质,是不死欲望的满足。尽管在理智上明知人必有一死,然而通过这种白日梦给心理一种解脱感,从而寻觅到开启永生之门的钥匙和泯灭生死差别的工具。

其五,髑髅之辩。庄子以自我的诗性想象力,塑造一个寓言形象——髑髅,以它富有机锋和幽默的答辩,夸饰生的苦难和宣扬死的乐趣,企图跨越死亡的恐惧和抛弃对生存的幻想和眷恋,领悟到生死不同寻常的意义,从而超越生死,填平生死的沟堑,达到对生死冷漠静观,甚至对死的偏爱的境地:

> 庄子之楚,见空髑髅,髐然有形。撤以马捶,因而问之,曰:"夫子贪生失理而为此乎? 将子有亡国之事、斧钺之诛而为此乎? 将子有不善之行,愧遗父母妻子之丑而为此乎? 将之有冻馁之患而为此乎? 将子之春秋故及此乎?"于是语卒,援髑髅,枕而卧。夜半,髑髅见梦曰:"向子之谈者似辩士,视子所言,皆生人之累也,死则无此矣。子欲闻死之说乎?"庄子曰:"然。"髑髅曰:"死,无君于上,无臣于下,亦无四时之事,从然以天地为春秋,虽南面王乐,不能过也。"庄子不信,曰:"吾使司命复生子形,为子骨肉肌肤,反子父母、妻子、闾里、知识,子欲之乎?"髑髅深矉蹙頞曰:"吾安能弃南面王乐而复为人间之劳乎!"②

髑髅显然是一个具有艺术情调和美学趣味的死亡符号,含有一定的象征意蕴,因为它颠覆了常识性的生死观,以超然的情感将"生乐""死苦"日常意识倒置为"生苦""死乐"的哲思。髑髅的生死见解极其独特而幽默,它宁肯居于死而不愿望复生的选择更令人击节赞赏。髑髅当然是庄子创造的言说自己生死观的艺术符号化的工具,它的论辩只不过是庄周的代言而已。庄子所处的历史

---

① [奥地利]弗洛伊德:《梦的释义》,张燕云译,辽宁人民出版社1987年版,第114页。
② 王先谦:《庄子集解·至乐》,《诸子集成》第3册,中华书局1954年版,第111页。

境域,诸侯割据,烽烟叠起,苛政暴君,加之饥馑病疫等自然因素,人的生命朝不保夕,死亡之惧时时萦人之心神。庄周这个深切知察生存痛苦的思想家,只有借髑髅的荒唐之言而洒一把哀生痛死的辛酸之泪! 然而他却宣称死的快乐和生的痛苦,这既反映思想者对于生死之道的透悟,对于死的淡泊浪漫的情怀,也显现庄子对于死亡现象的无可奈何的消极心理。

其六,待死之举。正是基于庄子对于死的透彻洞察,领悟了"生存还是毁灭"(To be or not to be)的哲学精髓,在对待死亡的实际举动上,不拘一格,坦荡洒脱,有如古希腊的苏格拉底和伊壁鸠鲁,甚至比他们更多一些浪漫奇特的亮色。《列御寇》载:

> 庄子将死,弟子欲厚葬之。庄子曰:"吾以天地为棺椁,以日月为连璧,星辰为珠玑,万物为赍送。吾葬具岂不备邪? 何以如此?"弟子曰:"吾恐乌鸢之食夫子也。"庄子曰:"在上为乌鸢食,在下为蝼蚁食,夺彼与此,何其偏也!"[1]

多么超脱的诗人情怀和哲学家的浪漫之思! 对生命予以深切关注的思想家,在死亡降临自身时,丝毫无惧。死在他眼里是生命过程的最终站台,为自然法则所决定的必然现象。所以他坦然赴死,舍弃厚葬,以日月星辰、天地万物为伴随,甚至流露出几丝快乐之情。那种断言庄子的"养生""畏死"之论实属偏颇。再看他对于妻子死亡的态度:

> 庄子妻死,惠子吊之。庄子则方箕踞鼓盆而歌。惠子曰:"与人居,长子、老、身死,不哭亦足矣。又鼓盆而歌。不亦甚乎!"庄子曰:"不然。是其始死也,我独何能无概然? 察其始而本无生;非徒无生也,而本无形;非徒无形也,而非无气。杂乎芒芴之间,变而有气,气变而有形,形变而有生,今又变而之死。是相与为春秋冬夏四时行也。人且偃然寝于巨室,而我嗷嗷然随而哭之。自以为不通乎命,故止也。"[2]

---

①　王先谦:《庄子集解·列御寇》,《诸子集成》第3册,中华书局1954年版,第215页。

②　王先谦:《庄子集解·至乐》,《诸子集成》第3册,中华书局1954年版,第110页。

妻子亡故,庄子非但不哀伤哭泣,反而"鼓盆而歌",连他的挚友惠子也感到似乎不近人情,埋怨庄子做得太过分了:"不亦甚乎!"违反了一般的伦理规则。然而,庄子对待亡妻看似不近人情的举动却出于他对于死亡的不同寻常的反思。他把生死当作生物运动的自然现象,是富有某种规律的演化过程。人的生命来自自然大化而最终形散气竭又归于自然,"相与为春秋冬夏四时行也","偃然寝于巨室",死亡是一种平琐自然的现象,如果痛哭哀伤,恰恰不合情理(命)。庄子既在思维形态透悟生死,超越死亡的束缚,不为其所压抑和屈服,而在对待死亡的实际行为上,无论死亡降临己身还是妻身,他均超然淡泊,视死为草木枯荣、春秋变迁之寻常之事,其诗人和哲学家的超然旨趣和浪漫气质令人倾倒钦慕。

其七,死之异同。庄子死亡观尚值得注意的另一点是:似乎是吸取儒家死亡观的伦理性内容,用道德尺度来衡量死亡的人物,承认死亡在道德要求的层面上存在差异性,呈现不同的道德价值,有的是正价值,属于善的判断;有的是负价值,属于恶的判断。有的合于道德目的,有的则合于功利目的。然而,庄子仅仅是有限度地承认了这一点,对死亡现象作了辨异。更主要的,他从绝对相对主义的同一哲学出发,对死亡现象作了求同。庄子认为在本质意义上,就死亡本体来说,死均是同一逻辑范畴,没有什么质的差别。如果说有某种差别的话,也只能是旁观的主体在对死亡现象的心理感知和情感认同上的差别。《骈拇》云:

> 伯夷死名于首阳之下,盗跖死利于东陵之上。二人者,所死不同,其于残生伤性均也。奚必伯夷之是而盗跖之非乎! 天下尽殉也,彼其所殉仁义也,则俗谓之君子;其所殉货财也,则俗谓之小人。其殉一也。则有君子焉,有小人焉;若其残生损性,则盗跖亦伯夷已,又恶取君子小人于其间哉![①]

庄子无疑比儒家看得更深刻、辩证些。既思考了死亡的差异性,不单纯排

---

① 王先谦:《庄子集解·骈拇》,《诸子集成》第3册,中华书局1954年版,第55页。

斥道德观念进入,又思考了死亡的同一性。他指出道德观之于死亡现象的有限性。在生命哲学的本体论意义上,死亡没有道德意义,不呈现伦理价值。由此可见,庄子的思想还固守养生之道,其逻辑次序极为严谨有致。庄子从怀疑论视角所阐释的死亡观,更具有古典的诗意情怀和审美的浪漫色彩。奇妙而伟大的诗人哲学家对生死的言说充满了怀疑主义的诗意思辨,他对于死亡的超越精神和浪漫旨趣极大地影响了中国人的生命实践和艺术精神,尤其是对于后世艺术的死亡意境的审美表现的影响更为巨大深广。

三、有情与无情

有情与无情是庄子哲学的重要命题和逻辑范畴之一。庄子的情感理论存在着两个重要的论题和悖论:其一,有情与无情。其二,无情与至情。

其一,有情与无情。主体居于生活世界,一方面,包含着种族、民族、宗教、家庭、血缘、阶层等的客观因素;另一方面,存在多重欲望交织和利益纷争,尤其是文化模式和社会意识形态的差异,使情感隐含复杂的矛盾和冲突。人作为"宇宙的精华,万物的灵长"的存在主体,在自然和历史的环境中生存漫长岁月,心理情绪也是极其敏锐复杂和丰富多变的。置身于艰难时世的庄子深切地意识到情感的复杂性和玄妙性,对情感作出了自己的独特反思。庄子在《齐物论》里将情感划分为十二种,王夫之将之诠释为主要八种:喜、怒、哀、乐、虑、叹、变、慹。注为"八者情动而其态百出矣。"①庄子云:

> 人大喜邪,毗于阳;大怒邪,毗于阴。阴阳并毗,四时不至,寒暑之和不成,其反伤人之形乎!使人喜怒失位,居处无常,思虑不自得,中道不成章。于是乎天下始乔诘卓鸷,而后有盗跖、曾、史之行。②

> 大知闲闲,小知间间。大言炎炎,小言詹詹。其寐也魂交,其觉也形开。与接为构,日以心斗。缦者、窖者、密者。小恐惴惴,大恐缦缦。其发

---

① 王夫之:《庄子解》,中华书局1964年版,第13页。
② 王先谦:《庄子集解·在宥》,《诸子集成》第3册,中华书局1954年版,第62页。

若机栝,其司是非之谓也;其留如诅盟,其守胜之谓也;其杀如秋冬,以言其日消也;其溺之所为之,不可使复之也;其厌也如缄,以言其老洫也;近死之心,莫使复阳也。喜怒哀乐,虑叹变慹,姚佚启态——乐出虚,蒸成菌。日夜相代乎前而莫知其所萌。已乎,已乎!旦暮得此,其所由以生乎!①

　　仲尼曰:"天下有大戒二:其一命也,其一义也。子之爱亲,命也,不可解于心;臣之事君,义也,无适而非君也,无所逃于天地之间。是之谓大戒。是以夫事其亲者,不择地而安之,孝之至也;夫事其君者,不择事而安之,忠之盛也;自事其心者,哀乐不易施乎前,知其不可奈何而安之若命,德之至也。为人臣子者,固有所不得已。行事之情而忘其身,何暇至于悦生而恶死!夫子其行可矣!丘请复以所闻:凡交近则必相靡以信,远则必忠之以言。言必或传之。夫传两喜两怒之言,天下之难者也。夫两喜必多溢美之言,两怒必多溢恶之言。凡溢之类妄,妄则其信之也莫,莫则传言者殃。故法言曰:'传其常情,无传其溢言,则几乎全。'"②

依照庄子的看法,人在本性上是"有情"的主体,但是,情绪过于欢乐和愤怒都必然损害阴阳之气,从而导致时间节奏失调并有碍身体。情绪的喜怒无常,导致行为失范,思虑漂移无定,行事中途而废。于是天下乖戾险恶,滋生了盗跖、曾参、史鱼的不善之行。庄子分析情感产生的逻辑成因,其中可以归结"大知"与"小知","大言"与"小言"等缘由。显然,认识、见解、意见、语言、话语等主体意识的差异必然导致主体情感的差异。主体处于睡眠的状态,精神混沌不清,在醒来时间里,则形体不宁,和外界交往纠缠,勾心斗角。有人语言缓慢,暗含机锋,有人言辞设置圈套,有人辞藻缜密不可侵犯。各种大小的恐惧和忧郁相互交织。说话如离弦之箭,攻击他者的是非。不言语时如发誓之后,沉默地窥测,等待制胜之良机。情绪颓废犹如秋冬,逐日消损。主体沉溺于负

---

① 王先谦:《庄子集解·齐物论》,《诸子集成》第3册,中华书局1954年版,第7—8页。
② 王先谦:《庄子集解·人间世》,《诸子集成》第3册,中华书局1954年版,第25页。

面情感支配的行为,无法恢复强力的生存意志。情感闭塞而被束缚,心境逐渐衰老而无法阻滞抗拒,逐渐蹒跚于死亡的情感路程,再也无法恢复主体的生机和心灵的活力。主体的情感经常处于狂喜、愤怒、悲哀、欢乐、忧愁、叹息、反复、恐怖、轻佻、放纵、张狂、造作等心理状态,它们之间交替演化,交织起多种复杂情绪。主体的情感处于日日夜夜、时时刻刻的变易和异化的过程,但是,它的生成演变的缘由却复杂和难以描述清楚。庄子对情感发出叹息,认为对它的体察和分析极其困难。显然,庄子意识到情感的丰富复杂性以及它对于精神和行为的重要功能、作用,认为揭示情感的外在与内在的各种成因也十分困难。总之,情感是精神现象中令人困惑的问题,也是哲学中令人困惑的命题之一。庄子借助于孔子之口,进一步探析情感的缘由。将之归结为"命"和"义"两个关键点。"命"取决于血缘的决定,"义"来源于政治的宰制。孔子主张无论面临"命"还是"义"的境况,都应该节制情感而安然地应对。孔子告诫由于政治险恶和利益攸关,政治家言辞是不可靠的。因此,言辞依附的情感要素也绝对不能轻信。庄子借助孔子之口揭示了言辞和情感的微妙关系。主体的情感主要依靠语言传达,而语言是最不可靠的工具,因为它往往包含着夸饰和欺骗。所以,庄子深刻地认识到主体存在离不开和情感的关联。这是人必"有情"的逻辑结论。

　　为了对庄子的情感论获得相对清晰与深入之理解,援引西方的情感论予以比较论述。斯宾诺莎的《伦理学》"第三部分""论情感的性质和起源",以诸多命题的方式,深入地论述情感问题,认为"情感就其本身看来,正如其他个体事物一样,皆出于自然的同一的必然性和力量。……我把情感理解为身体的感触,这些感触使身体活动的力量增进或减退,顺畅或阻碍,而这些感情或感触的观念同时亦随之增进或减退,顺畅或阻碍。"[1]西方现代心理学将情感(feeling)和情绪(emotion)进行逻辑一体化,认为两者是同一对象的不同存在方式,它们是无法剥离的心理共生体。在一般意义上,将情绪(emotion)解

①　[荷]斯宾诺莎:《伦理学》,贺麟译,商务印书馆1983年版,第97—98页。

释为主体对待认知对象的态度,包含情绪体验、情绪行为、情绪唤醒和对情绪刺激的认知等内容成分。一般将情绪概念用于人类和动物,情感概念适用于人类。

中国古代思想家对于情感作出较丰富的理解,包含一些有意义的思想萌芽。《吕氏春秋》将情感分为“喜、怒、忧、恐、哀”五种。《素问》也分为“喜、怒、悲、忧、恐”五种。《礼记·礼运》云:“何谓人情?喜、怒、哀、惧、爱、恶、欲,七者弗学而能。”①《左传·昭公二十五年》云:“哀有哭泣,乐有歌舞。喜有施舍,怒有战斗。喜生于好,怒生于恶。”②《荀子·天论》云:“天职既立,天功既成,形具而神生,好恶、喜怒、哀乐藏焉,夫是之谓天情。”③《内经》云:“心藏神,心之志为喜;肝藏魂,肝之志为怒;肺藏魄,肺之志为忧;脾藏意,脾之志为思;肾藏志,肾之志为恐。”又云:“喜伤心,恐胜喜;怒伤肝,悲胜怒;思伤脾,怒胜思;忧伤肺,喜胜忧;恐伤肾,思胜恐。”《内经》这些玄奥的观念权当我们理解情感这一概念的参考。韩愈在《原性》中也认为:“情之品有三,而其所以为情者七。”④

中国古代思想史对于情感最富独创性的运思当属庄子,他对情感进行比较细致的逻辑划分和原因探究,认为“且夫得者,时也;失者,顺也。安时而处顺,哀乐不能入也。此古之所谓县解也。”⑤他主张:“有人之形,无人之情。有人之形,故群于人;无人之情,故是非不得于身。”⑥他与自己的思想挚友惠施发生过有关“情感”命题的论辩:

惠子谓庄子曰:“人故无情乎?”庄子曰:“然。”惠子曰:“人而无情,何以谓之人?”庄子曰:“道与之貌,天与之形,恶得不谓之人?”惠子曰:“既

---

① 阮元校刻:《十三经注疏·礼记正义》(清嘉庆刊本)第3册,中华书局2009年版,第3080页。
② 阮元校刻:《十三经注疏·春秋左传正义》(清嘉庆刊本)第4册,中华书局2009年版,第4579页。
③ 王先谦:《荀子集解·天论》,《新编诸子集成》,中华书局1988年版,第309页。
④ 马其昶校注,马茂元整理:《韩昌黎文集校注》,上海古籍出版社1986年版,第20页。
⑤ 王先谦:《庄子集解·大宗师》,《诸子集成》第3册,中华书局1954年版,第43页。
⑥ 王先谦:《庄子集解·德充符》,《诸子集成》第3册,中华书局1954年版,第36页。

谓之人,恶得无情?"庄子曰:"是非吾所谓情也。吾所谓无情者,言人之不以好恶内伤其身,常因自然而不益生也。"惠子曰:"不益,何以有其身?"庄子曰:"道与之貌,天与之形,无以好恶内伤其身。今子外乎子之神,劳乎子之精,倚树而吟,据槁梧而瞑。天选子之形,子以坚白鸣。"①

庄子以他独创性的富有想象力的诗性思维,否定情感的价值和意义,否定生命存在和情感的审美联系,认为情感属于人的非本质的存在,破坏了精神主体的自然无为的本真状态,也有损于心灵界的诗性生存和审美生活。情感构成了精神界的遮蔽和最大痛苦,阻滞了生命的自由和想象力的释放。所以,情感内蕴了一种对审美活动的异己力量,构成对美之存在的压抑性势能。可以说,庄子是中国思想史乃至世界思想史上最敏锐最深刻地以否定逻辑来阐释情感的思想家之一,他领悟到情感之于人类精神的负面效应。庄子对于情感的看法甚启人思。

其二,无情与至情。庄子主张人的无情,其实有着深刻的哲学理解和美学领悟。古希腊的柏拉图也许是西方最早提出"非情感"化的哲学家,认为艺术作品中包含某些个人的主观情感或情欲,亵渎神灵,败坏风俗,所以他主张将诗人从理想国中驱逐。亚里士多德认为悲剧"激起哀怜和恐惧,从而导致这些情绪的净化。"亚里士多德的"净化"(katharsis)概念隐含着对情感的否定性理解,也隐喻地说明情感在艺术作品中的负面效应。斯宾诺莎认为:"我把人在控制和克制情感上的软弱无力称为奴役。因为一个人为情感所支配,行为便没有自主之权,而受命运的宰割。"②情感在一定程度上本源于主体心理或生理的需要,这是庄子所言的"命"的规定性。这种本能性或本己性的需要是情感产生的基础,将之界定为"感性欲望"。它一方面本于生命本能的无意识冲动,对主体存在构成"本我"的压抑,隐含着生物性、生理性的潜在因素,与弗洛伊德的"里比多"(Libido)概念相接近;另一方面本于精神存在的明确目

---

① 王先谦:《庄子集解·德充符》,《诸子集成》第3册,中华书局1954年版,第36—37页。

② [荷]斯宾诺莎:《伦理学》,贺麟译,商务印书馆1983年版,第166页。

的,呈现为显意识的心理欲求,相应地渗透了社会性、历史性的观念内容。但是,情感最根基的结构是指向生命欲望的,这种生命欲望和心理的本能需要难以分离,它们至少存在着逻辑联系。《齐物论》云:

> 一受其成形,不亡以待尽。与物相刃相靡,其行尽如驰而莫之能止,不亦悲乎!终身役役而不见其成功,苶然疲役而不知其所归,可不哀邪!人谓之不死,奚益!其形化,其心与之然,可不谓大哀乎?①

庄子深切体验到在生活世界之中,绝大多数人受实践意志的支配,情感上时刻关注于利益索求,和美存在着一定的距离。康德在美学上的功绩之一在于提出美的非功利的概念,克罗齐也竭力否定美与功利的联系。从情感的"实践意志"的层面上考察,情感对于现实性社会利益的需要,也就意味着,对于和物质现实保持心灵距离的审美超越予以理性化的放逐,这种"放逐"也就意味着对于世俗生活观念的接纳。情感也就越沉落在无法自拔的欲望泥潭,从而进一步丧失精神存在的诗性自我。

情感的最高形态呈现在理智感层面上,这是庄子所规定的"义"的需要。理智感一方面是指主体在获得知识结果所派生的情感,是在经验活动和逻辑认知活动的双向活动过程中而得以可能的心理体验;另一方面,理智感受约于社会集团、国家、民族、宗教、文化圈等社会意识形态的整体文化结构的规范,属于他律的集体无意识的直接产物。所以,在这个理论意义上,庄子认识到情感的局限性和负面意义。在庄子看来,情感限制了主体的精神自由和想象力,也限制了人的诗性和超越价值。

然而,庄子一方面赞赏"无情";另一方面,隐喻着对至情的仰慕。

> 庄子送葬,过惠子之墓,顾谓从者曰:"郢人垩慢其鼻端若蝇翼,使匠人斫之。匠石运斤成风,听而斫之,尽垩而鼻不伤,郢人立不失容。宋元君闻之,召匠石曰:'尝试为寡人为之。'匠石曰:'臣则尝能斫之。虽然,

---

① 王先谦:《庄子集解·齐物论》,《诸子集成》第3册,中华书局1954年版,第8页。

臣之质死久矣!'自夫子之死也,吾无以为质矣,吾无与言之矣!"①

这则故事表明庄子对于惠子是充满情感的,再如庄子对于亡妻的态度,表面上庄子"方箕踞鼓盆而歌",然而,庄子内心"独何能无概!"他认为"嗷然随而哭之,自以为不通乎命,故止也"。宣颖认为《德充符》篇庄子与惠子论辩:"借惠子辩明无情之说,不是寂灭之谓也,只是任吾天然,不增一毫而已。可见庄子与佛氏之学不同。"②尽管庄子认识到情感的诸多负面因素,然而,在思想深处并非全然否定情感,而是强调自然之情和厌倦矫情与伪情。清人胡文英对此有独到之见:"庄子最是深情。人第知三闾之哀怨,而不知漆园之哀怨有甚于三闾也。盖三闾之哀怨在一国,而漆园之哀怨在天下;三闾之哀怨在一时,而漆园之哀怨在万世。昧其指者,笑如苍蝇。"③在和屈原之"哀怨"的比较之中,胡文英呈现出庄子之"哀怨"的深邃宽广。显然,庄子对于情感的理解和释放绝非同于常人与常识。

庄子是一个对生命万象充满同情和仁爱之心的诗性主体,是最富有感情的哲学家和文学家。然而,他最反对和蔑视夸饰的情感表演和矫揉造作的虚假情感而仰慕平实、素朴、澹然、深邃的情感,认为这种情感才是符合自然本性、通于"命"的"至情"。

第二节　诗歌与哲学的完美融合

《天问》是上古时代的一篇奇异瑰丽的综合性文本,融汇着哲学、历史、文学、神话、传说、民间故事等诸种要素。一方面,《天问》是一篇追问宇宙起源、时空演变、历史法则、人性欲望、道德伦理、审美标准等一系列根基性命题的反思性文本;另一方面,《天问》是一篇诗意思辨的文本,是充满奇崛想象力和神秘而丰富的审美意象的文学杰作。

---

① 王先谦:《庄子集解·徐无鬼》,《诸子集成》第3册,中华书局1954年版,第159页。
② 宣颖:《南华经解》,曹础基点校,广东人民出版社2008年版,第46页。
③ 胡文英:《庄子独见》,华东师范大学出版社2011年版,"庄子论略"第6—7页。

在文体意义上,《天问》是以诗歌方式写作的哲学韵文,一方面蕴藏着历史哲学的内涵;另一方面呈现瑰丽的神话文学色彩。《天问》是诗歌与哲学、历史与神话等因素相互渗透的精神产品。从美学视角考察,《天问》是一个"交叉文本",呈现出诗歌与哲学的完美融合。姜亮夫认为:"《天问》以学术理智为分析事理之言,近于诸子,为说理散文之有韵者。"①这一看法无疑精湛。我们将《天问》界定为"综合性结构文本",是上古时期诗歌·神话·历史·哲学诸文体形式的完美融合。

谢林在《艺术哲学》中深刻地论述了神话的本体论意义:"神话既然是初象世界本身、宇宙的始初普遍直观,也就是哲学的基础,而且不难说明:即使希腊哲学的整个方向,亦为希腊神话所确定。"②谢林给予神话以最高和最根基的精神文化地位,认为神话是一切文化与文明的起始,它甚至作为哲学的基石。从这个理论意义理解《天问》,也许不无启示。《天问》是神话与哲学、诗歌与哲学、诗歌与历史的完美交融,《天问》的哲学意识建立在神话意识的基础上。《天问》以神话思维作为其哲学提问的逻辑起点。我们力图从诗歌与哲学的交叉点上,对《天问》这部综合性结构文本进行初步的美学阐释。

一、美学的宇宙观和哲学怀疑论

无论从文化史、文学史,还是从思想史来说,《天问》都堪称一篇大奇文。游国恩先生说:"如果说屈原的作品《离骚》最伟大,那么《天问》就最奇诡。"③屈原之问天,诚如郭象在注《庄子》中所言:"天者,万物之总名也。"屈原对天之追问,其实也是对万物与人事之追问。鲁迅先生赞叹道:"怀疑自遂古之初,直至百物之琐末,放言无惮,为前人所不敢言。"④《天问》洋溢着中国古典哲学最古老最卓绝的怀疑论精神,为怀疑论哲学萌芽之一。

---

① 姜亮夫:《重订屈原赋校注》,天津古籍出版社 1987 年版,第 167 页。
② [德]谢林:《艺术哲学》,魏庆征译,中国社会出版社 1997 年版,第 76 页。
③ 《游国恩〈楚辞〉论著集》第 4 卷,中华书局 2008 年版,第 94 页。
④ 鲁迅:《摩罗诗力说》,《鲁迅选集》第 3 卷,湖南文艺出版社 2004 年版,第 23 页。

　　《天问》是楚辞中篇幅仅次于《离骚》的长诗,清人陈本礼"统计一千五百四十五言","前后分四大段十小段"。① 游国恩统计为:"全篇共三百七十四句(其中至少尚有脱简六句不算),一千五百五十三字。"② 林庚则将之分为一百八十八句,具体字数未加详究。上古典籍中错简现象在《天问》中有一些存留,我们只能对《天问》进行整体的解读。游国恩、林庚二位先生,倾向将《天问》划分为两个层次。游国恩将《天问》所提的问题归纳为对天象与天道的疑问、对历史和传说中关于治乱兴衰现象的疑问。林庚具体地研究了这一问题。他认为:"《天问》一百八十八句明显地是为两大段落。自'曰遂古之初,谁传道之?'至'羿焉彃日,乌焉解羽?'这五十六句是问天地的,也就是问有关大自然形成的传说;自'禹之力献功,降省下土四方'至'何试上自予,忠名弥彰?'。这一百三十二句是问人事的,也就是问有关人间盛衰兴亡的历史传说。这两大段落的基本轮廓是分明的。先问天地的开辟,次问人事的兴衰,乃是完全合乎自然顺序的。"③ 林庚进而又在微观上对问天地的五十六句作了依次排列:

　　　　1. 有关混沌初开的……………六句

　　　　2. 有关天宇形成的……………六句

　　　　3. 有关日月星辰的……………七句

　　　　4. 有关鲧治洪水的……………六句

　　　　5. 有关禹治洪水的……………六句

　　　　6. 有关洪水后大地的总形势……四句

　　　　7. 有关大地西北的异闻传说……八句

　　　　8. 有关大地东南的异闻传说……八句④

　　结合《天问》的原诗来看,林庚的分析是比较翔实精当的。《天问》主要是四言,四句为一小节,每节一韵,几乎通篇均采用问句方式。郭沫若赞叹道:

---

　　① 陈本礼:《屈辞精义·天问》,《楚辞评论资料选》,湖北人民出版社 1985 年版,第432 页。

　　② 游国恩:《屈原》,中华书局 1980 年版,第 44 页。

　　③ 林庚:《天问论笺》,人民文学出版社 1983 年版,第 3—4 页。

　　④ 林庚:《天问论笺》,人民文学出版社 1983 年版,第 3—4 页。

"奇妙是中国文学作品中所绝无仅有的。一口气提出一百七十多个问题,从开天辟地以前问到天体的构造,地上的布置,从神话传说时代问到有史时代,从身外的一切问到作者自己,而问得那样参差历落,圆转活脱,一点也不呆滞,一点也不重复,这真表示了屈原的大本领。"①

《天问》以美学化的宇宙观,对天地万象进行审美主义的感知与直觉、想象与理解。文本既对宇宙本体、物质存在提出怀疑,也对精神本体、心灵活动予以追问。它的怀疑呈现了双重意义:一方面责难自然法则、客观规律为什么既"在"又"不在"? 世界变化为什么有序又无序、平衡又非平衡? 另一方面,又考问历史存在、道德准则为什么既"缺席"又"出场"? 神话与现实究竟孰真孰假? 美与爱欲究竟谁是谁非?《天问》是以诗性的感悟、非概念的直觉体验对现象界和精神自我予以提问,它表达了这样一种哲学观:偶然性大于必然性,世界是无序的统一体,我们心目中那个绝对意志所设定的理论范式是空虚的、没有意义的。诗人质疑所谓自然的内在运动规律和物质统一性,而猜测世界的无序性和荒谬性。当然,诗人更多是期待历史之谜的解答,对社会存在的起源、发展,以及历史的内在动力进行思索。他怀疑历史理性的价值、意义,怀疑社会存在按照所谓逻辑原则在合理演进,甚至怀疑道德原则、实践意志对历史发展过程的积极作用。诗人隐约地猜测,似乎存在着一种超意志的无规律的偶然性的杠杆,在支配历史车轮和操纵社会变迁。

《天问》的写作机缘依据王逸的说法,可认为是屈原的灵感之作。是创作主体处于高度心理压抑下而积聚的悲郁情绪的发散,或者说是一个无人理解的忧患心灵对苍天与大地的艺术呐喊和哲学提问。在写作《天问》的时间里,屈原无论在客观上还在主观上,均属于"孤独个体",是现实生活的独行者。诗人既被君王所放逐,也寻求自我的放逐。诗人的理性沉思和生命冲动都活跃在内在的世界,他从远古的壁画生发艺术灵感,于是力图以语言之工具穿越宇宙自然、历史存在之迷雾,展开哲学之玄思。屈原诗意地思、诗意地问、诗意

---

① 郭沫若:《卷耳集·屈原赋今译》,人民文学出版社 1981 年版,第 108 页。

地存疑、诗意地审美,由此建构了《天问》这篇诗歌与哲学、历史与神话、政治与美学和谐合一的千古奇文。王逸说:

> 《天问》者,屈原之所作也。何不言问天? 天尊不可问,故曰天问也。屈原放逐,忧心愁悴,彷徨山泽,经历陵陆,嗟号昊旻,仰天叹息。见楚有先王之庙及公卿祠堂,图画天地山川神灵,琦玮谲诡,及古贤圣怪物行事。周流疲倦,休息其下,仰见图画,因书其壁。何而问之,以泄愤懑,舒泻愁思。①

《天问》写作的偶发机缘是屈原被放逐期间,观看到古代先王的宗庙和公卿祠堂的壁画,那些奇异神秘、美艳鬼魅的图像触动诗人长时期积累的理性沉思,激发了诗人丰富奇异的想象力,由此进行这一综合性结构的文本书写。王逸的这种解释,充满诗意的灵性,体现了阐释学意识,弥散着释义的想象趣味。王逸所言也并非完全主观的猜测,有一定之客观根据。因为西汉时尚存屈原所描绘的那种图画。《汉书·成帝纪》记载:"元帝在太子宫生甲观画堂。"应邵注:"画堂画九子母。"《汉书·叙传》载:"时乘舆幄坐张画屏风,画纣醉踞妲己作长夜之乐。"显然,在西汉之前这类壁画比较流行。

《天问》的一大内容是问"天"。一方面,探究自然现象和宇宙本体究竟"为何物",又"如何为"的问题。屈原期望从纷繁杂乱的现象界寻找出具有普遍意义的法则和规律,厘清事物之间的因果联系和逻辑序列;另一方面,诗人在内心深处却波动着对现象界的怀疑情绪,在情感上倾向否定自然的合乎理性的法则。诗人对天宇提出了一系列的问题,其提问动机,不仅仅是"求知",也就是说诗人不局限在知识论层面上追寻现象界的因果逻辑,而是寻觅超越知识之外的"真理"意义和自我的精神存在意义。诗人既是在问"天",更是在问"自我"。

屈原对天的提问,具有那个时代的虚无性和荒诞性。因为,如此的问题,

---

① 王逸:《楚辞章句·卷三·〈天问〉序》,见洪兴祖:《楚辞补注·卷三·〈天问〉》,中华书局 1983 年版,第 85 页。

在那个历史阶段是"无解"的,可能是没有"意义"的。即使现在,甚至未来,我们及后人还不能以纯粹知识形式来完满地回答屈原的所有问题。事实上,诗人只是关切"提问",不在于"回答"。一方面,诗人无法解答这些问题;另一方面,"提问"总是比"回答"更有意义。况且,诗人也不应承担"回答"的义务。

和《离骚》一样,《天问》也是诗人矛盾心态的折射。一方面反映了屈原对于真理与科学的探索精神,流露他对日月运动、天体构造、地球演变、季节循环、生物起源等自然现象的极大兴趣,诗人苦苦思索希望得以解答;另一方面,诗歌也潜隐着屈原对知识的悲剧化绝望:世界如此复杂深奥,人类的认识能力极其有限,对于现象界,存在主体陷入了理性的危机。《天问》折射出主体精神的虚无化和相对性。诗人向"天"提问,而问得很有点悲凉、凄愁的意味。诗人相信,这些问题是无解的,既不可能有实证的答案,也难以获得逻辑推导的结果。这显露了屈原是一个不可知论者。其次,诗人对于自然现象与规律,表示了隐约的怀疑,显然,屈原的怀疑意识居于主导性地位。宋人洪兴祖深解屈原的这一思想矛盾。他说:"《天问》之作,其旨远矣。盖曰遂古以来,天地事物之忧,不可胜穷。欲付之无言乎?而耳目所接,有感于吾心者,不可以不发也。欲具道其所以然乎?而天地变化,岂思虑知识之所穷哉!天固不可问,聊以寄吾之意耳。楚之兴衰,天邪?人邪?吾之用舍,天邪?人邪?国无人,莫我知也,知我者,其天乎?此《天问》所为作也。太史公读《天问》,悲其志者以此。柳宗元作《天对》,失其旨矣。王逸以为文义不次序,夫天地之间,千变万化,岂可以次序陈哉?"①洪兴祖的看法尽管略有偏颇,如《天问》并非如他所见,完全是寄寓对楚之兴亡而问。然而,他敏锐地体察到诗人的提问,超越知识论界限,表现出屈原对于宇宙法则的存疑,对于大千世界的虚无感以及天道事理不可知的焦虑。所以,洪兴祖又认为柳宗元的《天对》实属于续貂之作,是以一种实证主义的逻辑眼光来看待变化的现象界,因此未能理解屈原的玄妙思理,"失其旨矣"正是切中要害的评判。

---

① 洪兴祖:《楚辞补注·卷三·〈天问〉》,中华书局1983年版,第85页。

《天问》关于宇宙大地的生成、存在、演化，是诗人重点追询的问题，也就是关于本体论的问题，是诗人眷注的首要问题和核心问题，成为屈原思维的立足点。古代哲学家并非像现代人所设想的那样，必须选择唯心主义或唯物主义的思维路线，他们往往选择第三条道路，以纯粹意识的意向性，以自我的心灵体验直观地把握世界和认识自我。在《天问》中，屈原提出了这样一些问题：

1. 宇宙生成与起源

2. 世界究竟存在什么又为何存在

3. 物质的本质及其运动方式、规律

4. 天体模式

5. 空间结构的划分

6. 时间长度的计算

7. 现象界是否可知

8. 理性与知识由何而来

《天问》虽然只有"提问"而没有"回答"，但我们从屈原的思维脉络中依然可以体察到这样一些看法，诗人认为宇宙是物质存在，具有自律性质和客观的运动法则，独立于主体意识之外，但却符合某种目的性。世界万物起源于"混沌"，它类似于"气"，是既有物质属性，又非完全物质形态的东西。因此，它又不同于古希腊哲学中的"逻各斯"、柏拉图的"理式"、康德的"物自体"和黑格尔的"理念"，因为后者是排斥物质存在的绝对观念，属于纯粹的精神存在。

屈原凭借直觉体验触摸大千对象的存在性和运动性，猜想世界可能是精神与物质的统一体，它们起源于一种介于精神与物质之间的抽象存在，可能类似于老庄的"道"。诗人意识到，由于物质的存在与运动，引发空间的位移与时间的变化，因此时间与空间又产生联系和统一性。空间结构的十二划分、日月的位置陈列以及运行的长度与时间、众多星辰的归属等问题，诗人都作了诗性直觉和审美意义的思索。

　　屈原构想了一个物质性的宇宙结构模式:它是圆形的,有九重,它围绕着一个假定性的不可见的轴在旋转。天的南北两极可能是无限延伸的,空间被划分十二等份,依次排列着日月星辰。人类生活的家园——"地",是由八个柱子支撑着。这些柱子的支撑功能,一方面为了避免天宇的垮塌,另一方面是稳固大地以免坍陷。在这个空间结构中,日月星辰、山川河流、万物生灵,按照某种无目的的合目的性而运动、变化、发展,其内在的支配力量则是不可捉摸和认识的。

　　对于天体的起源及其特性的问题,这是自然科学和哲学共同眷注的根基性问题。屈原关于天体起源和宇宙本质的思维,是建立在直觉体验和自由想象的心理基础上。尽管这种猜测不乏科学的合理性和唯物主义精神,然而,它在根本上还是纯粹的哲学推断和诗意想象的性质。

　　《天问》提出宇宙模式,在哲学上具有本体论的意义,它建立诗人的自然观和认识论,代表了屈原对现象界的根基性理解。一方面,屈原的宇宙观吸收了前人的思维成果并予以发挥,是对于世界存在的一种大胆的带有逻辑思辨性质的理性认识,一扫上古天道观中迷信色彩和神鬼瘴气,洋溢着直面真理、科学探索的大匠气概;另一方面,屈原对上述的宇宙模式,又表示了潜意识的存疑,对它的存在性、合理性均植入了疑问。诗人放言无惮,将怀疑与否定的精神发挥到了极致。屈原采用诗性思维和神话思维的方式,呈现艺术化的、审美化的大胆猜想,放弃从实证立场阐释世界,没有使思维停顿在某些具体的结论上。所以,《天问》没有被科学主义主宰,让知识论统治整个思维行程,而使自我精神获得了更多的自由空间,令"我思"超越了理性限制而达到和谐唯美的境界。

　　《天问》是诗与哲学的高度契合,姜亮夫说其是"屈原对宇宙问题、人生问题、历史问题的学术性文章"①。海德格尔认为:"艺术的本性是诗。诗的本性却是真理的建立。""真理,作为所是的澄明和遮蔽,在被创造中产生。如同一

---

　　① 姜亮夫:《楚辞今绎讲录》,北京出版社1981年版,第70页。

诗人创造诗歌。所有艺术作为让所是的真理出现的产生,在本质上是诗意的。"①海德格尔的诗与思统一的美学观在《天问》中获得了精神回音,这不仅是海德格尔的诗化哲学在千古奇作《天问》中获得跨越时空、文化的证明,也可能是类似于屈原的充溢浪漫楚风的哲学之诗,那些富有灵性的东方文化,开启了西方哲人的悟性。

《天问》是诗意地思,诗意地追问,诗意地怀疑,诗意地否定,诗人所期待的不是清晰精确的科学答案,也不是合乎逻辑的理性结论,而是追求不断地自我提问、自我反思的心灵过程,屈原所探求的不是冰冷抽象的逻辑概念,而是富有生命灵气的艺术意志。所以,《天问》并非单纯追求一个个具体问题的解答,而是希望以生命体验宇宙对象和精神对象的哲学含义和审美价值。以往楚辞学仅仅关注一个诗人的屈原而忽视一个哲学家与思想家的屈原,只侧重于探究一个文学的文本而遗忘了一个哲学的文本。当然也缺乏从神话与哲学的关联、诗歌与哲学的交叉方面深入地探讨《天问》。

《天问》依照诗意思维和审美理解,建立了自己的时空观。这一时空观,其表现特性是时间长度依附于空间形式,时间在空间中绵延。屈原以自我诗意的宇宙观,想象和领悟世界的空间存在与时间存在,以诗人的审美观为宇宙寻找唯美主义的结构模式。屈原在《天问》中所表现的空间意识和时间感知尽管缺乏科学精确性,但对时空的变化规律和人类生活的节律具有敏锐的感觉和认知,从而作出了富于想象力的提问。除了对于"天"进行起源论和发展论的追问之外,《天问》还涉及对天命观的怀疑和批判,屈原建立了一种怀疑论的天道观。屈原对于天命论予以怀疑和批判,寻找一种自然主义的解答,在确立自然地位的同时,也确立一种理性主体的存在,不再相信自然中存在一种神秘的不可预见的"天命"法则。显然,《天问》对于"天"的追问具有形而上学的意义,对于"天命论"的质疑和否定包含思想启蒙的价值。

细读《天问》文本,屈原正是展开对宇宙、自然、人事及其存在的最终依据

---

① ［德］海德格尔:《诗·语言·思》,彭富春译,文化艺术出版社1990年版,第67、70页。

进行形而上学意义的追问,只不过追问的方式采取诗之方式,这种诗意的形而上学追问使原本枯涩幽暗的哲学命题转化为艺术之意象,诞生文本的美感和意趣。对《天问》的释义显然是无穷的和不断循环的,因为它是诗与思的高度融合,留给读者一个永恒的开放的召唤性结构,留有无限的审美接受空间,让读者填补自我的逻辑思考和自由想象,这就是艺术的神秘性和审美魅力之所在。

二、对历史的提问与反思

《天问》另一大内容是对历史现象的提问与反思。屈原的历史观同样贯穿着怀疑精神和虚无主义。纷繁的历史表象和偶然性结果叩击着诗人的心扉,屈原思索着这些问题又不得其解,他采取了问而不答的“悬置”方法,将历史之谜的解释权交给了接受者。

褚斌杰认为:“诗人在长诗《天问》中,对历代兴亡史的发问,是本诗的主旨所在,即以历史为明鉴,以警戒楚之有国者,改弦易张,以救亡图存。在这部分里,既包含着诗人对人类社会历史的深刻反思,正反两方面经验教训的总结,也倾注着诗人对历史上贤明政治、正义人物的仰慕和昏君奸佞的挞伐,其爱憎分明的感情,充溢于字里行间。”①其实,《天问》所关注的问题与其说是“历史的”,不如说是“神话的”更合适,或者说是“历史的神话”或“神话的历史”。“现代神话学判断一则故事文本究竟属于神话抑或历史传说,主要根据文本内容中理性叙事和非理性叙事成分的比重,据此,可将传世的鲧、禹故事的各种不同文本分为神话叙事和历史叙事(传说叙事)两种叙事题材(内容)甚至叙事体裁(形式)。见于载籍的鲧、禹故事有多种文本,其中有的保存了较多的神话成分(以《山海经》为代表),也有的已经完全衍为历史化的传说(以《尚书》为代表),还有介于两者之间的文本(以《天问》为代表)。”②这一

---

① 褚斌杰:《楚辞要论》,北京大学出版社 2003 年版,第 216 页。
② 吕微:《神话何为——神圣叙事的传承与阐释》,社会科学文献出版社 2001 年版,第 59—60 页。

看法比较符合科学和学理。从这个意义考察,《天问》有关鲧、禹的叙事包含神话与历史的双重因素,人物既可能是神话传说中的神灵也可能是历史上真实的存在。

历史与神话在上古时期界限模糊。上古时代,习惯以神话解释历史。神话属于诗性思维的产物,卡西尔认为语言与神话乃是近亲。米勒则认为:"神话是必然发生的,如果我们承认语言是思维的外在形式和显现的话,那么,神话就是自然而然的了。它是语言固有的必然产物。实际上,神话是语言投射在思维上的阴影。这道阴影永远不会消失,除非语言与思维完全重合,而语言又是永远不会与思维重合的。……最高意义上的神话,是语言在心理活动的一切可能范围内施加在思维上的势能。"①神话与语言都是思维的产物,都具有诗性的特征。在时间上,语言先于神话,先于诗;而神话与诗,则又先于历史,先于哲学。因为原初的历史,是神话性质的人类活动之诗性记录。只有当神话色彩在精神活动过程逐渐减弱之后,才出现较为纯净的历史与哲学。这样我们就不难理解,为什么人类的最初历史总是与神话紧密地联系在一起。《天问》所探究的历史,是神话性质的,或者说,历史内涵被以神话样式进行了包装,历史采取了精神的自我伪装的形式得以呈现。历史在神话的空山幽谷里,走向虚无和神秘。这样的话,反倒使远古历史具有了当今历史所缺乏的心灵魅力和诗性意义。

李泽厚认为:"传说为屈原作品的《天问》,则大概是保留远古神话传统最多而又系统的文学篇章。它表现了当时时代意识因理性的觉醒正在由神话向历史过渡。神话和历史作为连续的疑问系列在《天问》中被提了出来,并包裹在丰富的情感和想象的层层交织中。"②神话也许是那个时代最可信赖的自然历史、社会历史和心灵历史,语言则又为神话提供得以萌芽的土壤与气候。历史·语言·神话,组成了《天问》的三位一体的有机结构。

① 转引自卡西尔:《语言与神话》,于晓等译,生活·读书·新知三联书店1988年版,第32—33页。
② 李泽厚:《美学三书》,天津社会科学出版社2003年版,第62—63页。

　　林庚将《天问》视为一部"兴亡史诗"："《天问》的兴亡史是以夏、商、周三代为中心的,这三代历史的发问占了整整一百句,超过了全诗一半以上的篇幅,它的兴亡感也就是全诗主题的焦点。此外有关吴、楚、秦等五霸诸侯们简短的发问,事实上也都莫非历史上治乱兴亡的大事。"①姜亮夫先生统计《天问》所问的历史问题："夏代史实有二十多件,记殷十二、三件,记周仅八、九件,越近记得越少。"②《天问》对上古三代的历史,表现出浓厚的兴趣,其时间越前,眷注的程度就越强。其原因之一,可能是越古老的历史,越具有难以确证的神话内容,就越需要艺术的想象力和审美冲动,它激发了解释者的理性需要和感性需要的精神期盼,而对它的阐释,就越具有诗意的趣味。

　　在《天问》之中,屈原是以神话阐释历史,或者说是以神话思维的方式对远古的历史进行诗意的追问和反思。诗人在对历史的提问过程,渗入了自我的历史观和价值观,置入了主体的真理标准和情感取向。他的同情与憎恨、崇敬与厌恶、肯定与疑惑等心理情绪寄寓于语言叙述的流程之中。屈原对历史的非理性盲目冲动,对主体的黑色欲望决定历史的走向表示了不满。流血与屠杀、阴谋与邪恶、战争与掠夺、弑君与篡位、贪欲与淫乱等不合乎道德理念的历史现象,撩乱诗人的心境,无论是天上的神灵还是地下的帝王,只要造成恶的行为,都会引起诗人的憎恶。屈原企图超越这些历史的丑陋表象,寻求一种共时性的普遍的历史永恒力量和道德原则,为历史存在和发展确立一个正义而合理的标准。

　　屈原的《天问》希望从杂乱的历史现象中,找到因果律的解释,为历史的正义出场而思索,从而为结束恶势力所主宰历史的局面开辟道路。

　　首先,我们认为屈原的历史观也是走"第三条道路"的,既不从纯客观,也非从纯主观看待历史现象。《天问》对历史事件和历史人物,凭借直观领悟和经验内省的方法进行把握,不做逻辑的分析,而是寓褒贬于叙事之中,颇有

---

①　林庚:《天问论笺》,人民文学出版社 1983 年版,第 6—7 页。
②　姜亮夫:《楚辞今绎讲录》,北京出版社 1981 年版,第 75 页。

"春秋笔法"和"零度写作"的意味;其次,对于历史存在,《天问》仍然持有怀疑主义态度和虚无主义思想。历史在屈原看来,还缺乏理性精神和合理性,偶然性支配了其车轴的运动。由此,历史成为杂乱无序的事变的堆积,主体无法预测和规定历史发展方向;再次,历史行程贯穿无限的阴谋和暴力,违背理想的道德原则,贪欲与邪恶决定历史之舟的方向和速度,而历史轨迹所遗留下的则是令人憎恶的悲惨事实;最后,历史给人以悲观主义的意识,历史上演的是无意义和无价值的黑色悲剧。

《天问》的历史观贯穿了生命的悲剧意识。在这种悲剧意识里,包含了这些可贵的思想:其一,屈原认为以往的历史不尊重生命的生存权利,生灵涂炭,朝不保夕。生命是人的最高存在本体,而在阴谋与战乱肆虐的年代,保全性命已经成为最高的哲学问题和历史问题;其二,历史不尊重合理的民主权利,政权更替纯粹依赖阴谋和强权,少数人的野蛮意志强加到历史的头上,操纵了脆弱的历史杠杆;其三,历史也不尊重道德观念,善的原则被普遍地藐视和打碎,不义的战争和残暴的掠夺使伦理丧失殆尽,因此,种种非人类的兽行充斥历史的典籍;历史不尊重爱的选择和性的意愿等人的情感权利,于是强奸、乱伦、夺妻、抢婚、私通、淫乱等不合人伦、违背人性的丑陋现象史不绝书,爱情这最普遍最神圣的人的权利被剥夺了,人沦为仅像动物式地宣泄本能欲望的非理性的生灵。屈原这些悲剧化的历史意识,包含古代人本主义的思想因素,闪烁着人道主义的理性光辉。屈原向往在未来历史进程中善与美能够复归,他在对历史的提问过程里,寄寓自我的价值判断和审美判断,在充斥历史悲观主义的思维空间里,透露出一丝理想主义的亮色。

细读《天问》对历史的追问,其中不乏对历史的质疑和否定、反思和批判的主体意识,尤其是对战争暴力和君主权力的斥责与否定,在现在看来依然具有宝贵的现实意义。其次是对于历史演变过程中身体"原欲"的排斥和抑制,也不无积极的意义。西方现代思潮和后现代思潮一个重要特性是对身体及其本能欲望的张扬和肯定,尤其是弗洛伊德的精神分析理论,从无意识本能单向度地阐释主体的本质。一方面,叔本华、尼采、巴塔耶等诸种思潮的交汇,由此带来身体美学的诞生,高扬着身体的权力和欲望的合理性与合法性。但是,问题的另一方面在于,如果人类文化和文明对于主体的原始欲望或本能冲动不加区分和限制的话,那么必然造成永无止境的不可饶恕的罪孽与悲剧。屈原在《天问》中通过对历史人物的追问和反思,表达了对身体原欲的斥责和否定的思想,从而肯定了历史的进步原则和伦理法则,对于那些非伦理非道德的背叛与欺诈、阴谋与僭越、杀戮和淫乱等依据欲望冲动而行事的人物给予了强烈的批判。显然,这一批判的价值与意义超越了历史和历史人物本身。

历史在《天问》里只不过作为一种问与思、诗与思的感性媒介,它不是客观史料的随意收集,屈原也不是以冰冷的逻辑分析方法从历史现象之中归纳出什么历史概念和历史规律。历史在《天问》里,扮演着诗性思维的符号角色,成为充满主体情感和思维灵性的为诗人提供诗与思对话的材料。正如卡西尔所言:"历史不是对僵死事实或事件的叙述。历史学与诗歌乃是我们认识自我的一种研究方法,是建筑我们人类世界的一个必不可少的工具。"①《天问》作为诗性的历史和历史学,起到了人类认识自我、建筑自我世界的工具作用。

诗歌与哲学、哲学与历史、神话与语言,它们是密切存在于《天问》的精神要素。从文化学一般意义上看,语言(诗)先于神话,神话先于历史,历史先于哲学,《天问》将这四种要素和谐地综合起来,显示了巨大的精神魅力和艺术才智。《天问》的美学特征之一,即是将诗歌与哲学、哲学与历史、神话与诗歌达到审美同一性。《天问》对历史的问与思,既贯穿着神话内容,又渗透着神话思维,同时也包含着一定的哲学思想,是以神话方式透视历史,从而达到哲学之入思。

历史的胚芽寄生在神话的土壤里而逐渐生长,历史的进步则伴随着科学的发展,又以牺牲神话为代价,依赖神话而存在的诗性思维也逐渐丧失它昔日的风采。我们肯定列维-布留尔对原始思维的某些合理的描述,也承认维柯

---

① [德]卡西尔:《人论》,甘阳译,上海译文出版社1985年版,第262页。

对于人类前期形象思维的一些论述包含真理性的因素。然而,他们理论上的共同缺陷是,片面强调古代人、原始民族只有单一的思维样式,即原始思维或形象思维,并将这种思维与逻辑思维截然分离,因此缺乏辩证理性的观点。

《天问》一方面借助于神话思维展开对历史、自然、人生的认知,另一方面也少部分地运用了逻辑思维。至少说,在诗性思维的过程里,包含着概念、判断、推理、分析、归纳等逻辑活动。例如在我们所摘录的内容里,就包含这样一些具有思辨色彩的问题:

1. 生命永恒、灵魂轮回是否存在?

2. 非有机界是否存在精神、心灵?

3. 人与动物是否可以心灵感应、相互变易?

4. 人是否存在一种超越自然的神秘力量?

5. 动物界能否支配人类、它对于人的生存构成多大的威胁?

6. 生命繁衍的秘密何在?

7. 是否存在一种复活生命的巫术?

8. 日月光辉、风雨作用是否和人的意志、行为有关?

9. 历史是否存在着天人感应?

10. 古人为什么将死亡看作为快乐的事情?

……

这些问题既是神话的,也是历史的和哲学的,是人类前期认识自然、亲近自然这一历史过程的思想记录,它们既以神话方式又以逻辑方式表达。卡西尔对神话的理解有助于我们把握《天问》的思想精髓:"神话是情感的产物,它的情感背景使它的所有产品都染上了它自己所特有的色彩。原始人绝不缺乏把握事物的经验区别的能力,但是在他关于自然与生命的概念中,所有这些区别都被一种更强烈的情感湮没了:他深深地相信,有一种基本的不可磨灭的生命一体化(solidarity of life)沟通了多种多样形形色色的个别生命形式。"①《天问》

---

① 〔德〕卡西尔:《人论》,甘阳译,上海译文出版社1985年版,第105页。

的神话是屈原情感之诗化，也是诗人将自然人格化，诗人力图在自然与历史、神话与历史的联结中寻求到情感安慰和理性认识。

三、语言与神话

语言先于诗歌、哲学、历史、神话这四者而存在。语言决定了前四者的产生，"语言是存在之家"（海德格尔语）。语言是人类经验的原初收藏，为精神活动最原始的果实。与其说人是"符号的动物"（animal symbolism），倒不如说人是语言的动物。诗歌、哲学、历史、神话只不过是语言魔杖所变幻出的智慧之花。语言，不是人类精神显而易见的浮萍，它是人类文化心理结构中最深层的根须。《天问》的原初基质是语言，它构成了艺术最本质之存在。诗、史、思、神话，只不过是语言大树上闪烁灵性之光的绿叶。《天问》是诗，是语言之迷宫。我们赞叹它古奥艰涩的语言，尽管它带给阅读者玄思和解读的困难。面对《天问》汉语言独特的图画意味的空间结构，包含丰富意象和激发想象力的诗性特质，我们自然而然地产生了知性的活力和空灵的美感。鲁枢元先生指出，汉语言在本性上是诗性的语言。① 美国文论家艾布拉姆斯借用维柯的理论进一步阐述了他对诗与语言的相关性理解。

> 洪荒初消之时，人类的思想、言语、行为都是想象的、本能的，因而也是富于诗意的；早期这些富于诗意的表现和活动中蕴含着后来所有的艺术、科学和社会制度的种子。在维柯看来，主宰洪荒后那些巨人的，是感觉和想象，而非理性；他们最初的思维方式也是情感的、具体的，富于泛灵论和神话的色彩，而不是理性的或抽象的；因而他们"天生就是崇高的诗人"。因为诗歌的语句"与哲学的语句截然不同：诗歌的语句由热情和爱慕等情感所构成，而哲学的语句则充满思辨和推理"。②

《天问》的语言显然属于维柯和艾布拉姆斯所论述的"情感的语言"，它们

---

① 参见鲁枢元：《超越语言》，中国社会科学出版社 1990 年版，第 7 章。

② ［美］艾布拉姆斯：《镜与灯——浪漫主义文论及批评传统》，郦稚牛等译，北京大学出版社 2004 年版，第 93 页。

具有强烈的象征性和审美表现力。如果进一步探究的话,《天问》不仅是语言,更属于一种"言语",它被赋予更多个人化色彩,是诗人生命体验的修辞性表达。所以,《天问》鲜明地体现诗性语言的特征。如果说《天问》留下大量的自然、历史、神话等方面的难解之谜,那么,《天问》的语言则是这些难解之谜的魔圈。这也正是历代注家对《天问》的话语难以释读的原因之一。

语言犹如希腊神话里的两面神,是精神之遮蔽与澄明的双重所在。《天问》的语言将模糊和清晰、真实和虚幻聚合于一体。言可尽意与意在言外这两种对峙的语言观,在欧阳建与王弼的时代达到理论的高潮,然而论辩双方都未将问题阐释清晰。西方近现代语言学、文化学也未能完满地解答这一问题。《天问》之语言包含了上述问题的两重性。

汉语言是世界上最古老的语言之一,它是具有丰富象征意味的文字。字与词是独立的个体单位,每个字都不同程度构成一个意象符号,显现图画的性质。一方面,《天问》借助于汉语言的意象性和图画特征,使象征和隐喻的美学特点发挥到了极致;另一方面,《天问》的语言结构之变化、转换没有什么严密的规则,没有像拉丁文字那样有严格的语法约束,它更适合经验、直觉、想象、情感等人类前期的心智活动的表现。所以,《天问》潜修辞特征更为明显。诚如卡西尔所论:"人类文化初期,语言的诗和隐喻特征确乎压倒过其逻辑特征和推理特征。"①《天问》的语言是包含丰富隐喻特征的上古语言之范本。在它的语言外壳里,跳动着诗人想象与直觉的灵性。马林诺夫斯基认为:"语言是文化整体中的一部分,但是它并不是一个工具的体系,而是一套发音的风格及精神文化的一部分。"②他以广阔的文化视野看待语言,将语言看作文化的有机组成。海德格尔将语言提高到哲学本体论的位置,他认为语言是存在之家,语言是人的主宰。语言的真实本性,是存在者在思想中形成的诗性。"语言不是诗,因为语言是原诗;不如说,诗歌在语言中产生,因为语言保存了

---

① ［德］卡西尔:《语言与神话》,于晓译,生活·读书·新知三联书店 1988 年版,第134 页。
② ［英］马林诺夫斯基:《文化论》,费孝通译,中国民间文艺出版社 1987 年版,第7 页。

诗意的原初本性。"①《天问》的语言,即是诗、思、史、神话的支撑物和落脚点,它是诗性的语言和意象的语言,是自由组合和变化巧妙的语言。在它语言的潜流里,隐匿着诗人心灵的丰富性和复杂性,从而构成神秘的意义仓库,因此我们对它的阐释永无终极。正如卡西尔所言:"我们在语言、神话、艺术中见到的如此繁多的人类心理活动的原型现象(archetypal phenomena),其本身虽可以被一一指出来,但却无法用其他某种东西来进一步加以'说明'。"②《天问》凭借语言符号所呈现的原型意象的确是很难加以说明的,它的语言迷雾所建造的"意义场"和"情感流"也许永难解释完毕,处于循环释义之过程。

在一般美学意义上,语言具有言志、象征、隐喻和抒情等特点,《天问》的语言明显地呈现了这一艺术特征。有学者指出:

> 拿《天问》来说,虽则它是一首奇特的问题诗,全诗从头至尾都是问题,但我读此诗,能明显体会到诗人内心愤激不平的感情。这一气一百八十多个问题,并非无病呻吟,也非故弄玄虚,而是愤愤不平激情的需要,是满腹怨情的最好载体,诗人完全是藉以抒发自己长期积压在胸中的愤情,故而,全诗所问问题全不需要读者回答——因为诗人自己心中很明白,每个问题应该是什么答案,可以说,一百八十多个问题纯粹是诗人的借题发挥,是典型的"发愤以抒情"——他借发问之形式,发泄内心愤愤不平之情。可见,"发愤以抒情"绝非诗人的刻意营造,而非故作惊人之语,实在乃是他本身情感宣泄的实际需要和集中概括。这一语中的地切中了诗歌的本质,点出了诗歌在"言志"基础上的"抒情"的功能,使"言志"与"抒情"有机结合起来,从而标志先秦诗学走向的阶段。③

诚然,《天问》标志着先秦时期的诗歌创作进入一个崭新的美学境界。《天问》的语言或话语,在具有丰富和鲜明的抒情特性的同时,它们寄寓着象

---

① [德]海德格尔:《诗·语言·思》,彭富春译,文化艺术出版社 1991 年版,第 69 页。
② [德]卡西尔:《语言与神话》,于晓译,生活·读书·新知三联书店 1988 年版,第 39 页。
③ 徐志啸:《日本楚辞研究论纲·集外补缀·论楚骚诗学》,学苑出版社 2004 年版,第 207—208 页。

征和隐喻等功能,并且密切地交融于历史、神话、哲学等内容。至于《天问》所追问的确切答案,诗人自己也不一定明白,因为诗人只负"提问"的义务,而"回答"的权力留给后世无数的接受者和阐释者,有些问题则是永远无法解答的,因为它们属于形而上学或超验世界的问题,它们永恒地困扰和激励着人类的理性和想象力。

从文体上,《天问》更新了"四言"的诗歌体裁,语言表现显得灵活自由。一是多设虚字,如"何""焉""兮"等,令句式富于变化。二是打破四言格式,采取"杂言"方式。诚如孙作云所论:"所谓《天问》的表现形式,就是《天问》的体裁、句法、篇章结构以及艺术手法。在这一方面,《天问》也达到了相当的高度,足以与其内容相配合。"①《天问》的语言运用使先秦诗学达到了新的高度。杨义先生对《天问》的诗学意义给予了精湛的阐释:

> 在楚国诗人与中原文化的大对话中,《天问》以宏大无比的思维空间和奇异无侔的表现方式,从根本上把固有的诗学法则打破了,甚至在两千年间成为"绝响"。这种绝响性诗学法则的突破,如天书惊世,引起历代注释者和解读者的困惑不安,名之曰"错简"。谁也不否认可能有若干错简,问题在于错简概率有多大。何以把《离骚》《九歌》等作品的错简看得那么微不足道,唯独把《天问》的错简断为一塌糊涂? 应该看到,成功的文体变式中存在着天才,抹杀了变式,就等于抹杀了天才。《天问》不是给你讲一个完整的古老的故事,而是在故事的片断、缝隙之中和投影之外,讲一种独特的哲学。如果按照平常的表述方式,把《天问》诗行分门别类地归纳为天文、地理、神话、夏商周三代历史以及楚史、乱辞诸门类,那它只不过是一部没有多少文采的平平之作。它在诗歌史不可替代的真正价值和贡献,正在于它破天荒地创造了高度错乱时空顺序以深化哲学联想的诗歌表现形态,创造了以时空漫无头绪的对撞以激发语义活力的奇迹。②

----

① 孙作云:《天问研究》,河南大学出版社 2008 年版,第 42 页。

② 杨义:《〈天问〉:走出神话和反思历史的千古奇文》,《中国社会科学》2008 年第 1 期。

杨义先生既对传统楚辞学存在的"错简"说,给予令人信服的质疑和否定,又对《天问》超越时空的诗学精神予以精湛之诠释,揭示了《天问》"创造了高度错乱时空顺序以深化哲学联想的诗歌表现形态,创造了以时空漫无头绪的对撞以激发语义活力的奇迹"这一美学特征。《天问》在文体上和语义上看似怪诞奇崛,然而,它有着自由潇洒、有机统一的内在结构,有着严谨的精神逻辑和清晰的思想脉络,更有着空灵洒脱、转换自如的语言形式和话语修辞。楚辞学史上所谓"错简"的推论,既缺乏足够的实证,也难以建立严密合理的逻辑推导,因而这一说法不足为据。其根本性原因还在于缺乏对《天问》建立深入敏锐的审美领悟和理论阐释。

《天问》在神话与语言这两条精神河流的交汇处,诞生奇异的诗学精神,或者说,在语言与神话相得益彰的衔接处,创造出新颖的美学理念。

和语言密切相关的是《天问》所折射出来的屈原的诗学精神,它使《天问》焕发出不同于其他《楚辞》文本的瑰丽色彩。姚小鸥认为:"《天问》的诗学精神可以从三个方面来概括,那就是哲理性、隐喻性和悲剧性。而这三个方面在诗篇中是彼此依赖而各自显彰的。……《天问》较之一般史诗体的作品更富于抒情性,还由于其疑问句体的隐喻性质。它构成了《天问》诗性特征的基本内涵之一。"[①]其实,《天问》的诗学还不局限于哲理性、隐喻性和悲剧性这三个要素,它的神话思维、审美意象、直觉体验等要素都构成这一不朽文本的诗学内涵和美学精神。诚如所论:"《天问》的诗学精神与诗篇形式及作者思想的历史渊源之间有着不可分割的关系。读者不难看到,作为'楚辞'的重要组成部分和屈赋代表作之一,《天问》并未采用'骚体'而采用了《诗经》的四言句式,透露出中原文化对该篇的影响。从《天问》所述内容来看,也与《离骚》等屈原其他作品一样,与中原文化密切相关。形式和内容两方面都表明,《天问》的诗学精神中浸透着中原文化对楚文化的

---

① 姚小鸥:《〈天问〉意旨、文体与诗学精神探原》,《中国楚辞学》第15辑,学苑出版社2011年版,第8页。

深刻影响。"①尽管如此,《天问》的文学独立性与审美精神和中原文化还是存在着一定差异性,四言句式和《诗经》有所不同,语言和话语修辞手法也呈现明显的独创性。尤其是《天问》所包含的丰富神秘的神话传说,令语言生成一种含蓄无限、令人心会神往的想象空间。

最后,《天问》的语言与神话的交融最终指向于哲学与伦理学的合流,指向屈原生命意义的生成和确认。

我们必须追问的是,《天问》蕴含的形而上学意义和伦理学的意义有哪些基本构成? 有学者提出《楚辞》中有三点和屈原的价值选择关系甚大:"一是'修名'之能否'建立',二是'灵魂'之能否'皈依',三是'精神'之能否'永存'。屈原对这些问题的关注,实质上是他在人生不同阶段的'终极关怀'的具体体现。"②的确如此,屈原内心深处守望着这些终极关怀,或者说它们构成屈原的伦理原则。然而,屈原的终极关怀和伦理原则还不限于这三方面内容。简要地分析屈原的终极关怀,它们至少包含这些内容:第一,"修名"。《离骚》等篇目明显表现出屈原对于恐修名之不立的担忧:"老冉冉其将至兮,恐修名之不立。"王逸《楚辞章句》云:"恐修身建德,而功不成名不立也。"洪兴祖补注云:"修洁之名。"这种"修名"信念,既是一种政治追求也是伦理意识的价值肯定。屈原的"修名"意志和实践行为,表现他的一种理想主义人生哲学和生命美学。第二,追随圣贤,以求生命的轮回和灵魂不朽。屈原在《楚辞》中多次提及"吾将从彭咸之所居"(《离骚》),"托彭咸之所居"(《悲回风》),"鸟飞反故乡兮,狐死必首丘"(《哀郢》),表明主体信仰灵魂不灭、生命轮回的观念,而对于古代圣贤的追随,以死求证自己的道德人格的崇高,尤其能够彰显理性主义的终极价值。第三,美政理想。屈原在现实世界的最高目标是施行美政,而"美政"的逻辑结构包含"举贤授能、修明法度和以

①　姚小鸥:《〈天问〉意旨、文体与诗学精神探原》,《中国楚辞学》第 15 辑,学苑出版社 2011 年版,第 10 页。

②　黄崇浩:《论屈原的终极关怀》,《中国楚辞学》第 14 辑,学苑出版社 2011 年版,第 152 页。

民为本"这些核心内容。这些内容既有政治因素,也有伦理道德的内涵。简言之,屈原的政治追求始终奠基于民本思想,来源于主体对于民生的关切,来源于人道主义的终极关怀。从这个意义上看,屈原的终极关怀超越了自我意识而提升至普遍的人性价值。第四,屈原反对背叛和杀戮、享乐和淫乱,追求共时性的伦理原则。《天问》中散落诸多对历史人物的批判和反思,尤其鞭挞了那些政治领域的阴谋家和野心家,他们依靠暴力、阴谋和杀戮获取权力,放纵本能和蔑视普遍的伦理道德,屈原对他们进行严厉的理性批判和价值否定,坚守自我信仰的伦理原则。在《天问》的结尾,诗人追问:"何试上自予,忠名弥彰?""忠""信""诚"等道德概念是屈原的人生价值准则,也是不可更改的终极追求。《天问》从对天的追问开始,最终归结到人生的伦理价值之肯定,归结到自我存在的终极意义之实现,将哲学和伦理学和谐地对接,从而将"天问"转化到对历史和人之存在的追问,确立永恒的生命意义和存在价值。

《天问》留给我们无限而永恒的诗、思、历史、神话、自然的谜团,这也许需要我们不断去"天问"的。

第三节　道统信念与古文复兴

韩愈,字退之,自称郡望昌黎,世称"韩昌黎"或"昌黎先生"。《新唐书·韩愈传》云:"韩愈字退之,邓州南阳人。七世祖茂,有功于后魏,封安定王。父仲卿,为武昌令,有美政,既去,县人刻石颂德。终秘书郎。愈生三岁而孤,随伯兄会贬官岭表。会卒,嫂郑鞠之。愈自知读书,日记数千百言,比长,尽能通《六经》、百家学。擢进士第。"[1]韩愈出身书香门第,仕宦之家。幼年虽经历苦难,然聪颖好学,终成稀世之才。

单纯从写作身份看,韩愈担负着哲学家和文学家的双重角色。从韩愈

---

① 欧阳修、宋祁撰:《新唐书》,《二十四史》第 12 册,中华书局 1997 年版,第 1345 页。

涉及的哲学内容看,包括伦理哲学、历史哲学、政治哲学、艺术哲学等门类。而韩愈在文学领域,不仅提出"古文运动"的写作理论和美学纲领,而且在创作实践上身体力行,付诸具体的写作活动,并引领培养出一批志同道合的古文写作者,成为古文运动的著名领袖。从文学作品的文体看,韩愈除了潜心写作纯粹文学性散文之外,亦精工娴熟于诗赋、策论、书札、哀辞、祭文、碑志、表状等文体。韩愈在文化史、思想史上的重要贡献显现于两大方面:在哲学上,韩愈在《原道》一方面既批判与解构佛教与道教两种宗教,也斥拒沿袭已久的民间信仰和陋俗。另一方面,韩愈提出"道统"这一儒学的概念的范畴,重构华夏传统的道德伦理的核心价值和人文精神。再一方面,韩愈在《原人》和《原性》中阐述了存在者的人性本质及其精神特性,进一步驳斥和批判了佛教和道教对正常人性的束缚与扭曲,论述了"仁义"在人性中应有伦理意义和道德价值,提出"性三品"的理论。在文学上,一方面,韩愈进一步发展了"文以明道"的观念,在美学上提出文章写作的"养气说";另一方面,韩愈发起了"古文运动",其旨意既是针对六朝以来的辞章浮华、形式刻板、声律迤逦而思想式微、内容空洞的骈体文,倡导以秦汉散文为审美标准的文章样式,并且认为只有这样的文章才能更好发扬儒家之道。再一方面,韩愈在具体的文学创作奉行"古文"原则,主张语言长短自由、抒写灵活的文章写作,便于表达现实人生和传达儒家的思想观念。韩愈的古文运动以及自我的写作实践,体现出哲学性和文学性的紧密连接,达到了思想性和艺术性的和谐统一的美学高峰,成为后世散文写作的一个审美象征和艺术典范。

一、批判与解构

首先,对佛教的批判与解构。韩愈在哲学上主要的批判和解构的目标是佛教,他认为佛教信仰构成了对传统的"道统"信念和儒家哲学的最大危险,也在客观上造成了民众的信仰危机和人生价值观的迷惑。《进学解》云:"觝排异端,攘斥佛老。补苴罅漏,张皇幽眇。寻坠绪之茫茫,独旁搜而远绍。障百川而东之,回狂澜于既倒。先生之于儒,可谓有劳矣。"①这是韩愈在哲学上的强力意志和卓越抗争的客观写照,也是其自鸣得意的精神境界。韩愈认为,一方面,佛教的输入和兴盛构成了对传统儒家哲学的危害与危机,它摧毁了华夏传统的人文精神和道德理念,也有悖于自己民族的伦理观和亲情原则。另一方面,佛教的传播和民众的广泛接受,众多寺庙和僧侣,既妨碍了政治、社会的稳定,也不利于生产力的发展和经济生活的保证,对国家和个人都造成了危害和损失。

有鉴于此,韩愈利用唐宪宗元和十四年(817)迎佛骨的契机,谏宪宗迎佛骨而写出《论佛骨表》轰动朝野的著名文章。一方面,韩愈对佛教进行历史理性的批判:"伏以佛者,夷狄之一法耳,自后汉时流入中国,上古未尝有也。……汉明帝时,始有佛法,明帝在位,才十八年耳。其后乱亡相继,运祚不长。宋、齐、梁、陈、元魏已下,事佛渐谨,年代尤促。惟梁武帝在位四十八年,前后三度舍身施佛,宗庙之祭,不用牲牢,昼日一食,止于菜果,其后竟为侯景所逼,饿死台城,国亦寻灭。事佛求福,乃更得祸。由此观之,佛不足事,亦可知矣。"②韩愈从华夏的历史演变指出,自黄帝以来,佛教未流传中国之前,中国历史处于合乎逻辑地自然发展,然而自佛教传入中国以后,却导致国家的灾变和帝王的个人悲剧。另一方面,韩愈进而展开对佛教的辩证理性之批判:

> 夫佛本夷狄之人,与中国言语不通,衣服殊制;口不言先王之法言,身不服先王之法服;不知君臣之义,父子之情。假如其身至今尚在,奉其国命,来朝京师,陛下容而接之,不过宣政一见,礼宾一设,赐衣一袭,卫而出之于境,不令惑众也。况其身死已久,枯朽之骨,凶秽之馀,岂宜令入宫禁?孔子曰:"敬鬼神而远之。"古之诸侯,行吊于其国,尚令巫祝先以桃茹祓除不祥,然后进吊。今无故取朽秽之物,亲临观之,巫祝不先,桃茹不用,群臣不言其非,御史不举其失,臣实耻之。乞以此骨付之有司,投诸水

---

① 马其昶:《韩昌黎文集校注》,上海古籍出版社1986年版,第45—46页。
② 马其昶:《韩昌黎文集校注》,上海古籍出版社1986年版,第613—614页。

火,永绝根本,断天下之疑,绝后代之惑。使天下之人,知大圣人之所作为,出于寻常万万也。岂不盛哉！岂不快哉！佛如有灵,能作祸祟,凡有殃咎,宜加臣身,上天鉴临,臣不怨悔。无任感激恳悃之至,谨奉表以闻。①

韩愈对佛教的辩证理性之批判,具体的思想内容包括:其一,佛教是异域文化,和华夏文化存在着本质的差异,并且在语言和生活行为等方面都和我们民族存在显著不同,而语言作为文化的根基则决定了一种文化和文明的鲜明标志。其二,佛教和"先王之法言"与"法服"存在着悖谬,属于异类。其三,佛教违背了君臣之义、人性和世俗生活的伦理纲常。其四,佛教不合正常的政治原则和外交礼仪,不宜敬奉。其五,佛教和孔子的儒家传统存在着根本矛盾,不合乎传统的价值观和伦理原则。因此,绝不能迎佛骨而应该将之抛弃,"投诸水火,永绝根本,断天下之疑,绝后代之惑"。韩愈的这个文本,既包含着历史理性和辩证理性,又充盈着儒家精神和人文情怀,张扬着传统知识分子情怀和诗人气质,将哲思与论争、说理和抒情、叙事和辩驳和谐地融入字里行间,成就了一篇旷世的精彩文本。这一文本,可谓是中国文化史、思想史上的哲学性与文学性密切关联的经典文本。然而,韩愈对佛教的批判也带着情绪化和逻辑上简单等不足,正如冯友兰所言:"韩愈企图从理论上'排佛',可是并没有接触到哲学的根本问题,并没有从哲学根本问题上与佛教作斗争。他的那些理论,并不能把佛教驳倒。"②清代思想家颜元则认为韩愈对于佛教的批判和斗争还不够彻底和纯粹,他以抱憾的口吻说:"昌黎诛佛不遗余力,死生以之,真儒阵战将也。惜其贬潮州时,闻老僧太颠,召至州郭,与之盘桓,及其将行也,又留衣服为别。……予阅答书至此,大为惊异,世岂有为僧之人而识道理者乎？岂有识道理之人而为僧者乎？"③

其次,对道家与道教的批判与解构。韩愈第二个重点批判的对象就是道家和道教。这两方面的批判在逻辑上是密切联系的。

---

① 马其昶:《韩昌黎文集校注》,上海古籍出版社 1986 年版,第 615—616 页。
② 冯友兰:《中国哲学史新编》第 4 册,人民出版社 1986 年版,第 297 页。
③ 颜元:《习斋四存编》,上海古籍出版社 2000 年版,第 176 页。

其一,韩愈是对道教进行理论层面的批判,他在《原道》写道:"老子之小仁义,非毁之也,其见者小也。坐井而观天,曰天小者,非天小也。彼以煦煦为仁,孑孑为义,其小之也则宜。其所谓道,道其所道,非吾所谓道也。其所谓德,德其所德,非吾所谓德也。凡吾所谓道德云者,合仁与义言之也,天下之公言也。老子之所谓道德云者,去仁与义言之也,一人之私言也。"①韩愈在对老子展开批评的同时,着重对"道"的概念进行辨析和阐释。韩愈的"道"的概念不同老子庄子的"道"的概念,尽管在文字和话语上相同,也就是"能指"一致,然而韩愈的"道"之概念的内在规定性和老子庄子"道"的所指存在着一定差异。也就是说,两者的能指一致,是"名"相同,而"实"有异。因此,两者的"所指"也是大相径庭的。道家的"道"是哲学上的最高范畴,既是自然存在的最根本规定性也是世界的依据,也是存在的本质和逻辑基础,更是人性之本的存在理由和行为法则。而在韩愈的哲学范畴里,"道"只是依附于"仁义"这一最高的伦理原则而存在的次要概念。从这一理论意义上看,道家的"道"所包含的意义指向于自然哲学,韩愈的"道"所指涉的是伦理哲学。道家的"道"与"德"概念在韩愈视野里,它们只不过是"仁义"的外在附庸和具体外延。显然,道家的"道""德"到了韩愈这里,其哲学价值和思想意义被刻意地降格和贬损了。韩愈有意识地一方面提升"仁义"概念的意义与价值,是出于维护儒家的正统地位和强化自己的"道统"观的目的;另一方面是为了达到排斥道家的思想地位和理论价值的主观意图。他认为,老子的"道德"只是脱离的"仁义"范畴的狭隘话语,为"一人之私言也"。

其二,和对道家所进行哲学和理论性的批判密切关联,韩愈对道教的批判更为激烈尖锐和呈现丰富的现实性意义,也更具有针对性和经验感,能够为大多数民众所理解和接受。韩愈针对当时的女道士"谢自然"②得道成仙的民间

---

① 马其昶:《韩昌黎文集校注》,上海古籍出版社1986年版,第13—14页。

② 谢自然(767—794),祖籍兖州,四川南充人,原为平常妇女,后来成为女道士,世号"东极真人"。民间传说谢自然在南充西山的飞仙石上得道飞天。对此奇闻逸事,古代多种史籍均有记载。

传说,写作了五言长诗《谢自然》,对此虚妄之事进行深刻的反思和辛辣的嘲讽,由此对道教的谣言和传说的荒谬性进行批判,从而揭露道教的虚假实质和它对民间社会的欺骗性。

> 果州南充县,寒女谢自然。
>
> 童騃无所识,但闻有神仙。
>
> 轻生学其术,乃在金泉山。
>
> 繁华荣慕绝,父母慈爱捐。
>
> 凝心感魑魅,慌惚难具言。
>
> 一朝坐空室,云雾生其间。
>
> 如聆笙竽韵,来自冥冥天。
>
> 白日变幽晦,萧萧风景寒。
>
> 檐楹暂明灭,五色光属联。
>
> 观者徒倾骇,踯躅讵敢前。
>
> 须臾自轻举,飘若风中烟。①

韩愈以反讽的笔法借助于以往的传说纪录,而描摹谢自然"得道升天"的情景和氛围,诗歌以生动变幻的场景描写,隐藏着韩愈对道教的这一传闻的理性置疑和情感斥拒。显然,对女道士谢自然修炼得道、高台升天的虚假传说予以理性主义的批判和否定。在诗歌的下半部分,韩愈写道:

> 奈何不自信,反欲从物迁。
>
> 往者不可悔,孤魂抱深冤,
>
> 来者犹可诚,余言岂空文。
>
> 人生有常理,男女各有伦。
>
> 寒衣及饥食,在纺绩耕耘。
>
> 下以保子孙,上以奉君亲,
>
> 苟异于此道,皆为弃其身。

---

① 方世举:《韩昌黎诗集编年笺注》上册,中华书局 2012 年版,第 7 页。

噫乎彼寒女,永托异物群。

感伤遂成诗,昧者宜书绅。①

韩愈既从维护人性和人道的立场不赞赏谢自然"得道升天"的美谈,认为这一现象违背了人性和人伦,也有悖于正常的合乎理性的主体生活。韩愈也从儒家的"忠孝"价值观立场否定女道士谢自然放弃自信、托变为"异物"的变态举动,认为女道士的行径违背了儒家的基本伦理原则,是不可理喻、走火入魔之愚蠢行为。韩愈以诗歌形式表达了自己的哲学立场和人生价值观,既嘲讽了道教的"得道升天"的虚假性叙事,也存疑和否定了道教人物谢自然的可悲可叹的命运和违背人伦的荒谬行为。所以,从这个意义上考察,韩愈的《谢自然》这一首五言长诗,也是一首哲理诗,是以文学的方式表达出自己所推崇的儒家的价值观、人生观和审美观。因此,谢自然这一女道士形象,由在道教传说中的秀美意象和神仙符号,在韩愈的诗歌中则转换为非审美的、扭曲人性和反人道的负面形象。韩愈还有一首讽刺和贬斥道教的诗歌《华山女》,同样是存疑和批判女道士的一篇精彩文本,诗歌还一同嘲讽了佛教:

街东街西讲佛经,撞钟吹螺闹宫庭。

广张罪福资诱胁,听众狎恰排浮萍。

黄衣道士亦讲说,座下寥落如明星。

华山女儿家奉道,欲驱异教归仙灵。

洗妆拭面著冠帔,白咽红颊长眉青。

遂来升座演真诀,观门不许人开扃。

不知谁人暗相报,訇然振动如雷霆。

扫除众寺人迹绝,骅骝塞路连辎軿。

观中人满坐观外,后至无地无由听。

抽簪脱钏解环佩,堆金叠玉光青荧。

天门贵人传诏召,六宫愿识师颜形。

---

① 方世举:《韩昌黎诗集编年笺注》上册,中华书局 2012 年版,第 7—8 页。

> 玉皇颔首许归去,乘龙驾鹤来青冥。
>
> 豪家少年岂知道,来绕百匝脚不停。
>
> 云窗雾阁事恍惚,重重翠幕深金屏。
>
> 仙梯难攀俗缘重,浪凭青鸟通丁宁。①

在这首七言诗中,韩愈讥讽了道教施行美人计,借用华山美女假扮道士讲经以吸引听众,结果引起极大的社会轰动效应的欺骗性事件。华山女的讲经效应席卷了整个社会空间,甚至连宫禁中的皇后和妃子都滋生面见华山女道士聆听讲经说法的念头,最终皇帝传旨华山女进宫讲经传道。至于之后发生了何种故事,韩愈也只有存而不论,在诗歌中留下悬念和想象空间。显然,韩愈对道教和女道士的质疑和讽刺的情感倾向借助于诗歌的传神描摹和情景隐喻得以流露,这也足以显示韩愈诗歌创作的艺术才智和思想导向。

二、阐释与重建

韩愈在对佛教和道教的批判与解构的同时,力图阐释和重建儒家的"道统",他视之为自己的神圣责任和崇高使命。

对"道统"的阐释与重建。韩愈的"道统"是一个具有历史延续性和共时性的价值传统和精神核心,在韩愈的哲学思想结构中,也是一个核心的命题和范畴。韩愈的"道统"包含着这样几个思想特征:其一,"道统"是一个伦理哲学的概念,其中最核心的结构是儒家的"仁义"原则。韩愈在《原道》说:"博爱之谓仁,行而宜之之谓义,由是而之焉之谓道,足乎己而无待于外之谓德。仁与义为定名,道与德为虚位。故道有君子小人,而德有凶有吉。"②一方面,韩愈将"仁"赋予"博爱"的这一内涵,又将"义"给予实践意义的阐释;另一方面,韩愈将"道"与"德"规定为"仁义"这一核心范畴的附庸,它们作为"仁""义"的"虚位",成为一个象征性符号。而"道"有君子小人之分,"德"有凶吉

---

① 方世举:《韩昌黎诗集编年笺注》上册,中华书局 2012 年版,第 10—11 页。

② 马其昶:《韩昌黎文集校注》,上海古籍出版社 1986 年版,第 13 页。

的不同。显然，在道家哲学中的至高地位的"道""德"在韩愈这里被降格，其思想价值和哲学意义均被消解。与之相对应，作为儒家思想核心的"仁义"被提升为哲学的最高逻辑范畴和被视为伦理学的最高价值准则与共时性的伦理标准。其二，一方面，韩愈的"道统"不是一个先验性的主观逻辑的结果，而是一个充满历史感的概念，是轴心时代的精神成果；另一方面，韩愈的"道统"不是单一主体所主观想象或主观意志的产物，而是后验的由多个历史人物所共同催生和延续发展的历史性果实。所以，"道统"又是一个包含着历史经验和实用理性的哲学概念。换言之，"道统"这一概念包含着丰富的历史感和理性内容，因为它源于华夏的文化传统和价值传统，体现出中华民族的精神价值的延续性。有学者认为："韩愈所说的'道'乃是'合仁义而言之'，由尧、舜、禹、汤、文、武、周公以至孔子、孟子代代相传的儒家之道。自周公以至孔子、孟子代代相传的儒家之道。自周公以上，其道见于行事；孔、孟不得其时，故其道见之于著述。"①其三，韩愈的"道统"是一个由历时性和共时性相统一的概念，同时它包括丰富而具体的思想内涵。一方面，韩愈的"道统"来源于客观的历史发展和众多历史人物的集体意识，是华夏民族历代相传的价值准则和伦理标准。因此，它是一个历时性的思想产物。另一方面，"道统"随着历史的发展和演进，成为被社会共同认同的意识形态和世代传习的精神核心和价值准则，最终定型为华夏民族共时性的思想基础和社会制度的依据，上升为一种共时性的文化心理结构。其四，"道统"具有丰富而具体的思想规定性。一方面，韩愈的"道统"包含着伦理道德的内容，既是整个社会的思想准则也是个人实践行为的道德规范；另一方面，韩愈的"道统"也包含实际生活中的基本道理和具体原则，是调节社会关系和从事生产生活的一系列方式方法。"在韩愈心目中，此'道'实包括两部分：一是古圣人教给人民的相生相养之道，即生产、交换、医药等等，二是圣人所制定的礼乐刑政制度和所规定的君臣父子、统治与被统治者之间的伦理关系。韩愈认为，'世俗陵靡，不及古昔，盖圣人

---

① 王运熙、顾易生主编：《中国文学批评史》第 3 卷，上海古籍出版社 1996 年版，第 488 页。

之道废弛之所为也'。具体来说,即道的第二部分内容被忽视废弛了。"①显然,韩愈对道的阐释和重建担负着一个儒家思想家的历史责任。必须指出的是,韩愈的"道统"范畴完全不同于抽象和空无的宗教信仰或功利性的政治信仰,因为信仰没有思维前提和逻辑基础,没有主体的理性的反思和自我意识,更不允许思想者的自由意志和独立思考。因为所谓的"信仰"是理性的茫然状态和弃绝个人意识的暴力强权。所以,韩愈的"道统"不是宗教或政治的信仰而是一种哲学信念和伦理价值,是历史感和现实价值的必然性统一。

对人性的阐释与重建。和对"道统"的阐释和重建密切关联,韩愈对人性也即是对主体存在的特性与意义进行阐释和重建。因为韩愈面临着重要的和现实性的理论命题,就是如何针对佛教讨论的一个中心论题"心性为何"和"心性如何"的问题而展开自己的解答。"心性问题,是隋唐佛教各派讨论的中心问题,如'明心见性''无情有性''性体圆融'等。为了与佛教之说相对抗,打破佛学对于心性之说的垄断,所以在《原性》中,韩愈从儒家传统思想中找依据,加以改造。"②韩愈在《原性》中认为:"性也者,与生俱生也;情也者,接于物而生也。性之品有三,而其所以为性者五;情之品有三,而其所以为情者七。"③韩愈认为,主体的"性"是先验和先天的客观存在,所以,"性也者,与生俱生也",而"情"则是主体和客观世界和现实生活相与接触的心理结果,因此"情也者,接于物而生也。"由此,韩愈对性与情作出的逻辑区别和具体阐释。韩愈进一步对"性"展开逻辑论证,他认为"性之品有三,而其所以为性者五"。性呈现为上、中、下三品,它们分别代表三种价值形态和品质区别。上品为善,下品为恶,而中品既可能为善也可能为恶,它在于主体的后天的精神修养和实践意志。而性的具体内涵则包括仁、义、礼、智、信五种道德形态。主体的情感内容则有喜、怒、哀、惧、爱、恶、欲七种类型。显然,韩愈从儒家哲学为性的存在寻找逻辑依据和理论根源,也为性的存在奠定了仁、义、礼、智、信

---

① 王运熙、顾易生主编:《中国文学批评史》第 3 卷,上海古籍出版社 1996 年版,第 488 页。

② 敏泽:《中国美学思想史》上卷,湖南教育出版社 2004 年版,第 748 页。

③ 马其昶:《韩昌黎文集校注》,上海古籍出版社 1986 年版,第 20 页。

五种道德基础。韩愈对人性的阐释和重构是建立在对以往理论的汲取和扬弃的逻辑基础上,他考察了孟子、荀子和扬子这三家观点:"孟子之言性曰:人之性善;荀子之言性曰:人之性恶;扬子之言性曰:人之性善恶混。夫始善而进恶,与始恶而进善,与始也混而今也善恶,皆举其中而遗其上下者也,得其一而失其二者也。"①"故曰:三子之言性也,举其中而遗其上下者也,得其一而失其二者也。曰:然则性之上下者,其终不可移乎?曰:上之性,就学而易明;下之性,畏威而寡罪。是故上者可教,而下者可制也。其品则孔子谓不移也。"②韩愈在分析了三家观点之后,对他们理论局限性都提出批评的意见。他既不赞成孟子的性善论,也不认同荀子的性恶说,更不接受扬子的善恶混之观念。韩愈认为,孟子的"性善"论建立在对人性的上品认识方面,而荀子的"性恶"说则是建立在对人性的下品认识视角上,扬子所言人性"善恶相混"的观点则是建立在对人性的中品之认识方式上,所以,三者的观点和理论都有片面性和局限性,都是不够正确和合理的一家之言。在辨析了论述三家关于人性的观念之后,韩愈提出自己的见解,认为上品的性倘若经过自我学习和道德修炼,可以令人性散发出光辉。而下品的性,则可以因为畏惧法律威严和道德约束而减少过失和罪恶。而中品的性则可能朝着上下两个方面变化。然而,韩愈断论,无论外在客观情况如何变化均不可能对人性的本质有根本性的改变,因为"性"是客观的自然人性之存在。所以,韩愈人性论呈现自然主义的思想性质,也延续了孔子"唯上智与下愚不移"的观念,借此抗衡佛教的心性论和人性论。

和《原道》和《原性》一样,韩愈的《原人》篇同样是一篇隐含哲学性和洋溢文学性的文章。《原人》云:

> 形于上者谓之天,形于下者谓之地,命于其两间者谓之人。形于上,
> 日月星辰皆天也;形于下,草木山川皆地也;命于其两间,夷狄禽兽皆人

---

① 马其昶:《韩昌黎文集校注》,上海古籍出版社 1986 年版,第 21 页。
② 马其昶:《韩昌黎文集校注》,上海古籍出版社 1986 年版,第 22 页。

也。曰：然则吾谓禽兽人，可乎？曰："非也。"指山而问焉，曰：山乎？曰：
山，可也。山有草木禽兽，皆举之矣。指山之一草而问焉，曰：山乎？曰：
山，则不可。

> 天道乱，而日月星辰不得其行；地道乱，而草木山川不得其平；人道
> 乱，而夷狄禽兽不得其情。天者，日月星辰之主也；地者，草木山川之主
> 也；人者，夷狄禽兽之主也。主而暴之，不得其为主之道矣，是故圣人一视
> 而同仁，笃近而举远。①

借助于这篇短文，韩愈以优雅精炼的文辞表达了对位于天地之间的精神主
体——人的赞美。韩愈以反问式的修辞表达如此的理念：对事物的理解不能
以偏概全，不可以混淆逻辑界限，以个别代替一般，以特殊指称整体。最后，韩
愈进行如此的逻辑推演：天道、地道、人道都应该保持稳定的运行规律，否则必
然导致自然和社会的动荡与灾难。天者、地者与人者均是万物生灵之主宰，韩
愈由此归纳出如此合乎逻辑的结论："故圣人一视而同仁，笃近而举远。"韩愈
将哲理和文采高度地融汇在文本之中，他的《原道》《原性》《原人》皆是较为
典型的将论理和审美和谐统一的双重文本。

三、理论与创作

韩愈在美学理论和文学写作两个方面都有丰硕之建树，因此他有着思想
家和文学家的双重身份。韩愈在政界有一定的地位和良好声誉，贞元八年
（792），韩愈登进士弟，任节度推官，累官监察御史。之后，韩愈经历仕宦沉
浮，人生几多挫折，晚年官至吏部侍郎。韩愈死后，被朝廷追赠"礼部尚书"，
谥号"文"。元封八年（1078），宋神宗又追封韩愈为"昌黎伯"，准其享受"从
祀孔庙"的显赫待遇，可谓倍显身后荣耀。在古代，由于科举制度的缘故，考
取功名的古代文人一般有着一定的政治、经济地位，这对于他们的文学创作及
其影响产生了客观的有利条件。《新唐书·韩愈传》云："每言文章自汉司马

---

① 马其昶：《韩昌黎文集校注》，上海古籍出版社 1986 年版，第 25—26 页。

相如、太史公、刘向、扬雄后,作者不世出,故愈深探本元,卓然树立,成一家言。其《原道》《原性》《师说》等数十篇,皆奥衍宏深,与孟轲、杨雄相表里而佐佑《六经》云。至它文造端置辞,要为不蹈袭前人者。然惟愈为之,沛然若有余,至其徒李翱、李汉、皇甫湜从而效之,遽不及远甚。从愈游者,若孟郊、张籍,亦皆自名于时。"①韩愈在政界和文化界均有着显赫地位和卓越声誉,是世所公认的文章盟主和理论领袖,他的诸多文本,融哲学与文学于一体,所以他的文学主张能够被较为广泛地传播和被众多的文人墨客所接受。

首先,复兴古文运动。韩愈主张复兴先秦两汉的文章写作传统,提倡"文道合一""务去陈言""文从字顺"的散文写作主张,对当时和后世均产生了巨大而深刻的影响。韩愈不满于六朝以来的骈体文的写作格式在历史的演变过程中越来越丧失了思想内容和文学的生命力,已经沦落结构刻板、雕琢字句、恪守音律、拘泥对仗等纯粹形式主义的文本。所以,针对这种单纯注重形式而思想空洞的文体风格,韩愈主张继承和发扬先秦两汉的奇句单行的散文形式,这即是韩愈所谓的"古文"。在唐德宗的贞元时期,因为韩愈的竭力倡导和身体力行的文章创制,有诸多文人追随韩愈和效仿"古文"创作,其中李翱、李汉、皇甫湜等人都是韩愈的"古文"理论的拥护者和实践者,后来又得到柳宗元的大力支持,其古文写作蔚然成风,古文的势力终于超越了骈体文成为主流文体。此为韩愈倡导和实行的"古文运动"。

其次,理论阐述。韩愈一方面亲自撰写"古文",是一位文学体裁的实践者和倡导者;另一方面,韩愈阐述"古文"的基本观念和主要理论,解决有关古文运动上的美学重要问题。韩愈的古文理论主要包含这样几方面内容:其一,韩愈移植自己的"道统"观到文学领域。他在《答陈生书》中云:"愈志在古道,又甚好其言辞。观足下之书及十四篇之诗,亦云有志于是矣。"②韩愈在《上兵部李侍郎书》中云:"性本好文学,因困厄悲愁无所告语,遂得究穷于经传《史

---

① 欧阳修、宋祁撰:《新唐书》,《二十四史》第12册,中华书局1997年版,第1347页。
② 马其昶:《韩昌黎文集校注》,上海古籍出版社1986年版,第176页。

记》百家之说,沈潜乎训义,反复乎句读,砻磨乎事业,而奋发乎文章。"①这两方面的主体因素必然性地促使韩愈将自我的"道统"理论渗透到"古文"创作的过程之中,而"道统"成为贯穿其古文写作的美学精髓和价值核心。其二,韩愈认为文章的写作主体必须有高尚的道德禀赋和优良的人生涵养,如此而已才使优秀的文学创作得以可能,这是合乎逻辑的因果关系。韩愈在《答尉迟生书》中云:"夫所谓文者,必有诸其中,是故君子慎其实。实之美恶,其发也不揜。本深而末茂,形大而声宏,行峻而言厉,心醇而气和;昭晰者无疑,优游者有余;体不备不可以为成人;辞不足不可以为成文。愈之所闻者如是;有问于愈者,亦以是对。"②韩愈在《答李翊书》中云:"道德之归也有日矣,况其外之文乎? 抑愈所谓望孔子之门墙而不入于其宫者,焉足以知是且非邪? 虽然,不可不为生言之。……根之茂者其实遂,膏之沃者其光晔;仁义之人,其言蔼如也。"③这两封书信,从一个侧面折射出韩愈有关古文写作的美学思想。韩愈以"君子"的标准要求从事古文写作者,要求写作主体有着仁义之禀赋,具备高尚的道德情操和儒家的审美境界,只有这样才能使自己的古文写作获得思想和人格的卓越性,从而创作出与之相应的文学文本。与此相关,韩愈在《送孟东野序》中提出"不平则鸣"的美学观,为古文创作提供另一个重要理论依据:

　　大凡物不得其平则鸣:草木之无声,风挠之鸣。水之无声,风荡之鸣。其跃也,或激之;其趋也,或梗之;其沸也,或炙之。金石之无声,或击之鸣。人之于言也亦然,有不得已者而后言。其歌也有思,其哭也有怀,凡出乎口而为声者,其皆有弗平者乎! ……其于人也亦然。人声之精者为言,文辞之于言,又其精也,尤择其善鸣者而假之鸣。④

韩愈从自然现象设喻以表达对文章写作的理解,主体的内在思想和情感所激

---

①　马其昶:《韩昌黎文集校注》,上海古籍出版社1986年版,第143页。
②　马其昶:《韩昌黎文集校注》,上海古籍出版社1986年版,第145页。
③　马其昶:《韩昌黎文集校注》,上海古籍出版社1986年版,第169页。
④　马其昶:《韩昌黎文集校注》,上海古籍出版社1986年版,第235页。

发的创作冲动经由具体的书写活动而得以成为文本形式,而文本则是主体的理性与情感所客观化的结果。所以,古文写作是"不平则鸣"的审美活动的自然果实。其三,韩愈认为写作"古文"应当是学习古人而重在创新。古文运动的前驱人物,如李华、萧颖士、独孤及、柳德舆、柳冕等人,均泥古不化,既排斥屈原之后的文学遗产,又缺乏内容和形式的创新。韩愈一方面重视学习古文的优良传统,另一方面更注重古文写作从思想到形式的双重创新。他在《答刘正夫书》中讨论为文之道:"若圣人之道不用文则已,用则必尚其能者;能者非他,能自树立,而不因循守者是也。"[1]在《答李翊书》中说:"当其取于心而注于手也,惟陈言务去之,戛戛乎其难哉。"[2]诚如敏泽所言:"古文运动的前驱者们不仅学古视野十分狭小,而且,还不大重视创新。韩愈则不同,他重视学古,目的却在于创新,并非为学古而学古,或者食古不化。"[3]韩愈在理论呼吁和提倡学古与创新并行不悖,而创新则表现在思想和内容两个方面,韩愈在自己的古文写作中具体地实践了这些美学理念。

最后,自我的创作实践。韩愈不仅是古文运动的理论阐释者和倡导者,而且在自己的写作活动中客观地贯彻了这些文学主张。韩愈是文章写作的多面手,擅长多种文体的写作,诸如赋、文、书、启、序、诗、祭、表、状、哀辞、碑志、杂著等。韩愈的文章写作最显著的美学特点就是融思想性和审美性于一炉,简言之,就是完美地将哲学家和文学家的双重身份充分地呈现在自己的写作活动过程中。

我们从文体的性质和内容的视角,将韩愈的文章大致可以划分为以下几种:其一是论述类型。这一类文章最典型地呈现韩愈文本的理论性和思辨特性,所谓"奥衍宏深"和"张皇幽眇"即是表明韩愈的这一类文章呈现思想深邃和理论精妙的内容特征。代表性的文本有《原道》《原性》《原人》等,探讨和阐释一些根本性的理论问题,既是充满思想性和批判性的哲学论文,也是充满

---

① 马其昶:《韩昌黎文集校注》,上海古籍出版社 1986 年版,第 207 页。
② 马其昶:《韩昌黎文集校注》,上海古籍出版社 1986 年版,第 170 页。
③ 敏泽:《中国美学思想史》上卷,湖南教育出版社 2004 年版,第 750 页。

情感和美感的文学性著述。这一类文本,呈现出韩愈文章最高的理论水准和美学水准,也是公认的"古文运动"的经典之作。除此之外,韩愈还有诸如读书笔记《读荀》《读鹖冠子》《读仪礼》《读墨子》等,这些简短精悍的论说性文章,属于一种哲学性的思想片断,借解读古人文本而阐述自己的观念。写作方式自由灵活,采取碎片化的理论表达,令读者容易被感染和接受。

其二是杂文类型。诸如《论佛骨表》《进学解》《师说》《原毁》《送穷文》等。这些文章简洁明快,或采用对话方式,或运用札记写法,手法灵活,思理绵密而富于感染性。《论佛骨表》充满思想批判的锋芒,以历史理性和辩证理性高度统一的方法论,对佛教予以置疑和解构,维护传统儒家文明和伦理价值,也是情感充沛和文笔精辟的经典文本。《进学解》用对话和问答的形式,以看似自我嘲讽却是价值肯定的策略,表达了自己的崇儒与斥佛贬道的思想倾向。《师说》解答了"师"的价值意义和功能性质,其中的思想观念产生了深刻久远的历史影响,迄今依然呈现出一定的现实意义。《原毁》阐释了一般士大夫为何诋毁后进者的客观逻辑和主观原因,韩愈批判了庸俗和偏见的世风,提出对擢用人才的正当看法,这一观点迄今为止依然有合理价值。《送穷文》以反语讽刺的技巧而达到对批判社会腐朽、世风衰败的目的,同时也表明正直的知识分子不愿随波逐流、自守清高的精神。

其三是随笔类型。这包含韩愈一部分的笔记、信札、序言、祭文等,如《杂说》《送孟东野序》《上兵部李侍郎书》《答尉迟生书》《送李愿归盘谷序》《蓝田县丞厅壁记》等,如杂说四写"世有伯乐,然后有千里马"的现象,对人才问题表达了反思和叹惋的情绪。《送孟东野序》以书信形式表达了自己"不平则鸣"的美学观。《上兵部李侍郎书》则以自谦的口吻倾诉了自我的艰苦身世和人生志向以及文学的趣味。《答尉迟生书》讨论创作主体的品德修养、人生境界对于文学创作的重要性。《送李愿归盘谷序》借助隐士之口对官场的虚伪势利、博取名望的污浊现象进行批判与讽刺。《蓝田县丞厅壁记》鞭挞了腐朽的官僚体制,为才学之士抱不平。韩愈的随笔类型,精炼潇洒而起承转合自如,思理绵密而文笔纵横,同样呈现出哲学性和文学性的和谐融合。

其四是叙事和抒情相结合的类型。韩愈的文章有一部分叙事佳作,在叙事的过程中自然而然地流露出抒情倾向,有时候也掺杂少量适度的议论。如《张中丞传后叙》《柳子厚墓志铭》《祭十二郎》《试大理评事王君墓志铭》等。《张中丞传后叙》是一首赞美英雄的颂歌,体现了美学上崇高意象,文章以豪迈壮烈的情怀,生动传神地记叙许远、张巡、南霁云戍守睢阳的历史故事,笔法采用波折起伏的叙事,悬念夸张的修辞,达到了震撼人心的审美效果。《柳子厚墓志铭》以简约的笔触写人,辅佐以深情的叙事和鸣不平的议论,悼念了自己的挚友柳宗元。可谓祭文中的经典之作。和《柳子厚墓志铭》有异曲同工之精妙的《祭十二郎》,被赞誉为祭文的"千古绝唱",韩愈悼念亡侄,以事件为经,情感为纬,记叙亡者的家庭、身世、经历,借以抒发自我悲痛的深切情感。而《试大理评事王君墓志铭》,则改变传统墓志铭的写作程式,在悲伤叙事之中掺杂了其中人物的幽默感,展现王适富于智慧的人生经历。

韩愈的"古文"文本,格调超凡,气势雄浑,既有充满思辨性的哲学性文章,又有包含形象性的文学性文章,诸多散文能够将哲学理性和文学感性密切关联,将理性思维和想象力完好地统一于文本的结构之中。尤其在语言表达方面,韩愈既汲取以往"古文"的营养,又能有所超越,自成一家。郭绍虞在《中国文学批评史》中指出:"韩柳从古人学却不是搬演古人语言,所谓含英咀华,得其神似,就是从古人书面语中,摸索到一种融化古人语言同时比较接近口语的书面语。这也可以说是创造,而柳冕就不能这样。"①这确是恰如其分之评论。

---

① 郭绍虞:《中国文学批评史》,上海古籍出版社 1979 年版,第 123 页。

第九章　西方文学与哲学关系
之典型文本分析

之前我们论证了"文学文本的哲学性",其概念规定性在于:文学作品隐匿着哲学性或哲学意识。与此密切相关,我们也论述了"哲学文本的文学性"的问题,其概念的一般规定性在于:哲学文本包含着文学性要素。所以,我们在哲学性与文学性相互关联的这个理论视角上,进一步解读西方哲学史和文学史上几位重要的思想大师及其典型文本。

第一节　哲学与戏剧性

维柯指出:"柏拉图曾在《理想国》里表现过一种幻想,向往像古代那样,哲学家都居统治地位,或是国王们都是些哲学家。"①柏拉图怀抱着类似中国先秦时代的儒家一般的政治理想,然而,在实际的人生实践中,作为哲学家身份的柏拉图从事政治活动并没有取得成功。在公元前 388 年,不惑之年的柏拉图前往意大利,后来在西西里获得叙拉古僭主狄奥尼修一世的青睐,进而又和僭主的女婿狄翁交往。在公元前 367 年,柏拉图接受狄翁之邀,前往叙拉古被聘为狄奥尼修二世的老师,短暂的交往给柏拉图留下不甚愉悦的回忆。公

---

① ［意］维柯:《新科学》,朱光潜译,人民文学出版社 1986 年版,第 112 页。

元前 361 年,柏拉图再次被邀请前往叙拉古,令柏拉图失望的是,他未能在这里获得实践政治理想的机会,因为此时狄奥尼修二世统治下的叙拉古,政治集团内部充满矛盾和斗争,形势险恶,柏拉图险遭不测。次年,柏拉图只得再次抱憾地返回雅典。尽管从政失败,作为哲学家的柏拉图却获得无与伦比的荣耀和超越历史的声誉。

黑格尔在《哲学史讲演录》中感叹道:"柏拉图的著作,无疑是命运从古代给我们保存下来的最美的礼物之一。"①他又称赞:"柏拉图哲学的形式对话体,对话形式的美丽是特别有吸引力的。"②黑格尔赞赏了柏拉图著作富于美感的形式和文学性,并认为柏拉图的对话录:"属于外部形式的首先就是背景和戏剧体裁。"③梯利则给予柏拉图如此的评价:"柏拉图是一个诗人和神秘主义者,也是哲学家和论辩学家。他以罕见的程度把逻辑分析和抽象思维的巨大力量,同令人惊奇的诗意的想象和深邃的神秘情感结合起来。他的品格是高贵的。他出身贵族,气质也有贵族的派头。他是一个坚决的唯心论者,敌视一切卑下和庸俗的东西。"④梯利也指出了柏拉图的对话录将哲学与文学和谐融合的文本特性。

一、戏剧性

首先,哲学与戏剧性。人们往往只瞩目柏拉图作为哲学家的一面,却对柏拉图的哲学文本所包含的丰富文学性有所忽视。尽管如此,还是有卓识的学者对柏拉图文本的所包含的戏剧性和某些小说特点给予了关注和阐发:"幸运的是,作为戏剧,而不是直陈观点的论文,柏拉图对话也的确为我们留下了

① [德]黑格尔:《哲学史讲演录》第 2 卷,贺麟、王太庆译,商务印书馆 1960 年版,第152 页。

② [德]黑格尔:《哲学史讲演录》第 2 卷,贺麟、王太庆译,商务印书馆 1960 年版,第164 页。

③ [德]黑格尔:《哲学史讲演录》第 2 卷,贺麟、王太庆译,商务印书馆 1960 年版,第164 页。

④ [美]梯利:《西方哲学史》,葛力译,商务印书馆 1995 年版,第 61 页。

许多不该忽视的细节、暗示、特定场景乃至神话传说等重要故事线索。这也许可以视为柏拉图对话录戏剧特征的另一个重要侧面。"①也诚如尼采所论：

> 柏拉图确实给世世代代留下了一种新艺术形式的原型，小说的原型；它可以看作无限提高了的伊索寓言，在其中诗对于辩证哲学所处的地位，正与后来许多世纪里辩证哲学对于神学所处的地位相似，即处于婢女（ancilla）的地位。这就是柏拉图迫于恶魔般的苏格拉底的压力，强加给诗歌的新境遇。②

在尼采的理论意义上，柏拉图的某些哲学著作具有文学性和审美特征。柏拉图的某些文本具有小说的艺术特性，隐藏着寓言的表达方式和美感结构。尽管柏拉图受到苏格拉底的"恶魔般"的逻辑思辨的哲学压力，但是这位声称"爱吾师更爱真理"的哲学学徒在思维方式和表达策略上一定程度上对尊敬的师长有所叛逆，这就是他对文学的亲昵和热爱，让文学侵袭了哲学的领地，使他的哲学文本洋溢着文学的审美魅力和感性色彩。

柏拉图所书写的内容，以《理想国》为例。第一，写作者娴熟地运用了小说、戏剧、寓言、诗歌、散文等文学结构和修辞技巧，尤其运用虚构性和想象力活动进行对话录的写作活动，并将这些文学形式和谐地交融到自己的哲学文本之中。通篇10卷，以苏格拉底为主角，和形形色色的人物对话，有故事叙述、寓言比喻、戏剧化冲突、诗歌抒情、神话铺陈、景色描写、想象表达、内心体验等多种文学手法，将哲学对话推演到一个审美性和艺术性相互完满的境界。例如第7卷苏格拉底和格劳孔的对话，借助于"洞穴之喻"生动而形象地阐释了主体的反思能力的产生和哲学思维的逻辑起点等问题。第二，柏拉图将话语修辞术提升到前所未有的美学高度。《理想国》的对话，包含多方面的话语的修辞方式和表达技巧。诸如明喻与隐喻、夸张与排比、讽刺与反讽、拟人与借代、设问与反问、象征与移情等手法，柏拉图借助苏格拉底的智慧和幽默，以

① 张辉：《文学与思想史论稿》，复旦大学出版社2013年版，第6页。
② ［德］尼采：《悲剧的诞生》，周国平译，生活·读书·新知三联书店1986年版，第59页。

极其生动和风趣的语言,讨论了有关哲学、政治学、法学、经济学、美学、历史学、逻辑学、伦理学等问题,使那些枯燥抽象的概念与命题焕发出感性的审美色彩。第三,柏拉图将想象和直觉、叙事和抒情等文学表现策略渗透于哲学活动之中。在他的对话录中,一方面采取逻辑思辨和演绎推理的方法,将问题不断拓展和层层深入,以求获得新的存疑与否定、提问和解答;另一方面,柏拉图以想象与直觉的方法贯穿于对话的始终,也借用叙事与抒情的技巧以加强论辩的说服力。苏格拉底一直扮演谈话的主角,作为阐述问题的轴心,而围绕他对话的次要角色却不断交替变化,对话的话语富于幽默感和戏剧化色彩。再如在《会饮篇》中,柏拉图采用文学的抒情手法:

> 凭临美的汪洋大海,凝神观照,心中起无限欣喜,于是孕育无量数的优美崇高的道理,得到丰富的哲学收获。如此精力弥满之后,他终于一旦豁然贯通唯一的涵盖一切的学问,以美为对象的学问。①

毫无疑问,柏拉图是古典哲学家中最富于浪漫情怀和诗人气质的审美主体,由此他的哲学文本所蕴涵的文学性也最丰富最鲜明。正如维勒克和沃伦所言:"不可否认,也有介于文学与非文学之间的例子,像柏拉图的《理想国》那样的作品就很难否认它是文学,另外那些伟大的神话主要是由'创造'和'虚构'的片断组成的,但同时它们又主要是哲学著作。"②他们的确发现和阐述了柏拉图的哲学文本所隐藏的丰富文学性。汪子嵩在《柏拉图全集》中文版"序言"中写道:

> 柏拉图的对话无疑是希腊文化留下的瑰宝。它不仅为我们展示了一个在西方哲学史上最早的,也是两千多年来影响最大的理性主义的哲学体系;而且在文学史上也是极其优美的杰作,尤其是在他的早中期对话中,既充满机智幽默的谈话,又穿插了许多动人的神话故事和寓言。他的对话可以与希腊古代的史诗、著名的悲剧和喜剧媲美,是世界上不朽的文

---

① [古希腊]《柏拉图文艺对话集》,朱光潜译,人民文学出版社1980年版,第272页。
② [美]维勒克、沃伦:《文学理论》,刘象愚等译,江苏教育出版社2005年版,第16页。

学名著。因此不但为学习哲学和文学的人所必读,而且世界各国许多人所喜读。①

上述的看法显然睿智而精到。以下我们进一步从戏剧性这一美学视角切入,对柏拉图的哲学文本所寄寓的文学性和美感因素予以进一步的描述和阐释。

其次,戏剧是冲突的艺术,同样也包含辩证法的艺术。在哲学意义上,辩证法象征了对立双方的冲突,冲突既可能是思想方面也可能是语言方面或行动方面的。矛盾地思考矛盾,是哲学的思维特征之一。显然,柏拉图是运用辩证法的思想大师,他的文本散布着"矛盾地思考矛盾"的方法论,给后世哲学以丰富深刻的思想启示。和哲学的矛盾地思考矛盾这一特性相类似,作为文学的艺术形式之一,戏剧是冲突的艺术,同样是充满各种矛盾冲突的舞台和情境。正如黑格尔所言:"充满冲突的情境特别适宜于用作剧艺的对象,剧艺本是可以把美的最完满最深刻的发展表现出来的。"②于是我们在"矛盾"或"冲突"这一方面寻找了哲学与戏剧的逻辑关联和两者的本质性联系。

在《斐德罗篇》,斐德罗和苏格拉底谈论到写作的问题,斐德罗说:"苏格拉底! 与另一种消遣相比,一个人能用写文章来消磨时光,谈论你提到的正义和德行之类的话题,这是一种多么高尚的消遣啊?"③苏格拉底对斐德罗说:"它其实是高尚的,亲爱的斐德罗。但是我想,要是能运用辩证法来严肃地讨论这些话题,那就更高尚了。辩证法家会寻找到一个正确类型的灵魂,把自己建立在知识基础上的话语种到灵魂中,这些话语既能为自己辩护,也能为种植它们的人辩护,它们不是华而不实的,而是可以开花结果的,可以在别的灵魂中生出许多新的话语来,生生不息,直至永远,也能使拥有这些话语的人享受到凡人所能享受的最高幸福。"④辩证法是苏格拉底讨论问题或对话的方法

①　[古希腊]柏拉图:《柏拉图全集》第1卷,王晓朝译,人民出版社2002年版,"中文版序"第1页。
②　[德]黑格尔:《美学》第1卷,朱光潜译,商务印书馆1979年版,第260页。
③　[古希腊]柏拉图:《柏拉图全集》第2卷,王晓朝译,人民出版社2003年版,第200页。
④　[古希腊]柏拉图:《柏拉图全集》第2卷,王晓朝译,人民出版社2003年版,第200页。

论,也是争论和辩驳的思维工具。在柏拉图的对话中,我们可以随处可见辩证法的运用,正是辩证法的运用,以苏格拉底为主角的多主题、多视角的对话才充满了矛盾和争论。一方面促使主体对世界、历史、真理、精神等方面的认识得以深化和提升,使思维不断进入新的境界;另一方面,使对话诞生了丰富的艺术趣味的戏剧性。柏拉图的对话主角是苏格拉底,而与之交谈的对象有各式各样的人物,这些人物社会等级和社会角色各不相同,知识背景和意识形态存在差异,因此,对话者之间存在着观点的不同。所以,他们必然性存在着矛盾和冲突。然而,这正是柏拉图对话录的高明和精妙之处,它提供了苏格拉底运用辩证法的广阔空间和良好契机,也正是书写人物对话之间的充满矛盾的不同见解,赋予了思想的差异性和理解的多种可能性。

二、对立与冲突

第一,观念的对立和冲突。柏拉图的对话录着重描述以苏格拉底为中心的各种人物之间的观念的对立和冲突,他娴熟而精巧地运用辩证法得以呈现和揭示这些对立和冲突,从而让哲学家们对问题的讨论逐步深入和接近相对正确的真理。正是辩证法和戏剧性的良好的契合令对话充满了机智幽默的趣味和曲折变化的文学特征。

在《会饮篇》,苏格拉底和其他人物着重讨论了爱的问题,而对于这一论题,他们的争论充满了争议和矛盾,也富有曲折变化的戏剧性。

阿伽松说:"我同意斐德罗的大部分发言,但我不同意他说爱神比克洛诺斯[①]或伊阿珀托斯[②]更古老。先生们,我重申,这是不可能的。爱神永远年轻,是诸神中最年轻的。"[③]在倾听了斐德罗和阿伽松等人的精彩纷呈的发言之后,"苏格拉底抗议说,我亲爱的先生们,在听了如此气势磅礴、一泻千里的

---

① 克洛诺斯(Gronus):古希腊神话中的时间神,天神乌拉诺斯和地神该亚之子,宙斯之父。
② 伊阿珀托斯(Iapetus):古希腊神话中的提坦巨人之一,为天神乌拉诺斯和地神该亚所生。
③ [古希腊]柏拉图:《柏拉图全集》第 2 卷,王晓朝译,人民出版社 2003 年版,第 233 页。

演讲以后,还有什么机会留给我或其他人? 我们又能再说些什么呢? 我承认,他的发言各个部分都挺精彩,他的用词尤其美妙,使我们全都听得入了迷。"①然而,在赞美了阿伽松等人的发言之后,苏格拉底话锋突转,对阿伽松开始了对立与矛盾式的追问:

> 请你告诉我,爱是对某人爱,还是没有任何对象的,这算不算爱神的性质? 我的意思并不是问,爱是母亲的爱还是父亲的爱? 这样的问当然是愚蠢的,我的意思是,某个人作为一位父亲来说,他必须是某人的父亲,或者说他可以不是任何人的父亲。当然了,对这个问题惟一合理的回答是,作为一位父亲,他必须是儿子或女儿的父亲。我说的对吗?②

苏格拉底的提问蕴藏着机智和幽默,一连串的反问向阿伽松抛掷而来。随后在两人之间又产生了绵延不绝的提问和回答、反问和诘难。有关于爱的话题,在他们之间产生了有趣的对立和冲突,各自相互持有的观点不同,因而导致争论不休,一步步将问题引向广泛和深入。

> 苏格拉底说,到目前为止,一切顺利。现在你还记得在你刚才的讲演中,你说爱的对象是什么吗? 我也许要提醒你一下。你大体上是这样说的,诸神的行为受美丽的爱神支配,当然了,爱神不可能是丑陋的。你是这样说的吗?
>
> 阿伽松说,是的。
>
> 苏格拉底说,你的说法无疑是对的。如果承认这一点,那么我们可以因此推论,爱是对美丽的爱,不是对丑陋的爱,对吗?
>
> 对。③

苏格拉底又转述了一位曼提尼亚妇女狄奥提玛的观点反驳阿伽松的观点:"那么你还坚持说不美就丑,不好就是坏吗? 现在再来说爱,你被迫同意爱既不好又不美,但却说不出理由为什么爱一定是坏的和丑的。而事实上,爱

---

① ［古希腊］柏拉图:《柏拉图全集》第2卷,王晓朝译,人民出版社2003年版,第237页。
② ［古希腊］柏拉图:《柏拉图全集》第2卷,王晓朝译,人民出版社2003年版,第239页。
③ ［古希腊］柏拉图:《柏拉图全集》第2卷,王晓朝译,人民出版社2003年版,第241页。

介于两端之间。"①在接下来的对话中,苏格拉底和狄奥提玛之间又产生观点的不同和争论。"会饮"里的对话者观点不同,然而都不失雅量地互相讨论和辩驳,在语境的曲折变化和思维的自由跳跃的过程中不断地拓展观念,进而由爱的讨论延伸到对美的沉思。苏格拉底又借助狄奥提玛之口阐述对爱与美的思考:

> 她说,如果一个人有运气看到那如其本然,精纯不杂的美本身,这个美不是可朽的血肉身躯之美,而是神圣的天然一体之美,如果他能亲眼看到天上的美,能睁开双眼凝视那美的真相,对它进行沉思,直到美的真相永远成为他自己的东西,那么你还会把他的生活称作无法躲避的生活吗?

> 她说,你要记住,当人们通过使美本身成为可见的而看到美本身的时候,人们才会加速拥有真正的美德本身,而不是那些虚假的美德,使之加速的是美德本身,而不是与美德相似的东西。

> 当他在心中哺育了这种完善的美德,他将被称作神的朋友,如果说有凡人能够得到不朽,那么只有像他这样的人才可以获得。

> 苏格拉底说,斐德罗,各位先生们,这就是狄奥提玛的教义。我对它心悦诚服,也想使别人同样信服。我要使他们相信,如果能把它当作礼物来接受,那么爱对我们凡人的帮助胜过全世界。由于这个原因,我奉劝各位都要崇拜爱神,我自己就在崇拜爱神。……苏格拉底的讲话结束了,在众人的阵阵掌声中落座,只有阿里斯托芬没有鼓掌。他正要就苏格拉底的发言中涉及他的那些地方提出质疑,突然有人敲院子的大门,从街上还传来笛声和节庆的喧闹声。②

这些精彩纷呈的观点和深邃自若的思维方式,充满了辩证法的魅力。诚如黑格尔所言:"在柏拉图这里,整个谈话的过程很好地表示了一个一贯的辩证进展的过程。苏格拉底说话,作出结论,往下推论,进行论证,给论证以外的转折

---

① [古希腊]柏拉图:《柏拉图全集》第2卷,王晓朝译,人民出版社2003年版,第243页。
② [古希腊]柏拉图:《柏拉图全集》第2卷,王晓朝译,人民出版社2003年版,第255页。

方向,这一切都采取发问的方式。他的大多数问题都是这样提出来的,使得对方只能用'是'或'否'来回答。对话似乎是表达论证最适当的工具,因为它便于往复辩难。"①在《会饮篇》《斐德罗篇》《理想国》等篇目中,柏拉图借助于苏格拉底和众人的对话活动广泛而精彩地运用了辩证法的策略,在相互观点的对立与冲突之中,呈现思维的曲折性和复杂性,矛盾地思考矛盾,从而展现主体精神的丰富性和多样化色彩。柏拉图在对话录还采用戏剧化的起承转合的写作手法,借鉴小说的虚构性营造奇幻优美的情境和场景,烘托出充满喜悦和诗意化的气氛,从而推动对话的发展和深入。

第二,柏拉图对话录中的冲突和矛盾和纯粹的文学性戏剧的冲突有着差异的性质。文学性的戏剧矛盾和冲突主要体现在情节和故事方面,冲突的双方一般有着无法化解的矛盾,而且这种冲突表现为善与恶、正义与非正义两种类型,并且冲突的人物双方往往导致悲剧性后果。而柏拉图对话录的戏剧性冲突只是思想和见解的冲突,双方只代表有差异的观念和意识形态,而不是文学作品中戏剧所表现的不可调和的对立和冲突,并且这种冲突往往表现故事的功能和主要结构,也在冲突过程中表现出戏剧人物的性格和心理。柏拉图的对话录所表现的冲突只是限于见解和观点方面的矛盾,并且这种矛盾呈现为思维的辩证法。它们一方面表现为是苏格拉底和对话者之间的思想矛盾和观念差异,苏格拉底以自我的智慧和辩才去说服对方;另一方面,它们有时候还表现为苏格拉底式的采取怀疑论者的方法和策略,先设计出反命题作为"靶子",然后再对这一反命题进行责难和反驳,依靠打击这个"靶子"从而使自己的正命题得以确立,从而阐述自己的真实思想,实现以曲折迂回的方式而建构自己理论的意图。这足以见出苏格拉底的哲学智慧,他有时候佯装无知、有时候采取自我反讽的方式推动对话的进行和发展,从而使对话产生一波三折、曲径通幽的审美效果,也因此使对话产生戏剧性的艺术趣味。

---

① ［德］黑格尔:《哲学史讲演录》第 2 卷,贺麟、王太庆译,商务印书馆 1960 年版,第166 页。

第三,矛盾的话题和对话的争辩和观点冲突,属于柏拉图的"故意性设计",它们是哲学家精心制作的思维双簧戏和哲学化的戏剧表演。如同庄周和惠施的论辩,双方观点相左,在争论和辩驳中使问题的讨论不断深入和明朗,对话者相互之间的如此讨论、辩驳,或者认同、赞赏,都渲染了戏剧化的氛围和情境,也使文本焕发出哲学智慧和审美趣味。在《高尔吉亚篇》,柏拉图借助苏格拉底之口驳斥一个修辞学教师高尔吉亚以及他的学生波卢斯,他们之间展开了激烈的讨论和论战。后来,另一位对话者卡利克勒加入了论争的行列。波卢斯认为权力代表了最伟大的善,而拥有至高权力的僭主则是幸福者的象征。苏格拉底以令人信服的论证和强大的逻辑反驳了这一观点,从而阐述自己与之对立的观点。在他们就善的问题进行相互辩论和责难的过程中,苏格拉底的论证势头逐渐占据了上风。最后,苏格拉底以激昂的情感宣称自己的内心:"让我们遵循已经显明了的这个论证的指引,它告诉我们这是生活的最佳方式,在追求公义和其他一切美德中生,在追求公义和其他一切美德中死。我要说,让我们遵循这种生活方式吧,还要邀请别人也和我们一道遵循它,而不要去遵循你相信并向我推荐的那种生活方式,因为它是卑鄙的,亲爱的卡利克勒。"①苏格拉底不仅在对话的论争中证明了自己的有关观点,而且在自己的生命历程中以自我的死亡实证了这一观念。在柏拉图的对话录中,苏格拉底和对话者之间类似这般的观念对立和思想冲突比比皆是,正是依赖这种对立的辩证法和冲突的戏剧性,才令文本在获得深刻的哲学意义的同时,也散发出文学的美感光芒。

三、虚构与故事

首先,虚构性。对话是展开戏剧情节和引发思考的契机。众所周知,柏拉图的对话多是借助于自己老师苏格拉底之口,从这个意义上看,柏拉图的对话显然包含着文学的虚构性,有着强烈的假定性和审美性的意味。

---

① [古希腊]柏拉图:《柏拉图全集》第1卷,王晓朝译,人民出版社2003年版,第426页。

《会饮篇》里斐德诺是整个谈话的发起者;《斐德诺篇》中,则由莱西阿斯服务于此意图。莱西阿斯的话既批评了《会饮篇》的结尾,又使我们回到其开头的主题。新的开始是对《会饮篇》开头的改进。首先,它由一个职业修辞家或者话语生成者发言,而不仅仅就是一个言语爱好者。其次,言说的专业性使其避免了言说者因热情而可能导致的矛盾性或含糊性;莱西阿斯对修辞技艺(techēn)的把握,使他对非爱者的优点可以做出"非功利的"或者公正的陈述。他的陈述在以下意义上模仿了哲学:它将纯熟的技艺与对冷静之实用性的赞赏结合了起来;莱西阿斯是一个冷静的人,而不是疯狂或有灵感的诗人;另一方面,后边这个事实又表达了莱西阿斯言语的缺点:这些言语赋予了斐德诺灵感,但是又基于错误的原因,因为言语本身并没有灵感。①

罗森描述了《会饮篇》对话的虚构性特征以及对话者的话语运用的灵感和修辞技巧,其实,这几乎也是柏拉图对话录普遍存在的基本共性,也是其绝大多数文本共同呈现的美学特征之一。我们在《斐多篇》《吕西斯篇》《小希庇亚篇》《大希庇亚篇》《伊安篇》《高尔吉亚篇》《普罗泰戈拉篇》《国家篇》《斐德罗篇》《智者篇》《蒂迈欧篇》《欧续德谟篇》《克里底亚篇》等篇目中,皆可见柏拉图对话录的文学化虚构。策勒尔在《古希腊哲学史纲》里说:"对于他来说,著述活动只具有次要的意义,不过是一种愉快的游戏,一种高尚的娱乐(柏拉图:《斐德罗篇》276E);口头语言是生动活泼的,而书面语言只是它的一种影子般的模仿,一种追忆;因此,那些在形式上再现苏格拉底谈话的对话,不仅仅是哲理的阐述,还是文学艺术作品,不应当把它们和前苏格拉底的哲学家的作品相提并论。"②策勒尔指出了柏拉图对话录的哲学与文学的双文本性质。朱光潜也认为:"在柏拉图手里,对话体运用得特别灵活,向来不从抽象概念出发而从具体事例出发,生动鲜明,以浅喻深,由近及远,去伪存真,层层

① 〔美〕罗森:《诗与哲学之争》,张辉译,华夏出版社 2004 年版,第 90 页。
② 〔德〕策勒尔:《古希腊哲学史纲》,翁绍军译,上海世纪出版集团 2007 年版,第 131 页。

深人,使人不但看到思想的最后成就或结论,而且看到活的思想的辩证发展过程。柏拉图树立了这种对话体的典范,后来许多思想家都采用过这种形式,但是至今还没有人能赶得上他。柏拉图的对话是希腊文学中一个卓越的贡献。"①朱光潜不但肯定了柏拉图对话的话语修辞的精彩性和审美接受上的生动效果,而且特别推崇了柏拉图对话的文学经典性。汪子嵩等人在《希腊哲学史》中认为:"柏拉图写下这些对话,足以奠定他在世界文学史上的地位:他是古代希腊伟大的文学家、诗人。"②这一论断显然是合理和确切的,柏拉图的确不仅是一位伟大的哲学家,而且也是一位卓越的文学家和诗人。

其次,柏拉图对话录里点缀着诸多精彩美妙、曲折生动的故事。这些故事,一部分可能包含真实的成分,有着客观存在的因素。但是,大多数故事是出于文学化的虚构,特别有些故事带有神话性色彩和荒诞性要素,纯粹出于对话的需要而编造的假设性事件与人物。然而,柏拉图对话录中这些故事,从功能意义看,它们一方面活跃了对话的气氛和情景,另一方面隐喻着形象而深邃的哲理,再一方面是对话者阐释道理和辩证的感性材料和逻辑依据,在结构上起到承上启下或起承转合的作用,也有着审美趣味。在人类文化学的意义上,人类的历史就是故事的历史,或者说,所有的人类史都可以以故事的方式得以呈现。卡西尔说,人是"符号的动物",我们也可以推论:人是"故事的动物"。一方面人喜欢倾听故事,另一方面人喜欢虚构故事和叙述故事。故事和人类的精神活动和情感结构有着本质的逻辑关联,故事也契合了人类审美接受的自然天性。

柏拉图的对话录中,诸多篇目包含着生动有趣、奇幻幽默、曲折变化的故事。《国家篇》中"洞穴之光"的故事,充满了隐喻性和审美色彩。《蒂迈欧篇》有关创世论的故事,带有神话性和猜想性的奇幻效果。而《克里底亚篇》的故事,克里底亚长篇大论的叙事,显然充满了神话因素和传奇性质,故事从

---

① [古希腊]柏拉图:《文艺对话集》,朱光潜译,人民文学出版社 1963 年版,"译后记"第334—335 页。

② 汪子嵩、范明生、姚介厚:《希腊哲学史》第 2 册,人民出版社 1993 年版,第 620 页。

九千年前起始,描述了城邦战争、洪水地震、诸神争斗、农耕种植、爱情婚姻、王位继承、皇宫神庙、官职等级、权力分配等精彩纷呈的事件,也涉及包括神灵和梭伦在内众多人物。显然,这个克里底亚的叙事文学性十足而富于感染力。《大希庇亚篇》中苏格拉底叙述了高尔吉亚和普罗狄科依靠口才讲演而获取金钱的故事,从而也讨论了智慧与金钱的关系。《美诺篇》讲述了儿童美诺凭借自己的努力而学会推论正方形和三角形的故事,以此阐明知识来源于灵魂的"回忆",而美德则是不可以仅仅依赖于教育传授,而必须奠基于个人的修养和实践。而《会饮篇》则由不同的人物讲述了各式各样的精彩故事,对话者在故事的情境中进行辩论和争执,不断深化思想和理论。《斐德罗篇》讲述了苏格拉底和斐德罗在郊外漫步的故事,在自由闲适的散步过程中,两人展开广泛的讨论,涉及爱与欲望、美与善、勇敢与德性、书本与写作、沉思与争论、阅读与推理、修辞术与辩证法等问题。人物的叙事和思想的张力紧密地交融在一起,在叙事中沉思,在沉思中叙事,哲学与文学在文本中形成水乳交融的统一体。

最后,反讽与幽默。反讽与幽默一方面是文学作品中比较常见的修辞手法和写作策略,另一方面是文学作品得以展现魅力的必要构成和艺术情境,也是吸引接受者的审美缘由。在柏拉图的对话录中,主角苏格拉底采用所谓思辨的"助产术",擅长运用反诘式提问,对论辩者进行反讽,以揭示对方的话题或命题的理论缺陷,或者呈现出对方的学说和观点中的矛盾,以摧毁对方的逻辑基础和观念依据,从而证明对方观点的谬误。在矛盾地思考矛盾的过程中,苏格拉底往往佯装自己的无知,也不给予对方正面的回答,一方面对对方进行反讽,另一方面对自我进行反讽,在这种双向的反讽过程中,以逐步确立自己的命题和观点,同时令对话产生出妙趣横生的幽默感,这就是所谓"苏格拉底式的幽默",这种幽默的产生依赖于苏格拉底的反讽策略和佯装无知的智者姿态。在苏格拉底的反讽的思维行程中,贯穿着辩证法的精髓和爱利亚学派的逻辑学传统。如果说批判性是哲学的最重要的思想本色之一,显然柏拉图的哲学文本充满着丰富性的批判性质。如此的批判表现为两个方面,一是对论敌的批判,二是对自我的批判。在柏拉图的对话录中苏格拉底佯装无知,在双重的批判过程中,柏拉图借助于反讽和幽默的方法与姿态,达到解构对方理论和建立自己的命题和理论的目的。维柯在《新科学》中指出:"暗讽当然只有到了人能进行反思的时候才可能出现,因为暗讽是凭反思造成貌似真理的假道理。"①显然,维柯所言的"暗讽"(irony)就是在柏拉图的著述中由他老师苏格拉底在论辩中所娴熟运用的思维工具和制胜法宝。

在《申辩篇》中,柏拉图带着崇敬的情感描述了他的老师苏格拉底为自己辩护的情形和过程。面对死亡,苏格拉底依然保持心灵的宁静和淡然,他依然展现出一个伟大哲学家的反讽和幽默:

> 先生们,逃避死亡并不难,真正难的是逃避罪恶,这不是拔腿就跑就能逃得掉的。以我的现状而言,年纪又大,跑得又慢,已经被二者中跑得较慢的死亡追上了,而我原告虽然身手敏捷,但由于行不义之事而被跑得较快的罪恶追上了。我离开这个法庭的时候将去受死,因为你们已经判我死刑,而他们离开这个法庭的时候,事实本身判明他们是堕落的、邪恶的。他们接受他们的判决,就像我接受我的判决。事情必然如此,我认为这个结果相当公正。
>
> ……
>
> 法官先生们,你们也必须充满自信地看待死亡,并确立这样一种坚定的信念:任何事情都不能伤害一个好人,无论是生前还死后,诸神不会对他的命运无动于衷。……先生们,我的儿子长大成人以后,如果他们把金钱或其他任何东西放在良善之前,那么请用我对付你们的办法对付我的儿子;如果他们毫无理由地狂妄自大,那么就像我责备你们一样责备他们,因为他们忽略了重要的事情,自己一无所长而认为自己在某些事上很能干。如果你们肯这样做,那么我本人和我的孩子们在你们手中算是得到了公平对待了。

---

① [德]黑格尔:《美学》第1卷,朱光潜译,商务印书馆1979年版,第357页。

我们离开这里的时候到了,我去死,你们去活,但是无人知道谁的前程更幸福,只有神才知道。①

苏格拉底面临死亡的自我辩护词既包含着一以贯之的反讽和幽默,类似于"黑色幽默"——是面临死亡的幽默,也呈现出一位伟大哲学家的坦荡心灵和高尚人格。同时,柏拉图在《申辩篇》展现了自己恩师苏格拉底对于死亡的戏剧性表演和崇高的美感。一方面,文本淋漓尽致地展现了苏格拉底的精彩雄辩的机智和幽默,这是超越千古的经典辩护词;另一方面,文本敞开了柏拉图这位哲学家和文学家的双重情怀,他对于恩师苏格拉底的无限崇敬和深切热爱,还有超越时空的赞美和讴歌。这是最崇高浪漫的哲学精神之永恒闪现,也是最优美的文学和诗的心声在历史天宇中的久久回荡。

第二节　浮士德的赌约

德意志的文学天宇中悬挂两颗最璀璨的星辰,他们彼此之间构成双子星座,这就是歌德和席勒。前者是德国迄今为止最伟大的诗人、文学家之一,后者是与歌德相媲美的诗人、文学家,同时还具有哲学家和美学家的双重身份,他也是歌德的文学挚友和人生知音。约翰·沃尔夫冈·歌德作为德国伟大的作家、文学家、诗人和思想家,他一生的大部分时间沉浸于文学创作和理论思考,勤奋笔耕,留下丰富而宝贵的文化遗产,除了大量的诗歌、小说、散文、戏剧等文学作品,还有思想理论著述,诸如《诗与真》、《光学论文》、《论色彩学》、《论艺术和古代》(和梅耶合作)、《箴言与沉思》(遗作)等。

和许多卓越人物类似,歌德的内心世界也是一个矛盾复合体,恩格斯在《卡尔·格律恩〈从人的观点论歌德〉》一文中对歌德有过一这样著名的辩证评价:

---

① ［古希腊］柏拉图:《柏拉图全集》第 1 卷,王晓朝译,人民出版社 2003 年版,第 29—32 页。

在他心中经常进行着天才诗人和法兰克福市议员的谨慎的儿子、可敬的魏玛的枢密顾问之间的斗争;前者厌恶周围环境的鄙俗气,而后者却不得不对这种鄙俗气妥协,迁就。因此,歌德有时非常伟大,有时极为渺小;有时是叛逆的、爱嘲笑的、鄙视世界的天才,有时则是谨小慎微、事事知足、胸襟狭隘的庸人。连歌德也无力战胜德国的鄙俗气;相反,倒是鄙俗气战胜了他。鄙俗气对最伟大的德国人所取得的这个胜利,充分地证明了"从内部"战胜鄙俗气是根本不可能的。歌德过于博学,天性过于活跃,过于富有血肉,因此不能象席勒那样逃向康德的理想来摆脱鄙俗气;他过于敏锐,因此不能不看到这种逃跑归根到底不过是以夸张的庸俗气来代替平凡的鄙俗气⋯⋯我们并不是责备他没有热心争取德国的自由,而是嫌他由于对当代一切伟大的历史浪潮所产生的庸人的恐惧心理而牺牲了自己有时从心底出现的较正确的美感。①

显然,恩格斯的上述评价具有一定的历史与逻辑的依据,因此不乏辩证理性和客观性。然而,如果本着将歌德归还于历史、将歌德归还于歌德这样一个更为理性宽容和价值中立的目的与态度,我们在正视歌德作为在现实历史中存在的生命个体、作为一个包含着正常人性的存在者这样一个客观形象的时候,就应该对歌德所谓"鄙俗气"持有宽宥的理性标准,也应该对歌德的"庸人"生活采取理解和体谅的情感态度。我们不应该超越历史语境对歌德求全责备,也没有必要责备歌德没有热心争取德国的自由,更没有必要将歌德视为一个完美主义者和道德偶像。歌德就是一个包含古典精神和现代意识的存在者,就是一个寄寓多重欲望和矛盾的生命复合体。尽管歌德是一位伟大的天才诗人和思想家,然而他也是这样一个达不到完美主义标准和理想主义尺度的活生生的普通人,这就是一个真实可爱的歌德而不是一个被人盲目崇拜的纯粹偶像和道德符号。

以下我们着重从对《浮士德》这一经典文本的解读出发,以期获得对歌德

---

① 《马克思恩格斯全集》第4卷,人民出版社1958年版,第256—257页。

文学创作的哲学性和文学性相互关联的美学阐释。诚如缪勒所言："作为一个整体,《浮士德》完美地体现了歌德的思想理论:它是通过一种对立或冲突的有机生长,一种循环式的进化和从简单到复杂的螺旋式上升,形式则多种多样。"①"在歌德的《浮士德》中,他所谓的斯宾诺莎论是歌唱的神剧以及对神——人神秘的庆典;它赋予了整个辩证结构以沉思的力量,这使得《浮士德》成为一部哲理诗。"②的确,歌德的《浮士德》既是一出典型的悲剧,又是一部哲学性的诗体悲剧;既体现出悲剧性的精神冲突,又是一部呈现思想的辩证法和结构辩证法的哲学性与文学性完美统一的杰作。

一、知识与理性的悲剧

首先,《浮士德》的悲剧性。"《浮士德》的副标题是'一出悲剧'。文艺复兴时期的人们试图在特定的自我和特定的世界中发现绝对的努力失败了。但要返回原封不动的经验哲学对浮士德的灵魂来说又是不可能的,在这种哲学里,上帝在历史传统里直接被毫无疑虑地交给了人,世界成为通向上帝的一条直接的连续的阶梯。"③显然,悲剧性是歌德赋予《浮士德》这一文本最重要和最显著的精神核心。叔本华认为:"无论从效果巨大的方面看,或是从写作的困难这方面看,悲剧都要算作文艺的最高峰,人们因此也公认是这样。"④叔本华从哲学意义上给悲剧下了定义:"悲剧,也正是在意志客体化的最高级别上使我们在可怕的规模和明确性中看到意志和它自己的分裂。"⑤从叔本华的理论视角上看,人类的精神深处必然性地藏匿着悲剧的种子,因为主体存在着生活意志和本能欲望,它们是生成悲剧性的本质性要素和第一动因。所以,迄今

---

① [美]缪勒:《文学的哲学》,孙宜学、郭洪涛译,广西师范大学出版社 2001 年版,第 121—122 页。

② [美]缪勒:《文学的哲学》,孙宜学、郭洪涛译,广西师范大学出版社 2001 年版,第 144 页。

③ [美]缪勒:《文学的哲学》,孙宜学、郭洪涛译,广西师范大学出版社 2001 年版,第 128 页。

④ [德]叔本华:《作为意志和表象的世界》,石冲白译,商务印书馆 1982 年版,第 350 页。

⑤ [德]叔本华:《作为意志和表象的世界》,石冲白译,商务印书馆 1982 年版,第 354 页。

为止的历史也包括将来的漫长历史,人类都将面临和承受着悲剧降临的厄运。因此,人类的所有历史行程都藏匿着悲剧的种子。歌德将自己耗费 60 个春秋呕心沥血所创作的代表作《浮士德》界定为"悲剧",分为"悲剧第一部"和"悲剧第二部",显然有着深刻的命名含义和客观依据,也有着充分的主观运思的逻辑理由。

显然,歌德的《浮士德》也是一部继承了古希腊悲剧的美学传统的文本,它选择以叙事和抒情相融合的诗剧形式而呈现,融合了古代的神话传说和现实生活的素材,令文学作品散发出魔幻性和超越现实主义的审美色彩,同时既具有历时性的现实意义和又具有共时性的永久价值。叔本华将悲剧的成因归结为三类,其一,造成"巨大不幸的原因可以是某一剧中人异乎寻常的,发挥尽致的恶毒,这时,这角色就是肇祸人"。其二,"是盲目的命运,也即是偶然和错误"。其三,"不幸也可以仅仅是由于剧中人彼此的地位不同,由于他们的关系造成的"。① 显然,《浮士德》的悲剧原因属于叔本华所界定的后两种原因。因此,在一般的悲剧意义上,《浮士德》的悲剧属于命运悲剧和社会悲剧。亚里士多德在《诗学》中认为:"悲剧所模仿的行动,不但要完整,而且要能引起恐惧与怜悯之情。"② 显然,歌德的《浮士德》也充满着亚里士多德和叔本华所界定的悲剧性,浮士德的个人悲剧一方面令接受者滋生怜悯和同情的心理,另一方面更多地促使阅读者产生哲理性的沉思和审美化的领悟。因此,歌德的《浮士德》达到了深刻的悲剧性和实现了诗意与审美的艺术价值。

其次,知识的有限与无限以及理性的悖论。如果我们从更为深切的悲剧意义上进行阐释,歌德《浮士德》的悲剧也是一部典型的知识悲剧和理性悲剧,它隐匿着知识的悖论和理性的悖论,并且这两者之间存在着一定的逻辑关联。因为知识以理性为逻辑前提,而理性以知识为经验基石。换言之,知识的悲剧导致理性的悲剧,而理性的悲剧又反作用于知识悲剧。这就是《浮士德》

---

① [德]叔本华:《作为意志和表象的世界》,石冲白译,商务印书馆 1982 年版,第 352 页。
② [古希腊]亚里士多德:《诗学》,罗念生译,人民文学出版社 1962 年版,第 31 页。

悲剧的客观逻辑和必然结果。

　　诗剧的主人公浮士德在已过半百的"知天命"之年,依然沉浸在书斋中潜心寻求各式各样的芜杂知识。然而,无限的知识和有限的生命构成了人生的悖论。如同庄子所感慨的那样:"吾生也有涯,而知也无涯。以有涯随无涯,殆已!已而为知者,殆而已矣。"①浮士德的对于僵死知识之竭力追求,构成了知识的悖论和人生的悖论;人生苦短而知识无限,而知识的功能又是有限的。与此相关,一直保持着对理性信念的浮士德同样坚信,唯有理性才能守护自我的价值和生命的意义,也唯有理性才年拯救于国家、民族,使之焕发民主政治和正义、道德的活力。然而,浮士德所面临的国家专制状况和衰败的世道人心均令自己的美好理想归于空幻虚无,浮士德由此陷入孤独苦闷、失望忧愁的心灵深渊。这相应导致了这一诗剧的两场打赌的契机:第一场是魔鬼梅菲斯特和上帝打赌。上帝相信自己创造的人不会背离自己的神圣目标和本源。但是,作为"否定的精灵"的象征品——魔鬼梅菲斯特却和上帝打赌,他可以诱惑人背弃自己的本源,令其沉湎于有限的世俗享乐。然后,魔鬼梅菲斯特进行第二场打赌的对象是浮士德。年过半百的浮士德,此时已经厌倦了知识和科学、理性和实践甚至艺术与宗教,因为这些所有因素都无法使自己达到绝对存在和理想目标,无法使自己获得参与到创造神圣存在和精神永恒的可能。魔鬼梅菲斯特乘机和浮士德打赌,签订契约:他甘愿作为浮士德奴仆,帮助浮士德解脱知识和理性的烦恼,尽情享受到世俗世界的各种快乐,满足自己的感性本能和理性意志的所有需求,而在此之后,浮士德的灵魂就收归魔鬼梅菲斯特所有。签订了打赌的契约之后,魔幻而神奇、浪漫而悲剧的故事就进入一个全新的场景。

　　最后,理想和理性的陷阱。《浮士德》寓意了理想与理性的双重矛盾与冲突。一方面,浮士德对世界和人生富有美好的理想,他相信理性的力量可以拯救纷扰的世界和提升道德人心。然而,另一方面,浮士德对理想产生了失望的情绪,怀疑理性的作用和道德的功能。这既是浮士德的内心矛盾与苦闷,也是

---

　　①　王先谦:《庄子集解·养生主》,《诸子集成》第 3 册,中华书局 1954 年版,第 18 页。

歌德的内心矛盾与苦闷。缪勒将德意志的两位文化巨匠黑格尔和歌德进行比较,因为他们彼此象征了哲学和文学的双峰:"我们现在也可将其作为哲学的类似物来理解——歌德的《浮士德》在文学中的地位一如黑格尔体系在哲学中的地位。若不发展黑格尔的辩证法,人们就无法表达《浮士德》的哲学。这当然不是什么'影响'——歌德并没因研究黑格尔的著作而受到什么影响,而只是两者都乐于承认的一种深层的有机联系的具体展示。这是在不同的逻辑媒介和诗歌想象中发展起来的基本相同的世界观。歌德和黑格尔都是直觉型的思想家,两人都反对抽象,反对理性主义,而且都还是反主观性的思想家。黑格尔说:毫无所思之思犹不入水之游泳;歌德说,他一直避免为思而思。"①缪勒的上述比较,一方面显然具有一定的合理性和客观性;然而,另一方面却难免存在一些片面性和主观性。黑格尔和歌德这两位德意志民族的思想家,在精神内部,同样包含着有关理想和理性的深刻矛盾。然而,黑格尔和歌德显然存在着一定的差异,他对理性的信念要强于歌德,这在黑格尔的哲学文本里可以获得明显的验证。而歌德的《浮士德》更明显地令我们看到了诗人有关理想与理性的双重矛盾和冲突。换言之,《浮士德》让我们领略到了诗人对理性的怀疑态度,他直觉到了理想与理性无力拯救世界与人心的悲剧性事实。

在《浮士德》中,一方面,歌德借助浮士德这一文学形象,反思和批判了知识与理性的有限性和局限性,反思和批判了理想的虚幻性和危机性。另一方面,歌德借助于浮士德这一审美意象得以暗示:仅仅依靠于知识和理性无法拯救世界与人心,也无法依靠理想与道德去达到人类的合理性存在,"乌托邦"是一个永远无法兑现承诺的空幻符号。浮士德作为歌德的代言人,它宣泄了歌德内心的呐喊和流露出思想的矛盾。这才是最深切的和富有哲学意义的精神悲剧或心灵悲剧,这样的悲剧比一般性命运悲剧和社会悲剧更具有了美学的力量和反思的意义。这也正是《浮士德》这一文本的哲学性所在和理论价

---

① 〔美〕缪勒:《文学的哲学》,孙宜学、郭洪涛译,广西师范大学出版社 2001 年版,第 130—131 页。

值之呈现。

二、爱与美的悲剧

第一,爱与美的辩证法:爱与美的悲剧。沉迷于书斋的浮士德感叹道:
"在我的胸中,唉,住着两个灵魂,一个想从另一个挣脱掉;一个在粗鄙的爱欲
中以固执的器官附着于世界;另一个则努力超尘脱俗,一心攀登列祖列宗的崇
高灵境。"①这一台词道出浮士德的矛盾心声,也表露出他精神世界中所存在
的欲望与理性、知识和经验的对立与冲突。诚如所言:

> 但丁的《神曲》以及歌德的《浮士德》两者都提供了一种对立的统一,
> 一种辩证的生命结构。但但丁是从永恒的统一和统一本身来看并表现这
> 种辩证法的,而歌德则将我们置于这种统一的辩证法运动中间。在《浮
> 士德》中,我们看不到但丁那种明晰的宁静和安静的透明,而是发现我们
> 自己身处现实的、暂时的过程中的最激烈处,而这一过程的结果在任何时
> 刻对参加者来说都是含糊的模棱两可的。生命既是自己的地狱,同时又
> 是自己的炼狱。美之爱是两部诗的动力和向导,这是那种促使但丁经过
> 地狱、炼狱达到天堂的爱,她被视作万物存在的基础,这也是那种驱使浮
> 士德不断获得自己的快乐和失望的爱:
>
> 　狂野欲望,不再占据我们身心。
>
> 　激情行为,不再将我们束缚,
>
> 　人类之爱,在我们心中复活,
>
> 　上帝之爱,也重放圣光。
>
> 　美之爱是诗中一切人和宇宙层面的灵和肉的象征性统一。贝亚特丽
> 采和玛格丽特是同一人。②

缪勒通过对但丁的《神曲》和歌德的《浮士德》的比较,指出两者的艺术共性和

---

① [德]歌德:《浮士德》,绿原译,人民文学出版社 1994 年修订版,第 30 页。
② [美]缪勒:《文学的哲学》,孙宜学、郭洪涛译,广西师范大学出版社 2001 年版,第
129 页。

美学差异。两部杰作都采取了结构的辩证法,但是辩证法的使用对象有所不同,所呈现的审美效果和审美意象有所差异。然而,两部经典都有一个本质的相同,那就美与爱是它们的共同动力和导向,或者说,两个文本所抒写的艺术情境都是美与爱的悲剧。

按照魔鬼梅菲斯特和浮士德的约定,前者带领后者先游历小世界,即经历一场爱情游戏,然后再游历大世界,即投身于政治戏剧。在诗剧中,魔鬼梅菲斯特引领浮士德走到一位女巫那里,喝下了魔汤,浮士德复活了年轻的肉体与精神,他获得了青春和活力。主人公原始本能的欲望被激发和煽动,由于邂逅了平民美貌女子格蕾琴,爱情与欲望成为年轻异性之间一个合乎人性和本能的必然果实。然而,因为爱情,格蕾琴失误毒死了母亲,溺死了爱情的结晶——婴儿,也因为浮士德在魔鬼梅菲斯特的唆使之下,格蕾琴的军士哥哥瓦伦廷被浮士德用剑杀死。最后,格蕾琴因为对爱情绝望和心理崩溃,沦为疯子,被囚禁于监狱。叔本华认为,格蕾琴(玛格利特)这一诗剧的女角是典型的悲剧人物[1]。浮士德短暂的爱情与欲望的经历就像一场无法控制的人生游戏以悲伤的心理体验而终结。浮士德内心也经历了喜悦与悲伤、快乐与痛苦的矛盾转换,这是歌德设置的爱情与欲望的辩证法,也许有他亲身的某种体验。更多的可能是,诗人将超越等级和意识形态的爱情所导致的较为普遍的社会悲剧移植到诗剧《浮士德》之中,由此文学文本生成了一场因社会等级、思想观念等显著差异而导致的一场始乱终弃的爱情悲剧。

第二,"爱欲"(libido)和美感是主体所包含的矛盾性的存在本质,而道德只是一个脆弱的虚假面具。在魔鬼梅菲斯特的带领下,浮士德经历一场浪漫魔幻的瓦尔普吉斯之夜[2],他见到各式各样的人物,或者形象与意象,诸如磷火、女巫、巫师、半女巫、将军、大臣、新贵、作家、美女、老妇、尾脊幻视者、舞台

---

① [德]叔本华:《作为意志和表象的世界》,石冲白译,商务印书馆1982年版,第351页。
② 瓦尔普吉斯之夜:魔鬼狂欢节的代名词。古老的宗教传说,每年4月30日到5月1日的夜晚,魔鬼和女巫们在布罗肯山之山顶举行狂欢节。"瓦尔普吉斯"(710—779)是英国传教士圣威利巴尔德之妹,死后被尊崇为"圣徒"。因为宗教观念的差异,"瓦尔普吉斯"这一圣徒的名字后来被和魔鬼牵扯了起来。

监督、报幕人、扑克、奥白朗、阿莉儿、蒂坦尼亚、管弦乐队、独奏、刚成形的精灵、一对小配偶、好奇旅行家、正教徒、北方的艺术家、语言洁癖者、端庄老妇、乐队指挥、风信旗、艺术保护人、鹳鸟、凡俗夫子、舞蹈者、提琴手、独断论者、唯心论者、实在论者、超自然论者、怀疑论者、左右逢源者、不知所措者、流星、庞然大物等,聆听了这些人物和形象们的歌唱和言谈。瓦尔普吉斯之夜里这些具有隐喻意义的命名符号和审美意象,他们的表演和吟唱的诗歌以及神秘的氛围,既呈现出奇幻的艺术情境,也隐藏着某种哲学的意味,所谓"独断论者""唯心论者""实在论者""超自然论者""怀疑论者"等符号与意象,都是哲学术语和名词,它们寄寓着诗剧创作主体有关哲学的思考。瓦尔普吉斯之夜蕴藏着一个重要的主题:爱与美。在充斥着美感和欲望的对立、爱与死亡的冲突旋涡里,群魔乱舞,人妖间杂,各式各样的人物和精灵、器物和生灵、乐曲与歌唱、魔鬼与巫师、女巫和哲学家们等众多要素混合在充满魔幻和神秘感的舞台上,上演着一场富有哲学意味的交响曲和神话剧。值得关注的是,歌德的《浮士德》在"瓦尔普吉斯之夜"这一浪漫神秘的重场戏里,在舞台上为众多哲学家们留下了位置。他们还各自发表了意见:

独断论者:

不论批判抑怀疑,

决难令我误入歧。

魔鬼总归是魔鬼,

否则何以有该词。

唯心论者:

我的感官幻觉多,

颐指气使太过火。

今天我就是疯子,

要把一切当作我!

实在论者:

本体实在太恼人,

使我不得不烦闷；

这里我是头一回，

觉得自己站不稳。

超自然论者：

我在这里真开心，

欣逢这些好事情。

纵打恶魔身上看，

亦可推断有善灵。

怀疑论者：

我们跟着燐火滚，

相信宝藏已接近；

"魔鬼""怀疑"音相叶，

看来我倒有点门。①

歌德借这几位"哲学家"表达了各自的内心观念，而怀疑论者被暗喻为"魔鬼"。"瓦尔普吉斯之夜"被赋予了哲学的意蕴。

"瓦尔普吉斯之夜"之后，浮士德去地牢里探望玛加蕾特（格蕾琴）。在阴森森的地牢里，两位曾经的恋人上演了生离死别的悲剧。曾经美丽和性感的情人沦落为罪犯，变成疯疯癫癫、形容憔悴、情感凄恻的可怜女人。她对浮士德依然充满热恋和幻想，希望与挚爱的男人甜蜜地生活。然而，浮士德在满足了爱欲和美感之后，因为社会等级和观念的差异，又因为玛加蕾特此时的遭遇和囚犯身份，他内心早已决然地抛弃这个曾经热恋的女人。尽管浮士德内心也滋生了些许忏悔和惭愧之情，然而，恩格斯所言的"德国人"的鄙俗气最终战胜了浮士德，他摒弃了一个男人应有的道德和人格，残酷地斩断了情丝。浮士德在魔鬼梅菲斯特的催促之下，毅然决然地离开了这个置身地牢的可怜女人。所以，在《浮士德》中，"爱欲"和美感是主体所包含的矛盾性存在本质，而

---

① ［德］歌德：《浮士德》，绿原译，人民文学出版社1994年修订版，第123页。

道德只是一个脆弱的虚假面具,诗剧呈现了浮士德的内心世界的矛盾和恩格斯所针砭的德国人的"鄙俗气"。

第三,美的乌托邦。歌德的《浮士德》洋溢着创作主体的审美精神,或者说文本振荡着一种强烈的美的乌托邦气息。歌德向往和沉迷着自古希腊、古罗马延续而承传的古典美学理念。海伦是古希腊神话中第一美女,也是被所有男性神和所有凡俗男性所崇拜迷恋的女神。她是众神之王宙斯和勒达所生的女儿。成年后被特洛亚王子珀里斯所诱惑而随之私奔,从而导致了十年之就的特洛亚战争。海伦之美成为引发战争的唯一缘由,从而造成千百万无辜生命的死亡和特洛亚之场遭受毁灭之灾祸。歌德《浮士德》延续着古希腊的神话精神,一方面,在文本中海伦象征着美的最高、最完善的形式;另一方面,在《浮士德》里,海伦的意象显然属于虚构的审美符号,是寓言的象征品,她被歌德提升为一种具有理想和虚幻之美的乌托邦,属于可爱而非可信的艺术化的美感幻象。所以,海伦的神话是一个审美的寓言,而海伦在《浮士德》中的复活则是一个美学的象征,她暗示着古典主义理想的复活。显然,海伦既是浮士德也是歌德所渴慕而仰望的理想彼岸,是爱与美的"理想国"和"桃花源"。海伦在《浮士德》中得以复活,满足了歌德和浮士德的内心世界的美与爱的幻想和欲望,歌德借文学世界的幻觉和虚构给身上带有鄙俗气的男人们以情感的慰藉。

然而,无论是在希腊神话中还是在《浮士德》中,海伦都是悲剧性人物,是美丽女人的不幸悲剧。海伦的美的悲剧是三重的:其一是自我的悲剧。歌德借海伦之口发出如此的内心独白:

> 是怎样严酷的命运,迫使我到处蛊惑男人们的心,害得他们既不爱惜自己,也不宽恕其他英俊。半神、英雄、众神,甚至魔鬼,总是抢啊、拐啊、斗啊,迁来迁去啊,他们领着我东奔西走,四下飘零。我单身一人就把世界搅乱了,变成双身乱得更狠;而今三身、四身更是祸不单行。——把这位无辜带走吧,让他自由!被神迷惑的人不应当蒙受羞辱![①]

---

① [德]歌德:《浮士德》,绿原译,人民文学出版社 1994 年修订版,第 312 页。

显然,海伦的内心觉得自我就是一颗不幸的命运使然的悲剧种子。其二是海伦对诗剧的主角浮士德而言,也是一个悲剧。浮士德最初在宫廷里,借助于魔法让海伦现身,他在幻觉中窥见古希腊神话传说的海伦影像,昏死过去。后来魔鬼背着浮士德回到书斋。浮士德的昔日学生瓦格纳正在从事"制造"人的工作,在魔鬼的帮助之下,瓦格纳完成了心愿。然后,这个被制造出的"人"又率领魔鬼与浮士德飘飘然进入了神话境界,寻觅到了复活的海伦。复活后的海伦和浮士德有了浪漫的爱情与婚姻,并且生了一个儿子"欧福里翁"。这个美少年的儿子内心滋生成就事业和成为英雄的激情与冲动,他渴望战争和冒险,于是伸展出一双翅膀飞翔到天宇,不幸地化为灰烬,只将衣服、大氅和七弦琴留在了地面。悲伤的母亲海伦哀痛道:"一句古话不幸也在我身上应验:福与美原来不能持久地两全。爱的纽带断了,生命的纽带跟着也要断;我为二者悲叹,痛苦地道一声再见,再一次投入你的怀抱之中。——珀尔塞福涅①,请把孩子和我一起收容。"②悲伤的海伦重归于冥间的地狱。至此,作为古典美象征的海伦和作为古典美与浪漫美融合的海伦与浮士德之子都归于灭寂。而"欧福里翁"之死,则隐喻着浪漫主义的解体和冒险精神的崩溃。浮士德短暂的理想与幸福,在有关海伦对美与爱的幻觉终于中止。这是海伦的美之悲剧,也是浮士德追求美与爱的悲剧。前两者都是"个人的悲剧"。其三是对所有男人而言,海伦的美也是悲剧的渊薮。十年的特洛亚战争就是因为争夺海伦而起,掌握着权力的男人为了夺回海伦不惜发动战争而毁灭特洛亚城。所以,对所有对海伦抱有美与爱的欲望的男人而言,海伦都是他们的悲剧渊源。

然而,在但丁的《神曲》和歌德的《浮士德》中的叙事最终,肉体的感性之爱和感官审美都升华和转换为对上帝之爱和对信仰的宗教之爱,而上帝或宗教则代表和象征最高和终极的美,并且这种美与爱超越时间与空间抵达永恒的理想彼岸。这也许是消解悲剧性的唯一精神通道和最终手段。

---

① 珀尔塞福涅:冥王之后。
② [德]歌德:《浮士德》,绿原译,人民文学出版社 1994 年修订版,第 337—338 页。

三、政治悲剧·战争悲剧·道德悲剧

歌德的《浮士德》如同作者所言是一出"悲剧"。一方面,《浮士德》继承了古希腊悲剧的美学传统,所抒写的是人物的命运悲剧以及社会悲剧;另一方面,《浮士德》和古希腊悲剧注重书写英雄主人公的悲剧有所不同,它着重书写的浮士德这样一个非英雄而带有"鄙俗气"人物的精神悲剧,尤其是着墨于表现人物内在心理的矛盾与冲突;再一方面,《浮士德》还表现出悲剧的多层内涵。在此,我们主要讨论《浮士德》的政治悲剧、战争悲剧和道德悲剧的思想内涵。

首先,浮士德这一人物形象还表现为一个政治悲剧的象征,是诗人借以对政治的反思与批判。亚里士多德有句名言:人是政治的动物。对男人们而言,尤其是如此。诗剧中浮士德也未能超越政治动物的宿命,他在魔鬼梅菲斯特的引领之下,进入了皇帝的宫廷。浮士德在魔鬼的教唆之下,决心为一个没落腐朽的专制王朝贡献自己的政治智慧与知识力量。这个专制王朝,皇帝骄奢淫逸,尽管国家财政入不敷出,他依然沉醉于奢靡享乐之中,举行化装舞会。大臣们之间彼此钩心斗角,他们怂恿皇帝发行纸币以化解财政危机。歌德写宫廷的这场戏,既有自己从事政治活动的亲身经历的体验和反映,也有自己多年对政治现象的观察和思考,他借此讽刺专制政治和集权政治的腐朽和阴暗。在歌德看来,所有政治都是权力游戏和利益争夺,也是人类悲剧性的根源之一。恩格斯评价歌德说:"我们并不是责备他做过宫臣,而是嫌他在拿破仑清扫德国这个庞大的奥吉亚斯牛圈的时候,竟能郑重其事地替德意志的一个微不足道的小宫廷做些毫无意义的事情和寻找 menus plaisirs。"①歌德曾经在魏玛小王朝任枢密顾问,有过军事、财政、交通等方面任职经历,歌德的从政经历较为丰富,并且有一定的政绩。然而,最终歌德对政治失望,因为他清醒地意识到,迄今为止的政治都是一个令人失望的幽暗舞台,它们是灰色的权力竞技

① 《马克思恩格斯全集》第4卷,人民出版社1958年版,第257页。

场,是经常制造普通人悲剧的罪恶渊源,是阴谋家、冒险家和政客获得利益的游乐园。歌德借魔鬼之口描述如此国家的政治状况,最高统治者"他一味享乐,忘乎所以! 搞得国家一塌糊涂,伊于胡底,大大小小,交相攻伐,兄弟阋墙,自相残杀,城堡对城堡,都市对都市,行会对贵族,主教都跟教士会和教区为敌;窄路相逢都是冤家。教堂里也会行凶谋杀,商人旅客出了城门,个个有去无回。"①这样国家的政治状况和社会风气已经十分恶劣。堕落的统治者和社会各阶层都处于严重的对立和尖锐的冲突之中,其政治生态已经是危机,显然这是一个悲剧化的国家政治。

《浮士德》有关宫廷场面的书写和浮士德从政的荒诞经历,影射了现实与历史的政治悲剧,诗剧包含了歌德对从政经历的辛酸体验和对浮士德简短从政的反讽叙事。这在某种意义上,歌德也借助浮士德的荒诞的从政经历,暗喻这样的道理:有良知的知识分子不适合参与政治游戏,他们只能被政治玩弄于股掌之间,要么出卖良心和独裁者同流合污,要么被黑暗的政治所吞噬。无论怎样,知识分子从政绝大多数是悲剧性的结局。

其次,战争悲剧。在《浮士德》的第二部的"第四幕",歌德书写了战争的场景。歌德身处战乱岁月,亲历了多次的战争,目睹了残酷的战争场面,歌德有关战争的意识同样包含着思想的矛盾和认识的辩证法。一方面,歌德亲身感受到战争的暴力和残酷,作为一位人道主义者和内心饱含良知的文学家,他反对任何形式的暴力,当然也反对战争这一人类有史以来即连绵不绝而充满原始暴力的悲剧性现象;另一方面,歌德也客观地认识到战争是人类历史的无法消除的悲剧性宿命,它属于一种客观历史的产物,也许是人类永远无法摆脱的梦魇。战争甚至成为人类历史的必然性的自然结果。当然,康德有关战争的思想也影响了歌德。康德在《永久和平论》说:"甚至于就连哲学家也赞颂它是人道的某种高贵化,竟忘怀了希腊人的那条格言:战争之为害,就在于它

---

① [德]歌德:《浮士德》,绿原译,人民文学出版社 1994 年修订版,第 348 页。

制造的坏人比它消除的坏人更多。"①克劳塞维茨在《战争论》指出："战争是一种暴力行为,而暴力的使用是没有限度的。"②他又认为："战争不仅是一种政治行为,而且是一种真正的政治工具,是政治交往的继续,是政治交往通过另一种手段的实现。"③康德和克劳塞维茨都对战争持有否定和批判的态度。歌德有关战争的认识是充满了历史理性和辩证理性的,而在《浮士德》的第二部的"第四幕"中则有所反映。

第四幕分为"高山""山麓小丘"和"伪帝的营帐"三场。这一幕写在皇帝与伪帝之间争夺统治权的战争场面,歌德对于战争场景的叙事、描写及其抒情,情景传神,风格奇瑰,显示出一个伟大诗人的高超手笔。"山麓小丘"一节,写皇帝和元帅指挥大军作战,他们视察战地和观望军队,看到军队仪仗整齐和阵势威武,元帅得意地向皇帝说："就在这儿,在中间草原的平地上,你看密集队形正信心十足,摩拳擦掌,枪矛在阳光照耀下,透过晨雾,在空中闪闪发光。强大的步兵方阵如巨浪澎湃,深不可测! 成千上万人在这儿急于大干一场。你因此可以认识群体的威力:我相信这种威力能够粉碎敌人的力量。"④皇帝答道："我还是第一次目睹这种盛况,这样一支军队真可以拿一顶双。"⑤然而,随后的战争场面却是："地平线已是一片黑暗,到处显著地闪烁着不祥的红光;刀枪剑戟血淋淋四下闪动,岩石、树林、大气、整个天空都成了战场。"⑥而在打败了伪帝及其军队之后,大主教对皇帝索要利益："你还得把全部租税:什一税、地租、贡赋永远献出,相应的保养自有不少需要,细心管理更会开销不少。要在这样荒凉地带加速建筑进程,还得从掠夺的财富中给我们

---

①　[德]康德:《历史理性批判文集》,何兆武译,商务印书馆1990年版,第124页。
②　[德]克劳塞维茨:《战争论》第1卷,中国人民解放军军事科学院译,商务印书馆1982年版,第26页。
③　[德]克劳塞维茨:《战争论》第1卷,中国人民解放军军事科学院译,商务印书馆1982年版,第43页。
④　[德]歌德:《浮士德》,绿原译,人民文学出版社1994年修订版,第351页。
⑤　[德]歌德:《浮士德》,绿原译,人民文学出版社1994年修订版,第351页。
⑥　[德]歌德:《浮士德》,绿原译,人民文学出版社1994年修订版,第356页。

分出一些黄金。"①战争给民众带来灾难和死亡,却给少数人大行掠夺金钱和抢劫财富之道,就连大主教也要向皇帝勒索敲诈。歌德用自己的辛辣之笔对战争进行批判和对借战争攫取权力与利益的人物予以揭露与讽刺。

最后,道德悲剧。康德的哲学命题之一:"人是目的"②。这一哲学观深刻地影响了歌德及其《浮士德》的创作,应该说,《浮士德》这一文学文本和浮士德的典型形象也包含着康德"人是目的"这一命题的思想内涵。同时,斯宾诺莎的哲学与伦理学思想也对歌德产生了影响,尤其是斯宾诺莎的《伦理学》中关于主体的自由和能动性等观念对歌德的心灵产生了巨大的震撼力。康德与斯宾诺莎的哲学思想对歌德的影响渗透到他对《浮士德》的文学创作之中,也通过浮士德这一艺术典型得以显露和折射。浮士德一方面体现了"人是目的"的这一命题与观念,显然,在歌德的《浮士德》里,主人公浮士德既不是道德偶像,也不是一个作者讴歌的英雄,而是一个复杂的矛盾综合体,体现出哲学的辩证法和美学的和谐观,一个自身充满矛盾的形象在文学文本中得以统一和呈现。浮士德是一个既虚假又真实的人,一个既不可信又可信,既不可爱又可爱的审美意象,既有丑又有美的文学典型,既有理想感又充满鄙俗气的德国男人的艺术形象。总而言之,浮士德是呈现"人的目的"这一哲学命题的具体文学形象。另一方面,浮士德这一形象也包含歌德对人的自由本质和能动性特征的表现,浮士德对知识和爱与美的追求,对自我的自由精神的张扬和创造性势能的扩展都一定程度上表现出歌德对斯宾诺莎的哲学思想的印证和实践。

歌德借浮士德的魔幻游历和精神历程,书写了主体世界的道德悲剧。最后,能够拯救主体的只能通过自我的道德完善。"浮士德最后接受自己的界限和令人困惑的信仰的匮乏,这是易于失败的信仰。绝对通过自己的否定而存在,有限的生命价值是永远不能控制并代表它的,但要发现绝对又绝对不能

———

① [德]歌德:《浮士德》,绿原译,人民文学出版社1994年修订版,第365页。
② 有关"人是目的"这一论述,参见康德:《道德形而上学基础》,孙少伟译,中国社会科学出版社2009年版,第58—59页。

脱离它们、排除它们。它就靠自己的有限生活,并以此证明自己是它们的救世主。"①浮士德的人生历程显然也是一个典型的道德悲剧,一方面,他将灵魂卖给了魔鬼,背弃了对知识和真理的追求;另一方面,他对最初恋人的始乱终弃,造成了痴情女人的悲惨结局;再一方面,他为专制腐朽的朝廷服务,堕落为周身散发着"鄙俗气"的庸人。然而,浮士德最终通过自我的灵魂救赎,依靠"永恒之女性,引我们飞升"。这个女性既象征着神话世界的爱与美,也隐喻着完美的道德符号,她象征浮士德的自我的道德拯救和灵魂净化。这是歌德在《浮士德》诗剧的最后,给人们的审美暗示。所以,浮士德的死亡既意味着人生理想的幻灭,也寄托着对未来的美之期待。"永恒之女性,引我们飞升"给歌德与无数的接受者以一丝光明与美好的梦幻期许。

歌德的《浮士德》是充满想象力的文学杰作,黑格尔说:"天才尽管在青年时代就已露头角,但是只有到了中年和老年,才能达到艺术作品的真正的成熟,例如歌德和席勒就是如此。"②他又说:"最杰出的艺术本领就是想象。但是我们同时要注意,不要把想象和纯然被动的幻想混为一事。想象是创造性的。"③歌德的《浮士德》是诗人的幻想产物,更是一个洋溢着想象力的诗歌文本。当然,也是一个充满了哲思的文本,它呈现了短暂与永恒、有限与无限、生存与毁灭、可能与必然、特殊与普遍、美与丑、真实与虚幻、此岸与彼岸等哲学范畴。所以,《浮士德》当之无愧地列为一部伟大的哲理诗篇。

第三节　偶像的黄昏

罗素在《西方哲学史》中评价道:"尼采自认为是叔本华的后继者,这是对的;然而他在许多方面都胜过了叔本华,特别在他的学说的前后一贯、条理分

---

①　[美]缪勒:《文学的哲学》,孙宜学、郭洪涛译,广西师范大学出版社 2001 年版,第129 页。

②　[德]黑格尔:《美学》第 1 卷,朱光潜译,商务印书馆 1979 年版,第 359 页。

③　[德]黑格尔:《美学》第 1 卷,朱光潜译,商务印书馆 1979 年版,第 357 页。

明上。""尼采虽然是个教授,却是文艺性的哲学家,不算学院哲学家。他在本体论或认识论方面没有创造任何新的专门理论;他之重要首先是在伦理学方面,其次是因为他是一个敏锐的历史批评家。"①罗素又说:"尼采向来虽然没有在专门哲学家中间、却在有文学和艺术修养的人们中间起了很大影响。也必须承认,他关于未来的种种预言至今证实比自由主义或社会主义者的预言要接近正确。"②然而,拘囿于历史的原因,罗素的《西方哲学史》有些地方对尼采的评价有欠公正,略显逊色。依照现今的文化语境,尼采的在哲学思想和美学理论等领域的贡献要远远超越罗素这些评价。

更令人不解和遗憾的是,梯利的《西方哲学史》对叔本华给予了专章论述和较高赞誉,而对于尼采,则采取了类似怀疑论者的"悬搁"态度,不置一词,选择完全遗忘了这位伟大的诗性哲学家。英国学者罗宾逊说:"尼采用各自不同的声音说话。他的哲学充满矛盾、比喻繁多、冷嘲热讽。自他死后,人们把他的话以各种方式解构和重构。多少诗人、剧作家、无政府主义者、法西斯主义者、存在主义者和后现代主义者,都纷纷将自己描绘成'尼采主义者'。所以,对每一个时代来说,似乎都有一个不同的尼采。"③显然,当今对尼采的理解又走向了多元化和随意性。

海德格尔对尼采给予一个哲学家难得的崇敬,他写作了洋洋洒洒两卷本的巨著,专门论述尼采的哲学。他以不同寻常的眼光纠正以往对尼采的评判:

> 长期以来,在德国的哲学讲座中,人们都在说,尼采不是一位严格的思想家,而是一位"诗人哲学家"(Dichter philosoph)。人们说,尼采不是一位只考虑那些抽象的、脱离生活的和虚无缥缈的事情的哲学家。如果一定要把尼采称之为一位哲学家,那就必须把他理解为一位"生命哲学家"。"生命哲学家"这个名称在较长时间以来为人们所喜好;但这个名称马上就会令人起疑,仿佛别的哲学是为死者的哲学,从而根本上是多余

---

① [英]罗素:《西方哲学史》下卷,马元德译,商务印书馆1976年版,第311页。
② [英]罗素:《西方哲学史》下卷,马元德译,商务印书馆1976年版,第319页。
③ [英]罗宾逊:《尼采与后现代主义者》,程炼译,北京大学出版社2005年版,第25页。

的了。这样一种观点完全与某些人的意见合拍,这些人对尼采这位终于
与抽象思维一刀两断的"生命哲学家"大表欢迎。凡此种种关于尼采的
流行评论是错误的。只有当一种与尼采的争辩同时通过一种在哲学基本
问题领域内的争辩运行起来时,这个错误才能得到认识。①

海德格尔试图扭转人们对尼采的已经成为思维定式的认识无疑有其合理
性和客观依据,那就是尼采的文本的确思考和讨论了形而上学,具有传统哲学
的思辨性和辩证逻辑。如果我们综合了两种观点,也许会获得对尼采的相对
全面的认识和把握。一方面,尼采既是一位异于正统哲学思维的理论家,呈现
为诗人哲学家的气质;另一方面,尼采是一位植根于自古希腊哲学传统而来德
意志的思想文化土壤,他同样有着形而上学哲学家的思维禀赋。的确,尼采的
文本除了具有深厚独创和缤纷奇特的哲学思想之外,还包含着丰富多姿的文
学性和审美性,闪烁着充溢灵感的诗意光芒。因此,将尼采描述为"诗人哲学
家"也恰如其分。

以下我们尝试论述尼采文本所呈现的哲学性和文学性的互渗与交融的美
学现象。

一、悲剧的诞生

首先,悲剧起源与悲剧精神。《悲剧的诞生》是尼采的第一部哲学著作也
是其第一部美学著作,然而,有关尼采的《悲剧的诞生》,读者分化为两个阵
营:"一派认为尼采的汪洋恣肆的文风为其论述内容所必需,读来令人振奋;
另一派则因厌恶而表示轻蔑。"②尼采的宿敌甚至就连自己的挚友也撰写书
评,对《悲剧的诞生》进行严厉的指责和批评,认为它不够严谨,没有遵守传统
的学术规范,甚至是误解和歪曲了古希腊文化及其悲剧本质。而海德格尔认
为:"尼采的第一部著作就是要追问'悲剧的诞生'(1872)。对悲剧性的经验

---

① 　[德]海德格尔:《尼采》,孙周兴译,商务印书馆 2002 年版,第5—6页。
② 　[英]坦纳:《尼采》,于洋译,译林出版社 2011 年版,第8页。

以及对悲剧性之起源和本质的沉思,乃是尼采思想的基本成分。与其思想的内在变化和对其思想的澄清相应,尼采关于悲剧性的概念也渐渐得到了澄清。"①显然,尼采的《悲剧的诞生》不属于传统本体论和认识论的传统形而上学范畴,然而它的思想价值和美学价值却不被后来的理论界所广泛认同。

尼采认为,古希腊的两个艺术神祇——阿波罗(Apollo):这一日神形象,他象征着梦幻精神;狄奥尼索斯(Dionysus):这一酒神形象,他象征着沉醉精神。"直到最后,通过希腊'意志'的一种形而上学的神奇行为,两者又似乎相互结合起来了,在这种交合中,终于产生出既是狄奥尼索斯式的又是阿波罗式的阿提卡②悲剧的艺术作品。"③尼采将悲剧的本源归结为古希腊的阿波罗和狄奥尼索斯的两种精神,它们分别代表着梦幻和沉醉这两种精神要素,这两种要素共同促使悲剧的生成和确立悲剧的美学本质。尼采说:"要么是阿波罗式的梦之艺术家,要么是狄奥尼索斯式的醉之艺术家,要不然就是——举例说,就像在希腊悲剧中那样——两者兼而有之,既是醉之艺术家,又是梦之艺术家。对于后一类型,我们大抵要这样来设想:在狄奥尼索斯的醉态和神秘的忘我境界中,他孑然一人,离开了狂热的歌队,一头倒在地上了;尔后,通过阿波罗式的梦境感应,他自己的状态,亦即他与宇宙最内在根源的统一,以一种比喻性的梦之图景向他彰显出来了。"④显然,这是尼采的假定性的哲学推论和主观逻辑的想象性演绎。如果作出辩证分析,一方面,这一推断有着一些历史性和客观性的依据,在某种意义上,也能够符合古希腊文化发展的事实。狄俄尼索斯精神和阿波罗精神是古希腊的神话精神之象征,也是悲剧精神的起源和象征;另一方面,这一结论包含着尼采的个人意志和审美想象,是对古希腊悲剧形成和本质的主观性阐释,有着尼采的主体性假定和美学创意。因此,这是一个可爱而未必可信的主观性理论。但是,毋庸置疑,这一悲剧理论有着

① [德]海德格尔:《尼采》,孙周兴译,商务印书馆2002年版,第270页。
② 阿提卡(Attika):以雅典为中心的古希腊中东部区域,为古希腊文化的发祥地。
③ [德]尼采:《悲剧的诞生》,孙周兴译,商务印书馆2011年版,第19页。
④ [德]尼采:《悲剧的诞生》,孙周兴译,商务印书馆2011年版,第27页。

原创性的思想价值和美学意义。

其次,神话的价值和功能。如果分析尼采悲剧观念生成的内在原因,我们可以认为,它起源于尼采精神内部所存在的古希腊情结和神话崇拜。尼采对古希腊抱有仰慕和痴迷的情感,几乎近于一种宗教崇拜的神圣信仰。尼采包含情感地宣称:"如果说德国精神懂得不懈地只向一个民族学习,那就是向希腊人学习,而能够向希腊人学习,这毕竟已经是一种崇高的荣耀,一种出众的珍品了。而如今,我们正在体验和经历悲剧的再生,而且我们正处于既不知道它从何而来又不明白它意欲何往的危险中,还有比现在更需要这些高明无比的导师的时候吗?"①显然,尼采的悲剧理论正是导源于尼采内心深处的古希腊情结。换言之,也因为尼采对古希腊悲剧的沉迷,他加深了对古希腊神话的热爱和崇拜,这两者构成了相辅相成和相得益彰的精神机制。所以,尼采认为古希腊的神话和悲剧是古希腊文化精神的同一性的本质存在,它们是密切关联而形式不同的审美对象和价值形态。

和尼采的悲剧观密切关联,尼采对古希腊的神话饱含着崇拜和赞美的情感。尼采说:"通过悲剧,神话获得了它最深刻的内容和最具表现力的形式;有如一个受伤的英雄,神话再度兴起了,它的全部的剩余精力,连同垂死者充满智慧的宁静,在它眼里燃烧,发出最后的强烈光芒。"②尼采痛心于科学的发展而对神话精神的压抑甚至摧毁:"谁若能回想起这种无休止地向前突进的科学精神的直接后果,就会立即想到,神话是怎样被这种科学精神消灭掉的,而由于这种消灭,诗歌又是怎样被逐出那自然的、理想的家园,从此变成无家可归的了。"③尼采将神话、诗歌与悲剧衰落的原因归结于科学的发展,这既有合理性也有片面性。历史的发展和科学的兴盛虽然消解了一部分神话,但是作为神话思维和神话意识依然存在着人类的生活世界,构成了现代神话或当代神话的样式。只是现代神话或当代神话和古典神话相比,它们所存在的内

---

① ［德］尼采:《悲剧的诞生》,孙周兴译,商务印书馆2011年版,第146页。
② ［德］尼采:《悲剧的诞生》,孙周兴译,商务印书馆2011年版,第80页。
③ ［德］尼采:《悲剧的诞生》,孙周兴译,商务印书馆2011年版,第125页。

容不同、方式不同,表现出的性质特征不同而已。它们都有审美和艺术的价值和功能,都有着激发个体情绪和凝聚民族情感、强化国家意志等社会功能。当然,任何神话都有着积极和消极、正面和负面的作用。

最后,对尼采的神话与悲剧的理论之美学反思。在尼采的《悲剧的诞生》《查拉图斯特拉》《偶像的黄昏》《权力意志》等著作中,他对神话均抱有强烈的崇拜和赞美的情绪和信念:"要是没有神话,任何一种文化都会失去自己那种健康的、创造性的自然力量:唯有一种由神话限定的视野,才能把整个文化运动结合为一个统一体。唯有神话才能解救一切想象和阿波罗梦幻的力量,使之摆脱一种毫无选择的四处游荡。神话的形象必定是一个无所不在、但未被察觉的魔鬼般的守护人,在他的守护下,年轻的心灵成长起来,靠着它的征兆,成年人得以解释自己的生活和斗争。甚至国家也不知道有比神话基础更强大的不成文法了;这个神话基础保证了国家与宗教的联系,以及国家从神话观念中的成长过程。"①一方面,尼采肯定了神话与悲剧的审美意义和艺术价值,具有一定的合理性和思想价值,迄今仍然具有理论的借鉴意义,值得肯定和赞美;另一方面,尼采有关神话和悲剧的理论,呈现出"神话乌托邦"的性质,它夸大了神话的积极功能,而对神话的负面性和消极意义缺乏认识。再者,尼采的神话理论,高扬了主体意志的扩张性和暴力思维,给神话这一文化形态赋予了一种精神危险。因为神话可能成为一种政治工具和导致暴力思维,它甚至可以被提升为一种国家意识形态,生成为乌托邦精神的致幻剂,从而给历史和民众带来灾难和悲剧。迄今为止,神话思维和神话意识依然存在着主体心理结构之中,人类依然在不断地制造着神话,这些神话包括政治神话、科学神话、国家神话、民族神话等类型,它们以隐匿的方式存在,悄然地影响着人类的意识形态和社会生活,左右着人们的意识和行为、理论和实践活动。遗憾的是,尼采只看见神话的正面价值和积极功能,而对神话的负面价值和消极意义缺乏清醒和深刻的认识。尼采有关悲剧的理论同样具有美学的合

---

① [德]尼采:《悲剧的诞生》,孙周兴译,商务印书馆2011年版,第166页。

理性和理论价值。他的永恒轮回的观念同样适合于他的悲剧观:悲剧构成了人类历史和主体精神的永恒轮回,悲剧的种子永恒存在于人类的精神之中。然而,悲剧并非如尼采所言它给予接受者是永恒的美感和激发主体的向上意志和诗性情怀,悲剧同样也给予了欣赏者一种痛苦和恐惧、绝望和虚无的情绪,它们的审美功能同样是双重的,既有积极的意义也有消极的因素。

二、查拉图斯特拉如是说

首先,神话式写作。《查拉图斯特拉如是说》既是一部哲学文本,也是一部美学文本,更是一部文学文本。它在哲学史、美学史和文学史上都占有显耀的位置。这部充满天才灵感和奇特想象力的杰作,既充满形而上学的哲学特性和丰富的思想内容,又弥散着美感的光辉和振荡着诗意的冲动。诚如中文译者钱春绮所言:"一部跟歌德的《浮士德》并称的世界文学巨著、一部富于哲思的思想诗,或者说的用箴言体写成的智慧书。"①尼采借用查拉图斯特拉的名义而进行奇幻地漫游和亲历各种故事,他或对话、或独白、或默想,以发表自己的言论。查拉图斯特拉亲历了形形色色的历史风貌和社会场景、看见了各式各样的人物形象和生物意象,随时随地地发表自己的见解和意见。在这部著作中,尼采继承和发展了古典怀疑主义传统,以批判和反讽的姿态展开对狭隘的国家主义、剧场政治、伦理观念、基督教道德、偶像崇拜、处世之道等进行辛辣的讽刺与嘲笑,哲学性的反思与批判精神和文学性的审美情境相得益彰,从而成为文化史的不朽经典。

《查拉图斯特拉如是说》的写作方式风格迥异于一般哲学著作和美学著作,呈现出尼采文本中最奇特的创作手法。其一,它以托名古人、想象性漫游、幻觉陈述的方式进行书写;其二,广泛运用寓言的策略,以假托和虚构的故事隐喻哲学的真理;其三,作品中穿插了诗歌、格言、箴言、谚语、戏剧化对话与独

---

① ［德］尼采:《查拉图斯特拉如是说》,钱春绮译,生活·读书·新知三联书店 2007 年版,"译者前言"第 1 页。

白等多种文本格式,作者采用了多文本交叉的写作策略;其四,梦幻式的超越时间与空间的个人独行的叙事、抒情与议论的和谐综合。归纳这几个方面因素,我们在总体上将尼采的《查拉图斯特拉如是说》界定为"神话式写作",这意味着它是以神话思维和神话意识而进行的哲学性与文学相性交融而写作,显然是一部充满哲理、美感与诗意的经典文本。"神话式写作"这一称谓,也表明尼采的《查拉图斯特拉如是说》存在着和古典神话相类似的美学特征。

其次,批判性思维。从对《查拉图斯特拉如是说》的基本内容和思想特性方面考察,可以体悟到它所呈现的批判与反思的哲学锋芒。《查拉图斯特拉如是说》对人类迄今为止的历史和文化进行较为广泛的反思和批判,它包含这样一些批判性的思想内涵:其一,"人是一条不洁的河。"[1]尼采借以表达对人类现实和现代文化的深切失望。其二,"人的生存是阴森可怕的,而且总是毫无意义:一个丑角也可以成为人的不幸命运。"[2]尼采深刻地意识到人生的悲剧性,流露出一种虚无主义的人生观。其三,人类是善于表演和欺骗的动物。尼采借助于查拉图斯特拉在市场上的游览和观望,揭示了人类的欺骗本能和造假的劣根性,表明对人类的道德和本性的失望。其四,人类是屈服于权力和对官府的谦卑者。"智者"说:"对官府要尊敬,用服从,即使对于不正当的官府也要如此!"[3]显然,这是尼采所反讽的确切对象。尼采还借助查拉图斯特拉的独白和宣讲,表达这样一些观念:人类的理性主义是窒息人性的冰冷枷锁;人类的社会制度不符合自由的人性;科学进步导致诗歌与神话衰弱的悲剧;人类迄今为止的政治都是表演性的剧场政治;奴隶的道德是卑鄙的坏道德;国家主义是人类的虚假意识形态和错误观念;等等。

基于这些对于人类的思想与文化的批判,尼采提出几个重要的观点:第

---

① [德]尼采:《查拉图斯特拉如是说》,钱春绮译,生活·读书·新知三联书店 2007 年版,第 8 页。

② [德]尼采:《查拉图斯特拉如是说》,钱春绮译,生活·读书·新知三联书店 2007 年版,第 16 页。

③ [德]尼采:《查拉图斯特拉如是说》,钱春绮译,生活·读书·新知三联书店 2007 年版,第 25 页。

一,上帝已死。尼采以此表明传统的价值观和信仰已经解体和崩溃,因此他希望重构主体的精神信仰对象和新型的价值观。第二,渴望"超人"。鉴于尼采对人类的失望,他梦想超人出现,超人是尼采的新人类或理想人类的象征,是道德完善和诗性精神的代表。超人就是"大地"和"大海"的意思:"我教你们做超人:他就是大海,你们的极大的轻蔑会沉没在这种大海里。"①在第一部的第四节,尼采以修辞的排比句式,表示出他对超人的无比热爱和审美期待。在这里,尼采描述了 18 种他所热爱的超人形象和具体内容,他连续使用了 16 个"我爱那一种人"排比句,对他所热爱的超人给予诗意的赞美,同时也规定了超人的基本思想内涵,勾画了超人的道德标准与人格图谱。"超人"一方面包含尼采的形象思维的想象力内涵,是一种审美化和诗意化的人格意象,它延续了古希腊的神话精神,是一种神话偶像的感性符号,带有尼采的虚构性和理想性。因为尼采对于现存的人类有着强烈的失望和不满,因此他渴望建构一种理想的道德主体和诗性主体,而超人就是这种尼采所设想的完美的未来主体形式。所以,尼采借查拉图斯特拉之口对超人进行了理想化和几乎完美的描述和想象。他使用一连串的"我爱那样一种人"的文学修辞话语,对超人应有的人格、认识、能力、德性、意志、品格、诗性、实践、审美等禀赋给予了描述与界定。"超人"携带尼采所设想的强力意志和古希腊的神话精神,"超人"既是拯救人类的非凡者或神者,也是人类所应该努力的具体标准和仿效的客观典范。所以,尼采有着"超人"替代"上帝"的潜在性动机和隐匿性寓意。第三,永恒轮回。尼采的"永恒轮回"说和"权力意志"的概念存在着密切的逻辑关联。海德格尔认为:"相同者的永恒轮回与强力意志学说是最紧密地联系在一起的。这两个学说的统一是历史性的,可以看作对以往一切价值的重估。"②尼采认为整个人类世界的历史过程即是权力意志的永恒轮回,整个世界的演变历史和客观图景也就是权力意志在自己的永恒轮回过程中的各种表现形式而

---

① ［德］尼采:《查拉图斯特拉如是说》,钱春绮译,生活·读书·新知三联书店 2007 年版,第 8 页。

② ［德］海德格尔:《尼采》,孙周兴译,商务印书馆 2002 年版,第 18 页。

已。尼采的"权力意志"既是一种客观又是一种主观的神秘结构,它属于非理性的生命冲动力量,它应该假定为来源于"超人"的精神内部,因此,权力意志和永恒轮回都决定于神秘的非理性的主观要素。尼采从自我的主观逻辑上设定,权力意志的永恒轮回既决定了世界历史的进程也决定了人类历史的演进。它是一种伟大而神秘的美学化与诗意化的崇高力量。

最后,寓言式故事和象征手法以及戏剧性策略。尼采的著作,尤其是《查拉图斯特拉如是说》,大量地使用了寓言式叙事和象征手法,巧妙地融汇了戏剧性的冲突、场景设置、对话与独白等因素,使一个哲学文本同时成为一个经典的文学文本。其一,寓言式的人物。查拉图斯特拉就是寓言的人物,是尼采借用的一个感性符号,虽然说查拉图斯特拉在历史上确有其人,是波斯琐罗亚斯教的创始人。但在尼采著作中他显然只是一个虚构的审美形象和神话式符号,是尼采的代言人和象征者。除了查拉图斯特拉,文本中还有形形色色的人物,诸如走钢丝的演员、小丑、掘墓人、贱民、哲人、智者、隐修者、白发老者、学者、诗人、预言者、浪游者、魔术师、君王、乞丐、高人、丑人等,这些人物都是假托性的寓言形象,它们有的是尼采的听众,有的是尼采反讽的对象,有的是尼采争辩和批判的对象。其二,寓言化的动物意象。《查拉图斯特拉如是说》写到诸多动物昆虫意象,有鹰、蛇、骆驼、蜜蜂、驴子、蚂蟥、苍蝇、母鸡、绵羊等,它们都是扮演着尼采《查拉图斯特拉如是说》这个寓言化的戏剧中的角色,都是舞台上的一个木偶化形象,它们演绎着尼采这一天才作品的思想与意义。海德格尔运用了他精湛而独到的哲学诠释学方法,对"查拉图斯特拉的动物"进行了富有审美想象力的理解:"这只鹰在高空中翱翔,兜着大圈子。兜圈子乃是永恒轮回的象征。但这种兜圈子是既盘旋而上又盘桓于高空。鹰身上缠着一条蛇,蛇盘绕在鹰的头颈上。蛇的这种盘绕又是永恒轮回之圆环的象征。"①显然,海德格尔对这两种动物的阐释应和了尼采的"永恒轮回"的哲学概念。对这两种动物,他又作进一步的津津乐道的细读:

① [德]海德格尔:《尼采》,孙周兴译,商务印书馆2002年版,第291页。

　　我们这里需要简明地指出这两只动物的形象——鹰和蛇——作为查拉图斯特拉的动物所象征的东西：其一，它们的盘旋和缠绕，象征着永恒轮回的圆圈和圆环；其二，它们的本质，即高傲和聪明，象征着永恒轮回学说的教师的基本态度和知识方式；其三，他的孤独的动物，象征着对查拉图斯特拉本身的最高要求——这些要求越少被表达为定律、规则和劝告之类，而越是明确地根据它们的本质在这些象征的直接在场状态中道出本质性东西，它们就越是强硬无情。只有那些具有构成性力量去塑造意义的人们才能领会象征。①

海德格尔的阐释学在尼采的作品中又一次获得了过度阐释的精彩运用，显然这一阐释具有主观想象的成分，然而它毕竟触及尼采最重要的"永恒轮回"的哲学内核。其三，寓言化的故事和戏剧性策略。《查拉图斯特拉如是说》也可以看作为一篇宏大叙事的寓言戏性剧。整个四部结构，可以看作四幕戏剧。戏剧的主角是查拉图斯特拉，围绕主人公展开了一系列的故事，这些故事包含着一系列矛盾与冲突，其中有曲折荒诞的情节，包含着戏剧人物的突转与发现、命运的偶然性、叙事的悬念性等性质，戏剧中还有形形色色、各有趣味的人物，人物之间还存在着具有丰富意义的潜台词的对话与独白。尤其是查拉图斯特拉的台词，无论是对话还是独白，都洋溢着诗人的灵感和激情，又包含深刻而睿智的哲理，寄寓着机智与反讽、嘲笑与幽默的哲学智慧。《查拉图斯特拉如是说》这一文本，正如所言：唯有天才或疯子才得以书写。

三、偶像的黄昏——肯定还是反讽？

　　尼采的《偶像的黄昏》第 19 节以"反讽"的修辞策略，对主体为美"立法"、以人作为美之中心和判断标准的美学观表示存疑和否定，文本解构传统美学的人类中心主义的思维暴力和话语权力，设想有一个审美活动的"更高的趣味判官"来取代人的位置，这个"更高的趣味判官"就是尼采理想的"超人"。

---

　　①　[德]海德格尔：《尼采》，孙周兴译，商务印书馆 2002 年版，第 293 页。

首先,反讽和诗意的经典文本。《偶像的黄昏》第 19 节有一段经典的美学论述,被后世研究者引证、转述、阐释不计其数。尼采以他特有的潇洒空灵、汪洋恣肆的言说风格,一种充盈诗意和美感的格言警句,如此写道:

> 美与丑。——没有什么比我们的美感更有条件,或者说更受限制的了。谁要想脱离人对人的愉悦去思考美感,谁就会马上丧失根据和落脚点。"自在的美"仅仅是一个语词,从来不是一个概念。在美中,人把自身设置为完美的尺度;在适当的情况下,他在美的事物中崇拜自己。除此之外,一个物种便根本不能单独地进行自我肯定。其至深本能,即自我保存和自我扩张本能,在这些升华中依然可见。人相信世界本身充满了美,——他忘记了自己是美的原因。恰恰是他把美送给了世界,啊! 在我看来,这不过是一种人性的、太人性的美……从根本上说,人把自己投射在物中,又把一切反射出他的形象的事物叫做美事物:"美"的判断是其物种虚荣心。因为一个小小的怀疑可能会在怀疑论者耳边提出这样的问题:就是因为人认为世界是美的,世界就真的因此被美化了吗? 他把世界人化了:仅此而已。但是,没有任何东西,绝对没有任何东西向我们担保:只有人才是美的模型。谁知道在一个更高的审美法官眼中人会是什么样子呢? 也许是胆大妄为? 也许是自娱自乐。也许有一点独断? ……"啊,狄奥尼索斯,我的天神,你为什么拉我的耳朵?"在纳克索斯岛①进行的一场著名对话中,阿里阿德涅②曾经问她的哲学情人。"我在你的耳朵里发现了一种幽默,阿里阿德涅,它们为什么不再长些呢?"③

对这一段文本,国内目前有两种代表性的也是比较流行的理解。杨恒达在《尼采的美学思想》里认为:"尼采根据他那种美丑判断的标准,得出了'只有人是美的'结论,这是因为尼采认为世界本没有美,只因有了人,人把世界

---

① 纳克索斯岛(Naxos):基克拉迪群岛中最大的岛,在爱琴海南部。
② 阿里阿德涅(Ariadne),古希腊神话中克里特王弥诺斯的女儿,曾经帮助雅典英雄忒修斯逃出迷宫,却被忒修斯抛弃在纳克索斯岛上,后嫁给酒神狄奥尼索斯。
③ [德]尼采:《偶像的黄昏》,李超杰译,商务印书馆 2011 年版,第 20 页。

人化了,所以世界才有美。"①经过必要的补充论证,他又说:"尼采所说的'只
有人是美的',归根结底,是指作为艺术形象的人,而且也只有在艺术形象中,
他的理论才能找到真正的出路。"②周国平在《悲剧的诞生》"译序"中阐释道:
"美是人的自我肯定,根本不存在'自在之美'。……人不但是唯一的审美主
体,而且归根到底是唯一的审美对象。"③其他散落在多篇论著的理解和诠释,
差不多都是这两种观点的重复和认同。

　　其次,文本细读的两个步骤。对于尼采这个文本的解读,我们分为两个步
骤进行,一是从文本外围展开理论性的清理,在思想的历史流程中判断这一文
本掩盖在语言能指之下真实所指,从而领悟其隐匿的意义。二是我们从对文
本的细读入手,并且结合参照相近的另外文本,重新理解文本深层的所指
意义。

　　从表面能指上看,这一段为美学界耳熟能详的文本,似乎表达尼采一种肯
定性的不容置疑的意见:人在为这个世界立法的同时,也对美和审美活动行施
立法权,为"美"制定了标准、规则和价值。一方面,人是审美主体,唯有人这
个生命形式,才担当审美责任和禀赋美感的权力;另一方面,人担当了审美对
象,在万象万物之中,因为只有人才是最美的和合乎理想的美之形式。换言
之,在这个世界上,唯有人才获得成为"美"之中心的资格,所有的美是为人而
存在的,围绕着人这个中心而运动,没有人,世界根本不存在任何形式的
"美"。在这里,我们闻到了一种似曾相识的气息,这就是黑格尔美学的气息。
黑格尔在《美学》中断然地说:"有生命的自然事物之所以美,既不是为它本
身,也不是由它本身为着要显现美而创造出来的。自然美只是为其他对象而
美,这就是说,为我们,为审美的意识而美。"④如果说,黑格尔的这一美学观,

　　① 杨恒达:《尼采的美学思想》,中国人民大学出版社 1992 年版,第 81 页。
　　② 杨恒达:《尼采的美学思想》,中国人民大学出版社 1992 年版,第 89 页。
　　③ [德]尼采:《悲剧的诞生》,周国平译,生活·读书·新知三联书店 1986 年版,"译序"第
10 页。
　　④ [德]黑格尔:《美学》第 1 卷,朱光潜译,商务印书馆 1979 年版,第 160 页。

一方面,暴露出明显的传统形而上学的逻各斯中心主义,体现主体性哲学的思维暴力和独断论的逻辑阴影。另一方面,对于美和审美的以主体性作为唯一性的逻辑设定,显然体现了人类中心主义和理念至上的知识权力,一种对于其他生命形式的藐视、征服、统治和奴役的心态跃然纸上。法国后现代思想家德勒兹通过对哲学史的精湛解读,尤其是对尼采《论道德的谱系》一书的阐释,揭示尼采哲学和黑格尔哲学尖锐对立的事实。"在德勒兹看来,尼采哲学的主要敌人仍然是黑格尔,他曾说,如果我们没有看到尼采著作的主要概念是'指向谁'的,我们将会误解尼采的全部著作。在这本著作中,黑格尔的主题是作为它打击的敌人提出来。反黑格尔主义像一把利刃贯穿尼采的著作。"①显然,在哲学观念和思维方式上,尼采和黑格尔走着截然不同的路径。如果简单化地望文生义地将尼采的上述文本理解为黑格尔式以人为中心的主体性美学观,那么,将是大可献疑的。接着的疑问是,如果认同尼采"以人为本"的审美观,那么,这种看似"人本主义"的美学观是否符合尼采一贯的思维逻辑和理论的整体性结构?答案显然是否定的。众所周知,作为传统形而上学和意识形态的叛逆者、一位现代的怀疑主义思想大师,尼采对人类一直持有怀疑、批判和否定的态度,正是对于人的主体性的深刻反思,才彰显出他独特的理论锋芒和思想色彩。在此引述俞吾金先生一段精湛之论:

> 在尼采的著作中,处处透显出他对人和整个人类的蔑视。在《查拉图斯特拉如是说》序言第 3 节中,尼采通过查拉图斯特拉之口,对人类作出了如下的评价:"真的,人类是一条污浊的河流。"在尼采的心目中,人和人类根本上是无可救药的。毋庸讳言,这种对人和人类的极端蔑视,既源自尼采本人对生活的感受,也源自西方基督教文化对人性的界定,即人性本恶和原罪说。尽管尼采作为一个非道德主义者对人性中某些恶的方面抱着赞赏的态度,但他赞赏的只是那些匿名的恶的行为,而对人和人类

---

① 参见冯俊等:《后现代哲学讲演录》,商务印书馆 2003 年版,第 514—515 页。

始终采取了极度蔑视的立场。①

显然,从尼采的思想脉络和他一以贯之的理论立场来看,他不可能滋生和黑格尔相一致的人类中心主义与理性主义的美学观,也不可能轻易地作出美仅仅是为人或人类而存在的判断。

现在,我们再借鉴新批评的代表人物之一布鲁克斯的"细读法"(Close reading)来解读尼采的这段话语,细读法非常注重"反讽"策略对于文本理解的运用。这一段文字可以划分为三个意义层。第一意义层,主要是尼采表达"以人为美"和"人为美立法"的能指话语,在逻辑上是以肯定方式进行陈述。第二意义层,为尼采表达的疑问,而且是以一连串的追问表达一种明确无误的逻辑否定,这里的所指意思已经非常明显。第三意义层,尼采巧妙借用古希腊神话典故,对于第一意义层展开颠覆和嘲笑,加强和深化了文本的所指意义。显然,尼采这一文本采取"反讽"的写作策略,他扮演一种类似柏拉图对话录中苏格拉底的角色。如果说"反讽的基本性质是对假相与真实之间的矛盾以及对这矛盾的无所知:反讽者是装作无知,而口是心非,说的是假相,意思暗指真相"②那么,在第一意义层,尼采显然以佯装的方式提出自己所要否定和讽刺的对象或靶子,而留在后面进行批判和解构。所以,文本的第二意义层才是尼采的真实思想和所指意义之显现。而第三意义层,只不过巧妙地点化神话故事以增加幽默和迂回的气氛,借狄奥尼索斯之口调侃了阿里阿德涅,而后者显然指代以第一层意义为真实意义的误解者,他们显然没有领悟文本暗藏的反讽意味。尼采的写作由此达到一种文学性的修辞效果,巩固和加深了文本的潜藏意义,也颇显出大师的文章风范。

再次,领悟和阐释文本的深层意义。对于文本"反讽"修辞的细读,我们可以顺理成章地领悟和理解尼采的深刻寓意。尼采在这里以诗人般的机智和哲学家的深邃,发出典型的怀疑式的一连串步步紧逼的追问:"就是因为人认

---

① 俞吾金:《究竟如何理解尼采的话"上帝死了"》,《哲学研究》2006 年第 9 期。

② 赵毅衡编选:《新批评文集》,百花文艺出版社 2001 年版,"引言"第 110 页。

为世界是美的,世界就真的因此被美化了吗? 他把世界人化了:仅此而已。但是,没有任何东西,绝对没有任何东西向我们担保:只有人才是美的模型。谁知道在一个更高的审美法官眼中人会是什么样子呢? 也许是胆大妄为? 也许是自娱自乐。也许有一点独断?"尼采以哲学和诗的双重敏锐,一针见血地剖析以往美学的荒谬和可悲,人以独断论和逻各斯中心主义为世界立法,武断地认定世界的中心就是自我的存在主体。并且还以一种可悲的自恋情结把自己树立为"完美的尺度",进行自我崇拜。人甚至相信,是由于他把"美"赠予世界,万物才有美的显现可能。尼采由此断言:美的判断导源于人的种族虚荣心。他以逻辑相扣的诘问表达出怀疑论者的态度:人认为世界是美的,世界未必就是真的被美化了。只不过人以自己的思维强权把世界"人化了"。所以,这种主体性的权力无法担保人所提供的恰好是美的原型和标准。他设想道:"谁知道在一个更高的审美法官眼中人会是什么样子呢? 也许是胆大妄为? 也许是自娱自乐。也许有一点独断?"尼采智慧而幽默地表达了对以往美学的人类中心主义倾向的怀疑和不满。

再结合《偶像的黄昏》的第 20 节进行考察,还可以进一步佐证我们上述的解读:

没有什么东西是美的,只有人是美的。全部美学就建立在这个朴素的观念之上,它是美学的第一条真理。我们马上为其补充第二条真理:没有什么东西是丑的,只有退化的人是丑的,——审美判断的领域就此得以规定。——从生理学角度看,一切丑陋的东西都会令人虚弱和苦恼。它令人联想到衰败、危险和无能;面对丑陋之物,人真的会丧失力量。人们可以用测力计测量出丑陋事物的作用。一般说来,凡人受到压制的地方,他就会预感到某种丑陋之物的临近。他的权力感、他的权力意志、他的勇气、他的骄傲——所有这些都会随丑陋的东西而下降,随美的东西而上升……在两种情况下,我们都可以得出一个结论:无论是美还是丑,其前提都异常丰富地储存在本能之中。丑被理解为衰退的一种暗示和征兆:哪怕什么东西隐约使人想起衰退,该物也会在我们心中唤起"丑的"判断。每一种枯竭、沉重、衰老、疲倦的症状,每一种不适,比如痉挛和麻痹,特别是溶液和腐烂的气味、颜色和形状,就算最终已经淡化为符号——所有这些都会引起同样的反应:"丑的"价值判断。这时,一种憎恨会油然而生:人此时憎恨的是谁呢? 毫无疑问:他的类型的衰落。此时,他出于至深的类本能而憎恨;在这种憎恨中,有震颤、谨慎、深刻和展望,——这是世上最深刻的恨。艺术因此而深刻……①

这里隐含着尼采一以贯之的思想逻辑,就是对于人和人类的怀疑、反思和批判的精神。两个文本的参照解读,我们可以进一步领悟尼采的思想蕴藏。尼采对于"只有人是美的。全部美学就建立在这个朴素的观念之上,它是美学的第一条真理"尼采表示出自己的极大怀疑:"我们马上为其补充第二条真理:没有什么东西是丑的,只有退化的人是丑的。"尼采延续了他一直坚持的对于人与人类的批判立场,指出人存在的丑陋一面。显然,尼采在此解构和颠覆了传统美学以人作为唯一话语权和审美标准的逻各斯中心主义。

最后,建构理想的"超人"。接着的问题是,尼采在解构和颠覆了人的知识权力和理性权威之后,在审美活动和其他活动之中,他要建立一种什么样的理想对象或精神主体来取代人的地位? 我们在《查拉图斯特拉如是说》第四部"高人"一节可以读到尼采充满激情的话语:"上帝死掉了:我们现在希望是——超人万岁。"②无疑,尼采期待的"超人",既置换了上帝也取代了人类,它正是尼采所心仪的"权力意志"的象征和化身,他在审美活动中就成为那个"更高的趣味判官"。显然,这个"更高的趣味判官"既是尼采式的理想主义的象征,一种假定的精神偶像,又是一种纯粹的理论抽象和哲学化的原则与概念,它毕竟距离现实世界过于遥远,也无法担当解决现实生活中的审美活动的具体问题的职责。看来,解铃还需系铃人,我们唯有重新求助于人,求助于建构一种理想的存在主体,一种改变人类中心主义立场和放弃知识权力以及对

① ［德］尼采:《偶像的黄昏》,李超杰译,商务印书馆 2011 年版,第 66 页。
② ［德］尼采:《查拉图斯特拉如是说》,钱春绮译,生活·读书·新知三联书店 2007 年版,第 344 页。

于自然统治、征服、榨取等功利主义原则的审美主体,一种以平等和对话意识对待自然与世界的间性主体,一种以关爱、同情心和慈悲态度对于万象万物的良知主体,一种以非功利非逻辑非宰制的超越世俗欲望、并且能够以友善姿态对于众生的诗性主体,这个主体也许接近于尼采"超人"的理想彼岸,能够达到比较完善的审美主体的标准。其实,理想的审美主体不可能在理论抽象之中存在,也不可能在依赖纯粹幻想而降临现实世界,成为我们审美活动的指南。所以,我们应该求证于历史和先贤,重新理解和接受古人对于自然的审美活动的态度、原则和价值感,尊重他们的审美情怀和诗性精神。

中国古典哲学主张"天人合一"的生命存在的理想状态,倾心于"民胞物与"(张载)和"一体之仁"(王阳明)的普遍关爱。期盼天地人应该和谐相处,人对待万物应该像对待同类一般怀有恻隐同情之心,万物与人处于平等一体的状态,人不仅要爱他人,也应该布施"仁爱"于万物之身。"昔者庄周梦为胡蝶,栩栩然胡蝶也。自喻适志与!不知周也。俄然觉,则蘧蘧然周也。不知周之梦为胡蝶与?胡蝶之梦为周与?周与胡蝶则必有分矣。此之谓物化。"①庄子这则寓言无疑包含丰富而深刻的哲理,其中以艺术的方式隐喻人的生命形式和其他生命形式的想象性沟通,这种虚拟的生命之间的交往和转换,表明了人对于其他生命的关怀、喜爱和尊重,主体以平等和欣赏的情感对待其他生物。"简文入华林园,顾谓左右曰:'会心处不必在远,翳然林水,便自有濠、濮间想也,觉鸟兽禽鱼自来亲人。'"②简文帝一方面以"会心"的交往方式和山水之间相亲、"照面",流露出人对于自然之美的推崇和迷醉;另一方面,由衷地发散出"鸟兽禽鱼自来亲人"的审美赞叹,生动传神地体现人与自然的和谐关系,显露出主体对于自然的仁爱之心。南宋著名词人辛弃疾在《贺新郎》写道:"我见青山多妩媚,料青山见我应如是。情与貌,略相似。"词以巧妙地换位式的思维方法,想象性地站在自然的视角和立场上,诗意地表达人对于自然

---

① 王先谦:《庄子集解·齐物论》,《诸子集成》第 3 册,中华书局 1954 年版,第 18 页。

② 刘义庆著,刘孝注,余嘉锡笺疏:《世说新语·言语》,中华书局 2011 年版,第 107—108 页。

之崇拜和喜欢,同时也象征着自然对于人的审美价值和意义。自然被词人赋予主体的情感态度,从而美学化和诗意地获得人与自然的心神相依。中国历史上的先贤对于自然众生的审美立场与态度,完全不同于西方形而上学背景下的知识主体和权力主体对于自然万象的审美方式。这启思于我们,尼采对于西方传统美学的诘问和批判体现了一种不同地域、民族、国家共同体的精神文化的相通可能,一种超越历史和文化语境的审美准则得以相互理解和沟通的可能。我们可以站在尼采的立场上理解古人,也可以站在古人的立场上解读尼采。当然,我们更需要站在现实的思想场景和文化语境去领悟古人和尼采,尊重他们对于自然的尊重和对于人类中心主义的审美强权的质疑与批判。

尼采这一文本,将哲学之思和美学之感融为一体,也将哲学性与文学性完美地融汇在字里行间。对这一文本的细读,令我们在求证先贤之后,再求证自我,确立人类的审美责任,也就是对于自然万象的审美责任,这同时也是一种道德和良知的责任。

第十章　哲学思潮和文学方法的交互性

一方面,哲学思潮和观念对文学的影响既是历时性的也是共时性的,体现为两者的统一。或者说,哲学思潮和观念对于文学创作的影响历史悠久而且作用较大。另一方面,文学的形象思维与写作方法对哲学产生了广泛而深刻的历史影响,诸多哲学文本借鉴了文学的诗意精神和写作策略,从而丰富了哲学写作的多元性和个体风格。因此,哲学与文学这两者构成了在历史上和逻辑上的密切关联。

第一节　西方哲学思潮对文学创作之影响

一方面,我们必须强调的是,哲学和文学都属于社会意识形态的构成之一,它们两者的关系理应是平等和交互的关系,而不是哲学凌驾于文学之上充当先知和扮演教师爷的角色这样的不平等关系;另一方面,我们必须客观地看到,在思维方式和认识深度方面,哲学的确有超越文学的优势,它可以为文学提供观念的借鉴和思想启迪。此前我们已经论述了哲学给予文学有关思想品格方面的启示,诸如存疑与否定、提问与回答、反思与批判等精神姿态对文学书写的积极功能。我们从哲学思潮这方面入手,简略论述它们对文学创作的广泛而深刻之影响。在此,我们主要选择存在主义哲学、生命哲学、精神分析理论这三个哲学流派和思潮以分别阐释它们对文学创作的作用和影响。

一、存在主义哲学对文学创作的影响

首先,存在主义哲学的先驱。考夫曼在《存在主义》一书中认为:"存在主义不是一种哲学,只是一个标签,它标志着反抗传统哲学的种种逆流,而这些逆流本身又殊为分歧。……存在主义是一种每个时代的人都有的感受,在历史上我们随处都可以辨认出来,但只是在现代它才凝结而为一种坚定的抗议和主张。"①其实,存在主义已经被普遍地视为一种现代的哲学样式。确切地说,存在主义是全力关注人和思考人这个最高存在者问题的哲学。换言之,存在主义是以人这个存在主体为阐释核心的西方现代哲学思潮。这一哲学思潮的先驱——丹麦人克尔凯郭尔提出"孤独个体"的概念,它包含着"恐惧""厌烦""忧郁""绝望"这几种要素。这一"孤独个体"构成了现象界的唯一性实在。而"孤独个体"在本质上属于一种非理性的精神结构,"孤独个体"也唯有依赖内心的直觉与体验才察觉和领悟自我的存在。克尔凯郭尔推论人的存在和发展的三段式:第一是美学的阶段、第二是伦理学阶段、第三是宗教阶段。所以,哲学的起点是孤独个体,而哲学的终极则是上帝。所以,克尔凯郭尔的存在主义散发着浓郁的宗教气息。

其次,存在主义的思想发展。德国思想家海德格尔发展和丰富了存在主义的思想内容,他将存在主义改变为一种较为纯粹的哲学形式。他宣称:"只有把哲学研究的追问本身就从生存状态上理解为生存着的此在的一种存在可能性,才有可能开展出生存的生存论状态,从而也有可能着手进行有充分根据的一般性的存在论问题的讨论。于是存在问题在存在者状态上的优先地位也就是显而易见了。"②一方面,海德格尔突出了"此在"的可能性,这和他奉行的"可能性高于现实性"③的现象学命题有着密切的关联。存在者的状态就是

---

① 　[美]考夫曼主编:《存在主义》,陈鼓应等译,商务印书馆1987年版,第1—2页。
② 　[德]海德格尔:《存在与时间》,陈嘉映、王庆节译,生活·读书·新知三联书店1987年版,第14页。
③ 　[德]海德格尔:《存在与时间》,陈嘉映、王庆节译,生活·读书·新知三联书店1987年版,第48页。

隐匿着多种可能性的存在,而它构成了存在者本质性特征。另一方面,海德格尔强调了存在者状态在存在问题中的优先地位,旨在说明存在者的主体精神或存在意识的重要性。所以,他着重阐述了此在的"畏、烦、死"等精神构成,作为存在主义哲学的重要范畴,而他的"畏、烦、死"的哲学概念,对于文学创作产生了广泛而深刻的影响。特别是他的"死亡哲学"和"死亡概念",极大地影响了哲学与文学,尤其是给众多的文学家以精神影响,使他们的文学创作赋予了死亡内涵和和死亡意象。存在主义思潮因为其滋生于人类的悲剧历史图景之下,所以它的悲观主义、绝望情绪的主观色彩浓烈:"它把世界上的一切都看成是非理性的、杂乱的、盲目的、险恶的力量的体现,表现在它认为这种不可克服的、非理性的力量在统治着人,社会过程不是被客观的物质要求所决定,而是被这种种非理性力量所决定,因而社会存在毫无意义,历史过程无前途。"[①]显然,存在主义有着显著的非理性主义以及悲观主义与虚无主义的思想内涵和精神特征。值得关注的是,海德格尔是一位对文学充满兴趣和热爱的存在主义哲学家,他的不少文本涉及文学问题和美学问题,

另一著名的存在主义哲学家萨特从现象学的理论出发,认为存在的本质之一是"虚无",而虚无也是意识的本质结构之一。"虚无"在萨特的存在主义哲学里不是一个消极的概念而是一个具有积极意义的正价值概念,虚无在逻辑上是否定性的而不是肯定性的。或者说,只有对自身和否定性和对现象界的双重否定性,才保证了主体的虚无产生的可能,也确立了主体存在的意义与价值。因此,虚无是存在者产生一切观念和行动的先验基础和逻辑前提。也就是说,主体唯有处于"虚无"的存在状态,才能担保了他的自由本质的可能性展开和自我价值得以可能。萨特说:"虚无应该在存在者的内部被给定,以使我们能够把握我们称之为否定性的这种特殊类型的实在。"[②]"人的实在分泌出一种使自己独立出来的虚无,对于这种可能性,笛卡尔继斯多葛派之后,

---

① 徐崇温主编:《存在主义哲学》,中国社会科学出版社 1986 年版,第 14 页。
② [法]萨特:《存在与虚无》,陈宣良译,生活·读书·新知三联书店 1987 年版,第 52 页。

把它称作自由。"①在萨特的存在主义哲学意义上,虚无既是自由的客观本源,也是自由之逻辑保证,它是哲学史的逻辑发展也是精神演进的必然结果。萨特还提出"存在先于本质"的观点,他将主体的自由设定为存在主义的思想结构:"人的自由先于人的本质并且使人的本质成为可能,人的存在的本质悬置在人的自由之中。"②他特别强调了自由的意义与价值,它是主体本质的先验逻辑和必要前提,也是人之本质的必然性保证。这一思想不仅极大地影响了当代西方的社会思潮,也对文学活动产生了广泛而深刻的影响。萨特还将存在主义阐释为人道主义,赋予它更为广泛的思想内涵。

再次,存在主义哲学和存在主义文学。存在主义哲学这股强大的哲学思潮以至于催生了存在主义文学,而存在主义一度形成了西方现代文学一股兴盛的文学思潮与文学创作,催生了众多著名的作家和堪称经典的文本。所以,我们有时候无法直截了当地区分存在主义哲学和存在主义文学,它们体现出哲学与文学高度和谐的融合,它们甚至成为具有高度同一性和一致性的两种精神文化形式。值得关注的一个现象是,几位法国存在主义的思想大家,他们同时担当了哲学家和文学家的双重角色。如萨特、马塞尔、加缪等人,他们不仅写作了逻辑思辨的哲学文本,而且创作了小说、戏剧、散文、随笔等文学文本。存在主义文学也成为 20 世纪最富有影响力也是成果最为丰硕的文学流派之一。萨特的长篇自传体小说《恶心》,长篇小说《自由之路》,短篇小说集《墙》,戏剧《苍蝇》《禁闭》《肮脏的手》《死亡葬身之地》《恭顺的妓女》等,均是载入文学史的杰作。加缪的《局外人》《西西弗斯的神话》则是融存在主义哲学与文学于一体的佳作。还有诸如马尔罗的小说《人类的命运》、普鲁斯特的小说《追忆逝水年华》、艾略特的诗歌《荒原》、瓦雷里的诗歌《风灵》、里尔克的诗歌《杜伊诺哀歌》、米兰·昆特拉的小说《不能承受的命运之轻》以及其他作家的文学创作,都程度不同地受惠于存在主义哲学思潮的影响。

---

① [法]萨特:《存在与虚无》,陈宣良译,生活·读书·新知三联书店 1987 年版,第 55 页。
② [法]萨特:《存在与虚无》,陈宣良译,生活·读书·新知三联书店 1987 年版,第 56 页。

最后,存在主义文学的审美特性。存在主义文学以人为表现中心,但是和传统文学以人为中心有所不同。如果说传统文学或古典文学注重塑造理想人、英雄形象、审美典型等,而存在主义文学对人的表现更为眷注揭示人性的复杂性和存在的偶然性。

其一,存在主义文学描写的是在现代社会的异化人,或者说揭示人性异化成为存在主义文学的一个责任和擅长。存在主义文学书写了孤独个体的人,是生命存在中时刻包含着畏、烦、死的各种可能性的空虚个体。卡夫卡的《变形记》中主角,生命的孤独、空虚和压抑,令主人公变形为一个巨大的甲虫。作者借用这个假定的象征符号,表现了现代社会对人性的扭曲和对主体精神的强烈摧残。异化既包含人与社会之间的异化、个人与个人之间的异化,也包含着个人的心灵内部的冲突和异化。存在主义文学正是揭示和反思了人在现代社会的异化现实而蕴藏着思想的深刻性和复杂性,也使文学富有哲学的思想张力。

其二,偶然性大于必然性的生命存在。传统形而上学的思维规定性之一是必然性大于偶然性或者必然性决定偶然性。而在存在主义哲学那里,可能性高于必然性,海德格尔甚至将它当作现象学的精神圭臬和思想口号之一。海德格尔和萨特都讨论了死亡性的问题,因为死亡是存在主义的重要命题之一,死亡的偶然性、可能性和必然性构成了生命存在的黑色阴影,是任何存在个体都绕不开的永恒主题。在存在主义有关死亡哲思的影响下,存在主义文学热衷于表现生命的偶然性高于必然性的现象与现实,瞩目于表现存在者的死亡意识和死亡情绪,书写存在者面临死亡的绝望心理或者超然态度。萨特的小说《墙》就是存在主义文学这一思想的具体与生动的体现。"墙"呈现出象征意义,人生就是充满偶然性的一堵看不清也不可预测的生死对立的"墙",它在生命存在的整个过程中无时无刻地横在人面前,让人穿不透、猜不明。主人公摇摆在生死之墙之间,一方面,死亡威胁给主人公带来心理的战栗和恐惧;另一方面,主人公面对死亡也表现出蔑视死亡和嘲笑死亡的诗意情怀。在众多存在主义文学文本中,对于死亡的表现和揭示甚至成为一种美学潮流和思想传统。

其三,荒谬感。在存在主义哲学家加缪那里,"荒谬"成为一个核心概念和关键词。无论是社会历史还是生命个体都是一个包含着荒谬性的存在结构。所以,文学即是表现这种荒谬性的感性工具。加缪以自我的文学创作印证了自己的哲学理念。他的小说《局外人》和《鼠疫》书写的就是荒谬的人物和荒谬的事件,借以这些人物和事件,加缪表达了自己的存在主义思想:人与外在世界之间存在着的是隔离与陌生的并且是不可和解的关系,而主体对此也是无能为力和无可奈何的,自我与他者之间也存在着一条永远无法逾越的精神鸿沟。主体的理性无法克服与超越自身的荒谬和世界的荒谬,因此人是渺小和可怜的卑微生物。在哲学随笔《西西弗斯神话》中,加缪再次加强和深化有关"荒谬哲学"的思考。主体理性无法战胜和对抗荒谬的现象,如同西西弗斯循环地推着石头上山,最终还会滚下山,这是一种理性的深切绝望和对生存的虚无感和悲剧感。存在者呈现出这样一个悖论:一方面,愈是努力愈是意味着失败,两者构成反比例关系。另一方面,存在者既有向往自由的冲动,另一方面也存在着恐惧自由的意向。生命的最终结局不是解放与自由,而是荒谬与绝望。在此,我们看到了存在主义哲学和存在主义文学之间所存在的相辅相成的逻辑关系。

二、生命哲学对文学创作的影响

首先,生命哲学的代表人物。生命哲学的主要代表者是叔本华、尼采、狄尔泰、齐美尔、柏格森这几位在哲学史上负有盛名的人物。生命哲学最初的思想内涵可以追溯到叔本华那里,他使用"生命意志"这一概念,表示生命冲动的非理性的本能欲望的内在规定性。叔本华说:"意志,作为(人)自己的身体的本质自身,作为这身体除了是直观的客体,除了是表象之外的东西,首先就在这身体的有意的运动中把它自己透露出来,只要这些运动不是别的而是个别意志活动的'可见性'。"①"意志的每一剧烈激动,也就是感动和激情,都震

---

① 〔德〕叔本华:《作为意志和表象的世界》,石冲白译,商务印书馆1982年版,第159页。

撼着身体,阻挠身体机能的运行。"①他又认为:"意志自身在本质上是没有一切目的,一切止境的,它是一个无尽的追求。"②叔本华表达了如此哲学理念:无论大自然还是生命存在,都是神秘意志的必然结果,而生命意志是包含本能欲望的盲目冲动,它没有目的与止境,因此生命意志必然性地和合乎逻辑地决定了人生的悲剧性。所以,在这样的哲学视野下,叔本华就写作了《生存空虚说》《论自杀》《论疯狂》《论死亡》等充满悲观主义和厌世主义的文章,相继阐述了他的有关生命哲学的思想。因为叔本华的生命哲学和他的悲剧观存在着密切联系,所以,叔本华一方面推崇悲剧的思想意义与审美价值;另一方面,他认为在现实的生活世界,生命存在的无意义性和空虚性,主体最终只有步入类似于佛教"涅槃"的境界,人生的幸福和完满才得以可能。而作为叔本华本人的生存状态,除了哲学思考之外,他没有追求爱情、权力和金钱,与他相伴的只有一条被他命名为"世界精神"的宠物犬。唯有晚年,随着自己在哲学上的声誉鹊起,他才过上了心灵满足和幸福感实在的生活,然而这仅是为时不多的桑榆时光。

和叔本华相比,尼采的生命哲学或生命观念消解了悲观厌世和虚无主义的精神因素,代之以"权力意志"和"超人"精神的强力冲动,他向往日神阿波罗的梦幻精神和酒神狄俄尼索斯的沉醉精神,它们象征着古希腊神话的复活,代表着强力的生命意志。他借查拉图斯特拉之口说:"我教你们做超人:他就是闪电,他就是疯狂!"③尼采还借用人生三阶段,隐喻生命意志的三种形态:"精神怎样变为骆驼,骆驼怎样变为狮子,最后狮子怎样变成孩子。"④超人、骆驼、狮子、孩子,这些典型形象和审美意象都是尼采所理想的人格偶像和生命境界,尼采的生命哲学延续了古希腊神话精神,洋溢着积极向上的情绪和积极

---

① [德]叔本华:《作为意志和表象的世界》,石冲白译,商务印书馆1982年版,第161页。
② [德]叔本华:《作为意志和表象的世界》,石冲白译,商务印书馆1982年版,第235页。
③ [德]尼采:《查拉图斯特拉如是说》,钱春绮译,生活·读书·新知三联书店2007年版,第9页。
④ [德]尼采:《查拉图斯特拉如是说》,钱春绮译,生活·读书·新知三联书店2007年版,第21页。

的审美精神,有着值得肯定的美学价值。狄尔泰以"生命"指称人类的整个生活,涵盖了人类的创造与表现、社会组织和文化结构以及主体的内外活动等,他认为人类的整个历史就是生命在时间横轴上的不断延伸。齐美尔凭借两个相互关联的命题获得对生命的阐释:其一,生命比生命更多(Leben ist Mehr-Leben)。其二,生命超出生命(Leben ist Mehrals Leben)。前一命题表明,生命属于一个永不止息的成长与繁衍的过程,就像一条永不停顿的河流,它们不断增加生命的数量和容量。后一命题意味着,生命过程是一个不断保持自身而且不断发展与壮大的必然现象,因此生命具有不断超越生命本身的活力和势能。柏格森则有生命的"绵延"和"生命的意识之流"等概念。他既说明生命在于意识在时间和空间的不断绵延,也阐释生命的意识如同河流没有静止,一个意识导致另一个意识诞生,它们没有静止也没有穷尽,每一个意识状态都必将渗透和延展到下一个意识存在状态之中。柏格森将生命和自由视为本质上同一性存在:"自由是自我的表现,可有程度上的差异。"①他认为自由属于纯粹的主体创造,却是不可预见的。

其次,生命哲学对欧美文学的影响。生命哲学思潮在欧美文学界引起较大反响,广泛而深刻地影响了诸多文学创作活动,换言之,生命哲学的思想观念程度不同地折射许多文本作品之中。海明威的《老人与海》《乞力马扎罗的雪》《永别了,武器》等作品,叙述了主体强烈博大的生命意志的故事,呈现出人类精神和自然、社会的对立性力量的顽强搏斗,体现生命存在的尊严和主体意志的刚强。杰克·伦敦的《热爱生命》叙述一位人限于绝境而苦难求生的坚强意志,隐喻着生命的宝贵和对生活的热爱和坚守。这些小说文本,不同程度蕴藏对生命哲学思想的认同和接受,也是对生命哲学的正面意义的价值肯定和积极因素的美学赞扬。

还有一些欧美现代派文学文本,它们受到生命哲学的潜在影响,但表现为对生命理解的消极态度和复杂情绪。诸如斯特林堡的戏剧《鬼魂奏鸣曲》,表

---

① [法]柏格森:《时间与自由意志》,吴士栋译,商务印书馆 2011 年版,第 123 页。

现生命存在的荒诞性和偶然性,在一定程度上应和了柏格森的生命意志的"无目的性"的观念。卡夫卡深受尼采、柏格森的生命哲学影响,他的小说《变形记》《城堡》《审判》等作品,擅长运用荒诞和魔幻、变形和超现实的叙事,采用象征和隐喻的直觉表现,抒写孤独与绝望的生命体,思想性和艺术性都达到较高水准。生命哲学对于文学创作的影响,使文学文本中隐含着如此的思想观念:生命是虚无的和无目的性的有机体,生命属于欲望和意志的盲目冲动,因此生命在本质上是无理性的,尽管生命的冲动力是强大的和旺盛的。然而,在严酷的社会现实面前,个体生命又是空虚和脆弱的,随时可能遭遇悲剧和死亡。还有一部分欧美现代派文学作品沉醉于表现生命存在的非理性冲动,抒写生命本能的欲望,甚至表现生命的权力意志和暴力倾向,它们一方面张扬了生命存在的自然权力和赞美生命,另一方面揭示了生命存在的无理性和无目的性的负面因素。

最后,生命哲学对中国文学的影响。生命哲学的代表人物之一尼采对20世纪上半叶的中国文学界产生了巨大的影响,他的著作受到王国维、鲁迅、郭沫若、郁达夫、茅盾、林语堂、冰心、沈从文等现代作家的思想认同,他们的文学创作也受到尼采的思想的潜在影响,诸如"超人"理想、权力意志、价值重估、解构偶像等观念渗透到中国现代作家的思想与文学创作之中。鲁迅的哲理散文集《野草》、郭沫若的诗集《女神》、白采的诗歌《羸疾者的爱》等文学文本,显然都有着尼采的生命哲学之精神因子。有学者指出:"在给予20世纪中国文坛以影响的外国思想家之中,德国哲学家尼采无疑属于最有分量和最有力度的极少数几个之例。"① 由于历史的原因,20世纪晚期的中国文坛,再一次点燃对尼采的热情,一些新崛起的作家受惠于尼采的生命哲学,他们的文本蕴藏着尼采的思想魂影。莫言的小说《红高粱》和《红高粱家族》《蛙》等,史铁生的散文《我与地坛》、张贤亮的小说《男人的一半是女人》《绿化树》等小说,

---

① 黄怀军:《文学与哲学的融合——20世纪中国作家接受尼采史论》,知识产权出版社2017年版,第2页。

还有诸多新生代的作家作品,都闪烁着尼采的思想投影。这些文学文本,尽管还部分保留着现实主义的思想传统和叙事策略,但是有部分文本汲取和借鉴了魔幻现实主义等表现手法,融汇了生命哲学的思想内容,表现原始生命力的张扬和性本能的强烈冲动,也抒写生命无常、悲观虚无的消极情绪。因此,生命哲学对中国现当代文学创作的影响也呈现积极和消极的二重性现象。

三、精神分析理论对文学创作的影响

首先,精神分析理论的代表人物和主要思想内涵。奥地利精神病医生弗洛伊德写作了《梦的解释》《日常生活的心理病理学》《精神分析引论》《图腾与禁忌》等一系列著作,从而初步创立了精神分析理论。弗洛伊德精神分析理论的重要结构包括,其一,主体存在的无意识本质。传统哲学认为主体的存在依赖于理性和认识,而弗洛伊德精神分析理论则认为,人类的本质恰恰在于非理性的无意识本能,而无意识呈现出原始性和本能性、非逻辑性、非道德性与非语言性等精神特性。其二,作为无意识本能的重要构成之一,即是所谓的自我保存和繁衍种族的本能,它们即是"里比多"(libodo)性本能冲动,构成了主体存在的核心。其三,弗洛伊德从古希腊的有关俄狄浦斯的神话与悲剧中,发明了所谓藏匿在人类精神结构深处的"弑父恋母"的情结,他认为"俄狄浦斯情结"是道德和宗教的本质性和终极性的根源。其四,弗洛伊德在《精神分析引论》中阐释了"梦的象征作用",认为神话、宗教、艺术、语言等也充满了象征,因此梦和它们之间存在着必然性联系。他认为:"梦通常地并且在最复杂的情况下也只能被理解为是愿望的满足,它毫不掩饰地表现出它的内容。"[①]因此,梦是人类精神的伪装形式。弗洛伊德进一步推断,艺术来源于人类的精神压抑而借助于梦幻形式得以宣泄这一心理机制,因此,艺术也是人类欲望的代偿性和想象性的满足。其五,弗洛伊德还提出人的心理结构中存在着"生命本能"(libe instinct)和"死亡本能"(the death instinct)的两种对立性冲动等

---

① ［奥地利］弗洛伊德:《梦的释义》,张燕云译,辽宁人民出版社1987年版,第118页。

观点。这些观念对美学理论和文学创作都产生了极大影响。其后，精神分析理论由于弗洛伊德的学生阿德勒和荣格的进一步发展与完善，最终形成较为系统的理论并成为一种影响西方文化界的哲学思潮。

其次，精神分析理论对西方文学现代派文学的影响。和存在主义哲学思潮并驾齐驱，精神分析理论同样对西方现代派文学产生了较大影响，它的基本哲学思想和核心概念对象征主义诗歌、存在主义文学、荒诞派戏剧、表现主义文学、意识流文学、黑色幽默文学、魔幻现实主义文学流派等都产生了广泛而深刻的影响。在表现特征上，西方现代派文学普遍呈现"由外向内""由美向丑""由一向多"的美学转向。一方面，现代派文学由传统文学关注于塑造典型环境中的典型形象，转向于对人物内在与隐秘的心理结构的探索与刻画；另一方面，现代派文学由传统文学着重表现英雄偶像和道德符号等审美意象，转向注重于挖掘和表现主体的非理性结构，暴露人的无意识本能的原始冲动，揭示人物非道德和非理性的心理构成，以美丑交互的方式揭示人性的多维性和复杂性；再一方面，现代派文学放弃传统文学单纯书写人物的理性世界这一美学的片面性，而普遍地接受精神分析理论，注重刻画人物的非理性心理甚至变态心理，描写人物的性意识和死亡意识，刻画表现对象的梦幻与痴狂、疯癫与暴力等生命状态，一定程度上放弃对美与道德的坚守而醉心于表现丑陋的意象，使文学对人的刻画转向多维度和全面性，既刻画和礼赞作为"宇宙的精华、万物的灵长"的高尚美好的一面，也表现和批判作为主体结构中存在的魔鬼和兽性的另一面。与此相关，在表现手法上，西方现代派文学也借鉴精神分析理论，广泛运用神话原型、神秘象征、梦幻痴狂、集体无意识的心理意象等策略进行叙事、描写、议论等艺术表现，同时普遍采用变形和魔幻等超现实的文学技巧，以使文学文本获得更为复杂丰富和多维度的精神内涵和美学风格。乔伊斯的《尤利西斯》，小说巧妙地借助一天这个时间段发生的事件展现出一幅社会历史的风俗画，对一个生命个体在一天内的丰富而曲折、复杂而矛盾的心理活动予以生动而深刻的刻画与分析，呈现人类社会的悲伤和喜悦、希望与绝望、平庸和高尚等相与交错的万花筒。《尤利西斯》还对潜意识的性本能予以探索和表现,揭示人性的隐秘和本质。劳伦斯的《查太莱夫人的情人》《虹》《恋爱中的女人》《儿子与情人》等小说,倾心于性爱场面和性爱心理的细致描写,展示性爱过程的心理感受与体验,对性的活动予以审美想象的表现,他试图在性与美、爱欲与诗意之间寻找到人性和本能的本质性关联。这种对性爱大肆礼赞和激越抒情的文本是一种美学的突破和超越藩篱的文学冒险,甚至引起了有碍风化的争议并引发司法诉讼。然而,由于历史的进步和社会意识形态的相对宽容,出版商终于赢得了诉讼胜利。精神分析理论对文学的影响尤其是对文学创作中的性爱表现的推波助澜作用是显而易见的。这既是精神分析理论在社会生活中的胜利和对文学影响的胜利,更是正常人性对抗压抑的胜利,也是欲望本能对于陈旧道德的胜利。

除此之外,福克纳的小说《喧嚣与骚动》《押沙龙、押沙龙!》,普鲁斯特的小说《追忆逝水年华》,卡夫卡的小说《变形记》和《城堡》,陀思妥耶夫斯基的小说《罪与罚》和《卡拉玛卓夫兄弟》,奥尼尔的戏剧《毛猿》和《悲悼》,海勒的小说《第二十二条军规》,冯尼格的小说《第五号屠场》,马尔克斯的小说《百年孤独》,艾略特的诗歌《空心人》和《荒原》等这些文学作品,都不同程度地借鉴或渗入了精神分析理论的某些原理和概念,侧重摹写人的内在心理和本能,揭示人性的复杂性和社会的荒谬性,通过表现梦幻、意识流、疯癫、心理变态等主体的多元现象,从而揭示精神世界的对立性与矛盾性,使人物的刻画达到一个新的美学境界。从文体上看,精神分析理论对叙事文学,尤其是对小说与戏剧产生的影响较为显著,现代小说家和戏剧家借助精神分析理论对人物心理的挖掘与揭露显然比古典小说与戏剧相对深入与鲜明,尤其是描写人物的潜意识和无意识的心理本能,更胜古典小说与戏剧一筹,显然精神分析理论丰富了文学家对人物的理解与体悟,给予了文学家以更为广阔深邃的表现人物的内心世界的空间和刻画人物的多样化手法。

最后,需要补充说明的是,精神分析理论这一西方哲学思潮在 20 世纪后期也一度影响了中国文学的创作与批评活动。一些中国作家接受了精神分析理论并运用它的某些原理和概念进行文学创作,而一些评论家也自觉地运用精神分析理论进行文学批评活动。从 20 世纪 80 年代迄今为止,精神分析理论这一哲学思潮一直对中国的文学创作和文艺批评产生着积极或消极的广泛影响。中国当代作家中一部分人,受到了精神分析理论的一定程度的影响,在文学创作中自觉和不自觉地、有意识或无意识地运用了这一理论和观念。如描写异化的人物、变态的心理、孤独个体和性意识冲动。陈忠实的长篇小说《白鹿原》客观地存在着受精神分析理论影响的潜在痕迹,小说对白嘉轩、白孝文、黑娃、小娥等人物的心理刻画,较为明显地呈现出性心理压抑和释放的精神轨迹,而郭举人这一人物形象则有性变态和人格变态的心理状态,其中还有疯子的形象,这些形象的塑造都或多或少地显露出受到精神分析理论的观念与方法的某些启示。

第二节　中国哲学思潮对文学创作之影响

中国传统哲学对文学创作的影响,我们选择儒家哲学、道家哲学和佛教哲学,简略地描述和阐释它们对文学创作的影响。

一、儒家哲学对文学创作的影响

首先,儒家哲学的主要内涵。儒家哲学以孔子为主要代表,换言之,孔子思想最集中地呈现和代表着儒家哲学的精神内涵和理论品格。然而,充满傲慢和偏见的黑格尔沉迷于欧洲文化中心主义和哲学上的"逻各斯中心主义"的思维陷阱中,在他的《哲学史演讲录》中对孔子及其哲学予以非学术性而情绪化的轻蔑与嘲讽,这恰恰也是一个哲学上的"洞穴假象"或理论幻象。然而,黑格尔的这番信口雌黄,竟然也被众多思想见识之肤浅者所认同与接纳。有关这一问题,我们将另作辩驳。在此暂且采取现象学和怀疑论的"悬置"与"存而不论"的态度。

孔子的思想是儒家哲学"黄金时代"和第一高峰,而以宋明理学为儒家哲学的第二高峰,也即是所谓的"白银时代"。宋亡之后,由于历史和民族的原因,儒家哲学唯有余波,再无辉煌的创新和发展。而自现代"五四运动"之后,儒家哲学由于历史与政治、国家与意识形态等原因,实质上处于中断和被压抑的悲凉境地。从这个原因和意义而言,儒家哲学对文学的广泛而深刻的影响,或者确切地说,儒家哲学对文学创作的重要影响,主要呈现在先秦至宋代,尔后的影响日趋式微,至"五四运动"之后几乎形成"终结"之态势。然而,从"新时期"开始,儒家哲学对文学创作的影响有所复兴,但是也只能算是支流和边缘。这不能不说是一个历史的遗憾和美学的不幸。

先秦的儒家哲学的主要思想内涵表现在孔子的《论语》这一文本之中。孔子的儒家哲学主要呈现为道德哲学或伦理哲学、人生哲学、审美哲学等方面。

从道德哲学而言,孔子的思想核心是"仁"这一普遍的和最根本的哲学范畴,而"仁"的最核心意义与价值可以归纳为"仁者爱人"这一基本命题。作为"仁"的具体实践者和象征者是"君子"。所以,孔子在《论语》中论述"仁"有110处,谈论"君子"108处。梁启超在《儒家哲学》中说:"什么是人格呢?孔子用一个抽象的名来表示他,叫做'仁';用一个具体的名来表示他,叫做'君子'。""孔子有个理想的人格,能合着这种理想的人,起个名叫做'君子'。"①

冯友兰阐释为:"就人的道德生活说,两个最普通的类型是君子和小人。……人必须有真性情,有真情实感。这就是'仁'的主要基础。"②显然,孔子的价值肯定对象是君子而价值否定对象是小人。有学者认为:"孔子不仅把'仁'从当时众多的道德规范、道德概念中升华为诸种道德规范的共同基础,统束诸种道德规范的总德(道);而且,还从当时众多的关于'仁'的界说中,确定了一个最基本的、作为产生一切道德行为的精神源泉的内涵:爱人。"③此论无疑精当。有学者认为:"孔子的'仁'的思想实从属于'礼'的思想。就'克己复礼'为'仁'的命题来看,'仁'与'礼'相结合而受到了约束。"④此种

---

① 梁启超:《儒家哲学》,上海人民出版社 2009 年版,等 138—139 页。
② 冯友兰:《中国哲学史新编》第 1 册,人民出版社 1982 年版,第 130—131 页。
③ 崔大华:《儒学引论》,人民出版社 2001 年版,第 33 页。
④ 侯外庐等:《中国思想通史》第 1 卷,人民出版社 1957 年版,第 159 页。

看法不尽合理也不符合孔子思想的基本逻辑。"仁"与"礼"既不是对立的范畴，也不是前者从属于后者的概念。一方面，"仁"是儒家哲学的核心范畴和基本命题，而"礼"在逻辑上是与"仁"并列的概念。但是，"礼"既不是主体的价值核心也不是最根本的伦理原则，而只是道德行为的具体规范。另一方面，"礼"也是对"仁"的具体要求和实践规范之一。因此，两者的逻辑关系是辩证和谐的统一关系。在此，需要强调的是，正是基于"仁"的伦理原则和道德范畴，孔子对"礼崩乐坏""天下无道"的悲剧现象进行了反思与批判，这也显现出孔子思想中的批判精神和个性锋芒。与此相关，孔子还批判和斥责了违背"仁"的君王、诸侯和国家。因此，孔子思想包括孟子思想，都包含着对违背伦理道德的国君、诸侯和国家的批判。换言之，先秦儒家还没有狭隘的"忠君爱国"的意识形态，而这些往往被诸多学者所忽视。

其次，从人生哲学而言，孔子强调是实践哲学和人格哲学，它们共同构成人生的道德境界。所以，这是孔子的道德哲学的具体实现和客观结果，也是高尚的和超越的人格美德。所以，孔子的道德哲学和人生哲学的辩证关联是同一性存在的不同方式。因此，孔子人生哲学在具体实践上又涉及道德概念。孔子的道德观念可以概括为仁、义、礼、智、信这五个方面的一般性内涵，还包括温、良、恭、谦、让这五种人格的具体规范，它们共同构成了主体在生活世界的实践行为之基本要求。孔子的人生哲学包含这样一些行为规范：其一，"忠恕之道"①。其二，"己所不欲，勿施于人"②。其三，"畏天命，畏大人，畏圣人之言"③。其四，"不语怪、力、乱、神"④。其五，"未知生，焉知死"⑤。其六，"乡愿，德之贼也"⑥。其七，"中庸之为德也"⑦。其八，"志于道，据于德，依于

---

① 刘宝楠：《论语正义·里仁》，《诸子集成》第1册，中华书局1954年版，第82页。
② 刘宝楠：《论语正义·里仁》，《诸子集成》第1册，中华书局1954年版，第82页。
③ 刘宝楠：《论语正义·季氏》，《诸子集成》第1册，中华书局1954年版，第359页。
④ 刘宝楠：《论语正义·述而》，《诸子集成》第1册，中华书局1954年版，第146页。
⑤ 刘宝楠：《论语正义·先进》，《诸子集成》第1册，中华书局1954年版，第243页。
⑥ 刘宝楠：《论语正义·阳货》，《诸子集成》第1册，中华书局1954年版，第374页。
⑦ 刘宝楠：《论语正义·雍也》，《诸子集成》第1册，中华书局1954年版，第132页。

仁,游于艺"①。其九,"君子喻于义,小人喻于利"②。其十,"饭疏食饮水,曲肱而枕之,乐亦在其中矣。不义而富且贵,于我如浮云。……发愤忘食,乐以忘忧,不知老之将至云尔"③等。这既是一些具体的道德概念更是人生哲学的实践规则,又是作为君子的人格标准和基本要求。

再次,从审美哲学或文艺美学而言,孔子也提出一系列基本的和具体的概念与规范。其一,"不学诗,无以言"。其二,诗有"兴、观、群、怨"④的功能。其三,"兴于诗,立于礼,成于乐"。其四,"质胜文则野,文胜质则史。文质彬彬,然后君子"。其五,"《韶》尽美矣,又尽善也"。其六,"《诗》三百,一言以蔽之,曰:'思无邪'"。其七,"乐而不淫,哀而不伤"。其八,知者乐水,仁者乐山。等等。孔子的这些儒家思想和后来的孟子思想,以及由先秦儒学发展而丰富的宋明理学,它们共同地影响了中国古代的文学创作和文学批评。

最后,儒家哲学对文学创作影响的思想内容方面。主要体现在以下几个方面:其一,以"仁学"为核心的人道主义关怀。这一思想在司马迁、班固、张衡、蔡邕、孔融、陈琳、王粲、徐干、阮瑀、应瑒、刘桢、陶渊明、王勃、杨炯、卢照邻、骆宾王、陈子昂、杜甫、韩愈、柳宗元、范仲淹、欧阳修、王安石、苏轼、陆游、张孝祥、辛弃疾、朱熹、文天祥、罗贯中、关汉卿等人的文学文本都有程度不同的反映和折射。司马迁"列传"中的众多人物形象,呈现儒家哲学的道德偶像和展现崇高的人格魅力,他们为了社会正义和民众利益而不惜舍身成仁,赴死取义,文本既内含着强烈的历史理性又包含着崇高的美学精神。杜甫的诗歌更是凸显出儒家的民本意识和人道主义的现实关怀,他的诗句"穷年忧黎元,叹息肠内热"可谓是儒家思想的典型写照之一。杜甫的"三吏""三别""赴奉先咏怀"等诗歌,皆寄寓着儒家的仁学思想和人道主义的深切关怀,体现出悲悯苍生的至爱之心。韩愈、柳宗元、范仲淹、欧阳修、王安石、苏轼等人的散文

① 刘宝楠:《论语正义·述而》,《诸子集成》第1册,中华书局1954年版,第137页。
② 刘宝楠:《论语正义·颜渊》,《诸子集成》第1册,中华书局1954年版,第263页。
③ 刘宝楠:《论语正义·述而》,《诸子集成》第1册,中华书局1954年版,第143—145页。
④ 刘宝楠:《论语正义·阳货》,《诸子集成》第1册,中华书局1954年版,第374页。

创作,闪烁着儒家传统的对民众深切同情的人本主义光辉,呈现出担负国家民族大义的道德责任的儒家情怀。其二,以"君子"为代表和为象征的道德人格。传统的士大夫,在一定程度上,都浸淫着儒家的道德人格,即内心深处都隐藏着对"君子"的崇高形象的美学期许。换言之,这些文人都怀抱着成圣成仁的"君子"偶像。所以,我们在韩愈、杜甫、柳宗元、范仲淹、欧阳修、王安石、苏轼、文天祥等人的诗文中可以隐约可见"君子"的道德偶像和审美符号。尤其在南宋陆游、辛弃疾、文天祥等人的生命历程和文学文本之中,表现得尤其显著。如果说陆游以生命意志和诗歌文本证明了自己的儒家本色和仁者本性;那么,辛弃疾和文天祥更是以自我的生命实践和强力意志彰显出儒家哲学的舍生取义的道德操守,而文天祥更以身陷囹圄而坚毅受死而不愿背叛对国家民族的神圣信仰的儒家德性和抒写自我胸襟的诗歌,形塑了一个身临危难之境的传统知识分子的"君子"形象。其三,对历史与现实的批判意识。儒家哲学自孔子以来,就奠定了对历史现象、现实世界、政治人物等对象的反思和批判的精神传统,孔子提倡的"诗可以怨"的文学观念渗透在历代文化人和文学创作主体的心灵深处,成为一种有意识和集体无意识的精神冲动。唐代的韩愈和杜甫是典型的具有反思和批判精神的文学家,他们的诗文写作贯穿着一条针砭现实、批判权贵、反思社会的不合理现象的精神红线。韩愈以儒家的哲学思想在现实生活中对佛教和道教进行尖锐和深刻的理论批判和现象反思,他又以自己的散文和诗歌创作进一步对佛教和道教以及迷信陋俗展开理论性驳论和斥责,维护儒家"道统"的哲学尊严和价值权威。杜甫则以自己儒家责任和道德使命感,以诗歌创作对战争的灾难予以控诉,对不平等和不合理的社会现象予以揭露和抨击。他的《茅屋为秋风所破歌》《送韦讽上阆州录事参军》《兵车行》《丽人行》等诗歌就是这类反思与批判的代表作。其四,以乐感和美感为中心的诗性精神。孔子开创的儒家哲学,自诞生起就包含以乐感和美感为中心的诗性精神。诸如孔子对《韶》乐"尽善尽美"的赞赏,还有"知者乐山,仁者乐水""尽善尽美""文质彬彬""孔颜之乐"等审美精神的构成,包含着儒家所具有的超越现实的人格魅力和价值追求。儒家的这些美学精神和诗性情怀在历代的文学文本中均有广泛之体现。就儒家哲学对文学创作的影响而言,一方面体现在文学创作者的文化身份上。在中国文明的古典时期,从事文学写作的主体,他们大多数人的文化身份都是浸淫于传统价值观的知识分子。至唐代起,其中一大部分人是出身科举的文化人,他们既是官员也是诗人和文学家,所以他们在文化心理和意识形态这两个因素方面,都必然性地受到儒家哲学的历史与现实的客观而强大的影响。另一方面,儒家哲学在对文学影响的具体特性方面,它对传统士大夫或科举出身的文人影响显著,而对非主流、非科举出身的下层文人则影响较小。再一方面,从影响的文体形式考察,儒家思想对传统的诗歌和散文影响较大,而对小说、话本、拟话本、戏曲等俗文学和民间文学、消遣文学等文学样式影响较弱。我们从总体上衡量,儒家哲学对中国的传统文学的影响是广泛、巨大而深刻的历史文化现象。

二、道家哲学对文学创作的影响

道家哲学的创始人是老子,而后庄子进一步发展和完善了老子的思想并且有了自己的独创性阐述和建构,奠定了道家哲学的思想体系。此后,在魏晋时期,在道家哲学的基础上,进一步形成了"玄学",此可谓道家思想的"白银时代"。往后的历史上,道家的思想没有更多的创新和发展。先秦时代的老子与庄子创立了辉煌的道家哲学,它和儒家哲学相媲美,它们共同奠定了华夏文化的根基,滋养了数千年的中国思想和文学。然而,后世庸人居然将"道家"思想退化与偷换为一门平庸的世俗宗教——道教。道教沉湎于念咒、扶乩、占卜、炼丹、房中术、永生、升仙等法术与信仰,从而揖别了道家哲学的思辨精神,背弃了老子的自然哲学、道德伦理和实践理性,也消解了庄子的诗性精神和丧失了审美悟性。道教既缺乏道家哲学的辩证理性和诗性智慧,也丧失了老庄哲学的卓荦潇洒的生命直觉和奇妙瑰丽的想象力。所以,道家哲学和"道教"有着严格的逻辑区别和本质差异。

老子与庄子的哲学思想丰富而精湛,在此我们择其对文学创作具有较大影响的几个要点予以简要描述。

　　首先,道与自然。道家哲学创始人老子,他的哲学文本《道德经》由美妙韵文书写而成,可谓哲学与文学相融合的典范之一。老子提出"道"这个具有本体论的哲学范畴:"道可道,非常道。名可名,非常名。无名天地之始;有名万物之母。"①道是宇宙万物生成的先验基础,因为在时间上先于天地,又不具备物质形态,所以它的本质即是"无",所以无法以语言进行描述。冯友兰指出:"道或无就是万物的共相。它是无物之物,就是因为它是一切物的共相。它是无象之象,就是因为它是一切象的共相。"②因此,"道"类似于古希腊哲学中的"逻各斯"和柏拉图的"理式"或者"巨匠""造物主",属于哲学上逻辑假定或先验抽象。与此相关,老子又提出"道法自然"的命题:"人法地,地法天,天法道,道法自然。"③"自然"即是超越主观意志和客观现象的普遍规律,也是最高的物质法则和精神法则。庄子承袭了老子有关"道"与"自然"的思想,然而他对"道"的阐释包含着一些反讽和幽默的趣味,例如庄子在《知北游》篇回答东郭子对"道"的追问之解答。④ 庄子更推崇"自然"的价值和意义,庄子的"自然"概念,一方面包含大自然的客观属性,另一方面具有自然人性的内涵,它象征着现象界所有一切的本真存在。所以,庄子主张"无待"和"无言",赞赏"无情"和厌弃"作伪",认为一切应该合乎自然大道,顺应自然人性。老子与庄子的这些思想深刻地影响到了魏晋"玄学",也对文学创作产生了巨大影响。魏晋玄学的代表人物阮籍和嵇康,阮籍蔑视礼法,任性自为,写作了《大人先生传》,说大人先生"养性延寿,与自然齐光","先生以应变顺和,天地为家,运去势隤,魁然独存。"⑤"大人先生"这一文学形象就是顺应自然的审美意象和超越礼教的符号象征。嵇康在《释私论》则提出"越名教而任自然"⑥的人生命题,包括"竹林七贤"在内的魏晋名士,他们的文学创作都本

① 王弼:《老子注·第一章》,《诸子集成》第3册,中华书局1954年版,第1页。
② 冯友兰:《中国哲学史新编》第2册,人民出版社1984年版,第45页。
③ 王弼:《老子注·第二十五章》,《诸子集成》第3册,中华书局1954年版,第14页。
④ 参见王先谦:《庄子集解》,《诸子集成》第3册,中华书局1954年版,第141页。
⑤ 陈伯君:《阮籍集校注》,中华书局2014年版,第134页。
⑥ 戴明扬:《嵇康集校注》,中华书局2015年版,第368页。

着老庄的哲学观念,以"道法自然"的审美观和"越名教而任自然"的人生旨趣从事诗文写作。阮籍的《通易论》《达庄论》《通老论》《清思赋》《咏怀》(82首)等,嵇康的《游仙诗》《与山巨源绝交书》《释私论》《声无哀乐论》《琴赋》等,都包含着丰富的道法自然的思想。在历代的文学创作中,老庄的这些思想都广泛地渗透写作主体及其文本之中。贾谊、枚乘、陆机、张衡、郭璞、陶渊明、谢灵运、刘勰、孟浩然、李白、柳宗元、司空图、范仲淹、欧阳修、苏轼、辛弃疾、元好问等人的思想和创作都受到道法自然这一哲学理念的熏染。

其次,老子推崇"致虚极,守静笃"①的人生境界,而庄子则相应地提出"心斋"②和"坐忘"③的概念,和老子这一思想形成逻辑呼应。与这种思维方式相联系,道家赞赏追求隐逸的生活状态,淡泊权力、利益和名位,流露出强烈的逍遥派思想。在保持心灵的安宁这方面,道家哲学和古希腊的怀疑论者所推崇的"宁静"(Ataraksia)情绪状态比较类似。古希腊怀疑论者认为,在道德问题上也谈不到确实的知识,也不应该作出判断,只有保持安宁的精神状态,一方面可以避免是非纠缠,另一方面可以获得心灵的愉悦与幸福。怀疑论创始者之一的皮罗将怀疑论的起因之一归结为,因为主体"希望获得安宁"。塞克斯都·恩披里可将"存疑"和"宁静"密切地关联起来:"'存疑'(epochē)是心灵的一种'站立'状态,因之我们既不能否弃也不确定任何东西。'宁静'(ataraxia)是灵魂不受烦扰和平静淡定的状态。"④追求幸福和善行,希冀精神的安宁恬淡是晚期希腊哲学的精神特征之一。在庄子哲学里,对道德、知识、经验、情感等进行悬搁,而主体选择"心斋"和"坐忘"的态度,庄子所心仪的人生目标和晚期希腊怀疑派的精神追求恰恰产生了不同文化、不同历史语境的相似性。庄子主张只有放弃对常识的认识或斥拒日常经验,甚至撇开被普遍确认的道德准则和精神信仰,乃至清洗掉自我的情感和欲望,才有可能使存在

---

① 王弼:《老子注·第十六章》,《诸子集成》第3册,中华书局1954年版,第9页。
② 王先谦:《庄子集解》,《诸子集成》第3册,中华书局1954年版,第23页。
③ 王先谦:《庄子集解》,《诸子集成》第3册,中华书局1954年版,第47页。
④ [古希腊]塞克斯都·恩披里可:《皮浪学说概要》,崔延强译,商务印书馆2019年版,第6—7页。

者上升到一个自足自慰、绝对自由从而"乘天地之正,而御六气之辨,以游无穷"①的审美境界。庄子试图放弃对理性与感性、形而上与形而下的双重追求,他推崇"逍遥"和"齐物"的思想,希冀以想象性的"神游"或"心游"消解世界上的差异,从而达到心灵的宁静和愉悦。老子和庄子的"致虚极,守静笃"和"心斋""坐忘"等哲学思维和人生境界,广泛而深入地渗透传统士大夫的文化心理并成为他们的价值坐标和审美趣味的重要构成。

在此,我们以陶渊明为例证予以简要阐释。东晋诗人陶渊明,深受道家思想的浸染,在老庄崇尚自然的哲学感召下,他一心向往隐逸山水、纵情自然的审美境界。他在《辛丑岁七月赴假还江陵夜行涂口》诗歌中发出了如此感慨:

> 闲居三十载,遂与尘事冥。
>
> 诗书敦宿好,林园无世情。
>
> 如何舍此去,遥遥至西荆。
>
> 叩枻新秋月,临流别友生。
>
> 凉风起将夕,夜景湛虚明。
>
> 昭昭天宇阔,晶晶川上平。
>
> 怀役不遑寐,中宵尚孤征。
>
> 商歌非吾事,依依在耦耕。
>
> 投冠旋旧墟,不为好爵萦。
>
> 养真衡茅下,庶以善自名。②

陶渊明由于出仕较晚,只担任祭酒、参军之类的微职,自己的政治抱负无以施展,还要委身曲折地与权贵周旋。因此,这首诗歌中,诗人退出官场、归隐田园的情绪逐渐显明。陶渊明写作了诗歌《归园田居》(六首)、《饮酒》(二十首并序)、《和郭主簿》(二首)、散文《五柳先生传》、赋《归去来兮辞》、散文《桃花源记并诗》等大量文学文本,表达精神世界仰慕老庄哲学,决意远离权力争

---

① 王先谦:《庄子集解》,《诸子集成》第 3 册,中华书局 1954 年版,第 12 页。
② 袁行霈:《陶渊明集笺注》,中华书局 2011 年版,第 137 页。

端、不为名爵所累，而纵情山水、躬耕田园的情绪。陶渊明在《归去来兮辞》中写道"归去来兮，田园将芜胡不归？既自以心为形役，奚惆怅而独悲？悟已往之不谏，知来者之可追。实迷途其未远，觉今是而昨非。"①诗人明心宣志，归隐田园，而觉得今天的选择是如何的正确而以往在权力场的角逐是多么的错误。正是由于老庄哲学，中国传统文人有了一个逃避现实和获得精神安逸的精神家园，也令他们消解了对权力和功名、地位与利益等欲望，得以在田园山水、诗歌绘画等领域获得美感和愉悦。

最后，达观与幽默的生命智慧，戏剧性的对话和辩驳。《庄子》言辞奇诡瑰丽，义理精妙玄奥，《庄子·天下》篇云：

> 其辞虽参差，而諔诡可观。彼其充实，不可以已。上与造物者游，而下与外死生、无终始者为友。其于本也，宏大而辟，深闳而肆；其于宗也，可谓稠适而上遂矣。虽然，其应于化而解于物也，其理不竭，其来不蜕，芒乎昧乎，未之尽者。②

庄子哲学是诗性的哲学，也是充满达观情绪和幽默趣味的人生哲学，呈现出丰富的生命智慧。庄子哲学弥散着人生智慧，而这些人生智慧常常借助为幽默的寓言与叙事得以呈现，并辅佐以机智的言谈与对话而更显现审美情趣。庄子的论辩对手也是人生的知己——惠施：

> 其书五车，其道舛驳，其言也不中。历物之意，曰："至大无外，谓之大一；至小无内，谓之小一。无厚，不可积也，其大千里。天与地卑，山与泽平。日方中方睨，物方生方死。大同而与小同异，此之谓'小同异'；万物毕同毕异，此之谓'大同异'。南方无穷而有穷。今日适越而昔来。连环可解也。我知天之中央，燕之北、越之南是也。泛爱万物，天地一体也。"惠施以此为大，观于天下而晓辩者，天下之辩者相与乐之。……散于万物而不厌，卒以善辩为名。③

① 袁行霈：《陶渊明集笺注》，中华书局2011年版，第317页。
② 王先谦：《庄子集解》，《诸子集成》第3册，中华书局1954年版，第222页。
③ 王先谦：《庄子集解》，《诸子集成》第3册，中华书局1954年版，第222—224页。

　　惠子的辩才与庄子相与颉颃,惠子的有些命题和庄子的命题也相与媲美。他们两人经常上演哲学的思辨双簧,观点相异,相互争辩和驳难,以形成富有哲理的对话体。庄子提出诸多哲学命题或论题:"逍遥以游""万物齐一""方死方生""生苦死乐""有情与无情""有涯与无涯""有用与无用""大美无言""美丑一体""存而不论""绝圣弃知""至人无己,神人无功,圣人无名""安时处顺,哀乐不入"等,这些命题或论题,呈现出道家哲学的思辨精神和辩证法,闪现出思维游戏和审美幽默的韵致。《庄子》文本中还包含丰富的哲理性的寓言故事,诸如"蜩与学鸠""钓于濮水""惠子相梁""游鱼之辩""庄子妻亡""髑髅之辩""庖丁解牛""运斤成风""庄周贷粟""河伯观海"等,在这些虚构的故事之中,既有人与人之间、也有人与物、物与物之间的对话,也有相互之间的辩驳,它们构成了庄子哲学的精神内容和美学风尚。

　　庄子哲学的思想内涵和美学精神广泛而深刻地影响了中国传统士大夫的文化心理及其他们的文学创作活动。我们在贾谊、枚乘、张衡、阮籍、嵇康、王羲之、陶渊明、谢灵运、谢朓、孟浩然、张若虚、李白、柳宗元、司空图、陆龟蒙、罗隐、范仲淹、欧阳修、苏轼、黄庭坚、陆游、辛弃疾、元好问等人及其文本上,都可以窥见他们以庄子哲学的顺应自然、达观宁静的生命态度应对人生变故,以及他们淡漠权力、隐逸山水的道家旨趣。尤其是这些古典士大夫往往在从政失败之后和处于人生低谷时期,更是汲取庄子的思想观念和借鉴庄子的人生态度以应对自我的精神危机,从而获得心灵的支撑和慰藉。而在他们的文学文本中,更是可以明显地体察到《庄子》的思想观念、写作风格、语言修辞等对他们文学创作活动所产生深刻影响的踪影。以下我们再枚举二三例证予以阐释。

　　贾谊的《鹏鸟赋》是谪居长沙所作,借老庄的"万物变化"的思想排遣自我的沉闷忧郁的情绪。枚乘的《七发》,李善认为:"《七发》者,说七事以起发太子也。犹《楚辞》《七谏》之流。"①文本借用《庄子》的"问答"式的写作策略,

---

　　① 李善注:《文选》第4册,上海古籍出版社1986年版,第1559页。

结构了一篇经典的辞赋。张衡的《思玄赋》《归田赋》等作品,也流露出明显的老庄的隐逸思想。汉代的辞赋写作,善于运用铺陈和夸饰的文学方法,这在某种程度上是对庄子散文风格的艺术继承和美学拓展,只是在审美尺度方面有所过分。陶渊明的诗文创作,无论是思想性还是审美风格方面,都受到道家哲学与美学的深刻影响,在此不再赘述。北宋苏轼,无论在思想观念、写作风格、语言修辞等方面,都是秉承《庄子》哲学、美学之精髓而予以创新,终成蔚为大观的文学大家。苏轼年轻时代就沉醉《庄子》,科举仕宦之后,遭遇"乌台诗案"的人生变故后,几经贬谪和辗转数地,过着漂泊者的生活,庄子的道家思想更是生命的重要支柱和价值支撑。换言之,苏轼对于道家哲学的接受,一方面帮助他度过艰难困苦人生经历,另一方面滋养了他的文学创作,使其达到超然卓越的艺术境界。苏轼的散文最为典型地表现出庄子哲学的达观与幽默的生命智慧。《赤壁赋》《后赤壁赋》《超然台记》《石钟山记》《喜雨亭记》《问养生》《黠鼠赋》以及《答秦太虚书》《答李端叔书》《答参寥书》等,散落着富于智慧的问答,汲取了庄子散文的戏剧性和对话体的风格,包含着机智和幽默的情怀。而他的一些政论性散文,如《平王论》《留侯论》《商鞅论》等则借鉴了庄子的论辩和驳议的美学风骨。苏轼在中国古典文学家中是最为典型的继承了道家的哲学与美学的代表之一,他也是将《庄子》的思想观念、写作风格、语言修辞等运用得出神入化而又有所创新发展的一位通才巨匠。

除此之外,道家哲学也对明清时代的散文、诗歌的创作乃至和戏曲、小说等俗文学的写作产生了或多或少的影响。

三、佛家哲学对文学创作的影响

首先,佛教哲学对文学发生影响的主要思想内涵。佛教自东汉传入中国,随着佛经的大量翻译,以及统治者的信奉和士大夫与民众的广泛接受,进而与本土文化相互融合,由于一部分文化人的弘扬与阐释,最终形成思想蕴藉深厚的本土宗教和本土哲学。由于佛教哲学的历史悠久,博大精深,它的理论体系严密,逻辑严谨,思辨性较强,且概念繁多,流派纷呈。佛教的著述也浩如烟海,在此选择一些重要著述罗列,诸如《金刚经》《大阿弥陀经》《无量寿经》《心经》《莲花经》《坛经》《阿含经》《维摩诘经》《圆觉经》《梵网经》《楞严经》《解深密经》《楞伽经》《金光明经》《四十二章经》等佛教文本。除了"经"之外,还有大量的"论",汇集了各位高僧大德对经文的阐释和对佛教义理的探究。佛教的宗派众多,主要宗派有成实宗、俱舍宗、三论宗、净土宗、律宗、天台宗、法相宗、华严宗、真言宗、禅宗、唯识宗、密宗等。

我们择其部分对文学写作存在一定关联的命题与理论、范畴和概念在此简要枚举。其一,"生老病死"四苦说。其二,"苦灭集道"四圣谛说。其三,因果报应说。其四,"戒、定、慧"说。其五,"轮回说"。其六,六度说:布施、持戒、忍辱、精进、禅定、智慧。其七,"四大皆空"说。其八,"极乐世界"说。其九,慈悲为怀与普度众生说。其十,"涅槃"说。其十一,"般若"说。其十二,"因缘"说。等等。佛教哲学这些概念和学说对中国历代文学都产生了不同程度的影响,尤其是本土化的禅宗出现,更是对中国古代的文学创作和文学批评产生了广泛而深刻的影响。因此,这些佛教思想都程度不同地影响到文学创作。一方面,不少文学的主题思想隐含着空无虚幻的人生观,所谓人生无常和世事无常的观念在诸多文学文本中得以呈现。另一方面,佛教所谓行善积德进入西天极乐世界、罪孽恶行者下地狱的因果报应的理论对民间意识形态影响极大,因此这一思想也广泛地渗透到俗文学和民间文学这一类文本之中。再一方面,佛教的慈悲为怀的人道主义精神也成为文学思想的有益因素。另外,佛教哲学的般若观、禅定说、智慧论等理论都对文学创作具有深刻的影响。总之,佛教哲学的丰富思想广泛地渗透到古代文学的创作过程,在诸多文学文本中得以呈现。

其次,对创作主体和创作活动的影响。"东晋以降,僧侣与士大夫交流密切,六朝贵族栖心释门成风。诗文创作也流行僧众之间,其中历代多有能诗者。在历史上名声昭著并有文集传世的,就有支遁、慧远、汤惠休、惠琳等人。"[1]佛教

---

① 孙昌武:《禅思与诗情》,中华书局 1997 年版,第 333 页。

徒扮演了诗人角色这一现象也在说明那一时期佛教哲学与文学创作的和谐交融。隋唐之际由于佛学进一步兴盛，许多士大夫被熏染和接受了佛教思想，有的甚至成为忠实的信仰者。如李白、王维、孟浩然、白居易、皎然、王梵志、寒山、贯休、齐己、王安石、黄庭坚、吴承恩、曹雪芹等人。在唐宋时期有一些"诗僧"，心在佛门，也栖息于文坛，从事诗歌创作。钱钟书《谈艺录》云："僧以诗名，若齐己、贯休、惠崇、道潜、惠洪等，有风月情，无蔬荀气；貌为缁流，实为禅子，使蓄发加巾，则与返初服之无本贾岛、清塞周朴、惠铦葛天民辈无异。"[1]佛教与文学的关系之密切也可见一斑。李白的"青莲居士"的自号即是受佛教影响的一个佐证，另有他的一首五言诗《庐山东林寺夜怀》：

> 我寻青莲宇，独往谢城阙。
>
> 霜清东林钟，水白虎溪月。
>
> 天香生虚空，天乐鸣不歇。
>
> 宴坐寂不动，大千入毫发。
>
> 湛然冥真心，旷劫断出没。[2]

"天乐"与"大千""真心"与"旷劫"皆是佛门用语，均巧妙地点化入诗。诗歌隐藏着虚空静寂、超然出世的禅宗意味。被誉为"诗佛"的王维，不仅是笃信佛学的士大夫，而且在自己的诗歌创作中广泛而有机地融合了佛教义理，使诗歌别开了禅意盎然、美感蕴藉的卓荦风格。王维在政治旋涡中起伏跌宕，精神上难免苦闷和孤独的情绪，令其从佛教中获得心灵慰藉。王维遍阅佛经，游历寺庙古刹，和高僧大德交谊，日常生活并且能够恪守佛教戒律。《旧唐书》记载"维弟兄俱奉佛，居常蔬食，不茹荤血，晚年长斋，不衣文采。……在京师日饭十数名僧，以玄谈为乐，斋中无所有，惟茶铛、药臼、经案、绳床而已。退朝之后，焚香独坐，以禅诵为事。妻亡不再娶，三十年独居一室，屏绝尘累。"[3]王维觉得人生无我无常、身心相离，应该效法佛学的"不染万境"和"空诸万物"的

---

① 钱钟书：《谈艺录》，中华书局 1984 年版，第 226 页。
② 王琦注：《李太白全集》下册，中华书局 2011 年版，第 914 页。
③ 刘昫等撰：《新唐书》，《二十四史》第 11 册，中华书局 1997 年版，第 1290 页。

超然境界,于是他将自己的诗歌创作密切地关联于佛教哲学。《终南别业》:

> 中年颇好道,晚家南山陲。
>
> 兴来每独往,胜事空自知。
>
> 行到水穷处,坐看云起时。
>
> 偶然值林叟,谈笑无还期。①

"好道"即是"好佛"的意思。诗歌表现出王维沉迷禅宗佛理,虚空名利,沉浸自然,任心随缘的人生境界。包括王维在内的许多诗人墨客都受到佛理禅宗的启迪,借鉴了佛教哲学的合理内核,丰富了自己的文学创作。尤其禅宗思想,在唐宋时期,广受士大夫的青睐,引申为写诗论文的理路和方法。严羽的《沧浪诗话》身体力行地树立佛学理论在文学创作和美学批评中具体应用的范例:

> 禅家者流,乘有小大,宗有南北,道有邪正。学者须从最上乘,具正法眼,悟第一义。若小乘禅,声闻辟支果,皆非正也。论诗如论禅,汉、魏、晋与盛唐之诗,则第一义也。大历以还之诗,则小乘禅也,已落第二义矣。晚唐之诗,则声闻辟支果也。学汉、魏、晋与盛唐者,临济下也。学大历以还之诗者,曹洞下也。大抵禅道惟在妙悟,诗道亦在妙悟,且孟襄阳学力下韩退之远甚,而其诗独出退之之上者,一味妙悟而已。惟悟乃为当行,乃为本色。然悟有浅深,有分限,有透彻之悟,有但得一知半解之悟。汉、魏尚矣,不假悟也。谢灵运至盛唐诸公,透彻之悟也。②

元好问在《赠嵩山隽侍者学诗》中云:"诗为禅客添花锦,禅是诗家切玉刀。"③苏轼的幕府李之仪就有"得句如得仙,悟笔如悟禅"的诗句,苏轼也题其诗说:"暂借好诗消永夜,每逢佳处辄参禅"。清人王士禛提出"神韵"说,可以说是对严羽"以禅喻诗"方法的唱和。他在《蚕尾续文》中说:"严沧浪以禅喻诗,余深契其说,而五言尤为近之。如王、裴辋川绝句,字字入禅。他如'雨

---

① 钱铁民:《王维集校注》第1册,中华书局1997年版,第191页。
② 郭绍虞:《沧浪诗话校释》,人民文学出版社1961年版,第11—12页。
③ 《遗山集》卷37,《嵩和尚颂序》。

中山果落,灯下草虫鸣。'‘明月松间照,清泉石上流。'以及太白‘却下水精帘,玲珑望秋月。'常建‘松际露微月,清光犹为君。'浩然‘樵子暗相失,草虫寒不闻。'刘眘虚‘时有落花至,远随流水香。'妙谛微言,与世尊拈花,迦叶微笑,等无差别。通其解者,可语上乘。"①他在《香祖笔记》中也说:"唐人五言绝句,往往入禅,有得意忘言之妙,与净名默然,达摩得髓,同一关捩。……舍筏登岸,禅家以为悟境,诗家以为化境,诗禅一致,等无差别。"②禅宗对古代诗人的思维方式和审美趣味影响显而易见。

最后,佛教对俗文学和娱乐性的叙事文学的影响。佛教对俗文学的影响一个典型现象就是创造出"变文"这一体裁。"变文"是寺院僧人宣传佛教信仰而采用的一种说唱文学形式,它是由传达宗教义理、叙述佛经中的神变故事等目的而衍生的一种独特文体,它体现了佛教和俗文学的和谐融合。陈引驰认为:"变文,作为一种文体,与中国传统文艺形式相比较,最大的特点便是韵散的交错。这自然是由于它说唱兼合的演述方式。其韵文的格式,就今天所见的变文写卷,虽有一些是五言、六言及三、七杂用的,但大抵以七言为主,有些段落还写得相当华美流畅。"③他还以《降魔变文》为例进行令人信服的分析和阐释,以佐证自己的看法。包括《降魔变文》在内,还有少量的文学性和审美性相对明显的变文,如《大目乾连冥间救母变文》《八相变》《破魔变文》《丑女缘起》等。然而,作为民间文学和俗文学的变文,它们的目的和功能主要在于宣扬佛教而体现非纯粹的文学功能。因此,客观地考察,这些说唱文学的文本其美学价值毕竟有限。

佛教哲学的影响还在一些志怪小说、魔幻小说等娱乐性的文学体裁上有所呈现,然而,它们的文学性和艺术价值都比较有限。因为历史演变和经济繁荣,城市娱乐文学的出现,一些通俗性和消遣性的大众文学兴盛,其中有部分浸染了佛教的思想观念。如冯梦龙编纂的《喻世明言》《醒世恒言》《警世通

①　郭绍虞主编:《中国历代文论选》第 3 册,上海古籍出版社 1980 年版,第 371 页。

②　郭绍虞主编:《中国历代文论选》第 3 册,上海古籍出版社 1980 年版,第 371 页。

③　陈引驰:《隋唐佛学与文学》下册,百花洲文艺出版社 2010 年版,第 304 页。

言》和凌蒙初写作的《初刻拍案惊奇》《二刻拍案惊奇》等市井小说,它们都包含着因果报应、宿命论和人生无常、万物空幻等佛教哲学之理念,有着一定的道德警世的目的与功能。特别一提是"四大古典小说名著"之一,由吴承恩创作《西游记》,它既是神话小说也是魔幻小说,也可以说是佛教哲学在小说创作中的形象而典型的运用。《西游记》的故事即是由佛教"取经"故事演化而成,经过了作家创造性的文学想象和审美建构,从而形成了一部文学经典。佛教哲学观一方面影响着创作主体的世界观和人生观,另一方面影响了小说的价值观和审美观。然而,吴承恩也呈现了自我思想的独立性,在小说中他对某些佛教观念和个别佛教人物也进行了尖锐地讽刺和幽默地质疑,小说呈现对佛教哲学的反思性和批判性,这是《西游记》高明于在叙事中仅仅阐述、附会佛教观念的消闲小说的地方,也是其文学价值和美学意义之所在。另一部古典小说《红楼梦》也寄寓了诸多佛教哲学的观念,如俞平伯认为《红楼梦》存在着"色空观"。"先谈色字之异义。经云色者,五蕴之色,包括物质界,与受想行识对。此云色者,颜色之色,谓色相、色情、色欲也。其广狭迥别,自不得言色即是空,而只云由色归空。短书小说原不必同于佛经也,他书亦有之。"①其实《红楼梦》的梦幻结构方式和梦幻写作方法,也体现《金刚经》的"六如"说,再如它的《好了歌》更是体现了佛教哲学的空无思想。

第三节　文学方法对哲学文本写作之影响

如同哲学观念给予文学以影响,文学的思维方式、写作方法、文体风格等同样也给予哲学以一定之影响。或者说,哲学家和哲学文本的写作也借鉴和吸收了文学的诸多观念与方法。这一历史缘由我们已经作出了必要的阐述,因为这两者存在着意识形态上和语言方式上的本质性关联。

---

① 俞平伯:《〈红楼梦〉研究》,上海古籍出版社 2011 年版,第 187 页。

一、思维方式:形象与意象 想象与体验

首先,形象思维和创造性想象。文学是借以形象思维和创造性想象而得以可能的语言艺术形式,而哲学是依赖于概念、判断和推理等逻辑思辨和辩证思维等方式而存在理论形态,它们同属于社会意识形态。然而,在上古时期,文学与哲学处于尚未完全分离的状态,它们的思维方式被彼此地借用和相互渗透。换言之,文学的思维方式自古以来就被哲学所借用或借鉴。一般地说,哲学运用文学的形象思维的方式进行思考与写作,借助于虚构的感性形象或审美意象表达主体的思想、意义与情感。而具体地说,哲学也借用文学创作最常用的想象与体验的心理方法进行思考与写作。一方面,我们对形象与意象进行阐述和区分。形象一般呈现为较为清晰和确定的感性化的外在特性与物质结构,它们常常表现为视觉和听觉的符号形式。而和形象相比,意象表现为心理内在的蒙眬和虚幻的感觉形象,它们是不确定和不清晰的心理印象和知觉形式。维勒克、沃伦认为:"意象是一个既属于心理学,又属于文学研究题目。在心理学中,'意象'一词表示有关过去的感受或知觉上的经验在心中的重现或回忆,而这种重现和回忆未必一定是视觉上的。"①由此规定了"意象"这一概念的内涵。他们又转述默里对"意象"的理解:"'可以是视觉的,可以是听觉的',或者'可以完全是心理上的'。"②形象与意象有时候比较难以明确地区分,这里的区分只是一般性质的。另一方面,我们对想象和体验再作出必要的逻辑区分。想象与体验的同一性在于它们都是主体的创造性和重构性的心理活动,而差异性在于:想象侧重于主体对外在现象界的表象进行肢解、综合和重构,以创作出异质的和全新的存在形式与结构模式。而体验(Erlebnis)则属于在心理内部以自我为中心对外部现象界的内模仿和心理内省。换言之,想象活动主要指向外部世界,而体验活动主要指向内心世界。

---

① [美]维勒克、沃伦:《文学理论》,刘象愚等译,江苏教育出版社 2005 年版,第 211 页。
② [美]维勒克、沃伦:《文学理论》,刘象愚等译,江苏教育出版社 2005 年版,第 213 页。

其次,哲学在自己的起始处就广泛地受到文学的形象与意象、想象与体验等思维方式的潜在影响。在哲学萌芽期和生长期,哲学家的思维方式和文本写作即有意识或无意识地运用和借鉴了文学的思维方法。古希腊米利都学派的哲学家泰勒斯认为"水"是万物的始基和本源,"水"成为他哲学思考的感性形象和原始意象。米利都学派的另一位哲学家阿那克西美尼则认为"气"是万物生成的元素和原因。他的"气"的概念即是一种文学化形象思维的果实,它既是具体的意象又是具有普遍性意义的逻辑抽象的结果。当然,这种理论思考无疑也包含着哲学家的想象活动。爱利亚学派的巴门尼德提出"存在"这一普遍性的具有本体论意义的概念。然而,他借以阐释"存在"的方式却是将它具体化和形象化地想象为一个圆球,这个球体从中心到每一个方面的空间距离都是均等的。所以,存在不是无限的而是有限的。同为爱利亚学派的芝诺提出有关包含辩证法思想的命题,比如说他有关否定"运动"的命题,就是借助于形象化的比喻得以确立的。如"追龟辩",他提出古希腊善跑的阿基里斯永远追逐不上爬行的乌龟。而"飞矢不动辩",则假定箭的飞行是无数静止的总和而不是运动,因此它是不动的。这两个著名的命题或论辩都是凭依形象化的比喻和假定性的想象得以完成的,颇具有文学性意味。再如阿那克萨戈拉提出的"种子"说,恩培多克勒提出的宇宙四根说,它们分别由"火、水、土、气"这四种具体的和感性的物质形态所构成,他们的这些理论一方面是依赖于形象化和具象化的文学方法得以成立,另一方面是凭借于理论的假定和想象主体的想象活动。

而柏拉图的对话录,更是充满了文学想象力的哲学文本,广泛地借助形象思维或诗性思维。例如柏拉图的"洞穴意象",波爱修斯的"哲学女王"形象,都是哲学史上的经典符号,它们显然均带有文学的想象性特征。卢克莱修的《物性论》既是哲学文本也是诗歌文本,作品充满了文学的形象性和创造了精彩纷呈的审美意象。西方中世纪的宗教哲学家奥古斯丁的《上帝之城》、托马斯·阿奎那的《神学大全》,都善于借助于形象化和意象化的文学方式进行说理,以想象的方法论证上帝的存在与合理性。启蒙时代的法国哲学家伏尔泰、孟德斯鸠、卢梭、狄德罗等，德国哲学家莱辛、席勒、歌德、谢林等人，都喜欢借助形象化和意象化的文学方法进行理论表达。理性主义哲学家黑格尔创立了一个庞大而严谨、深刻而精致的哲学体系，它既是逻辑思辨的经典产物，也是充满了想象力的主观虚构。黑格尔以主观逻辑重构自然与历史、精神与社会，显然离不开想象因素的参与。后来马克思主义哲学充满了对人类未来理想社会的壮美设计，当然具有合理想象的成分。因此，哲学的想象是合乎逻辑和合乎客观的想象活动，文学的想象可以超越逻辑和客观事实，也未必合理和合适，也未必顺乎自然和尊重历史。这是两者的特性差异和本质区别。西方现代哲学家叔本华、尼采、狄尔泰、柏格森以及后来的萨特、海德格尔等，他们的生命哲学、存在主义哲学、现象学阐释学等都是程度不同地包含着丰富想象性的精神创造。特别一提的是尼采，他是哲学家中广泛运用文学的想象和体验手法的大师，他的想象力和体验力甚至超越了一般的文学家和诗人。尼采的想象奇崛而瑰丽，他常常借助体验和内省的心理方法进行写作，这在他的《查拉图斯特如是说》获得鲜明而典范地呈现，主人公查拉图斯特拉的直觉体验神秘而诡异，充满怀疑主义思想而具有锐利的反思性和批判性。

最后，中国哲学和文学思维及其方法的密切关联。因为中国文学在历史上一直占据着意识形态的主流和文化的主导地位，所以中国哲学和文学存在着非常紧密的逻辑关系，它们两者存在着彼此渗透与交融的悠久历史。中国先秦时代的哲学家老子、孔子、墨子、庄子、孟子、韩非子、荀子等，都广泛地运用了形象化和意象化的说理方式，或者说，他们的哲学文本也是文学文本，所以对于文学手法的运用是合乎逻辑的必然结果。同时，他们的哲学文本也是充满想象力和内省体验的文学经典。庄子是先秦哲学家中运用的形象或意象的巨匠，他的哲学文本散落着琳琅满目、斑斓多彩的感性形象或审美意象，其中有虚构的人物形象，尽管有的人物历史上确实存在，但是在《庄子》中却是一个虚构的审美符号，如肩吾、连叔、接舆、啮缺、王倪、瞿鹊子、长梧子、孔子、颜回、盗跖、庖丁、南伯子綦、王骀、申徒嘉、叔山无趾、哀骀它、闉跂支离无脤、瓮盎大瘿、真人、南伯子葵、女偊、季咸、支离叔、滑介叔、佝偻者等，诸如还有动物、神灵的意象,鲲鹏、蓬间雀、罔两、景、髑髅、蝴蝶、河伯、螳螂、混沌、鸿蒙、鹓鶵、儵鱼等,这些文学性的形象或审美意象,也是庄子的想象与体验的感性果实,它们都是庄子进行理论言说和思想表达的工具和符号。因此,庄子的哲学也是文学,庄子的哲学思维也就是文学思维,他的哲学是充满想象力和心灵体验和直觉推理的理论产物。遗憾的是,如此富于创造力和美感的哲学在现代再无复活与重现的可能,最终成为幽谷回声、弦断琴焚之绝响了。尔后两汉经学哲学家们、魏晋玄学哲学家们,宋明理学哲学家们,均不同程度地继承了先秦哲学家们的形象思维和诗性思维的精神血脉,借助于想象与体验的方法进行哲学思考与写作,构成了中国哲学的诗性传统和审美精神。

二、写作方法:隐喻与象征 寓言与戏剧

首先,和采取文学的思维方式密切关联,哲学家也广泛喜爱运用文学的写作方法,诸如隐喻和象征等方法。在轴心时代,由于哲学和文学分离的时间不长,两者的关联十分密切,哲学借鉴文学的方法比较广泛而普遍。米利都学派、爱利亚学派在表达自己的自然观或宇宙观的过程中,都借助于某个具体的自然物来隐喻和象征普遍的本质和规律,从而表达自我的哲学理念。而在古希腊哲学发展到它的鼎盛时期,以苏格拉底和柏拉图为代表的哲学家,他们的文本写作同样较多地借鉴了文学的隐喻与象征的手法。我们可以在苏格拉底、柏拉图的对话录中寻找到琳琅满目的有关隐喻和象征手法的运用例证。可以说,柏拉图是娴熟而巧妙地运用明喻、暗喻或隐喻的语言大师。波爱修斯的《哲学的慰藉》通篇散落着隐喻和象征的笔法。卢克莱修的《物性论》是典型的双文本写作,是哲学和诗歌的交融,文本中广泛运用了隐喻和象征的文学方法。中世纪的奥古斯丁和托马斯·阿奎那,他们都采取隐喻和象征的手法进行基督教哲学的阐释和传播。启蒙时期的伏尔泰、孟德斯鸠、卢梭、狄德罗、莱辛、谢林、席勒、歌德等,他们都徜徉在哲学与文学的两条道路上,更是擅长于运用文学的隐喻与象征等修辞策略,令他们的文本比纯粹的形而上学的哲学形式吸引更多的接受者,也闪现出美感和诗意的魅力。现代哲学家叔本华、

尼采、柏格森以及后来的萨特、加缪、罗兰·巴特等人,他们显示出哲学向文学的转向和靠拢的趋势。尼采的《查拉图斯特拉如是说》,通篇充满了隐喻与象征的文学方法和修辞技巧,潜藏着系统化的虚构故事与寓言,借助于查拉图斯特拉的奇幻的游历、故事和言说,表达尼采的哲学思想和美学观念。萨特和加缪这两位法国哲学家,同时兼有文学家的身份,他们的一些文本将存在主义哲学和存在主义文学实行了和谐交融,也偏爱选择隐喻与象征的手法进行写作活动。

由于中国的古代哲学和文学存在着本然的关联,或者说中国古典哲学与古典文学没有十分清晰的逻辑界限,再因为诸多哲学家本身就是文学家,他们大部分文本属于哲学与文学的交叉文本。所以,他们的文本中普遍地运用了隐喻与象征等文学性方法,呈现出形象生动和富于诗意的美学特性。先秦诸子,他们的文本既是哲学也是文学,所以隐喻和象征等文学手法时有运用,使得文章闪露出奇崛瑰丽之文采。魏晋玄学诸多文本,继承和弘扬了先秦道家的思想,文章中普遍采取了隐喻与象征等文学手法,令玄思与才情和谐一体,气韵与文采相得益彰。六朝时期的刘勰所写作《文心雕龙》,它既是一部文学理论的著述,也包含着丰富的哲学思想,更是一部骈体文的杰作。整个文本体系完整,结构和谐,涉及文学的本质论、起源论、创作论、鉴赏论、功能论、风格论、文体论、修辞论、语言论等方方面面,可谓情思如涌泉,绵密如锦绣,并且对仗工整,韵律优雅。凡五十篇文章,几乎每篇采取了隐喻与象征等文学手法,使理论思维焕发出文学性的光彩。

其次,寓言与故事的写作策略。莱辛在《论寓言的本质》一望中说:"凡是诗人虚构的,联系着一定目的的情节都叫做他的 Fabel(在这里的意义是:故事),因此诗人虚构出来的贯穿于他的史诗、他的戏剧中的情节,便是他的史诗的 Fabel、他的戏剧的 Fabel。"①莱辛此处所说的"寓言"主要关涉文学领域,

---

① 中国社会科学院文学研究所编:《古典文艺理论译丛》第 3 卷,知识产权出版社 2010 年版,第 1308 页。

然而有趣的是,莱辛除了从事理论探索之外,他本人还是一位寓言写作者。后来丹麦存在主义哲学先驱克尔凯郭尔和莱辛和着类似的寓言写作经历。其实,我们消解了文学与哲学的严格机械的逻辑界限之后,就会发现在哲学史上运用寓言写作的哲学家大有人在,甚至成为一个宝贵的创作传统。古希腊的柏拉图和中国先秦时代的庄子就是轴心时代两个非常有代表性运用寓言写作的典型。他们的哲学有一个鲜明的美学特征,就是善于讲述寓言或故事。或者说,他们的文本借助寓言或故事的叙述而隐含着自我抽象理念。这种故事的叙述呈现为两方面的特性:一是写作主体借助于故事中的人物或意象阐述自己的思想观念。柏拉图借用苏格拉底之口,表达自己的哲学观。庄子借助故事中形形色色的人物,诸如肩吾、连叔、接舆、啮缺、王倪、瞿鹊子、长梧子、孔子、颜回、盗跖、庖丁、南伯子綦、王骀、申徒嘉、叔山无趾、哀骀它、甕盎大瘿、真人、南伯子葵、女偊、季咸、支离叔、滑介叔、佝偻者等人,言说或暗示自己的观点。庄子还时常借助于寓言中的意象,诸如鲲鹏、蓬间雀、罔两、景、髑髅、蝴蝶、河伯、螳螂、混沌、鸿蒙、鹓鶵、儵鱼等,间接或隐晦地表达自己的哲学观。二是写作主体将自己的哲学理念通过故事元素隐蔽地植入,或者说是在叙述故事的过程中赋予自我叠加的意义。纵观中西哲学史,有几位写作寓言的高手,西方的柏拉图、莱辛、克尔凯郭尔、尼采、加缪等,中国的庄子、韩非子、孟子、阮籍、柳宗元等,他们的寓言生动风趣,潜藏幽默和智慧,有着深刻的哲理感。和寓言密切关联的就是故事。在哲学文本中,所有的故事在本质上都是虚构和假定的。因此,这些故事都有寓言的成分和性质。哲学家在假定和虚构的写作意图支配下,在陈述情节与描写人物及其渲染背景的过程中,他们都附加了叙述者的主观意义,涂抹了主观的情感色彩,插入了写作主体的心理符号和精神结构。因此,这个美学意义上,所有哲学故事都具有有意识或无意识的"审美欺骗"性质,哲学家借助于这种文学化和美学化的欺骗方法得以曲折或风趣地表达他们的思想。因此,哲学文本中的寓言或叙事的方法,也是一种古老的和经典的写作手法和修辞手法。

最后,戏剧性笔法。哲学文本的写作还借助于文学的戏剧性表达策略。

黑格尔在《美学》中阐述了戏剧是冲突的艺术的观点,他认为:"导致冲突的时候,情境才开始见出严肃性和重要性。"①黑格尔又认为人物与人物之间矛盾冲突以及人物内心的精神冲突构成了戏剧的灵魂和悲剧的主要成因。而哲学所借鉴的戏剧的冲突方式,不限于人物之间的矛盾冲突,它还包括现象与现象之间的矛盾冲突、现象与思想之间矛盾冲突等方面。于是我们在哲学和戏剧之间寻找一个本质性的逻辑关联,这就是两者都存在的"矛盾性"联结。如果说,一方面,所有的哲学都包含着矛盾规律的存在,包含对矛盾着的自然现象和社会现象、历史现象和精神现象之反思与探究。再说,哲学本身就包含着对丰富复杂的矛盾现象的沉思,如赫拉克利特的"辩证法"、康德的"二律背反"、黑格尔的"异化"、阿多诺的"否定辩证法",都是包含着矛盾性的概念。另一方面,所有的哲学都包含"矛盾地思考矛盾"的同一性,哲学思维和哲学活动本身就蕴藏着诸多的精神矛盾。就戏剧而言,所有的戏剧形式都包含对矛盾冲突的描写和表现,诸如人物与人物、国家与国家、民族与民族、宗教与宗教、观念与观念等之间的矛盾冲突,而这些矛盾冲突往往表现出最终的悲剧性结局。如此而已,我们可以清楚看到哲学与戏剧在"矛盾律"方面的逻辑关系。正因为如此,我们在哲学文本中,可以观察到较为广泛地对于戏剧的矛盾冲突方法的运用。

柏拉图的对话是善于运用戏剧冲突方法的经典文本。他借用苏格拉底的名义,采取在众多人物之间运用充满矛盾的对话方法,表现出自然观与价值观、历史观和审美观等多纬度的思想对立,从而将提出问题、论辩问题并将问题逐渐深化和明朗的哲学思考方式呈现在接受者的面前,达到启迪人思而辨明真理的目的。柏拉图的戏剧性冲突和对话的方法在尼采手中获得继承并焕发了新的美学光彩。尼采的《查拉图斯特拉如是说》以虚构的寓言故事讲述了远古时代的查拉图斯特拉的奇异的漫游经历,查拉图斯特拉这个虚拟的象征符号其实是尼采的代言人。尼采以查拉图斯特拉和诸多人物之间的戏剧性

---

① ［德］黑格尔:《美学》第 1 卷,朱光潜译,商务印书馆 1979 年版,第 260 页。

冲突和论辩性对话以及自我的独白,表达了迥异于传统的独特思想和创造性观念,对正统的意识形态给予颠覆性的质疑与否定、反思与批判,他设想以理想的超人来改造现存世界和人类精神。《查拉图斯特拉如是说》虽然属于一部经典的哲学文本,然而在结构形式、表达策略以及语言对话、修辞技巧等方面更像是一部创新性的戏剧杰作。

庄子同样是在哲学文本运用戏剧方法的圣手,在这方面可与柏拉图相媲美。《庄子》三十三篇文本都包含着戏剧冲突和戏剧性对话的这些方式的运用,可以称谓着哲学化的戏剧和戏剧化的哲学。《庄子》篇目中连缀着人物与人物、人物与动物、动物与动物、人物与神灵之间的戏剧性对话,充满了思想观念的矛盾冲突和智慧性论辩,有些还富于舞台的表演性和幽默感,同时也有部分的自我独白和内心反省,以一种自说自话的方式表达内心的判断、推理,或者阐述自己的哲学观、宣泄主体的情绪或表达自我的美感体验。

柏拉图哲学文本的戏剧性的思想冲突和对话体的运用,形成了一个古老的哲学传统,或隐或显地影响了西方哲学的书写历史。而庄子的有关戏剧性的思想冲突和对话的运用则较为明显地影响了中国古典哲学的历史发展。在后世的哲学史上,我们时常看见戏剧性的思想冲突的对话方式或论辩方式在各种文本里的纷呈现象。我们在魏晋玄学、隋唐佛学、宋明理学等哲学发展过程中,可以阅读多种文本中所存在的戏剧性的思想冲突和对立观点的论辩状态。从这个意义上讲,哲学史也是主体精神发展的戏剧性历史,它们包含着人类精神的矛盾冲突和差异性发展,正因为如此,哲学史才展现了人类精神存在的多样化、丰富性和复杂性以及它的思想美感和内在魅力。

三、文本风格:诗性主体与美感效果

首先,诗性主体的内涵与特性。在文本风格上,一部分哲学家和相关文本也受到了文学的影响。当然这部分哲学家有着诗人气质的禀赋,被称为"诗人哲学家",而相应的是,他们的哲学文本也闪现出诗性特性和美感色彩。这类"诗人哲学家"我们给予一个"诗性主体"(Poetic subject)的美学概念。那么,何为诗性主体?从总体上说,诗性主体是以审美活动为主导的具有无限可能性的精神形式。它以精神的虚无化为前提,以想象为动力和以直觉和体验为辅佐,寻求主体意识对现实世界的审美超越。从具体层面上考察,诗性主体被规定为虚无化的主体形式,一方面表明主体保持对于生活世界的存疑和否定的冲动,拒绝单向度地沦为现实世界的逻辑结果和知识工具。所以,对现象界的"虚无化"姿态是诗性主体的一个精神内核。另一方面,诗性主体必须和实用功能、工具理性、欲望渴求等世俗化的目的保持距离。诗性主体必然属于审美活动的主体。美既然是虚无化的无限可能性的存在,也是精神最高的存在对象之一,它必然性构成诗性主体所渴慕的理想境界,成为诗性主体的终极精神家园,情感的信仰对象和梦幻乌托邦。所以,诗性主体在本质上属于审美主体。与此相关,诗性主体必然是以想象活动和智慧领悟作为自己重要的心灵构成,诗性主体应该具备饱满的想象力和创造力。诗性主体的主要存在特征在于,其一,诗性主体呈现为它具有超越本能、功利、道德、意识形态等意义。诗性主体能够摆脱本能主体的控制,抗衡生活意志的诱惑,和流行的历时性的道德观念保持适度距离,摈弃虚假的意识形态,因此它潜藏着超越性的精神价值,隐含着否定性和批判性的理性功能。诗性主体具有精神无限可能性的意义与价值,体现为不断存疑和否定、提问和反思的理性冲动。其二,诗性主体的重要意义还在于,它保持纯真的"童心",也就是李贽所渴望的"童心"。诗性主体在生命的整个过程自始至终守护着童心,使自我不被世俗尘埃所沾染,保持心灵的澄明和纯粹。和童心密切相关,诗性主体应该始终保持着对世界万象的敏锐感觉和感性。其三,诗性主体给予理想诗性主体是仁爱主体、良知主体和德性主体,亚里士多德在《尼各马可伦理学》强调"德性"对生命存在的重要意义。其四,海德格尔说,语言是存在之家。主体在一定意义上也是一个话语主体。从这一点考察,诗性主体必须具有诗意的言说方式,而缺乏诗意的话语方式,无法获得诗性主体的存在资格。

在这样的理论意义上考察。哲学家中有一部分人就属于诗性主体的范畴,他们有着诗人的气质禀赋,洋溢着浪漫情怀、充沛的想象力和文学天才,因此他们有着哲学家和文学家的双重身份。中国先秦诸子,诸如老子、孔子、庄子、韩非子、荀子、孟子等人,还有后来的贾谊、王充、杨雄、张衡、阮籍、嵇康、韩愈、柳宗元、周敦颐、张载、朱熹、王阳明、黄宗羲、王夫之等人,西方的柏拉图、卢克莱修、波爱修斯、帕斯卡尔、伏尔泰、孟德斯鸠、卢梭、狄德罗、莱辛、谢林、席勒、歌德、叔本华、尼采、狄尔泰、柏格森以及后来的萨特、加缪、罗兰·巴特、马尔库塞、波德里亚等人,他们都属于诗性主体,在人类文化舞台上,扮演着理论家和文学家的双重角色。和他们的诗性主体属性密切关联,他们一部分哲学文本也闪露出诗性特征和文学魅力。

其次,美感效果。莱辛在《拉奥孔》中认为:"美就是古典艺术家的法律。"①简要而鲜明地概括了古代文学艺术的一个典型特征。的确,文学作品需要具备审美价值和美感效果。然而,由于一部分哲学家的文本采取了文学化的写作策略和修辞技巧,尤其在语言或话语的运用方面,呈现出丰富的美感效果。

哲学文本的美感效果的呈现,我们在此可以参照古罗马时代的郎加纳斯的美学观。他在《论崇高》中认为,美与崇高的来源主要在于这样一些要素:"第一而且是最重要的是庄严伟大的思想……第二是强烈而激动的情感。这两个崇高的条件主要是依靠天赋的,以下的那些却可以从技术得到助力。第三是运用藻饰的技术,藻饰有两种:思想的藻饰和语言的藻饰。第四是高雅的措辞。崇高的第五个原因包括全部上述的四个,就是整个结构的堂皇卓越。"②因此,哲学文本第一必须具备独特而精妙的思想和理论创新性。衡量哲学之美的重要标准即是思想创新的价值或理论独创性意义,如果一个哲学文本只是满足于扮演思想鹦鹉和理论的传声筒的角色,其美感价值肯定是有限的而审美效果也必然是衰微的。显然,衡量是否存在美感的哲学文本必须符合思想创新和理论先锋的价值条件。第二,当然和文学的浓烈情感有所差

---

① [德]莱辛:《拉奥孔》,朱光潜译,人民文学出版社 1979 年版,第 11 页。
② 中国社会科学科学院文学研究所编:《文艺理论译丛》第 1 册(上),知识产权出版社 2010 年版,第 286 页。

异,哲学文本的情感要相对平静和含蓄,而有一部分所谓的纯粹哲学、第一哲学、形而上学、逻辑学等应该是撇弃情感至少和情感保持一定之距离。然而,也有一部分哲学是寄寓情感性的存在形式,这是因为有一部分哲学家在文本书写过程中饱含着强烈的主观情感和鲜明的价值判断。诸如西方的柏拉图、卢克莱修、波爱修斯、帕斯卡尔、伏尔泰、孟德斯鸠、卢梭、狄德罗、莱辛、谢林、席勒、歌德、叔本华、尼采、狄尔泰、柏格森、萨特、加缪、罗兰·巴特、马尔库塞、波德里亚等,中国的老子、孔子、庄子、韩非子、荀子、孟子、贾谊、王充、杨雄、张衡、阮籍、嵇康、韩愈、柳宗元、周敦颐、张载、朱熹、王阳明、黄宗羲、王夫之等,因此这些哲学家的文本的美感效果就相对鲜明显著。第三,藻饰的技术,上述中西哲学家都借用了文学的藻饰技术,他们的哲学文本都闪露着或潜藏着优美、壮美或崇高的审美魅力,有些具有较高的文学价值。第四,高雅的措辞是上述中西哲学家们最为擅长的表达功力和修辞技巧,他们皆是语言运用和话语表达的巨匠和大师。第五,郎加纳斯所说的"整个结构的堂皇卓越",也包括形式结构的和谐和巧妙等因素。显然,我们上述罗列的这些哲学家所书写的文本都符合这一文学标准和美学尺度。上述这些哲学家或思想家们都属于诗性主体,他们都不同程度地借鉴和接受了文学的思维方式和审美风格,使自己的文本不仅达到了思想创新的深刻卓越,也达到了对接受者而言的富于美感的吸引力。他们的文本具有了哲学与文学的双重价值与审美意义,有些在哲学史和文学史上均占有一席之地。

最后,从中西哲学的差异性看当下中国哲学的窘境及其美感的式微。由于中国传统哲学和西方哲学走的思维路径不同,中国哲学的形而上学特性不够明显,也不甚眷注严格和规范的逻辑思辨,也缺乏西方哲学的所谓"第一哲学",即纯粹认识论和本体论的哲学形式。因此,西方近代的哲学家黑格尔和现代哲学家德里达都认为中国没有"哲学"。然而,这显然囿于文化狭隘主义的偏见。其实,作为西方哲学源头的古希腊哲学,它起源于神话,而神话正是借助于形象思维以及想象活动和心灵直觉。古希腊的哲学家们,无论是米利都学派还是爱利亚学派,这些哲学家都依赖神话思维和文学的方法进行文本写作。尔后的柏拉图、卢克莱修、波爱修斯等哲学家,以及启蒙时代的诸多哲学家们,如伏尔泰、孟德斯鸠、卢梭、狄德罗、家莱辛、席勒、歌德、谢林等,尤其是以尼采、海德格尔、萨特、加缪为代表的现代哲学家还有后现代哲学家罗兰·巴特、福柯、波德里亚等人,这些思想大师都喜爱和擅长借助文学的诗性思维和想象与体验的方法进行思想创造,令他们的哲学文本在闪烁着理论光辉的同时,也蕴藏着美感与诗意的绚烂色彩。当然,诸如纯粹哲学、第一哲学、逻辑学、自然哲学、科学哲学、实证主义哲学、分析哲学等,则不在我们的论述范围,它们因为研究的对象和研究特性与方法,和文学存在着一定的距离。而中国现代哲学在进入了西方哲学的逻辑体例、写作规范的思维空间,广泛地袭用西方哲学的思维方式和概念、话语之后,反而丧失自己的宝贵传统,遗弃了文学的诗性思维和丧失了思想的想象力和创新力,也失落了心灵的直觉与体验的功夫,反倒落得邯郸学步的哲学之尴尬境地,这正是中国现代哲学的理论之羞愧。也许我们还要在漫长时间的寂寞等待之后,才能迎接到中国哲学精神的复兴和理论繁荣的黎明。也许未来历史的某一时期,我们幸运的后代们能够看到中国哲学既有理论创造性又有思辨色彩更有美感与诗性的那一个灿烂日子。

结语：意识形态的永恒挚友

最后，我们一方面概述文学与哲学之关系的历史嬗变，另一方面对两者的未来走向进行一个理论性的推测。

文学与哲学的关联和互动是一个明显的文化现象，也一个客观的意识形态的事实。在轴心时期，文学与哲学处于交叉融合、尚未独立的和谐状态。柏拉图的文本既是哲学，又是文学。孔子的《论语》也是如此。到了轴心时代的后期，文学与哲学相互独立和分离，两者形成了平行和互动的关系。在中古时期，文学与哲学的关系总体上也是和谐融合的，中国魏晋时期的玄学与文学、隋唐时期的佛学与文学、宋明时期的理学与文学，两者之间依然存在着密切和谐的关系。在西方的启蒙时期，文学与哲学的界线尽管逐渐分明，但两者仍然存在着互渗和影响的关系。诚如韦勒克、沃伦所言："我们可以看出英国文学是反映了哲学史的。伊丽莎白时代的诗歌中充溢着文艺复兴的柏拉图主义：斯宾塞写了 4 首赞美诗，描写从物质升华为天上的美这种新柏拉图式的哲学精神，在《仙后》中解决'无常'与'自然'的争执时，他显然站在永恒的、不变的秩序方面。在马洛的作品中，我们听到了与他同时代的意大利人的无神论与怀疑论的回响。即使在莎士比亚的作品中，也可以从许多地方找出文艺复兴时期的柏拉图主义。例如《特洛伊罗斯与克瑞西达》中尤利西斯那段有名的讲演，除柏拉图主义外，还有蒙田和斯多葛哲学的影响。"[1]然而，到了近代

---

① ［美］韦勒克、沃伦：《文学理论》，刘象愚等译，江苏教育出版社 2005 年版，第 125 页。

时期,由于学科分类越来越细致明确,加之科学的迅速发展,文学与哲学之间产生了显著的疏立和间隔。到了现代时期,则局面大有改观。以尼采为分界线,文学与哲学产生了在新的历史语境下的再度渗透和融合。一方面,尼采、海德格尔、萨特、加缪等一些哲学家的写作借鉴了文学手法,使哲学文本焕发出诗意与美感的色彩;另一方面,西方文学广泛地吸收与融会了各种哲学思潮,存在主义哲学、生命哲学、精神分析理论、女权主义、后殖民主义等哲学思想与观念大量进入文学领域,促进了文学创作的丰富和繁荣。新时期以来,中国文学也受到西方哲学思潮的广泛影响,诸多作家吸收和融化了西方现代哲学的思想与观念,使自己的文学创作具有了不同于传统的新气象和新风貌。

我们再简要考察当下的文学与哲学的关系。首先,当下文学呈现和哲学既疏离又吸引的两极现象。一方面,在后现代的历史语境,消费成为社会活动的主题和杠杆,文学也成为一种文化消费活动,市场经济和商业规则广泛深刻地制约着文学活动,尤其是大众文学的思想品格和哲学性有所下降;另一方面,随着民族整体文化水平的提高,在小众文学或精英文学的领域,文学的思想性和哲学意义获得部分提升。其次,当下哲学和文学呈现相对走近和彼此亲切的趋势。哲学一直自视高于文学的传统意识有所淡化。一方面,中国哲学界比以往更重视对文学的关注和对审美活动的探究;另一方面,哲学界出现一些具有文学性的哲学文本和不同程度地参与文学写作活动的人士,如周国平、赵鑫珊等人。再次,由于改革开放40余年来,社会历史语境的意识形态开放化与多元化,文学创作主体的理论意识和哲学修养的提升,也在一定程度上丰富了作家的哲学内涵和提升了他们的思想境界。因此,文学创作对哲学思潮的借鉴现象比较普遍。最后,我们从雅文学、俗文学和哲学的关联这一视野出发,进一步阐释文学与哲学的关系。雅文学较多关联于纯粹哲学并能够沉思形而上等问题,可以徜徉于此岸而向往彼岸。雅文学较多关联于理性主义哲学和伦理哲学,追求非功利主义和超越现实的审美境界。俗文学较多关联于感性主义哲学和世俗哲学,沉迷于此岸而缺乏对彼岸的关注,以享乐哲学作为价值准则和审美标准,追求当下世界的本能体验和欲望表现。雅文学与俗文学都关联于人生哲学与宗教哲学,两者的差异在于:雅文学追求人生哲学的价值现实和具有超越性品格,俗文学沉醉于人生哲学的世俗意义与享乐主义,注重当下性而不关切人生的超越性意义;雅文学在表现宗教意义的同时,却能够对宗教进行存疑与反思、批判与超越,而俗文学往往只是接受宗教某些教义与观念,而缺乏对宗教的质疑和反思、批判与超越。

在现代思想文化语境,文学与哲学前所未有地高度融合,两者关系由以往的不平衡关系逐渐走向平衡、对等和彼此吸引和借鉴,对思想文化的创造起到积极的作用。诚如学者所论:"20世纪法国文学之诗思是和文学与生俱来的品质,这是文艺复兴以来法国文学的传统,也是启蒙运动以来文坛巨子的共声,尤其是20世纪中叶以来后现代思潮之大端。质言之,诗思与哲理的交织是法国文学的强项,但也是其不易为常人所捕捉的灵机。"[①]显然,法国文学呈现出鲜明的和哲学融合的现象与趋势。中国文学虽然没有像法国文学那样呈现出和哲学密切融合的状况,但中国文学和过去相比,也呈现出和哲学之间拉近距离的情况,哲学对文学的渗透状况也越来越明显,中国文学在借鉴哲学的道路上越走越迅捷。

对于未来中国文学与哲学的可能性关联,我们可以作出这样预见:其一,未来的文学会更广泛地引入哲学观念和思潮。一方面,一部分文学会坚守马克思主义哲学的思想阵地;另一方面,一部分文学会更多融入儒道释等本土哲学传统并有所发展、丰富和超越;再一方面,较多的文学在接纳西方古典哲学和现代哲学的同时,也借鉴后现代哲学的思潮,以丰富与深化创作活动。其二,未来的哲学会更平等地看待自己与文学的关系,更多关注和更精深地研究文学活动,借鉴文学的观念与方法、形式与技巧、修辞与话语,使自我获得更广阔的精神活动空间。其三,在未来时间,文学与哲学必然更加密切地携手,不断创造人类社会的丰富精神文化和审美生活,使人类精神文化的创造活动走

---

① 徐真华、黄建华:《20世纪法国文学回顾》,上海外语教育出版社2008年版,"序言"第1页。

向无限可能。

如果将文学与哲学比喻成意识形态领域的孪生兄弟,同时,它们又存在着外在形象的差异,更具有不同的精神特性。因此,它们更像是一对亲密的挚友,既有心灵的相通之处,又有不同的形式特征。它们都是人类的精神生产的果实,都是在人类的历史长河中生成、演化和发展而来的文化珍宝。文学与哲学共同起源于人类创造的语言符号,是主体的思想与观念、本能与情感等要素综合作用的必然结果。文学与哲学都是人类的文明或文化的有机结构之一,都对人类的历史作出了辉煌之贡献,并凝结为历史肌体的一部分。文学与哲学有着不同的思维方式和表现策略,然而它们在各自演进的历史过程中不断地相互渗透和相互影响,在公共空间以平等交往和自由对话的方式相互激励与相互发展。因此,文学与哲学就像人类文化的车之两轮,共同推进文化和精神的不断前行。"文学与哲学之关系"的确属于一个"宏大叙事"的论题,本研究只是对这一宏大叙事的概略性之美学阐释,大约是"瓢水一得"之劳作。然而,倘若借助这一"瓢水"得以影射出文学与哲学之关系的部分影像,也不枉著者数十春秋的读、思、写之一片苦心矣!

2022 年 7 月 28 日夕阳斜照翠竹之际完笔

主要参考文献

一、古代典籍

阮元校刻:《十三经注疏》,中华书局 2009 年版。

《二十四史》,中华书局 1997 年版。

《诸子集成》,中华书局 1954 年版。

《老子》,中华书局 1986 年版。

王弼撰、楼宇烈校:《周易注校释》,中华书局 2012 年版。

《论语》,中华书局 2006 年版。

《墨子》,中华书局 2011 年版。

郭象:《庄子注》,成玄英疏,中华书局 2011 年版。

宣颖:《南华经解》,曹础基点校,广东人民出版社 2008 年版。

胡文英:《庄子独见》,华东师范大学出版社 2011 年版。

郭庆藩:《庄子集释》,中华书局 2004 年版。

王先谦:《庄子集解》,中华书局 1987 年版。

王夫之:《庄子解》,中华书局 1964 年版。

向秀:《庄子注》,中华书局 1983 年版。

洪兴祖:《楚辞补注》,中华书局 1983 年版。

司马迁:《史记》,中华书局 1982 年版。

汪荣宝:《法言义疏》,中华书局 1987 年版。

黄晖:《论衡校释》,中华书局 1990 年版。

《王弼集》,中华书局 1980 年版。

陈伯君:《阮籍集校注》,中华书局 2014 年版。

戴明扬:《嵇康集校注》,中华书局 2015 年版。

葛洪:《抱朴子内篇》,中华书局 1985 年版。

葛洪:《抱朴子外篇》,中华书局 1991 年版。

萧统编、李善注:《文选》,上海古籍出版社 1986 年版。

严可均辑:《全汉文》,商务印书馆 1999 年版。

严可均辑:《全三国》,商务印书馆 1999 年版。

严可均辑:《全晋文》,商务印书馆 1999 年版。

王利器:《颜氏家训集解》,中华书局 1993 年版。

袁行霈:《陶渊明集校注》,中华书局 2011 年版。

释僧祐:《弘明集》,上海古籍出版社 1991 年版。

《陆柬之文赋》,上海书画出版社 2000 年版。

刘勰:《文心雕龙》,上海古籍出版社 2010 年版。

钟嵘:《诗品》,上海古籍出版社 2007 年版。

普济:《五灯会元》,苏渊雷点校,中华书局 1984 年版。

王琦:《李太白全集》,中华书局 2011 年版。

钱铁民:《王维集校注》,中华书局 1997 年版。

《金刚经·心经》,中华书局 2010 年版。

《法华经》,中华书局 2010 年版。

《维摩诘经》,中华书局 2010 年版。

慧能:《坛经》,中华书局 2012 年版。

陆德明:《经典释文·庄子音义》,中华书局 1983 年版。

刘义庆著,刘孝标注,余嘉锡笺疏:《世说新语笺疏》,中华书局 2011 年版。

释赞宁:《宋高僧传》,中华书局 1987 年版。

释普济:《五灯会元》,中华书局 1984 年版。

慧皎:《高僧传》,汤用彤校注,中华书局 1992 年版。

郭熙:《林泉高致》,中华书局 2010 年版。

马其昶:《韩昌黎文集校注》,上海古籍出版社 1986 年版。

方世举:《韩昌黎诗集编年笺注》,中华书局 2012 年版。

《张载集》,中华书局 1978 年版。

《二程集》,中华书局 1981 年版。

吕惠卿撰,汤君集校:《庄子义集校》,中华书局 2009 年版。

《苏轼文集》,中华书局 1996 年版。

《陈献章集》,中华书局 1987 年版。

严羽撰,郭绍虞校释:《沧浪诗话校释》,人民文学出版社 2005 年版。

《朱子语类》,上海古籍出版社、安徽教育出版社 2010 年版。

李渔:《闲情偶寄》,中国社会科学出版社 2009 年版。

刘熙载:《艺概》,中华书局 2009 年版。

颜元:《习斋四存编》,上海古籍出版社 2000 年版。

何文焕:《历代诗话》,中华书局 1981 年版。

吴楚材、吴调侯:《古文观止》,中华书局 1982 年版。

《黄宗羲全集》,浙江古籍出版社 2012 年版。

二、近人著述

康有为:《大同书》,上海古籍出版社 2009 年版。

梁启超:《儒家哲学》,上海人民出版社 2009 年版。

王国维:《人间词话》,中华书局 2009 年版。

《鲁迅全集》,人民文学出版社 1956 年版。

胡适:《中国哲学史大纲》,东方出版社 2012 年版。

胡适:《文学与哲学》,北方文艺出版社 2013 年版。

闻一多:《周易与庄子研究》,巴蜀书社 2003 年版。

冯友兰:《中国哲学史新编》,人民出版社 1980 年修订本。

侯外庐等:《中国思想通史》,人民出版社 1957 年版。

侯外庐等主编:《宋明理学史》,人民出版社 1997 年版。

任继愈主编:《中国哲学史》,人民出版社 1979 年版。

任继愈主编:《中国佛教史》,中国社会科学出版社 1985 年版。

任继愈主编:《中国哲学发展史》,人民出版社 1994 年版。

张岱年:《中国哲学大纲》,中国社会科学出版社 1982 年版。

崔大华:《庄学研究》,人民出版社 1992 年版。

崔大华:《儒学引论》,人民出版社 2011 年版。

全增嘏:《西方哲学史》,上海人民出版社 1983 年版。

李泽厚:《批判哲学的批判》,人民出版社 1984 年版。

刘放桐:《现代西方哲学》,人民出版社 1990 年修订本。

叶秀山:《思·史·诗——现象学和存在哲学研究》,人民出版社 1988 年版。

汪子嵩、范明生、陈村富等:《希腊哲学史》,人民出版社 1993 年版。

范明生:《晚期希腊哲学和基督教神学》,上海人民出版社 1993 年版。

陈鼓应:《老庄新论》,上海古籍出版社 1992 年版。

陈鼓应:《悲剧哲学家尼采》,生活·读书·新知三联书店 1987 年版。

北京大学哲学系中国哲学史教研室编:《中国哲学史》,中华书局 1980 年版。

朱光潜:《西方美学史》,人民文学出版社 1979 年版。

朱光潜:《悲剧心理学》,张隆溪译,人民文学出版社 1983 年版。

钱钟书:《谈艺录》,中华书局 1997 年版。

姜亮夫:《重订屈原赋校注》,天津古籍出版社 1987 年版。

郭世谦:《屈原〈天问〉今译考释》,天津古籍出版社 2006 年版。

蒋孔阳:《德国古典美学》,商务印书馆 1980 年版。

蒋孔阳、朱立元主编:《西方美学通史》,上海文艺出版社 1999 年版。

伍蠡甫主编:《西方文论选》,上海译文出版社 1979 年版。

徐崇温主编:《存在主义哲学》,中国社会科学出版社 1986 年版。

《现象学与哲学评论》(《现象学在中国》特辑),上海译文出版社 2003 年版。

《现象学与哲学评论》(《现象学与中国文化》),上海译文出版社 2003 年版。

冯俊等:《后现代主义哲学讲演录》,商务印书馆 2003 年版。

高宣扬:《福柯的生存美学》,中国人民大学出版社 2005 年版。

高宣扬:《当代法国思想五十年》,中国人民大学出版社 2005 年版。

袁可嘉:《欧美现代派文学概论》,广西师范大学出版社 2003 年版。

徐复观:《中国艺术精神》,华东师范大学出版社 2001 年版。

张世英:《进入澄明之境》,商务印书馆 1999 年版。

张辉:《文学与思想史论稿》,复旦大学出版社 2013 年版。

杨国荣:《伦理与存在——道德哲学研究》,北京大学出版社 2011 年版。

俞吾金:《意识形态论》,上海人民出版社 1993 年版。

张汝伦:《〈存在与时间〉释义》,上海人民出版社 2014 年版。

游国恩:《楚辞论著集》,中华书局 2008 年版。

林庚:《天问论笺》,人民文学出版社 1983 年版。

褚斌杰:《楚辞要论》,北京大学出版社 2003 年版。

吕微:《神话何为——神圣叙事的传承与阐释》,社会科学文献出版社 2001 年版。

李泽厚:《美学三书》,安徽文艺出版社 1999 年版。

敏泽:《中国美学思想史》,湖南教育出版社 2004 年版。

郭绍虞:《中国文学批评史》,上海古籍出版社 1979 年版。

邬昆如:《人生哲学》,中国人民大学出版社 2005 年版。

周国平主编:《诗人哲学家》,上海人民出版社 1987 年版。

赵鑫珊:《哲学与当代世界》,人民出版社 1986 年版。

陈望衡：《中国美学史》，人民出版社 2005 年版。

颜翔林：《怀疑论美学》，商务印书馆 2015 年版。

颜翔林：《庄子怀疑论美学》，人民出版社 2015 年版。

周建忠：《楚辞考论》，商务印书馆 2003 年版。

王运熙、顾易生主编：《中国文学批评通史》，上海古籍出版社 1996 年版。

冯俊等：《后现代主义讲演录》，商务印书馆 2003 年版。

孙昌武：《禅思与诗情》，中华书局 1997 年版。

俞平伯：《红楼梦研究》，上海古籍出版社 2011 年版。

马积高：《宋明理学与文学》，湖南师范大学出版社 1989 年版。

徐复观：《中国艺术精神》，商务印书馆 2010 年版。

卢盛江：《魏晋玄学与中国文学》，百花洲文艺出版社 2010 年版。

陈引驰：《隋唐佛学与中国文学》，百花洲文艺出版社 2010 年版。

三、中文译本（按作者姓名汉语拼音字母音序排列）

［古罗马］奥古斯丁：《忏悔录》，周士良译，商务印书馆 2011 年版。

［古罗马］奥古斯丁：《论原罪与恩典》，周伟驰译，商务印书馆 2012 年版。

［古印度］《奥义书》，黄宝生译，商务印书馆 2011 年版。

［印度］室利·阿罗频多：《薄伽梵歌论》，徐梵澄译，商务印书馆 2011 年版。

［德］阿多尔诺：《美学理论》，王柯平译，四川人民出版社 1998 年版。

［英］艾耶尔：《20 世纪哲学》，李步楼等译，上海译文出版社 1987 年版。

［古希腊］《柏拉图全集》，王晓朝译，人民出版社 2003 年版。

［古希腊］《柏拉图文艺对话集》，朱光潜译，人民文学出版社 1963 年版。

［古希腊］柏拉图：《理想国》，郭斌和、张竹明译，商务印书馆 1986 年版。

［古罗马］波爱修斯：《哲学的慰藉》，范思哲译，新世界出版社 2011 年版。

［古罗马］波爱修斯：《神学论文集·哲学的慰藉》，荣震华译，商务印书馆 2012 年版。

［法］柏格森:《创造进化论》,姜志辉译,商务印书馆 2004 年版。

［法］柏格森:《时间与自由意志》,吴士栋译,商务印书馆 2011 年版。

［英］波普尔:《猜想与反驳》,傅季重译,上海译文出版社 1986 年版。

［英］培里:《价值与评价》,刘继编选,中国人民大学出版社 1989 年版。

［法］列维-布留尔:《原始思维》,丁由译,商务印书馆 1981 年版。

［法］巴特:《神话修辞术、批评的真实》,屠友祥、温晋仪译,上海人民出版社 2009 年版。

［法］巴特:《符号学美学》,董学文、王葵译,辽宁人民出版社 1987 年版。

［德］比梅尔:《当代艺术的哲学分析》,孙周兴、李媛译,商务印书馆 1999 年版。

［英］鲍桑葵:《美学史》,张今译,商务印书馆 1985 年版。

［德］本雅明:《发达资本主义时代的抒情诗人》,张旭东、魏文生译,生活·读书·新知三联书店 1989 年版。

［德］策勒尔:《古希腊哲学史纲》,翁绍军译,上海人民出版社 2007 年版。

［法］杜夫海纳:《美学与哲学》,孙非译,中国社会科学出版社 1985 年版。

［意］但丁:《神曲》,田望德译,人民文学出版社 2002 年版。

［法］笛卡儿:《第一哲学沉思集》,庞景仁译,商务印书馆 1986 年版。

［法］笛卡儿:《哲学原理》,关文运译,商务印书馆 1959 年版。

［德］狄尔泰:《体验与诗》,胡其鼎译,生活·读书·新知三联书店 2003 年版。

［法］狄德罗:《狄德罗哲学选集》,江天骥等译,商务印书馆 2011 年版。

［法］德里达:《论文字学》,汪堂家译,上海译文出版社 1999 年版。

［德］玛克斯·德索:《美学和艺术理论》,兰金仁译,中国社会科学出版社 1987 年版。

［古希腊］塞克斯都·恩披里克:《悬搁判断与心灵宁静》,包利民等译,中国社会科学出版社 2004 年版。

［古希腊］塞克斯都·恩披里柯:《皮浪学说概要》,崔延强译,商务印书馆

2019 年版。

[德]费尔巴哈:《基督教的本质》,荣震华译,商务印书馆 1984 年版。

[古罗马]斐洛:《创世纪》,王晓朝、戴伟清译,商务印书馆 2012 年版。

[法]伏尔泰:《哲学辞典》,王燕生译,商务印书馆 2011 年版。

[法]《伏尔泰小说选》,傅雷译,人民文学出版社 1980 年版。

[法]福柯:《疯癫与文明》,刘北成、杨远婴译,生活·读书·新知三联书店 1999 年版。

[奥地利]弗洛伊德:《梦的释义》,张燕云译,辽宁人民出版社 1987 年版。

[奥地利]《弗洛伊德论美文选》,张唤民、陈伟奇译,知识出版社 1987 年版。

[英]弗雷泽:《金枝》,徐育新等译,大众文艺出版社 1998 年版。

[法]房德里耶斯:《语言》,岑麒祥、叶蜚声译,商务印书馆 2012 年版。

[古希腊]北京大学哲学系外国哲学史教研室编译:《古希腊罗马哲学》,商务印书馆 1961 年版。

[古罗马]德尔图良:《护教篇》,涂世华译,商务印书馆 2012 年版。

[德]歌德:《浮士德》,绿愿译,人民文学出版社 1994 年版。

[德]《歌德谈话录》,朱光潜译,人民文学出版社 1978 年版。

[英]格里尔:《思想家莎士比亚》,毛亮译,外语教学与研究出版社 2007 年版。

[德]胡塞尔:《欧洲科学的危机与超越论的现象学》,王炳文译,商务印书馆 2001 年版。

[德]胡塞尔:《纯粹现象学通论》,李幼蒸译,商务印书馆 1992 年版。

[德]海涅:《论德国宗教和哲学的历史》,海安译,商务印书馆 2000 年版。

[法]霍尔巴赫:《袖珍神学》,单志澄、周以宁译,商务印书馆 2011 年版。

[德]黑格尔:《哲学史讲演录》,贺麟、王太庆译,商务印书馆 1959 年版。

[德]黑格尔:《美学》,朱光潜译,商务印书馆 1979 年版。

[德]黑格尔:《小逻辑》,贺麟译,商务印书馆 1980 年版。

［德］黑格尔：《精神现象学》，贺麟、王玖兴译，商务印书馆1979年版。

［德］黑格尔：《历史哲学》，王造时译，上海书店出版社1999年版。

［德］黑格尔：《逻辑学》，杨一之译，商务印书馆2011年版。

［德］海德格尔：《存在与时间》，陈嘉映、王庆节译，生活·读书·新知三联书店1987年版。

［德］海德格尔：《诗·语言·思》，彭富春译，文化艺术出版社1991年版。

［德］海德格尔：《尼采》，孙周兴译，商务印书馆2002年版。

［德］海德格尔：《形而上学导论》，熊伟、王庆节译，商务印书馆1996年版。

［德］海德格尔：《荷尔德林诗的阐释》，孙周兴译，商务印书馆2000年版。

［德］海德格尔：《在通往语言的途中》，孙周兴译，商务印书馆1997年版。

［德］海德格尔：《哲学论稿——从有本而来》，孙周兴译，商务印书馆2012年版。

［奥地利］汉斯立克：《论音乐的美》，杨业志译，人民音乐出版社1982年版。

［德］加达默尔：《真理与方法》，洪汉鼎译，上海译文出版社1999年版。

［德］加达默尔：《赞美理论》，夏镇平译，上海三联书店1988年版。

［日］今道友信等：《存在主义美学》，崔相录、王生平译，辽宁人民出版社1997年版。

［丹麦］克尔凯郭尔：《哲学片断》，翁绍军译，商务印书馆2012年版。

［丹麦］克尔恺郭尔：《哲学寓言集》，杨玉功编译，商务印书馆2000年版。

［丹麦］基尔克郭尔：《概念恐惧·致死的病症》，京怀特译，上海三联书店2004年版。

［丹麦］克尔凯郭尔：《论怀疑者·哲学片断》，翁绍军、陆兴华译，生活·读书·新知三联书店1996年版。

［德］克劳塞维茨：《战争论》，中国人民解放军军事科学院译，商务印书馆1982年版。

[法]加缪:《西西弗的神话》,杜小真译,西苑出版社2003年版。

[美]吉尔伯特、[德]库恩:《美学史》,夏乾丰译,上海译文出版社1989年版。

[德]康德:《判断力批判》,宗白华译,商务印书馆1964年版。

[德]康德:《纯粹理性批判》,蓝公武译,商务印书馆1960年版。

[德]康德:《历史理性批判文集》,何兆武译,商务印书馆1990年版。

[德]康德:《实践理性批判》,韩水法译,商务印书馆1999年版。

[德]康德:《道德形而上学基础》,孙少伟译,中国社会科学出版社2009年版。

[俄罗斯]康定斯基:《艺术中的精神》,中国人民大学出版社2003年版。

[意]克罗齐:《美学原理·美学纲要》,朱光潜译,人民文学出版社1983年版。

[德]卡西尔:《人论》,甘阳译,上海译文出版社1985年版。

[德]卡西尔:《语言与神话》,于晓等译,生活·读书·新知三联书店1988年版。

[意]卡尔维诺:《文学机器》,魏怡译,译林出版社2018年版。

[美]卡勒:《文学理论入门》,李平译,译林出版社2013年版。

[美]考夫曼:《存在主义》,陈鼓应译,商务印书馆1987年版。

[古罗马]卢克莱修:《物性论》,方书春译,商务印书馆2011年版。

[奥地利]《里尔克诗选》,绿原译,人民文学出版社1996年版。

[奥地利]里尔克:《杜伊斯哀歌》,林克译,同济大学出版社2009年版。

[英]里德:《现代艺术哲学》,曹剑译,百花文艺出版社1999年版。

[美]苏珊·朗格:《情感与形式》,刘大基等译,中国社会科学出版社1986年版。

[美]苏珊·朗格:《艺术问题》,滕守尧等译,中国社会科学出版社1983年版。

[美]戴维·利明、埃德温·贝尔德:《神话学》,李培茱等译,上海人民出

版社 1990 年版。

[美]李普曼主编:《当代美学》,邓鹏译,光明日报出版社 1986 年版。

[英]罗素:《西方哲学史》,何兆武、李约瑟译,商务印书馆 1963 年版。

[英]罗素:《宗教与科学》,徐奕春、林国夫译,商务印书馆 1982 年版。

[英]罗素:《哲学问题》,何兆武译,商务印书馆 1999 年版。

[英]罗素:《权力论》,吴友兰译,商务印书馆 2011 年版。

[英]罗宾逊:《尼采与后现代主义者》,程炼译,北京大学出版社 2005 年版。

[美]罗蒂:《哲学与自然之镜》,李幼蒸译,生活·读书·新知三联书店 1987 年版。

[美]罗蒂:《偶然、反讽与团结》,徐文瑞译,商务印书馆 2003 年版。

[法]卢梭:《社会契约论》,何兆武译,商务印书馆 1980 年版。

[法]卢梭:《论科学与艺术的复兴是否有助于使风俗日趋纯朴》,李平沤译,商务印书馆 2011 年版。

[法]卢梭:《一个孤独的散步者的梦》,李平沤译,商务印书馆 2008 年版。

[美]罗森:《诗与哲学之争》,张辉译,华夏出版社 2004 年版。

[法]勒南:《耶稣传》,梁工译,商务印书馆 2011 年版。

[英]李斯托威尔:《近代美学史评述》,蒋孔阳译,上海译文出版社 1980 年版。

[比利时]吕斯布鲁克:《精神的婚恋》,张祥龙译,商务印书馆 2021 年版。

[法]勒维纳斯:《上帝·死亡与时间》,余中先译,生活·读书·新知三联书店 1997 年版。

[德]莱辛:《拉奥孔》,朱光潜译,人民文学出版社 1979 年版。

[德]《莱辛寓言》,高中甫译,人民文学出版社 1997 年版。

[法]里克尔:《恶的象征》,公车译,上海人民出版社 2003 年版。

[法]蒙田:《论罗马、死亡、爱》,马振骋译,上海书店出版社 2007 年版。

《马克思恩格斯文集》第 1 卷,人民出版社 2009 年版。

《马克思恩格斯文集》第 2 卷,人民出版社 2009 年版。

《马克思恩格斯文集》第 5 卷,人民出版社 2009 年版。

《马克思恩格斯文集》第 8 卷,人民出版社 2009 年版。

《马克思恩格斯文集》第 10 卷,人民出版社 2009 年版。

《马克思恩格斯全集》第 3 卷,人民出版社 1960 年版。

《马克思恩格斯全集》第 4 卷,人民出版社 1958 年版。

《马克思恩格斯全集》第 31 卷,人民出版社 1998 年版。

《马克思恩格斯全集》第 40 卷,人民出版社 1982 年版。

[美]缪勒:《文学的哲学》,孙宜学等译,广西师范大学出版社 2001 年版。

[英]马林诺夫斯基:《文化论》,费孝通等译,中国民间文艺出版社 1987 年版。

[德]马尔库塞:《审美之维》,李小兵译,生活·读书·新知三联书店 1989 年版。

[德]马尔库塞:《爱欲与文明》,黄勇、薛明译,上海译文出版社 1987 年版。

[美]门罗:《走向科学的美学》,石天曙、滕守尧译,中国文联出版公司 1985 年版。

[德]尼采:《悲剧的诞生》,周国平译,生活·读书·新知三联书店 1986 年版。

[德]尼采:《悲剧的诞生》,孙周兴译,商务印书馆 2011 年版。

[德]尼采:《偶像的黄昏》,李超杰译,商务印书馆 2011 年版。

[德]尼采:《查拉图斯特拉如是说》,钱春绮译,生活·读书·新知三联书店 2007 年版。

[德]尼采:《不合时宜的沉思》,李秋零译,华东师范大学出版社 2007 年版。

[德]库萨的尼古拉:《论隐秘的上帝》,李秋零译,商务印书馆 2012 年版。

[古印度]毗耶娑:《薄伽梵歌》,黄宝生译,商务印书馆 2011 年版。

［美］帕克：《美学原理》，张今译，商务印书馆 1965 年版。

［法］帕思卡尔：《思想录》，何兆武译，商务印书馆 2011 年版。

［英］《培根论说文集》，水天同译，商务印书馆 2011 年版。

［瑞］荣格：《心理学与文学》，冯川、苏克译，生活·读书·新知三联书店 1987 年版。

［英］《莎士比亚全集》，朱生豪译，人民文学出版社 1978 年版。

［古希腊］色诺芬：《回忆苏格拉底》，吴永泉译，商务印书馆 2011 年版。

［印度］商羯罗：《示教千则》，孙晶译，商务印书馆 2011 年版。

［荷兰］斯宾诺莎：《伦理学》，贺麟译，商务印书馆 1983 年版。

［荷兰］斯宾诺莎：《简论上帝、人及其心灵健康》，顾寿观译，商务印书馆 2011 年版。

［德］斯宾格勒：《西方的没落——世界历史的透视》，齐世荣等译，商务印书馆 1963 年版。

［德］叔本华：《作为意志和表象的世界》，石冲白译，商务印书馆 1982 年版。

［德］叔本华：《生存空虚说》，陈晓南译，作家出版社 1988 年版。

［德］叔本华：《美学随笔》，韦启昌译，上海人民出版社 2004 年版。

［美］施皮尔伯格：《现象学运动》，王炳文、张金言译，商务印书馆 1995 年版。

［法］列维-斯特劳斯：《野性的思维》，李幼蒸译，商务印书馆 1988 年版。

［德］斯宾格勒：《西方的没落》，齐世荣译，商务印书馆 1963 年版。

［法］萨特：《存在与虚无》，陈宣良等译，生活·读书·新知三联书店 1987 年版。

［法］萨特：《想象心理学》，褚朔维译，光明日报出版社 1987 年版。

［美］萨丕尔：《语言论》，陆卓元译，陆志韦校，商务印书馆 1985 年版。

［法］施兰格等：《哲学家和他的假面具》，徐友渔等译，社会科学文献出版社 1999 年版。

［英］锡德尼:《为诗辩护》,钱学熙译,人民文学出版社 1998 年版。

［英］托兰德:《泛神论要义》,陈启伟译,商务印书馆 1997 年版。

［英］托兰德:《给塞伦娜的信》,陈启伟译,商务印书馆 2011 年版。

［俄］托尔斯泰:《艺术论》,张晰畅等译,中国人民大学出版社 2005 年版。

［俄］托尔斯泰:《战争与和平》,草婴译,上海译文出版社 1992 年版。

［英］汤因比:《历史研究》,曹未风译,上海人民出版社 1997 年版。

［英］汤因比［日］池田大作:《展望 21 世纪——汤因比与池田大作对话录》,荀春生等译,国际文化出版公司 1985 年版。

［德］舍勒:《死·永生·上帝》,孙周兴译,中国人民大学出版社 2003 年版。

［美］梯利:《西方哲学史》,葛力译,商务印书馆 1995 年版。

［德］席勒:《审美教育书简》,张玉能译,译林出版社 2009 年版。

［德］席勒:《美育书简》,徐恒醇译,中国文联出版公司 1984 年版。

［德］席勒:《秀美与尊严》,张玉能译,文化艺术出版社 1996 年版。

［德］谢林:《先验唯心论体系》,梁志学、石泉译,商务印书馆 1976 年版。

［德］谢林:《艺术哲学》,魏庆征译,中国社会出版社 1996 年版。

［德］文德尔班:《哲学史教程》,罗达仁译,商务印书馆 1997 年版。

［意］维柯:《新科学》,朱光潜译,人民文学出版社 1986 年版。

［英］维特根斯坦:《哲学研究》,汤潮、范光棣语,生活·读书·新知三联书店 1992 年版。

［德］沃林格:《抽象与移情》,王才勇译,辽宁人民出版社 1987 年版。

［西班牙］乌纳穆诺:《生命的悲剧意识》,段继承译,花城出版社 2007 年版。

［美］韦勒克、沃伦:《文学理论》,刘象愚等译,江苏教育出版社 2015 年版。

［美］维克雷编:《神话与文学》,潘国庆等译,上海文艺出版社 1995 年版。

［英］威廉斯:《现代悲剧》,丁尔苏译,译林出版社 2007 年版。

[古罗马]西塞罗:《论老年·论友谊·论责任》,徐奕春译,商务印书馆 2011 年版。

[古罗马]西塞罗:《论神性》,石敏敏译,商务印书馆 2012 年版。

[英]休谟:《人性论》,关文运译,商务印书馆 1980 年版。

[英]休谟:《自然宗教对话录》,陈修斋、曹棉之译,商务印书馆 2011 年版。

[德]西美尔:《生命直观》,刁承俊译,生活·读书·新知三联书店 2003 年版。

[古希腊]亚里士多德:《诗学》,罗念生译,人民文学出版社 1962 年版。

[古希腊]亚里士多德:《诗学》,陈中梅译,商务印书馆 2011 年版。

[古希腊]亚里士多德:《尼各马可伦理学》,廖申白译,商务印书馆 2003 年版。

[古希腊]亚里士多德:《天象论·宇宙论》,吴寿彭译,商务印书馆 2011 年版。

[古希腊]伊壁鸠鲁:《自然与快乐》,包利民等译,中国社会科学出版社 2004 年版。

[德]雅斯贝尔斯:《大哲学家》,李秋零译,中国社科文献出版社 2012 年版。

[德]雅斯贝尔斯:《悲剧的超越》,亦春译,工人出版社 1988 年版。

中国社会科学院文学研究所编:《文艺理论译丛》,知识产权出版社 2010 年版。

中国社会科学院外国文学研究所编:《外国理论家、作家论形象思维》,中国社会科学出版社 1979 年版。

赵毅衡编译:《新批评文集》,百花文艺出版社 2001 年版。

四、外文文献

Benedetto Croce, *Poetry And Literature*, Carbondale: Southern Illinois

University Press, 1981.

Benedetto Croce, *Aesthetics-As Science of Expression And General Linguistic*, Macmillan & Co.Ltd., London, 1922.

Theodor W.Adorno, *Aesthetic Theory*, London: Routledge & Keganpaul, 1984.

Theodor W. Adorno, *The Philosophy of Modern Music*, New York: Seabury, 1973.

Hans-Georg Gadamer, *Truth And Method*, New York: The Crossroad Publishing Corporation, 1989.

Hans-Georg Gadamer, *The Relevance of The Beautiful And other Essays*, Cambridge University Press, 1986.

James Dicenso, *Hermeneutics And The Disclosure of Truth—A Study In The Work of Heidegger, Gadamer, And Ricoeur*, America: The University Press of Virginia, 1990.

Pauline Marie Rosenau, *Post-Modernism And The Social Sciences Insights, Inroads, And Intrusions*, Princeton University Press, 1992.

Curt John Ducasse, *The Philosophy of Art*, New York: The Dial Press, 1929.

Nelson Goodman, *Languages of Art*, The Bobbs-Merrill Company, Inc., 1968

Wasily Kandinsky, *Concerning The Spiritual In Art*, George Wittenborn Inc., New York.1955.

Frederic Jamesom, *Marxism And Form: Twentieth-Century Dialectical Theories of Literature*, Princeton University Press, 1974.

Robin George Collingwood, *The Principles of Art*, Oxford University Press, 1938.

Jean-Paul Sartre, *Essays In Aesthetics*, Selected And Translated By Wade Baskin, The Citadel Press New York, 1963.

William Barrett, *Irrational Man*, Doubleday & Company, Inc., Garden City, New York, 1962.

Hilary Putnam, *Reason*, *Truth*, *And History*, Cambridge University Press, 1981.

Virgil C. Aldrich, *Philosophy of Art*, Prentice-Hall, Inc., 1963.

George Santayana, *The Sense of Beauty: Being The outline of Aesthetic Theory*, Dover Publications, Inc., New York, 1955.

Erich Fromm, *The Heart of Man*, Happer Colopkon Press, New York, 1980.

Michel Foucault, *Language*, *Counter-Memory*, *Practice*, Ithaca: Cornell University Press, 1977.

Michel Foucault, *The Archaeology of Knowledge*, New York: Pantheon, 1972.

Martin Heidegger, *Poetry*, *Language*, *Thought*, New York: Harper & Row, 1971.

Martin Heidegger, *On The Way To Language*, New York: Harper, 1972.

Ludwig Wittgenstein, *Philosophical Investigations*, Oxford: Blackwell, 1953.

Enst Cassirer, *Symbol*, *Myth And Culture*, New Haven: Yale University Press, 1979.

Jacques Derrida, *Writing And Difference*, Chicago: The University of Chicago Press, 1978.

Jügen Habermas, *The Structural Transformation of The Public Sphere*, Cambridge, Polity, 1987.

主要人名、术语对照

A

Aphasia	无言、沉默
Aesthetic attitude	审美态度
Ataraksia	宁静
Adorno, Theodor Wiesengrund	阿多尔诺
Abstraction	抽象
Abstract thought	抽象思维
Aesthetics	美学
Aesthetic mysticism	美学神秘主义
Aesthesis	审美
Aesthetic appreciation	审美欣赏
Aesthetic experience	审美经验
Appearance	表象
Archetypes	原型
Archetypal images	原型意象
Aristotle	亚里士多德
Art	艺术
Artist	艺术家

Antinomy	二律背反
Autonomy	自律
Absolute	绝对
Absolute idea	绝对理念
Alienation	异化
Allegory	寓言、寓意
Anthropologist	人类学家
Axiology	价值论
Apprehension	理解力
Analogy	类比

B

Bell , Clive	贝尔
Beauty	美
Beautifual	美的
Bosanquet , Bernard	鲍桑葵
Bullough , Edward	布洛
Being	在
Black humour	黑色幽默
Bergson , Henri	柏格森
Barthes , Roland	巴特

C

Catharsis	净化
Complex	情结
Collective unconscious	集体无意识
Composition	创作

Conception	概念
Causal laws	因果律
Consonance	和谐
Content	内容
Croce, Benedetto	克罗齐
Criticism	批评
Cassirer, Ernst	卡西尔
Consciousness	意识
Charm	魅力
Composition	构思
Classic art	古典艺术
Classic aesthetics	古典美学
Classicism	古典主义
Connoisseurship	鉴赏能力
Contemplation	观照、静观
Chance	偶然性
Conflict	冲突
Characteristic	特性
Cultural hegemony	文化霸权
Cultural industry	文化产业
Cosmos	宇宙、世界
Cause	原因
Context	语境

D

Description	描述
Diachronical	历时性

Detachment	超然
Disinterestendness	无利害关系
Disposition	意向
Dualism	二元论
Dialectic method	辩证法
Dialogue	对话
Deconstruction	解构
Defamiliarization	陌生化
Descartes, René	笛卡儿
Derrida, Jacques	德里达
Dreams	梦幻
Dionysus	狄俄尼索斯
Death	死亡
Discourse	话语
Desire	欲望、期望
Discharge	释放
Despair	绝望

E

Emotion	情感
Empathy	移情作用
Evaluation	评价
Expression	表现
Essence	本质
Essentialism	本质主义
Epokhe	存疑
Epoche	悬置

Erlebnis	体验
Expectations	期望
Enthusiasm	激情
Element	要素

F

Feeling	情感
Form	形式
Formalism	形式主义
Feuerbach, Ludwig Andreas	费尔巴哈
Fromm, Erich	弗洛姆
Freud, Sigmund	弗洛伊德
Foucault, Michel	福柯
Freedom	自由
Function	功能
Fancy	幻想
Free association	自由联想
Fiction	虚构
Figuration arts	造型艺术

G

Gadamer, Hans-Georg	伽达默尔
Greek	古希腊
Genius	天才

H

Hanslick, Eduard	汉斯立克

Hume , David	休谟
Hegel , Georg Wilhelm Friedrich	黑格尔
Habermas , Jügen	哈贝马斯
Husserl , Edmund	胡塞尔
Hermeneutics	阐释学
Heidegger , Martin	海德格尔
Harmony	和谐
Human nature	人性
Horizon	视界

I

Individualization	个性化
Idea	观念
Id	本我
Intellect	理智
Inspiration	灵感
Introspection	内省
Isostheneia	均等
Imitation	模仿
Idealism	唯心主义
Illusion	幻觉
Instinct	本能
Imagery	意象、比喻
Images	形象
Image	想象
Imagination	想象力
Impression	印象

Interperetation	解释
Irrationalism	非理性主义
Inference	推断
Iension	张力
Infinite	无限性
Intuition	直觉

J

Judgement	判断
Jung, Carl	荣格
Justice	正义

K

Kant, Immanuel	康德
Knowledge	知识、认识

L

Levi-Strauss, Claude	列维-斯特劳斯
Lévy-Brühl, Lucién	列维-布留尔
Langer, Susanne	朗格
Logos	逻各斯
Logical positivism	逻辑实证主义
Logical realism	逻辑实在论
Laws	规律
Liberty	自由
Legality	合法性
Libido	原欲

Libe instinct   生命本能

M

Marcuse, Herbert   马尔库塞

Meaning   意义

Metaphor   隐喻

Mimesis   摹拟

Medium   媒介

Metaphysics   形而上学

Myth   神话

Mythology   神话学

Mask   面具

Mysticism   神秘主义

Madness   迷狂

Materialism   唯物主义

Margin   边缘

Mass   大众

Mainusch, Herbert   曼纽什

N

Nihility   虚无

Nihilism   虚无主义

Nietzsche, Friedrich Wilhelm   尼采

Negation   否定

Normative description   规范性描述

Nationalism   民族主义

Necessity   必然性

Nature	自然
Naturalism	自然主义
Narcissism	自恋欲
Narration	叙述

O

Object	客体
Objectivity	客观性
Originality	独创性
Ontology	本体论
Oedipus complex	俄狄浦斯情结

P

Plato	柏拉图
Pyrrhon	皮浪
Plotinos	普罗提诺
Pattern	样式
Perceptino	知觉
Phenomena	现象
Phenomenalism	现象主义
Phenomenology	现象学
Prehension	领悟
Psychical distance	心理距离
Premiss	前提
Philosophy of art	艺术哲学
Play	游戏
Probability	可能性

Pretence	伪装
Pure art	纯艺术
Pluralism	多元论
Purposiveness	合目的性
Psychoanalysis	精神分析学
Pleasure	快感
Peak—experience	高峰体验
Paganism	偶像崇拜
Poem	诗
Poetry	诗歌
Poet	诗人
Positivism	实证主义
Postmodernism	后现代主义
Power	权利

Q

Question	提问
Qualification	限定

R

Reticency	沉默
Rickert, Heinrich	李凯尔特
Representation	再现
Rules	规则
Relation	关系
Rationality	合理性
Reason	理性

Rationalism	理性主义
Rhetoric	修辞学
Recreation	娱乐
Religion	宗教
Primordial images	原始意象

S

Santayana,George	桑塔耶纳
Salvation	拯救
Skeptical aesthetics	后形而上学美学
Schiller,Friedrich	席勒
Schelling,Friedrich Wilhelm Joseph von	谢林
Schopenhauer,Authur	叔本华
Sartre,Jean-Paue	萨特
Saussure,Ferdinand de	索绪尔
Signifiant	能指
Signifier	所指
Synchronical	共时性
Structure	结构
Structuralism	结构主义
Semantics	语义学
Significant form	有意味的形式
Scepticism	怀疑论、怀疑主义
Sensation	感觉
System	体系
Spiritual distance	心理距离
Style	风格

Subjectivism	主观主义
Subculture	亚文化
Symbols	象征
Super-ego	超我
Symbolism	象征主义
Sign	符号
Self	自我
Soul	心灵、灵魂
Self-consciousness	自我意识
Sublimity	崇高
Symmetry	对称
Spectator	观众
Sentiment	情绪
Sympathy	共鸣
Sublimation	升华
Suppression	压抑
Simmel, Georg	西美尔

T

Truth	真理
Totem	图腾
Taboo	禁忌
Texture	结构、特征
Technic	技巧
Thinking	思维
Tragedy	悲剧
Tragic consciousness	悲剧意识

The death instinct	死亡本能
Taste	趣味
Traditon	传统
Text	文本
The persona	人格面具

U

Unconscious	无意识
Universality	普遍性
Ugly	丑
Unity	统一性
Utopia	乌托邦
Universe	宇宙、世界

V

Value	价值
Value judgement	价值判断
Viability	生存性
Vision	视觉、幻象
Vent	宣泄

W

Wisdom	智慧
Wittgenstein, Ludwig	维特根斯坦
Windelband, Wilhelm	文德尔班
Work of art	艺术品
Will	意志

后记：童年月色

20世纪60年代初,在懵懂的幼年,我随双亲从故乡淮安漂泊至洪泽湖畔西岸。在五六岁时,居住于淮河进入洪泽湖的咽喉口岸,一个名字叫"老子山"的半岛上。根据当地人引为自豪的传说,这里的一座小山丘曾经是老子"炼丹"之处所,所以得名"老子山"。当然,本地绝大多数人们是不知道什么是"老子"或"孙子"的,更无从知晓老子是道家哲学的起始者和辩证法宗师,而"炼丹""扶乩""测字""算卦""画符"之类的方术则是道教的庸俗表演和民族的思想堕落的象征,它们和老子没有任何瓜葛。

饥荒年代的人们习惯早早地睡眠以抵御饥饿的折磨。模糊地记得那是一个夏天蒙眬月夜,我睡在露天外的一个破旧绳床上纳凉,床上铺的是一张破烂的芦席,盖着一条破旧的薄被单。夜半醒来,耳际听闻到淮河流水和洪泽湖波浪的相互交织的音响,还时不时有嗡嗡的蚊虫声伴奏。茫然间,睡在绳床的我,仰面看见圆溜溜像大饼一样的月亮,晶莹澄明像洪泽湖十二月寒冬的冰面一般美丽。饥肠辘辘的我,本能地渴望能够伸手抚摩到这块美丽可爱的大饼,并且尽情地咬上几口,填充饥饿的肚皮。绳床上的我,仰面观望清澈透明如洪泽湖沼泽里的静止水面的月色,童心里虽然寻找不出什么语言来赞美和抒情,内心却涌现出神奇的美感和幻觉,这种感觉被记忆牢牢地留存下来,直至近乎古稀之年。那一夜、那个刹那间的月色成为心灵最唯美、最诗意的记忆。当然,那时候,懵懂的童心还不懂得什么,只有心灵中的直觉喜爱和神秘崇拜。饥肠辘辘的我,尽管直觉地沉迷在柔美的月色里,然而眼中的月色又是虚幻的和清冷的。只是在经历了若干春秋之后，追忆中的月色变幻成温柔和唯美的意象。所以，人的记忆中隐匿着审美的欺骗性，它诱惑我们的理性判断力犯错。因此，所有的回忆都有虚构和美化的成分。

那一夜，睡在绳床的蒙昧儿童，仰望漫天的月色无法入睡，觉得圆润的月亮太奇异神秘而不可思议，内心刹那间涌现出类似于未来好多年后才知道的柏拉图在《理想国》中所描述"洞穴囚徒"看见自我身躯被火光照射留在石壁上的影像所产生的"惊异感"。也许正是那夜的月色，令幼小的心灵埋藏下了对哲学的敬畏与崇拜、热爱和沉迷的种子；也许也正是那夜的月色，让自己滋生对诗意和审美的冲动，蒙眬地诞生对大自然的崇拜和对文学的直觉热爱。那一夜的月色，永恒地刻印在记忆的扉页上，像一尊坚硬圆润的石雕抗衡岁月的侵蚀。而自我对那一夜月色的印象，无数次地浮现在心灵深处，她美丽清冽的色泽令我重复着超越时空的追忆。在几十年的人生漂泊中，它仿佛就是自己内心的"桃花源"或"乌托邦"，童话世界中的恋人和女神。同时，它也成了自己对抗人生遭受屈辱与无礼、威权与欺骗、孤独与苦闷等因素的强力意志和情感拐杖。

在本人的学术生涯中，自始至终保持着对哲学的敬畏和对文学的热爱，这册小书，它理应起始于这种敬畏和热爱之心，起始于在"老子山"那个童年的月色之夜。

岁月沧桑，当年我们一家在"老子山"艰苦度日的外祖母、父亲、母亲还有短命的妹妹，都融化在我童年记忆的那片月色之中了。我暂时还留存这个幻象的世界，做着充满月色幻象的梦，最终我也会融合在那个记忆的童年月色中，与曾经相守的亲人们再聚，也许那一夜的月色会见证我们全家的重逢并为之欣慰。

是为记。

颜翔林 2022 年 8 月 10 日酷暑中于金陵栖霞山麓

责任编辑：戚万迁

封面设计：王欢欢

图书在版编目（CIP）数据

想象与思辨的互渗：文学与哲学关系之阐释/颜翔林 著.—北京：人民出版社，
　2024.1

ISBN 978－7－01－026189－8

Ⅰ.①想…　Ⅱ.①颜…　Ⅲ.①文学-关系-哲学-研究　Ⅳ.①I0②B

中国国家版本馆 CIP 数据核字（2023）第 234704 号

想象与思辨的互渗

XIANGXIANG YU SIBIAN DE HUSHEN

——文学与哲学关系之阐释

颜翔林　著

人民出版社 出版发行

（100706　北京市东城区隆福寺街 99 号）

北京中科印刷有限公司印刷　新华书店经销

2024 年 1 月第 1 版　2024 年 1 月北京第 1 次印刷
开本：710 毫米×1000 毫米 1/16　印张：33.5
字数：490 千字

ISBN 978－7－01－026189－8　定价：135.00 元

邮购地址 100706　北京市东城区隆福寺街 99 号
人民东方图书销售中心　电话（010）65250042　65289539